ROMANZI E RACCONTI

Roberta Cordani
Luigi M. Mignacco

Le Ondine perdute

Marsilio

Prima edizione: novembre 2023
ISBN 978-88-297-2003-3
www.marsilioeditori.it

LE ONDINE PERDUTE

Prologo

Milano, notte del 2 agosto 1906

Una curiosa cittadella fantasma, bianca e inanimata. I suoi padiglioni candidi si stagliano nella notte come un avveniristico quartiere deserto, in cui fantasiose architetture moderne si susseguono ad altre classicheggianti, fra colonne e palmette, pinnacoli e bandiere, cupolette e cupoloni. Sculture di divinità mitologiche svettano in cima a réclame pubblicitarie, torniti nudi maschili e femminili sporgono qua e là dalle pareti ornate con lesene, riccioli e allungate foglie di acanto, sfingi con ali di angelo e ghirlande pesanti di frutta. Anche il nuovo stile di moda, il Liberty, con i suoi decori floreali e sinuosi affianca l'imponente eclettismo umbertino, fra pittoreschi assaggi di forme esotiche provenienti dalle più diverse parti del mondo.

Solo l'occhio vigile del faro elettrificato percorre la cittadella dall'alto con un largo fascio di luce pulviscolare che colpisce gli edifici in gesso, già chiari nella notte di luna, rendendoli quasi luminescenti. Eppure, a ogni passaggio di quella luce, le ombre crescono, informi come macchie, sempre più lunghe e lente a dileguarsi. Quelle degli alberi sono nere e dense come non mai, quasi il terreno le volesse trattenere. Perché in questa notte le ombre durano così a lungo?

Un rapido crepitare di passi sul ghiaietto del parco rompe il silenzio del viale e precede l'apparizione di un gentiluomo grassottello in abito da sera che corre sulle sue gambe sottili. Molto sottili. Si volta, e in quel momento il faro illumina un plumbeo scintillio di scatti meccanici. Sono già arrivati anche qui, all'interno dell'Expo!, pensa Monsieur Léon della Rocca correndo nel viale alberato e deserto tra i padiglioni chiusi. Le scarpe di vernice lucida quasi non toccano terra, le code nere della marsina tese e unite, il panciotto bianco ben abbottonato sulla pancia tonda. Alla poca luce dei lampioni il gentiluomo potrebbe ricordare una grande gazza ladra, ma provvista di cilindro e di un elegante bastone da sera.

Da troppo tempo si trova in città, il suo corpo sta diventando debole. Eppure lui ha deciso che agirà da uomo, finché gli sarà possibile. Usare tutte le sue forze sarebbe troppo pericoloso. Non si era mai trovato in una situazione così rischiosa e precaria, così tipicamente umana. L'amore per la musica lo ha proprio messo nei guai, questa volta.

Poco prima, uscendo dalla Scala, dove aveva assistito a un concerto tenuto per festeggiare la Grande Esposizione Universale, nella piazza già stranamente deserta aveva sentito salire dal terreno un soffio gelido che *non doveva, non poteva* essere lì! Poi li aveva visti.

Stavano rasente ai muri, lontano dalle luci dei lampioni. Léon della Rocca aveva subito riconosciuto in quei corpi meccanici alcune parti di certi attrezzi che aveva visto in uso per scavare la *sua* roccia. Gli automi sembravano forti come la materia di cui erano costruiti: gli arti inferiori erano composti da bracci di perforatrici, nei busti si vedevano pezzi di motore, le mani ad artiglio erano placche di metallo ingegnosamente tagliate e assemblate. I volti erano lunghe visiere dai bagliori metallici, con solo le fessure orizzontali degli occhi da cui usciva una luce truce, nera. Del tutto estranea al tepore di quella notte estiva, ai sentimenti di una città che si accingeva ad addormentarsi nel suo sonno più tranquillo e naturale. Milano, simili presenze minacciose, non le aveva immaginate neppure nei suoi incubi più cupi.

Sapeva bene Léon, nella sua millenaria esperienza, che la pace non sempre è una condizione naturale per il genere umano. Stava diventando così anche per quelli come lui? La comunicazione con gli spiriti suoi fratelli si era interrotta. Avevano dimenticato che la natura sa trovare un equilibrio anche dopo i contrasti più esasperati? Non capivano a quale disastro innaturale questo li avrebbe portati? *Loro* non avevano voluto ascoltarlo.

Lo scontro avvenuto pochi mesi prima nelle viscere della terra, irradiando onde profonde, aveva provocato ripercussioni lontane: scosse telluriche sotto il Vesuvio seguite da un'eruzione del vulcano. Il terremoto aveva avuto origine non solo dallo spostamento naturale del magma, ma anche dalla lite, dalla rabbiosa incomprensione tra lui e i suoi fratelli, che delle viscere della terra erano gli spiriti custodi.

Le marionette meccaniche si erano allineate davanti alla Galleria e alle vie vicine, per chiudergli ogni fuga verso piazza del Duomo. Così lui aveva deciso di prendere un'altra strada. Correndo leggero e veloce, inseguito da passi metallici sempre più lontani, era arrivato al parco. E all'ingresso dell'Expo.

Conosceva bene le sculture di gesso davanti a lui: il Traforo del Sempione con le due gallerie aperte nella roccia della montagna – la *sua* montagna! – e tre minatori al lavoro nello scavo. La statua di uno di loro aveva una mano alzata e teneva una lanterna, il suo sguardo scrutava davanti a sé, nel futuro.

Ma quale futuro avevano in mente, i suoi fratelli? Se la

vita, nella sua inesorabile lentezza e tragica velocità, è una sinfonia d'informazioni, vortici di atomi che si aggregano, perché proprio *Loro* – che tutto ciò lo sapevano bene – non credevano che anche con un'armonia sconosciuta si può costruire quella pace necessaria a tutti? Il futuro sembrava così nuovo, ma anche così fragile, più che in ogni altra epoca.

Lui aveva cercato di comunicare il suo pensiero in tutti i modi, convinto che gli umani contribuissero alla bellezza della natura con linguaggi al tempo stesso mutabili ed eterni, visibili e invisibili. Come la musica e l'arte. Era giunto per lui e i suoi fratelli il tempo di ascoltare il migliore pensiero umano e non solo di temere quello peggiore. Ma *Loro* non avevano voluto saperne. No, no! Avrebbe lottato ancora con tutte le sue forze perché il dialogo tra le parti, ora così distanti, tornasse a fluire limpido come l'acqua che arriva ovunque, poderoso come il magma della terra che per secoli e secoli lui aveva ascoltato paziente. Persino tra gli umani l'incontro tra idee diverse era possibile. Perché non tra i suoi simili, *adesso*? Ma Léon della Rocca non aveva più tempo per rimpianti, poteva solo sperare e allontanarsi da quegli automi. Mandati dai suoi nemici. Sì, nemici, ormai era costretto con dolore a chiamare in quel modo i suoi fratelli. Inutile ora perdere le forze soffrendo, un'idea gli sarebbe venuta. Ma aveva poco tempo.

Trovato il punto nella cancellata dove qualche giorno prima aveva notato dei ragazzini scavalcare la recinzione per non pagare il biglietto, si era arrampicato con disinvoltura. Un balzo sulle sue gambe sottili da gazza, ed eccolo dentro l'Expo. Correndo sul ghiaietto del viale e lasciandosi alle spalle il padiglione che prometteva con cartelli entusiastici l'esperienza di un VIAGGIO ALL'ESTREMO NORD, si era subito diretto verso la sua meta.

E a quel punto aveva visto altri automi uscire dall'ombra scura dei padiglioni, sempre più lenta a scomparire al passaggio della luce del faro.

Léon della Rocca corre, corre, salta, agile vola nei viali del parco. Quasi non si accorge che, per combattere la cupezza degli inseguitori, balza al ritmo dell'amata ouverture della *Gazza ladra*. Improvvisamente getta in un cespuglio la tuba e il bastone dal pomolo intarsiato d'oro e pietre preziose, che ha tenuto con sé per tutta la fuga da piazza della Scala. Dev'essere libero di correre veloce, nient'altro.

Finalmente vede la mole chiara e tondeggiante del Salone dei Festeggiamenti. A quanti concerti ha assistito sotto quella cupola! Dietro al Padiglione della Musica ecco la sua meta: l'anfiteatro dell'Arena, costruita cent'anni prima con pietre millenarie per celebrare la via che dal Passo del Sempione collegava Italia, Svizzera e Francia. La prima vera strada che portava uomini alla *sua* montagna!

Léon cerca nella tasca del panciotto qualcosa di molto importante per lui: un sassolino, un prezioso frammento di scisto cristallino, di un intenso colore viola. Lo stringe tra le mani mentre continua a correre. Appena vede il portico dell'ingresso si rincuora: quegli spalti, antichi massi di sedimenti fluviali, almeno per un certo tempo gli daranno un po' dell'energia di cui ha bisogno. In due balzi raggiunge l'ingresso, dà una spallata alla porta laterale e l'atrio scuro lo accoglie. Risalendo lo scalone sente già l'effetto dell'arenaria sotto i suoi piedi.

Ma appena svoltata la seconda rampa gli automi meccanici appostati nel buio lo assalgono. Le mani a pinza, chiuse a pugno, lo colpiscono due, tre, quattro volte. Rotola sul pianerottolo a metà della scala.

Piedi d'acciaio lo circondano, calci acuminati lo raggiungono al ventre, alla schiena, al viso. Sente gli abiti e la carne che lo avvolgono lacerarsi in più punti. Si raccoglie su se stesso, ripiegando braccia e gambe. Poi le apre con un urlo selvaggio, quasi un ruggito, facendo cadere come fragili marionette gli automi che gli stanno intorno, e si alza di scatto. In due grandi balzi raggiunge il salone in cima alla gradinata, spazza via quelli che emergono dalle ombre ed esce all'aperto, sul palco d'onore.

Un salto ed è giù, nell'Arena, pronto ad affrontare i suoi nemici. Deve farli a pezzi, se vuole aver ragione di loro. Senza però usare *tutte* le sue forze, o provocherà una catastrofe.

I mostri di metallo s'infittiscono intorno a lui, come uno sciame d'insetti. Stanno per attaccarlo tutti insieme. Li anticipa. Saltando veloce rimbalza tra loro colpendoli nelle giunture con pugni e calci veloci e precisi, le sue gambe sembrano fili di energia pura, così le sue braccia e le sue mani. Le loro ginocchia, gomiti, spalle si disarticolano. Quando li raggiunge al collo le teste oscillano, si staccano, rotolano sul terreno, i corpi cadono a terra scomposti, come marionette rotte. Ma ne arrivano altri più veloci, più forti, sempre più numerosi. Nelle fessure di quelle visiere metalliche vede l'intensità nera degli sguardi farsi più tagliente, come schegge di purissima ossidiana. Capisce che qualcosa è cambiato negli automi, poco prima così rigidi e vulnerabili.

Si volta di scatto e vede le ombre sulle gradinate.

Sagome lontane e confuse, ma lui le riconosce subito. Non sono presenti fisicamente, non hanno bisogno di un corpo per manifestare il loro potere. Né si umilierebbero a prendere una forma umana, come ha fatto Léon.

Sono *Loro*, i suoi fratelli, e guidano gli automi come dei burattinai.

Monsieur della Rocca sta per soccombere come un gladiatore sconfitto. Ed ecco che nell'arena risuona il fragore di un'enorme cascata. Gli automi si fermano, si voltano sorpresi. Venuta chissà da dove, un'onda di piena invade l'anfiteatro alle loro spalle, rotola impetuosa, li travolge. Léon sorride quando vede arrivare le Ondine.

Sono fanciulle bellissime. Più che nuotare, danzano nella corrente, sulla spuma delle onde. O le cavalcano, balzano fra i flutti e sempre ne riaffiorano con eleganza. Non sono nude, ma indossano l'acqua come un peplo leggero, e la muovono come un velo o un nastro che genera spirali mutevoli. La bellezza della natura e la grazia femminile si fondono in quelle onde dall'aspetto umano. Eppure hanno la potenza di una marea gigantesca e spaventosa. Léon le osserva come se la scena si muovesse più lenta, con un altro ritmo e tempo.

Le signore delle onde emergono da una profondità che lui conosce bene.

Non appartengono al mondo degli uomini, anche se ora gli appaiono proprio nelle forme che gli ha mostrato il suo amico pittore Majeri tra gallerie d'arte e pagine di libri: dee e Ninfe della scultura classica, veneri della pittura rinascimentale, fanciulle dallo sguardo enigmatico rivestite di lunghi drappi e altro ancora, ma tutto plasmato in un'armonia totale.

Certo, la terribile cascata che ribolle frastornando gli automi è solo un'illusione. Lui lo ha capito subito. Prima che se ne accorgano anche i suoi avversari, ne approfitta per fuggire dall'Arena.

Ma il suo involucro umano è ferito, e troppo debole. Per depistare i nemici, s'infila nel padiglione allestito dalla Veneranda Fabbrica del Duomo. Spera di trovarvi del marmo, da cui attingere nuove forze.

Invece gli automi sono già lì. Lo circondano rapidamente, e Léon capisce che ormai non c'è più nulla da fare. Le teche con alcuni tesori della cattedrale cadono e si frantumano, rovesciate e calpestate da quei teppisti d'acciaio. Dai becchi delle loro visiere escono vapori fitti di polvere color del carbone che produce scintille. Piccole fiamme si sviluppano sulla carta degli antichi documenti con preziose miniature, e si propagano rapidamente ai paramenti sacri e agli arazzi esposti.

Con orrore, della Rocca vede per terra un magnifico Librone di Franchino Gaffurio, il grande maestro di musica della Cappella del Duomo. Cadendo, si è aperto sulla pagina con l'incipit della famosa *Ave Maria* di Josquin Desprez, il Michelangelo della musica sacra e profana. No! Quella musica non può essere in balia di soffi di polvere nera incandescente, non può essere distrutta dalla violenza di fuochi comandati da rigide incomprensioni!

Fissa con intensità il librone in terra, spostandolo delicatamente solo con la forza dello sguardo, tanto da allontanarlo il più possibile dalle fiamme. Ma gli automi ne approfittano per avvicinarsi e circondarlo.

Infilando la mano nella tasca del panciotto ormai lacerato in più punti, stringe sempre più fra le dita la piccola pietra che nel mondo degli uomini lo ha sempre protetto. Poi si rivolge agli automi con voce ferma, venata di sarcasmo purpureo come il marmo delle montagne amiche, chiaro ma animato da nervi sanguigni, violacei.

«So chi siete, e chi dirige le vostre azioni. Non pensavo che i miei fratelli sarebbero arrivati a tanto. Mi addolora vedere che dagli uomini hanno imparato solo due caratteristiche, negative quanto malvagie: il tradimento e la guerra!»

Gli automi lo ascoltano impassibili, e gli balzano addosso.

Ma appena lo toccano un'esplosione di luce e calore li fa volare via quasi fossero pupazzi privi di peso. La pietruzza che stringeva nel pugno corre a terra come una goccia di lava infuocata, viola.

Colui che è stato Léon della Rocca ha perso il suo involucro umano, usando tutte le sue forze per contenere la sua essenza più profonda. Se avesse reagito per difendersi avrebbe distrutto ogni cosa: la sua forza tellurica avrebbe potuto esprimersi come un terremoto o un'eruzione vulcanica, e si sarebbe scatenata correndo nella terra come un'onda devastatrice. Invece quella potenza pura si trasforma in una vibrazione caldissima e muta.

Il calore genera fuoco, che si unisce a quello provocato dalle scintille del fiato degli automi: i tessuti, gli arazzi, i paramenti sacri e i documenti antichi sono lambiti dalle fiamme. In mezzo all'incendio brilla ciò che è diventato il corpo di Léon: una cascata d'acqua, densa e trasparente come vetro fuso, che subito si solidifica in un blocco di cristallo. Nel mezzo c'è un tenue disegno, una scia di screziature rossastre, che presto diventano solo linee spezzate.

Gli automi si fermano, quelli caduti si rialzano, tutti guardano il blocco di cristallo. Poi si allontanano lentamente dal padiglione, mentre il fuoco si propaga alla costruzione vicina.

Due uomini assistono alla scena dall'esterno. Indossano giacche vistose di lana pesante, uno a quadri e l'altro a righe. Per nulla turbati dalla vista dei mostri meccanici, aspettano che le fiamme si abbassino e poi entrano nel padiglione. Sollevano il blocco di cristallo di rocca, divenuto simile a uno scoglio arrotondato, e lo portano fuori. Camminando uno di loro urta la pietruzza viola che Léon aveva conservato in tasca durante il suo soggiorno tra gli uomini.

Rotola distante da loro, fredda e innocua. Sembra solo un pezzetto di vetro colorato, ora opaco e sporco.

Parte prima

I

Una giornata all'Expo

Un mese e mezzo prima
Milano, 17 giugno 1906

I

Ombrellini, parasole, ghette inamidate, cappellini piumati e pagliette

Com'era bella Milano dall'alto!

Il trenino correva silenzioso sopra le strade e fra i tetti. Per i privilegiati passeggeri nelle quattro carrozze elettromotrici era già iniziato il primo giro di una giostra portentosa. E il meglio doveva ancora arrivare.

Sto viaggiando su un tappeto volante e la città sembra mia, pensava il pittore Fedele Majeri affacciandosi dal predellino dell'ultimo vagone con i lunghi capelli scuri al vento e gli occhi neri che ridevano brillando curiosi.

Per la verità, la piccola linea del tram era elevata di sei o sette metri appena, ma la fantasia di Fedele e la magia del momento volavano alte.

Sotto di lui, le vie e gli alberi correvano in geometrie ordinate e regolari. Tutto sembrava nuovo e da scoprire. Un adeguato intermezzo nella visita di un'Esposizione che, con l'inaugurazione del traforo ferroviario al Passo del Sempione, celebrava il secolo del progresso e della comunicazione tra i popoli, considerò godendosi appieno quel breve, insolito tragitto.

Il trenino collegava le due sedi dell'Expo, colmando in una manciata di minuti i 1380 metri fra la Piazza d'Armi, alla periferia ovest della città, e il parco. Sfrecciando fra i palazzi signorili e quelli in costruzione nello stile chiamato confidenzialmente "del re Umberto", Majeri poté vedere bene i sei cavalli in bronzo laggiù, sopra l'Arco della Pace: più neoclassici e trionfali che mai, proiettavano la loro corsa verso il Castello, il centro della città e il parco del Sempione, così chiamato fin dai tempi di Napoleone. Fu lui il primo a costruire una strada per valicare quelle montagne. Voleva farci passare i cannoni ma le vicende della storia andarono altrimenti e quella diventò una via percorsa dagli amanti del Grand Tour e dei paesaggi sublimi di gole e dirupi. Ora tra quei valichi un nuovissimo traforo, con la doppia galleria ferroviaria nella montagna, avrebbe reso sempre più facile la comunicazione pacifica tra i paesi confinanti.

Arrivato quasi accanto all'Ospizio dei Piccoli Derelitti, Fedele ricordò le immagini viste nello studio di un amico fotografo: i ragazzini in posa con i frati carmelitani e la regina Margherita, in visita al ricovero subito dopo la solenne inaugurazione dell'Expo. Fanciulli malinconici e un po' stupiti guardavano senza vederlo un futuro che, in quelle pose stampate, li avrebbe osservati chissà quante volte.

Ma in quei giorni molti dimenticavano le preoccupazioni e preferivano visitare l'Esposizione, con i suoi padiglioni chiari in legno e gesso, progettati dagli architetti alla moda, i divertimenti per grandi e piccini, le eccitanti novità. I giornali cittadini e nazionali lo definivano l'avvenimento del secolo, appena iniziato e ricco di promesse, nel segno dello sviluppo, della prosperità e della pace.

All'arrivo al parco, Fedele balzò giù dal treno tra i primi. Doveva affrettarsi, aveva dato appuntamento davanti all'entrata principale a Giulia Tirelli, sua allieva a Brera e grande amica. Alla stazione si guardò intorno. Era una costruzione maestosa ma lineare, ben più sobria di quella da cui il convoglio sopraelevato era partito, immortalata in tante cartoline: una cattedrale di guglie e gugliette in ferro, gotica e avveniristica al tempo stesso. Con tanto di Kursaal, Birreria e Gran Buffet.

Scendendo la scalinata all'aperto che portava al prato e ai viali alberati già pieni di visitatori, si voltò verso il grande orologio sulla facciata: aveva giusto il tempo di attraversare i giardini e di dare una prima occhiata alle attrazioni.

Gettò uno sguardo al blocchetto passepartout che aveva in tasca: sul frontespizio troneggiava Mercurio, il protettore della manifestazione. Diabolicamente rosso, di spalle, appollaiato sul praticabile anteriore di una locomotiva che dal buio di una galleria sfrecciava verso la pianura, sembrava un genio con muscoli da operaio, uscito da una montagna invece che da una lampada, proiettato nella luce del futuro.

Fedele, fin da ragazzo appassionato di mitologia, aveva un debole per il dio dall'elmetto alato, protettore dei commerci e dei trasporti, tema su cui era imperniata tutta l'Esposizione. A lui piaceva perché era il messaggero degli dèi e anche un portatore di sogni. Il professore non aveva paura di considerarsi un grande sognatore, anzi era ciò che rendeva la sua vita più viva ogni giorno.

Sorrise. Il suo passo svelto lo aveva portato fino all'edificio dell'Acquario, l'unico in muratura destinato a sopravvivere alla fine dell'Expo con le sue decorazioni in piastrelle dipinte: piante e fiori acquatici in verde acqua e azzurro tenue, bei pesci sinuosi nei calchi in cemento, tutto secondo la moda del Liberty che ornava le facciate della città con figure mosse, ritorte, sorridenti se non ammiccanti. Dopo aver gettato un'occhiata divertita a un

Nettuno trionfante, il professore andò verso l'ingresso principale sul parco.

Uscì ad aspettare Giulia.

Due archi ricoperti di gesso riproducevano il doppio imbocco del traforo ferroviario scavato nel Monte Leone. Solo per un attimo, Majeri considerò che quelle gallerie scure sembravano le fauci spalancate di due immensi serpenti gemelli. Quell'immagine passò subito. Di certo non poteva ancora sapere quali forze profonde contenesse quella montagna, e quanto avrebbero cambiato la sua vita.

Il clima intorno era così effervescente, così positivo, così ottimista. E poi, tra poco sarebbe arrivata lei, la sua Giulia, e il solo pensiero bastava a dissipare ogni ombra. Guardando l'orologio, si domandò come mai tardasse così tanto.

Dopo due anni di lontananza, era tornata a Milano da pochi giorni e lui l'aveva vista di sfuggita, insieme ai genitori, i suoi cari amici. Tra poco e finalmente avrebbe potuto stare un po' solo con lei. Quanto gli era mancata! Cercò di distrarsi guardandosi intorno.

Ombrellini, parasole, ghette inamidate, cappellini piumati e pagliette. I berretti dei bambini erano trattenuti da un elastico sotto il mento, mal sopportato: molti lo tiravano, mostrando un segno rossiccio intorno al collo. Ma padri, madri e zie non se preoccupavano: una passata col fazzoletto profumato di tenue violetta o di aspro tabacco Virginia, a seconda provenissero da una tasca o da una borsetta, ed ecco che sulla tenera pelle arrossata restava solo una traccia, ma ancora più fastidiosa: profumo! Smorfie di noia per i piccoli, smania di entrare per i grandi: Fedele era certo che all'interno la sorpresa ci sarebbe stata per tutti, anche i ragazzini avrebbero dimenticato le scocciature dell'attesa, aggirandosi fra tante e tali meraviglie.

Ma dov'era Giulia? Iniziò a preoccuparsi. Di solito era lui, l'artista distratto, che tardava agli appuntamenti. Per una volta che il professore era in orario, anzi in anticipo, la sua allieva prediletta non si vedeva. Controllò ancora l'orologio da tasca. Dovevano trovarsi alle nove e mezza o alle dieci? Alzò lo sguardo, perplesso.

Ed eccola arrivare, leggiadra ma sicura, con la grazia di sempre, la sciarpa di seta sospesa nell'aria per la corsa. Sarebbe stata la modella ideale per un grande artista, con la sua bellezza sincera e spontanea, il suo sguardo profondo che si posava sempre su persone e cose come tiepida brezza primaverile, sfiorandole con una carezza rinfrancante e passando oltre. Indimenticabile.

Era speciale, Giulia. Forse per il suo buon gusto nel vestire, per le sciarpe e le stole sottili che la seguivano fluttuando come scie nell'aria. Forse per il suo procedere elegante, senza mai un'incertezza, che esprimeva una naturale grazia interiore. Nessuno avrebbe mai pensato che, solo pochi anni prima, la graziosa signorina di oggi alla sua casa in città preferiva la cascina appena fuori Milano, dove passava il tempo rincorrendo rane tra i fossi e le rogge.

«Qui, qui, sono qui!» Fedele sollevò il cappello di paglia agitandolo tra la gente.

Lei lo vide, gli sorrise, e in un attimo lo raggiunse scivolando fra la folla che sembrava aprirsi al suo passaggio.

«Fedele! Scusa il ritardo. Ho dovuto portare con me... Arnolfini.» E da sotto il braccio, velato dalla sciarpa azzurro tenue, ecco sbucare una massa di riccioli chiari e laniciuti, animati da due vivaci perle nere, tre con il naso irrequieto, e da una coda mobile di felicità.

«L'ho chiamato così, perché... non somiglia a quello del quadro? Certo, meno serio e composto. Anche un po' più biondino.»

Il giovane professore ripensò al dipinto di Van Eyck, mentre i suoi occhi scrutavano divertiti Giulia e il cagnolino.

Chi godeva dell'amicizia di Fedele Majeri, e anche chi

incrociava solo occasionalmente il suo sguardo, non poteva non notarne un particolare bagliore, partecipe e contagioso, un riflesso che ti carezzava e ti faceva compagnia a lungo. Quando Fedele guardava Giulia quella luce era più intensa, ma adesso lei non dava l'impressione di accorgersene, troppo eccitata nel mostrare il cagnolino e guardarsi intorno allo stesso tempo.

«Identico, a parte la polvere! Dove l'hai trovato?» le chiese lui in tono scherzoso.

«Sono uscita di casa un po' in ritardo, avevo fretta e ho deciso di passare dal laghetto di San Marco. Non potevo non fermarmi, Fedele, l'acqua era limpida, il sole e la brezza facevano correre sulla superficie tanti sottili riflessi che si moltiplicavano, argentati e dorati... Bellissimi! Poi arrivo di corsa, non lontano dal portone di Léontine, ed ecco che lo vedo. Gli faccio due complimenti, lui inizia a seguirmi. Gli dico di no, prima gentilmente poi più decisa, ma lui sempre dietro, scodinzolando. Credeva che corressi per giocare, che cosa potevo fare? L'ho raccolto, non ha collare ed è anche un po' impolverato. Sarà di qualcuno del quartiere, non so, bisognerà indagare. Posso chiedere a Léontine e alla sua Ernestina, lei conosce tutti nei dintorni di casa Dupuis. Intanto mi spiaceva lasciarlo da solo in strada: portiamolo con noi, poi ci penseremo.»

«Con noi, ma come? Non credo che ci lascino entrare nei padiglioni con il cane...»

«Io penso di sì. Comunque, ecco qui!» E il batuffolo, *frush frush*, scomparve docile dentro un borsone di tela damascata, uscito per magia dalla borsetta di Giulia dove stava accuratamente ripiegato.

«Un *sac* in più fa sempre comodo. Questa è una creazione di Léontine, sai?»

«Semplice e ingegnosa, come lei...» Il professore guardò Giulia, e si accorse ancora una volta che la ragazzina saltafossi conviveva con un'altra, che lui non conosceva. Lei rispose sorridendo con gli occhi, erano come prati primaverili percorsi dal sole. Ma lui sapeva che potevano diventare laghi d'argento, boschi verde scuro, mari dorati, fiumi verde acqua: avevano la straordinaria dote di essere meravigliosamente cangianti.

Si misero in fila all'ingresso con i loro blocchetti passepartout in mano. Lei sfogliava il libretto cumulativo con l'elenco dei divertimenti che li aspettavano.

«All'Estremo Nord, Toboga, Aeroplano... Questo piacerà a Lisetta, non vede l'ora che una di quelle nuovissime macchine volanti si esibisca a Milano!... Padiglione della Galleria d'arte moderna Alberto Grubicy: invece questo è per noi, Fedele!... *Zoological animals theater*, *Roberto's Bears show*, *Galerie des paysages de vegetation de l'ingenieur G. Rodeck*, Padiglione umoristico, Chiosco palombari in azione... Ma guarda: esercitazioni subacquee visibili a sei metri di profondità! Case dei cavalli elettrici, Cinematografo Pathé, Grotta Azzurra delle Sirene... Qui vorrei andarci con Léontine, anche lei dovrebbe venire oggi... Pallone frenato, Montagne Russe, Slitta elicoidale, Album ricordo, buoni sconto per Chalet della foresta, Salumeria bolognese, Ristorante Etoile... Ce n'è per tutti!»

Intanto erano entrati nel parco. Fedele si godeva l'entusiasmo di Giulia, che non aveva ancora alzato gli occhi dal libretto. Invece dal suo borsone sbucò il muso di Arnolfini, che quei divertimenti voleva vederli e non sentirseli elencare. *Frrsh, tunf*... un salto, ed ecco la coda sparire fra gli orli delle gonne, i bastoni da passeggio e le scarpe lucide con le ghette bianche.

«Arnolfini! Vieni qui!» gridarono insieme.

Subito Giulia si lanciò all'inseguimento fra la folla. Fedele la seguì, con sorrisi di scuse e rassicurazione per i visitatori che si scostavano. La raggiunse, finalmente si era fermata e frugava con lo sguardo fra i piedi della gente.

«Arnolfini: hai accennato al dipinto di Van Eyck, in una lettera da Londra» le disse riprendendo il fiato.

«Oh, sì! Alla National Gallery ho potuto osservarlo a lungo, ti devo raccontare. È importante, ma non ora.» I suoi occhi si sgranarono come faceva da bambina. Fedele per un istante ebbe l'impressione di essere sull'orlo di un azzurro lago di montagna, con il riflesso verde cupo di alti boschi increspato dal vento. Ci era abituato, ma adesso quello sguardo gli sembrava ancora più cangiante. Era diventato profondo come un mare blu in cui tuffarsi in un giorno d'estate.

«Arnolfini! Non lo vedo più!» esclamò lei prendendo Fedele per mano. Ma subito la lasciò per iniziare di nuovo a correre, e per lui fu come se in quel mare si fosse tuffato davvero. Così tornò a inseguirla, deliziato di quel piccolo gioco imprevisto.

Il pittore Majeri, professore all'Accademia di Brera, e la sua allieva, mentre si addentravano fra le meraviglie dell'Expo milanese del 1906, forse furono gli unici che invece di alzare lo sguardo verso le torri imbandierate, i pinnacoli decorati, le cupole dei padiglioni, lo scivolo del Toboga o i palloni aerostatici, lo tenevano puntato a terra, fra le centinaia di piedi che calcavano instancabili il terreno del parco.

2
Si accucciò, sollevò il muso

Una doppia fila di eleganti calzature da passeggio sostava davanti al Salone dei Concerti. L'attenzione di Arnolfini fu attratta da un paio di robusti scarponi da montagna. Li annusò con attenzione, ci girò intorno un paio di volte scodinzolando, poi alzò gli occhi curioso verso i sottili pantaloni color grigio ardesia, la giacca rosso ruggine a costine, il lucido panciotto in velluto verde germano reale: forse il cagnolino non poteva apprezzare quegli accostamenti cromatici perfettamente armonizzati, ma il suo naso scuro e fremente coglieva il profumo di rocce, boschi e animali selvatici insieme a quello della terra e della polvere di quelle calzature che sembravano aver percorso luoghi sconosciuti.

Si accucciò, sollevò il muso e incontrò lo sguardo divertito di Léon della Rocca.

«Che odorini interessanti, vero? Tu hai scoperto un sacco di cose su di me! Per esempio, che non ho cambiato le scarpe. Io invece non so nemmeno come ti chiami.»

«Arnolfini!» Il nome era stato pronunciato a gran voce da una bella ragazza che sopraggiungeva svelta fra la folla, muovendosi con la precisione di un pesciolino che scivola tra le pietre aguzze in un torrente e la graziosa energia di una brezza di montagna che fa ondeggiare le cime degli alberi al suo passaggio. Il cagnolino, indifferente al richiamo o forse stimolato da questo, riprese la fuga. Per un attimo, lo sguardo della giovane sfiorò quello di Léon.

Lei vide appena quel signore elegante, vestito come un gentiluomo inglese in campagna, con i capelli bianchi e una bella pancetta tonda sopra le gambe sottili. Lui invece, anche se si trovava ben lontano dalla sua montagna, sentì la freschezza della primavera fra i boschi.

Sì, Léon la riconobbe subito.

Mise la mano nel taschino del panciotto per coprire la piccola pietra che portava sempre con sé. Al passaggio della ragazza aveva iniziato a risplendere, cambiando colore: da viola era diventata verde, e lui lo percepiva solo toccandola.

La giovane donna continuò la sua corsa, seguita da qualcuno che Léon conosceva bene.

«Buona giornata, professor Majeri.» Della Rocca accompagnò il saluto con un sorriso e un lieve cenno del capo.

«Buongiorno a lei, *mon ami*. E buon concerto!» gli rispose Fedele alzando la falda della paglietta. Solo un paio di giorni prima avevano parlato del programma musicale di quel pomeriggio.

Poi raggiunse Giulia, che si era fermata davanti al chiosco di un fiorista. «Chi era quel bel signore?» chiese lei mentre si guardava intorno fra la folla, alla ricerca dell'irrequieto batuffolo peloso.

«Un grande intenditore di musica. L'ho conosciuto qualche anno fa in biblioteca... Un po' prima che tu partissi. Abbiamo iniziato a parlare, e lui mi ha chiesto di accompagnarlo in pinacoteca. Era stranamente digiuno di pittura, ma si è appassionato subito. Siamo diventati amici. Si chiama Léon della Rocca, è svizzero. Devo fartelo conoscere, ti piacerà, ha un modo speciale di capire l'arte.» Sembra sentirla, pensò Fedele, ma non lo disse.

Chissà perché, gli tornò in mente il giorno in cui si erano conosciuti.

Léon era seduto di fianco a lui e leggeva un librone sulla musica rinascimentale. Ogni tanto scrutava con occhi curiosi il volume che Fedele stava osservando: disegni di Leonardo da Vinci con onde, diluvi e altro. All'improvviso presentandosi gli aveva chiesto notizie dell'autore: «Forse quest'uomo conosceva la musica della natura? Di certo vi era arrivato vicino» aveva commentato. Il suo tono era così consapevole, convinto e convincente, che Fedele ne era rimasto subito colpito.

3
Arnolfini! Arnolfini, vieni qui!

Arrivarono alla stazione della ferrovia elevata che il trenino si era appena fermato. Arnolfini zampettava su e giù per i larghi gradini, zigzagando in mezzo ai piedi della gente che discendeva le scale. Fra chi lo guardava divertito e chi preoccupato di inciampare, il professor Majeri riconobbe subito una figuretta nota.

Le scarpe bianche di Léontine Dupuis poggiavano saldamente sui gradini e i suoi passi erano sicuri, come già si sentiva questa ragazzina francese ormai cittadina di Milano. Non si accorse del cagnolino che le passava davanti sfiorandole la gonna blu a larghe pieghe, perché la sua testa era altrove: nel sontuoso padiglione dell'arte decorativa francese, e precisamente alla Galleria della Moda, fra sottane di raso, scialli ricamati e pizzi di batista, osservati con attenzione molto competente per una ragazza della sua età. Soprattutto, aveva davanti agli occhi i mille colori di pappagalli, uccelli del paradiso, fagiani, tacchini e altri volatili più o meno esotici, riuniti in tre vetrine lussureggianti come una foresta tropicale: i "martiri della moda", li avevano definiti. E lei era d'accordo. Valeva davvero la pena di togliere la vita a tutta quella bellezza per impennacchiare migliaia di abiti e cappelli per signora?

«Léontine!» Attirata da una voce nota, la ragazza staccò la mente dai colori e dai tessuti degli abiti del padiglione francese e focalizzò lo sguardo cercando chi la chiamava. Vide una scia azzurra di seta che ondeggiava leggera tra la folla, il viso di Giulia che la salutava, lei e la sciarpa che si allontanavano nel prato, all'inseguimento di un batuffolo chiaro che abbaiava.

«Giulia?» Léontine si voltò verso la giovane signora che l'accompagnava. «Zia Amélie, quella era Giulia! Correva dietro un cagnolino.»

Amélie Dupuis indossava un abito all'ultima moda francese, morbido, dritto, senza corsetto, con un soprabito in stile kimono ricamato di fiori avorio tono su tono. Tutto era così ben abbinato che i ricercati accostamenti passavano inosservati ai più. Un bel paio di occhiali d'argento con intarsi di lacca turchese le pendevano sul petto come un gioiello e le davano un'aria cosmopolita. Non si era ancora decisa a usarli, per vanità e perché le sembrava di non averne bisogno. Aguzzò lo sguardo verso la scia azzurra che si spostava veloce nel verde del parco: «Direi proprio di sì.»

«Io vado con lei! Anzi con loro. Guarda, c'è anche Fedele.» Léontine si gettò all'inseguimento, con le falcate permesse dalla sua ampia gonna. La zia la guardò con una punta d'invidia, frenata da quell'abito che pure tanto piaceva a sua nipote.

«Buongiorno, signora Dupuis!»

«Fedele, quasi non la riconoscevo!» disse lei cercando invano di seguire con gli occhi il giovane uomo che aveva rallentato proprio per salutarla, cavandosi cortesemente la paglietta. Ma intercettò lo sguardo di riprovazione, con tanto di sopracciglio alzato e doppio mento scosso nel giudizio, di due mature signore vicino a lei, che borbottavano criticando la corsa delle ragazze.

Amélie non si trattenne dall'intervenire. «Guardate con che agile eleganza sanno muoversi, le giovani d'oggi! Sembrano danzatrici moderne, come quell'americana... Isadora Duncan! Il mondo corre secondo la musica dei tempi. Ah, Milano è sempre così ricca di novità, non vi pare?»

Le due matrone, per le forme pingui strette nei corsetti e per il viso rosso stizzito, sembravano sul punto di esplodere. Amélie sorrise e si allontanò con passo ondeggiante ma sicuro fra la Birreria Foresta Nera Stern e il sobrio padiglione che illustrava le attività benefiche della Società Umanitaria. Voleva visitarlo, alcune sue amiche avevano già prenotato i mobili in mostra, firmati da artigiani di gran nome e fabbricati dagli allievi della scuola sociale, che stavano arredando anche le nuovissime case per lavoratori realizzate con tecniche d'avanguardia: sì, non avrebbe mancato di farvi un giro. Adesso però la raffinata signora non voleva perdere troppo di vista la nipote, quindi si diresse verso la grande antenna radio che svettava su tutto il parco. Un traliccio alto e sottile che lei, per la verità, non vedeva nemmeno troppo bene, sullo sfondo del cielo azzurro di quell'inizio d'estate. Le novità erano davvero troppe, all'Expo, e chissà quali dettagli si era già persa al padiglione della moda francese appena visitato, senza l'ausilio dei suoi begli occhiali nuovi. Già, che cosa li portava a fare se non li metteva? Fu a quel punto che Amélie decise di indossarli, e da allora se li tenne sempre sul naso.

Il ragazzino che sostava nel prato davanti alla stazione radiotelegrafica l'antenna la vedeva benissimo. E sapeva che dentro l'edificio, oltre il quale svettavano i cavalli in bronzo dell'Arco della Pace, c'erano tecnici della marina che inviavano messaggi telegrafici – senza fili! – fino alla base dell'Arsenale, a Venezia: quasi trecento chilometri di distanza. Davvero prodigioso! Il giovanissimo Uberto di Monfalco aveva letto avidamente di quando Marconi faceva i suoi primi esperimenti a Pontecchio. Fra poco avrebbe visto con i suoi occhi l'originale tubetto di vetro con elettrodi usato nel 1895, in mostra all'interno, un'invenzione che già serviva per rendere sicuri i trasporti marittimi. E un domani, chissà, il ragazzo sognava il prossimo futuro in cui lui avrebbe guidato automobili, vaporiere, dirigibili e forse qualcuno di quegli "aeroplani" a motore che si erano levati in volo in America e in Francia.

A Milano cose del genere non se n'erano ancora viste, ma lui già immaginava il banale cielo azzurro della sua città solcato da decine di macchine volanti, come nei romanzi di Giulio Verne e Alberto Robida: si vedeva in sella a un aeroplano per sorvolare le vie del centro e poi salire in alto sopra alla cattedrale fino a sporgersi per appendere il cappello sulla testa sfavillante della Madonnina.

L'abbaiare di un cane lo riscosse dai suoi sogni a occhi aperti. Più che dal botolo peloso che attraversava di corsa il prato, Uberto fu attratto dalle due belle ragazze che lo inseguivano, una dietro l'altra: «Arnolfini! Arnolfini, vieni qui!» Decise subito di mettersi sulla loro scia.

Ettorino di Valdipietra camminava lentamente verso il padiglione della Galleria d'arte moderna Grubicy riservato alla Pittura Divisionista, e il cane non lo vide neppure. Notò invece le due belle giovani che correvano nei viali del parco. E riconobbe chi le seguiva.

«Professor Majeri, i miei rispetti!», e con ironico sussiego levò in aria il cappello, aprendo un largo sorriso verso il suo carissimo amico.

«Ettorino! Bello vederti, ma sono di corsa» esclamò Fedele, rallentando senza fermarsi.

«La felicità è anche mia e noto che stai studiando un paio di argomenti interessanti... O meglio, li insegui!»

«Ah! Ah! Il solito impertinente! Almeno una delle due dovresti riconoscerla... È Giulia!»

«La piccola Giulia? Com'è cresciuta! E dove scappa?»

«Non posso spiegarti, o la perderò! Ci vediamo dopo...»

«D'accordo! Ho un invito per il banchetto del Comitato Festeggiamenti. Un menu che non vorrei farmi mancare.» E iniziò a elencarlo a voce alta per farsi sentire dall'amico: «Dopo il consommé Simplon, homard à l'Américaine e salmone del Reno, poi filetto à la Richelieu...»

«Preferisco stare leggero!» gli gridò Fedele correndo via.

Ma Ettorino proseguì l'elenco con soddisfazione: «Le quaglie alla Piccolo Duca e gli asparagi con sauce mousseline, il pollo di Bresse al forno, la salade à la Windsor...»

Accanto a lui che recitava quel menu come una poesia, divertito per la varietà più che per gola, una giovane donna lo ascoltava attenta e incuriosita, accompagnata da una signora più matura e voluminosa. Ettorino se n'era accorto e si girò verso di loro con un sorriso: «Neppure vorrei farmi mancare le pesche all'Imperiale e il dolce Excelsior, il tutto generosamente innaffiato con un Bordeaux Château Terrefort 1901, un Barolo Opera Pia 1894 e un magnifico Borgogna Moulin à Vent: una casa che ha cento anni di storia, signore mie. E pare che quel vitigno fosse coltivato dagli antichi romani.»

Così concluse, poi si presentò togliendosi la paglietta e chinando leggermente il capo in avanti con uno stile per lui normale: «Ettorino di Valdipietra, *Madame et Mademoiselle*, per servirle. Se non sono indiscreto, posso chiedere di offrire loro una coppa di Irroy Sec? Siamo all'Expo, Milano è in festa!»

Fedele si voltò ancora per un attimo, in tempo per vedere Ettorino profuso in impeccabili baciamano appena accennati che rassicuravano le due signore. Gli sarebbe piaciuto raggiungerlo più tardi alla mostra di Segantini, Previati e Pellizza da Volpedo. Magari con Giulia, lei aveva espresso il desiderio di andarci sfogliando il passepartout, pensò mentre superava un ponticello. Quante cose da fare quel giorno! Ora si trovava davanti alla mole squadrata di un grande edificio dalla struttura moderna e originale.

Un signore pingue e facoltoso, a giudicare dagli abiti che indossava e dall'orologio che estraeva dal panciotto, sostava incuriosito dinanzi al padiglione "Città di Sampierdarena", disegnato per i suoi conterranei da Gino Coppedè, un vanto di Genova ormai salito alla gloria nazionale.

Il marchese Titta di Sanfruttuoso era un importante cittadino della "Superba" e aveva una certa dimestichezza con le operazioni finanziarie. La realtà per lui era fatta soprattutto di scambi economici e, in effetti, vedeva denaro un po' dappertutto. Per esempio, quell'edificio quasi cubico gli ricordava una enorme cassaforte, costruita nel nuovo stile americano. Lui ci avrebbe aggiunto il simbolo del dollaro, valuta per cui prevedeva un avvenire florido, disegnato in grande sulla facciata. Pensò che sarebbe stato bello riempire quel deposito di denaro, monete d'oro e fruscianti banconote, e poi tuffarsi in quello sfavillio di ricchezza come in una piscina. Questa immagine gli diede una benefica sensazione di calore liquido, curiosamente localizzata all'altezza della caviglia sinistra.

«Arnolfini, no!» Sanfruttuoso vide una bella ragazza arrivare di corsa.

Subito dopo abbassò lo sguardo e si accorse del maledetto cagnolino che faceva pipì sulle sue costosissime ghette. Furibondo tentò di scalciarlo via, ma il cane se n'era già andato a tutta velocità, inseguito dalla giovane. E da una raffica d'improperi, che il marchese espresse nel dialetto della sua città.

Confondendosi fra la folla per non farsi notare, Uberto superò le due ragazze che correvano dietro al cagnolino. Arnolfini si era infilato nella selva di piedi che si affollavano intorno a una delle attrazioni più popolari del momento: l'Aeroplano. Fra tante scarpe, mocassini, scarpette, scarponi, scarpine e scarponcini assiepati, ne scelse un paio che battevano il terreno, alternandosi in segno di protesta. La contestatrice era una bella ragazzina, ma stava inscenando un capriccio degno di una bambina.

«Questo non è un aeroplano! È solo una stupidissima giostra! Io voglio salire su una vera macchina volante... Come quella dei fratelli Wright!»

«Ma Lisetta! Marchingegni del genere non se ne sono ancora visti, a Milano... E nemmeno nel resto d'Italia, che io sappia!» Chi rispondeva alla ragazza era un uomo maturo e distinto, di certo suo padre, che si rigirava fra le dita un sigaro spento.

«Be', queste cose le so anch'io: sulla giostra chiamata Aeroplano non ci salgo, è una presa in giro!» I piedi di Lisetta si fermarono e le sue braccia s'incrociarono, mentre Arnolfini indietreggiò scodinzolando, per poi sedersi attento davanti a lei, sempre spazzolando il terreno con la coda.

«In Piazza d'Armi, di fronte al padiglione dell'Aeronautica, ci sono palloni frenati e dirigibili. Andiamo là, dove si vola per davvero!» chiese Lisetta, questa volta sorridendo.

«Mi sembra un'ottima idea, Luigi» intervenne una bella signora, probabilmente moglie del dignitoso signore e madre della ribelle. «Mi hanno detto che là c'è anche il padiglione francese, con porcellane, pizzi e abiti da favola! Potremmo ritrovare le Dupuis e la nostra Giulia, se ha finito la visita ai padiglioni d'arte con Fedele.»

«Facciamo le cose con ordine, Carla. Anche qui ci sono attrazioni meravigliose.» Luigi si voltò indicando il laghetto dove si tuffavano le barchette del Toboga, in una discesa da brivido lungo lo scivolo che torreggiava sullo sfondo. «Per esempio, quello mi sembra un mezzo di trasporto abbastanza emozionante. Che ne dici, Lisetta?»

«Dico che preferirei essere lassù!», e la contestatrice puntò il dito verso il pallone sospeso nel cielo azzurro a trecento metri d'altezza. Anche Uberto guardò in alto.

In quello stesso momento, a bordo del suo pallone, l'aeronauta Celestino Usuelli estrasse dall'apparecchio fotografico la lastra su cui aveva fissato l'immagine del parco, compreso fra l'Arco della Pace, l'Arena Civica e il Castello. Usuelli galleggiava nel silenzio azzurro e guardava la sua città dall'alto, lontano dalle mille e mille storie che s'intrecciavano trecento metri più in basso.

Si sentiva come un passeggero della strana nube oblunga sopra di lui, che fissò stupito ma non fotografò: sembrava un vassoio d'argento, ricolmo di cirri di panna montata che attorcigliavano le punte verso il cielo con sfumature di violetto chiaro.

4
Una navicella vi si tuffò a gran velocità

«Lisetta!»

«Giulia!»

Le due sorelle si ritrovarono, sorprese come se fossero a chissà quanti chilometri da casa. Lisetta sapeva che Giulia all'Expo ci sarebbe andata con Fedele. Eccolo avvicinarsi, mentre era arrivata di corsa anche Léontine, che aveva salutato i genitori delle sue amiche con un perfetto inchino.

«Signori Tirelli, buongiorno.»

«Léontine carissima! E Amélie?»

«La zia ci raggiungerà al Toboga.»

«Carla, Luigi, è tutto bellissimo vero? Ciao, Lisetta.» Il professor Majeri salutò il gruppo.

La signora Tirelli ricambiò con un sorriso affettuoso e un po' complice. Le sue figlie avevano da sempre con il loro insegnante un'intesa forte e misteriosa, che lei approvava.

Nel via vai davanti alla giostra nessuno notò il ragazzo che si era fermato ad ascoltarli da un po'. Uberto, arrivato all'Aeroplano, aveva sentito Lisetta ed era rimasto colpito dalla sua determinazione di vederne uno vero. Ma l'avventura dell'inseguimento alle ragazze e al cane per lui era finita. Ficcò le mani in tasca, voltò le spalle al gruppo di famiglia in gita all'Expo e si diresse verso il padiglione del Canada, dove sperava di vedere delle autentiche Giubbe Rosse.

In mezzo a quell'intrecciarsi d'incontri, saluti e reciproci festeggiamenti, Arnolfini si aggirava divertito, abbaiando e scodinzolando tranquillo. Le mani di Giulia finalmente lo acciuffarono senza difficoltà e lo rimisero al suo posto, nel borsone.

«Eccoti qui, monellaccio!» E spiegò a tutti la sua storia, mentre si spostavano al laghetto del Toboga.

Luigi proponeva a signore e signorine un comodo viaggio all'"Estremo Nord", che era solo a pochi passi di distanza; Amélie, finalmente arrivata, raccontava all'amica Carla le meraviglie della moda francese che aveva visitato con Léontine.

Poco lontano, alte grida e altissimi spruzzi accoglievano le navicelle all'arrivo nella piscina, in fondo allo scivolo che si innalzava davanti al Castello Sforzesco. Fedele rallentò il passo, per la prima volta da quando era all'Expo la gente intorno lo infastidiva. Si mise un po' in disparte, cercò con gli occhi un rifugio per i suoi pensieri e lo trovò nei riflessi della piscina che risplendeva come un piccolo, limpido lago. In quella, preceduta e seguita da strilli gioiosi, una navicella vi si tuffò a gran velocità sollevando due onde cristalline. Per un istante una trama di goccioline si fermò nell'aria, tanti piccoli arcobaleni si disegnarono ai raggi del sole. E allora, dopo una pausa senza tuffi di altre navicelle, Fedele vide uno spettacolo che lo lasciò a bocca aperta.

Tra quelle gocce iridescenti, ora posate sulla superficie del laghetto, delle giovani donne nuotavano sotto il pelo dell'acqua con gesti armoniosi e coordinati. Indossavano abiti leggeri di lunghi veli e sciarpe in tinte tenui, che galleggiavano fluttuando in mulinelli con pieghe sinuose, o correndo con l'irrequietezza armoniosa di un ruscello. Contò le ragazze sorridenti, erano nove e risalivano in superficie mostrando solo la parte superiore del viso, con gli occhi che brillavano di una vitalità trascinante. Fedele incrociò i loro sguardi e provò una gioia profonda, insieme a un inconsueto, inspiegabile desiderio di partecipare a quei movimenti aggraziati. Loro si rituffarono con leggiadria, lasciando eleganti scie con i veli che volteggiavano nell'acqua come fossero nell'aria. Davanti ai suoi occhi la danza acquatica era stata così armoniosa e inaspettata che i colori e i movimenti delle nuotatrici s'impressero nella sua coscienza con le tonalità brillanti e sfumate di un sogno a occhi aperti. O di un'opera d'arte, che appartiene al mondo reale, ma esprime molto di più della realtà.

Chi erano quelle fanciulle? Chi aveva allestito questo spettacolo così nuovo, vivo, originale ma anche così emozionante e intenso, potente di una dolcissima forza femminile, quasi primordiale o fantastica?

In quel mentre, come rispondendo a un muto richiamo, Fedele si voltò e vide che Giulia lo stava guardando. Anche lei era stata colpita dalla coreografia acquatica delle ragazze, perché rifletteva nello sguardo una versione appena un po' più fioca della loro stessa luce, spruzzata con scintille di sorpresa. Che subito si mutò in compiacimento e condivisione, quando capì che loro due avevano pensato la stessa cosa: in quella danza acquatica, per motivi misteriosi, brillava la gemma rara di una bellezza meravigliosa.

Fedele guardò ancora verso la piscina: le nuotatrici erano scomparse. Da qualche parte doveva esserci il trucco, un ingresso sommerso. Avevano fatto così in fretta che nessuno le aveva applaudite.

Giulia incamminandosi si voltò verso di lui e, per un attimo, lo guardò con un'intensità che Fedele non le conosceva. Poi, prima di mettersi in coda per entrare nel piccolo padiglione, si fermò e alzò il viso al cielo.

Anche lui guardò in su, e fu allora che vide la nube. Sembrava un vassoio colmo di piccole meringhe o spumoni, fermo sopra l'ingresso dell'Expo, oltre la statua di Mercurio che svettava sul pinnacolo più alto. Fedele era lontano e non poteva certo scorgere il volto della statua: eppure, chissà perché, ebbe la precisa sensazione che si girasse verso di lui, come se avesse qualcosa da dirgli.

E quella strana nuvola era uno sfondo perfetto.

2

Si dovrebbe iniziare dall'acqua

Venezia, 16 novembre 2006

1

La basilica di Santa Maria della Salute troneggia magnifica di fronte a me

Si dovrebbe iniziare dall'acqua. Tutto nasce da lì. Soprattutto i miei problemi.

Eccola: appena sotto questa finestra, nei suoi riflessi si rispecchia il lungo tramonto veneziano. Ho sempre amato osservarli e, si sa, in questa città sono bellissimi. I colori cambiano con le luci del cielo, i palazzi si scompongono in pennellate, in bagliori, e dipingono la superficie dei canali.

I riflessi. Quando stavo bene li cercavo come degli amici, ora ne ho paura.

La loro calma apparente non deve ingannare. E se *non* fossero solo rifrazioni di immagini screziate e tremanti, oppure immobili e quasi perfette?

Sono arrivato a Venezia da poche ore, per vincere la paura, per calmare la mia mente, per ricomporre la mia memoria.

Il dottor Schein, nella nostra ultima seduta, mi ha suggerito: «Manfredo, scriva al computer una specie di diario e poi me lo mandi per email.» Soprattutto mi ha incitato a dipingere en plein air. All'acquarello, per meglio seguire le sfumature: lui dice che proprio l'acqua – la fonte dei miei guai e della mia paura – potrebbe diluire le emozioni e aiutarmi a capirle, sfumandole. Eccomi quindi nella casa di un amico, in una delle zone che più amo della città. Sull'acqua, appunto. Qui sotto, a pochi metri c'è un piccolo approdo. Lo vedo bene, la sua bianca pietra d'Istria è luminosa. Già, più del solito.

Con gli occhi scendo i gradini. Quelli sommersi sono ricoperti da alghe corpose che si muovono al ritmo della risacca. Sono di un bel verde bosco, un po' scuro ma brillante. Fluttuano, si scompongono e ricompongono. Poi il loro movimento acquista consistenza, e le foglie prendono ancora più corpo, ora quasi emergono e sembrano chiare, come tentacoli. Si aprono in avanti e subito si raccolgono all'indietro, verso i gradini, con immediati ripensamenti, come se non sapessero a quale mondo naturale appartenere. Terra o acqua, regno vegetale o animale?

E io, in quale mondo vivo? Sono a Venezia, in questa scena tranquilla, o navigo perso nei grovigli della mia immaginazione malata?

Devo riprendere fiato, altrimenti le suggestioni e le supposizioni fantastiche, ancora più ossessive, ingolferanno i canali della mia memoria ferita. Invadendo la mia ragione. Sento tornare la paura, è passato così poco tempo da quando ho provato la violenza dell'acqua insieme alla follia perfetta, irrefrenabile, della mia mente. È da allora che soffro di amnesie riguardo a ciò che è accaduto quella notte, meno di due settimane fa. Era il 4 novembre. Ricordo bene le visioni precedenti, ma di quella non voglio sapere più nulla.

Meglio che mi distragga, e subito. Non devo avventurarmi in pensieri azzardati ora, qui e da solo, lontano dal mio dottore e così vicino all'acqua.

La basilica di Santa Maria della Salute troneggia magnifica di fronte a me.

Una montagna di pietra scolpita, con vette tonde. Calma e imponente, solenne e rassicurante, custodisce una Madonna bizantina venuta da un mare lontano, l'Egeo blu di lapislazzuli. Avrei bisogno di quel colore prezioso, di una lontananza serena, dorata.

L'acqua alta dei giorni scorsi ha tenuto lontano i turisti. Anche oggi non è tempo per loro: se cambia il vento la marea potrebbe risalire. E sarà fredda, molto fredda in questo novembre che sembra gennaio. Ci manca solo quella, per alimentare la mia paura.

Sì, devo pensare ad altro. Distrarmi.

Tra meno di una settimana, il 21 novembre, ci sarà la festa della Salute. Quanta vita passerà qui intorno, una fiumana di voci, incontri, saluti, abbracci. Chiacchiere: *ciacole*, come dicono a Venezia. I bambini correranno nel campo e nelle calli vicine, tra banchi carichi di ceri votivi, di dolci e ciambelle fritte, di frutta caramellata e zucchero filato. Una grande allegria brillerà nell'aria, come in una festa di villaggio, in un altro secolo. In quel giorno, proprio come in un rito antico, i fedeli portano candele altissime e si dispongono in coda per entrare nella basilica. Simpatici i veneziani, anche in quel luogo così solenne ciacolano allegri quasi fossero in un campiello. Ma arrivati vicino all'immagine della madre sacra, scura, misteriosa e misericordiosa, iniziano un altro dialogo, in un silenzio profondo. L'icona, con il suo sorriso lontano e arcaico, ricorda che anche su questa terra esiste una possibilità di guarigione. Per tutti.

Dopo le preghiere, usciti all'aperto, indugiano fra le bancarelle prese d'assalto dai bambini che tornano a rincorrersi sui ponti. Nell'aria rimbalzano i suoni di mille campane. Grappoli di palloncini colorati, che riproducono le fattezze di personaggi di fiabe e cartoon, oscillano fra muri screpolati e cielo, si urtano e rimbalzano morbidi, sospesi. Ogni tanto uno si stacca dagli altri e barcollando sopra la folla è condotto dal filo stretto nella mano di un bambino felice. Così, davanti alle facciate antiche di bei palazzi della Serenissima, sfilano unicorni rotondetti, spugne che sorridono, topi benvestiti e canarini giganti, principesse da fiaba e supereroi da fumetto. Amici fantastici con cui i bambini possono dialogare, andare lontano, molto più dei loro passi.

«*Chi rompe la candela la ricompera coi so schei*» sgridano scherzose le mamme. «*Varda ben che se te 'mpegoli col carameo... te copo! Brigante!*»

Quante volte ho vagabondato intorno a questa basilica, tra veneziani che riconquistano la loro città in un giorno così terreno e celeste. Mi sentivo uno di loro.

Ecco, mi sono perso in una delle mie solite didascalie. Non posso fare a meno, soprattutto se voglio distrarmi, alimentano il mio gioco, il mio vizio: ogni tanto devo divagare e sottolineare. Sono fatto così. Mi piace dilungarmi in spiegazioni, mettere una targhetta esplicativa a tutto. Mi diverte e mi rilassa. I miei amici mi chiamano "zio Wiki". Figuriamoci, io che mi muovo solo tra carte antiche e sogno sempre il passato. Eppure, ecco, mi sento già meglio, forse perché questi ricordi fluiscono semplicemente e riescono ad allontanare il tormentone di alcuni pensieri.

Capita in questa città di vagare senza meta e magari trovarsi in un luogo isolato, fuori dal flusso dei turisti. Ed ecco che l'occhio si ferma su uno scorcio, un fregio o un bassorilievo che pensi siano dimenticati nel tempo. Poi una di queste immagini sembra chiamarti, e il mondo reale sfuma all'improvviso. Allora ti perdi con lo sguardo nei riflessi sull'acqua. A Venezia raccolgono realtà e sogni, intrecciandoli in una maglia ondulata di suggestioni. Le impressioni si rincorrono, si allacciano in una rete morbida di specchi liquidi, ti portano chissà dove.

Essere qui potrebbe diventare una cura omeopatica: *similia similibus curentur*. I simili si curino con cose simili.

A Milano ero così spaventato, anzi sconvolto dalle mie visioni. Adesso la memoria funziona abbastanza bene, ma rimane assente per *quella* notte. Quel 4 novembre.

I consigli del mio analista sono stati chiari: «Appena può, si dedichi ai colori e ai pennelli. Dipinga la laguna, i canali. Inizi proprio dall'acqua, dottor Monfalco, e senza pensarci troppo. Cercando di restare quanto più possibile nel suo "qui e ora". Segua liberamente le sfumature!»

La fa facile lui. Anche prima guardavo le cose in questo modo, è il mio mestiere. Ho smesso di dipingere da ragazzo, ma lo sguardo di un pittore mi è familiare.

Torno all'acqua nel canale. Devo iniziare da lì. Per curarmi dalle mie... come chiamarle? Visioni, allucinazioni, miraggi? Sogni a occhi aperti? Illusioni?

No, incubi. Ossessioni. L'acqua che sale e mi cerca, m'insegue, mi circonda, mi prende. Mi provoca amnesie.

Adesso sono proprio qui, in una città da sempre la mia preferita, ma che emerge dall'acqua.

La fantasia: chi avrebbe mai pensato diventasse un problema.

Guardo giù. La danza delle alghe continua, adesso sembrano frange di stoffa scura, si stendono in avanti verso l'acqua e tornano morbide alla pietra. Distensione e raccoglimento. Piacerebbero a qualche coreografo di danza moderna. Sposto di nuovo lo sguardo sulla basilica, sulla sua cupola maggiore. Coronata da angeli, santi e profeti, tra le grandi volute barocche.

Questi rotoli di pietra bianca mi hanno sempre fatto pensare a enormi girelle di liquirizia. Ma sì, quelle che compravo da piccolo, prima di sprofondare felice nella sedia scomoda del cinema all'aperto. E siccome sono bianche, le immagino di pasta di zucchero. Ecco: enormi girelle dolci per decorare la città.

Io davanti a un'opera d'arte spesso mi diverto a scherzare con le similitudini e a inventare storie, come si fa da piccoli. È un metodo che ho usato per rivolgermi ai ragazzi quando tenevo dei corsi, per aiutarli a familiarizzare con le immagini, a ricordare date, nomi, cose tecniche. Mi è pure servito per certi saggi più impegnati, è diventato quasi una mia "coperta di Linus". Penso che con le opere d'arte sia importante l'osservazione attiva, ma anche la fantasia. I capolavori non finiscono mai di stupirti.

Per esempio, quando guardo questa basilica mi piace fantasticare che, in certe notti, una di quelle volute barocche arrotolate lassù sotto la cupola, clic, si srotoli improvvisamente in un nastro che scende lungo fino a terra, ma sì, proprio come una passerella. E lì vicino la statua di un angelo inizia ad animarsi, con i suoi piedi nudi e le ali chiuse la percorre fino al campo, le vesti di pietra morbida volteggianti. Solennemente.

Magari accade, e noi non ce ne accorgiamo. Siamo così distratti, corriamo troppo per tenerci vicino un angelo. Comunque sarebbe un bel coup de théâtre, un effetto meraviglioso. Degno del Barocco, lo stile che amava tanto stupire.

Devo fare pace con la mia fantasia o devo stare nel "qui e ora", come ha detto il dottor Schein.

Osservo l'acqua. Se poi ritornassero quelle immagini, quelle voci, quella forza inspiegabile che a Milano mi ha sconvolto, terrorizzato? Se l'acqua che vedo a pochi metri dalla mia finestra iniziasse a salire, salire?

2
Erano bellissime fanciulle diafane

Quando sono cominciati i miei episodi visionari, dapprincipio non vi avevo dato peso.

Sono un critico d'arte, tra i curatori di una mostra sulle immagini degli antichi navigli di Milano. Ho trovato molti dipinti, fotografie e stampe d'epoca. Le immagini di una città d'acqua che adesso non esiste più, perché i canali che cingevano il centro come un anello, la "cerchia" appunto, furono interrati in parte da metà dell'Ottocento, poi quasi completamente coperti dal 1929. La città perse così la sua conformazione originaria e speciale. I navigli allora erano utili ai trasporti, e nutrivano gli sguardi con la bellezza dei loro riflessi. Così, nella mostra voglio parlare dei riflessi sull'acqua in una città.

Il giorno che vidi muoversi un riverbero del naviglio in un dipinto esposto in un museo, sulle prime pensai a un abbaglio dovuto alla stanchezza, a uno scherzo della mia fantasia. Ma guardando meglio capii che quello non era un effetto del colore amplificato dalla mia immaginazione. L'azzurro dell'acqua si muoveva, correva, si scomponeva in pennellate di altri colori. Fino a svelare delle forme nuove.

Erano bellissime fanciulle diafane, vestite di pepli volteggianti e nastri che fluttuavano con i loro lunghi capelli, diventando acqua in pennellate allungate. Quella prima volta chiusi gli occhi e quando li riaprii l'acqua del naviglio dipinto era tornata come sempre.

Mi riaccadde in altre occasioni, con altri quadri.

Le Ninfe si muovevano nell'acqua che si scomponeva in pennellate, nello stile di un ultimo Impressionismo, talvolta più puntiformi, altre in un disegno più Liberty. E poi, per pochi istanti, vedevo quelle figure. Non ne parlai con nessuno per giorni. Fu solo dopo gli incredibili episodi del 4 ottobre che decisi di ricorrere al dottor Schein. Da allora è il mio analista.

«Le farà bene stare in una vera città d'acqua, che lei ha sempre amato» mi ha detto. «I bei luoghi e gli spettacoli della natura nutrono lo spirito, soprattutto se inquieto. Inizi fissando un panorama che le piace – sottolineo: che le piace – e lo annoti nella sua mente. Poi dipinga. Usi la tecnica dell'acquarello "dal vero". Se vedrà apparire qualche cosa, anche delle figure, lo osservi con benevolenza, quasi fosse un sogno. In ogni caso, ne scriva una breve cronaca, come se io fossi lì ad ascoltarla. Mi porti con sé, insomma. Guardi le sue emozioni con amicizia, Manfredo, ma anche con distacco. Soprattutto non abbia paura, non è necessario. Piano piano anche i ricordi perduti torneranno a fluire naturalmente. Si dovrebbe proprio iniziare dall'acqua. Tutti noi dovremmo rispettarla di più.»

3
Sembra... una medusa?

Ed è proprio appena oltre le alghe fluttuanti, davanti ai gradini immersi nell'acqua, che *la* vedo.

È salita all'improvviso, come una bolla d'aria scura e lucida, un pallone.

Sembra... una medusa? Mi sposto a una finestra che dà sul canale per vederla più da vicino.

Intravedo i contorni arricciati del suo ombrello opalescente, e i tentacoli fitti. Si muove verso l'approdo, là dove guardavo le alghe. Ora sono quiete, ci sono meno battelli e la risacca è minore.

Una medusa nel Canal Grande e di queste dimensioni, in questa stagione, con questo freddo?

Vicino alla riva passa un motoscafo, le sue onde alzano quella cosa e la spingono al di là delle alghe che si sono mosse sì, ma verso il fondo, come per lasciarla salire. La medusa plana su un gradino all'asciutto, dove si affloscia. È una massa gelatinosa e palpitante, ancora più grande di quanto pensassi. Un'altra onda, inaspettata, riesce a sollevarla e la porta più in là, sui lastroni chiari del campo.

Adesso si scurisce ogni istante di più. Da bluastra a violacea.

Provo a chiudere gli occhi, ma quando li riapro è ancora lì.

Non devo avere paura.

La sua cupola gonfia si alza e si abbassa, lentissima, ritmicamente. Forse respira. Potrei scendere nel campo e andarle vicino.

Adesso il Canal Grande è quasi immobile. Da decenni non si ricordava un autunno così rigido. I turisti si sono già riparati negli alberghi, nei caffè, nei bacari, in cerca del tepore di una cioccolata o di un'*ombra* di vino. Il tradizionale ponte di barche che solo per la festa collega la sponda della Salute a quella di Santa Maria del Giglio non è ancora stato montato, il canale è percorso dai vaporetti e da rare imbarcazioni. Nel piccolo rio qui sotto, due gondole ormeggiate alle *bricole* si muovono appena con la risacca.

Un passante cammina frettoloso, chiuso nella giacca a vento. Fiancheggia la scalinata della basilica e sale sul ponte. Non l'ha notata. La medusa è sempre lì, ferma, è diventata ancora più grossa.

Ovvio che non l'abbia vista: questa è la *mia* allucinazione!

Devo distrarmi. Guardo i palazzi riflessi sull'acqua: per Peggy Guggenheim sono dei dipinti bellissimi.

Penso alle vedute settecentesche, così ricche di particolari. Facciate che si rispecchiano in piccole lamelle colorate, dorate o argentate e galleggiano nei canali. A volte, il punto di vista di alcuni vedutisti è esasperato: per esaltarne la bellezza, la meraviglia, arrivano a rappresentare Venezia da prospettive quasi impossibili.

Canaletto, inventore di una camera ottica, dipinge la basilica della Salute ampliando la scena, come inquadrata da un obiettivo fotografico moderno, e ne corregge anche le distorsioni. Michele Marieschi, invece, per rendere la visione ancora più aperta e spettacolare "tira" l'angolo del campo, lo stesso su cui affaccia la mia finestra, e ti senti trascinare dentro il quadro. Che abbiano avuto anche loro un'alterazione della percezione visiva?

La medusa si muove scivolando lentamente sulla pietra chiara, attorniata da una corolla di tentacoli violetti che brillano alla luce dei lampioni. Si ferma, si gonfia ancora, poi striscia in avanti. È davvero troppo grande, e poi non mi risulta che questi animali si muovano sulla terra. *Lei*, invece di iniziare a sciogliersi, cresce. Inutile provare a fotografare la scena, a Milano non ci sono mai riuscito: nell'obiettivo le mie visioni non apparivano.

Ormai è alta quasi come una vecchia bitta da ormeggio. A pochi passi dalla scalinata che conduce alla basilica, si ferma al centro di un fregio tondo, in pietra chiara, che decora la pavimentazione del campo.

Poi arriva tremolando a una larga pozzanghera, residuo dell'acqua alta dei giorni scorsi. Si ferma, si distende su tutta la pozza, e inizia ad avvitarsi su se stessa, appiattendosi e sgonfiandosi in un gorgo concentrico sempre più rapido: i tentacoli si muovono impazziti nella velocità, infine tutto il suo corpo viene risucchiato nel viluppo del vortice. È diventata un grosso serpente blu, arrotolato a spirale.

Si muove, alza la testa. Un lampo dal canale illumina la pozzanghera.

Subito dopo un altro fascio di luce colpisce la statua di un angelo lassù, sotto la cupola della basilica. Le sue ali di pietra per un istante si muovono intermittenti, come quelle di una farfalla su un fiore. Abbasso lo sguardo. Del serpente che prima era una medusa non vi è più traccia. Sparito.

Quei lampi da dove sono venuti? Il cielo è limpido, solo una nuvola bassa si staglia nel riverbero della città. La osservo: sembra un grande vassoio scuro, colmo di cirri di panna montata che si alzano spumeggiando nel cielo. Abbasso gli occhi e vedo emergere dall'acqua scura un oggetto metallico affusolato. Un telescopio? No, no. È una sorta di becco che fende il canale avvicinandosi alla riva. Si ferma davanti all'approdo dove è salita la medusa. Prima emerge una testa, anzi una visiera montata su un lungo collo, cui seguono le spalle, l'intero corpo di... un automa di metallo! Le gambe snodate, simili a quelle delle marionette, salgono meccanicamente i gradini. Sembra... un droide da battaglia della seconda trilogia di *Guerre Stellari*. Ma mi ricorda anche qualcos'altro, non di un film.

Clang, clang, clang.

Muove qualche passo incerto, poi si ferma ben diritto. Non può esserci un uomo sotto quell'armatura, le gambe sono troppo sottili. Il viso è nascosto dalla visiera, come quelle da saldatore ma più allungata. Il lungo collo è proteso in avanti, le spalle larghe sembrano due pezzi di sculture astratte. Si gira e alza la testa, oddio, sta cercando me? No, guarda il cielo. C'è ancora quella nube lassù, un'*île flottante* di panna montata. Poi l'automa si volta e s'incammina verso la basilica.

Clang, clang, clang.

Ho fatto appena in tempo a scorgere il suo torace: c'è un incavo vuoto al centro dei polmoni che somigliano a due carburatori. Sulla schiena una scanalatura divide le spalle. È più alto di una persona e ha il braccio destro monco. La luce del lampione proietta la sua silhouette scura sulla pietra chiara.

L'automa si avvicina a *quella* pozzanghera dove è sparita la medusa-serpente. Si china, la tocca con le grosse dita meccaniche della sua unica mano. Guarda in alto verso la statua dell'angelo, sotto la cupola della basilica. Poi si rialza, si gira e si avvia verso il ponte che porta alla Guggenheim.

Lo vedo bene. Ma certo, mi ricorda *Rock Drill*, la scultura di Jacob Epstein. Una macchina umanoide in gesso che cavalcava un martello pneumatico, simbolo della corsa vorticosa verso un avvenire automatizzato. Un sogno di futuro, diventato un incubo nella tragedia della Grande

Guerra. Proprio per questo il suo autore mutilò l'opera lasciandone solo il torso, in bronzo, con un braccio quasi intero e l'altro spezzato. È esposto a Londra, alla Tate Gallery. Questa visione non m'inquieta per nulla. Anzi, la trovo bellissima e di una potenza affascinante! Improvvisamente mi sento forte, libero come un ragazzino curioso. Sto sognando da sveglio? Ebbene, non è quello che desidera buona parte dell'umanità?

Clang, clang, clang. Sono i suoi passi, sta salendo i primi gradini del ponte di legno. Improvvisamente sento che devo seguirlo!

Esco di corsa, sperando che non arrivi una tempesta a portarmi via con sé, in questa città circondata dall'acqua. È da lì che dovrei iniziare, no?

La grande novità è che l'acqua non mi fa più paura.

3
L'automa

Venezia, 16 novembre 2006

1
Onde di fango e di fuoco riempiono la scena

Alzo il bavero della giacca. L'aria fredda mi fa tornare più realista, e un ripensamento mi blocca. Forse sarebbe meglio rientrare in casa, e distrarmi guardando qualcosa in tv. Sto impazzendo nel credere a queste visioni? No no, mi sento bene come non capitava da mesi, e con un sangue freddo che non mi conoscevo. Decido di seguire l'istinto. Preferisco comportarmi come un bambino che corre dietro alla sua storia, piuttosto che essere un adulto bloccato dalle sue angosce. Solo poco fa non volevo nemmeno guardare i riflessi dell'acqua, e ora eccomi qui, improvvisamente forte, a seguire un automa, citazione visionaria di una scultura, con una nuova curiosità e un coraggio che non sapevo di avere.

Caro Schein, sto migliorando!

Passo davanti a San Gregorio, una chiesa austera, gotica, l'ho sempre considerata adatta a una ghost story.

Il campo è deserto, la solitaria vera da pozzo accentra la calma silenziosa della notte. Dov'è andato, l'ho già perso? Se si fosse avviato a sinistra, nelle piccole calli verso le Zattere, faticherei a rintracciarlo. Vado verso la Guggenheim, d'istinto.

Clang, clang, clang... il rumore metallico dei suoi passi: sì, viene da quella parte.

Nessuno si affaccia alle finestre, ma in questa stagione a Dorsoduro c'è poca gente. Un bagliore sotto il lampione: eccolo laggiù, nella calle che porta verso i musei. Adesso è più lento di prima, si ferma sorreggendosi al muro. Si raddrizza. Vedo meglio la sua schiena forte e stilizzata. Rivedo per un istante la medusa nel vortice che la trasforma in un serpente arrotolato. "Vortex", così chiamò il poeta Ezra Pound la rivista di quella corrente. Ma che c'entra il Vorticismo con me?

L'aria è fredda e umida, eppure sento sul viso un alito tiepido, come una carezza s'insinua dolcemente sotto la sciarpa. Un piccolo capogiro. Mi appoggio al muro ma sto benissimo, come se fossi al di sopra di tutto e nello stesso tempo dentro ogni cosa. L'automa è fermo a pochi passi da me. Sento che devo chiudere gli occhi.

Ed ecco che in quelli della mente affiorano altre immagini. Vedo un uomo in marsina che corre di notte in un parco, tra edifici bassi e chiari. Salta, quasi vola, come una gazza bianca e nera, le code del suo abito ben tese all'indietro. Lo inseguono automi simili al mio R.D. (così lo voglio chiamare) ma ancora più stilizzati, rigidi come marionette meccaniche. Poi vedo l'uomo in marsina fermo in mezzo a un'arena, solo davanti a una schiera di questi automi. Onde di fango e di fuoco riempiono la scena. Lava grigia che diventa un fiume denso, cupo e fangoso, si ramifica, scorre dentro fossati, fra rovi di fili spinati: giovani uomini armati brulicano sotto un fumo nero percorso da lampi. Sento scoppi e urla di dolore. Schegge impazzite piovono ovunque. È la guerra nelle trincee! R.D., mutilato di un braccio e di entrambe le gambe, si trascina su quella terra intrisa di un liquido scuro, appoggiandosi al suo moncherino. La scena si dissolve e al posto del fango compaiono sfumature di azzurro, bianco, verde, rosso, rosa antico: è un corteo di giovanette, ieratiche come certe figure femminili scolpite nei bassorilievi greci. Non sono sculture animate, ma Ninfe uscite da dipinti antichi a me sconosciuti, che prendono vita, avvolte nella luminosità rosata di un'aurora. I loro gesti sono dolci, morbidi, sereni. Intorno, un piccolo giardino fiorito, chiuso e segreto. Pace, armonia, serenità imperturbabile. Una Nike, bianca come le sue ali, vestita con un panneggio morbido che segna il suo passo, tiene nelle mani un uovo color dell'avorio e avanza con un sorriso dolce ma misterioso, materno, sembra conoscere le sorti umane e avere la pietà del perdono. Dalle sue braccia fluttuano nastri e veli che disegnano scie candide. Si alza sulle punte dei piedi e appende l'uovo a una catenina d'oro, in una penombra soave, indistinta. L'uovo oscilla piano, costante come un pendolo che scandisce un'armonia senza tempo. Poi si ferma. La catenina luccica, è appesa sotto una grande conchiglia bianca rovesciata: la volta dell'abside di una cappella in marmo, o qualcosa di simile.

Riapro gli occhi. Il capogiro è sparito, così quel soffio tiepido. Guardo l'ora, da quando sono uscito di casa sono passati appena tre minuti. R.D. è sempre lì, si sorregge al muro nello stesso punto di prima. La mia complessa visione a occhi chiusi dev'essere durata pochi istanti, come nei sogni.

Clang, clang, clang. L'automa si muove, sempre lentamente. Cammina e non si gira mai verso di me. Lo seguo lasciando pochi metri di distanza fra noi.

Clang, clang, clang. È arrivato al piccolo canale, non svolta sulle fondamenta Ca' Balà, raggiunge il ponte e sale i gradini con fatica. È più debole di quando l'ho visto uscire dall'acqua, sembra perdere forza passo dopo passo. Mi appiattisco nel piccolo spazio di un portoncino per nascondermi.

Infilo le mani in tasca e ci trovo qualcosa raggomitolato in fondo. Sono guanti: chiari, di cotone, come quelli che ti danno in prestito negli archivi per sfogliare documenti antichi. Già, li ho usati quel 4 ottobre nella sala studio della Bertarelli, al Castello Sforzesco. Devo essermi dimenticato di renderli. Certamente li ho messi in tasca senza pensarci. Credo di essere uscito da lì come in trance... Avevo visto "cose che voi umani non potete immaginare"!

R.D. è fermo sul ponte. Vedo abbassarsi e alzarsi le sue spalle di bronzo, come se stesse ansimando.

Rabbrividisco, l'aria è molto fredda. Magari i guanti mi terranno un po' caldo. Me li infilo...

2
Il suo sguardo dalla luce calda e selvatica

L'automa va avanti, scende il ponte barcollando, ma il suo corpo pesante ora non fa più alcun rumore.

Lo seguo, mi fermo appena passato il rio e aspetto che svolti nel gomito stretto della calle.

Il suo braccio sinistro con mano metallica pende lungo il fianco, con l'altro monco si appoggia a un muro che cinge il giardino di un antico palazzo. Questa casa è piuttosto famosa per le storie misteriose e tragiche che racchiude.

Nel muro qualcosa inizia a muoversi. È un'ombra, anzi una macchia scura, cola lucida come catrame dagli interstizi fra i vecchi mattoni e le pietre bianche. In un attimo copre gran parte del muro da cui esce un sibilo lontano, come se venisse dalle profondità di un crepaccio. La macchia si solidifica, si impenna, esce dal muro in un balzo e come la zampa di una pantera afferra per una spalla R.D. con forza tale che il suo busto si piega, coperto dal liquido denso. L'automa resiste alla presa, si libera da quella cosa scura che rimane sospesa a mezz'aria e poi torna aderente al muro, come una colata di bitume rappreso.

Di nuovo sento quel sibilo, fra pietre e mattoni vedo una crepa che corre rapida e profonda, aprendosi sempre più.

L'automa si gira verso di me. È davvero possente, un titano metallico. Il suo torace si alza e si abbassa con forza, come se ansimasse, ma senza rumore: sì, ha proprio lo stesso incavo dove l'autore, nella vera scultura, aveva posto una piccola figura, simbolo del futuro dell'umanità. Ma lì vedo solo delle incrostazioni verdastre, come se fosse stato a lungo nelle profondità marine. Nel volto a visiera si accendono due fessure gialle: i suoi occhi. Il suo sguardo dalla luce calda e selvatica. Mi chiede aiuto.

Non faccio neppure in tempo ad aprire bocca che risento quel sibilo e la macchia si anima di nuovo, esce dal muro, balza su di lui, gli prende le spalle, gli scivola addosso e lo trascina verso la crepa che si allarga: è una voragine, l'automa vi cade dentro. Vorrei aiutarlo, ma il varco inizia a richiudersi: si ricompongono rapidamente mattoni, fessure, pietre bianche e pietruzze impastate, sembra una simulazione in hd, pixel dopo pixel. Mi avvicino. Nessuna crepa, nessuna traccia di quello cui ho appena assistito, solo qualche piccola goccia densa brilla ancora scura e beffarda qua e là. Ma anche queste svaniscono in un attimo.

Vorrei urlare, invece non respiro quasi. Non ho paura, ma mi sento sconfitto e di nuovo confuso, sconfortato, fragile. Ed ecco che dai mattoni, quasi fossero di polvere, sbuca la mano metallica dell'automa, seguita dal braccio che si protende brancolando come quello di uno zombie nei film di Romero. Sobbalzo, indietreggio. Le dita meccaniche si distendono aperte verso di me. Mi getto in avanti e afferro quel polso a due mani. Il metallo è tiepido, sembra vivo. Posso toccare il mio povero automa, voglio e devo salvarlo! I guanti mi aiutano a non perdere la presa, le mie mani hanno un'energia che mi stupisce. Quell'ombra anima di nuovo il muro, ribolle densa: una sabbia mobile, scura e verticale. Eppure resisto impavido tenendo il braccio del R.D. con una forza vitale, elettrica e animale al tempo stesso, che non mai ho provato prima.

E subito una scossa tiepida mi attraversa le dita, le braccia, tutto il corpo, arriva formicolando fino ai piedi ben radicati a terra. Le mie mani stringono ancora di più, quasi anch'io fossi una macchina, guidata da questa nuova energia che vince ogni paura.

Tiro a me il braccio dell'automa con tutte le forze.

E in quel momento, nell'ombra che anima il muro ecco accendersi una luce fredda. Due sottili e lunghissimi occhi di ghiaccio galleggiano sopra un ghigno che si apre orribile. Sotto i piedi sento una morsa gelida, non riesco più a muoverli. Le mie mani diventano fredde e rigide, perdono la loro potenza. Il braccio dell'automa mi scivola via, quell'ombra nera e ribollente lo inghiotte di nuovo. Piano piano, inesorabile.

Rimango immobile, ancora raggelato. Solo dopo qualche minuto posso di nuovo muovere mani e piedi. Il muro è tornato nell'aspetto di sempre.

Verso il campiello, pochi passi più in là, vedo una pietra angolare più chiara delle altre. Brilla di piccoli bagliori sommessi. Mi avvicino, s'illumina in rifrazioni di colori tenui, come fossero schegge di quarzi. Luccica sempre più colorata, sembra un minuscolo prato fiorito.

Ed ecco che accade un altro fatto straordinario. I miei occhi penetrano la densità di quei cristalli, scendono nel profondo della loro conformazione come in un viaggio nelle ere geologiche: le minuzie infinitesimali delle concrezioni minerali mi appaiono grandi e vicinissime. Distinguo il magma, il sedimento, la metamorfosi di ciò che nei secoli l'acqua ha trasportato e aggregato. Tutto riluce, le infinite ere di quei minerali mi passano davanti in un istante.

L'immagine è nitida come in nessun sogno sarebbe possibile.

Poi, sento ancora quell'alito tiepido e la mia testa si svuota. Diventa leggera, infinita.

E mi appaiono altre immagini. Vedo l'automa cadere nel buio, lontano, come se stesse precipitando in un cannocchiale rovesciato nello spazio e nel tempo, la sua silhouette rotea su se stessa in un lento gorgo che si fa sempre più veloce, lui diventa piccolo piccolo. E in quel nero cupo mi riappare solo il suo volto a visiera, grande come se fosse vicino. Due sottili fessure luminose e calde si accendono, i suoi occhi hanno la dolcezza triste di animale selvatico ferito.

Poi una voce remota, la *sua* voce, mi sussurra metallica. «*Libera il genio. Non avere mai paura, fidati dei tuoi sogni, nutrili. Troverai un aiuto. Non temere per la mia vita, nulla mi può ferire veramente. Parte di me è un riflesso dell'invisibile e nessuno potrà distruggerlo.*»

3
Le mani, ancora coperte dai guanti

In preda a ogni tipo di considerazioni non mi sono accorto di essere arrivato all'ingresso della Collezione Peggy Guggenheim. Mi fermo sotto un lampione per guardarmi le mani, ancora coperte dai guanti. Ruoto i palmi aperti verso di me: il cotone bianco è asciutto, senza tracce di macchie. Eppure dovrebbe averne, il braccio meccanico dell'automa era in parte coperto dal liquido scuro, colloso come catrame.

Mi avvicino alla luce del lampione. Guardo meglio. Sì, qualcosa si muove sulle punte delle dita.

Non macchie, sono linee, sembrano... Disegni? Figure femminili piccole ma perfette. Sì, le riconosco: le Muse! Un passo di danza, una giravolta, poi un inchino, ogni gesto è seguito dal rapido panneggio delle vesti. Sono proprio quelle che ho visto volteggiare in una vecchia rivista nella sala studio del Castello, quel 4 ottobre!

Chiudo e riapro gli occhi, le figurine sono sempre lì e danzano leggere sulle mie dita. Un cartone animato formato francobollo, proiettato in un elegante bianco-nero su questa stoffa chiara. Ognuna delle nove Muse tiene nelle mani uno strumento, il simbolo della sua arte.

A parte che... *Tutte* le mie dita sono animate. Chi è la decima figura? Quella sull'indice della mia mano destra è l'unica senza uno strumento. La guardo meglio, ed ecco che lei si scompone in puntini, volano nell'aria e subito si ricondensano in un disegno tridimensionale, un ologramma che s'ingrandisce sospeso davanti a me, in un delicato chiaroscuro. Vedo i suoi riccioli volteggiare, sfumano mossi, così i panneggi della lunga veste. La giovane ne tiene un lembo ripiegato sul braccio come fosse un fascio, anzi, un sospiro di fiori appena tratteggiati. Con l'altra mano indica qualcosa. Si volta, mi fissa con uno sguardo soave, intenso e misterioso: è così simile alla *Fanciulla che indica* di Leonardo da Vinci! Il suo sorriso si apre in una sfumatura di consapevolezza... rivolto verso di me!

Che cosa sai, fanciulla sibillina, lieve e morbido disegno nell'aria? Perché non me lo dici?

Il suo dito indica l'ingresso della Guggenheim. Ammaliato, mi avvicino al cancello del museo, una scultura di ferro e vetro colorato. Scruto all'interno, verso il primo cortile, ma da qui si non si vede molto. Mi giro verso la mia decima Musa disegnata nell'aria. Inutile, non c'è più. La cerco sulle dita, ma anche le Muse sulla stoffa sfumano fino a scomparire.

Mi sfilo i guanti quasi con rabbia. Li metto in fondo a una tasca, dove li tengo stretti in mano, non devo assolutamente perderli.

Decido di avviarmi verso casa per scrivere ogni cosa al mio analista. Mi crederà? *Help! The doctor is in*, o no? Ho pronti i cinque cents, dottore. Una vagonata di cinque cents, per avere le risposte che desidero. Ma io non sono un personaggio delle strisce, e il mio "doctor" non vuole prendermi in giro come fa la perfida Lucy con il povero Charlie Brown.

Delle voci arrivano dal fondo della calle, di là dal ponte. Due figure massicce avanzano a testa bassa. Non so perché, ma decido di nascondermi. M'infilo nel buio di una piccola calle a lato, che termina sul canale.

I due passano il ponte e si fermano sotto la luce di un lampione: grandi e grossi, entrambi calvi, si muovono con goffaggine da culturisti e indossano due appariscenti giacche colorate, una a strisce verticali e l'altra a grossi quadri.

Giacca a quadri parla al cellulare. «Nessuna traccia della medusa, signora. Abbiamo già ispezionato il canale con il motoscafo e con un faro... Sì sì, davanti alla basilica. Adesso proseguiamo la ricerca a piedi. Troveremo anche il robot, naturalmente!... Come dice? Non dobbiamo cercarlo più?... Ah! Capisco... D'accordo, signora, come vuole lei.»

Giacca a quadri si volta verso giacca a righe e allarga le braccia con disappunto. L'altro annuisce chinando il capo, si allontanano parlando più piano, le voci si perdono.

Ma chi erano quei due? Fanno parte delle mie visioni notturne o sono la conferma che tutto questo è accaduto veramente?

Basta domande! Voglio solo infilarmi a letto e dormirci sopra!

4
Un azzurro inequivocabile

Milano, Brera, 18 giugno 1906

1
Parli tu o parlo io?

Era una bella giornata di sole e il cielo splendeva azzurro, senza una nube. Un venticello gentile scendeva su Milano dai monti. Chi fosse salito sulle terrazze del Duomo, avrebbe visto ben nitida la corona di vette rosa, grigie, violette. Una sfumatura di blu dava la lontananza di quell'abbraccio roccioso, aperto sulla città da millenni. Solo le rocce di una montagna, quel giorno, erano di un viola così intenso da farla sembrare vicina, molto vicina, ma nessuno se ne accorse.

Fermi al centro del cortile d'onore del palazzo di Brera, in piedi uno accanto all'altro sotto il Napoleone in bronzo del Canova, Giulia Tirelli e il professor Fedele Majeri fissavano l'azzurro del cielo. Risaltava ancora di più, incorniciato dal loggiato di doppie colonne in pietra chiara. Sotto il porticato, come fossero amici in attesa, le sculture di studiosi, scienziati, artisti e letterati, alcune immerse nell'ombra morbida altre raggiunte dal sole, rendevano l'atmosfera del cortile solenne e allo stesso tempo protettiva. Adatta a quello che il professore e la sua giovane allieva volevano dirsi: profondo come quel cielo, intimo come quell'ombra, acceso di speranza come quell'azzurro. Segreto come quel cortile.

Ma tutti e due se ne stavano zitti, a naso in su. E da parecchi minuti si ponevano la stessa domanda: parli tu o parlo io?

Quella mattina Giulia era arrivata a Brera con le ali ai piedi, felice di poter stare da sola con Fedele. Quando però aveva visto l'amico davanti all'ingresso, si era accorta subito che qualcosa non andava. Era diverso dal solito. Accennandole un breve sorriso, aveva iniziato a descrivere il colore dell'intonaco della facciata, indicando il muro in un punto dove si intravedeva un'insignificante sbrecciatura da cui lui faticava a staccare lo sguardo. Non era uno dei *suoi* racconti sul colore, geniali e coinvolgenti, che lo avevano reso uno dei professori più amati dell'Accademia. Giulia aspettava la luce divertita e intensa dei suoi occhi, immancabile introduzione a uno dei colpi di scena di Fedele. Invece ora era passato a parlare della pietra dello zoccolo: frasi vaghe, sospese nel nulla, smarrito come le parole che non trovava per terminare il discorso, quasi impaurito. Arrivati sotto il Napoleone si erano fermati, era loro abitudine salutare la piccola Vittoria Alata nel palmo della mano dell'imperatore. A Giulia sembrò più che mai una fatina.

Invece Fedele, quel giorno, vedeva l'eroe come una giovane divinità appena risalita dalle viscere del mare! Dal mare, sì, ecco da dove veniva. Al posto dello scettro stringeva in mano un tridente, e sul palmo teneva una Nereide. Una minuscola Galatea dai tratti soavi e fiabeschi, che appoggiava i piedini su una conchiglia. Il suo manto si srotolò volteggiando nell'aria in lente curve dai colori di un lieve arcobaleno vaporoso. Poi diventò rosso e riempì il cortile con le sue volute.

Il professore chiuse e aprì gli occhi. La piccola Galatea tornò la Vittoria Alata di sempre.

Cercò di non essere sopraffatto da un subbuglio di suggestioni e di pensieri. Il giorno prima gli era sembrato di toccare il cielo con un dito, e quella mattina era uscito di casa correndo nella stessa prospettiva. Adesso, neppure quel magnifico azzurro lo aiutava a trovare una ragione. Ai piedi della statua si muovevano ombre sfrangiate, che andavano avanti e indietro come alghe nella risacca. Ma di che cosa erano l'ombra?

Poco prima, davanti all'ingresso, era stato ipnotizzato da una vera e propria visione. Mentre aspettava Giulia in strada, improvvisamente aveva visto aprirsi una sbrecciatura nel muro della facciata del palazzo di Brera. Si era avvicinato. La crepa si sbriciolava in polvere che svaniva nell'aria, e al suo interno aveva visto uno scenario incredibile: terra incandescente e bruciata, cenere e schegge di pietre che svanivano rapidamente per mostrare un affastellarsi di quarzi e cristalli luccicanti, di una trasparenza colorata e profonda; sfumature e venature concentriche che s'irradiavano ad anello da opali o agate, in un vortice senza fine! L'immagine era scomparsa un istante dopo.

Che cosa mi succede, perché vedo tutte queste cose? Il professore si voltò verso Giulia: fissava il cielo sorridente e tranquilla, non si era accorta di nulla. Certo, quelle visioni erano solo *sue*.

Il Napoleone ora brillava lucido come un giovane dio del mare appena uscito dall'acqua. Non un Nettuno barbuto e trionfante fra cavalli marini, tritoni e delfini, ma un giovane dio. Turbato.

Verde, verde argento, verde scuro, verde acqua. Fedele voleva nascondersi nel verde, tra quelle ombre che sembravano alghe.

Guardò il cielo, e quell'azzurro schietto, privo di ambiguità, lo fece sentire ancora più scontento di sé.

Perché quelle suggestioni assurde? Proprio adesso che era con lei, in quel mattino di sole, all'indomani di un giorno ancora più splendente, di quelli che avrebbe ricordato per tutta la vita.

Al parco, tra i padiglioni dell'Expo, si erano ritrovati come un tempo, avevano scherzato, dialogato con gli occhi e con i sorrisi. Si erano stupiti e divertiti insieme, nello stesso modo e nello stesso istante. Eppure, tra incontri, amici e le corse dietro quel cagnolino, non avevano mai avuto un momento tutto per loro.

Poi, alla fine di quello spettacolo al Toboga... Già, la sorpresa di una magnifica e inaspettata danza acquatica lo aveva incantato. Quelle brave nuotatrici sembravano... Ondine! Erano bellissime. E dopo, Giulia gli aveva rivolto uno sguardo così profondo, così nuovo: la notte non era riuscito a dormire.

Uscendo da casa quella mattina, non vedeva l'ora di incontrarla. Era ansioso di sapere del tempo che lei aveva passato a Parigi, dei suoi progressi negli studi, e anche... Sì sì, dovevano parlare. I due anni trascorsi lontano da lei erano stati lunghi, un vero distacco. Ma adesso che erano così vicini, soli, in quel cortile per loro così protettivo, Fedele non trovava nemmeno una parola per iniziare il discorso. Quelle immagini fantastiche lo portavano via. Eppure ne aveva pensato uno, di discorso, e importantissimo.

Come sembravano lontane, adesso, le visite di un tempo alle gallerie d'arte con Giulia, Lisetta e Léontine!

E le sue lezioni, le favole, i racconti che lui creava solo per loro: il suo gioco per conquistarle sempre di più alla passione e allo studio, all'arte. Fantasie! Forse era proprio quel suo giocare con le immagini la colpa di tutto. In quel momento anche le belle giornate del passato erano velate.

Le alghe scure ai piedi della statua fluttuavano, avanti e indietro, come le immagini che non conosceva, andavano e tornavano coprendo i suoi pensieri.

Fedele Majeri stringeva con forza il cappello di paglia fra le mani. Si voltò ancora verso Giulia. Lei stava guardando il cielo e i suoi occhi splendevano. Non avevano la vivace rifrazione blu del giorno prima, che lo aveva trasportato in un mare lontano. Oggi erano verdi boschi di montagna riflessi in laghi profondi. Sì, erano cangianti anche da ragazzina: blu mare o verde bosco, allora non avevano segreti per lui. Mentre adesso li trovava così misteriosi. Non riusciva a guardarli, ma ne sentiva il profumo. Un bosco verde.

Fu Giulia a rompere il lungo silenzio: «*La bellezza è una promessa di felicità*!» Erano le parole di Stendhal che il professore citava sempre prima di iniziare le visite alle gallerie d'arte.

Si girò verso di lui e il lembo della sciarpa di seta chiara, quasi avorio, che ricadeva dalle spalle al polso e poi fino a terra, restò un attimo sospeso nell'aria, così a lungo che a lui sembrò fermare il tempo. Giulia proseguì: «Questa frase, la nostra formula magica. Quanto mi è mancata! E allora, maestro Majeri... che cosa ci aspetta oggi?» Lo fissò con dolcezza, ma anche con un po' di malizia.

Lui la sbirciò solo per un attimo, con la coda dell'occhio. In quei due anni lei si era accesa di una bellezza nuova. Intensa, molto intensa. Posò lo sguardo sulla sua sciarpa, sembrava un riflesso che ondeggia sull'acqua. Sempre uguale, sempre in movimento. Arrivava da un'epoca remota ma vicina, rendeva infinito un solo istante, mentre tutto intorno sfumava nell'indistinto.

Frastornato, chiuse gli occhi. Quel riflesso stava invadendo anche il suo cuore, doveva lasciarlo correre via. Quando li riaprì il Napoleone era sempre più corrucciato. Dov'era finito il giovane, malinconico, misterioso dio del mare? Di quella visione rimanevano solo ombre che continuavano il loro movimento, sotto la scultura, come alghe nell'acqua bassa di una laguna.

«Sei molto serio e silenzioso stamattina. A che cosa stai pensando?» disse Giulia in un soffio, dolce e complice. Doveva stanare il *suo* Fedele, l'amico che sapeva far vivere i sogni evocando le immagini. «Ieri è stato... meraviglioso. Volevo parlartene.»

Poi, vedendo il viso dell'amico farsi teso, lei recitò le parole che il professore era solito pronunciare ai tempi delle loro prime visite: «Adesso ascoltiamo la quiete intima e solenne di questo cortile. Per noi può essere... *uno spazio di prodigi in città*!» Con gli occhi che brillavano indicò un angolo del colonnato: «Attente, ragazze! Nel cortile le colonne corrono sempre appaiate, ma agli angoli... agli angoli diventano tre. E badate bene: non è soltanto un motivo architettonico... formano i due lati di un triangolo magico. Il terzo lo possiamo creare noi.»

La voce di Giulia arrivava a Fedele da lontano, dolce come in una fiaba. «È da qui, che il Guercio, il nostro amico invisibile e grande alleato, fa entrare a Brera i suoi *invitati*. Noi non dobbiamo disturbarli, *loro* non sono come noi. Entrano nel nostro mondo da questo magico triangolo. Poi scivolano invisibili tra cose e persone.» Una pausa, un sorriso soddisfatto: «Non dobbiamo calpestare la scia delicata dei loro primi passi. Questi amici invisibili potrebbero spaventarsi e non visitare più le gallerie d'arte. Sarebbe un enorme peccato: loro vengono da così lontano per gustare i nostri bei dipinti!»

«Oh, il Guercio. Le mie favole... ora sembrano sciocchezze» commentò il professore a bassa voce.

«Lui sì che potrà aiutarci anche oggi, Fedele. La fantasia è sempre riconoscente, ripaga chi le vuol bene» gli sussurrò Giulia. Il professore si voltò verso di lei che, raccolta la lunga sciarpa su un braccio, ora si stava avvicinando al lato destro del porticato per fermarsi appena prima dell'angolo d'incontro delle colonne. Dopo aver controllato che non ci fosse nessuno, spiccò un passo più lungo, aggraziato come quello di una danzatrice, e disse: «*Un due tre...e un salto!*»

Quel passo disegnava la terza linea del loro triangolo

magico: il loro gioco, il loro rito. Ed era lui l'inventore di quella fiaba. Giulia lo guardò sorridendo. Era bellissima.

2

Vi prego, però, del Guercio non parlatene in giro

Anni prima, il professore aveva iniziato a raccontare alle ragazze del fantasma del Guercio della Braida: solo lui poteva vedere quel personaggio fantastico vagare nelle gallerie, nei saloni e nei cortili di Brera, ed era diventato suo grandissimo, importante amico.

«Fu il Guercio il primo a costruire qui una casa, tanto tempo fa, più o meno ai tempi del Barbarossa. Allora era solo un campo aperto, una "braida", come si diceva. Lui quella casa la donò agli Umiliati, che la ampliarono con un convento, una chiesa e abitazioni dove lavorare i panni di lana. L'origine degli Umiliati è avvolta nella leggenda. Il Guercio non me l'ha mai voluta raccontare, lui fa grandi pasticci con le date e le persone. Preferisce parlare con le immagini. Arrivano direttamente al cuore, così mi ha sempre detto.

«Passò il tempo, e le dominazioni straniere si succedettero sulla nostra città. Verso la fine del Cinquecento i gesuiti edificarono un collegio con scuole, e poi un bel palazzo che nell'epoca del Barocco iniziò ad assumere la forma che vediamo oggi. Con l'arrivo dell'imperatrice Maria Teresa d'Austria, intervenne lo stesso architetto che in quegli anni costruiva la Scala, il grande Giuseppe Piermarini. Qui a Brera si diede importanza all'osservatorio astronomico, alla magnifica biblioteca. E anche all'Orto botanico, che divenne più grande e moderno. Con nuove serre e piante sconosciute ed esotiche, come i due ginkgo portati qui dalla Cina nel 1775. S'iniziò a collezionare libri e opere d'arte, venne fondata l'Accademia:

aperta al pubblico con lezioni gratuite di belle arti. La scuola e la raccolta di capolavori si ampliarono molto con Napoleone che amava l'arte, quella classica: noi lo vediamo nel nostro cortile ritratto dal Canova come un eroe antico. Le collezioni della pinacoteca crebbero sempre più dal 1859, grazie alla passione per l'arte della nostra patria, finalmente unita.»

Le ragazze lo avevano ascoltato attente, poi avevano chiesto: «Un fantasma, e tu puoi parlarci?... Il Guercio adesso dov'è? Da dove viene?... Ma non ti fa paura, Fedele?»

«Il Guercio è diventato mio amico. Lui vive in uno spazio senza tempo, un posto in cui la fantasia s'intreccia con la realtà. E quando in questi intrecci qualche riflesso o coincidenza misteriosa lo permette, ecco che con un salto entra nel cortile e va a visitare le gallerie d'arte, come un fantasma invisibile. Quando arrivarono i primi quadri prese a venire con maggior frequenza. Ne era orgogliosissimo: la sua vecchia casetta nella braida era diventata un palazzo magnifico, pieno di cose che lo facevano sognare! E piano piano il Guercio divenne un vero esperto di pittura e di scultura. Come arrivava qui? Passava da un punto del cortile, dove le colonne diventano tre. E da lì poi faceva entrare alcuni suoi amici. Quando fu la prima volta? Non lo so, non me lo ha mai detto. Magari accadde quando uno studente del Seicento espose una sua tesi di filosofia, di matematica, di logica, illustrata con disegni particolarmente fantastici: se andate a vederli, sembrano degni di comparire da un momento all'altro su un palcoscenico... Oppure quando il Guercio vedeva la fantasia del suo mondo combaciare con la realtà! Ve l'ho detto: in un riflesso, in un intreccio di similitudini. Oggi purtroppo lo incontro molto, molto meno di una volta. Il perché non lo so. Però il nostro triangolo magico lo aiuta.

«Me lo immagino vicino a un dipinto mentre si gratta

assorto la barba e scruta ammirato ogni dettaglio con il suo unico occhio, che è diventato più grande a furia di ammirare le opere d'arte, mentre l'altro è coperto con una pezza di tela. Niente paura, però! Certi fatti che a noi sembrano strani, se non spaventosi, non lo sono affatto per chi abita nel mondo della fantasia, dove accade l'impossibile. Voi ragazze non rischiate di diventare come lui, ma studiando l'arte i vostri occhi sapranno vedere di più.

«La prima volta che lo incontrai fu parecchi anni fa, assorto di fronte alla copia in gesso del *Laocoonte*. Si voltò a guardarmi serio, con una lentezza esagerata. Poi mi strizzò l'occhione in un lampo di allegria così simpatica che sembrava mi conoscesse da sempre, sorrise e se ne andò con le mani in tasca fischiettando. Ne fui stupito, un po' turbato, molto incuriosito. Non lo incontrai più per mesi, fino a quando lo vidi davanti a tre colonne, in un angolo del cortile. "Rimani!" mi disse con voce perentoria e roca, anzi rocciosa, tanto che pensai provenisse dalla caverna di un Ciclope. Ma non mi spaventai, e lui continuò: "Così spero potrai vedere anche tu i miei amici. Forse li riconoscerai, sono famosi, di sicuro ti piaceranno." Ed ecco che dallo stretto spazio tra le colonne uscirono gocce di luce, che diventarono forme e poi figure. Erano duchi e dame ritratti in dipinti famosi del Cinquecento, venivano dalle lontane Gallerie di Urbino! Anche se tutto era impossibile, credetti subito ai miei occhi. Il Guercio esclamò: "Ma guarda, ce l'hai fatta davvero!" Era così felice che non stava più nella pelle, e neppure nel suo vestito: il corsetto sembrava scoppiare, i pantaloni mostravano le gambe muscolose e pelose. Le cuciture stavano cedendo perché diventava gigante, sembrava proprio un piccolo Ciclope! Lui se ne accorse, fece un gran respirone e *puff*... tornò come prima. Poi, da buon padrone di casa, mi strizzò l'unico occhio e si incamminò verso la Pinacoteca con quei suoi ospiti dai bellissimi vestiti. Io, quella volta, ero così frastornato che non osai seguirli.

«Qualche tempo dopo, un pomeriggio che in quella sala non c'era nessuno, lo ritrovai. Era fermo di fronte al *Cristo* del Mantegna. Mi sorrise e tirò fuori dal suo borsone uno specchio, in una strana cornice con un piedistallo che lo teneva un po' inclinato verso il basso, lo posò a terra e infine molto agilmente si sdraiò in modo che, alzando la testa, potesse vedervi riflessa la sua intera figura. Mi disse che così studiava il segreto usato dal Mantegna per la prospettiva di quel dipinto. Altre volte l'ho sorpreso a contare e annotare su un foglio il numero delle donne velate nella *Predica di san Marco in Alessandria d'Egitto*, di Gentile e Giovanni Bellini. Perché? Non l'ho mai saputo, ma l'ho fatto anch'io. Provateci, è divertente: il numero è sempre diverso, dopo un po' una di loro si volta, alza il velo e vi strizza l'occhio!

«Un altro giorno il Guercio mi raccontò di quel professore che aveva passato le vacanze estive sul tetto di questo palazzo. Sapete perché? Per studiare le stelle! Era il padre gesuita Ruggero Boscovich, un insegnante di matematica dell'università di Pavia che se ne stette appollaiato lassù tutte le notti, per tre mesi, nel 1764. Appassionato di astronomia, decise di progettare una nuova costruzione, la Specola, dotata di orologi a pendolo, telescopi, una sala ottagonale e torrette con finestre girevoli, per seguire il moto delle stelle. Fu così che Brera iniziò a esplorare il cielo.

«In certe notti anche il Guercio scrutava la volta celeste con il suo unico occhio attraverso un grande telescopio. Aveva imparato subito a usarlo, invece con gli orologi non ebbe mai troppa confidenza. Per lui il tempo non ha molta importanza. Il Guercio ama dialogare con i personaggi immaginari, rare volte con gli uomini. E sceglie sempre quelli adatti a capirlo. So che ora sta sviluppando a suo modo la teoria del professor Giovanni Schiaparelli, il grande astronomo che per primo studiò Marte, qui da Brera, solo pochi anni fa.

«Secondo il Guercio gli avvallamenti di quel pianeta, che sembrano letti di fiumi o canali, in un tempo remotissimo erano pieni d'acqua, ma questa poi ha iniziato a scorrere in un lontano *altrove*. Lui dice che è confluita in uno spazio speciale che ben conosce, dove paradossalmente tutto scorre senza apparire... ma i loro riflessi mandano bagliori speciali, che a volte provocano effetti altrettanto speciali sulla Terra. Non ho ben capito come funzionasse questo suo ragionamento strampalato. Vi prego, però, del Guercio non parlatene in giro, si potrebbe sentire a disagio e non tornare mai più. Gli esseri fantastici diventano fragili se qualcuno a cui danno fiducia sciupa la magia dei segreti e delle amicizie.»

Fu così che il professor Majeri conquistò le giovani allieve alla familiarità con Brera. E alla storia dell'arte, grazie al suo formidabile metodo.

3
Il metodo poco/molto Fedele

Era stato l'ingegner Luigi Tirelli, il padre di Giulia e Lisetta, a definire quelle lezioni di Majeri alle ragazze "il metodo poco/molto Fedele": uno stratagemma mnemotecnico per studiare l'arte immagazzinando alcune delle sue scene con l'aiuto della fantasia e dell'emozione.

Il sistema era molto semplice: davanti a un disegno, un dipinto, un affresco, una scultura, l'amico inventava una fiaba. Avvincente e strampalata, ma ricca d'informazioni sulle luci, sui colori, sui personaggi. Così la fantasia del racconto si univa alla storia e alla realtà delle nozioni artistiche, rendendo tutto più inciso nella memoria. Lì stava il vero trucco, sottolineava soddisfatto l'ingegnere. Già dalle prime lezioni, aveva notato che nelle ragazze erano sbocciate, e poi fiorite, le doti necessarie all'attenta ricerca: spirito di osservazione e desiderio di conoscenza. Senza contare che lo stupore creato da quei racconti, a volte in effetti un po' troppo bislacchi, era come un mastice efficacissimo per fissare le informazioni e l'attenzione.

«Le similitudini, anche se devo dire che talvolta quelle di Fedele sono un po' ardite, diventano un contenitore efficace per riporre schede ben reperibili, e metterle al sicuro negli scaffali della mente. Insomma: un sistema archivistico d'impareggiabile efficacia» affermava soddisfatto l'ingegner Tirelli. Se nello studio il cemento era la disciplina e i mattoni erano la volontà, per una materia complessa e difficile come l'arte serviva qualcosa di speciale. Era come costruire un palazzo della memoria: sicure le fondamenta, protettivi i muri che custodivano stanze piene di libri e decorate con belle immagini, con finestre che si aprivano su giardini con fiori e frutti. Fuor di metafora: un metodo utile e dilettevole!

Il metodo "poco/molto Fedele", o della curiosità e della meraviglia, come lo definiva più poeticamente sua moglie Carla, permetteva di emozionarsi e divertirsi, allenando l'attenzione al più piccolo dettaglio. Il "saper vedere" era una dote importante nella vita, lei lo aveva imparato ogni giorno in silenzio, curando i fiori del suo giardino. Così, era d'accordo quando il marito affermava che scienza e arte avevano scopi affini: una studia i fenomeni della natura, l'altra li rappresenta.

Di solito era Fedele a iniziare il gioco, perché di un gioco si trattava. A voce bassa, come certi nonni o zii iniziano una fiaba sussurrando ai bambini "c'era una volta", le sue parole si inanellavano con tono delicato e suadente. Poi narrazione e voce si facevano via via più accese e avvincenti. I suoi occhi scuri brillavano profondi da un particolare all'altro dell'opera d'arte che avevano di fronte.

Certe volte si aggirava pensoso davanti a un'opera come un investigatore e alzava il dito esclamando: *trovate degli indizi!* E le ragazzine dovevano cercare in biblioteca notizie storiche su un artista e la sua epoca. O ancora le guidava a individuare correlazioni di stile e di temi tra vari autori: *guardate quella scena, dove la abbiamo già vista?* In altri momenti si fermava silenzioso a un paio di metri da un quadro e proclamava: *gli spazi!* Poi le sue dita tracciavano linee nell'aria: disegnava gli ingombri di personaggi, oggetti in scena e paesaggi. A volte si avvicinava e incorniciava con le mani aperte solo una parte del dipinto, sottolineava un volto o uno sfondo, coglieva un dettaglio. E invitava le ragazze a fare altrettanto.

«Il colore racchiude segreti e scoperte. Lasciate che vi attragga, pensate di essere farfalle o api» disse un giorno tra lo sguardo felice di Giulia e quello compiaciuto di mamma Carla, che accompagnava il gruppetto. «Avvicinatevi, osservatene la stesura, entrate in confidenza con il dipinto. Non dimenticando mai l'impressione avuta da lontano, la prima che arriva al cuore!»

Era però sempre la fantasia il miglior strumento per fare amicizia con un'opera, soprattutto con un capolavoro. Così aveva insegnato il Guercio a Fedele.

La visita alla Pinacoteca poteva durare un intero pomeriggio, dedicato solo a poche opere. Due o tre al massimo, a volte anche una sola. Spesso si fermavano davanti agli stessi dipinti, i preferiti. E talvolta, tutti e quattro seduti su un seggiolino, con matite e una cartelletta di fogli sulle ginocchia, si esercitavano nel copiarli.

«Alcune opere d'arte sono dotate anche di una forza incontrollabile, proprio come le meraviglie della natura, e quindi si deve avere confidenza sì, ma anche fare molta attenzione. Avviciniamoci un po' per volta con amicizia, ammirazione e rispetto. E in certi casi... da loro bisogna saper fuggire!» aveva concluso Fedele scattando di corsa verso un'altra sala, dove si era fermato a riprendere fiato, le mani sulle ginocchia, facendo finta di essere stremato come un corridore appena passato il traguardo.

Una delle mete preferite dal professor Majeri e dalle sue allieve era la *Sacra Conversazione* di Piero della Francesca, comunemente chiamata Pala di Brera.

La prima volta che l'avevano ammirata insieme Giulia, poco più che bambina, era certa di avergli sentito dire che le opere d'arte nascono per il nostro sguardo, ma spesso lo ricambiano. Per ognuno in modo diverso.

«La Madonna è dolce, serena ma assorta in preghiera. Intorno, santi e angeli, e il duca: paladini chiari e fortissimi. Perché una chiarezza, quasi trasparente, è la potenza di questo dipinto. Osserviamo la volta del soffitto a forma di grande conchiglia rovesciata. Sovrasta la scena quasi senza farsi notare, da lì scende un'impercettibile catenina d'oro che sostiene nell'aria un uovo. Guardatelo bene, è il centro più lieve di questa magnifica armonia, ma nello stesso tempo porta lontano. Come un pendolo, che segue una musica divina.»

«Che cosa rappresenta?» avevano chiesto subito le ragazze.

«Può avere più significati. Alcuni lo intendono come il simbolo di una nuova vita che deve schiudersi, quindi della Resurrezione. Per altri è la rappresentazione degli ideali del primo Rinascimento: armonia, simmetria e perfezione. C'è chi dice che quello non sia un uovo, ma una perla nata pura nella sua conchiglia. Per altri ancora è un uovo di struzzo, simbolo di tradizioni più lontane, religioni misteriose che vengono dalla Grecia e dall'Oriente... Non possiamo sapere quali notizie del mondo antico avesse Piero della Francesca. Certo, nulla è nuovo in senso assoluto, e poi proprio in quegli anni gli umanisti riscoprivano i testi dei filosofi greci. Ma forse queste spiegazioni sono del tutto inutili: questa è una Sacra Conversazione!» aveva concluso il professore.

«Ora chiudiamo gli occhi e facciamoci avvolgere dall'armonia che sprigiona questo dipinto. Lasciamo che i colori sfumino piano piano, sempre più chiari, finché diventano quasi bianchi. Anzi, trasparenti. Che ne dite, ci proviamo?» aveva proposto chiudendo gli occhi. I capelli lunghi, il volto appassionato ma disteso: Fedele era un bell'uomo, ma allora sembrava un ragazzino e allo stesso tempo un vecchio saggio.

«Non ti dispiace che i colori svaniscano?» aveva sussurrato Léontine.

«No no, anzi. Per capirli bene ci vuole una pausa, uno spazio neutro, trasparente, quasi bianco come la tela. Ma adesso iniziamo: tre bei respiri, e ogni colore sfuma piano piano...»

Erano rimasti così per un tempo che lei non avrebbe saputo dire, tanto si sentiva fluttuare senza pensieri.

Poi Fedele aveva parlato con voce molto dolce, ma più potente e profonda. «Riapro gli occhi... Oh, ecco... il dipinto è quasi una musica, non vi pare?»

Anche Giulia aveva aperto i suoi, lentamente. I dettagli erano più nitidi, i visi dolcissimi. Eppure... Chi era quel nuovo personaggio che faceva capolino in mezzo agli angeli? Osservava curioso le loro collane di perline... Diavolo di un Fedele, avrebbe detto sua madre, che cosa ci faceva *dentro* il quadro?

Confusa, Giulia si era voltata. Lui era sempre lì accanto a loro, gli occhi di nuovo chiusi. Quando li aveva aperti erano magnetici, luminosi come non mai. Non avrebbe mai dimenticato quello sguardo.

Qualche lezione dopo, il professore consigliò alle ragazze di fissare con attenzione la grossa conchiglia da cui pendeva l'uovo, percorrendo con lo sguardo le linee del suo interno, in su e in giù. Serviva per cancellare i pensieri fastidiosi, come una gomma. Poi disse di concentrarsi sull'uovo misterioso, con gli occhi semichiusi e attenti, e infine di abbassare del tutto le palpebre per vederlo meglio, nella concentrazione più completa.

«Ma come si fa a guardare *con gli occhi chiusi*?» chiese Lisetta.

«Se porti l'immagine al cuore, la ri-corderai. Lo dice la parola, no?» le rispose Fedele. «Respiriamo con calma, nella quiete del dipinto. Quando la mente sarà tranquilla, leggera, trasparente, cerchiamo di immaginare un altro uovo, disegnato da noi come vogliamo. Anche come un palloncino colorato: arriva da lontano volando nell'aria e si avvicina a noi. Ecco che... *sviss, svisss...* fa un giro con un fruscio e... hop!... si ferma proprio sopra la nostra testa. Quell'uovo, o palloncino, è un piccolo spazio magico, solo per noi. Lì possiamo riporre pensieri, desideri, sogni. O un bellissimo nulla. Insomma, quello che ci verrà in mente. È legato a noi solo dal filo d'oro, prezioso ma leggerissimo. Quando ci sembrerà il momento adatto, lo lasciamo libero di andare lontano, là da dove è venuto. Se non ci riuscite non scoraggiatevi, riproveremo.»

Le ragazze si erano subito appassionate a immaginare una brezza che soffiava via ogni pensiero. Poi arrivava quel palloncino. Dopo qualche esercizio, erano diventate così brave da prendere in mano il filo d'oro e portarselo con loro fuori dalla Pinacoteca, in giro per la città. Proprio come quei palloncini che si comprano ai giardini.

4
Forse il viola ci potrà aiutare

Fedele chinò il viso fissando le sue mani che stringevano il cappello. Giulia aveva evocato il fantasma del Guercio. Uno dei suoi migliori amici in quel sopramondo di storie che aveva inventato per le lezioni alle ragazze. Da quando era partita lui lo aveva quasi dimenticato, anche con Lisetta e Léontine non lo nominava più, ormai stavano diventando troppo grandi per queste favole.

Si girò di nuovo verso di lei. Come avesse sentito il suo sguardo, Giulia tornò da lui al centro del cortile. La gonna, i capelli, la sciarpa, ora si muovevano in una brezza irreale, che sembrava sospendere il tempo. Fedele pensò che quell'immagine, quell'emozione sarebbero state vive per sempre nei suoi ricordi. Lei, quasi ne fosse consapevole, sorrise come la fanciulla di quel disegno di Leonardo che indica qualcosa di sconosciuto, enigmatica ma tranquilla. Guardarla era una gioia per gli occhi, un piccolo spettacolo della natura. Ma anche un mistero.

Il loro incontro all'Expo, dopo quei due lunghi anni, era stato così luminoso, meraviglioso e speciale anche per lei? Non osava chiederglielo, e non solo perché la sua mente e i suoi occhi erano colmi di illusioni.

«A Parigi ho visitato musei e collezioni. E ho capito che il *tuo* metodo mi ha regalato qualcosa ben più grande di me. Un'amicizia speciale con le opere d'arte.» Poi Giulia sussurrò piano nell'aria: «Loro con te *si animano*.»

Fedele fissava il Napoleone, gli sembrava più severo del solito: l'immagine del giovane dio del mare era proprio scomparsa. Tutt'intorno le altre sculture, un Pantheon di scienziati, artisti e letterati, lo circondavano protettivi nel loro sapere. L'aria era frizzante, l'atmosfera nel cortile raccolta e profonda. E il cielo era di quell'azzurro famoso a Milano per esser così bello, quando era così. Ogni cosa sembrava lì per benedirli.

Giulia aveva ricordato il triangolo magico, il Guercio, le sue storie, e in modo così vivo, vicino, affettuoso: che cosa poteva volere di più?

Azzurro. Verde.

Tornò a guardare il cappello che stringeva tra le mani, poi sussurrò parole del tutto inaspettate anche per lui.

«Il viola! Sì, forse il viola ci potrà aiutare!»

Lei lo guardò sorpresa. Fedele cercò allora allora una connessione logica per quella sua uscita incomprensibile.

«Stavo pensando a un bel viola scuro. Sì, intenso e metallico. Me ne ha da poco parlato il Pellizza. Ha trovato un colore che si fa arrivare apposta dalla Francia. Il viola fa risaltare la luce, lo sai.» Un attimo di silenzio imbarazzato, poi il professore continuò: «La rende viva... Ieri non abbiamo avuto il tempo di andare nel padiglione dove è esposto il suo *Sole nascente.* Sottilissime linee di violetto gli danno luminosità e, nello stesso tempo, lo tengono imbrigliato ancora nell'ombra della terra da cui sta sorgendo. Il viola: l'ultimo o il primo colore dell'arcobaleno, del crepuscolo e dell'alba. Un sottile confine tra la luce e la notte. Annuncia il giorno o lo chiude. Non è affascinante? Comunque, quel quadro è un capolavoro, va studiato con calma: ci potrà aiutare nei nostri nuovi lavori» concluse di un fiato e affondò le dita nel cappello, tirando il nastro di canneté marrone, senza guardare Giulia.

«Il viola?» lei chiese, poi esclamò: «Ma certo, mi spiegherai! Non vedo l'ora di tornare a dipingere insieme qui, nel tuo studio. Adesso però non sono pronta, vorrei salire in Pinacoteca. Andiamo dal nostro capolavoro preferito!» Si mise al suo fianco e lo prese per mano. Fedele a quel contatto, caldo e morbidissimo, si sentì così leggero che per un attimo tutte le sue ansie svanirono.

Quel giorno, però, sarebbe occorsa davvero l'esperienza di un fantasma pluricentenario per aiutare il professore. Il segreto che Giulia stava per raccontargli era ancor più sorprendente e destabilizzante di quello che lui, in quella strana mattina popolata da visioni, non aveva osato rivelare a se stesso.

5

Il bacio

Milano, Brera, 18 giugno 1906

1

Era accaduto a Londra.

Era accaduto a Londra, un mese prima. Alla National Gallery Giulia era restata quasi un'ora seduta sul suo sgabello portatile con fogli e carboncini, davanti a un solo quadro: il *Ritratto dei coniugi Arnolfini* di Van Eyck. Senza disegnare nulla. Quel dipinto la rapiva. Nella loro camera da letto, le figure degli sposi erano attorniate da particolari che catturavano l'occhio. I colori di alcune cose inanimate erano vivi e quasi reali: il vestito verde di lei, le arance, il letto rosso, la finestra luminosa, il lampadario con una sola candela accesa. In primo piano, il cagnolino guardava Giulia come se le volesse parlare. Poi fu lo specchio sullo sfondo del dipinto ad attrarre il suo sguardo. Rifletteva anche due figurine che non si vedevano, aspettavano gli sposi sulla soglia della stanza o forse vi entravano. Dopo qualche istante nello specchio si era mosso un bagliore di luce tenue, e ogni dettaglio si era confuso: un'increspatura ondulata copriva la superficie tonda come fosse un minuscolo lago spettinato dal vento.

Subito Giulia aveva pensato a un piccolo abbaglio da

stanchezza. Ma i baluginii aumentavano, ondeggiando come in una rete di riflessi sull'acqua. Quella luce liquida si era ampliata fuori dallo specchio per arrivare al suo animo. L'aveva vista irradiarsi dal dipinto fino a essere così vicina che la poteva toccare. Aveva allungato una mano, e a quel punto la rete luminosa era svanita. Ne era rimasta delusa, ma poi l'entusiasmo di un simile prodigio era subentrato a ogni altro pensiero. Avrebbe voluto raccontarlo a tutto il mondo, tanto era meravigliosa la sua sensazione. Sapeva bene di non poter essere creduta, ma tutto era stato troppo nitido per essere solo un'impressione.

Adesso era venuto il momento di raccontarlo a Fedele, doveva raggiungerlo. Appena saliti in Pinacoteca, lui si era fatto di nuovo pensieroso, si era allontanato con passo svelto dicendole che doveva controllare una cosa e che si sarebbero visti fra poco, nella sala del Rinascimento.

Invece lo trovò davanti al *Bacio* di Hayez, assorto con le mani dietro alla schiena.

2

Te ne sei accorto anche tu, vero?

Nelle sue lezioni di un tempo, Fedele diceva che l'azzurro dell'abito della donna gli ricordava il lago di Como visto dall'alto delle montagne. Ora per lui quell'azzurro era più freddo del solito, argenteo, quasi metallico. Così perfetto e razionale. Eppure, appena arrivato, era stato subito avvolto dalla morbidezza sensuale della stoffa dipinta, fredda e sfuggente come seta, ma viva.

Si voltò sentendo Giulia al suo fianco. Solo allora si rese conto quanto avrebbe voluto stringerla a sé, e baciarla. Un bacio appassionato come quello del quadro, non per un addio ma come promessa di felicità! Riuscì a guardarla negli occhi, con quella luce che lei ben conosceva.

Giulia si rassicurò, il momento era arrivato.
«Fedele, stai pensando la stessa cosa che penso io?»
Lui non rispose. Il fruscio della seta dipinta e il profumo di Giulia erano tutt'uno.
«Te ne sei accorto anche tu, vero?» proseguì lei avvicinandosi di più.
Fedele sprofondò gli occhi nell'azzurro, cercandone le pieghe più ombrose.
«Accorto di che cosa?» mormorò guardandola serio.
«Ieri, alla piscina del Toboga. Quelle fanciulle nell'acqua... So che le hai viste, come me.»
«Certo... Brave nuotatrici, è stata una bella e ben riuscita coreografia acquatica» rispose lui.
«Non erano nuotatrici» sussurrò Giulia sicura. «E nemmeno persone come noi: Fedele, noi abbiamo visto degli esseri fantastici, delle personificazioni della natura. Io... le voglio chiamare Ondine! Sono confusa ma felice, come non lo ero da tempo... Sì, da quando ero piccola. Solo che oggi ne sono più consapevole. E ho bisogno di te più che mai.»
Era così vicina a lui che il suo profumo, un misto di ginestre e fiori bianchi di primavera, spirava come la brezza di un giardino mediterraneo portata dal tramonto: dolce, calda, inebriante. Ora sentiva il vento e la fragranza di quel giardino del Sud, davanti al mare. Giulia, più bella di qualsiasi dipinto, la sua allieva preferita, la piccola saltafossi, era diventata qualcosa di inafferrabile. Forse era quello il profumo dei fiori nella cornucopia di Flora mentre incede di spalle, le vesti mosse dalla brezza?
«Ondine?» chiese. Fece un passo indietro senza accorgersene, socchiudendo gli occhi, poi proseguì cercando di scacciare ogni altro pensiero: «Scusa, Giulia, ma non capisco a che cosa ti riferisci.»
«Ninfe dell'acqua, forse. Sono certa che le abbiamo viste, ieri. *Solo noi due.*» Era calma ma i suoi occhi cangianti

adesso sembravano un mare lontano. Bellissimo, blu, irraggiungibile. «Fedele, posso chiederti di descrivere la scena di ieri?»

Lui rispose, quasi sottovoce: «Mmm... Erano una decina di fanciulle, mi pare. Nuotavano e il fluttuare delle loro lunghe vesti e dei nastri nei capelli disegnava volute e spirali nell'acqua, con impercettibili ma sapienti citazioni artistiche. Un po' Ninfe antiche e un po' botticelliane, poi quasi preraffaellite... ecco, anche simboliste, ma senza inquietudine. Le sciarpe e i veli galleggiando creavano decori e riccioli simili a quelli del Liberty di Mucha. Erano nuotatrici così abili che muovevano l'acqua come lo sfondo di un dipinto divisionista, in un'armonia complessiva.»

La guardò. Negli occhi dell'amico era tornata un po' di quella luce che Giulia amava tanto.

«Fedele, Fedele, solo adesso mi è chiaro!» disse lei accendendosi di gioia. Continuò quasi sottovoce: «Sono apparse in un insieme di citazioni e forme artistiche per comunicare con noi! Credo che abbiano un messaggio, Fedele: per me e per te!»

«Ma che cosa stai dicendo, Giulia?» scattò lui, un po' severo. «Sarebbe bello, mia cara, ma... non siamo più ragazzi che credono così tanto alle favole che inventano... Purtroppo!» concluse con pacata tenerezza.

«Fedele, non dire così. È la più bella sorpresa della nostra vita. Prova a chiederlo agli altri, se ricordano le nuotatrici del Toboga. Ti diranno di no. Credimi, le abbiamo viste solo noi, e *per davvero*! Sono così felice... E pensavo che lo fossi anche tu. Sì, sono Ondine. Ci ho riflettuto tutta la notte, credo proprio che siano *loro*.»

«E per quale motivo non me hai parlato subito, ieri?»

«Non è stato possibile, non siamo mai rimasti soli. Speravo che lo facessi tu, quando eravamo nel cortile. Ma eri così assorto, distante.»

«Mi dispiace contraddirti, ma ti ripeto: le tue "Ondine” erano parte di uno spettacolo ben riuscito, fra i tanti che si tengono all’Expo. Tutto qui. Se gli altri non l’hanno visto, be’, forse erano solo distratti.»

Poi si pentì del tono. Lui oggi era sopraffatto dalle emozioni, lei dalla fantasia: la spiegazione era questa. Colpa sua, del suo metodo che l’aveva abituata a giocare con l’immaginazione. Negli anni le aveva insegnato a fantasticare senza freni. Confuso, non riuscì a fare altro che immergersi nell’azzurro dell’abito dipinto.

Fu allora che vide una goccia argentata, piccola e sfuggente, che cadeva veloce sulla superficie lucida della stoffa. Correva brillando sulla seta, giù, senza che nulla la ostacolasse.

Pensò che l’uomo nel quadro, pur continuando a baciare la giovane donna, stesse piangendo. Si avvicinò. No, era dal cuore di Fedele che veniva quella lacrima: lo sentiva così distintamente che gli sfuggì un profondo respiro. Proprio quando voleva abbandonare ogni suggestione per ragionare con distacco, scopriva che non gli era possibile. Si lasciò avvolgere in quella lacrima solitaria e salatissima che correva via, sulla seta.

Ora capiva: poco prima, nel cortile, voleva aprire a Giulia il suo cuore. Altro che timido dio del mare con la piccola Nereide! L’amava ed era arrivato il momento per dichiararlo. Lui, l’amico di famiglia, il suo professore e confidente, be’, proprio Fedele non avrebbe mai dovuto provare quel sentimento. Anzi, era suo dovere proteggerla da se stesso. E dalle Ondine fluttuanti all’Expo!

3
L’invisibile deve rimanere così, non-visibile

«L’invisibile deve rimanere così, non-visibile» le disse a voce bassa. Alzò il tono e continuò più sicuro: «Altrimenti non esisterebbe l’arte, che è uno strumento per intuire i segreti dell'anima e della natura. L'immaginazione è una dote meravigliosa, può essere visionaria, ma dobbiamo mitigarla con la nostra interiorità e con la conoscenza del mondo reale. La mente, la fantasia, le impressioni mosse da certe emozioni a volte possono ingannarti. E tradirti.»

«Ma noi non siamo matti, Fedele: ci sarà un motivo *reale* se ci sono apparsi questi esseri! *Loro* non sono come noi, ma parlano al nostro cuore, l'ho sentito subito.» Si avvicinò di più. «Immagino che per te sia difficile crederlo. Era la prima volta che le vedevi, no? Io invece le ho ritrovate... perché le conosco da sempre. Tu lo sai che le ho già incontrate, da bambina, nelle rogge vicino alla cascina dei mici.»

«Da piccoli tutti si inventano degli amici immaginari, Giulia. E anche noi lo abbiamo fatto nelle nostre lezioni» le rispose lui irrigidendosi.

Il sussurro di Giulia lo raggiunse da una distanza che non conosceva. «È il momento di andare dal nostro dipinto preferito.»

Gli prese una mano e tenendola ben stretta attraversò svelta alcune sale. Lo guidava come fosse un bambino che non sa dove andare.

L'effetto che ebbe la Pala di Piero su di lui, in quel mattino di impressioni intense, fu forte come non mai.

Chiuse gli occhi e gli apparve una serie d'immagini che correvano una dopo l'altra in un insieme caotico, come in un incubo. Un lampo scuro, grandi onde di fango s'impennavano e ricadevano su un greto di sassi, ciottoli tondi che brillavano lucidi di riflessi violacei nel momento in cui il fango si ritirava. Poi apparve un vulcano dalla bocca colma di lava. Sferzata dal vento diventava cenere impetuosa. Ma la scena cambiò di nuovo: un cielo cupo incombeva con nuvolaglie nere su un fiume denso e grigio che sembrava voler travolgere ogni cosa. Nuvole, nuvole, nuvole.

Onde del mare spumose si cristallizzavano in montagne di ghiaccio azzurro, poi di nuovo si scioglievano in cascate di lapilli infuocati e diventavano subito un fiume di lava che correva impetuoso verso di lui, arrivando così vicino che poteva sentire l'odore dello zolfo. Finalmente tutto si sbriciolò in una chiara evanescenza. Era un corteo di figure chiare, femminili, ondeggianti di pepli e nastri bianchi. Danzavano in processione, ieratiche. Entrarono in un giardino. Una Nike con ali candide e una veste avorio, simile a un angelo, avanzava con un uovo nelle mani, sorrideva e sembrava invitare Fedele a fissarlo. La scena diventò sempre più serena e pacificante. I colori erano quelli dei dipinti pompeiani sfuocati dal tempo: verde rame, azzurro, rosso e rosa antico, blu cobalto, si stavano riempiendo di una freschezza e di una gioia tali che sembravano vivi, appena dipinti. Poi tutto diventò bianco avorio.

La sua mente si svuotò da ogni angoscia. Si sentì leggero, libero, meravigliosamente chiaro, come al risveglio da un sogno importante e rivelatore. Più forte e sicuro. Solo, ma senza più paura di esserlo.

Aprì gli occhi e il capolavoro di Piero della Francesca accolse il suo sguardo, pacificandolo ancora di più.

Era tutto così immobile e perfetto, così imperturbabile, che la sua quiete sublime gli vibrava nella mente. Abbassò lo sguardo sulla parte destra del dipinto dove, indossando la sua armatura più bella, era inginocchiato Federico di Montefeltro, il duca di Urbino. Ebbe un'idea che si trasformò in una decisione logica: non mi resta che essere come lui. Non avrò quella formidabile corazza istoriata, ma ne creerò una tutta mia, invisibile. Sarò un paladino al servizio di Giulia. Della sua immaginazione, di qualsiasi cosa lei mi dirà. Se ho creato io questo pasticcio, questa folle accelerazione della fantasia, sta a me trovare una soluzione, mettendo da parte ogni altro mio sentimento inopportuno. Di me si vedrà solo un lato, come il Duca raffigurato nel dipinto. Non posso uscire allo scoperto con i miei sentimenti, certo non ora. Non è il tempo. Difenderò e proteggerò Giulia anche dai miei sogni, si disse categorico.

Lei si avvicinò, gli sfiorò la mano con un tocco lieve, poi la sentì parlare sottovoce.

«Ecco, dobbiamo fare come lui, Federico di Montefeltro: essere dei paladini, armati della nostra preziosa certezza, pronti a difendere le Ondine, così torneranno da noi per svelarci il loro segreto.»

Fedele la guardò negli occhi con dolcezza. Come tante altre volte era accaduto, Giulia aveva letto i suoi pensieri. Anche se ora li stava interpretando a modo suo. A quel punto, lei gli raccontò la sua visione di Londra davanti al *Ritratto dei coniugi Arnolfini*. Lui, anche per cambiare argomento, le chiese del cagnolino che aveva battezzato con lo stesso nome.

«Oh, il nostro caro Arnolfini... Ieri sera, appena sono arrivata davanti alla porta di casa, ha fatto un balzo fuori dalla sacca ed è... è sparito lungo il naviglio... letteralmente, come nebbia al sole! O come un sogno al risveglio.»

6

Bisbigli notturni nel Giardino Nasher

Venezia, 16 novembre 2006

1
Questa sì che è una bella sorpresa!

«Sss... silenzio, non fate il solito casssino!»

La vocina che sussurra nella notte a Palazzo Venier dei Leoni, ben oltre l'orario di chiusura della Collezione Peggy Guggenheim, sibilando sommessa ma decisa interrompe il concerto di piccoli rumori, brusii imprecisi, fitti bisbigli che anima il giardino delle sculture. Un chiacchiericcio che non si era tacitato neppure quando un lampo di luce, rapido come un colpo d'ala, aveva spezzato per un attimo la morbida penombra che avvolge le statue e le installazioni esposte all'aperto nel cortile Nasher. Intorno non c'è anima viva. Le telecamere, come la gran parte degli umani del resto, questi bisbigli non li avvertono proprio.

A pronunciare le parole che hanno interrotto ogni altro rumore è stata un'esile, slanciata figura femminile, con testa, corpo e gambe sottilissimi, le braccia filiformi distese lungo i fianchi. È una statua, ma il suo bronzo sembra attraversato da un vento immobile e senza tempo: *Femme Leoni*, così chiamata da Alberto Giacometti, il suo autore, per ricordare il nome del palazzo in cui lei è posta all'ingresso. In piedi davanti a un trono antico di marmo bianco, grosso e squadrato, prosegue sempre a bassa voce: «Non avete visto quell'ala di luce che per un istante ha solcato la notte? Ho una certezza, anche se immateriale... Insomma, sento una presenza nuova. O magari, più che una presenza, è una non-assenza... In conclusione: c'è qualcuno! Un estraneo. Che c'è e non c'è. O non c'era. È paradosssale, lo ssso...»

Femme Leoni vibra per farsi ancora più sottile, stretta in se stessa e pronta a captare ogni interferenza intorno, ogni piccolo riverbero, fino a diventare come una lama sfaccettata tra le ombre della sera.

«Ogni volta è così! Sei la solita intellettuale, sempre lì a tormentarti per qualcosa, a pensare a quello che vedi o non vedi... Sei troooppo sensibile! Rilassati, lo sai che quando ti spaventi allunghi le esse» brontola una bella voce pastosa, da cantante lirica o da attrice. Proviene da *Anfora-frutto*, la scultura di Jean Arp. Le sue curve bronzee e le sue forme pingui disegnano una linea continua, dolce e armoniosa. Potrebbe ricordare un'anfora senza manici, più gonfia alla base, come un frutto maturo.

«Devi smetterla con tutte queste fissazioni sull'intangibile, Femme Leoni! Stai tranquilla una buona volta! Tu sei sempre lì, in ansia, ti fai un sacco di domande angoscianti, ma è soprattutto la dieta che ti rovina: non si vive di sola aria e d'idee complicate. Sentirti più libera da continue congetture ti darà serenità e gioia. Fidati: sei troppo magra! Così diventi tesa. *Take it easy!*» Detto questo, Anfora-frutto si volta su un fianco come un grosso mammifero acquatico che cerca il sole su una spiaggia, impressione accentuata dalla sua lunga, perfetta curva continua.

«Ssh! Sshtt! L'aria vibra intorno a me più del sssolito. Sssento quella presenza tra noi, è più intensssa. Ma dove? Trrrh! Trrrhh! Dopo quel colpo d'ala di luce, ho percepito un vero *estraneo* tra noi... ma non-tanto-diverso-da-noi. E ciò è *pa-ra-dos-sa-le*» conclude scandendo metallica le parole, senza sibilare.

«Uffa, quante storie! E dove sarebbe?» rimbecca Anforafrutto. Poi sottovoce, parlando fra sé: «Mi piacerebbe starmene un po' per i fatti miei. Appena posso entrerò nei sogni del direttore del museo, per vedere se riesco a ispirargli l'idea di cambiarmi posto. Gli suggerirò di espormi nel terrazzo sul Canal Grande, anche un po' in disparte... Farò compagnia all'*Angelo della città*. Lì sarò più vicina ai profumi del mare, ai crostacei, alle moeche e ai granchi... e anche a seppioline, cozze, vongole, calamari e totanetti, che sono bellissimi da vedere. E ai barconi con le cassette di frutta e verdura che passano sotto al terrazzo. Che meraviglia! Devo pur mantenerle dolci, queste mie belle superfici curve!»

«Silenzio!»

L'appello proviene da una grande testa di toro e dalla figura umana che cammina al suo fianco, smangiate e bucate entrambe, drammaticamente eleganti. Formano un gruppo scultoreo in bronzo, *Tauromachia*. Sono i reduci di una terribile corrida idealizzata: del toro è rimasta solo la testa, mentre il matador ha un piccolo capo a mezza luna, come una stilizzata arma primitiva, sorretto da un corpo a forma di uovo sotto cui si allungano le gambe sottilissime. I due, ben diversi tra loro, stanno vicini come eroi epici: ex nemici che camminano insieme. E parlano sempre con una voce sola. Una creazione della scultrice Germaine Richier, a lei proprio in quei giorni è dedicata una mostra all'interno del palazzo.

«Smettetela di litigare come primedonne... Anche noi percepiamo qualcosa di irreale ma presente!» tuonano bassi. «Molto, molto vicino a noi!»

«Ecco, siamo a posto, la compagnia di visionari è al completo: uno spettro anoressico che si dà arie da "femme fatale" e due zombi pieni di buchi! Alla fine ci faccio la figura di essere l'unica con i piedi per terra: figuratevi un po', io che i piedi non ce li ho nemmeno!» brontola Anfora.

Dling, dling, dling. Uno scampanellio improvviso vibra nell'aria.

«È l'allarme! Qui c'è qualcuno!» muggiscono all'unisono toro e torero, o quel che rimane di loro.

A tintinnare sono tre grandi campanelli volanti, sferici come piccole astronavi fantascientifiche: i soggetti del quadro *La voce dell'aria*, di René Magritte, che si trova all'interno del museo. Vagando fuori dalla tela, fluttuano nelle sale e sui cortili, svolgendo nella notte un efficace servizio di sorveglianza.

Dal mare e dalla laguna intanto si è alzata un'aria fredda e umida che s'insinua anche nelle calli strette della città. Un riflesso scuro brilla in un angolo del giardino, poi il guizzo lucido di un serpente striscia allo scoperto. È blu notte, bagliori bianchi e azzurri solcano la sua pelle come una collana di murrine percorsa dalla luce. Si muove lentamente dalla pozza d'acqua dove stava raggomitolato, si ferma quasi in mezzo al cortile e si avvolge di nuovo su se stesso.

«Oh, vedete... avevo ragione» sussurra Femme.

In quella, il serpente inizia a girare su se stesso in una spirale sempre più veloce. Quando si ferma, i contorni della pelle sono diventati un'unica massa che si gonfia come un bulbo palpitante, si contrae e si distende, sempre più piano. Infine anche questo movimento si arresta: le opere del Giardino Nasher vedono la cupola tondeggiante di una voluminosa medusa viola, dai riflessi blu.

2
La medusa si sposta con lentezza verso un punto più illuminato del cortile

Le sculture tacciono per diversi minuti.

La medusa respira lenta, la sua massa gelatinosa si muove ritmicamente. All'improvviso nel silenzio affiora un suono sommesso che si modula a intermittenza: come il respiro del mare, il palpito di una pioggia leggera, il fruscio di un rivolo d'acqua tra le pietre. Infine si trasforma in una voce femminile.

«Dovete scusarmi, sono nel vostro giardino e ho interrotto le vostre conversazioni. Spero di non spaventarvi con la mia presenza o con il mio aspetto.»

«Non ti preoccupare» risponde Femme Leoni, improvvisamente gioviale. «Noi non ci formalizziamo mai, per quanto riguarda le apparenze. Viviamo d'inafferrabile... Il bello è cercare oltre quello che si vede, o no? E poi ognuno ha i suoi problemi. Tu pensi che io sia a mio agio messa qui in bella mostra al centro del cortile, dove tutti mi vedono appena entrati?»

La medusa si sposta con lentezza verso un punto più illuminato del cortile. Senza rispondere.

«A ben vedere è proprio mossstruosssa. Chi sssarà, da dove viene?» sibila Femme a bassa voce verso gli altri.

«Niente è mostruoso in natura! Solo l'uomo a volte può produrre cose che sono proprio contro-natura, come giocare con la morte... Ne sappiamo qualcosa noi!» replicano i Tauromachia sempre all'unisono. «E poi, il *vero* è una fonte per l'immaginazione, che ha bisogno di un punto di partenza.»

Dling dling dling! Il trio di campanelli-astronavi, dopo un rapido giro tra le sculture, torna sospeso, occhieggiante, vicino ma non troppo alla medusa e scandisce le parole con fluida gentilezza, in un'unica voce dal timbro metallico.

«Buonasera! Vorremmo presentarle il gruppo di sodali amici e il luogo in cui si trova: Palazzo Venier dei Leoni è famoso come sede della Collezione d'arte moderna Peggy Guggenheim. È nostro onore e dovere spiegarle, *se non lo sapesse*, che la signora Peggy era un'illuminata collezionista. Lei fu tra le prime ad amare con passione l'arte nuova del suo secolo, credendoci, se possiamo dire, con occhi magici. Per farla conoscere a tutti nel mondo ha aperto al pubblico questo luogo, che era la sua casa. Un genio, se ci permette di essere sintetici. Peggy riposa proprio in questo giardino, ma i suoi ideali qui vivono ovunque, e ciò è molto importante per tutti noi. Le portiamo grande riconoscenza e affettuoso rispetto, sentendo sempre la sua presenza. Per questo motivo vogliamo proteggerla. E noi... *dling dling dling*... con chi abbiamo il piacere e l'onore di parlare?»

La creatura gelatinosa si gonfia e si sposta ancora un po' verso la luce. I tentacoli si distendono: una corona blu intorno alla cupola viola.

«Grazie delle vostre attenzioni. Mi scuso ancora per essere venuta qui come un'intrusa. Non vi era altro modo, stare vicino agli umani mi è stato proibito. L'ultima volta che mi sono azzardata a disubbidire, ho provocato delle forze terribili e contrarie al mio agire. Avevo un aspetto ben diverso da questo, modellato sullo sguardo degli umani. Allora le mie emozioni, lasciate libere e senza controllo, per difendermi suscitarono una reazione avversa e spaventosa. Mi sono fermata sull'orlo di un disastro. Temo che la prossima volta potrebbe accadere una catastrofe ancora peggiore. Ma non abbiate paura, per voi non rappresento un pericolo. Sono qui per chiedervi rifugio, e un aiuto. Devo raccontarvi qualcosa d'importante. Importante per tutti noi, ma dovrete seguirmi in un lungo racconto.»

«E chi si muove?» replica Femme Leoni eccitata.

I Tauromachia roboanti concordano: «Abbiamo tutta la notte.»

3
Il racconto della medusa

Il cielo sopra Venezia si sta schiarendo, quando la misteriosa creatura è arrivata quasi alla fine della sua lunga storia.

«Io e le mie sorelle nuotavamo lente nell'acqua del lago, scherzavamo con i venti e con i rami degli alberi, con i riflessi delle sue pendici scoscese, con gli uccelli, i pesci e gli insetti, curiose ma sempre nascoste ci avvicinavamo alle piccole spiagge di sabbia e di sassolini. Felici di sentirci vicine a tutto ciò, roteavamo con il mondo intorno a noi in una danza continua. Ma una scura imbarcazione ci raggiunse, a bordo c'erano automi che sparsero sull'acqua un liquido denso, scuro e vischioso. Come guidato da un'intelligenza propria, avanzava e rapidamente avvolse molte di noi, i vestiti, i veli, i capelli... Appesantite, le mie sorelle non riuscivano più a nuotare e si sentivano risucchiare giù nel fondo, dove pietre sconosciute, cupe e nere, cercavano di trattenerle. Noi non avevamo mai visto né sentito nulla di simile! Alcune riuscirono a scappare, raggiunsero il fiume e le luci dei paesi, obbligando i nostri inseguitori a nascondersi nelle ombre della notte. Perché, diversamente da me e dalle mie sorelle, quei mostri di metallo erano visibili agli umani. Chi era avanti non si accorse di ciò che era accaduto alle sue spalle. Solo nove Ondine riuscirono a raggiungere la città attraverso i canali. Io invece rimasi molto indietro nel lago e mi rifugiai su di un piccolo isolotto: un ciuffo di cespugli contornati da sabbia e ciottoli che emergeva tra le due isole più grandi. La nave scura mi passò vicino, gli automi mi videro e calarono una scialuppa su cui salì uno di loro, remando arrivò in un attimo all'isolotto e saltò giù. Ero certa che volesse catturarmi, gettandomi addosso quel terribile liquido nero che ricopriva ogni cosa. Camminava sulla riva verso di me, minaccioso. Il suo corpo era composto di parti meccaniche e sembrava un po' diverso dagli altri, avanzava scavando buchi con le gambe che cavalcavano lunghe trivelle simili a quelle dei minatori, provocando schizzi impazziti di sabbia e sassi. Ero terrorizzata. Non sapevo come reagire. E lui continuava ad avvicinarsi.»

Le opere del Giardino, che hanno ascoltato in silenzio, non riescono a trattenersi.
«E tu... che cosa hai fatto?»
«Ho cantato» risponde la medusa.
«Ma dai...»
«Idea geniale!»
«Paradossale.»
«Una soluzione sorprendente funziona sempre!»
«Non è la sorpresa... è la musica!»
«In una di quelle isole, attorniate dal blu del lago e da monti che stillano dolcezza, vi è un grande palazzo con un magnifico giardino. Sembra la tolda di una nave scolpita che si protende nell'aria e sull'acqua. Lì si tenevano concerti all'aperto, e io spesso vi avevo accompagnato il Genio della Montagna, mio grande amico. Ma quella terribile notte non mi sarebbe bastato cantare con le più belle voci degli umani, che pure avevo imparato a imitare. Così, vedendo quell'automa ormai vicino, trovai un'armonia mettendo insieme tutto il bello che avevo sentito nella mia vita: la melodia dell'acqua, degli animali, dei boschi, delle cascate, dei monti, dei venti, degli insetti, delle foglie, delle pietre che rotolano. In forma di canto umano. Lui si bloccò, stupito. Nei suoi occhi, dove prima brillava una luce fredda, si accese pian piano un bagliore diverso. Chinò il capo e stette in ascolto a lungo. Io cantavo e cantavo per lui. Quando risollevò la sua maschera a visiera, il suo sguardo prima livido di ghiaccio era diventato caldo, luminoso. Giallo, come quello di un drago. Scese dai suoi trampoli a trivella, si avvicinò a pochi passi da me e la sua ombra, più scura della notte, crebbe fino a coprirmi tutta. Passarono altre navi corazzate e armate, cariche di automi. Ma proseguirono verso la città senza accorgersi di me. La sua ombra mi aveva nascosto da quei terribili mostri, a cui lui aveva fatto cenno di proseguire. Restammo soli, invisibili, su quello spuntone di scogli e sabbia, tra due isole

dove gli umani avevano costruito palazzi principeschi e coltivato giardini così armoniosi. Isola Bella e Isola Madre, così si chiamavano.»

«Ecco, vedi: la bellezza e il canto disarmano tutti e danno bontà» sussurra Anfora rapita da quel racconto.

«Mi erano rimaste un po' di forze, avrei potuto trascinare via quell'automa con una grande onda, o usare una pioggia di ghiaccio che penetrasse nei suoi giunti metallici, bloccandoli. Ma non lo feci. Lui mi aveva protetta e salvata. Lo guardai in altro modo, e davanti a me la sua forma cambiò. La macchina composta da pezzi di metallo, trapani, punte di martello pneumatico e ingranaggi meccanici diventò simile a un'opera d'arte, che nella realtà sarebbe stata creata qualche anno dopo. Quella strana figura si specchiava nei miei riflessi, stupita dalla sua trasformazione. Ma ecco che un'altra imbarcazione nera apparve sbuffando fumo, lapilli infuocati e schegge di pietre lucide come ossidiana, che scintillavano nel buio della notte. Stava venendo proprio verso di noi, carica dei suoi compagni che lo cercavano. Capimmo subito che ci avevano visti. In un attimo ripresi la mia forma, lo avvolsi in veli di spuma e mi gettai con lui nel lago. Sapevo dove rifugiarmi: nell'Isola Bella, di fronte al nostro scoglio. Sapevo che là c'erano delle grotte costruite dall'uomo, ricoperte di fregi, sculture, disegni e decori a imitazione della natura, con pareti formate da conchiglie e sassi bellissimi. Vi arrivammo con un'unica onda scura. Avevo intuito che in quegli antri cesellati a opera d'arte, vicino a saloni che ospitavano libri, quadri, affreschi e sculture, i nostri inseguitori non avrebbero potuto avvicinarsi. Loro temono ancora di violare la potenza dell'arte, la magia di un equilibrio sconosciuto. Per i Nemici che muovevano le macchine e le Ombre, l'unione fra la cultura degli uomini e le forze della natura formava uno spazio irraggiungibile, verso cui provavano timore e rispetto, un'inferiorità che li impauriva. E infatti là, nascosti nelle grotte di quell'isola, quella notte non ci videro. E, dopo molti giri, se ne andarono. Passammo alcuni giorni nascosti, l'automa e io. Imparammo a conoscerci. Nacque un'amicizia, poi un amore che superava ogni tipo di forma e linguaggio. Il suo aspetto, ora, risente dei sogni dell'unico uomo che lo ha visto, questa notte a Venezia. L'umano ha potuto vedere anche me, prima come una medusa e poi come un serpente. Lui ha visto anche voi in un suo sogno, che ha subito dimenticato. Ma mi cercherà, ci cercherà. E tutti insieme potremo allontanare un grande pericolo... se *voi* siete disposti ad aiutarmi. Diventando suoi insoliti alleati.»

4
Te lo dicevo io: nessuno è mai quello che sembra!

La Medusa tace, la sua cupola gelatinosa è diventata sempre più scura, del colore di un mare o di un cielo notturni, senza luna. Baluginii argentati la illuminano come una scia di stelle lontane, poi corrono nei suoi lunghi tentacoli distesi sul terreno intorno a lei. Inizia a ruotare su se stessa, ogni parte del corpo viene trascinata nel suo vortice che si avvita, sempre più veloce: i lunghi tentacoli si alzano da terra e danzano nell'aria per qualche istante, poi vengono risucchiati nel centro del gorgo che diventa più chiaro, bianco, quasi trasparente.

Quando il turbine si ferma, al posto della cupola gelatinosa le sculture del giardino possono vedere una donna in ginocchio, la schiena curva, il capo reclinato in avanti, i lunghi capelli che coprono in parte le braccia affusolate dalla carnagione chiarissima, le mani delicate appoggiate sul terreno. Lei alza il viso e si solleva in piedi, con grazia. I capelli scendono in lunghe onde azzurre, mosse ma ordinate, su un peplo di foggia antica che la ricopre, in composte pieghe celesti, cangianti di luci argentate.

Guarda dritto davanti a sé e sorride, come la personificazione femminile di un riflesso sull'acqua. Il viso è sfumato, così le braccia.

«Ooohh! E tu chi sei?» esclama Anfora-frutto, quasi gonfiandosi per lo stupore.

«Lo sapevo che sotto sotto c'era qualcosa d'altro!» sibila Femme Leoni, facendosi più sottile per vedere meglio.

«Illustri colleghi, riteniamo che di fronte a noi ci sia la protagonista del racconto che abbiamo appena ascoltato: l'Ultima Ondina in persona!» sentenziano i Tauromachia.

«Te lo dicevo io: nessuno è mai quello che sembra!» bisbiglia Femme preoccupata.

«Le forme sono in continuo mutamento, mai essere sicuri che niente cambierà» annuisce soddisfatta Anfora.

«Gentile ospite, sei per caso nata dal lavoro di un artista? Non sembri solo uno spirito della natura» chiedono i Tauromachia, un po' intimiditi.

L'Ondina ascolta con un sorriso dolce. Raccoglie con una mano una ciocca di capelli e nastri, avanza di un passo provocando un ondeggiare di riflessi argentati sulla sua veste, e un immediato silenzio tra le opere del giardino. Poi porta una mano sul cuore, l'altro braccio composto lungo il fianco, come una statua antica.

«Mi mostro a voi in questo modo perché così mi sentivo mentre vi raccontavo la mia storia. Posso mutare aspetto seguendo le forme di ciò che voglio comunicare, anche captando le idee, le emozioni che sento intorno a me. Del resto so che è così anche per voi. Siete invisibili ai più, e diversi dalla forma che vi ha dato il vostro autore: ognuno vi sogna seguendo le proprie emozioni e fantasie. Come in un gioco o in una fiaba. Quanto al mio cavaliere, l'automa nato per catturarmi, lui poi mi ha sempre aiutata. Tra noi c'è un'intesa magnetica, che sorpassa le forme e il tempo.»

Un vento gelido e improvviso corre sul terreno del giardino accompagnato da un sibilo e da un fruscio intenso.

«Ah, che freddo!» lamenta Anfora-frutto.
«Gelo, vuoi dire» ribatte Femme Leoni.
«*Dling dling!* Allarme!» I campanelli di La voce dell'aria sibilano nascondendosi tra i rami degli alberi.
«Silenzio!» tuonano i Tauromachia. «Ognuno al suo posto!»
Uscita dalle fessure tra le pietre dei muri della calle, un'ombra più nera dell'inchiostro, più densa e opaca della notte più buia, sta ferma sotto la porta d'ingresso in calle Venier dei Leoni. Poi, come una grande macchia oleosa e scura, inizia ad avanzare verso il giardino delle sculture.
«Non preoccupatevi!» esclama l'Ondina. «Loro non possono entrare nei luoghi dove l'arte è potente.»
E l'Ombra si ferma, come se trovasse un limite invisibile e invalicabile. Arretra rattrappendosi, si coagula veloce e torna verso la calle, dove sparisce risucchiata nelle pieghe del terreno.
«Non sarò io a liberare il Genio della Montagna dall'involucro in cui si è voluto rinchiudere» riprende l'Ondina. «La sua energia può ancora far tremare terre e montagne, distruggere le città. Ma lui non vuole nuocere a nessun essere umano e per questo dovrà essere proprio un uomo a liberarlo. È già qui, a Venezia; non conosce però ancora il suo ruolo in questa storia. Noi dobbiamo aiutarlo a capire.»
«Un umano?» chiedono i Tauromachia sospettosi.
«Gli umani non sono delle pedine, ma i veri protagonisti di questa avventura. L'equilibrio tra le cose della natura oggi dipende sempre di più da loro, anche se non se ne rendono conto. Ho viaggiato nel tempo e nello spazio spinta da vortici e onde, per trovare chi ci potesse aiutare. Adesso quell'uomo non è ancora consapevole del passato che si riflette nei suoi sogni in un'interferenza necessaria. Per prepararlo, le mie sorelle si sono già manifestate a lui nel modo più adatto. Così come erano apparse a chi le aiutò cent'anni fa. Il passato aiuterà il presente. Voi potete

proteggerci, poiché siete opere dell'uomo e della sua immaginazione, sapete comunicare nel tempo, grazie all'invisibile. Le Ombre ostili, anche loro come noi figlie delle più profonde viscere della terra, giudicano gli uomini inferiori a *loro*, puri elementi. Temono i gesti futuri del genere umano contro la natura, e rifiutano di credere che quei gesti possano contribuire a un'equilibrata evoluzione. Se il Genio loro fratello non li convincerà di questo, il primo a soccombere sarà proprio il vostro mondo: il regno dell'immaginazione intangibile non sarà più potente come un tempo. E lo spazio per la bellezza invisibile che la vostra arte salva e manifesta si ridurrà, con gravissime conseguenze. Oggi però possiamo tentare di trovare e liberare il Genio della Montagna, grazie all'aiuto di chi sa vedere nei riflessi dell'acqua come in quelli della sua fantasia. Il Genio spero tenterà di tutto per mettere fine a questa terribile lite tra spiriti fratelli. Non so che cosa farà, ma qualcosa *deve* inventare: anche perché lui stesso potrebbe, con la sua purissima energia, diventare un pericolo davvero terribile!»

E così, come la freccia che centra il bersaglio va dritta e istantanea alla meta, tutte insieme le opere del Giardino sussurrano con forza: «Vi aiuteremo!»

L'Ondina sorride, dolce ed enigmatica, porta una mano alle labbra e con il dito indice fa il segno del silenzio. Poi appoggia le mani sugli occhi, e tutto il suo corpo sfuma come se fosse disegnato nell'aria, lasciando solo dei riflessi argentati. Sottili lamelle e losanghe allungate, linee che si allacciano ondulate.

Riflessi in cui per un attimo si specchiano le opere d'arte di quel giardino, o meglio le loro bizzarre versioni immaginarie, nate in un vecchio sogno di Manfredo Monfalco subito dimenticato.

7

La danza delle libellule

In campagna lungo il naviglio, 2 agosto 1906

I

L'ingegner Tirelli guardò la distesa che si piegava cangiante nel vento

Quella "del riso al salto" era festa grande alla cascina dei Tirelli. Basso, dorato e morbido all'interno, croccantissimo all'esterno, era il protagonista più atteso nella gran cena in cortile che celebrava l'estate e la fioritura delle risaie. La festa concludeva un'amata tradizione di famiglia che, tra una passeggiata e l'altra, si svolgeva in due o tre giorni. Forse i più belli dell'anno, per l'ingegner Luigi Tirelli. Per le ragazze c'erano anche altri salti interessanti: quelli dei grilli nei campi, delle rane nelle rogge e dei pesciolini nei fontanili.

Nonostante fossero già i primi di agosto, in quei pomeriggi una leggera tramontana rendeva l'aria tersa e fresca. La distesa delle risaie era un mare di sottili steli verdi, chiarissimi, dalle chiome avorio e giallo tenue che si piegavano al vento in un'onda azzurrata, a tratti argentata o dorata. Le montagne coronavano la pianura nell'aria limpida.

Luigi Tirelli, indicando compiaciuto i campi dal calesse a quattro posti, raccontava ad Amélie Dupuis che le piantine di riso erano ben colme di chicchi acerbi e già ripulite dalle male erbe, grazie al lavoro delle mondine terminato a primavera. Il professor Majeri non ascoltava le parole dell'amico, il suo sguardo vagava rapito da quella distesa ondeggiante.

Pensava a Giulia, che aveva preferito camminare da sola sulle sponde del naviglio vicino alla cascina. Si sarebbero poi ritrovati tutti a casa, così gli aveva detto.

L'ingegner Tirelli guardò la distesa che si piegava cangiante nel vento, beatamente soddisfatto. Fermò il biroccio e iniziò a illustrare ad Amélie la secolare storia della coltivazione del riso in Lombardia.

Fedele, i capelli al vento, scrutava il paesaggio quasi l'orizzonte gli appartenesse. I suoi occhi scuri sembravano nutrirsi di ciò che vedevano, con quel bagliore profondo che solo certi uomini hanno, pensò Carla. Le aveva appena raccontato di quanto fosse affascinato da quel verde così giovane che diventava un po' azzurro, anzi trasparente come le ali delle libellule e l'acqua delle risaie, limpida sotto le pianticelle. Fedele su un quadernetto tracciava delle sottili linee colorate, una vicina all'altra. A volte solo dei puntini.

2

E fu proprio durante una di quelle gite che le vide

Il professore si godeva il sole, caldo e avvolgente come l'affetto dei suoi amici. Sapeva bene che la sua beatitudine non nasceva soltanto da quella bella giornata. Quante cose erano cambiate da quando Giulia gli aveva parlato quel giorno, un paio di mesi prima. Sorrise tra sé, pensando a ciò che li univa. La loro fiaba segreta.

Dopo quell'animata, quasi disperata conversazione a Brera, non si era dato pace per settimane. Aveva percorso le rive dei navigli e quelle dei fiumi più vicini alla città, aveva passeggiato sulle sponde dei laghi vicini, remato su piccole barche a noleggio o girovagato su quelle a vela. Acqua grigia e torbida in città, chiara e limpida in campagna, profonda nei laghi, ma nessun essere misterioso o fantastico emergeva dalle onde o si componeva nei riflessi. Alcune di quelle passeggiate le aveva fatte con Giulia, fermandosi a lungo davanti all'acqua, a volte per dipingere. Doveva proteggerla sì, ma anche distrarla da quelle fantastiche illusioni, per essere suo paladino nel ritrovare la realtà.

E fu proprio durante una di quelle gite che le vide.

Accadde sull'Adda, ai Tre Corni, la località che si diceva avesse dato lo spunto a Leonardo da Vinci per lo sfondo del suo primo capolavoro dipinto a Milano, la *Vergine delle rocce*.

Quel giorno, tavolozza alla mano davanti alle loro tele appoggiate su leggeri cavalletti, Giulia e Fedele studiavano il paesaggio da una piccola spiaggia di ciottoli, in una rientranza del fiume. Le rocce più alte e lontane erano venate d'azzurro, solo poco più chiaro di quello del fiume che si inoltrava tra le pietre scoscese più vicine.

Un baluginio nell'acqua, ed ecco che *loro* apparvero.

Dapprima come giochi di luce, poi scie brillanti che si muovevano lente, si arrotolavano in tardi mulinelli, si distendevano. Infine tutto si compose dolcemente in sfumati corpi femminili, avvolti da lunghi abiti e veli e capelli d'argento, che ricoprivano la superficie dell'acqua. Emersero visi chiari e luminosi, dagli sguardi magnetici: sì, erano le stesse creature che nuotavano nella piscina del Toboga all'Expo, ancora più belle! Non vestivano i colori come allora, ma solo sfumature d'azzurro, di blu e d'argento, che velavano l'acqua del fiume al loro passaggio.

«Le Ondine!» mormorò il professore. Sì, proprio come le chiamava Giulia.

«Avevi ragione tu, Fedele... Sembrano uscite da un dipinto» disse lei avvicinandosi e prendendogli una mano. Invece il professore si stava rendendo conto che quelle erano immagini vere, vive, non citazioni di opere d'arte. Uno spettacolo stupefacente, assurdo e meraviglioso. Delicatissimo. Un dipinto che lui non aveva mai visto.

«È qualcosa di più, Giulia» le rispose guardando le fanciulle che si avvicinavano alla riva e sorridevano.

Una di loro uscì dall'acqua e fece qualche passo. Era bellissima. Un insieme di figure femminili affollò la mente di Fedele. Pitture, sculture antiche, bassorilievi. Questa volta erano le forme classiche a dominare in un equilibrio perfetto di grazia, mentre lo sfumato dava un velo di lontananza a ogni sua idea.

Non riuscì a staccare gli occhi da quella magica armonia. Sentiva una gioia profonda, mai provata prima, come se un segreto antico si svelasse e diventasse intimamente suo. Unico e vero, quasi che tutto lo stupore dell'umanità si schiudesse in lui, che per primo vedeva la potenza e la bellezza di una vita misteriosa, mai così vicina. Non gl'importava più che tutto ciò fosse inspiegabile con gli occhi della ragione. La sua mente volava, calma ed estatica, non esisteva nient'altro. Si sentiva forte, in pace, spettatore, e ciò gli bastò.

Giulia intanto stava tendendo una mano verso l'Ondina che era uscita dall'acqua. Ma questa subito si voltò, quasi fosse un timido animale selvatico, rituffandosi leggera nelle scie liquide dei suoi abiti. Ben presto scomparve tra riflessi azzurri, seguita dalle altre.

Fu così che il professor Majeri iniziò a credere alle visioni. Tutto era stato nitido e vero, non servivano più ricordi o assonanze pittoriche: le apparizioni assecondavano l'immaginazione, ma erano anche qualcosa di completamente diverso. Fedele viveva come in un sogno reale, e non aveva alcuna intenzione di svegliarsi. Giulia era felice, e lui con lei.

Dopo quel giorno le rividero ancora.

Emersero dalle rifrazioni del sole nelle acque del lago di Como davanti ai giardini di Villa Melzi, quella volta drappeggiate come danzatrici neoclassiche. Non risalirono dall'acqua: c'era sempre qualcuno, un pescatore, un giardiniere, un battello affollato. Ma nessuno le vide.

In città apparvero nel naviglio di via Senato, i loro sguardi erano colmi di una profondità limpida, riservata a loro due. Fedele viveva un'avventura meravigliosa, e con Giulia. Voleva solo che durasse, il momento dei perché poteva essere rimandato.

3
Un'aquila che scruta da una vetta l'orizzonte

Il professore non aveva mai parlato con nessuno del segreto che lui e Giulia ormai condividevano, così le aveva promesso. La tentazione di confidarsi lo aveva sfiorato solo una volta, una decina di giorni prima, in una sala degli archivi della Veneranda Fabbrica del Duomo, quando aveva incontrato Monsieur della Rocca, ormai diventato suo amico in quelle gite in biblioteca. Léon era intento a sfogliare un codice miniato di Gaffurio, il cantore e compositore della Cappella del Duomo, si diceva fosse suo il viso dipinto da Leonardo nel *Ritratto di musico*.

Totalmente immerso a osservare una pagina, ogni tanto alzava la testa: i suoi occhi erano sospesi, vivaci e impassibili, presenti e lontanissimi al tempo stesso. Un'aquila che scruta da una vetta l'orizzonte.

Toc! Un piccolo libro cadde da un tavolo, Léon si girò e Fedele captò un suo sguardo acuto e velocissimo, ancor più che quello di un rapace. Chissà perché, per un attimo il professore pensò che potesse penetrare le rocce. Se ne stupì, conosceva la dolcezza mite dell'amico. Subito lui sorrise incontrando i suoi occhi, con il calore e la selvatica timidezza di un giovane animale del bosco, sorpreso ad abbeverarsi a una fonte.

«Ah, professor Majeri, quel Gaffurio! Mi ha rapito. Guardi questo disegno che sto osservando... a ogni nota assegna un pianeta, e a fianco è raffigurata una Musa: il cielo si riflette in terra! Che bellezza, che mirabile sintesi, che musica. Apollo, le Grazie, i Pianeti, i Toni musicali e le Muse, tutto collegato da un Serpente tricefalo che percorre in verticale il foglio, unendo ogni elemento nell'armonia. Caro amico, quanta bellezza si specchia nel mondo! È musica che si alza libera e tutto raggiunge. Come l'acqua. Non le pare meraviglioso? La bellezza insegna sempre qualcosa.»

«Già, la bellezza... delle Muse» aveva mormorato Fedele. Avrebbe voluto chiedergli: «Non le piacerebbe incontrare qualche creatura affine a loro, amico mio?» Ma non l'aveva fatto.

Aveva mantenuto la promessa fatta a Giulia, il loro segreto.

4
Forse il segreto che li univa era il più normale e prezioso del mondo?

La mattina sembrava perfetta, soleggiata ma ventilata, e le libellule erano appena arrivate nelle risaie. Luigi Tirelli aveva fermato il calesse perché i passeggeri potessero scendere e osservarle da vicino. Ora erano proprio dello stesso colore delle spighette di riso su cui erano posate: un mimetismo sorprendente, che affascinava Amélie.

Carla, che conosceva bene quello spettacolo, restò accanto al calesse in compagnia delle sue considerazioni.

Quanto erano simili Fedele e sua figlia maggiore! A volte uno anticipava la frase dell'altro, o la dicevano insieme, nello stesso tempo. Capitava spesso che intuissero senza parlarsi il senso di molti fatti quotidiani, avvenimenti vari e minuti. E poi, pur lontani, a volte agivano di conseguenza, se non nello stesso modo. Erano come la spiga del riso e la libellula, avevano nature diverse, ma sapevano avere le stesse sfumature e trasparenze. Forse il segreto che li univa era il più normale e prezioso del mondo?

«*Oh, c'est incroyable!*»

La sorpresa di Amélie la riscosse dalle sue considerazioni. L'amica non voleva credere a quello che Luigi le aveva appena detto: «Proprio così, mia cara. Ogni spiga ha in cima la sua libellula che la stringe con la punta delle lunghe zampe... quasi invisibili!»

«Voglio vederle da vicino. È possibile?» chiese Amélie impaziente.

«Per cogliere appieno la bellezza bisogna avere lo strumento adatto.» Con un gesto teatralmente cavalleresco, Fedele porse ad Amélie una lente d'ingrandimento estratta dalla sua cartella. «Ingrandite, hanno linee e disegni perfetti» le suggerì.

Lei prese la lente con un bel sorriso di gratitudine, un po' malizioso. Poi si tirò su il vestito con una mano fino alle ginocchia, si tolse le scarpe con un gesto garbato e, oplà, scese dall'argine entrando nell'acqua, tra le spighe di riso.

«Ma Amélie!» disse Luigi molto sorpreso.

«Lasciala fare» suggerì Carla a bassa voce, posando una mano sulla spalla del marito. Poi, con un sorriso compiaciuto, si sfilò le scarpe anche lei, fece un grosso nodo di lato alla gonna per accorciarla e scese giù nella risaia, seguita immediatamente da Fedele che, per rispetto alle signore e per fare prima, nell'acqua vi entrò così com'era, senza nemmeno rimboccarsi i pantaloni chiari.

«Attenzione, ci potrebbero essere piccole bisce o sanguisughe, e insetti che pungono!» gridò Luigi.

«Che spettacolo, mai l'avrei immaginato!» esclamò Amélie del tutto incurante di quelle raccomandazioni, inutili per chi aveva viaggiato il mondo come lei.

Con l'aiuto della lente, le libellule apparivano in tutta la loro aliena bellezza: color dell'avorio o celeste brillante, i grandi occhi dalle innumerevoli sfaccettature che riempivano tutta la testa, il corpo agile e dorato di trasparenze, le lunghissime zampe sottili aggrappate alla spiga, le grandi ali venate di azzurro, verde chiaro, turchese e giallo cangiante che fremevano immobili nell'aria, prima di vincerla in un volo calmo, prodigiosamente parallelo al terreno.

«Depongono le uova nelle acque stagnanti, impiegano due anni per trasformarsi. Nei loro stadi giovanili sono chiamati ninfe» disse Luigi.

«Non immaginavo tanta bellezza. La famosa campagna irrigua lombarda di cui parlano con stupore tutti i viaggiatori dei Grand Tour» rispose l'amica.

Mentre Luigi dall'argine continuava a raccontare compiaciuto, Fedele si allontanò nell'acqua bassa procedendo con passi lenti. Dimenticando di scortare le signore, fendeva da solo il mare di spighe e con una mano accompagnava per un attimo il volo di alcune libellule, che al suo passaggio si libravano dai piccoli fiori del riso. Verde, giallo, argento: tutto sfavillava delicatamente.

La voce profonda di Luigi sfumava nella sua mente. Sentiva invece quella musicale di Giulia, il giorno prima, non lontano da lì.

5
A noi appaiono con delle forme che possiamo riconoscere

«Le risorgive sono acqua che scende dalle radici delle montagne» gli aveva detto lei, mentre passeggiavano tra rogge e risaie. «Esce in polle trasparenti, i nostri fontanili. Corre accanto ai campi, ma proviene da sorgenti della roccia, gocce distillate dalla pietra, dalle sue altezze e dalle sue profondità. Le Ondine delle risorgive conoscono bene le gemme sotterranee, gli opali e le silici. La pietra ha lasciato loro i suoi ricordi, così mi hanno detto, lacrime preziose come se l'acqua piangesse nel separarsi dalla profondità della terra. Loro indossano ancora collane e abiti intessuti delle luci di queste rocce, spesso i riflessi le preannunciano. Le Ondine del mare e dei laghi sono diverse, ma sono tutte sorelle. A noi appaiono con delle forme che possiamo riconoscere.» Giulia sembrava saperne sempre di più.

«Quando le vedevo da bambina parlavo con loro, anche se non mi rispondevano, poi crescendo non sono più apparse. Ma ne avevo nostalgia, tu lo sai.» Il suo sorriso esprimeva una tranquillità profonda, a cui Fedele ormai dava fiducia. «Oggi torneranno. Ne sono certa.»

Raggiunsero una pozza, al confine tra una risaia e l'argine di un canale. Era grande, profonda e priva d'immissari, ma l'acqua limpidissima non era immobile. Una polla risaliva dal fondo e al centro formava una piccola cupola, come vetro morbido soffiato in continuazione. Irradiava intorno anelli concentrici, lenti e calmi. Piccolissimi pesci brillavano colpiti dal sole, sul fondo minuscole pietruzze luccicavano come puntini, scomponendo riverberi e colori.

Questa volta le videro arrivare nell'aria, come sciami di libellule e gemme di luce: danzavano, si riunivano in tondi fitti simili a quelli che fanno certi pesciolini, quindi di nuovo si allungavano in scie. Volavano lentamente sul mare verdeazzurro della risaia, screziato dal vento e dorato dal sole. Arrivate sull'acqua della pozza, le gemme luminose disegnarono il riflesso di due, tre Ondine appena rosate, trapunte di piccole luci.

«Sembrano simili a noi, ma indossano i colori delle libellule, dei pesci, dell'aria, dell'acqua, della luce. E della terra, di quei quarzi, minerali e pietre preziose che hanno accarezzato scendendo dalle montagne nella loro secolare corsa sotterranea» disse Giulia.

Le Ondine si fermarono un attimo nell'aria riflettendosi nell'acqua, poi svanirono.

«Se ne sono già andate! Oggi le abbiamo viste per così poco» aggiunse delusa.

Fedele l'abbracciò. Poi la prese per mano e tornarono sui loro passi. Vicino a una piccola pozza si fermarono.

Un guizzo scuro sul fondo, poi una forma nera salì fino al pelo dell'acqua: era un tritone delle fonti. Il piccolo anfibio nuotava a caccia di insetti con le sue zampe aperte, da lucertola piatta e nera.

Improvvisamente Fedele lo vide diventare grande, molto grande. Il suo corpo invadeva tutta la pozza e i suoi occhi gialli lo guardavano con una luce sottile, calda ma metallica. Ebbe un brivido. Pensò a un piccolo drago scuro.

Con un colpo di coda il tritone, tornato alle sue dimensioni naturali, s'inabissò.

6
Per farlo alla milanese, e come si deve, si usano questi chicchi grossi e tozzi

«Per farlo alla milanese, e come si deve, si usano questi chicchi grossi e tozzi.» Tenendoli nell'incavo della mano destra, Luigi ne mostrò alcuni ad Amélie, togliendoli da un sacco di iuta.

Erano nell'ampia, fresca cucina al pianterreno della cascina e la cuoca Angelina era alle prese con i fornelli. «Si usa la grande casseruola tonda di rame stagnato, con manico di ferro» prese a raccontare Carla. La batteria dei lucidi, pesanti "rami" arredava le pareti del locale.

«Brodo di manzo, con sedano e carote» la interruppe

Luigi. «Un quarto di ramaiolo serve per avviare il soffritto, con spicchi di cipolla tenera e noci di burro lodigiano, una per ogni commensale. Quando inizia a soffriggere si getta il riso, circa due pugni a testa.»

La cuoca lì accanto non aveva occhi che per la sua occupazione. Era agitata, non capiva il perché di quella spiegazione a ritroso per la signora francese: il risotto era già bell'e fatto dal giorno prima! Se no come si poteva preparare il tortino? Il primo salto nella padella era venuto bene, mancava solo la crosticina finale. Il momento era cruciale: bisognava capovolgerlo su un grande piatto senza romperlo, per poi farlo scivolare di nuovo nella padella, e lei non voleva che neanche un chicco si muovesse.

«Il burro non deve fare intingolo, ma avvolgere e indorare ogni singolo chicco. Un cucchiaio di legno aiuta quest'operazione. Poi si comincia ad aggiungere il brodo con il ramaiolo» continuò l'ingegnere. «Nel brodo è disciolto lo zafferano, circa due cucchiaini per noi sette. È una polvere macinata dai pistilli del fiore venuto dall'Oriente per dare colore e sapore al desco lombardo. Il riso prende un bel giallo carico se i cucchiaini sono ben colmi, paglierino delicato se sono rasi.»

«Si dice che gli iniziatori di questa innovazione siano stati gli artisti vetrai del Duomo di Milano, secoli fa» s'inserì Fedele. «C'era un aiutante soprannominato Safran, perché mischiava lo zafferano a tutti i colori, in modo da ottenere un tono di giallo. Il maestro lo prese in giro dicendogli che prima o poi lo avrebbe messo anche nel risotto. Lui ci provò davvero... e scoprì che così ci guadagnava nell'aspetto e anche nel sapore.»

«Bella storia, amico mio» sorrise Luigi. «Comunque, il brodo dev'essere aggiunto senza perdere di vista il chicco, che va mescolato. Bisogna che ognuno mantenga la sua identità, cuocendo poco più che al dente. Una ventina di minuti dovrebbero bastare. All'inizio si può aggiungere una o due spruzzate di vino rosso del Piemonte, di buon corpo, per alleviare l'ultimo sfrigolio.»

«E il formaggio?» chiese Amélie.

L'ingegnere sorrise con condiscendenza. «La questione è controversa. Alcuni lo mettono a fine cottura, dopo aver tolto il riso dal fuoco, lasciandolo mantecare con il suo calore. Parmigiano grattugiato. Ma ad altri non piace.»

«Chi lo gradisce può spruzzarne un poco sulla sua porzione, stendendola prima bene, perché non scuocia nel piatto» concluse Carla, salomonica. «Ma adesso a tavola! Il risotto cucinato ieri secondo la bella ricetta tradizionale, è appena diventato un croccantissimo riso al salto.»

La cena trascorse in grande allegria.

Il risotto, ben dorato nei suoi salti in padella, era squisito, anche più del solito. Alla fine, dopo la torta di cioccolato fatta alla viennese, i commensali chiacchieravano amabilmente.

«Oh! Guardate, che meraviglia!» esclamò Amélie.

Tutti si voltarono e videro una costellazione di puntini luminosi spuntare dove il buio era più fitto. Dagli angoli scuri della corte, decine e decine di piccole luci intermittenti e in perenne movimento sembravano rispecchiare la miriade di stelle fisse che trapuntavano l'oscurità della volta celeste. La spirale mobile di una piccola Via Lattea si addensava sopra le ortensie, negli angoli del portico delle carrozze.

«Una lucciolata tardiva davvero sorprendente!» commentò Luigi. «Sarà sicuramente una delle ultime. Un altro straordinario regalo di quest'anno.»

Fedele e Giulia si sorrisero. Quali altre sorprese avrebbe riservato loro, la magica estate del 1906?

Lisetta si allontanò dal gruppo. Girò intorno all'angolo della casa e trovò il *suo* posto preferito, una parte del giardino tra una roggia di confine e una tettoia che sporgeva da un muro della cascina.

Le piccole luci si accendevano e si spegnevano ovunque, perché lì era più buio. Come faceva fin da piccola, avanzò senza paura in quell'ombra e cominciò a muoversi: girando lenta nell'aria su se stessa, seguiva i lumini volanti con lo sguardo, con le mani, piegando il corpo con le braccia sollevate.

Lisetta danzava con le lucciole, e sognava di volare come loro.

8

Il tabellone della memoria

Venezia, notte fra il 16 e il 17 novembre 2006 –
Milano, 4 ottobre 2006

I
Fidati dei tuoi sogni

Sono a letto da un pezzo, ma non riesco a dormire. Mi giro e rigiro, poi nella penombra scruto quei guanti, appoggiati sul comodino. Accendo la luce. Ma... Che cosa è successo? Sono molto diversi da prima! Hanno cambiato colore, è un verde raffinato, tenue. Li prendo in mano, non sono più di cotone ma... di seta! E come sono stretti, non riesco a infilarli. Guanti femminili, li usava anche mia nonna. Verde Nilo, colore di moda nel Liberty. Eppure non possono che essere quelli bianchi che ho indossato poco fa, davanti alla Guggenheim, quando su queste dita mi sono apparse le Muse! Forse sono questi guanti che mi portano da un'avventura surreale all'altra. Proprio come nel ciclo di incisioni di Max Klinger che ho rivisto poco tempo fa: una giovane perde un guanto pattinando sul ghiaccio e l'uomo che lo raccoglie vive avventure al confine tra il sogno e l'incubo ossessivo.

E se fosse tutta colpa dei "guanti magici"?

O magari dell'automa. Ho creduto subito a lui. La sua

voce mi ha dato un'emozione nuovissima e allo stesso tempo l'ho sentita mia da sempre. *Parte di me è un riflesso dell'invisibile e nessuno potrà distruggerlo*, ha detto.

Fidati dei tuoi sogni. Proprio quello a cui mi sprona il dottor Schein. A questo punto non posso che fidarmi, se non voglio considerarmi matto. E, per non esserlo, devo mettere ordine tra le mie visioni. Con una certa logica, fin dove è possibile.

Libera il genio, mi ha detto l'automa.

Il genio. Non credo che sia uno spirito nella lampada, si tratterà di usare la mia ragione. Riflettere, considerare. Farsi venire un'idea. Se uso l'intelligenza, ma anche l'immaginazione più geniale, potrò scoprire una logica in ciò che è accaduto. Devo lavorare sulle assonanze, sui punti di contatto, costruire una rete di connessioni. Ripercorrere i ricordi di questi ultimi fatti, analizzandoli. Un po' come si fa con i sogni.

La memoria, Mnemosine. Le Muse sono sue figlie, no?

Aby Warburg, studioso dal rigore illuminato e dalle intuizioni visionarie, nei primi del Novecento aveva dedicato proprio a Mnemosine il suo atlante figurato. In grandi pannelli accostava una all'altra immagini e fotografie di opere d'arte antiche e rinascimentali, cercando elementi comuni. Erano appunti per riflettere su alcune figure dell'arte che, pur trasformandosi, si collegano tra loro nel tempo.

Anch'io potrei collegare fra loro le figure che mi sono apparse, scoprirne relazioni e affinità. Come davanti a un dipinto. O come fanno gli investigatori che si vedono nei telefilm americani: costruire un grande tabellone con tutte le fotografie delle prove, accanto a indizi e appunti.

Chiudo gli occhi e mi concentro.

Incominciamo dall'acqua con le sue fanciulle fluttuanti. Mi sono apparse in alcune vedute milanesi in dipinti e fotografie. Sembra che il movimento delle loro vesti, dei lunghi veli, nastri e capelli che si avviluppano e sciolgono in scie, poi in colori puntiformi, uniscano diverse citazioni, correnti e movimenti artistici fra fine Ottocento e inizio secolo scorso. Poi vi sono le visioni ispirate alla natura, ai temi classici e rinascimentali. Personificazioni di Primavere con i loro veli mossi dal vento. Ninfe dell'acqua. Figure antiche e mitologiche, tramandate e trasformate nel tempo e nelle epoche. Nel primo Novecento divisionisti e simbolisti le dipingono enigmatiche e fiabesche, misteri della natura.

Ma veniamo all'automa. È il 1913 quando Jacob Epstein crea il *Rock Drill* come figura in gesso, un robot minaccioso che cavalca una macchina perforatrice. Poi, durante la guerra, ne rimane solo il torso di bronzo, mutilato di un braccio. Meno aggressivo, più drammatico.

Stasera credo di aver visto e toccato un "insieme" delle due sculture. Una fase intermedia tra una e l'altra, elaborata dalla mia fantasia, come si fa nei sogni.

La serenità delle visioni che mi sono apparse alla conclusione di questo sogno a occhi aperti mi riconduce a un mio desiderio di pace.

Certo, ho scomodato epoche, storie, miti e dipinti ben lontani e complessi per cercare un "geniale" filo logico nelle mie visioni. Solo i sogni hanno questa capacità di sintesi. Ma io il mio automa l'ho toccato veramente!

Eppure la macchia densa e scura che ha rapito il R.D. non può rappresentare solo le mie paure. E le formazioni di strati rocciosi e gemme apparse "in diretta" su quella pietra all'angolo del campiello? Su questo ho solo una spiegazione, e ben poco realistica: l'automa, o quel soffio tiepido che mi ha accarezzato la fronte, o tutti e due, mi hanno dato il potere di una "supervista".

E chi è il tipo che corre in abito da sera in un parco inseguito dai droidi, simili al mio R.D.? Su questo episodio non riesco a fare correlazioni, tantomeno artistiche.

Veniamo alla medusa-serpente. Nell'arte e nel mito le raffigurazioni del mostro ucciso da Perseo non assomigliano alla mia. Però la terribile Gorgone che tramuta in pietra chi incrocia il suo sguardo ha la testa riccia di serpenti. Sono proprio le Ninfe che daranno all'eroe greco uno scudo lucido come uno specchio, dono della dea Minerva, per neutralizzare il potere del mostro fissandolo solo attraverso il suo riflesso. Ma con le immagini e i miti non bisogna avere fretta, come diceva Calvino. Lasciar lavorare i dettagli nella memoria, senza uscire dal loro linguaggio. La mia Medusa (mito che piaceva tanto ai surrealisti) si è trasformata in un serpente (citazione invece cara ai simbolisti).

Lasciamo libero sfogo al "genio" creativo delle connessioni fra immagini della mia notte visionaria, in cui per fortuna nessuno è stato pietrificato. Anzi: un angelo di pietra ha mosso le sue ali, colpito da un bagliore.

Infine, perché si è proiettata nell'aria la *Fanciulla che indica*, davanti all'ingresso della Guggenheim?

Quanto ai guanti, li avevo trovati in un archivio di stampe e immagini del passato. E proprio lì ho visto muoversi le figurine delle Muse stampate in una pagina di rivista: le stesse che si sono disegnate sulla punta delle mie dita, anzi dei guanti. Loro mi rimandano a un giorno molto importante per la storia dei miei attacchi visionari. Il 4 ottobre scorso.

Occorre che torni a *quel* giorno, non meno surreale di questa notte, se voglio trovare una chiave d'interpretazione. E posso provarci adesso, che la mia mente e la mia memoria funzionano alla grande. L'energia che sento stanotte forse mi aiuterà a capire anche le mie visioni milanesi.

Chiudo gli occhi.

E succede una cosa sorprendente: i miei ricordi del 4 ottobre iniziano a scorrere davanti a me, proprio come se fosse una registrazione video.

2
“Adesso” è allora

Seduto nel letto, Manfredo vede le sue mani poggiate sul manubrio della bicicletta, che procede nella prospettiva di via Senato a Milano, fra eleganti palazzi, in una fresca mattina di ottobre.

Non è un normale ricordo: sta rivivendo “in diretta” quella giornata, precisa nei dettagli! Una “supervista”, o una “supermemoria”, che lo fa volare dentro i suoi ricordi. “Adesso” è allora.

Manfredo pedala nel solito traffico che invade la strada, fra le auto ferme al semaforo. Scattano al verde, una Smart viola brillante cambia corsia davanti a lui, mentre un motociclista inguainato in una tuta blu notte lo supera a gran velocità. Passando di fronte al palazzo del Senato pensa a com’è raffigurato nell’incisione di fine Seicento che visionerà fra poco nell’archivio delle stampe Achille Bertarelli.

Basta un attimo di distrazione, e tutto cambia.

Intorno a lui, ora, non c’è più il rumore del traffico ma il fitto vociare di un mercato. Carretti carichi di ortaggi, legna, panni di stoffa, tirati a mano dai loro venditori, in poveri abiti contadini. Carrozze seicentesche dorate dalle immense ruote posteriori. Si ferma, mette un piede a terra, si guarda in giro: sembra un coloratissimo film storico, ambientato nella stessa epoca dell’incisione.

Com’è possibile? Il disegno di fine Seicento cui stava pensando è diventato improvvisamente una scena animata dai colori, dalle voci e dai rumori di allora. Non è un quadro appeso alla parete di un museo in cui l’acqua si anima... È un’allucinazione visiva, auditiva e anche olfattiva, a giudicare dall’acre odore della strada. Lui è lì, in bicicletta, dentro la sua visione.

Manfredo chiude e riapre gli occhi. La scena tutt’intorno a lui non è scomparsa.

Intravede una gentildonna con un'elaborata acconciatura e un alto colletto di pizzo, lo fissa dalla finestrella di una grande carrozza ma subito si nasconde nell'ombra dell'interno. Nessuno degli altri passanti bada a lui, un signore in mantello e cappello piumato e due venditori di castagne in zoccoli gli passano accanto come se non ci fosse. Invece della corsia dei taxi c'è il naviglio, che ha preso il suo posto di un tempo: è pigramente solcato da una barca e da una chiatta ancora più lenta, condotte da uomini vestiti di poveri panni.

Una scala di pietra porta fino all'acqua limpida. Stupefatto, Manfredo scende dalla bici e, spingendola a mano, attraversa la strada di terra battuta per avvicinarsi al canale. Sulla superficie dell'acqua ondeggiano piccoli riflessi, come lamelle dorate e argentate, che si scompongono in pennellate allungate e puntini luminosi, sembrano tracciati da un bravo artista. Il suo sguardo ne segue il movimento, ammaliato.

E a quel punto le vede.

Nuotano armoniose, il movimento dei loro nastri colorati e dei lunghissimi capelli s'intreccia e si confonde nel flusso della corrente. Indossano tutti i colori di una tavolozza preziosa e tersa. Giocano nella luce dell'acqua. I gesti silenziosi di quelle Ninfe irradiano una grazia che assorbe e fa svaporare i rumori e le grida della strada fino a cancellarli, sovrastandoli con una musica inaudibile per le orecchie, ma non per la mente. Misteriosa, onirica, indefinibile e vitale. Una risonanza così intensa e dolce che penetra nel cuore di Manfredo e annulla pacificatrice ogni domanda.

Le fanciulle lo guardano, gli sorridono.

Hanno occhi sfavillanti di luci in cui lui distingue toni verdi, azzurri e anche dorati, i loro capelli ondeggiando riverberano la chiara allegria dell'arcobaleno e fluttuano nell'acqua con i nastri. Manfredo si sente come se stesse varcando il confine di un mondo mai immaginato, ma che gli sembra di conoscere da sempre. Loro sono l'armonia dei colori e del movimento, sono l'emozione dell'uomo unita a quella della natura. Che creature meravigliose! La sua mente e il suo cuore sono pervasi da una grande sensazione di serenità. Pensieri chiari, trasparenti come l'acqua di quel naviglio che secondo le testimonianze storiche dovrebbe essere torbida, mentre adesso scorre come la fonte più pura del mondo. Le fanciulle sono differenti una dall'altra, ma sembrano una sola, con tutti gli aspetti della bellezza. Una di loro si ferma e si gira verso di lui. Lo guarda, sorride: gli occhi, curiosi come quelli di un animale selvatico, hanno i riflessi del bosco e del mare allo stesso tempo.

Manfredo intimidito risponde al sorriso, poi la Ninfa si volta e indica una targa di marmo incastonata nella parete di sassi e mattoni sulla sponda del naviglio. Intravede una scritta.

Le altre Ninfe s'immergono più profonde, poi riaffiorano davanti a quell'iscrizione. Gocce d'acqua si alzano e si fermano sospese, inanellate come perle sul filo tessuto da un ragno subito sopra la lapide.

Manfredo prova a leggere quello che c'è scritto. Poche parole ma non le distingue, è troppo lontano. Socchiude gli occhi per vedere meglio...

All'improvviso, una voce esplode accanto a lui.

«Manfredo! Attento!»

Sente vicinissimo il rombo di uno scooter, si sposta appena in tempo per evitare di essere investito, cade con la bici. Lo scooterone si allontana nel traffico a grande velocità.

«Ma guarda te che roba... non ti ha visto, quel cretino? Andava come un fulmine!» È Lucio che parla, un suo caro amico, ora gli sta accanto in mezzo alla strada per ripararlo dal traffico, lo aiuta a rialzarsi.

«Quello è un potenziale serial killer motorizzato. Non ha visto che eri lì?» commenta rivolto verso lo scooterista. Poi lo guarda: «Stai bene? Ma perché stavi fermo a fissare la corsia dei taxi? Non mi sentivi, eri proprio imbambolato, ti ho dovuto chiamare un bel po'.»

Manfredo non risponde. Ha ancora negli occhi la strada di secoli fa, il naviglio, le creature dell'acqua. La scritta che non è riuscito a leggere. Lo sguardo di quella Ninfa. Verde, verde bosco, verde mare.

«Manfredo! Ti senti bene?»

«Io... Scusami, Lucio... Ero... sono soprappensiero!»

«Eh, me ne sono accorto. A momenti ti facevi mettere sotto! Sei sicuro che è tutto a posto?»

«Sì, certo. Sto... Sto bene, grazie! Stavo cercando di leggere una cosa.»

«Che fenomeno! E che cosa leggi mentre vai in bicicletta?»

«Avevo in mente un'incisione, una veduta seicentesca di via Senato, con una targa. Che cretino, cercavo di leggerla con... con gli occhi della memoria.»

«Beato te che ci riesci, sempre con la testa nelle tue ricerche! Ma fai attenzione, in mezzo al traffico è pericoloso!» Lucio ride e lo guarda con simpatia. La sua galleria d'arte moderna è pochi metri più avanti. Fontana, Burri, Picasso, Klein, De Chirico... Lui sa di arte con competenza, sensibilità e il fiuto del mercante che riconosce il bello e compra oggi i capolavori di domani. E domani è un giorno più o meno lontano, può essere il prossimo inverno, il prossimo decennio, il prossimo secolo. Quando noi non ci saremo, ma le opere rimarranno. E l'arte vera continuerà a dirci qualcosa.

«Sto andando al Castello. Devo consultare libri e stampe per la prossima mostra.»

«Oh che bello! E cosa stai preparando?»

«La città d'acqua che non esiste più, ricostruita attraverso dipinti, incisioni, fotografie d'epoca. Ma con un'ipotesi nuova, vedrai, è sull'idea del riflesso. È piaciuta molto a Claudio, il soprintendente. E anche alla nostra amica Vannina della Bertarelli.»

«Ah be', allora sono certo che anche questa volta sarà un successo. Dimmi quando si inaugura, ci sarò.»

Mentre Manfredo si allontana il rumore del traffico lo assorda, e la dissonanza con la tranquilla bellezza della sua visione lo stordisce ancora di più. Ora il Castello non è solo un rifugio tranquillo, mura possenti che custodiscono la memoria della città, ma anche il luogo dove ritrovare *quella* veduta.

Il disegno seicentesco che si è appena animato intorno a lui.

3
Ci sono anche dei guanti per la consultazione. Bianchi, di cotone

Pochi passi nel grande cortile, tra turisti che scattano foto ricordo e gente che si guarda intorno o passa frettolosa, e finalmente Manfredo entra nella sala studio dell'archivio di stampe voluto da Achille Bertarelli, che nel 1925 donò le sue collezioni al Castello Sforzesco. Una raccolta d'incisioni antiche e preziose, ma anche di riviste illustrate e stampati popolari dei primi anni del Novecento.

Nessuno ai tavoloni della sala studio, solo i tre archivisti siedono alle loro scrivanie. Dorothea, Maria Rita e Bruno lo conoscono da anni e lo aiutano nelle sue ricerche. L'incisione che lui ha richiesto l'hanno già messa sul tavolo, in una cartella con la scritta PREZIOSE, con la sua scheda di richiesta. Ci sono anche dei guanti per la consultazione. Bianchi, di cotone. Manfredo li infila meccanicamente.

Vicino alla cartella ci sono delle riviste. Devono essere lì per qualcuno che arriverà o se n'è già andato.

In genere, quando ha tempo, Manfredo dà un'occhiata a quello che il caso gli porta sotto il naso. Gli piace pensare che *il destino ha fiuto*, e che gli offre sempre qualcosa di utile. E ora vuole prendere tempo, tranquillizzarsi un po', prima di rivedere l'incisione che si è animata davanti ai suoi occhi.

Guarda le date sulle copertine: 1912 e 1913. Prende una rivista, *Ars et Labor*, edita dalla casa musicale Ricordi. La copertina è tra il Liberty e il Déco, c'è il disegno di una donna elegante, di profilo.

Scorre le divertenti pubblicità, con la grafica svolazzante dell'epoca: la Rulloteca Circolante, per rulli sonori traforati; sartorie per teatranti, quante ce ne dovevano essere allora; i costumi d'arte "Caramba": da casa, da teatro, da sera, fatti su figurini originali usati dai più celebri artisti; la sartoria del Teatro alla Scala, con il numero di telefono a quattro cifre, 28-98. E ancora pianoforti, pathefono senza imbuto, il piano che si può suonare senza sapere la musica, le specialità della casa Monzino e figli. E poi réclame: colori per artisti, riproduzioni fotografiche di pitture delle ultime esposizioni, libretti di opere...

Le riviste di quegli anni sono una miniera di informazioni, gli piace perdersi a osservare la vita di un mondo scomparso. Ma si rende conto che vuole allontanare il momento di rivedere *quella* stampa antica, il naviglio di via Senato nel Seicento che poco prima si è animato davanti a lui.

Ancora pubblicità: attira la sua attenzione la foto di una giovane donna bruna di profilo, in un costume teatrale dal taglio esotico che lascia scoperte le braccia protese in avanti. Il prodotto reclamizzato è una tintura per capelli: la "Chinina Migone profumata, inodore, al petrolio". Lei è Salomea Krusceniski, famosa soprano del primo Novecento. Qui è ritratta nel costume della *Salomè* di Richard Strauss, opera lirica dal testo di Oscar Wilde.

Ed ecco che, mentre guarda la fotografia della cantante,

gli sembra di sentire in sottofondo le note della *Danza dei Sette Veli*. Un brano che lui conosce, nulla di strano se il ritmo incalzante riecheggia nella sua memoria. Ma le note di questa "colonna sonora" si fanno sempre più precise, come se lui si trovasse *davvero* nel teatro. Poi, inizia a *vedere* la Krusceniski che canta su un palcoscenico! Uno splendido e maestoso lampadario apre come un gigantesco fiore i suoi steli carichi di cristalli, stucchi dorati e velluti rossi tutt'intorno: è proprio l'interno della Scala con i suoi palchi, la sua platea e orchestra. Nella penombra, vede gli spettatori immersi nella scena più attesa dell'opera. Lo sguardo di Manfredo si avvicina, come in uno zoom, a due palchi affiancati. Assorte ed eleganti, secondo la moda del primo Novecento, alcune persone seguono lo spettacolo. Due ragazzine sono sedute davanti, rapite dalla musica e dalle scene. Dietro c'è una signora, potrebbe essere la loro madre.

Nel palco accanto, un uomo dall'aspetto severo siede alla sinistra di una signora con un paio di graziosi occhialini calzati sulla punta. Poi ci sono un uomo e una donna più giovani: Manfredo non riesce a distinguere bene il volto di lui, ma vede che i suoi occhi scuri brillano intensi e inquieti nella penombra. Lei è giovane e bellissima, si sta sporgendo in avanti, ha un certo modo di lasciar cadere con grazia la leggera stola che le avvolge le spalle, una fiera naturalezza luminosa. Gli ricorda qualcuno. I suoi occhi non seguono la scena sul palco, fissano un punto nel vuoto. Brillano di una luce particolare, come un riflesso che si argenta sull'acqua. Tutto è rapido, ma anche nitido e dettagliato, un fotogramma che passa veloce.

All'improvviso, sgomento, dolore, senso di perdita come la ferita di un lutto: la musica colpisce Manfredo con violenza. Lui chiude gli occhi, seduto a quel tavolo dell'archivio, si porta una mano alla tempia.

E Salomè getta l'ultimo velo.

4
Adesso li guardo con dolce commozione

Sobbalzo: riconosco i volti dei personaggi sui due palchi! Li ho visti nelle fotografie degli album di famiglia. Le due ragazzine: mia nonna Lisetta con la sua amica Léontine. E i miei bisnonni Carla e Luigi. Lisetta è una bambina, il bisnonno potrebbe avere la mia età. Eppure la loro lontana gioventù mi sembra così vicina. Adesso li guardo con dolce commozione. Ma com'è possibile che, qui e ora, in questa surreale notte veneziana, io riveda quella scena meglio di quel giorno alla Bertarelli? Quale cavolo di valvola cerebrale si è aperta?

Non devo agitarmi, meglio lasciare che la mia "supermoviola" personale srotoli la pellicola del tempo con tutti gli zoom che mi sono concessi.

La signora con occhialini in punta di naso accanto a Luigi è la zia di Léontine, Amélie Dupuis. E solo ora riconosco anche i due giovani con loro: lui guarda zia Giulia con quegli occhi così brucianti! Non voglio pensare *troppo* al pittore Majeri! Se lo facessi, il ricordo che sto rivivendo con la precisione di un film, e con la partecipazione emotiva di un bel sogno, rischierebbe di trasformarsi in un incubo, riportandomi a un'altra notte che non voglio proprio rivivere.

Ma adesso *sento* con chiarezza certe emozioni, che non possono essere mie. Che cosa stava succedendo a quei due, a Giulia e Fedele, sul palco della Scala? Di loro rimangono solo gli occhi che vagano, scontornati, ingranditi e solitari. Galleggiano nell'aria sopra alla platea come in un dipinto o in un film surrealista. Poi una nebbia fitta copre tutto.

5
Giuseppe Mercalli e Alessandro Malladra

Manfredo chiude la rivista con uno scatto, spaventato. Sente dei passi dietro di lui. È Bruno, uno degli archivisti.

«Dottor Monfalco, buongiorno. Le abbiamo dato tutto quello che ci ha chiesto?»

«Sì, grazie. C'è anche di più: queste riviste non sono per me» risponde, sforzandosi di nascondere il suo turbamento.

«Ma sta bene? Scusi se glielo chiedo, ma... è pallidissimo.»

«Eh sì, ho avuto un leggero spavento in bicicletta, prima di arrivare qui. Capita, nel traffico. Ora è passato.»

Quando Bruno se ne va, apre la rivista appoggiata vicino a quella che ha appena chiuso.

La Lettura, luglio 1913, mensile del *Corriere della Sera*.

Achille Beltrame è l'illustratore della copertina. Qui ritrae una giovane coppia in un momento di sosta durante una gita in montagna. Lei è seduta su un prato vicino ad alcune rocce, il cardigan giallo è intonato alla fascia di stoffa sottile del cappello a larga falda posato sull'erba, nelle mani tiene un mazzo di fiori; lui pure elegante, in giacca e knickerbockers, sta scendendo da una roccia, si piega verso di lei e le porge altri fiori appena colti. Un momento di serenità perfetta, a un anno dall'inizio della Prima guerra mondiale.

Manfredo gira alcune pagine. Qualche pubblicità. Una commedia e una novella. Sani passatempi, senza radio e tv, queste erano le distrazioni dell'epoca, si leggevano a voce alta in famiglia, o si rappresentavano tra amici. Una poesia di Guido Gozzano, altre belle illustrazioni con disegni di autori famosi. Articoli di cultura generale. Rassegne dettagliate, scritte in corpo piccolo, brevi cronache di avvenimenti importanti da luoghi italiani ed esteri, anche esotici, illustrate con fotografie.

Una di queste lo attira, un signore è trattenuto per i lembi della giacca da un altro uomo, vestito di bianco, ai limiti di un crinale arido e fumante. La didascalia dice: «Il 14 giugno 1909. All'orlo del cratere. Una guida trattiene per la giacca il prof. Mercalli che minaccia di precipitare.»

In realtà nella foto si capisce che lo studioso è vicino a una bocca del Vesuvio ma, con totale sprezzo del pericolo, sta guardando tranquillo dentro il vulcano. La guida lo tiene per le code della redingote.

«Il Mercalli non lo conoscete, è alto e magro, miope e fumatore, cammina ondeggiando a destra e a sinistra; porta la redingote e la tuba in permanenza; sul Vesuvio sostituisce il berretto alla tuba, ma fuma sempre; ha scoperto la scala dei terremoti. Era, ed è tuttora, professore all'Università. Nelle ore che la scuola lasciava libera alla sua meravigliosa intelligenza di indagatore della natura, dava di piglio ai suoi indumenti ed instrumenti d'alpinista e saliva al monte Vesuvio. Vi passava talvolta delle settimane, finalmente nel 1910 legge una notizia sul giornale, era stato nominato direttore dell'Osservatorio Vesuviano. Da quel giorno vive sul vulcano.»

Manfredo non riesce a staccare gli occhi dalle immagini, ancora fumo e crateri.

Giuseppe Mercalli, abate, scienziato e geologo, in una fotografia è estatico come un cacciatore di farfalle, in un'altra attento come un capitano di vascello che legge i suoi strumenti. Intorno a lui non ci sono cavalloni marini, ma pareti scoscese di lava. Nell'immagine più grande è immortalato dopo l'eruzione del 1906, vicino a un masso ciclopico scagliato dal vulcano. Proprio nell'anno dell'Expo, il vulcano si risvegliò causando centinaia di morti. Fu la più grande attività del Vesuvio del Ventesimo secolo.

Manfredo gira la pagina, nelle fotografie c'è un altro signore barbuto. È Alessandro Malladra, un vulcanologo che Mercalli chiamò come aiutante all'Osservatorio. Gli sarebbe succeduto come direttore, dopo la sua morte. Lo si vede chino su grandi fumarole, con bastone e martello da alpinista, ha posato uno strano apparecchio sul terreno. In un'altra pagina, eccolo che procede tenendosi a una corda per attraversare un passo "indiavolato".

Manfredo legge la didascalia: «Il 14 maggio del 1912 il professor Malladra discese nel fondo del cratere e l'eco della sua escursione corse l'Europa e l'America. Al Museo Vesuviano sono raccolte pietre che provengono dalle ultime eruzioni documentate.»

Ricorda che a Malladra è dedicata una sala di un museo di storia naturale, sulla strada che porta al Sempione e alla montagna imponente ed elegante del passo, il cui profilo, dolce da un lato, dall'altro fa pensare a quello del re dei felini. E ne prende il nome: Monte Leone.

Mentre legge, Manfredo sente intorno a sé un brusio lontano: voci profonde che non riesce a distinguere, impegnate in un'accesa discussione. Si guarda intorno, la sala è ancora deserta. Forse qualcuno che grida nel cortile lì davanti? Va alla finestra, ci sono tranquilli passanti e turisti. Torna alla rivista che ha lasciato aperta alla fotografia di Malladra e del suo strano apparecchio. Le voci si fanno più vicine.

Un brivido di sconcerto. Non è possibile! Si china sulla pagina: vengono proprio da lì. Legge la didascalia della foto: «Nella Grotta sismica, scavata presso l'Osservatorio Vesuviano, il prof. Malladra è impegnato con il suo ingegnoso "ascoltatore endogeno" che raccoglie i brontolii e i boati profondi del Vesuvio, annotando dati per capire se si prepara al risveglio.»

Scoppi, rumori di sassolini che franano. E un sibilo pieno e profondo, mai sentito così. Ancora parole indistinte. Nella mente di Manfredo si fa strada l'idea folle che quei suoni provengano dallo strumento che il professore tiene nelle mani.

Sta vivendo in un sogno a occhi aperti continuo, ora questo gli fa paura. Chiude gli occhi, tiene la testa tra le mani, ma le voci non se ne vanno. Anzi, stanno salendo su, su, più vicine. Continua a non capire una parola, finché... nella sua mente sente una discussione, che diventa sempre più chiara. La paura sfuma in un attento ascolto.

Voci maschili. Uno contro molti. *Lui* ha un timbro pieno, fluido e ricco di venature ironiche, contrappunti quasi musicali. I toni degli altri sono ora cupi e ora striduli e spezzati, le loro parole cavernose coprono la voce musicale, ma non riescono a unirsi in una coralità che le rafforzi.

Manfredo percepisce il senso di quello che dicono. *Loro* accusano *Lui* di tradire leggi e regole della natura, di stabilire contatti con una specie inferiore, estranea. *Lui* ribatte che quegli "estranei" hanno sviluppato forme di comunicazione – la loro arte, la loro poesia, la loro musica, il loro amore – che si avvicinano molto alla vera natura delle cose. Anche se in modo umano, comunicano qualcosa d'invisibile e di eterno. Quando vogliono, sanno riflettere molto bene le armonie e i contrasti degli elementi.

«Dobbiamo aiutarli a capirci, a riconoscerci. Per stabilire dei contatti, se non un linguaggio comune. Una volta era possibile. Quando i colori e gli esseri della natura davano vita a immagini che gli umani sapevano vedere» dice *Lui* lentamente. A Manfredo le sue parole sembrano una musica.

Loro reagiscono con incredulità, sarcasmo, rabbia. Voci aspre e metalliche scandiscono concetti altrettanto duri. Non c'è nessun bisogno di comunicare qualcosa, quando tu *sei* quella cosa. E ancora: i patetici sforzi degli esseri umani per esprimere verità, giustizia e bellezza dimostrano solo che essi non sono né veri, né giusti, né conoscono la vera bellezza che non potranno mai copiare nella sua essenza: gli uomini s'ingegnano solo per distruggerla. Sono ottusi e pericolosi, concludono.

Lui replica che sono proprio la fratellanza e la ricerca della conoscenza a rendere gli uomini diversi dal resto della natura. C'è qualcosa nei loro pensieri, nei loro gesti, che li porta verso l'invisibile e l'eterno.

Basta così, urlano gli altri. Minacciano di bandirlo. Anche se *Lui* è uno di *Loro*. E molto potente.

Manfredo non vede i contendenti. Nel buio ha solo l'impressione di occhi e ghigni glaciali, e per un attimo gli pare di scorgere un battito di ali bianche e nere. Ha ben chiaro però che la disputa avviene nelle profondità della terra, dentro il vulcano, e che il dissidio si fa sempre più violento.

I rumori dello scontro *esplodono* nella mente di Manfredo in rimbombi cupi, vibrazioni telluriche, boati e onde sonore, echeggiano e diventano un brontolio profondo, viscerale, intensissimo e sordo, simile a quello di un terremoto. La lite sta generando onde che fanno tremare la terra stessa! Manfredo vede solo buio, poi fulmini dai colori di screziature minerali e rivoli di lava, che appaiono e scompaiono in un attimo. Gli gira la testa, è stordito. Vede una nube di polvere nera, seguita da una pioggia di lapilli e colate incandescenti. Si sente quasi svenire, finché brilla un lampo viola che annulla la scena. Silenzio in quelle pagine parlanti e negli occhi della sua mente. Si riscuote senza che nessuno lo chiami, stavolta. È sempre lì, nella sala studio, davanti alla foto della "Grotta sismica" del Vesuvio. Una pagina stampata, niente di più.

6
Sicut Venetia, ti riferivi all'incisione?

Manfredo si alza e guarda dalla finestra il prato verde del grande cortile, per riposare gli occhi e la mente. Che diavolo gli sta succedendo? Ce ne sarebbe di materia per quel dottor Schein, l'analista di cui ha già in tasca il numero di telefono. Pochi giorni fa ha letto un suo articolo sulla forza psicologica dei colori, delle sfumature, dei riflessi sull'acqua. Sì, deve chiamarlo al più presto.

Finalmente apre la cartella delle incisioni con la scritta PREZIOSE.

Eccola, quella con il palazzo del Senato e il naviglio. La osserva. Sul muro, nella sponda del canale c'è davvero la lapide con un'iscrizione. Troppo piccola per decifrarne le parole, se non ingrandendola.

Usando la lente che porta sempre con sé legge: «*Sicut Venetia*!» Lo esclama ad alta voce, senza rendersene conto.

«Il titolo di un'incisione del fondo Majeri...»

Manfredo si volta di scatto. Alle sue spalle c'è Vannina Saraceni, la direttrice dell'archivio sua cara amica. Era così confuso che non l'ha sentita arrivare.

«Eh? Ciao, Vannina. Come... come hai detto?»

«*Sicut Venetia*, ti riferivi all'incisione? È ancora da studiare, tu sai che il fondo Majeri è consultabile solo da pochi giorni, per disposizione testamentaria dell'artista. Come fai a conoscerne il titolo, te ne avevo parlato? Volevo proprio mostrartela tra i primi.»

«Sì, sì, me ne avevi accennato.» Manfredo mente, alzando gli occhi verso di lei dalla lente dove ha visto che, nel momento in cui Vannina si è avvicinata, il disegno della lapide con l'iscrizione è scomparso.

«Troppe cose, dimentico tutto» prosegue sorridendo Vannina. «Come sai, il fondo era in deposito, ben sigillato in una cassa. Da tenere chiusa fino ai primi di ottobre del 2006, così aveva scritto Majeri. Chissà perché. A volte capita, tu lo sai bene quanto possano essere eccentrici gli artisti. Ti volevo proprio chiamare ieri, per mostrartela. Non c'è molto d'altro nella sua donazione: una collezione di belle riviste d'epoca. Ah, guarda: alcune sono qui. Ma *Sicut Venetia* penso sia la cosa più importante del lascito.

Purtroppo non ho trovato niente che riguardi i dipinti scomparsi di cui mi hai parlato.»

Manfredo si riscuote. Il fondo Majeri, sì, lei glielo aveva detto ma se n'era dimenticato. E sa bene perché.

«Che bella coincidenza, allora! Dimmi, Vannina, com'è? Sono molto curioso» e sorride per darsi un tono normale.

«Aspettami un attimo che te la porto. Vedrai che bella.»

Nell'attesa Manfredo riguarda la stampa sul tavolo: la lapide con la scritta mostrata dalle Ninfe è davvero scomparsa. E siccome non l'aveva mai notata prima, anche questa fa parte delle sue visioni.

Vannina torna con una grande cartella, la apre con delicatezza ed estrae l'incisione. La carta è come una stoffa infeltrita, con alcuni tagli e macchie ai bordi. Ma il disegno è spettacolare.

«Bella vero? La carta è particolare, quasi tutto cotone, ma sembra sia stata nell'acqua a lungo, chissà perché. Però il disegno inciso è molto preciso, è una Milano di fantasia, e qui sta il bello, guarda: sono disegnati canali al posto di molte strade! In certi punti le chiese e i palazzi si rispecchiano nell'acqua. E c'è il Duomo in mezzo a un laghetto. Milano come Venezia, ma anche un po' come Roma: l'acqua esce in riccioli da queste fontane poste ai quattro angoli del foglio che sembrano citazioni di quelle romane più famose, maestose, barocche, con tanto di volute a spirale e divinità marine: Ninfe, Tritoni, delfini. Persino un muscoloso, giovane Nettuno. Senza barba però. Curioso, lui sembra quasi neoclassico, anche se credo proprio che questo sia un capriccio barocco. Mi fa pensare a un gioco d'acqua, sai, come le musiche di Händel o come certi giardini che creano effetti immaginifici.»

«Sorprendente» risponde Manfredo con un filo di voce.

Vedendolo molto pallido lei gli chiede se si sente bene.

«Benissimo, sono solo turbato, tu sai quanto Majeri fosse amico di mia nonna, e di sua sorella Giulia...»

«Sì, certo. Ed era un bravo artista. Capisco che questa stampa ti emozioni, lui l'avrà trovata chissà dove. E noi siamo tra i primi a vederla» gli dice sorridendo. «Potrebbe essere un bel pezzo per la tua mostra.»

«Non c'è dubbio.» Manfredo annuisce senza staccare gli occhi dal disegno.

Vorrebbe dimenticare tutte le altre immagini della giornata. Invece si scorda solo di riporre i guanti da consultazione che ha trovato vicino alle riviste. Li mette in tasca e se li porta via.

7
Guantini verde Nilo

Accendo la luce. Ancora una volta la stanza mi tranquillizza: sono qui e ora. Poso i guanti sul comodino e li guardo con tenerezza, sono così simili a quelli che usava mia nonna. Guantini verde Nilo.

Il fondo di Fedele Majeri. Un'altra cosa di cui mi sono dimenticato. Ma c'è un motivo: è per quello che è accaduto un mese dopo, il 4 novembre. Ne sono rimasto così sconvolto che Schein mi ha consigliato di non ripensarci, almeno ancora per un po'. D'accordo, dottore, come vuoi tu. Tanto adesso non voglio farlo. Non intendo rischiare di azzerare le mie sinapsi, soprattutto così caricato a palla, con questa supermoviola da flashback.

Ora è tempo di dormire. Un po' di sonno tranquillo, me lo merito no?

9

Alla Scala

Milano, 26 dicembre 1906

I

Nel suo palco alla Scala Luigi Tirelli era solo

Nel suo palco alla Scala Luigi Tirelli era solo, e cominciava a essere in ansia.

Mancava appena un quarto d'ora all'inizio e ancora non si vedeva nessuno. Fedele era sempre un po' in ritardo, d'accordo, ma Carla dov'era finita? L'aveva lasciata davanti all'ingresso, con Amélie e le ragazze.

Lo sapevano che dopo l'inizio non potevano più entrare, secondo le nuove disposizioni del direttore Toscanini. La platea era già gremita, contrariamente alle abitudini scaligere di soffermarsi nel foyer ben oltre l'ouverture. Per la prima volta le signore avevano dovuto rinunciare a seguire lo spettacolo sfoggiando i loro eleganti cappelli. Vietati. Le luci erano già state abbassate un paio di volte, anticipando un'altra novità di stagione: il buio in sala durante lo spettacolo. I frequentatori abituali del teatro erano informati anche del fatto che non sarebbero stati eseguiti i bis. L'opera andava gustata dall'inizio alla fine, senza tagli e senza ripetizioni. La musica doveva avere il suo spazio di assoluta concentrazione. E lo diceva Toscanini, che dirigeva a memoria, senza spartito!

Gli spettatori erano tutti al loro posto. Tranne le donne di casa Tirelli e le loro amiche, che aspettavano Giulia e Fedele. Dove erano finiti quei due? Con Majeri era sempre così. E adesso, il suo vizio di non essere mai puntuale aveva contagiato anche Giulia. Diavolo di un Fedele!

Certo che è un bel tipo, a sentir lui si portava in giro Giulia come se fosse sua sorella. Poi con la mania della pittura en plen air se ne stavano per ore sulle rive di canali e fiumi... e si facevano sempre aspettare. Risultato: palco vuoto la sera di Santo Stefano. Per abitudine di famiglia, Luigi Tirelli preferiva le prime file della platea: amava veder saltare le corde dei violini! Ma quell'anno Carla e Amélie lo avevano convinto che nel palco le ragazze si sarebbero divertite di più.

Preoccupato, scese nel foyer. La luce si stava abbassando e dava all'ambiente color avorio un aspetto ancora più speciale, che i tanti specchi aumentavano. Nessuna traccia delle donne di casa Tirelli, ma le maschere sospingevano cortesemente gli ultimi ritardatari ad accomodarsi per chiudere le porte d'ingresso. Risalì rapido e finalmente trovò Amélie nel corridoio.

«Ma arrivano o no? Sta già iniziando, chiudono le porte!» le chiese con ansia.

«Stia tranquillo, Luigi, sono entrati tutti! Abbiamo deciso che Carla, Lisetta e Léontine staranno nel palco a fianco» e con gesto frettoloso ma fermo lo fece entrare prendendolo sottobraccio. Poi proseguì con aria sognante: «Le ragazze si stanno sistemando. Ah, gli specchi della Scala! Catturano le signore e fermano il tempo: ma ce le restituiranno presto.»

«Mi domando se questo sia lo spettacolo giusto, per loro» borbottò Luigi.

«In effetti è un'opera nuova, difficile, un po' fuori dagli

schemi. Ma i giovani hanno bisogno di novità. La capiranno meglio di noi, vedrà!»

«Non mi riferisco agli aspetti musicali, Amélie, ma ai contenuti. Questo lavoro ha fatto scandalo in mezza Europa, e le nostre ragazze sono così giovani! Cioè, Giulia ha quasi vent'anni, ma Lisetta e la sua Léontine sono poco più che bambine!»

«Non si preoccupi, Luigi... Conoscono bene l'autore e hanno già letto il testo, sanno che cosa aspettarsi. Sono curiose, è vero. Mi sembra però che siano interessate più alla rappresentazione nel suo insieme che non al suo lato, diciamo così, osé.»

Luigi borbottò ancora qualcosa d'incomprensibile e allargò le braccia, rassegnato ai capricci delle sue donne.

«Su, godiamoci lo spettacolo: non mi voglio perdere l'ingresso del maestro» aggiunse lei, allegra.

Lui smise di sbuffare, avvolto dalle note in libertà degli strumenti che cercavano toni e accordi. Cominciò a riconoscere la voce dell'ottavino, dei clarinetti, dei violini che danzavano sopra al brusio della platea, e cercò di individuare gli strumenti nella buca sotto il palcoscenico. Dimenticò le ritardatarie. Quando entrò Toscanini con la sua figura elegante e severa, ogni suono era già spento. L'energia del maestro rapì subito Luigi.

E poi si aprì il sipario.

Alcuni soldati di guardia, in costumi antichi. Il loro capitano, affiancato da un paggio, guardava verso la luce del salone. Intonò la prima strofa.

«*Wie schön ist die Prinzessin Salome heute nacht!*»

Sul palco, il capitano diceva di non aver mai visto la principessa tanto pallida. Come il riflesso di una rosa bianca in uno specchio d'argento. Il soldato gli suggerì di non guardarla in quel modo. Era pericoloso...

Amélie adorava Oscar Wilde: era sempre stato dentro e contro le mode del suo tempo, così da svelare le ipocrisie di quella società in cui si era mosso con tanta eleganza, anche durante i momenti più difficili della sua vita. Per questo approvava Strauss, che portava in scena la sua *Salomè* senza adattarla alle convenzioni operistiche. Ma seguiva la musica con un orecchio solo: l'altro era concentrato sulla porta del palco che ancora non si apriva. Carla e le ragazze si erano già sistemate nel palco a fianco. E Giulia, e Fedele?

Quando li aveva visti all'ingresso, poco prima, erano sconvolti. Lei sembrava uscita da una tempesta, lui era bianco in viso come se l'avesse seguita nel vento e nella pioggia.

Il capitano, intanto, cantava il turbamento della principessa, ancora fuori scena. La paragonava a una colomba che avesse smarrito la sua via, a un narciso tremante nel vento, a un fiore d'argento... E finalmente un brusio del pubblico sottolineò l'entrata di Salomè, interpretata dalla bella soprano Salomea Krusceniski.

In quella, Giulia e Fedele entrarono nel palco.

La scena buia coprì il pallore di entrambi, il professore salutò con un sorriso un po' formale. Amélie sospirò soddisfatta e iniziò a godersi l'opera in pace. C'erano ancora molte domande che le frullavano in testa, ma non era quello il momento per pensarci.

On ne peut pas aller plus vite que la musique, si disse sprofondando nel suono degli ottavini.

2
La cosa che aveva colpito subito Fedele era stata l'assenza di colori

Chi invece correva con i pensieri molto più in fretta della musica era Fedele. La sua mente era occupata da ciò cui aveva assistito poco prima con Giulia.

Si erano incontrati a Brera. Lei gli aveva proposto di allungare il percorso, per passare davanti al naviglio di San Marco.

«C'è ancora tempo per l'appuntamento alla Scala.»

«Giulia. Non... non deve diventare un'ossessione.»

«Fedele, non è così» gli aveva risposto seria.

Lui l'aveva scrutata indagatore, e sotto quello sguardo lei aveva sorriso.

«Sì, sono nervosa. Il motivo è che non ho più tanta pazienza. Oramai ho... ho *bisogno* di loro, capisci?» aveva proseguito accorata. «E sono preoccupata, il tempo passa senza rivederle. Che cosa sarà successo? Mi sento vuota, non ho più voglia di fare niente.»

Fedele aveva deciso di essere un paladino pronto ad assecondarla, ma anche a proteggerla. Lo spettacolo delle Ondine, stare sempre più spesso con lei per cercarle, lo aveva avvolto inizialmente di una felicità sconosciuta. Ma da qualche tempo Giulia era sprofondata in una specie di depressione emotiva, si era come spenta. Triste, senza entusiasmi e con foschi pensieri: lui non la riconosceva più.

Si era convinta che le Ondine avessero bisogno del loro aiuto: non le vedevano da quel giorno d'estate nelle risaie. Lui ricordava bene la data: la notte successiva all'Expo c'era stato un incendio che aveva distrutto i padiglioni della Fabbrica del Duomo e dell'Arte Decorativa, ne avevano parlato tutti i giornali. Adesso, quasi cinque mesi dopo, sembrava che tra il mondo della fantasia e la vita quotidiana si fosse alzato di nuovo un confine.

Erano passati davanti alla chiesa di San Marco e si erano appoggiati alla balaustra guardando giù, nel naviglio. L'acqua scorreva pigra, scura. Saliva un'aria gelida e umida.

«Che cosa possiamo fare?» gli aveva chiesto Giulia guardandolo negli occhi. I suoi erano scuri, Fedele non li aveva mai visti così. Dopo una lunga pausa, le aveva risposto con tono pacato.

«Un giorno le Ondine ritorneranno, magari a primavera, la stagione del risveglio della natura. O forse le rivedremo sotto altre forme. Ma se non dovesse accadere, e a questo dobbiamo essere preparati, avremo avuto il privilegio di vivere l'esperienza più bella della nostra vita. Non c'è motivo di essere tristi o di stare in ansia... Il tempo di queste magie non scorre come il nostro, un minuto di bellezza dura per l'eternità, qualche mese di attesa svanirà in un attimo. Riappariranno e, se non dovesse accadere, sapremo tenere nel cuore i sogni che ci hanno regalato.»

«Ho una brutta sensazione» aveva risposto lei come se non avesse sentito le sagge parole di Fedele. «Dopo averle viste l'ultima volta nell'acqua calma della risorgiva, quella notte ho sognato un'onda di un blu tenebroso. Sentivo che era in pericolo qualcuno, a cui le Ondine volevano bene. Quell'onda faceva paura. Tu mi hai sempre detto che il blu è il colore della lontananza. Se il blu scompare, che cosa rimane? Che cosa c'è dopo la lontananza?»

«Nell'arcobaleno dopo il blu viene il viola. Se ci pensi, è la stessa scala cromatica che possiamo vedere all'alba o al tramonto. Ogni cosa ha un ciclo, c'è sempre un ritorno.»

«Il viola! "*Forse il viola ci può aiutare*": lo avevi detto tu quel giorno, quando ci siamo rivisti a Brera. Mi sembrava così fuori luogo, allora. Invece adesso vedo il viola in ogni ombra. Non è il colore del lutto? Fedele, io... temo di averle perse per sempre!»

«Quel giorno ho nominato il viola proprio perché è il colore che può far nascere la luce.» Si era interrotto un momento e le aveva preso una mano. «Le Ondine sapranno indicarci come ritrovarle in altri aspetti che la vita ci mostrerà. Come accade in natura, tutto si trasforma. Lascia nella tua mente uno spazio bianco, vuoto, e vedrai che le Ondine torneranno in un altro modo. E forse i colori ci aiuteranno a capire.»

«Sarebbe un ottimo proposito, se solo ci riuscissi! Ma è

difficile distaccarmi dall'idea che voglio rivederle almeno una volta. Non riesco a concentrarmi su nient'altro...»

«Allora racchiudi il tuo desiderio in un palloncino e lascialo volare, Giulia. Come nel gioco di un tempo, il nostro gioco. Lo sai, prima o poi si realizzerà.»

Si era voltato verso di lei. La sua pelle chiarissima sembrava più morbida che mai, ma il viso era teso, gli occhi lontani e spaesati. «Hai ragione, sarebbe perfetto ma...» gli aveva risposto inquieta, mordendosi le labbra che poi aveva disteso concludendo: «... Ma va bene! Ti prometto che proverò a cercare quella pura imperturbabilità. Uno spazio bianco, trasparente, dove saper aspettare e credere nei desideri.»

Fedele le aveva preso una mano. Era così fredda.

«In fondo lo sappiamo, sono *anche* le cose invisibili che nutrono il cuore. Hai avuto tanto, non sentirti povera. Se la tua mente è troppo agitata o infelice, non c'è posto per la fantasia. Torneranno i colori della primavera, e le Ondine con loro.»

Era stato allora che nel cono di luce sotto un lampione avevano cominciato a emergere delle figure: non la prua di un barcone che usciva dalla bruma del naviglio portando il suo carico; non voli di uccelli notturni né mantelli di passanti sulla riva. Era qualcosa d'indefinito, più fitto della nebbia.

Erano loro.

La cosa che aveva colpito subito Fedele era stata l'assenza di colori. Le Ondine erano impresse nella sua memoria con i loro riflessi luminosi. Ora erano sempre bellissime, ma opache, come uscite da un bassorilievo di polvere.

Si muovevano fluttuando non nell'acqua ma nella nebbia, sulla superficie del naviglio. Il professore ritrovava ora un profilo, ora un gesto o un'impressione. Non vedeva però i loro sorrisi, e per questo i suoi ricordi si offuscavano.

Quando si erano avvicinate, Fedele era riuscito per un attimo a scorgere i loro sguardi. Tristi.

Si muovevano così lentamente... Che cosa era successo? Giulia le guardava, ferma e pallida, come impietrita.

In quel momento per la prima volta avevano sentito quello che aspettavano da tanto tempo: la loro voce. Non erano solo parole. Era lo scroscio lieve dell'acqua in un piccolo ruscello, il frangersi delle onde, il mormorio delle loro spume nel ricamo che bagna, ritirandosi, i sassolini di una spiaggia. Era tutto questo, e qualcos'altro. Una polifonia, un insieme di note, un canto in cui si sentivano echeggiare emozioni diverse che parlavano all'unisono nei loro pensieri, e in una dimensione sconosciuta. Presto era diventato il suono di una pioggia prima leggera poi sempre più fitta.

E nella mente di Fedele e Giulia erano affiorate queste frasi, come composte da tante gocce in una lontana risonanza, che pure sentivano con precisione: «*A noi non sarà più permesso di incontrarvi, cari amici, perché quella forza che ci insegnò a giocare con i vostri occhi ora è imprigionata. Il Genio della Montagna, amico delle Onde e delle Acque amate dall'uomo, ha bisogno di aiuto. Noi dobbiamo abbandonare la forma che voi umani ci avete regalato con la vostra immaginazione. Altri temono gli uomini. Gli elementi fratelli sono diventati nemici.*»

Le Ondine si erano allontanate ed erano scomparse, come cancellandosi nel grigio che gravava sul canale.

Improvvisamente la nebbia si era aperta e ne avevano vista una sola gettarsi dalla sponda nell'acqua scura del naviglio. Un lampo e piccole schegge di luce bianche e blu avevano brillato sul suo corpo che guizzava veloce come un grosso serpente, presto inghiottito nell'acqua che si coprì di bruma incolore.

Era stato allora che Giulia aveva mosso le labbra e, con voce bassa, aveva chiesto soltanto: «Che ore sono?»

Fedele aveva estratto l'orologio dal panciotto e aveva detto che fra un quarto d'ora sarebbe iniziata la *Salomè* alla Scala. Lei si era girata e senza aggiungere una parola aveva incominciato a correre lungo il naviglio. Lui l'aveva seguita.

Alle loro spalle una sagoma stava ferma sulla sponda del canale, poco oltre dove era apparsa quell'Ondina. Non era un essere umano, ma una grande marionetta metallica con il viso simile a un elmo antico, o a una lunga visiera. Si era gettata a capofitto nell'acqua che, come nebbia grigia, lo aveva inglobato senza un rumore.

Parte seconda

10

Il dottore non finisce mai di meravigliarmi

Venezia, 17 novembre 2006

1
Alla fine, ieri notte mi sono addormentato come un bambino

Dalla finestra vedo che nel campo cominciano ad arrivare i turisti. Tutto risplende serenità, come capita nelle mattine di bel tempo a Venezia. E io mi sento ancora carico di una speciale energia.

Alla fine, ieri notte mi sono addormentato come un bambino.

Accendo il computer e scrivo a Schein un riepilogo fedele comprensivo di tutto: le visioni, il prodigioso flashback, le correlazioni. Poi telefono a Bruno, dell'archivio Bertarelli.

«Pronto? Sono Manfredo Monfalco: buongiorno, la disturbo?»

«Buongiorno, dottore! No no, lei non disturba mai.»

«L'ultima volta che sono stato da voi, il 4 ottobre, devo aver portato via per sbaglio dei guanti da consultazione, forse dimenticati sul carrello del materiale in visione. Li ho infilati in tasca senza accorgermi. Potrebbero essere di chi ha richiesto quelle riviste che erano lì, *La Lettura* e *Ars et Labor*, anni 1912 e 1913, ora non ricordo il mese.»

«Chiederò alle mie colleghe. Per ora non ci risulta.»

«Potrei avere il numero di telefono di quella persona che le ha consultate... per un'informazione? È utile per la mia ricerca su quel periodo» mento.

«Appena so qualcosa la richiamo. A presto, dottor Monfalco, e buona giornata.»

È il momento di sentire Theo Malabria, il mio caro amico che cura la sezione della mostra dedicata alla storia dei navigli. Architetto e grande esperto dei canali milanesi ora interrati, sono la sua passione. Da anni progetta di riaprirne almeno una parte, con studi approfonditi. Risponde subito con la sua bella voce piena, rassicurante. Gli chiedo della lapide.

No, in quel punto non c'erano targhe. Altrove sì, e ricorda le principali, ma sono tutte iscrizioni dedicate a chi eseguì qualche importante opera pubblica legata ai navigli: uno Sforza, un governatore spagnolo, uno austriaco.

«C'è un'altra cosa, Theo... che ne penseresti di un'incisione dove Milano è rappresentata come Venezia, tipo un capriccio barocco con canali al posto delle vie, fontane antiche e un bel lago davanti al Duomo?»

«Una bellissima idea. Peccato che una stampa così non esista. A Milano l'acqua continua a scorrere sottoterra, fa parte della natura dell'energia di questa città. Che dovrebbe ricordarsene, e non per nostalgia. Tu sai come la penso, almeno davanti alla chiesa di San Marco si dovrebbe riaprire il laghetto sopra il posteggio: sarebbe incantevole vedere l'acqua lì.»

«Hai ragione, Theo.» Non posso dirgli che l'acqua, proprio lì, si è trasformata nel mio incubo. Invece, di *Sicut Venetia* gli racconterò un'altra volta. Lo saluto con affetto. Mi ha sempre insegnato molto sull'importanza dell'acqua in questa città.

Adesso voglio andare alla Guggenheim. Ieri notte l'ologramma della fanciulla leonardesca mi mostrava il suo ingresso.

Esco. Il vento da nord spazza le nubi, ma non è freddo. Ogni cosa è più nitida e risalta in tutta la sua malia.

Eccomi sotto la basilica della Salute. Cerco l'angelo che ieri mi è sembrato muovere le ali, è lassù tra santi e profeti, vicino alle spirali barocche, immobile come sempre. Le alghe all'approdo fluttuano calme, come foglie di lattuga allungate, senza suscitarmi nessuna inquietudine. Passo di fianco alla pozzanghera dove la medusa è si è trasformata in un serpente. Pochissima acqua, limpida. Con questa bella giornata si asciugherà del tutto.

Ripercorro il ponte, la piazzetta della chiesa di San Gregorio, l'altro ponte per le fondamenta Ca' Balà, la calle stretta fino al punto in cui è scomparso il mio R.D. Mi avvicino circospetto al muro, appoggio le mani dove si è aperta la fenditura che lo ha inghiottito. Niente, non si muove un granello di polvere, non c'è nemmeno un piccolo grumo fangoso. Mattoni pieni asciutti, vecchi ma stabilissimi. Proseguo fino alla pietra angolare della mia visione "psichedelica". Anche qui è tutto normale... Del resto, lo sono anch'io, niente più supervista e supermemoria. Arrivo al cancello della Guggenheim, con vetri di Murano incastonati come gemme grezze nel ferro, qui di fronte le Muse sono apparse sui miei guanti. È chiuso, come pure l'ingresso principale. Un cartello spiega che sono in corso le pulizie per l'ultima acqua alta.

L'aria è più tiepida, il vento sta diventando una brezza piacevole. Ieri, quanto a intensità di emozioni credo di aver raggiunto il massimo. Game over. Un giorno di vacanza, da vero turista.

Passo davanti alle Gallerie dell'Accademia. A proposito di Leonardo, potrei chiedere alla direzione se è possibile rivedere l'*Uomo Vitruviano*, mi farebbe bene. Vorrei aprire le braccia come lui, capire la misura di quello che ho intorno ma assaporando un senso di potente libertà.

Libera il genio, mi ha detto il mio R.D. Ci proverò, per quanto genio io posso avere.

Compro il giornale ed entro in un baretto che conosco, sempre pieno di veneziani che parlano di calcio o si raccontano scherzosi le cose di tutti i giorni. Di solito mi diverto ad ascoltarli.

Oggi però non riesco a seguire le loro *ciacole*: faccio una veloce colazione al banco e me ne vado. La Galleria di Palazzo Cini lì di fronte è aperta, entrerò a fare un piccolo giro per svagarmi.

2
Mi creda, lei non è pazzo

Le sale sono vuote. Ed eccomi davanti a uno dei miei quadri preferiti.

Un Pontormo, il *Ritratto di due amici*. Il giovane sulla sinistra tiene in mano un foglio con uno scritto sull'amicizia. Il tipo biondo sulla destra punta lo sguardo penetrante, dritto verso lo spettatore. Il cappello piatto è scuro, il bianco avorio della sua camicia illumina la composizione. Oggi più del solito. Lo sguardo del giovane mi scruta, le labbra sembrano schiudersi. È "l'effetto Gioconda", il bello dei ritratti quando sono capolavori: ogni volta raccontano qualcosa solo per te, come se fossero tuoi amici.

Il cellulare vibra, è Schein. Esco dalla sala e m'infilo dietro le tende del pianerottolo per rispondergli.

«La disturbo?» inizia il dottore.

«No no, anzi mi fa piacere. Parlo sottovoce perché sono a Palazzo Cini... Stavo osservando il Pontormo.»

«Ah sì, non ricordo quale frase di Cicerone sia scritta sul foglietto in mano a uno dei due amici» e pure lui abbassa il tono.

«Già, nemmeno io.» In realtà il testo non l'ho mai saputo, Schein mi stupisce ancora una volta: a suo modo sembra sempre conoscere tutto.

«Allora, dottor Monfalco, ho appena letto la sua email. Molto interessante, devo rivederla con più attenzione. Ci lavoreremo su, c'è parecchio materiale.»

«Quello che ho visto è... è incredibile! E ci sono un bel po' di personaggi nuovi. Il fatto è che... io penso che appartengano ai sogni e alle fantasie di... di qualcun altro, ecco! Quell'automa, poi, l'ho anche toccato, mi ha parlato. Mi ha detto di *liberare il genio*. Questo sì, riguarda solo me: è uno stimolo a ragionare sui fatti. Devo anche dirle che oggi sto benissimo. Forse dovrei preoccuparmi... Cioè, se quelle non sono allucinazioni che cosa sono?»

«Oh no, preoccuparsi mai! Come lei sa, è meglio occuparsi delle cose che preoccuparsene. Anzi, è giusto prendersi cura di queste immagini, con curiosità. Sì, cura e curiosità! Non per niente le due parole hanno la stessa radice. Dobbiamo seguire gli indizi per arrivare fino alla fonte di quello che lei vede scorrere davanti a sé. Con pazienza. Io credo che lei sia *mirabilmente* fortunato. Risalire i canali della propria mente o psiche, grazie al proprio genio, genialità fantastica o come la si vuol chiamare, è un percorso lento ma molto proficuo. Lei già di carattere ha tanti stimoli su questo. Questa notte ha avuto il privilegio di una sorta di retrospettiva dell'immaginazione. Come in un sogno, lei dice bene. Bisogna capire dove porti questo scorrere di immagini meravigliose. Ripeto, con pazienza. Però adesso riposi, si senta in vacanza. Viva tutto con tranquillità, come se vedesse un film. E mi raccomando, prenda appunti. Scusi... com'è il tempo lì?»

Guardo fuori dalla finestra, deluso. Gli ho raccontato di fatti paranormali e mi chiede del tempo?

«Ieri... be', faceva freddo... oggi si sta meglio, è più caldo.»

«Ah, perfetto, si può dipingere all'aperto!» lo sento esclamare soddisfatto. «Allora si dedichi subito a ciò che le dico: acquarelli! Prenda un bel blocco rigido, una tavolozza portatile, insomma quel che serve, e dipinga en plein air, dal vero.»

«Sì sì, ma...» rispondo sempre più contrariato. «Potrebbe dirmi qualcosa di più sulle mie ultime... visioni?»

«Davvero bellissime, devo complimentarmi! Voglio dire, molto ricche e fluide. Cerchiamo di accettare le idee che si trasformano, senza irrigidirci. Lasciamole scorrere. Se l'inconscio ci aiuta, tutto è più facile. La sua specialità è l'analisi delle immagini, no? È giusto seguire le sue intuizioni: usi il suo genio personale in proposito, senza paura. Osservi le visioni come se fossero opere d'arte. All'inizio, lei m'insegna, sempre da lontano, ascoltando le prime emozioni, poi ci si avvicina alla composizione con attenta pazienza. Disegno d'insieme, colori, profondità, poi i dettagli. Trovare l'armonia nella composizione generale delle scene. A volte solo alcuni particolari svelano qualcosa, mentre altri elementi più evidenti sono simboli da studiare in un secondo tempo. Sempre con pazienza. Ha fatto molto bene a contestualizzare i suoi ricordi in un tabellone riassuntivo. Se s'intrecciano storie complicate non si preoccupi, anzi si diverta: con cura e curiosità! Dipinga e fluidifichi, proprio grazie all'acqua, forme e colori. Mi creda, lei non è pazzo. Il mondo oggi soffre di mancanza di un certo tipo d'immaginazione, ma noi siamo ancora i bambini, i ragazzi entusiasti che eravamo. Stia tranquillo. Troveremo una soluzione *geniale*. L'ideale adesso è dipingere qualche veduta veneziana con l'acqua, come soggetto e come mezzo. Non ne abbia paura. Segua le sfumature. Le farà bene. Eserciti lo sguardo del pittore, non per niente le sono apparse anche le Muse e un disegno di Leonardo! Si senta un pittore in vacanza. Provi al Canale della Giudecca. Là è più caldo, se c'è il sole. E mi raccomando: via libera alle sfumature!»

Riattacca. Il dottore non smette mai di meravigliarmi, ma... non può minimizzare così i fatti di ieri! Oh, basta:

non voglio cadere di nuovo nello sconforto, devo essere positivo, lasciare agire le sue parole.

Sento dei passi sulle scale. Sbircio fuori dalle spesse tende e vedo passare due ampie schiene coperte rispettivamente da stoffa a quadri e stoffa a righe di colori sgargianti. I tizi di ieri! Mi acquatto verso la finestra. Il telefono di uno dei due squilla. Vuoi vedere che adesso verrà a mettersi anche lui qui dietro per rispondere?

No, Giacca a Quadri se ne frega di parlare al cellulare in un museo. Non ha nemmeno abbassato la suoneria!

«Mmm... D'accordo, signora. Lasciamo perdere e torniamo alla base.» Un cenno all'altro, e i due energumeni tornano verso le scale.

Erano qui per me? Meglio non pensarci. Non bisogna andare più veloci della musica: lo diceva mia nonna, era il proverbio preferito di Léontine, la sua migliore amica.

3
I greci la chiamavano "mediatrice di pace"

Dopo aver girovagato un po' vicino a campo Santo Stefano mi fermo in un negozietto che vende colori per artisti, e compro l'occorrente per gli acquarelli. Poi torno verso l'Accademia, voglio raggiungere le Zattere come mi ha suggerito Schein. La sponda che va verso la Punta della Dogana si chiama agli Incurabili, anticamente vi era un ospedale per gli ammalati gravi. Curioso, è opposta alla basilica della Salute, in questa lingua di terra tra due canali. C'è sempre qualche paradosso a Venezia, una città di pietra che nasce dall'acqua, forte e fragile.

Mi fermo sul ponte e guardo il Canal Grande verso la basilica, dove stanno montando la passerella di barche per la festa. La vista ispira una maestosa serenità: la bella mole barocca, la luce tersa, il cielo limpido e molto azzurro.

L'acqua è blu come se la laguna fosse mare aperto. Anzi apertissimo. Mi ricorda la luminosità di certe giornate in Grecia, quando il meltemi sferza l'Egeo, fa sorridere le onde e brillare un blu diverso, di lapislazzuli. È grazie a quel vento che l'icona della Madonna Nera è arrivata a Venezia da Creta. I greci la chiamavano "mediatrice di pace". Una dote che concorre alla salute del mondo. La pace. Anch'io desidero tanto trovarla tra i miei pensieri.

Che strano, l'acqua è veramente molto blu.

Decido di farmi un tramezzino al caffè dell'Accademia.

II

Aeroplani sulla brughiera

Montichiari, località Fascia d'Oro, 10 settembre 1909 – Venezia, ottobre 1907 – Bruges, fine agosto 1909

I

Il primo Circuito Aereo Internazionale Italiano

Il campo d'aviazione era così vasto che ogni cosa lì sembrava lontana e abbandonata: da una parte l'asta del traguardo, l'albero delle segnalazioni dall'altra, la catapulta di lancio degli aeroplani chissà dove oltre la selva di teste e cappelli, mentre in mezzo al prato enorme una nube di polvere avvolgeva l'automobile del comitato organizzatore, che correva disegnando un'ampia curva con una bandiera gialla sollevata.

Lo straniero si guardò intorno. Quella gita con i suoi due amici per assistere al primo "Circuito Aereo Internazionale Italiano" era sembrata una buona idea. Invece il viaggio dalla pensione di Riva del Garda si era rivelato una sorta di incubo: l'arrivo alla stazione di Brescia, un buco nero dove la gente strillava come se il terreno le bruciasse sotto i piedi, l'albergo loro assegnato dal comitato organizzatore, che sembrava un ricovero per scarafaggi, e adesso questo spiazzo vasto e squallido dove regnava la disorganizzazione.

Alla manifestazione avrebbero partecipato i piloti Glenn Curtiss e Louis Blériot, primo e secondo classificato a un'altra gara aerea, novità assoluta per l'Europa, che si era svolta il mese precedente a Reims. E poi erano attesi ospiti importanti, a iniziare dai regnanti d'Italia. Lo straniero aveva già riconosciuto due celebrità, che però si erano dimostrate un po' deludenti: il poeta Gabriele d'Annunzio sgambettava quasi timido nel prato oltre le transenne che arginavano il pubblico, piccolo di statura e debole d'aspetto, mentre il compositore Giacomo Puccini aveva un volto energico, al centro del quale sfoggiava un inequivocabile naso da bevitore.

Lo straniero guardò i suoi amici, boemi come lui, e come lui spaesati in mezzo a questa vociante folla italiana. Poi incrociò lo sguardo di un giovane: dimostrava sui diciott'anni e aveva lineamenti fini, da aristocratico, pantaloni e scarpe di ottima fattura, ma teneva le mani in tasca, la giacca stropicciata sottobraccio, le maniche della camicia rimboccate come un garzone. Nei suoi occhi bruciava il fuoco di una curiosità esultante: lo sguardo avido di un bambino e la sicurezza sognante di un giovane pilota appena sceso dal suo aeroplano. Quel ragazzo italiano sembrava invincibile, brillava di un entusiasmo così intenso che lo straniero non poté fare a meno di soffrirne. Forse la felicità era proprio questo: credere che in noi ci sia qualcosa di indistruttibile, ma non aspirare a raggiungerlo. Così si disse Franz Kafka, giovane impiegato assicurativo di Praga in vacanza sul lago di Garda, che di quel viaggio stava tenendo un diario.

Uberto di Monfalco intercettò lo sguardo acuto, intensamente penetrante ma triste, di quell'uomo non alto, magro, scuro di capelli e di carnagione. Poi si girò a guardare da un'altra parte.

Ecco laggiù Blériot, che solo due mesi prima aveva trasvolato la Manica con uno dei suoi monoplani. E poco lontano si stava preparando l'americano Glenn Curtis, vincitore della Gordon Bennet Cup, in Francia: la prima gara aerea organizzata in Europa. C'erano anche i più famosi aviatori italiani: Alessandro Anzani, Leonino Da Zara, Umberto Cagno, i piloti-costruttori Moncher, Faccioni e Cobianchi, e il tenente di vascello Mario Calderara, che aveva imparato a volare addirittura da Wilbur Wright, a Centocelle, nei pressi di Roma, dove il pioniere si era esibito con i suoi famosi biplani. Non erano passati sei anni da quando, al di là dell'oceano, lui si era staccato da terra con il primo mezzo più pesante dell'aria.

E adesso, non lontano da Brescia, quel campo era pieno di macchine volanti. La sua passione, il suo sogno, la sua vita futura, così Uberto sperava.

Finora di aeroplani ne aveva visto solo uno, quello di Léon Delagrange a Milano l'anno prima. "*Delagrange volerà!*" annunciavano manifesti e striscioni in città. Più che volare, aveva fatto qualche balzo a poche decine di metri dal suolo, alzandosi sopra le teste dei milanesi accorsi per lo spettacolo. Alcuni di questi aeroplani, invece, oggi si libravano nell'azzurro incrociando a varie altezze davanti alla folla assiepata nel prato.

Uberto si era infilato fra le transenne e aveva raggiunto la zona dove stazionavano gli apparecchi: il Wright di Calderara, il monoplano di Da Zara con le ali ricurve simili a quelle di un gabbiano, come pure il biplano di Cobianchi (un'innovazione progettata dal costruttore Miller, che avrebbe dovuto garantire più stabilità alle macchine volanti: ma finora nessuno dei due eleganti "aerocurvi" era riuscito a decollare). Uberto aveva visto da vicino gli aerei, aveva udito il rombo dei motori, annusato il profumo del carburante bruciato, toccato con mano le strutture in canne di bambù, legno e tela di quelle formidabili macchine volanti. Leggere, ma ben più pesanti dell'aria che adesso solcavano ronzando, lassù nell'azzurro.

Gli aerei decollavano grazie all'aiuto di una catapulta posta su un lato del campo: un alto treppiede di legno, provvisto di una slitta, e di un adeguato contrappeso che permetteva loro di prendere velocità. Non tutti riuscivano a staccarsi da terra. Alcuni correvano sulla brughiera tentando invano di alzarsene, fra gli "Ooohh" di delusione della folla, oppure si rovesciavano suscitando "Aaahh" di raccapriccio, come accadde a Calderara che riemerse prontamente dal telaio accartocciato del suo Wright Ariel e salutò con un lieve inchino il pubblico rincuorato e plaudente. Ma altri aerei spiccavano il volo e salivano, salivano in ampi giri sopra la pianura, imprimendo nell'azzurro inviolato le sagome nere delle loro strutture eleganti e dinamiche, inequivocabilmente fabbricate dall'ingegno umano.

Uberto sognava di essere con loro, il viso nel vento e il corpo sollevato in volo dal rombo potente di un motore. Sognava? No, era già lassù, vicino alle nuvole.

Poco prima aveva sentito parlare il sottotenente Calderara. Diceva che presto, prestissimo anche in Italia ci sarebbe stato un Aero Club affiliato alla Federazione Aeronautica Internazionale, e che avrebbe rilasciato brevetti per piloti. Uberto contava di ottenerne uno non appena possibile. Aveva diciassette anni ma sapeva già guidare l'automobile. Aveva obbligato Tino, lo chauffeur, a insegnarglielo di nascosto da suo padre: il conte Gerolamo di Monfalco non amava i motori e le novità tecnologiche, il suo mezzo prediletto era sempre la carrozza. Meglio arrivare mezz'ora dopo che riempire la campagna con odori e rumori tanto fastidiosi, diceva. Così l'Isotta Fraschini rimaneva quasi sempre nella rimessa, tenuta a lucido e pronta per le occasioni importanti. Uberto, con la complicità del Tino, aveva convinto il padre che bisognava muoverla ogni giorno, per mantenere in efficienza il motore. E in questi giri il ragazzo accompagnava lo chauffeur, che poi gli faceva "scuola di guida" sulle strade polverose fra le risaie.

Anche a Montichiari era venuto da solo con il Tino. Adesso lo aveva lasciato a fumare con altri colleghi, mentre lui si aggirava libero fra la folla e gli aerei, assorbendo freneticamente immagini e informazioni. Prima di quel raduno aveva potuto trovarle soltanto sulle pagine sportive del *Corriere* e negli articoli che molte riviste illustrate dedicavano alla "nuovissima mania americana degli aeroplani".

Sorrise fra sé guardando i signori benvestiti e le dame eleganti che si affollavano alle transenne.

Immaginava di vederli dall'alto, insetti formicolanti nella brughiera, mentre lui violava il cielo.

All'improvviso una persona fra il pubblico lo riportò sulla terra. Una ragazza magra guardava gli aerei con occhi brucianti di curiosità e interesse. Indossava un semplice abito bianco e le sue trecce castane erano raccolte. Era davvero carina, ma sembrava che non le importasse. Scrutava ali, eliche e motori come se volesse smontare gli aerei pezzo per pezzo e fotografarli con gli occhi. Che immediatamente alzava al cielo, quando il rombo si avvicinava. Allora sì che sorrideva orgogliosa, come se qualcuno le avesse detto che era la più bella del mondo. Oh se lo era, in quei momenti!

Dove l'aveva già vista?

Accanto a lei c'era un'altra ragazza più alta e formosa, di un'eleganza un po' eccentrica: poco interessata agli aerei, guardava le persone intorno e ogni tanto socchiudeva gli occhi, forse per studiarle meglio. Due signore mature, qualche passo dietro di loro, conversavano senza perdere di vista i tentativi di decollo e le evoluzioni degli aeroplani, accompagnate da un signore che seguiva lo spettacolo con misurata curiosità, frammista a cauta preoccupazione. Magari s'interrogava preoccupato sugli esiti di quell'incontrollato futuro pieno di macchine alate. Come suo padre, si disse Uberto: lui pensava di vivere ancora nell'Ottocento.

Guardando il gruppetto di persone, un ricordo affiorò: due ragazze in corsa fra la folla del parco verso quella giostra ingenuamente chiamata Aeroplano. Ma certo, all'Expo del 1906! C'erano tutti loro, e soprattutto la bella ragazzina dalle trecce castane. Che coincidenza ritrovarla dopo anni: già allora l'aveva notata, perché come lui voleva "un aereo vero". E adesso, quando ne passava uno, be', era ancora più carina. Così seria, attenta, quasi felice.

Poi notò anche un giovane uomo che chiudeva il gruppetto: i capelli lunghi, scuri e lucenti come gli occhi, l'aria da artista. Un po' discosto dagli altri, non guardava né la pista, né le evoluzioni, ma sembrava fissare certe nubi sull'orizzonte. Che strano tipo... Ma sì, era lui che correva dietro a quel cagnolino, all'Expo!

Uberto decise di avvicinarsi un po' alla ragazza vestita di bianco che tanto amava le macchine volanti, approfittando di una pausa tecnica appena annunciata, per scoprire qualcosa di più di lei.

L'uomo più maturo stava chiedendo alle due signore: «Ma che fa Fedele sempre in disparte?»

«Sta studiando la scena. Chissà, forse vorrà dipingerla» rispose quella che doveva essere la moglie; ogni tanto teneva pazientemente il binocolo che lui le porgeva.

«Tu credi, Carla? Non è nel suo genere» borbottò lui. «Adesso poi non dipinge proprio nulla, come tu ben sai. Sono andato a trovarlo nel suo studio e ho visto che sul cavalletto non c'è nessun quadro nuovo, nemmeno un abbozzo in giro. Solo libri. Legge e basta.»

«Fedele è cambiato, e da un bel po'» commentò lei. «In lui c'è un'ansia segreta, come la ricerca di qualcosa che non può essere raggiunto. Non credo che riguardi una sua evoluzione artistica. Sarebbe tutto così semplice, così naturale se...»

«Tu lo capisci meglio di tutti noi» la interruppe lui. «Io penso che dietro a questa "ricerca" possa esserci... ehm... una specie di eterna fanciullezza, che lo allontana dalla realtà. Se Fedele si decidesse a... Insomma, lo hai detto anche tu!... Nostra figlia lo seguirebbe, ne sono sicuro. Anzi, non so proprio che cosa aspettino quei due, sempre con la testa fra le nuvole! Almeno Giulia smetterebbe di viaggiare! Lo fa per lavoro, d'accordo, ma è una donna e alla sua giovane età...»

«Non si preoccupi, Luigi» intervenne con un bell'accento francese l'altra signora, che fino a quel momento si era tenuta in disparte. «Quella ragazza è eccezionale, un orgoglio immenso per tutti... Con quello che sta realizzando!»

Luigi si voltò per sorridere a quella signora, e Uberto poté avvicinarsi di più alla ragazza vestita di bianco, che si era portata davanti a tutti.

«Se Giulia in questi giorni fosse stata a Milano, qui non ci avrebbe messo piede! Non credi, Lisetta?» le stava chiedendo l'amica, anche lei con un'inconfondibile erre francese.

«Figurati! Lei *ama* le novità... ci sarebbe venuta di corsa!» rispose Lisetta. Che bel nome, pensò subito Uberto.

«Ma va'! Tua sorella odia le macchine, il rumore dei motori, il puzzo d'olio bruciato... Direbbe che gli aeroplani e tutta questa gente rovinano la bellezza del paesaggio. Lo sai meglio di me che lei adora solo l'acqua» riprese l'altra perentoria.

«I voli degli aerei nel cielo azzurro sono come un sogno: l'affascinerebbero! Mia sorella gira l'Europa creando scenografie per i teatri più importanti. Anche lei fa sognare, non ho dubbi che essere qui le piacerebbe.»

«Mmm... Se per lei il lavoro è così importante, perché si firma "G.F. Arnolfini"?» chiese l'amica francese.

«Lo sai che quel nom de plume non lo ha scelto a caso, Léontine. Le serve per stare tranquilla, concentrata sul suo lavoro. Avere successo in quel campo non è facile per una donna, e giovane per giunta» rispose Lisetta.

«Giulia è cambiata. Forse mi sbaglio, ma... da qualche tempo mi sembra meno felice. Una volta era radiosa, adesso la vedo come immersa in una sua nebbia. Perché non coglie il successo a piene mani?»

«Sta riflettendo su un cambiamento importante.»

«È quello che penso io?»

«Mi sa di sì.» Le due ragazze si voltarono verso l'uomo dai capelli lunghi e scuri che guardava le nuvole.

Léontine commentò con aria pensierosa: «Fedele è appena tornato da Bruges, dove Giulia sta disegnando le scenografie per il balletto al Teatro Municipale. Prima si sono incontrati a Londra, quando lei collaborava con l'Old Vic. Anche la visita a Copenaghen ha coinciso con il suo soggiorno. A Venezia ci sono stati da soli, quella volta che lei ha fatto una bella cosa alla Fenice e non ci ha permesso di seguirla.»

«Lo abbiamo sempre saputo che Fedele e Giulia ragionano "in un loro cielo". Sono una bella coppia, mamma e papà sperano che si sposino. Anch'io!» e Lisetta si voltò verso la pista.

A quel punto Uberto decise di allontanarsi. Aveva scoperto il nome della ragazza in bianco, e quei pettegolezzi sentimentali lo annoiavano un po'.

2

A Bruges, in un albergo di Quai du Miroir

Fedele non guardava gli aeroplani, ma volava nei suoi pensieri.

Con la scusa di aiutarla nel lavoro, aveva seguito Giulia appena gli era possibile, confortandola nella sua ricerca delle Ondine come nelle sue delusioni. Lei accettava soltanto proposte in teatri di città lambite dall'acqua. Appena vedeva davanti a sé il fiume, il lago, il canale o il mare, iniziava a scrutarne la superficie con occhi febbrili, traboccanti di malinconia. Forse era proprio quella nostalgica tensione ad arricchire di suggestioni le sue scenografie. Misteriosa ma limpida, la trama delle sue scene e dei suoi sfondi diventava profonda, catturava ed emozionava gli spettatori. Ma a lei non importava nulla del proprio successo.

Fedele non aveva mai voluto togliere la corazza indossata quel giorno a Brera. Era stata Giulia, inaspettatamente, a fare il primo passo, sciogliendo i lacci dell'armatura che lo proteggeva dai suoi sentimenti. Nell'autunno del 1907, a Venezia, Giulia e Fedele erano diventati amanti.

Camminando per calli e campielli, passo dopo passo, la seduzione di quella città così generosa con i sognatori era diventata la loro più amorosa complice. Lei guardava i canali senza nostalgia, solo con dolce felicità.

Di giorno si perdevano, come abitanti del mondo, senza un luogo dove fermarsi, non cercando altra meta che la gioia di scoprire se stessi. Di silenzio in silenzio, di sorpresa in sorpresa, in ogni bagliore, in ogni delicata trepidazione di armonie che apparivano improvvise, in ogni sorriso che riempiva un campiello deserto, in ogni gemito o sciabordio di gondole, in ogni lieve o forte battito d'onda, Giulia e Fedele si ritrovarono uniti e vagabondi nell'infinito. Di notte ogni stella era loro, l'accarezzavano vicinissimi ma lontani dal resto del mondo. Fedele sentiva di aderire all'amata con la leggerezza avvolgente delle cose più belle e profonde.

Lei si lasciava cullare come se il morbido riflesso della laguna la seguisse ovunque, abbracciata a lui senza parole ma con mille intese di silenzi, sguardi, gesti, risate, baci.

In quei due anni i loro incontri d'amore, sempre segreti, continuarono appena possibile.

Da qualche tempo, però, lei era tornata a essere silenziosa, pensierosa. La delusione di non saper svelare il messaggio delle Ondine, la perdita, la nostalgia, riapparvero nei suoi occhi. Quella completa felicità si era frammentata.

Fedele si rese conto che nel loro amore aveva un grande rivale: le Ondine. Ogni altro interesse, la famiglia, il lavoro, lui stesso, retrocedeva di fronte alla missione di svelare il significato del loro messaggio d'addio.

Dopo quella sera d'inverno sul naviglio in cui le Ondine si erano mostrate l'ultima volta, Giulia aveva fatto promettere a Fedele di non dipingerle: era assolutamente necessario chiedere il loro permesso, prima. Anche per questo *dovevano* interpretare la loro richiesta d'aiuto, sperando sempre di rivederle.

L'amore di Fedele non bastava più a rasserenarla.

Ripensò all'ultimo incontro con Giulia, quella notte a Bruges, una decina di giorni prima, in un albergo di Quai du Miroir affacciato sul canale, non lontano da Place Van Eyck.

«Per me è troppo difficile continuare a nasconderci» le aveva detto. «Devo parlare con i tuoi genitori, sono i miei più cari amici. Vorrei annunciare il nostro fidanzamento, iniziare a pensare al matrimonio.»

Giulia lo aveva guardato con dolcezza, senza rispondere.

Allora Fedele le aveva accarezzato i capelli sparsi sul cuscino, che sembravano l'ornamento più bello del mondo. «Tu hai bisogno di libertà, Giulia. Potresti incontrare un altro uomo, più adatto di me per stare al tuo fianco. Io... forse rappresento il passato... Non voglio perderti, ma nemmeno esserti vicino in questo modo» aveva concluso, sperando di non dovere mai dare un seguito a quelle parole. La corazza a cui proprio lei aveva sciolto i lacci, abbandonata in una stanza della sua mente, luccicava davanti a lui come il presagio di una nuova prigionia.

Gli occhi di Giulia erano verdi laghi ombreggiati dal fremito di un bosco. Poi il suo sguardo era diventato blu scuro, sconfinato orizzonte di un cielo stellato. Si era girata verso di lui senza rispondergli.

E allora le mani, i corpi dei due amanti si erano cercati e ritrovati, consapevoli di ogni gesto, trasportati in un'onda morbida, sopra il tempo.

Era stata lei a parlare, dopo.

«Ho sempre pensato a te come il compagno della mia vita. Adesso più che mai. Sono io che ho scelto di darti tutta me stessa. E ne sono ancora felice. Non desidero avere vicino a me un altro uomo, né tantomeno cercarlo. Hai ragione: dobbiamo costruire una dimora per il nostro amore, non nasconderci più.» Una pausa brevissima. «Io ti amo, voglio diventare tua moglie, costruire con te la mia vita. Prima, però, almeno per qualche tempo, devo restare sola, per cercare uno spazio dentro di me. Vuoto, anzi trasparente, dove non ci sia nulla, né colori né emozioni. Neppure passioni. Lì proverò a capire di più. Forse mi ritroverò più completa, più libera. Forse scoprirò come interpretare il messaggio delle Ondine, perché ci hanno affidato un compito. In questi anni di idee ne abbiamo raccolte tante, e ti ringrazio di essermi stato così vicino. Ma ora credo che sia il momento di fermarsi. Solo per poco.»

Fedele aveva annuito. Non si poteva invertire il corso delle stelle che animavano quegli occhi. Se il motivo era capire se stessa, riflettere, lui non si sarebbe opposto. Se invece la vera causa era lasciarsi avvolgere dal rimpianto e non aprirsi alla vita, lui non avrebbe più potuto essere complice, le aveva sussurrato serio.

«Tu sei una parte del mio cielo, senza di te non potrei fare nulla» aveva risposto lei dopo averlo ascoltato attenta. «Io ho bisogno di te. Ora e in futuro, se tu mi vorrai al tuo fianco alla scoperta del mondo. Dammi solo ancora un po' di tempo. Mi ritroverai più consapevole, te lo prometto. Sarà solo un breve distacco.»

Poi Fedele le aveva baciato l'interno di una mano. Giulia con dolcezza infinita si era stretta a lui.

«D'accordo, è il momento di rivolgere lo sguardo dentro di noi. Ci ritroveremo quando ti sentirai pronta. E poi i nostri occhi torneranno a scoprire il mondo, insieme.»

3
Un giovane straniero

L'aeroplano si alzò traballante nell'aria.

Fedele si voltò verso i gridolini di gioia delle ragazze. Lisetta, la bambina che nelle notti d'estate danzava con le lucciole, adesso sicuramente sognava di volare. Léontine, che da piccola osservava sempre ogni cosa intorno a lei con delicata precisione, ora aveva maturato una sua bellezza forte, fiera, quasi preraffaellita. Lei sì che sarebbe diventata una vigile custode dei propri passi. Poi c'era il buon Luigi, così preoccupato per quelle due figlie. E Carla, che tante cose intuiva senza nulla chiedere. Si era appena voltata dall'altra parte dopo aver incrociato per un istante il suo sguardo, come timorosa di essere invadente. Accanto a lei Amélie invece gli rispose con un sorriso, come se approvasse il suo pensiero. Lei non si stupiva di nulla, perché amava meravigliarsi per ogni cosa. Come si sarebbe trasferito volentieri a osservare tutto dall'alto, non su quegli aeroplani rumorosi ma più lontano, dove si stava muovendo lenta quella piccola nube oblunga ora più spumeggiante, che sembrava un vassoio colmo di panna montata.

Mentre si avviava verso i suoi cari amici, incrociò un giovane uomo dai capelli scuri e dal viso un po' ombroso.

Aveva uno sguardo così penetrante che, se qualcuno lo avesse fotografato, avrebbe saputo raggiungerti oltre la carta stampata. Ora i suoi occhi si specchiavano in quelli di Fedele, sorridendo timidamente con lui della gioia che Lisetta e Léontine dimostravano di fronte al faticoso ma riuscito decollo di uno degli ultimi velivoli. Rispose a quell'uomo chinando il capo in segno di saluto, per un attimo. Era troppo distratto: i suoi pensieri volavano ancora più lontano di quegli avveniristici velivoli. Ma sì, erano con quella nube carica di dolcezze spumeggianti.

Il professor Fedele Majeri e il giovane scrittore Franz Kafka non sapevano che in quel momento, senza conoscersi, avevano pensato più o meno la stessa cosa: chiunque sia in grado di vedere la bellezza, non diventerà mai vecchio. Per questo la gioventù è un'epoca felice.

12

Lo spazio bianco

Venezia, 17 novembre 2006

1
Deve essere entrata dopo di me, non l'avevo notata

Al caffè vicino all'Accademia vado sicuro nella saletta che dà sul Canal Grande e mi siedo davanti a una finestra affacciata quasi a pelo dell'acqua. Piccole onde mosse dal viavai dei battelli si frangono sotto i vetri, sono molto vicine ma assaporo il gusto di non averne più paura.

Metto sul tavolino gli acquisti: colori professionali per acquarello in piccoli cubetti allineati dentro un contenitore di metallo il cui coperchio diventa una tavolozza; un blocco di fogli su un supporto di cartone rigido; un bicchiere di plastica dura; una scatola di carboncini da disegno e quattro bei nuovi pennelli, di diverse misure.

È mentre decido di riporre tutto nella borsa che lei si avvicina.

Una giovane donna, indossa un maglione bianco avorio in lana grossa, di quelli irlandesi a trecce che si usavano un tempo. Il giaccone, anche questo un po' da marinaio nordico, è buttato su una sedia accanto a un borsone di pelle. I capelli biondo ramati incorniciano con riccioli appena ondulati il viso. A osservarla meglio sembra una ragazzina.

Un lieve broncio un po' infantile increspa le labbra e allinea piccole rughe tra le sopracciglia che le danno un'aria pensosa, ma bella, simpatica. Guarda le cose sparse sul mio tavolo. Poi me. Gli occhi verdi si sgranano e curiosi invadono i miei, li abbasso intimidito su pennelli e acquarelli, ma mi hanno colpito così tanto che rialzo presto lo sguardo cercandoli. Sorridono divertiti, ora sono più chiari, di un verde insolito... Verde Nilo screziato di stelline? No, è più intenso, acceso di pagliuzze dorate.

«Mi scuso, è possibile *di* prestare per me un carboncino? Vedevo che ne ha uno scatoletto, stavo preparandomi anche io per il momento di dipingere» mi dice sorridendo, con un forte accento americano.

Con le mani sprofondate nelle tasche dei pantaloni, il suo leggero broncio, che pure arriccia così bene le labbra, sfuma in un sorriso spontaneo, allegro. Non faccio a tempo a rispondere che lei continua.

«Sa, vorrei *di* dipingere verso il Canale della Giudecca. C'è il sole là, io immagino. Ho i watercolor, ma mi piaceva prima di fare il disegno, e a carboncino, leggero... così è possibile di cancellare bene e di passare al colore. Penso necessario per me di lasciare una traccia quasi invisibile, prima di tutto.»

Il suo sguardo si perde serio, lontano, oltre la finestra che dà sul canale. Al centro delle sopracciglia si allineano le graziose piegoline, poi si distendono, e mi fissa sorridendo.

«Sì, certo, con piacere» e le tendo la scatola.

Prende un carboncino con attenzione, quasi fosse di porcellana antica, e lo ripone in un astuccio estratto dal borsone.

«Oh grazie, così gentile! Dispiace di disturbare» sorride imbarazzata. Le labbra si increspano. «Forse sono stata maleducata di chiedere, la matita non mi piace. Lascia segni, difficile di cancellarli. Lei è un artista?»

«Oh no, no! Disegnavo un poco, ma ho smesso. Sono un critico d'arte... in vacanza» rispondo anch'io imbarazzato.

«Ah, allora possibile di dipingere insieme? Studio arte e lavoro come graphic designer a New York. Se non le dispiace di avere me, qualche metro distante: sarò silente, senza di guardare o di copiare il suo disegno. Che bello per me di avere un vicino! Non ho la paura del foglio bianco, ma dei passanti curiosi... in due possibile di stare più tranquilli.»

Si guarda intorno aspettando speranzosa il mio sì. Abbassa gli occhi e poi li rialza verso di me, le labbra si schiudono in un sorriso.

Impossibile dire di no.

2

"Amico di matita" anzi "di carboncino"

Le chiedo se vuole che parli in inglese ma dice di no, deve esercitarsi. Incominciamo a chiacchierare e non smettiamo più, camminiamo pianissimo, ci fermiamo un paio di volte per ascoltarci meglio, e ogni tanto ridiamo di nuovo insieme.

Il sole è tiepido, ormai è già il primo pomeriggio. L'acqua ora ha un colore più caldo, ha perso quel blu Egeo di stamattina. Davanti a noi l'isola della Giudecca con le sue case colorate e l'infilata delle tre bianche chiese palladiane: le Zitelle, il Redentore, poi San Giorgio Maggiore poco più in là, sulla sua isola. Parliamo di quanto Palladio abbia influenzato tutti i successivi classicismi. Oh sì, dice lei, anche noi abbiamo sentito la sua maniera, dalla Casa Bianca alle ville con timpano e colonne, cita qualche particolare di quella del presidente Jefferson. Mi accorgo che quando parla d'arte è molto competente e il suo italiano diventa stranamente più corretto, anche se un po' antiquato.

Ci sediamo ognuno su un gradino di due portoncini che sembrano non in uso, il palazzo ha un ingresso moderno più in là. Con i nostri blocchi rigidi di fogli sulle ginocchia, colori e pennelli, bottiglietta d'acqua pulita appoggiata a terra ognuno si immerge nel suo foglio, in silenzio.

Qui e ora. Impossibile sfuggire a questa regola, con l'acquarello bisogna applicarla per forza. Bisogna calibrare l'acqua, il colore, lasciare spazio alla luce bianca della carta, senza sporcare le tinte. E cercare la sintesi per stemperare i dettagli in un'emozione libera, nell'immediatezza. Non sono permessi ripensamenti.

Traccio un disegno leggerissimo con il carboncino. Il campanile dell'isola di San Giorgio, la chiesa e le frastagliature del giardino che confina con le case della vicina Giudecca, e lascio in bianco lo spazio per il canale. Cancello il carboncino con un piccolo panno, di modo da intravedere il disegno sfumato, poi inizio a dipingere. Infine, un respiro profondo: è arrivato il momento dell'acqua. Sarà un problema? Non lo è, per fortuna. Sfumo il verde e l'azzurro con un po' di giallo. Il bianco della carta mi aiuta, trovo la luce giusta. Poi oplà, metto piccole pennellate più corpose per evidenziare la scia di un taxi veneziano che è appena passato, elegante e snello. Respiro a fondo nei colori, nelle sfumature che l'acqua rende trasparenti sul foglio. Vorrei che questo momento durasse più a lungo.

Anche lei dopo aver cancellato il disegno con un panno bianco sta dipingendo attenta. Si chiama Lysandra Coridon Donatelli, Sandy per gli amici, suo nonno era italiano. «*Thank you, you're my "pencil pal"*», "amico di matita" anzi "di carboncino", mi ha detto prima di iniziare.

Quando ho finito e il foglio è asciutto, appoggio il mio blocco al muro e mi allontano per vedere meglio il risultato. Dopo un poco Sandy posa il suo disegno vicino. Il mio è un po' timido, rigido di titubanze e tratti didascalici, mentre nel suo riconosco la mano sicura, abituata ai bozzetti. E io che pensavo fosse una dilettante! Ha scelto un'inquadratura difficile: una goletta ormeggiata tra le briccole, accanto a un bel bragozzo antico con una vela verde in parte piegata, si intravede il disegno, un sole, di un bel viola caldo. L'acqua del canale è azzurra più del vero ma sta bene; poi l'isola di San Giorgio ben riassunta, con carattere. Altro che solo sfumature: che entusiasmo di colori! Roba da Derain, una giovane fauve. Lei ha un'espressione concentrata ma luminosa, il broncio è un riflesso della sua attenzione. La fa sembrare una bambina. Torno al suo foglio, non pensavo fosse così brava.

«La sua mano è sicura ed espressiva, se lo lasci dire, io me ne intendo» esclamo sincero mentre lei si fa seria.

«Mmm, poteva essere meglio, però il carboncino mi aiutava. Anche l'essere vicini in un... *team*? Vedi, nessuno ci ha disturbato!» È una donna di una bellezza un po' misteriosa e allo stesso tempo una ragazzina che sembra uscita da un cartone animato giapponese. Le due impressioni sfumano una nell'altra, incuriosiscono.

«Non era semplice: un bel lavoro davvero!» ribadisco convinto.

«Anche tu sei bravo! Mi piace soprattutto come hai reso l'acqua. È difficile, vero?»

«Molto difficile, almeno per me» le rispondo.

«Lo è per tutti. L'acqua è molto potente.»

3
Un'enorme moneta d'oro, appena uscita dal suo crogiolo

La invito a fare una passeggiata per vedere il tramonto, dalla Riva degli Schiavoni. Sarà coloratissimo, le dico, perché l'aria è limpida, fredda.

Chiacchierando, oltrepassiamo piazza San Marco, il Ponte dei Sospiri, gli alberghi sulla Riva. Ogni tanto ci fermiamo, per non perdere di vista il disco del sole che, rosso acceso, sta calando dietro la cupola della Salute.

«Un'enorme moneta d'oro, appena uscita dal suo crogiolo.» Non so perché mi viene questo paragone.

«Sì, è *infuocoso* come il centro della terra, il magma impossibile per noi di vedere» aggiunge lei.

La guardo sorpreso della sua affermazione, per un attimo si risveglia in me l'immagine apparsa ieri sera, quando ho visto aggregarsi le ere geologiche in una bianca pietra angolare.

Subito lei cambia argomento e parla dei tramonti di Turner: «Con lui la luce invade la stanza, esce dal dipinto.»

Non rispondo, come capita tra amici assorti davanti a un bel panorama. Sempre in silenzio ci spingiamo oltre i giardini della Biennale dove, a pochi passi dall'acqua, ci sediamo su una panchina.

Il sole è ormai tramontato, ora inizia l'infinito crepuscolo veneziano. Lo guardiamo per parecchi minuti, ancora in silenzio. Un trionfo di colori che sfumano verso l'alto. Viola che diventa rosso violaceo, poi arancione rossastro, giallo, verde sempre più trasparente.

«I colori dell'arcobaleno, ma più intensi» sussurra lei.

«Tra poco, oltre l'ultima sfumatura lassù, si aprirà un chiarore. Accade, quando l'aria è così limpida, prima che scenda il blu della notte. Vorrei chiamarlo "lo spazio bianco"» le dico improvvisando familiarità con questo fenomeno atmosferico a cui in realtà non avevo mai dato un nome.

Eccolo! Stiamo in silenzio per qualche istante lunghissimo, gli occhi nell'orizzonte.

Poi lei sorride, senza voltarsi di nuovo sussurra: «Quello è lo spazio da dove i nostri sogni ci guardano. Per noi lo spazio bianco, come lo chiami tu, dura poco, ma il tempo è diverso per *loro*, che sono *oscillosi* tra lassù e quaggiù. I sogni possono di decidere se è meglio di tornare tra noi, qui in terra, o di stare lì. O ancora di salire più in alto.»

«I nostri sogni? Ci guardano per decidere se tornare tra noi?» Non riesco a trattenermi dal chiederglielo, a voce bassa.

«Sì, là hanno una vista che è buonissima, limpida. Niente si nasconde. Così è possibile per loro di *scegliere*.»

«Che cosa intendi?» insisto un po' spaventato.

«Be', in un certo modo i pensieri agiscono, no? Così anche i sogni. Meglio di avere uno spazio speciale per loro, come quello. Serve al *loro* disegno, al *tuo* disegno più profondo» e indica il chiarore trasparente che si apre nel cielo. Terso come mai l'avevo visto.

«Possibile di aiutarli a tornare da noi. Magari in forme che subito non riconosciamo» conclude serena.

«Spiegati di più, per favore» incalzo sempre più colpito e incerto. Mi sento come se trovassi la firma di un pittore famoso dietro una tela interessante scovata all'improvviso in un mercatino delle pulci. Con il batticuore mi domando: sarà vero o sarà un falso?

«Tu credi che i sogni possano... *tornare tra noi*?» chiedo titubante.

«Oh, sì! Quello spazio bianco è un refill per loro: te l'ho detto, possibile di vedere meglio. I colori sono importanti perché noi li capiamo con le emozioni. E per i sogni, che vivono di quelle più intense e nascoste, i colori del crepuscolo e le loro sfumature diventano una scaletta. Possibile così di scendere dal bianco lassù, dove stanno a guardare, fino a noi, qua sotto.» Si volta soddisfatta verso di me, i riccioli si muovono nell'aria. Il sorriso è così sapiente, dolce e misterioso... Sì, è proprio lei: la *Fanciulla che indica*!

«Alcuni sogni arrivano da molto lontano, più incomprensibili che mai. Ma vivi. Perché ci vogliono stupire. Succederà per loro *di fare* quello che *devono di fare*. Così tu li puoi riconoscere. Se vuoi, poi, è possibile per te di aiutarli ad andare e tornare da lì: su e giù!» Alza ancora la mano verso lo spazio bianco nel cielo come per accarezzarlo e conclude allegra: «Meglio seguirli, quando si mostrano. La meraviglia risveglia in noi profondità, buono di riconoscerle.» Mi guarda con una nobile, ingenua dolcezza che la rende seria. Come i bambini quando sentenziano verità assolute.

Anche Sandy è un frutto delle mie visioni? Mi volto verso alcune nuvole piatte, ancora viola, sospese basse sull'orizzonte. La più grande e gonfia di queste sta immobile vicino al campanile dell'isola di San Giorgio, vaporosa di riccioli che salgono in alto, mentre la base si chiude in una linea curva. Sembra un vassoio ovale ricoperto di meringhe. Se si potesse assaggiarle avrebbero sapore di violette di zucchero, penso con una naturalezza così serena che mi va dritta al cuore. Qualcosa che riconosco si risveglia in me, quasi una felicità infantile data dell'onnipotenza della fantasia.

«Se, come tu dici, i sogni scegliessero "di tornare da noi", potrebbero animarsi?» domando piano, da "bambino" beneducato. «Cioè, i personaggi dei sogni potrebbero... ehm... uscire dal loro spazio bianco, per scendere nel nostro mondo in modo che riusciamo a vederli, a parlarci... E magari a toccarli?»

«Di vederli certo è possibile, ma non sempre facile. Credo capitava spesso agli uomini antichi, è un dono molto speciale. Non ti preoccupare, però, i tuoi sogni appartengano a te, e restano invisibili agli altri, tutt'al più puoi di condividerli con chi ti è simile. Che bellissimo, no? Quante cose da imparare nella vita!»

Taccio assorto. Sandy continua: «Io credo che in quello spazio i sogni riposano, si rinforzano e poi scelgono. Per alcuni è possibile di scendere – e proprio sulle sfumature dei colori del crepuscolo – per esserci vicini, magari parlare con noi. Guidarci di capirli. Altri di loro mai lo faranno, o ci metteranno tanto, tanto tempo. Sempre però loro si affacciano su di noi che possiamo di aiutarli a scegliere cosa di fare. Sai come? Con la fantasia.»

Questa sconosciuta parla ai miei pensieri più segreti, nuovissimi anche per me. Mi viene un brivido, e non di freddo.

«Sandy, ai sogni non si comanda» esordisco serio, come se fosse l'affermazione più intelligente del mondo. Poi tento di rimediare: «Quelli della notte non vanno mai come vuoi tu. Possono essere chiari o indecifrabili, ma sono sempre ingovernabili. Figli del nostro inconscio, e come tali impalpabili. Si possono solo ascoltare, interpretare. Poi ci sono i sogni a occhi aperti, anch'essi difficili da guidare. Ti possono condurre alla felicità, è vero, ma in certi casi... lo saprai bene anche tu, è meglio non crederci troppo. E infine ci sono gli incubi, che ci inquietano di notte e anche di giorno: se non sei in te, non smettono mai di inseguirti. Comunque, i sogni non sono frecce che noi dirigiamo dove vogliamo. Io non capisco come "loro" possano muoversi nel mondo reale con il nostro aiuto! I sogni agiscono, ci parlano, ma nell'inconscio. Sono simboli. Voce dei tuoi desideri ed emozioni, paure e complessi. E basta. Il più delle volte si dissolvono appena ti svegli. Se non fosse così, vivremmo in un mondo di folli.»

Imbroncia le labbra, la sua fronte si increspa, è proprio una ragazzina che vuole difendere le sue idee. Una donna bambina uscita da un cartone giapponese. La nuvola è ancora ferma di fianco alla sommità del campanile di San Giorgio. Forse ha gettato l'ancora come un castello volante di Miyazaki. Un vassoio errante nel cielo, carico di dolci, spumose meringhe viola.

«Il tuo è un racconto affascinante, Sandy, una bella fiaba. Ma quel chiarore è soltanto un effetto ottico. Soprattutto in questa stagione, quando l'aria è tersa.» Cerco di dare una tregua all'immaginazione.

«Oh sì, ma la sua bellezza esiste. C'è, e ci aspetta. Noi siamo più veri se la ricordiamo anche quando non c'è. Anche il colore sembra illusione: se non c'è luce non esiste. Eppure come è importante! Per i pittori aiuta la meraviglia, l'immaginario, lavora nel nostro profondo.» Con le dita sposta i riccioli che sbucano dal berretto, leggeri come quelli di un angioletto rinascimentale.

Guardo la mia nuova amica. Lei scruta il cielo, ora blu scuro, la nuvola se ne è andata, così lo spazio da dove i sogni ci guardano. Tra poco arriverà la luna, quasi piena. Se i sogni *agiscono,* allora: Ninfe dell'acqua, Muse dovunque voi siate, aiutatemi a trovare una spiegazione. Rivedo in un attimo la medusa, il raggio di luce, l'angelo di pietra e il serpente, l'automa. I suoi occhi di luce buona, di un giallo caldo come quello di una vecchia lampadina. Poi il ghigno nel muro che rideva di noi. Ho un brivido. Guardo la laguna scura e lucida. Penso ai nostri acquarelli e a quando sono arrivato a Venezia, in preda alla mia paura dell'acqua. È potente l'acqua, ha detto Sandy. In questa città lo è ancora di più. Già: è tempo di lasciare fluire.

«Ti andrebbe di fare ancora due chiacchiere con questo nuovo amico di matita, anzi di carboncino?» domando per dare una tregua anche alle emozioni. «Possiamo mangiare qualcosa in un ristorantino dove mi conoscono e ci tratteranno bene. È vicino a campo San Barnaba, se arriviamo troppo presto ci offriranno un aperitivo, un'ombra di vino come si dice qui, e staremo al caldo.»

«Oh sì! Che bellissima idea! Sono un po' *affamosa*. Ormai tu sei il mio cicerone veneziano.» Sorridendo, con la sua malizia senza malizia, si toglie il cappello lasciando libera una cascata di riccioli ramati e dopo averli scossi leggermente dietro il collo con un gesto grazioso delle due mani si rimette il berretto.

Lasciamo la panchina e c'incamminiamo lungo la riva del canale verso San Marco, i nostri album sotto il braccio. Parliamo di arte, di tutto quello che ci viene in mente. Libere correlazioni, come può accadere così bene a Venezia.

13

Manfredo e Sandy

Venezia, 17-18 novembre 2006

1

La stagione è propizia alle prelibatezze

Nel ristorante vicino a campo San Barnaba, i camerieri accolgono Manfredo e Sandy come se fossero lì solo per loro, anche se stanno entrando altri clienti per gli aperitivi, i famosi "cicchetti".

Subito arriva il proprietario, Max, che abbraccia Manfredo e li porta verso un bel tavolo appartato.

«Un poeta... un po' gigione, un po' matto» le dice appena Max se ne va. «Un personaggio. Porterà lui quello che vorrà. È un ex pescatore, ma anche un po' contadino. Vive in laguna da quando era piccolo, il nonno friulano gli ha dato un bell'imprinting, gli piace dire così. Sai, il Friuli è terra di campagne, monti, mari e tante tradizioni leggendarie, sono bravi a raccontare, grandi scrittori vengono da quelle terre. Max però è soprattutto veneziano, sentirai con che *ciacole* incornicia i suoi piatti. Parla di ogni cosa come se fosse un evento unico e meraviglioso, e ogni portata diventa un romanzo. A Sant'Erasmo, un'isoletta non lontana nella laguna, ha un campo con alberi da frutto e ortaggi quasi sulla spiaggia, e un po' di galline che razzolano all'aria aperta fino alla barena, con la bassa marea. Ne va molto fiero.»

Max ritorna, si siede accanto a Manfredo e da sotto le folte sopracciglia scure ruota d'intorno occhiate di brace, poi inizia a parlare sottovoce. Quasi dovesse svelare un segreto, proporre cibi proibiti: «Non solo mare! *Fioi*, in 'sti giorni *xe na maravegia* anche in campagna!» Racconta il rosso dei bouquet di trevigiana che rallegrano i campi brulli, e il colore delle uova delle sue galline, gusci d'avorio o di sabbia dorata. La voce si fa allegra e più alta, il viso compiaciuto: «Le mie se ne vanno in giro libere e belle, respirano aria di mare, dovreste sentire che tuorli, dolci e salati insieme, tosti. Sembrano già sodi ancora da crudi. Invece si sciolgono come miele morbido in bocca. Mica pallidi come quelli che comperi: sono color tramonto, rosso fuoco... Avete visto stasera che roba? Deve conoscere i nostri carciofini, signorina! Lei è straniera, vero?» Sandy annuisce divertita.

«Piccoli piccoli, verdesini verdesini. Bocciolini e capolini, teneri, dolci dolci. O grosse mammole che sembrano fiori.»

Manfredo e Sandy ascoltano e ridono. Insieme. I loro sguardi brillano divertiti incrociandosi. Tutto sembra addolcirsi di minuto in minuto. Arrivano gli assaggini dell'antipasto e oggi, in onore di Manfredo, Max si perde anche in divagazioni artistiche.

«*Gavè anca de lustrarse gli oci,* alla vecchia maniera, la più semplice! Per cominciare un fruscio di gamberetti di laguna, piccoli come virgole. Si devono mangiare così come sono, interi. Niente paura, il guscio è sottile come di zucchero caramellato. Poi scampi bolliti, screziati di rosso corallo, le screpolature somigliano a quella ceramica giapponese... *La se ciama...* Raku?... *la me mojère* ne va pazza e dice che significa "gioia di vivere", vero professore?» Manfredo annuisce sorridendo.

Max alza gli occhi al soffitto: «Sentite la delicatezza...

questi sono istriani, li ha portati un amico stamattina, da un bell'allevamento in un'isoletta nel Quarnaro, dove il mare è profondo, quindi respira ben bene... Non può mancare qualche sottile crostino di polenta bianca dai bordi abbrustoliti. *La par la sia* una pagina di pergamena preziosa, *gnanca* agli Armeni ne hanno così belle. La polenta bianca sta bene con tutto: dalla salsa del nero di seppia al sughetto delle sarde *in saor*. Poi vi arriva una ciotolina di *moeche* fritte, granchi dal guscio morbido, una rarità oggi... Quando ero *bocia*, bambino, ce ne erano tantissime, adesso costano una fucilata. Eh, oramai va così: i piatti dei poveri, sono diventati dei ricchi. Mi ricordo un vecchietto in un angolo di un *sottoportego* di gran passaggio, le vendeva per poche lire e le teneva in un grosso sacco pieno zeppo di sabbia. Ai bambini dei turisti faceva un po' impressione» sospira.

«E infine: un tocco di insalatina, verde e rossa, tagliata fina come i riflessi del Canal Grande spettinati dalla tramontana. Ma, per iniziare la vera cena, vi porterò un assaggio bollente e dolcissimo: una vellutata di cipollotti bianchi di Chioggia. Bella da vedere, ma ditemi voi se è anche buona... Uno spazio bianco *ghe vol*, o no?»

Manfredo lo guarda stupito. Ma no, sta parlando solo di cipolle.

Sandy non ci ha fatto caso, ha acciuffato un gambetto di sedano e colora la fettina di polenta intingendo la chioma verde nella salsa nera, l'assaggia ma è subito distratta da Max che porta due capienti calici di vino bianco.

«A voialtri e ai colori della stagione!» esclama con un complice occhiolino.

Manfredo sorride e brinda con Sandy. I suoi riccioli ramati gli sembrano più belli che mai.

«Mosso ma lievemente, un Franciacorta di riserva speciale, mica quelli con tante bollicine sempre lì a girare nel bicchiere, come caricate a molla. Capita in certi bianchi, son così grosse che poi si appiccicano al vetro, o peggio alla pancia: girano nella la testa, e *ghe ne vol* per mandarle via! Oggi pare vada di moda» spiega Max con un bicchiere pieno in mano, bisbigliando poi furtivo: «*Vardè ste bole*: fini, minuscole, secche e decise, come chi sa il fatto suo. E non si muovono a vanvera, salgono su dritte, preziose, altere. Che linee, che eleganza! Un sorso e te le senti *in boca* come poesie, ognuna *ga da dir* la sua. E mica *ciacole*. Una *maravegia*» conclude il buon ristoratore allontanandosi verso un altro tavolo.

Manfredo osserva le bollicine che, rapide e minuscole, s'inanellano in file verticali distanti e vanno su, verso l'alto con qualche pausa, come salissero da un'invisibile sorgente naturale nel grembo del bicchiere.

«Questo vino porta buoni pensieri e domattina avrai solo dolci ricordi. *Te dormi* come un bebè... e il mal di testa non sai *gnanca* che cos'è» dice Max mentre passa.

Manfredo e Sandy alzano i calici, di nuovo in silenzio, guardandosi negli occhi. In quelli di lei, lui vede inanellarsi bollicine dorate. Come se le sue considerazioni di poco prima fossero passate di lì, lasciando delle scie.

La stagione è propizia alle prelibatezze. Max porta capesante e capelunghe, infarcite di spiritosi aneddoti in dialetto che Manfredo traduce divertito a Sandy.

«E non si può non provare solo un assaggino della famosa *castradina*, è la tradizione: il piatto che *se magna* solo in questi giorni, per la festa della Salute, a ricordare la fine della peste... *Ghe vol* un goccio di questo Merlot.» La "*t*" schiocca come solo i veneziani sanno fare. «Un nettare giovane e sano, va giù come l'acqua, ma è un'altra cosa...» E il buon oste si perde nella descrizione dei tralci della sua uva.

Max se ne va, le risate e i discorsi, le occhiate e i silenzi di quei due non hanno bisogno del suo aiuto: «Il mio locale è pieno di quadri, tutti di artisti bravi a *dipinzer, a magnar e a... divertirse! E anca voi gavè da magnar*, l'arte fa venir fame, *lo savemo ben!*»

2
Così, complice il vino e la fiducia

Così, complice il vino e la fiducia inspiegabile che suscita la sua nuova amica, Manfredo inizia a confidarsi. Prima del dolce le ha detto ciò che gli è successo a Milano: le visioni e apparizioni delle Ondine, poi la medusa e l'automa che ha visto a Venezia. Le parla anche della terapia proposta dal dottor Schein. Il suo strizzacervelli, scherza. Non accenna alla notte del 4 novembre, ancora tabù.

Lei l'ha ascoltato seria e partecipe, serena senza nemmeno il suo simpatico broncio sul viso. Poi, dopo un lungo silenzio, ecco che increspa labbra e fronte, in quell'espressione che lui ormai sa essere preludio di una rivelazione, piccola o grande che sia.

«Tu hai potuto di vedere cose davvero speciali. Ma è possibile per me di capire.»

«Non pensi che io sia uno svitato, uno schizofrenico sull'orlo della follia allucinatoria?»

«No no, tutt'altro! Grazie del confidare. Possibile a pochi la fortuna di avere tanti amici invisibili.» I suoi occhi sono verde chiaro e sereni, ma concentrati su di lui quando aggiunge: «E *loro* sono un grande dono.»

«Amici invisibili?» chiede stupito.

Lei non fa a tempo a rispondere, perché la porta si apre ed entra una ventata di freddo, seguita da un gruppo di persone che invadono il piccolo ristorante con risate e chiacchiere. Si infrange la magia che li isolava dal resto del locale e dal mondo e Sandy resta muta.

«C'è qualcosa che non va?»

«Nulla. Solo un po' di freddo...»

«Già. L'ambiente si è improvvisamente raggelato.» Manfredo si volta ancora verso quei seccatori. Una donna si gira e si stacca dal gruppo guardandosi attorno. Alta e sottile, avvolta in una mantella di lana morbida, color blu petrolio, che la fascia fin sotto il mento come un lungo stelo. Il viso spunta da quel blu e risaltano, insieme alla carnagione di perla, occhi grandi e sottili. Una sciarpa di seta scura, di un bel viola caldo, scende da un lato fin quasi a terra, con tante plissettature che la rendono cangiante. La donna guarda verso il tavolo di Manfredo, incrocia il suo sguardo e si apre in un sorriso.

Si avvicina, i capelli biondi chiarissimi le si inanellano sulle spalle. Non sembra appena arrivata da una calle umida, ma da un set fotografico. Manfredo ha un attimo di spaesamento: ma chi è questa bellezza, sta guardando me o qualcun altro? Ha gli occhi viola. Un viola ametista che irraggia screziature trasparenti.

«Manfredo di Monfalco, anche tu a Venezia? Favoloso!»

Il sussurro quasi teatrale di una voce che arriva da lontano. Solo allora la riconosce, come ha potuto non farlo prima?

«Minerva! Che bella sorpresa... da quant'è che non ci vediamo?» Si alza, l'abbraccia. Lei lascia fare flessuosa, senza liberarsi della mantella che avvolge il suo corpo sottile.

«Ma guarda che combinazione! A Milano non ci si vede mai, passano gli anni, e qui invece... Sono appena arrivata e t'incontro, come stai?» risponde lei inclinando il capo per osservarlo meglio.

Una *femme fatale* di Klimt potrebbe avere questa voce: suadente e bassa, penetrante e al tempo stesso sfuggente. È davvero bella, a Manfredo sembra di vederla sotto una nuova luce.

«Venezia è una piccola città, incontrarsi è più facile. Mi pare che tu hai casa in questa zona, vero?» le chiede lui scuotendosi da quelle impressioni.

«Prima, ora sto a Murano. Devi *assolutamente* venirci» risponde in un soffio, e continua: «Avresti potuto chiamarmi. Comunque ora lo sai e non dimenticarlo più: una stanza per te c'è sempre. Anche due: ho una casa grandissima...» Incolla gli occhi viola su Sandy sorridendole come se la vedesse solo ora.

«Sandy Coridon Donatelli... Minerva Denessi.» Manfredo fa le presentazioni, ma nessuna delle due porge la mano. Si sorridono e chinano solo la testa. Minerva resta avvolta nel suo mantello, Sandy è seria da quando sono arrivati i chiassosi amici della donna. Stringe il bicchiere, il volto un po' pallido.

Minerva squadra Sandy e sussurra: «M'incuriosisce il suo cognome: mi pare che Coridon sia una farfalla blu, non è vero?»

Sandy si ravviva, annuisce educatamente. Il nome di una farfalla, non lo sapevo, considera Manfredo. Subito continua: «Minerva è una video designer, fa cose davvero fantastiche. Siamo amici d'infanzia. Ha una casa magnifica a Milano, e immagino che anche quella di Venezia non sia da meno, conoscendo il suo gusto.»

«È una vecchia fornace del vetro, è lì che ho l'atelier e anche il mio loft. In realtà, pensa la coincidenza, inauguro lo spazio domani sera. Ci siamo incontrati al momento giusto, darò una grande festa e voi... dovete *assolutamente* esserci.» Penetrante occhiata viola su tutti e due. «Sarà una sorpresa. Sono entrata nel tuo campo, Manfredo, e mi sono permessa citazioni artistiche importanti... Spero ti piacciano. Mi dirai, se non ho osato troppo.» Gli occhi si socchiudono in bagliori ametista. «Un posto magico, affacciato in laguna. Lo sapete, no?... La laguna amplifica i confini ma allo stesso tempo sembra volerli contenere, proteggere. Diventa una cupola di vetro trasparente. E da Murano questo effetto *boule à neige* si vede meglio. Chissà, forse anche per quello gli antichi hanno iniziato a soffiare nel vetro incandescente...» S'interrompe sottolineando l'ultima parola, poi continua: «Devi venire, Freddy. *Dovete* venire» conclude scrutando interrogativa Sandy, che rimane in silenzio. «Ai vecchi amici non si dice mai di no!» Gli stringe la mano e la trattiene un attimo intimando, fredda e soave: «Guarda che ci tengo.»

Manfredo è costretto a capitolare: «Sarà un piacere!»

Minerva sottrae la sua mano da quella di lui e la fa sparire nella mantella, a Manfredo rimane l'impressione di sentirla ancora nella sua.

«I motoscafi e un battello vi preleveranno alle Fondamenta Nuove, alla fermata del vaporetto. Saranno lì dopo il tramonto per tutta la notte. Vi aspetto, farò mettere i vostri nomi nella lista. Arrivederci signorina, a presto Freddy.» Un sorriso silenzioso a Sandy e si volta per raggiungere gli amici che si sono seduti in un tavolo nella saletta accanto.

Manfredo la guarda allontanarsi avvolta in quel blu petrolio. È una tonalità ricercata, adatto ai magnetici occhi di quel colore viola così raro, e ai suoi capelli biondi, chiarissimi. Sì, nell'insieme lei è decisamente più bella delle ultime volte che l'ha incontrata. Adamantina e misteriosa. Sandy fissa le bollicine nel bicchiere. Il verde dei suoi occhi si è fatto più scuro.

«Siamo amici da anni, fin da ragazzi. Poi lei è andata a studiare negli Stati Uniti. Al suo rientro ci siamo persi di vista. È diventata famosa in poco tempo, credo che i suoi clienti siano tutti personaggi importanti. È così cambiata che nemmeno la riconoscevo.»

Lo sguardo di Sandy rimane fisso nel bicchiere.

«Torniamo a noi, di che cosa stavamo parlando?» le chiede.

Lei esita. Max li interrompe portando un vassoio con due coppe di champagne e quattro cioccolatini fasciati in carta nera lucida con le lettere MIDE, in caratteri maiuscoli color violetto chiaro che sgambettano alla Depero.

«Da parte della signora Denessi» dice indicando la saletta da cui il vocio degli amici di Minerva arriva, meno evidente di prima. Poi, con aria complice: «Lo champagne merita: è Perrier-Jouët Belle Epoque. Su, un altro giro di bollicine!»

Manfredo guarda l'etichetta dal disegno liberty. Brindano. «Allo spazio bianco!» sussurra Manfredo. Lei sorride illuminandosi. Lo sorseggiano appena, consapevoli di avere già bevuto parecchio. Aprono i cioccolatini, uno per ciascuno, poi un altro. Sono molto buoni, con un ripieno al colore e sapore di violetta.

Ridono, di nuovo insieme. Gli occhi di Sandy tornano a riempirsi di luce.

Ma lui adesso non se la sente più di approfondire il discorso interrotto.

Anche perché il vocio del ristorante è cresciuto di nuovo, l'intimità che li ha avvolti per tutta la cena si è dissolta. Bisogna uscire, per provare a ricostruirla.

«Cosa dici, continuiamo a parlare facendo una passeggiata?» Lei annuisce rapidamente, lui le prende una mano per aiutarla ad alzarsi, galantemente, come si usava una volta. La mano è calda e lei è sempre così leggera!

Max arriva con le ultime battute, insieme al conto.

«Come al solito, Manfredo, te l'ho fatto poco per addizione, e molto per sottrazione.»

«E tu come al solito ci hai fatto mangiare e bere troppo.» Ridono tutti e tre.

3
Lei tace, gli occhi luccicano divertiti

Fuori è tornato a soffiare un vento freddo. Camminano stretti e vicini nella calle che dal ristorante porta a campo San Barnaba. Sono arrivati al Ponte dei Pugni, si fermano alle impronte di piedi impresse sulla pietra d'Istria. Manfredo ne racconta la storia. «Segnano le posizioni che prendevano i contendenti prima di fronteggiarsi per spingersi in acqua nelle antiche lotte tra fazioni della città. Allora il ponte non aveva ringhiere, così dopo un po' volavano giù. Raffreddando i bollenti spiriti!» conclude ridendo.

Un colpo di vento gelido, e lui stringe a sé Sandy per ripararla, lei si gira per ringraziarlo e lui non sa resistere al suo sorriso, i visi sono così vicini, la bacia sfiorando appena quelle labbra che aveva ammirato per tutto il giorno e, adesso lo sa, desiderato per le ultime ore.

Calore, morbidezza, un sapore fresco e un po' salato, come se il vento le avesse portato sul viso e sulla bocca acqua di un mare lontano. Un lunghissimo attimo e Manfredo si sente planare, vola su un'onda bassa ma continua che non frange mai. Vorrebbe non staccare più le labbra, ma lei lo allontana con un sorriso. Lui la guarda e sussurra: «Scusa, scusami. Però... non posso dire che non lo volevo!»

Lei tace, gli occhi luccicano divertiti.

«Anzi, lo volevo proprio. Ma... forse è meglio ti accompagni subito a casa.»

Non è vero. Vuole stare ancora con quella donna che brilla di una sua luce speciale, con quella giovane studentessa che ne sa più di lui, con quella bambina adulta che a ogni suo argomento risponde come se lo avesse già conosciuto, liberando riflessioni assurde ed eccentriche. Oggi tanto simili alle sue.

La guarda meglio negli occhi. Con lei si sente libero.

«Scusa, invece e in realtà, non ho nessuna voglia di salutarti. Vorrei averti ancora vicina: *è possibile per te di non lasciarmi questa sera?*» Manfredo lo dice nel modo buffo di Sandy, ma è molto serio.

Il vento ha cessato di soffiare improvviso e tutta la calma veneziana li avvolge. Luccicano i riflessi sul canale che è quasi uno specchio. Sandy continua a guardarlo in silenzio. Che cosa dicono i suoi occhi? Manfredo crede di saperlo, ma teme di sbagliarsi.

«Sono serio ma un po' in imbarazzo. Non vorrei sembrarti il classico cascamorto italiano...»

«Oh, no! Allora meglio di scendere da qui! Non voglio vederti di cascare giù» scherza Sandy e gli indica i suoi piedi. Sono proprio sopra alle orme di pietra sul bordo del ponte. Lui scoppia a ridere, lei si mette in posizione e inizia a spingerlo con le mani sulle spalle. Gli occhi verdi sembrano sfidarlo, e invece la sente sussurrare: «Nessuno di noi vuole litigare, vero? Io non vorrei mai di farti cadere in acqua.»

«Ah, che presuntuosa, chi ti dice che sarei io a cadere?» Anche Manfredo le appoggia le mani sulle spalle e comincia a spingerla leggermente. Incontra una resistenza inaspettata in un corpo così minuto. Non riesce a trattenersi e la stringe a sé. Lei si lascia abbracciare di nuovo. Il canale scorre carico di luci notturne. Il tempo sembra fermarsi, il freddo non esiste più per loro.

Sandy ride, si libera dalle braccia di Manfredo, si allontana di un passo, e torna a spingerlo appoggiando le mani sulle sue spalle, i piedi ben saldi sul ponte. Lui sta al gioco e fa la stessa cosa. Premendo di nuovo le spalle di Sandy le sue mani sono attraversate da quella strana sensazione di forza che aveva avuto indossando i guanti e toccando l'automa. Non ci vuole pensare. Per qualche istante stanno così, divertiti. Poi Manfredo, stringendola a sé sussurra: «Andiamo in un luogo tutto per noi. Così domattina sapremo se vorremo allearci, combatterci, ignorarci... o continuare a raccontarci le nostre idee. Vorrei parlarne tutta la notte.»

Lei sorride, candidamente segreta, e gli prende una mano. Manfredo sente quella di Sandy sempre più morbida, leggera. Si avviano a piedi costeggiando il canale.

«Manfredo, è buffo... mi sembra di avere le nuvole dentro la testa, e i miei piedi... volano!»

«È così anche per me, Sandy...»

Camminano in silenzio, gustando il tenersi per mano e ogni cosa di quella breve passeggiata. Salgono in casa, e nel salone lei si ferma ammirata davanti alle finestre sul Canal Grande e sul campo della Salute.

«Oh, che bellissimo!» esclama. Lui si avvicina, guarda fuori per un attimo, vorrebbe parlarle e invece la bacia. E di nuovo plana su quell'onda che lo porta con sé, mentre gli occhi di Sandy sono diventati improvvisamente di un verde più scuro. Chiude i suoi e non si accorge di un motoscafo che ormeggia sotto di loro, nel piccolo canale.

Non può sapere che poco prima, mentre scherzava con Sandy e poi l'abbracciava sul Ponte dei Pugni, lo stesso motoscafo era fermo poco distante, dietro al barcone che vende frutta e verdura. Si è mosso lento dopo di loro e poi li ha raggiunti sotto casa, quasi sapesse la loro strada.

Prima di sfilarsi la giacca, Manfredo toglie dalla tasca i guanti e li appoggia sulla scrivania. Li aveva portati con sé per tutto il giorno.

«Non rovineremo tutto tra noi?» le chiede abbracciandola.

Lei non risponde ma china la testa.

«Se dovessi sciupare appena un po' il tuo disegno, devi cancellarmi, promettilo, o farmelo capire» le dice abbracciandola. Sorride, candidamente segreta come prima sul ponte, poi guarda verso la cupola della basilica.

«Sei un angelo, un sogno?» chiede lui.

«Ognuno di noi è un sogno» risponde e i suoi occhi diventano più chiari. Verdi di un bel verde Nilo.

Manfredo non sa quanto duri quel momento perfetto. Forse pochi minuti, forse l'infinito.

La sua memoria non trattiene l'istante in cui cala il sipario.

4
Fino a quel bacio davanti alla finestra

Il mattino dopo, Manfredo si risveglia e il soffitto ha i colori rosati di un affresco del Tiepolo. Il sole filtra attraverso le tende della finestra e rischiara la stanza di tinte pastello. Sembra una bellissima giornata.

Ma nel letto è solo.

Si guarda intorno, non ci sono tracce di Sandy. Non è possibile che lo abbia lasciato così, e quando? La chiama. Si alza con le tempie strette in una morsa. Nelle altre stanze non c'è.

È svanita come un sogno al risveglio? Tutto quello che gli *sembra* di ricordare è successo davvero? Può fidarsi delle sue sensazioni, della sua memoria?

Ricorda la cena, loro al Ponte dei Pugni e l'arrivo a casa. Fino a quel bacio davanti alla finestra: poi che cosa è successo? Non può averlo dimenticato! Il vino di Max questa volta gli ha giocato un brutto scherzo. Non si svegliava alle undici dalle vacanze ai tempi del liceo. Cammina a fatica, la testa batte come un tamburo e in bocca ha uno strano sapore, non è vino ma il gusto della delusione. Dov'è Sandy?

A quel punto, vede un biglietto sulla scrivania in salotto.

Scusami, ho un appuntamento presto :-(
Ti dirò. Chiama. :-)))
È stato il giorno più bello della mia vita!!! ;-)

Lui odia gli emoticon ma questi scritti così gli sembrano dolcissimi. Sotto c'è un numero di cellulare. Manfredo si rigira fra le mani il biglietto. Perché non ricorda più che cosa è successo con lei? Sono tornati i vuoti di memoria?

Poi si accorge che mancano i guanti. Ieri sera erano lì sulla scrivania, ne è certo. Questo lo ricorda bene. Cerca se sono finiti per terra. Fruga nella giacca, poi in altre tasche. Non può averli persi... non *quei* guanti!

14

Notizia tragica

Milano, lunedì 15 aprile 1912

1

Ma si decidono o no, quei benedetti ragazzi?

Quando la notizia arrivò, a pomeriggio inoltrato, Luigi Tirelli era a casa, nel palazzo di famiglia a Milano.

Stava discutendo con sua moglie e, come ormai gli capitava ogni volta che si toccava un certo argomento, non riusciva a trattenere l'irritazione.

«Ma si decidono o no, quei benedetti ragazzi? Abbiamo aspettato per anni che si dichiarassero, e ora ci tocca stare sulle spine anche per la data della cerimonia.»

«Tempo al tempo. Il matrimonio è un frutto di stagione, ma quando lo cogli deve essere maturo al punto giusto, non troppo e non troppo poco» rispose Carla sorridendo. Poi guardò dalla finestra il loro piccolo giardino e gli chiese: «Luigi, qual è il tuo albero preferito? O almeno, qual è in questa stagione della tua vita? Immagino che per gli alberi sia come per i libri o per i dipinti: con l'età le preferenze cambiano.»

L'ingegnere la fissò perplesso mentre proseguiva, serafica: «Non ci avevo mai fatto caso, in questi giorni la magnolia in giardino è così bella. Mi piace ogni anno di più.

Forse è lei la mia pianta preferita, adesso. E la tua, qual è?» Lui s'inteneriva sempre, quando sua moglie se ne usciva con queste frasi improvvise.

Carla sedeva a ricamare nello studio del marito. Il salotto più usato in casa, quando erano soli, illuminato da una grande finestra sul giardino interno. Uno di quei piccoli giardini, segreti e nascosti, vere sorprese di quella città così sobria e severa.

La signora Tirelli stava lavorando a una tovaglia iniziata un anno prima. Aveva visto un disegno su una rivista, le era piaciuto tanto che aveva chiesto a Giulia di copiarglielo per riportarlo sulla stoffa. Api dorate in volo con libellule di un bell'azzurro delicato, che sfumava in un verde acqua quasi trasparente. Sulle loro ali avrebbe ricamato qualche punto in bianco lucido e in grigio chiarissimo, per renderne la tonalità ancora più cangiante. Come quelle delle libellule sulle risaie.

Tutto in punto ombra e in punto nodini, si diceva soddisfatta. La tovaglia era bisso di lino candido: l'ideale per una festa speciale tanto attesa, nella casa in campagna. Tra una cosa e l'altra, però, non aveva mai avuto il tempo di finire il ricamo. O forse era per scaramanzia?

Luigi intanto camminava avanti e indietro per la stanza con il sigaro spento in mano, inseguendo i suoi pensieri.

«Qui gli anni volano! Ne sono passati quasi due da quando Fedele mi ha chiesto la mano di Giulia. Io ne sono stato felice, naturalmente...»

«Ci mancherebbe altro che tu non lo fossi!»

«Ma speravo che le cose si risolvessero prima. Quanto tempo occorre per organizzare un matrimonio?»

«Eh, un bel po'. Non ricordi il nostro?»

«Me lo ricordo sì! Non vedevamo l'ora, noi due! Tua madre, invece, diceva che era necessario pensare tutto nei minimi dettagli, figurati: come se si trattasse di progettare un palazzo o un ponte! Mia mamma raccomandava di avere pazienza. E papà rideva sotto i baffi, mentre il tuo sbuffava come una ciminiera. È stato l'anno più lungo della mia vita!»

«Non dirlo a me. Sapevo che tutto sarebbe cambiato. Avevo anche paura, all'inizio. Poi è sopravvenuta l'ansia che questo benedetto cambiamento non arrivasse mai.»

Carla sorrideva a questi ricordi. E le grandi foglie della magnolia luccicavano corpose, quasi fossero soffiate dal più abile maestro vetraio di Murano.

Luigi non smise il suo cipiglio: questa volta voleva mostrarsi deciso come un treno che corre verso la sua meta, ben saldo alla prospettiva dei binari, senza guardare le stazioni che si è lasciato dietro.

«E invece quei due continuano come prima. In più, lei è sempre in giro. Mari e monti, in viaggio per l'Europa, anzi per il mondo! E a volte da sola – ma ti pare? – mentre lui sta chiuso nel suo studio. Quando invece i loro viaggi di lavoro coincidono, come accade sempre più spesso: e allora non so più che pensare. Se non che bisogna fissare questo benedetto giorno, una volta per tutte. Basta rimandare!» E con quell'ultima affermazione sembrava non voler aggiungere nulla di più.

«Sai com'è fatta Giulia, e anche Fedele lo conosci. Non andrebbero d'accordo se non fossero così particolari. Tutti e due» rispose lei, come se non avesse sentito le ultime parole del marito.

«Be', c'è un limite anche alla... particolarità! E il matrimonio è fatto anche per correggere certi difetti delle persone, non per giustificarli! Cioè, è con l'equilibrio che stanno in piedi le cose e le case, perdinci! Adesso un altro viaggio... e che viaggio! Non ci sarebbe stato niente da dire se l'avessero fatto insieme, almeno la prima parte, giusto per accompagnarla. In cabine e camere separate, ovviamente.»

«Ovviamente.» Carla annuì di nuovo.

Luigi notò una lettera posata sul piccolo vassoio d'argento per la posta, prese in mano un sottile tagliacarte con incise le loro iniziali intrecciate. Un regalo del matrimonio.

«Invece, quel fenomeno di Fedele ha lasciato andare la sua fidanzata da sola, assecondandola ancora una volta. Io non lo capisco, sai? Un uomo deve farsi valere. Poteva almeno chiedere a Léontine di accompagnarla! O ad Amélie, che ama tanto viaggiare. Almeno a loro Giulia dà retta.»

«Fedele le ha fatto un grande regalo con questo viaggio. Lei tiene molto al suo lavoro. E in un paese straniero, così moderno, come è lei. Lui avrebbe voluto accompagnarla, ma Giulia ha preferito così. E Fedele fa bene a lasciarle libertà, tanto prima o poi riesce sempre a raggiungerla, per proteggerla. Oramai lo sappiamo, no?»

«E come no!» replicò Luigi soppesando il tagliacarte, indeciso se aprire la posta o no.

«Basta che non esageri! Quei due sono troppo liberi. O anticonformisti, come dici tu.»

Guardò la bella busta di carta pregiata, in cima alla corrispondenza. Il mittente era sul retro, stampato in rilievo con lettere dal disegno moderno: Automobile Club d'Italia, Torino. Posò busta e tagliacarte come se quell'intestazione lo allarmasse, poi sospirò sconsolato: «Giulia ha la sua personalità... e quell'altra, Lisetta, in quanto a carattere non è da meno.»

«Senti Luigi, non puoi che andarne fiero. Ci fossero più donne come loro, in Italia!»

«Certo, ma lo sai che cosa ci sarà in questa busta? Un invito ad andare a chissà quale raduno... Possibile che non si possa stare un po' tranquilli in famiglia, normalmente, come fanno tutti? Questo è un carosello! Non siamo mica delle trottole, quasi ogni mese arrivano inviti a teatro, e lì passi, ma adesso... anche alle gare automobilistiche! E non è finita, ora Lisetta pretende di provare un aeroplano. In questa famiglia non c'è limite all'originalità, alla libertà di esplorare, ma dove andremo a finire?» Si mise a tamburellare con il tagliacarte il mucchietto di buste chiuse.

«Lisetta... in aeroplano?!» Carla era sgomenta. Guardò le libellule e poi le api. Erano così libere, lei si era così divertita a seguire Giulia che le disegnava nel modo più naturale possibile, sembravano volare davvero: no, non poteva infrangere un sogno per i suoi timori. «Ti prego, Luigi, convincila che sia una volta sola... magari due. Dille di andare piano, e basso!»

«Ci proverò, ma lei ha la sua testa, nessuno la convince a cambiare idea.» L'ingegnere tirò un sospiro di sollievo. Inutile far notare a Carla che la sua ultima esortazione era del tutto illogica: non prendere quota e volare piano non era certo il modo migliore per superare la forza di gravità! E non ebbe neppure il coraggio di dirle che il giorno del primo volo per Lisetta era già arrivato. L'aveva accompagnata a qualche lezione, a insaputa della moglie. Gli istruttori lo avevano rassicurato, era molto attenta, non sbagliava mai: un'allieva perfetta durante tutto il corso. E quegli aeroplani erano apparecchi Caproni. Tutti dicevano che Gianni Caproni era un ragazzo in gamba, chi lo fermava più.

Luigi proseguì: «Poi lo sai, non è la sola con questa passione: c'è la Rosina Ferrario, un'altra con una volontà inossidabile. Insomma il volo è il futuro, non possiamo negarlo. Ti ricordi quando da piccola Lisetta mi costrinse a fare una gita in pallone con quell'aeronauta, il Celestino Usuelli? Quello che realizzò le belle fotografie della città dall'alto. E scusa, Enrico Forlanini, che i tuoi conoscono bene, e i suoi dirigibili? Parlane con tuo padre. Gli ha consigliato di indire una sottoscrizione cittadina per costruirne uno più grande e potente, lo vorrebbe chiamare "Città di Milano".» Un rapido sguardo sul resto della corrispondenza nel vassoio gli aveva fatto decidere che poteva aspettare ad aprire le altre lettere. Accese finalmente il sigaro.

Marito e moglie avevano gli occhi rivolti al giardino, anche se in realtà stavano guardando entrambi nei viluppi dei propri pensieri. Un cerchio di fumo più grande degli altri si fermò ben composto in mezzo al salotto, si voltarono contemporaneamente e captarono quel volo che si scioglieva nell'aria. Lo fissarono pensierosi, senza accorgersi uno dell'altra.

E fu allora che arrivò la notizia.

2

Il cielo era terso, con un'unica nube all'orizzonte

Poche ore prima, Lisetta era in volo sopra i campi di Vizzola Ticino. Elettrizzata e concentrata, senza lasciare spazio alla paura, teneva le mani ben ferme sulla cloche e gli occhi attenti su ogni cosa servisse in quel momento. Anche se era coperta dal berretto imbottito e dagli occhialoni, l'aria le sferzava il viso dandole una sconfinata sensazione di libertà. Si sentiva sicura di sé come non lo era mai stata. Dopo i primi momenti in cui non aveva occhi che per il controllo del volo, ora si permetteva anche di guardare il paesaggio della campagna lombarda che si allargava sempre di più.

Si sentiva leggera: il vento volava con lei, e il movimento dell'aeroplano ubbidiva solo alla sua mente, ai suoi occhi e alle sue mani.

Sorrise a un pensiero: c'era anche un'altra parte del corpo indispensabile per volare, come le avevano detto poco prima i suoi compagni di scuola, ammiccanti. Persino l'istruttore, complice, glielo aveva augurato, con discrezione. Poco prima al campo, a ribadirlo più apertamente ci aveva pensato un altro allievo: «Sull'aeroplano si sta come a cavallo, Lisetta: gli aerei si sentono anche... con il fondoschiena! Non mi prenda per maleducato, perché una volta seduti lì ascoltare l'aereo è utilissimo. Le consiglio di farci caso» aveva concluso sfrontato.

Uberto. Uberto di Monfalco. Un giovanotto impettito e presuntuoso. Bello, non si poteva dire di no, ma con un perenne sorriso sulle labbra e un'impertinente sigaretta da un lato. Ma forse lo stava giudicando male, le aveva parlato solo con franchezza, senza doppi sensi, mentre si arrotolava una sigaretta. Da pilota a pilota, insomma.

Il cielo era terso, con un'unica nube all'orizzonte. Aveva una forma curiosa e ben definita, come una torta di panna montata, anzi era così scura alla base piatta che sembrava un vassoio di meringhe, pensò sorridendo. Il suo cuore era in festa e il dolce ci sarebbe stato benissimo. La nuvola si perse in lontananza. I campi, i boschi, il fiume con il suo greto, tutto era magnifico da lassù.

Oramai era tempo di tornare verso il campo: il famoso *virage*, tanto atteso. Un tuono forte e secco la fece sussultare. Si girò. Un cumulonembo era alle sue spalle. Vicino, viola scuro e grande come roccia di una montagna. Come aveva potuto non vederlo? Il cielo era così sgombro e terso, solo pochi minuti prima! Virò e puntò verso il campo scuola.

Fu allora che l'aereo perse quota, senza che lei riuscisse a governarlo.

L'ala destra scivolò bruscamente di lato, il motore tossiva e l'orizzonte improvvisamente si trasformò in un'assurda, altissima parete. Verde, irta di alberi, si avvicinava velocissima, e la nube viola era di fronte a lei. Fu presa da un capogiro e da un violento senso di nausea. Vide quello che stava per succedere di lì a poco: il mondo sottosopra e il suo monoplano che precipitava avvitandosi.

3
Amélie stava provando un abito

Nella sua casa in via Brera, a Milano, Amélie stava provando un abito con l'aiuto di Léontine. Sua nipote aveva idee originali, per non dire rivoluzionarie, e la costringeva sempre a cambiare il guardaroba o a trasformarlo. Alzare o abbassare le gonne, stringerle o allargarle, basta coi pizzi, sì ai ricami ma solo se esotici, assolutamente no alle piume! O altro ancora secondo quello che sembrava un capriccio, mentre ogni volta si rivelava un'intuizione geniale. Amélie era convinta che la nipote avrebbe dovuto trasformare il suo talento in un vero lavoro.

«Per ora devi dire ai tuoi genitori che è una mia iniziativa, che sono io a volere un piccolo atelier, poi si vedrà» suggeriva. La zia temeva che suo fratello e sua cognata non avrebbero digerito l'idea che la figlia studiasse e cucisse abiti per venderli, almeno finché non si fossero trovati davanti a un risultato.

Quando Léontine andava a trovarli in Costa Azzurra, la madre le chiedeva se pensava di fidanzarsi, oppure se intendesse viaggiare un po'. Secondo lei avrebbe dovuto fare sia una cosa che l'altra, o almeno una delle due, invece che vivere in quella piccola città, e per giunta italiana.

La madre risiedeva a lungo in Inghilterra, dove aveva un grande giardino da seguire. Amava vivere in quel paese, che preferiva persino alla Francia. Léontine aveva sempre pensato che la ragione fosse per il modo britannico di tenere i giardini e i fiori: impossibile da replicare, se non in quella terra, secondo sua madre. Neppure la loro villa di Grasse, dove regnava il profumo dei petali dei fiori, diventati un'industria per il signor Dupuis, riusciva a soddisfarla.

Léontine l'aveva portata sui laghi, vicino a Milano: avevano visitato giardini bellissimi sul Maggiore, su quello di Como la madre aveva giudicato "*impeccable*" il parco all'inglese di Villa Melzi d'Eril a Bellagio. Qui il riflesso mai interrotto dell'acqua faceva da sfondo ai colori cangianti delle piante e alla villa chiara, di un neoclassicismo così puro: tutto l'aveva colpita. Eppure il fascino dell'umidità britannica per lei non aveva eguali, nemmeno il profumo irripetibile dei gelsomini di Grasse, nemmeno i colori di Giverny, che aveva visitato con Giulia quando era stata sua ospite a Parigi, avevano tolto a Madame Eleonore Dupuis il primato della sua amata Inghilterra.

«Davvero Lisetta volerà oggi?» chiese Amélie. «Che coraggio, quella ragazza!»

«L'ammiro sempre di più» annuì Léontine. «Ha testa, forza e determinazione. In più le si vede una bella luce negli occhi, quando torna dalla scuola d'aviazione. Lisetta ama le nuvole e l'aria con una gioia che non si può offuscare. Giulia, invece, è diventata più ombrosa, persino quando torna dalle sue mete preferite. Eppure dovrebbe essere felice: ha le soddisfazioni di un lavoro stupendo. E ha Fedele.»

Fece una pausa per guardare lontano, nel nulla. La zia non se ne accorse, e Léontine subito riprese: «I bozzetti di Giulia sono bellissimi, si sente sempre l'eco dell'acqua che lei ama tanto. È per la vibrazione che riesce a dare ai colori, soprattutto ai blu e ai verdi. Le sue foreste, le sue vette, i suoi fiumi fanno sognare. Lisetta, invece, le sue scie vuole disegnarle nell'aria. Sono tracce di futuro: non è alla moda, è di più. È *già* nel futuro. Ha accettato una delle sfide più impegnative di oggi, capire la magia del volo, la sua passione da sempre.»

«Proprio questo è lo stile, Léontine: avere un'impronta personale, di carattere! Sai, ho sempre pensato che Giulia e Lisetta, così diverse, una che ama l'acqua e l'altra l'aria, abbiano tanto in comune. E tu, completi una piccola triade. Ami l'eleganza, i colori che accompagnano il corpo femminile. Fedele è stato sempre il quarto polo, e abbastanza attrattivo in quanto a carattere e stile... Lui è una specie di sole, nell'orbita del vostro piccolo ma intenso cielo!» Risero tutte e due.

Amélie valutava le piume di un grande ventaglio cui era tanto affezionata. La nipote le aveva detto: via, da eliminare, troppo antiquate! Quei poveri uccellini, uno sterminio che deve cessare!

«Nelle nostre ultime lezioni Giulia e Fedele avevano un loro linguaggio, chi osava più disturbarli? Erano una coppia già da prima. Non hanno bisogno di una cerimonia per certificare questo legame. Paradossalmente, dopo che il rito ci sarà stato, per entrambi potrebbe essere difficile avere la libertà di prima. Non so dirti perché, ma io sento che è così.» Detto questo, Léontine rimase qualche istante pensierosa.

«Da giovani si può vedere il matrimonio con un certo... sospetto? Io, che non mi sono mai sposata, lo capisco bene. Comunque, teniamoci pronte a preparare gli abiti da cerimonia! So che loro amano le sorprese. E non vorranno tenere ancora sulle spine i poveri Luigi e Carla. Soprattutto Fedele, che li adora. Giulia non si può prevedere, è come un'onda morbida ma incessante e può arrivare ovunque, quando è il caso. Però torna sempre indietro. Hanno passato anni di lavoro e ricerche anche per un loro progetto, misterioso ma credo affascinante. Vedrai che ci stupiranno, so che hanno studiato leggende e fiabe sulle montagne. Di recente io li ho aiutati dando loro la traduzione di un antico manoscritto che ho trovato in Cina, dove si parla dei mutamenti della natura legati alle nostre emozioni. La figura della Montagna, che significa anche attesa, era molto piaciuta a Fedele. Che ha imparato ad aspettare» concluse Amélie.

Léontine sapeva dei loro viaggi, tra montagne e città percorse da fiumi. Tante volte era stata complice di alcune bugie dette a fin di bene, per non preoccupare Carla e Luigi. Sì, di sicuro li legava la ricerca di qualcosa di profondo. Giulia spesso diventava pensierosa, come avvolta da una nostalgia inspiegabile. Che cosa aveva perduto? Non aveva mai voluto parlarne con lei.

Guardò la zia che accarezzava le piume del vecchio ventaglio, ancora bellissime. Be', ormai erano lì: le avrebbe utilizzate come dei fiori, in un vaso dalle linee semplicissime, su un tavolo del suo futuro atelier.

Sì, anche lei doveva spiccare il suo volo, prima o poi. Quell'idea era un sogno, ma voleva concretizzarlo. Avrebbe aperto una sua attività, come la grande Rosa Genoni, come Gabrielle Chanel che aveva una boutique a Parigi, in Rue Cambon, o Madeleine Vionnet che stava aprendo la sua Maison in rue de Rivoli. Donne che costruivano la loro strada da sole, accorciando gonne e buttando via stecche e terribili bustini, con uno stile che sembrava perfetto. Chanel aveva iniziato con dei cappellini, proprio togliendo le piume e semplificando le linee, quasi fossero scolpite. Mentre i primi grandi successi di Rosa Genoni erano stati abiti che citavano dei dipinti del Rinascimento o addirittura la femminilità delle sculture Tanagra.

Léontine sognava abiti che unissero il mondo della femminilità a qualcosa di nuovo, classico ma moderno. L'abito di Giulia per il matrimonio doveva essere magnifico, quello di Lisetta sarebbe stato di un'eleganza... suprema! E il suo? Non voleva stupire, ma solo accompagnare la loro felicità.

Fu in quel momento che entrò l'Ernestina, la fidata e protettiva domestica. L'espressione spaventata del suo viso non annunciava nulla di buono.

4
Invece l'aereo scivolava verso il bosco: vicino, troppo vicino

Dalla pista di Vizzola Ticino l'istruttore, Uberto e gli altri allievi stavano seguendo il primo volo di Lisetta Tirelli.

L'inizio era stato promettente. Decollo perfetto, l'aereo era salito senza problemi e poi si era mantenuto ben sopra gli alberi, allontanandosi verso i campi e il fiume. Un po' troppo, era tempo di tornare indietro. Poi era comparsa quella grande nube viola, come arrivasse dal nulla, subito così vicina. Aveva stupito tutti.

Ecco il monoplano che virava per tornare, scivolava sulla destra per evitarla e scendeva, scendeva.

Scendeva troppo, maledizione!

Uberto, che era con gli altri sul campo, pensò intensamente alle piccole mani di Lisetta: dovevano guidare la cloche piano ma con decisione, far riprendere quota all'aereo. Scappare da quel minaccioso cumulonembo.

Invece l'aereo scivolava verso il bosco: vicino, troppo vicino.

Dai gas, Lisetta!

Così fece lei, lassù. Aprì il gas e il motore rispose, riprendendosi dal vuoto d'aria e dalla paura di precipitare.

L'apparecchio ritrovò un assetto orizzontale, risalì lentamente ma con decisione, e si lasciò alle spalle la nube. Poi iniziò a scendere verso la pista.

Quando si posò sul prato, il momento sempre difficile e temuto, era un po' troppo veloce. Prese qualche colpo, ma filò bene. La struttura leggera e robusta del Caproni Ca.8 aveva sopportato ben altro.

Spento il motore, Lisetta scese tra piloti, allievi e meccanici, che la circondarono commossi. Applaudivano, l'abbracciavano. Le dissero che il vento era cambiato ed era comparsa dal nulla quella minaccia improvvisa, grande come una montagna. Se l'era cavata benissimo! Avrebbe preso il brevetto, e prima possibile.

Un'ora dopo Lisetta, avvolta in un caldo giubbotto di pelle, con casco e occhialoni, guidava la sua Fiat Tipo 3 sulla stradina di campagna che conduceva alla via principale per Milano. Si godeva la comodità e il tranquillizzante muso blu petrolio della Torpedo di famiglia, carrozzata Castagna. Sperando che in futuro anche gli aeroplani avrebbero avuto qualche comfort. E belle carrozzerie.

Non vide la polvere che si alzava in lontananza alle sue spalle, e non se ne accorse fino a quando la sagoma dell'Isotta Fraschini di Uberto sbucò dietro di lei. Le sembrava di essere ancora in cielo e che il muso rosseggiante di un aereo del futuro fosse proiettato al suo inseguimento. La vettura rombava e il guidatore di sicuro sogghignava sotto gli occhialoni, magari con l'ennesima sigaretta in bocca. Chiedeva strada. Ma che cosa voleva proprio adesso quel presuntuoso, non poteva lasciarla tranquilla?

Ripensò con rabbia a quello che il giovane Monfalco le aveva detto quando si era avvicinato buon ultimo per stringerle la mano: era felice che l'avesse assistita "la buona stella dei principianti"! Insomma, tutti gli altri si erano complimentati per la sua prontezza di riflessi davanti al pericolo, e per lui era solo fortuna!

Era decisa a dare un po' di polvere a quel maleducato che proprio adesso voleva sorpassarla.

Al diavolo lui e suoi cerchi di fumo tremolanti! Accelerò, elettrizzata di correre più veloce di Uberto. La strada la conosceva bene: i soliti campi coltivati, cespugli di rovi e piccoli arbusti che sfrecciavano ai suoi lati.

Lisetta tirò il collo al suo motore. Si voltò e vide con la coda dell'occhio che lui aveva mollato. Sorridendo tornò a guardare avanti e solo allora si accorse di essere troppo vicina alla curva. In quella, un carretto carico di rami e sterpaglie appena potati sbucò dai cespugli, spinto a mano da un vecchio contadino. Si fermò in mezzo alla strada, guardandola meravigliato.

Doveva evitarlo!

Frenò bruscamente mentre sterzava ancora, l'auto sbandò verso l'argine del canale.

Davanti agli occhi di Lisetta calò un velo nero.

5
Fedele era nel suo studio

Fedele era nel suo studio, stava impostando un soggetto che aveva in mente da qualche giorno. Ne aveva parlato con Giulia, prima che lei partisse, e questa volta l'aveva trovata entusiasta. Anche se ormai era lei a parlare sempre del matrimonio, di una data da fissare non appena svolti gli ultimi impegni così prestigiosi. Al ritorno da quel viaggio di lavoro, la scenografia per una *pièce* dedicata alla leggenda della cattedrale sommersa, musicata di Claude Debussy. Non aveva mai disegnato le Ondine, ma quell'acqua che esondava con tutta la sua forza e ricopriva la cattedrale era forse un simbolo di qualcosa che Giulia doveva esprimere.

Tutto sembrava andare per il meglio: niente nostalgie ma solo lavoro, idee, successi. Affetto e amore. E tra poco il matrimonio. Una cerimonia semplice, nella bella chiesetta antica vicino alla cascina.

Finalmente tranquillo, da qualche tempo Fedele aveva ripreso ad abbozzare tre quadri dello stesso formato.

«Questi lavori raccoglieranno le mie impressioni dedicate all'acqua, li intitolerò *Ondine*, anche se le loro immagini non ci saranno» aveva detto a Giulia, mentre l'accompagnava all'imbarco di quel favoloso viaggio. Lavorando a quei dipinti, le era vicino. Era certo che lei avrebbe apprezzato quelle tre tele.

E poi quella mattina, appena sveglio, gli si era presentata alla mente un'idea nuova e aveva fretta di realizzarla. Voleva iniziare subito... Sì, avrebbe dipinto tutto il giorno.

6
Lisetta... Lisetta!

Volava sopra una nube soffice e candida, un cumulonembo di panna montata. E di colpo, nel cielo così azzurro, la panna diventava color dell'ametista. Si solidificava in tante piccole spirali appoggiate su un vassoio d'argento. No, di cristallo. No no, di quarzo violetto. Che festa si stava preparando? Giulia e Fedele si erano decisi, perché non glielo avevano detto? Forse era in ritardo, dove era stata tutto quel tempo?

Una voce lontana la chiamava: «Lisetta... Lisetta!»

Aprì gli occhi. Il viso di Uberto era chino su di lei.

«Si sente bene? Lisetta, la prego, mi dica qualcosa.»

Sorrideva, in un modo diverso dal solito. Era lui, ancora più bello, ma non lo aveva mai visto così bianco.

«Lisetta, si appoggi a me, faccia un bel respiro e poi, con calma e senza alzarsi, provi a muovere appena le gambe.»

«Io... Che cosa è successo?» disse lei piegando le ginocchia e guardandosi attorno. Poi capì dove si trovava.

«Quel contadino, l'ho evitato vero? E la mia automobile?» chiese seria.

«Niente di grave. Il contadino si è preso solo un bello spavento. Poi voleva aiutarla, gli ho detto di chiamare qualcuno in cascina per recuperare l'auto. Non si preoccupi. La prego, Lisetta, mi dica... come si sente?»

«Sto bene, sto bene! Che gara assurda. Certo, se lei non si fosse intestardito a volermi superare!» Uberto rivedeva la ragazzina dell'Expo, affascinata dal volo del pallone aerostatico, ma delusa da una giostra di barchette che si chiamava Aeroplano. E poi la giovane spettatrice sul campo di volo, a Brescia, bellissima quando guardava le prime macchine volanti. Irraggiungibile ma così vicina, così simile a lui, che immaginava di portarla sopra le nuvole. Per quale motivo fino adesso aveva evitato, un po' bistrattato e quasi temuto quella bambina, quella ragazza, quella donna?

«Ha ragione, sono stato un idiota. Alla fine del corso si festeggia così, dopo il primo volo la sfida continua. Non dovevo! Non so come scusarmi.»

«Signor Monfalco, non credo lo abbia fatto per cameratismo: lei è sempre stato molto antipatico con me.» Lisetta parlava seria, guardandosi le gambe mentre cominciava a muovere i piedi.

«È vero. Mi scuso di nuovo anche per quello che le ho detto al campo. La sua prova è stata più che eccellente, magnifica! Adesso mi dica se riesce ad alzarsi. Se non ha male alla schiena o alle gambe direi che possiamo provarci, ma con molta attenzione. Vorrei accompagnarla in città... Ma se sente un dolore si fermi, è comunque volata fuori dall'auto.»

Lisetta, con la testa che iniziava a girare, non riusciva più ad ascoltarlo. Guardò altrove. Ora la strada, i rovi, le zolle con ciuffi d'erba qua e là, tutto le sembrava ostile. Alzò gli occhi al cielo. Era sbucata di nuovo quella nube viola?

«Non si preoccupi per me, posso cavamela da sola» disse puntando i gomiti per alzarsi.

E improvvisamente avvertì un male così feroce al braccio sinistro che si sentì volare via di nuovo.

7
Un paio d'ore più tardi

Un paio d'ore più tardi, Uberto di Monfalco bussò alle porte di casa Tirelli.

Bianco in volto e agitato, disse al domestico che era andato ad aprirgli che aveva urgente bisogno di parlare al padrone di casa. Subito introdotto nel salotto affacciato sul cortile interno del palazzo, annunciò che purtroppo portava una cattiva notizia. L'ingegner Luigi Tirelli e la consorte Carla si scambiarono un'occhiata d'allarme.

Uberto ebbe la sensazione che l'annuncio di una tragedia lo avesse preceduto. Non fece caso al giornale del pomeriggio aperto sul tavolino del salotto. Con un'aria mesta e gentile raccontò che Lisetta aveva avuto un incidente d'auto e che era tutta colpa sua, se ne scusava con la famiglia.

«Come sta?... Come sta Lisetta?!» Tirelli lo interruppe quasi gridando.

«Ha un braccio rotto, ma sta bene. È al Fatebenefratelli.»

Uberto ricominciò a dire che era colpa sua, la gara, la corsa in auto, lo aveva fatto solo perché... non aveva mai visto tanto coraggio e presenza di spirito in una donna. In volo Lisetta era stata bravissima.

«Non so come scusarmi: adesso e in futuro» concluse inchinandosi militarmente, con il viso affranto.

Carla annuì seria, senza chiedere o dire altro si fece accompagnare all'ospedale con il marito. Dalle parole del giovane aveva capito che quel giorno Lisetta, oltre a una corsa in automobile, aveva fatto anche un volo in aeroplano, ma non fece commenti. Un braccio rotto... Se non le era successo nulla di grave, pensò che di certo il destino sarebbe stato benigno anche riguardo a quell'altra notizia così preoccupante che era arrivata con i giornali del pomeriggio.

Quando Lisetta si risvegliò era in un letto in corsia, con il braccio fasciato appeso al collo e tutti i suoi cari ad assisterla. Aveva ancora male, ma il peggio era passato. Allora, perché quei visi così tirati? Sua madre, suo padre, la sua migliore amica con la cara zia, tutti erano lì intorno a lei e si mostravano felici di vederla in salvo al termine di una giornata così piena di pericoli.

Ma Lisetta intuì che le loro menti erano altrove, ben lontano da lì.

Il perché glielo spiegò suo padre l'indomani, quando i calmanti le ebbero tolto il dolore del braccio rotto. Non poteva nasconderla, su tutti i giornali era arrivata una notizia che aveva fatto passare in secondo piano il primo volo di Lisetta, e anche il suo primo incidente d'auto. Comunicata via telegrafo dall'America, l'informazione che si stava diffondendo in tutta Europa era catastrofica pur se ancora vaga.

Nella notte fra il 14 e il 15 aprile 1912 il transatlantico Titanic era affondato al largo di Terranova, speronato da un iceberg. Non si avevano notizie delle oltre tremila persone a bordo, fra passeggeri ed equipaggio. Ma quella era la nave più sicura del mondo e il recupero delle scialuppe di salvataggio era ancora in corso. Un'operazione difficile e di sicuro preoccupante, tuttavia avrebbero avuto presto buone notizie sul conto di sua sorella, imbarcata nel viaggio inaugurale del transatlantico verso New York.

8
Quando arrivò Ettorino

Quando arrivò Ettorino Valdipietra Fedele stava dipingendo una tela quasi con fervore. Vi aveva pensato nella notte, non riuscendo a dormire. L'amico parlava e lui continuò a lavorare, sembrava non ascoltarlo.

Si sapevano poche notizie, con le cautele del caso: il fatto era clamoroso e andava verificato, la nave era considerata inaffondabile. Forse la notizia di un'avaria conseguente al contatto con un iceberg era stata ingigantita. Comunque doveva stare tranquillo, voci autorevoli affermavano che tutti i passeggeri erano in salvo. Insomma, non doveva preoccuparsi per Giulia.

Il professore ora sistemava i tubetti dei colori, come se niente fosse accaduto. Ma passando accanto al cavalletto con la tela alla quale stava lavorando, inavvertitamente la urtò e la fece cadere in terra. Allora, senza che Ettorino potesse dire nulla, si chinò, la voltò verso il lato dipinto, prese dell'acquaragia e ve la versò sopra, poi con un pennello iniziò a cancellare: ben presto, una bellissima montagna viola, un lago e un bosco verde scomparvero in un insieme indistinto.

Solo allora Ettorino si accorse che l'amico aveva il volto rigato di pianto, e un'espressione assente che non avrebbe mai scordato.

Tutti loro, anche chi temeva che fosse accaduto il peggio, continuarono a sperare per giorni. Per mesi.

Non si arresero neppure davanti alla lista pubblicata dalla White Star Line. Delle oltre tremila persone imbarcate sul transatlantico ne erano sopravvissute poco più di settecento. Alcuni si erano sacrificati, come il signor Benjamin Guggenheim, padre della piccola Peggy, lasciando a donne e bambini il loro posto sulle scialuppe che erano risultate insufficienti. Quasi tutte le passeggere di prima classe erano state tratte in salvo. Ma il nome di Giulia Tirelli non risultava nell'elenco dei superstiti.

L'ingegnere fece il diavolo a quattro negli uffici della compagnia di navigazione. Appena possibile andò a cercare notizie di sua figlia a Cherbourg, dove Fedele l'aveva salutata prima della partenza. Andò a Queenstown, la nave vi aveva fatto scalo. Poi anche a New York, dove erano arrivati i 706 sopravvissuti.

Fedele lo accompagnò ovunque, ma la sua mente era altrove.

Con Giulia.

15

Gli amici invisibili e l'aiutante umano

Venezia, 18 novembre 2006

1
Un'anfora stilizzata da un superdesigner

Il cerchio alla testa non molla Manfredo, anzi si stringe sempre di più, mentre lui si pone continue domande su ciò che è successo la notte prima. E i guanti?

Passando davanti alla finestra che dà sul piccolo canale sente uno spiffero freddo. Si accorge che è appena accostata. Deve aver dimenticato di chiuderla, ma quando l'aveva aperta?

Uno squillo di cellulare lo distoglie dai suoi pensieri. Non riconosce il numero, ma la voce sì.

«Manfredo? Come stai? Il mio telefono è possibile ora di scaricarsi. Scusa se sono in corsa. Ci possiamo vedere nel caffè di ieri... in mezza un'ora?» La voce di Sandy è un po' diversa, più tesa.

«Il tempo di buttarmi addosso qualcosa e volo lì» le risponde. «Ho un gran mal di testa, e tu?»

«Anch'io» e cade la linea.

Davanti al bar dell'Accademia pochi turisti e qualche veneziano che chiacchiera con battute simpatiche. Parlano tra loro come fossero sulla scena: sembrano Arlecchini, Pantaloni e Colombine, abituati da secoli al teatro, alla commedia scherzosa, alle feste in campi e campielli con cantastorie e spettacoli per tutti. E alla scenografia di questa città unica, che tutti vengono ad ammirare da ogni parte del mondo.

Un'occhiata dentro al caffè, Sandy non c'è. Manfredo si gode l'aria fredda del mattino, la luce chiara che rende metallica l'acqua del Canal Grande. Dopo aver superato i tavolini vuoti si appoggia al parapetto e guarda giù. Bene, pensa, non ho paura dell'acqua. Lì sotto è più mossa, sbatte contro i muri nella risacca e fa una bella onda curva, di un bronzeo verde scuro.

Ecco un guizzare lucido nell'ombra, sotto il ponte, e quell'onda curva si delinea come fosse solida, piena. Proprio lì, in uno dei punti più trafficati del canale, emerge qualcosa che poi sparisce in un tuffo tondo. Troppo tondo per essere il dorso di un delfino. Che sia di nuovo la medusa? Una foca? Sembra una scultura. Un'anfora stilizzata da un superdesigner... dove l'ha già vista?

Pluff.

Guarda meglio: niente. Si tranquillizza.

Sente un suono indefinito. Come un *dlinnn dlinnn*... Ma è nella sua testa o qualcuno suona dei campanelli?

2

Stamattina era impossibile di svegliarti

«Manfredo!»

«Sandy!»

Un sorriso amico sboccia tra i passanti, uno sguardo allegro punta dritto nel mio, i riccioli dorati ondeggiano intorno a un visino che sembra disegnato tanto è lieve. Solo un po' corrucciato, ma è il suo bello.

Eccola ferma davanti a me, le piegoline sulla fronte si

distendono, le labbra si aprono in un sorriso: ma stanotte che cosa ho fatto con lei?

Le guardo le mani, mi domando quanto le conosco adesso, dopo il nostro incontro notturno. Ne accarezzo una e la prendo nella mia. È morbida, la tengo stretta mentre porto Sandy nella saletta di ieri. Già, era solo ieri, non un secolo fa.

«Ho un forte cerchio alla testa. Devo chiedere a Max, le sue bollicine questa volta sono state un disastro. Sono imbarazzato, ma... Sandy, dopo quel bacio in piedi nel salotto non mi ricordo più niente. Buio totale.» Le tengo sempre la mano mentre parlo, emozionato e imbarazzato.

«Stamattina era impossibile di svegliarti. Ho dovuto uscire, avevo appuntamento all'Accademia. Pensa che bello, potrò vedere da vicino l'*Uomo Vitruviano*, la mia scuola ha chiesto il permesso. Mi vuoi accompagnare? È questo pomeriggio.»

«Ma certo» rispondo veloce, sempre più imbarazzato, e poi chiedo: «E così... non mi svegliavo?»

Nei miei occhi punta uno sguardo dritto e limpido, verde chiaro con qualche stellina lontana, poi lo abbassa e parla più piano: «Anch'io caduta di pietra, si dice così? Non mi sono accorta quando iniziavo di dormire. Mi sono svegliata vicino di te, nel tuo letto. Tanto dolore alla testa! E i vestiti erano per terra... in salotto» sussurra timida ma sincera.

«È stato il vino. Ci ha fatto male, molto male. Anche se a vedere dal tuo appetito non sembrerebbe» cerco di scherzare.

«Oh, io penso che non sia stato solo il vino, ma non so che altro. Non normale, nemmeno naturale.» Si fa pensierosa. «Un perché ci deve essere se noi siamo caduti come di pietra...»

Capisco che non vuole approfondire. Cambio discorso, c'è un altro tema su cui vorrei saperne di più. Le racconto quello che non le avevo detto al ristorante: le Muse, la fanciulla leonardesca, i guanti. «Non li trovo più. Li hai presi tu, per sbaglio?»

«Oh no, te lo avrei detto.» Sandy mi guarda e mi prende l'altra mano, le tiene tutte e due nelle sue per un po'. Forse un minuto, ma sembra di più: sento un calore, un formicolio e una pace meravigliosa scorrere nella testa come un'onda morbida che porta lontano da tutto. Torna la fiducia in me stesso, in lei, nelle sue teorie di visioni fantastiche.

«È normale che tu ti senta frastornato, confuso e debole» conclude Sandy. «Capita, quando sei in contatto con certe forze. Ti danno e ti tolgono. Ma se qualcosa perdi, è bene che sia così. Erano cose vecchie di cui dovevi disfarti, si soffre e ci vuole un po' per abituarsi. È così nella vita, un fluire continuo. Tutto si trasforma. La vecchia pelle del serpente va lasciata per terra.»

3
Quell'ombra è un vicolo cieco

«Sssono sssicura al cento per cento. Quel tizio ti ha vissssto» sussurra Femme Leoni con voce spaventata.

«Ma figurati!... È impossibile!» replica brusca Anfora-frutto.

«Ti dico di sssì. Ne sssono certa.»

«Te lo sarai immaginato, sospettosa come sei. A volte alcuni umani non riescono a *vederci* nemmeno quando si trovano davanti alla vera opera esposta! Leggono con attenzione la didascalia, sentono parola per parola la spiegazione dell'audioguida, eppure non sanno guardare oltre. E noi siamo lì davanti a loro, immobili. Figurati se qualcuno ti ha visto adesso, quando siamo invisibili per tutti, o quasi!» ribadisce Anfora-frutto.

«Ti dico che è così, invece! Sguazzavi nel canale come una bambina, tra spruzzi e tuffi. Ma ti sembra il modo, in un momento come questo?» Femme Leoni riprende tono.

«Per tua norma e regola io non sguazzavo, mia cara, ma perlustravo il canale. Ti ricordo che noi siamo in giro per cercare un Genio rapito e un uomo che può aiutarci, non per divertirci a spiare gli umani!»

«*Dling Dling!* Forse abbiamo capito a chi ti riferisci, Femme Leoni» si inseriscono i tre campanelli a forma di navicelle spaziali. «Uno un po' svanito, infatuato di quella bella ragazza che sembra una farfalla. Non dobbiamo temerlo. Anzi, se gli piace *lei* potrebbe essere uno... speciale. Se quell'uomo ci ha sentiti e intravisti, allora non è un nemico. Forse è proprio lui il nostro alleato umano. Teniamolo d'occhio, non si sa mai. I veri nemici sembrano forti.»

«È vero, e poi c'è quell'ombra. Così diversa, fredda, sembra ostile e maligna... Poco fa, quando ero nel muro di una calle, ho dovuto rendermi sottilissima, quasi impalpabile, per non esserne inghiottita. L'ho sentita di fianco a me: non sta mai ferma in un posto, si muove tra le pietre e cerca qualcuno. Ma la nostra amica Ondina è al sicuro, da noi» conclude Femme Leoni, meno spaventata.

«No, questo non lo capisco» ribatte Anfora-frutto pensierosa. «L'ombra è parte dell'arte, eccome. Senza ombra non puoi rappresentare la luce.»

«Ma no, no! L'ombra che usano i nostri nemici non è quella lì» afferma Femme convinta. «È qualcosa di diverso: come un'inutile assenza, un vuoto non vuoto, pieno solo di mancanza... non un vuoto vero, se mi spiego. L'ho detto prima: sembra diversa, maligna. Quell'ombra è un vicolo cieco, la nostalgia quando fa male. Un vuoto che ti delude. Un'assenza di scambio. Non ha nessun significato, nessun senso, non può ascoltare.» Femme Leoni si ferma un attimo, poi continua convinta: «Quel tipo di ombra non può entrare negli spazi dell'arte, dove si comunica con tutti coloro che vogliono ascoltare! Quell'ombra non vuole ascoltare. Ora capisco cosa intendeva dire l'Ondina. Il buio cupo e denso che ho sentito non comunica trasparenza, te lo assicuro! E comunque, alla Guggenheim non sono riusciti a entrare.»

«Mmm... c'è una novità» si inseriscono i campanelli di La voce dell'Aria. «Noi tre, volando per arrivare qui, abbiamo scoperto che il nemico ha alcuni alleati umani.»

«Chi sssono?» chiede Femme Leoni subito in ansia.

«Li abbiamo sentiti parlare al telefonino, sono due tipi corpulenti. A proposito, avete notato che certi umani quando noi gli passiamo vicino tirano fuori il cellulare come se avesse squillato?» chiedono i tre campanelli. «Non è che ci sentono, visto che non possono vederci?»

«Ma no, quando percepiscono qualcosa di inspiegabile trovano subito un modo per dimenticarselo! E quei telefonini sono una continua attrazione per gli uomini» borbotta Anfora.

«Non divaghiamo. Ditemi, voglio sssapere di quesssti... agenti umani del nemico!»

«Uno porta una giacca a righe dai colori vivaci, l'altro a quadri altrettanto sgargianti. Parlavano al telefono con una donna. Riferivano di non avere ancora trovato... la medusa! Li terremo d'occhio. Se sono al servizio del nemico, prima o poi ci porteranno da lui. E forse nel suo rifugio troveremo anche il Genio prigioniero che vogliamo liberare» concludono i campanelli.

«Che cosa accadrà con la ragazza, e con quel tipo che ci ha visti?» chiede Anfora-frutto.

«Non perdiamo di vista neppure lui. Presto sapremo chi dei due ci sarà utile.»

4
Sono stati in giro per Venezia tutto il giorno

Sono stati in giro per Venezia tutto il giorno, senza più accennare al loro ultimo discorso. Manfredo voleva ancora una tregua, anche Schein non risponde ai messaggi.

Alle Gallerie dell'Accademia si sono soffermati soprattutto davanti al *Ciclo di Sant'Orsola* di Vittore Carpaccio e al *Trittico degli Eremiti* di Hieronymus Bosch. Che però Manfredo guarda di fretta, con una certa apprensione. Sono due delle opere che Sandy porterà per la sua ricerca. Deve raccontare una storia attraverso alcuni capolavori che richiamano visitatori da tutto il mondo.

Poi Manfredo l'ha accompagnata a vedere l'*Uomo Vitruviano*, raccontandole come il disegno è arrivato a Venezia dalla collezione milanese degli eredi di Giuseppe Bossi, un protagonista del neoclassicismo lombardo. Lui lo ha già visto altre volte, ma è sempre un'emozione: quell'uomo sul piccolo foglio sembra invadere la sala. Sandy lo ha ascoltato seria, entusiasta.

Passato il Canal Grande trascorrono un'ora in un negozietto di abiti vecchi, vicino a campo San Maurizio: Sandy prova alcune giacche inglesi di velluto, tuffandosi fra gli attaccapanni dove sono pigiate le une contro le altre, alla fine non ne sceglie nessuna. Lui ne prova una verde di fustagno, dal taglio un po' tirolese. Si consigliano, sembrano una coppia affiatata da anni.

Gironzolano ancora per la città che si sta popolando di gente anche dalla terraferma, per la festa della Salute. Persone del luogo, non turisti.

A metà pomeriggio si fermano in un bacaro per due cicchetti. Niente vino, per il momento.

Passeggiando hanno continuato a stare abbracciati, spesso in silenzio. Ammirati davanti a una grandiosa architettura, stupiti davanti uno scorcio improvviso, commossi di fronte a una madonnina antica.

Si sono baciati una volta, su un piccolo ponte deserto. Lui vorrebbe chiederle chi è lei veramente, e perché capisce così bene le sue avventure visionarie, le sue riflessioni. Improvvisamente pensa che quella sera non vuole andare all'inaugurazione a Murano dove li ha invitati Minerva. «È simpatica, una mia cara amica d'infanzia. Ed è stata carina a invitarci... ma a quel genere di feste c'è sempre troppa gente. Non fa proprio per me, questa volta.»

«Neppure a me piacciono i *fashion parties*, ma sarà utile di distrarsi. Sono curiosa.» Sorride e lo convince.

Guardano un altro crepuscolo insieme, in silenzio al momento dello spazio bianco come se fosse loro da sempre. Poi lei torna alla sua pensioncina e lui a casa per cambiarsi.

Scriverà ancora a Schein, come d'accordo. Vuole proprio raccontargli della sua nuova amica, e di quello "spazio bianco" che hanno scoperto insieme.

5
I guanti, già

Manfredo ha appuntamento con Sandy alle Fondamenta Nuove per andare insieme a Murano. Il cellulare squilla mentre è sul battello, davanti alla Riva degli Schiavoni.

«Disturbo, dottor Monfalco? Sono Bruno, della Bertarelli. Mi scusi per l'ora.»

«Buonasera Bruno. Nessun problema, anzi che gentile, grazie! Mi dica pure.»

«Oggi in ufficio ho avuto parecchie cose da sistemare. Solo adesso, tornando a casa, mi sono ricordato di averle promesso un'informazione. Ho con me l'appunto... Ho scoperto di chi sono i guanti.»

I guanti, già. Ma perché è sempre così facile dimenticarsene?

«La proprietaria potrebbe essere... Aspetti un attimo... Donatelli. Lysandra Coridon Donatelli. Ha chiesto quelle riviste in consultazione, poco prima che lei arrivasse.»

Sandy? Manfredo si sente gelare.

«Dottor Monfalco... è ancora lì?»

«Sì, sì. Scusi, si ricorda che aspetto ha questa signora Donatelli?»

«Certo. È un'americana. Giovane, capelli biondi sul rosso, non troppo alta. Piuttosto carina direi, se mi permette. Forse qualche volta l'avrà vista in Bertarelli il mese scorso, faceva delle ricerche.»

«No no, non credo di averla mai incrociata.» Poi chiede con un filo di voce: «Sa dirmi di che colore erano i guanti? Questi che ho io sono verdi.»

«Eh sì, di un verde chiaro. Le mie colleghe li avevano notati.»

«Grazie mille di tutto, Bruno. Ci sentiamo presto.»

«Di nulla. Buona serata, dottor Monfalco.»

Manfredo ficca il telefono in tasca e si guarda intorno attonito, mentre il battello arriva ai Giardini della Biennale. Se Sandy è la proprietaria dei guanti misteriosi e magici, perché non glielo ha detto? Allora è lei che li ha portati via? Guarda verso la panchina dove erano seduti quando insieme hanno parlato dello spazio bianco. Si sente tradito. Sandy gli deve delle spiegazioni, e non troppo fantasiose, pensa quasi inebetito. Quando il battello arriva alle Fondamenta Nuove, lei non c'è ancora.

Minerva ha prenotato l'intero bar di fronte al traghetto, in attesa dei motoscafi si possono già prendere gli aperitivi. Entra e vaga in mezzo alla piccola folla modaiola, alte ragazze nordiche, flessuose ed esotiche, giovanotti trendy, signori distinti, altri più stravaganti con sciarpette colorate, signore eleganti con quel fare un po' intellettuale come si incontrano alle mostre. Sembra che si conoscano tutti, anche se parlano poco e si guardano molto in giro, però Manfredo non conosce nessuno. E manca quel clima semplice e aperto dei veneziani. Pochi milanesi. Meglio così, non ha voglia di incontrare qualcuno che conosce. La piccola folla si muove con garbo quasi imperturbabile.

Sono già quasi le nove e Sandy non si vede. Non vuole essere lui a chiamarla, è troppo arrabbiato. Ecco che il telefono squilla, è lei.

«Manfredo? Sei alle Fondamenta Nuove?»

«Certo! E tu? Ti stavo aspettando.»

«Scusa scusa scusa. Sono già a Murano. Perdonami.»

«E come ci sei arrivata lì?» È più seccato che sorpreso.

«Col primo motoscafo. Scusami che non ti ho aspettato, volevo lasciarti con i tuoi amici.»

«Ma quali amici, sono solo. Senti, ti devo chiedere una cosa importante.»

Lei lo interrompe con un sussurro: «Lì all'imbarco ho visto anche *loro*. Ti stanno aspettando. Guarda nell'acqua, ascolta nell'aria, cerca nelle ombre sottili e si faranno vedere. Assomigliano a opere d'arte che tu conosci e ami. Popolano la tua fantasia e i tuoi sogni, anche se tu non lo sai. Non temere: per gli altri saranno invisibili.»

Manfredo si guarda intorno, ma nel buio non percepisce proprio niente.

«Lascia perdere questi discorsi, Sandy. Non capisco perché non mi hai aspettato. Ma, soprattutto... quando ti ho raccontato di quelle riviste, perché non mi hai detto che c'eri appena andata anche tu, alla Bertarelli? E i guanti: se sono tuoi, come hai potuto non dirmelo?»

«Poi ti racconterò tutto, Manfredo! Vieni qui e presto! Sarà molto importante per me di spiegare, per te di capire e perdonami. Ti aspetto e ti abbraccio. Io... voglio il tuo bene.» Questa volta la voce è un po' agitata. Riattacca.

Me ne dovrai spiegare parecchie di cose, pensa Manfredo salendo sul battello. È così avvolto in una nube di dubbio e di rabbia che non si accorge dei nuovi amici che lo seguono. Sono accanto a lui nell'aria, nell'acqua, nelle strutture metalliche del battello.

Invisibili agli altri lo stanno osservando, preoccupati.

Senza motivo, a Manfredo vengono in mente tre opere d'arte della Guggenheim che ama. Proprio allora scorge un'ombra sottile sul battello, nota un movimento rotondo nell'acqua, sente nell'aria uno scampanellio lontano, e per un attimo si tranquillizza. Sono quelli gli "amici invisibili" di cui gli ha parlato Sandy?

Poi scuote la testa e torna ai suoi cupi pensieri.

16

Le fontane di Roma

Roma, ottobre 1912

1

Incominciò a sgorgare uno zampillio assai anomalo

A Villa Medici, sede rinascimentale degli Accademici di Francia, in un angolo del belvedere affacciato sulla città, un bel gattone nero, da poco sveglio, allungava le zampe e inarcava la schiena. Completati gli stiracchiamenti, si mise in marcia per iniziare la sua giornata. Dopo qualche piccolo giro, che si rivelò poco interessante, partì verso il giardino alla ricerca di qualcosa da cacciare o da inseguire, anche solo per gioco.

Gironzolava vicino alla piccola fontana del Mercurio Volante, quando da lì vide tracimare in terra un bel serpentello argenteo. Era assai strano, anche per il gatto. A ben vedere era un rivoletto di liquido denso e aveva una testa a rotolino che si apriva in avanti, nel modo di quelle trombette che certi bambini gli soffiavano davanti al muso a carnevale, chiamate dai nonni anche lingue di Menelicche. Ma, al contrario di queste, il suo procedere era lento, elegante e senza e alcun suono.

Incuriosito, il gattone iniziò a seguirlo con balzi, attese, finti agguati da dietro le siepi di alloro e tra le radici dei pini marittimi. Poi, vista l'indifferenza del rigagnolo con la sua testa a trombetta, iniziò a stargli di fianco, ma un poco distante. Una *spirale archimedea*, così l'avrebbero definita gli studiosi di fisica e geometria. Oltrepassarono le sculture in gesso che emergevano nel verde ai lati del vialetto, fino alla statua della Minerva seduta. E infilandosi sotto il cancello entrarono nel parco di Villa Borghese.

Poi sul prato il gatto vide avanzare un altro rivolo. Arrivava dalla fontana dei Cavalli Marini dove, al posto dell'acqua, aveva iniziato a scendere un liquido di un bel grigio argento, denso come mercurio, lucido come uno specchio appena sciolto. Una volta riempita la vasca della fontana, e lambite le ali, le zampe, gli zoccoli e le code delle statue dei cavalli marini, era tracimato sul terreno in un unico, lucido rivolo. Si era subito spinto in avanti in una piccola onda, che mai frangeva ma rimaneva sempre avvolta in una spirale. Come quella di una chiocciola di lumaca. Matematici e fisici avrebbero detto che nelle sue curve vi era una progressione geometrica, come in una *spirale logaritmica*. O *spira mirabilis*, avrebbero chiosato altri studiosi paragonando la testa di quel rivolo alle figure che si ritrovano in tante forme della natura: nei gorghi dell'acqua e dell'aria, nei gusci delle conchiglie... perfino nelle galassie dal moto incommensurabile! Dalla fontana, quasi alimentato da una misteriosa, inesauribile sorgente sotterranea, il liquido mercuriale aveva generato il rivoletto che, allungandosi compatto, marciava bel bello tra i vialetti e le aiuole del parco, sotto melangoli e cipressi, fino a incontrare il ricciolo a trombetta di carnevale che aveva seguito il gatto. Che sobbalzò quando i due, appena furono vicini, si unirono in un unico lungo nastro, capeggiato ora solo dall'onda a spirale meravigliosa. Incerto se scappare di fronte a questo cambiamento, decise di seguire sempre più a distanza quella strana creatura, ora assai grandicella, che continuò elegantemente la sua marcia verso il centro di Roma.

Intanto, un solitario giovane uomo in abito da sera camminava in via del Quirinale a occhi quasi socchiusi, pesanti per la stanchezza. Si accorse della sigaretta oramai spenta tra le sue dita e la lanciò nell'aria, come un ultimo tributo ai suoi pensieri consumati. Le mani in tasca, il passo lento di chi ha già bruciato tante solitudini in una lunga notte e nulla più vorrebbe vedere, attraversò il crocevia delle Quattro Fontane senza badare a ciò che accadeva in ognuna delle vasche che ne ornano gli angoli.

Il giovane nottambulo poteva già scorgere in lontananza la facciata maestosa di Porta Pia, ma non aveva notato che da quelle fontane, dalla bocca del leone accovacciato accanto a Giunone, dal trimonzio papale su cui Diana posa tranquillamente il gomito, dai vasi su cui si appoggiano le personificazioni barbute e possenti di Arno e Tevere, zampillavano dei getti grigio-argento. Tanto simili al mercurio liquido, scintillanti e densi, avevano sostituito il fluire dell'acqua.

Certo non vide che alle sue spalle i quattro rivoletti appena debordati si erano già compattati in uno solo, guidato da un'onda che non frangeva mai. Questo nuovo canaletto passò davanti a Palazzo Barberini e raggiunse la piazza dominata della fontana del Bernini. E qui, dalla conchiglia ritorta del Tritone, sgorgava lo stesso fluido che si arrotolava in piccoli mulinelli morbidi tra i delfini di pietra dagli occhi minacciosi. Presto tracimò in terra in un rivolo e si unì a quello alimentato dalle Quattro Fontane. Intanto il giovane nottambulo, stanco della sua notte perduta, senza nulla sapere di ciò che accadeva alle sue spalle se ne tornò svogliatamente a casa come se nulla più fosse degno di nota.

Nel frattempo il gatto nei vialetti dei giardini del Pincio, tra disinteresse simulato e repentine corse in avanti, balzellava a fianco del nastro liquido guidato dalla sua onda a chiocciola.

Lo seguì fino alla scalinata di Trinità dei Monti e si guardò intorno. In giro non c'era anima viva, né umani né animali, neppure una foglia da rincorrere o un piccione con cui svagarsi. Ora la chiocciola, con la sua lunghissima scia liquida e compatta, scendeva in placido trionfo al centro della teatrale scalinata barocca. Poi, arrivati insieme a piazza di Spagna, il felino pensò che sarebbe stato saggio avere un'altra distrazione: entrò in via dei Condotti, dove aveva visto sbucare dal muro di un palazzo un topino, preda ben più certa e conosciuta. Si allontanò a grandi balzi e così non vide un nuovo rivolo che tracimava dalla vasca della Barcaccia, denso e lucido, screziato dalle ultime luci dei lampioni.

Ormai, in buona parte della città eterna, la stessa ignota meraviglia zampillava da fontane famose.

Il liquido lucido come uno specchio aveva sostituito l'acqua e scorreva ai piedi di Oceano, tra le altre figure monumentali della fontana di Trevi. Scendeva dalle bocche delle maschere e tra i pesci dagli occhi minacciosi sotto l'obelisco egizio nella vasca al Pantheon e dalle fontane del Quirinale.

I rivoli avanzavano nelle vie deserte della città addormentata, alcuni in scie guidate dai riccioli di onde che mai frangevano avvitandosi in morbide curve crescenti, altri chiusi in più stretto ghirigoro si srotolavano come un'interminabile coda di camaleonte.

Sul colle del Gianicolo gli stessi getti riempivano la maestosa Fonte dell'Acqua Paola. Gli archi teatrali, ornati da draghi e aquile, si riflettevano nel fluido che in poco colmò anche quella grande vasca, tracimando scese per i viottoli verdi e ombrosi dell'Orto botanico, verso Trastevere. Presa via della Penitenza, percorse via della Lungara, passando davanti al settecentesco Palazzo Corsini e alla rinascimentale Villa Farnesina. Varcando Porta Settimiana, avanzò a fianco della casa in cui la leggenda diceva abitasse la bella Fornarina amata da Raffaello, superò la chiesa di Santa Dorotea e l'antico Ospedale degli Incurabili, quindi si unì al rivolo che stava rampollando dalla fontana detta dei Cento Preti.

Il canale d'argento, dopo avere raccolto ogni altro rivoletto, arrivò al Tevere. Qui, ormai ben pieno e ingrossato, invece di scendere verso il fiume, incredibile a dirsi, salì sulla schiena del ponte Sisto e lo attraversò come se fosse una carrozza: di quelle fatte un po' a chiocciola, che aprono la processione in un disegno barocco o portano la principessa in una fiaba. Se l'avesse visto uno studioso di conchiglie avrebbe usato un nome come Nautilus, un esperto di fossili avrebbe elencato diverse specie di ammoniti.

2

Che trionfo barocco, una vera festa del meraviglioso!

Tra le mura di Villa Farnesina, fatta costruire dal banchiere Agostino Chigi, mecenate di artisti chiamato Magnifico, un anziano giardiniere era salito sull'ultimo gradino di una scaletta di legno appoggiata a un bersò coperto da rami di rose. Nell'antico giardino segreto, come ogni mattina, aspettava l'alba e già con il chiarore dell'aurora controllava le piante, alcune molto più vecchie di lui. Dove non ci sono gocce di rugiada, va dell'occhio vigile la spada, si stava dicendo armato di cesoie davanti a un rametto di foglie secche, prive delle perline nate dall'umido della notte.

Quando da lassù vide la chioccola a spirale che avanzava in via della Lungara, seguita dal suo rivolo lucido e color dell'argento vivo, si fermò a guardare incuriosito.

Il vecchio era abituato alle visioni meravigliose in quella villa. Nelle volte affrescate della loggia melagrane, zucche, cipolle, cetrioli, pesche, ciliegie, pere, mele, more, lamponi e grappoli d'uva dipinti tra anemoni, gelsomini, convolvoli e rose lo rallegravano tutti i giorni dell'anno, anche in pieno inverno. La sua immaginazione si era ben sviluppata anche grazie alla familiarità con i protagonisti delle tante scene mitologiche dipinte, tra quei fiori e frutti, sulle volte e sulle pareti decorate da grandi artisti del Rinascimento. Un giovane Mercurio porta in volo la bella Psiche al banchetto degli dèi, gli amorini giocano, le Grazie hanno ali simili a quelle delle farfalle, le ciocche sbarazzine di Venere sono mosse dal vento, la forte e dolce Galatea di Raffaello fugge l'occhio immenso del Ciclope innamorato. In piedi su una conchiglia trainata da delfini, coperta da un leggero manto rosso, lascia che questo si srotoli nel vento. Tutte figure che lui conosceva bene, ma ogni volta lo facevano sognare. Al piano superiore della villa, le vedute del Tevere dipinte sulle pareti erano per lui come vere finestre, aperte su un tempo sconosciuto. Allora si spingeva, meno intimidito, verso la stanza da letto del nobile Agostino. Sotto il velluto verde del baldacchino si nascondevano gli amorini, i suoi personaggi preferiti. Alcuni scherzavano e giocavano come veri bambini, si inseguivano, tiravano gentilmente un piede alla sposa, facevano la lotta tra loro, insomma propiziavano sempre un sorriso. Infine, quando usciva dal Salone delle Prospettive, l'umile giardiniere buttava solo un'occhiata su un'altra scena che oramai gli era diventata familiare. Nel fregio che correva sotto il soffitto, trovava due anziani sposi dai nomi ben strani: Deucalione e Pirra. Seguendo il consiglio di Temi, la dea della giustizia, i due, unici sopravvissuti della stirpe umana dopo un diluvio universale, dovevano raccogliere le ossa della madre terra, cioè dei sassi di fiume, e gettarli alle loro spalle. Da ogni pietra nascevano uomini e donne, e rifioriva l'intera umanità.

Piaceva al buon giardiniere l'idea che un gesto così naturale, che da bambino lui aveva fatto parecchie volte passeggiando in riva al Tevere, avesse tanto significato. Così quella mattina, ammaliato dallo scorrere del rivolo, lasciò le sue cesoie, uscì dalla villa e lo seguì. Fu uno dei pochissimi fortunati spettatori di quel fatto straordinario.

Se qualcuno avesse potuto seguire dall'alto le discese, le svolte, gli attraversamenti che le scie argentee tracciavano nella vecchia Roma, avrebbe capito che i flussi, con percorsi non lineari ma dettati da chissà quale motivo, stavano tutti procedendo verso piazza Navona.

Il giardiniere s'incamminò a fianco della scia, la seguì lungo il ponte sul Tevere e in segno di rispetto si tolse il cappellaccio di fronte a tanto prodigio, come un viandante nel presepe che segue la coda della cometa.

Il rivolo in Campo dei Fiori passò con solennità sotto la statua di Giordano Bruno, che per un attimo sembrò spostare il suo sguardo accigliato sullo scorrere di quel fluido scintillante. Infine prese via dei Baullari e attraversò il corso, deserto. Era arrivato in via della Cuccagna.

In quell'ultima fase di quel lunghissimo crepuscolo mattutino, a piazza Navona si stava apparecchiando uno spettacolo inedito anche per la millenaria esperienza di prodigi, meraviglie e illusioni che Roma può vantare.

Purtroppo il giardiniere che accompagnava la scia trasteverina ne perse l'inizio, maestosamente teatrale.

Lo vide però un pastore, che a quell'ora passava lì vicino con il suo gregge. Si affrettò a spostare le pecore di lato perché insieme e improvvisamente, come nella studiata coreografia di un balletto, tutti i riccioli e le chiocciole a spirale avevano fatto capolino dalle diverse vie d'ingresso sulla piazza e avanzavano verso il centro, seguiti dal liquido d'argento che li animava in nastri e rivoli.

Che trionfo barocco, una vera festa del meraviglioso! Così avrebbe esclamato qualche studioso, alla comparsa di quella parata in una delle piazze più scenografiche. Aqua Felix, Aqua Virgo, Aqua Paola!

Sarebbero stati felici gli artefici degli acquedotti romani e gli ideatori di tante fontane capitoline di fronte a tale inusuale prodigio. Poi, in un solo momento, tutti i riccioli sciolsero le loro spirali e, come se avessero perso la magia della loro compatta densità, i canali al loro seguito allagarono compostamente l'ampio catino della piazza. Si formò così un lago color del mercurio.

Per pochi, interminabili minuti, la liscia superficie a specchio che copriva la piazza sembrò fremere: il riflesso di una nube oblunga, comparsa all'improvviso con tutti i suoi sbuffi vaporosi, prolungò per un istante l'immagine dei riccioli che si erano appena disciolti. Era piccola, moderatamente bislunga e spumeggiava di cirri bianchi che si innalzavano da una linea grigia, un poco curva. Ricordava un vassoio colmo di meringhe francesi, quelle chiamate anche spumoni.

Il cuore del pastore e quello del giardiniere si aprirono ancora di più all'emozione di quell'incanto. Poi la nube, che era ferma sopra la piazza allagata, diventò più scura e iniziò a muoversi verso ovest.

Fu allora che incominciarono ad arrivare loro, le sculture delle fontane di Roma: cavalli marini, delfini, api ed elefanti, divinità romane e personificazioni geografiche, personaggi storici e figure allegoriche, decori scolpiti in ogni fontana in cui si produceva quel fenomeno eccentrico. Entrarono nella piazza e poi in quel denso e liquido lago argenteo, chi solcandolo con i polpacci, chi nuotandovi, chi volando a pelo della superficie, chi navigando su conchiglie, chi fluttuando come in un tappeto di foglie spinte dalla corrente, chi rotolandovi, ma tutti si muovevano con grazia elegante.

Una piccola folla di personaggi di pietra animata si muoveva con un'armonia che il giardiniere conosceva solo nell'impercettibile moto segreto del suo giardino e delle figure dipinte nella villa. Era un sogno bellissimo, si disse, come quella visione "cinematografica" cui aveva assistito qualche sera prima, accompagnato da sua figlia, una sala di piazza Esedra, il Cinema Moderno. Se quella visione era stata prodigiosa nel suo realismo e magica come un'illusione, questa era vera come una fiaba e impossibile come un sogno. Così il buon giardiniere, fermo a bordo di quel lago, non volle perdere nulla dello spettacolo, gli occhi aperti alla meraviglia come un bambino, ma saggiamente consapevole del fatto che godere di una replica sarebbe stato difficile.

Anche il pastore guardava rapito nelle sue fantasie, all'altro capo della piazza. Ormai era sopraggiunta la prima luce del sole, e tutta la scena rapidamente svaporava nel nulla. Ciò che svanì non cancellò la prima indimenticabile emozione di sorpresa: rimase impressa nella sua memoria come il canto di un usignolo.

3
"Tre fatti straordinari"

Su una terrazza di via della Lungara, a fianco di Palazzo Corsini, quella notte c'era anche il professor Fedele Majeri. Tormentato e insonne, da mesi si assopiva solo per poche ore, squarciate da visioni di acque scure e di iceberg candidi come spettri, taglienti come lame.

E adesso percorreva a passi nervosi la terrazza tenendo appeso sulla spalla un vecchio contenitore cilindrico di fogli da disegno, nero e rovinato. Alle prime luci dell'aurora appoggiava un occhio al coperchio puntando il cilindro sulla villa, girandolo poi lentamente, quasi fosse un grande cannocchiale. Solo una volta alzò gli occhi al cielo, forse per osservare una magnifica nube oblunga dai riccioli ritorti e violetti.

Una cosa è certa: il giorno dopo, in un telegramma inviato all'amico Ettorino, il professore scrisse che doveva relazionarlo su "fatti straordinari". Il marchese di Valdipietra lesse il messaggio con il cuore in gola. Aveva sperato che il viaggio a Roma, per assistere al Decimo Congresso di Storia dell'Arte dell'Accademia dei Lincei, scuotesse Fedele dalla triste depressione in cui si trovava dopo la tragedia del Titanic. Così Ettorino aveva insistito per convincerlo ad andare, con l'appoggio degli amici Tirelli e Dupuis.

Fra autorevoli esperti era prevista anche una conferenza di Aby Warburg. Il Valdipietra conosceva la stima che Fedele tributava allo studioso tedesco. Si augurava che questo evento riaccendesse nell'amico almeno una scintilla di quella passione per l'arte che fino a pochi mesi prima era stata il carburante della sua vita.

Adesso, il telegramma sembrava confermare i migliori auspici. Tanto che Ettorino decise di raggiungerlo a Roma. Quando lo incontrò in un caffè davanti al Pantheon, Fedele gli apparve invece distante, non tanto diverso da come lo aveva visto ultimamente. Gli domandò della conferenza di Warburg, che poteva essere uno dei "fatti straordinari" citati nel telegramma, ma lui rispose in modo evasivo che non ricordava, gli consigliò di leggersi il testo che sarebbe stato pubblicato sull'Annuario dei Lincei. Poi disse, a frasi interrotte e con gli occhi persi nel vuoto, di aver visto o forse sognato processioni di statue che navigavano, nuotavano, camminavano in un lago di mercurio liquido.

«Parti, amico mio, lascia l'Italia!» gli disse quella sera Ettorino, assai preoccupato. «Vai in Grecia. Lì troverai mare e vento, paesaggi e colori che ti aiuteranno. Verrò anch'io con te, se vuoi. Fuggiamo, andiamo ad Atene, a Delfi, a Epidauro! A vedere il tramonto a capo Sunio. Ma tu... tu devi distrarti! Non puoi perdere la tua intelligenza. So quanto soffre il tuo cuore, ma saprà aiutarti. Ritroverai la pace. Questo lo devi soprattutto a lei, alla tua amata Giulia... che non vorrebbe mai vederti così.»

Fedele, dopo la serenità, stava perdendo anche la memoria e il senso del presente.

Lui non poteva sapere, e neppure immaginare, ciò che era accaduto lassù, ai Giardini di Villa Borghese, nel punto da dove era iniziato quel magico fluire mercuriale. Appena la strana nuvola dai riccioli violetti se n'era andata verso il mare, nel cielo tra le sfumature dell'aurora si era aperto uno spazio trasparente, quasi bianco.

E il dio greco Esculapio, nel suo tempietto, aveva sorriso. Poi la statua era scesa dal suo piedistallo e aveva immerso nell'acqua del laghetto il suo bastone circondato da un serpente. Allora in ogni fontana di Roma era tornata a scorrere l'acqua, e i rivoli dalle punte arricciate come chiocciole, trombette di carnevale, code di camaleonte o altre spirali e ghirigori meravigliosi erano svaporati nell'aria.

Solo un ultimo piccolo serpentello argenteo lasciò veloce la piazza e sinuoso percorse le strade e un ponte fino l'isola Tiberina, per gettarsi da lì nel Tevere. Subito dopo riapparve in superficie, poco distante, ma la sua forma stava cambiando. Si era arrotondato in una cupola molle. Una medusa scura che si muoveva risalendo il fiume, e si dirigeva controcorrente verso il Nord.

17

Il complotto

Venezia, 18 novembre 2006

1

Manfredo si aggira fra la folla degli invitati, cerca Sandy

La voce di Ian Gillan e il riff di chitarra di Ritchie Blackmore echeggiano fra le volte dell'antica fornace per la lavorazione del vetro trasformata nell'atelier di Minerva Denessi, mentre colonne di fumo colorato si alzano qua e là sull'acqua della laguna dove si riflettono delle lettere luminose, appese su due *bricole* appena lì sotto. Formano le parole MURANO MOOD, il titolo della festa, il cui tema sembra essere l'arte.

Sul megaschermo si succedono quattro diverse versioni dell'*Urlo* di Edvard Munch e le loro parodie interpretate da personaggi celebri di ogni tipo, dalla Gioconda al Joker, dal ragazzino che ha perso l'aereo al coniglio dei cartoni animati, fino al serial killer del cinema che indossa la maschera dell'Urlo trasformata in smorfia da carnevale horror. Manfredo si aggira fra la folla degli invitati, ma non vede Sandy.

Fanciulle magrissime e giovanotti altissimi in look inevitabilmente scuro accanto a tipi più bassi e goffi, più o meno eccentrici, ma tutti vestiti con cura stravagante, se non elegante. Chi è impegnato a conquistare complicati cocktail al sofisticato bar anni in stile anni Quaranta e chi nel sorseggiarli appena, chiacchierando. Gente che balla e si fa guardare da gente che guarda.

Manfredo trova due chiamate perse di Sandy e un suo messaggio: «Dove sei? Io vicino lo schermo.»

Prova a richiamarla ma non risponde. Sul megavideo adesso tocca a *Guernica*, per colonna sonora *Sympathy for the Devil* degli Stones, l'immagine si frantuma e poi si moltiplica ancora di più: l'ha detto Picasso che i bravi artisti copiano e solo i grandi rubano? Il finale è clamoroso e ironico, *Guernica* ridisegnata dalla matita di Quino: una domestica imperturbabile e tetragona rimette in ordine un caotico salotto dopo una festa, anche il poster del capolavoro di Picasso appeso alla parete diventa un ordinato e placido presepe con bue e cavallo nella stalla.

Ed ecco che finalmente la vede, accanto alla postazione del deejay che sta mettendo sul piatto dischi in vinile. L'aura rosso dorata dei suoi riccioli incornicia un sorriso pensoso tra la folla. È accompagnata da un tizio basso, non giovane, con una giacca blu dai bottoni dorati, berretto da capitano di marina e un paio di occhiali dalla montatura pesante. A Manfredo ricorda il look di Tony Curtis in *A qualcuno piace caldo*, ma nell'aspetto sembra proprio il maturo milionario occhialuto e timidone di quel film, come si chiamava? Osgood Fielding Secondo... E adesso che fa, le bacia la mano? Da come parlano e scherzano sembra che il momento delle presentazioni sia già passato da un pezzo, lui la tiene sottobraccio. Nessuno è perfetto, diceva Osgood, ma Sandy è una bella ragazza e non un contrabbassista travestito.

In quel momento lei si volta verso Manfredo, come se ne avesse percepito lo sguardo, lo vede e sorride, solleva una mano per salutare. Poi prende il cellulare e digita rapida.

«Arrivato con loro?» scrive Sandy.

«Loro chi?» chiede Manfredo.

«Gli amici invisibili. Sono qui. Li ho visti io poco fa» risponde lei.

«Dobbiamo parlare. Non ti muovere. Vengo lì da te» incalza lui.

Manfredo inizia a fendere la folla per raggiungerla. Fatti pochi passi urta contro la spalla di un tizio massiccio, vestito con una giacca a quadri grigi. L'uomo prosegue senza scusarsi, accompagnato da un altro marcantonio in giacca a righe, sempre in grigio ton sur ton. Li riconosce. Si muovono come guardie che fanno un giro d'ispezione, più che come ospiti.

La folla sempre più compatta balla al ritmo dei Doors. Dallo schermo la Gioconda gli sorride enigmatica. Poi le crescono i baffi di Duchamp, si moltiplica nei colori pop di Andy Warhol, alla fine saluta sotto la parrucca blu di Marge Simpson. Beffarda.

2

Sullo schermo i contadini del Quarto Stato si trasformano in una schiera di zombi

«Manfredo! Sono felice che tu sia qui!»

Minerva lo saluta con un bacio sulla guancia. «Sei venuto da solo?»

«Sandy è già arrivata. Ma non la vedo.»

«Andiamo, ti porto io a fare un giro e la cerchiamo. Allora, ti piace il mio giocattolo?» e indica tutt'intorno con un braccio ricoperto di braccialetti ad anello.

«Hai fatto un lavoro grandioso. Davvero un posto affascinante» dice sincero, mentre si lascia trascinare controvoglia da Minerva che lo prende a braccetto. A ogni passo la padrona di casa saluta qualcuno, sorride a un ospite, risponde a un commento.

Indossa un aderente abito lungo di lamé e piccole perle, tessere di vetro colorato che scintillano, cucite una vicina all'altra, disegnando rettangoli cangianti.

Minerva chiede che cosa ne pensa del suo video, mentre gli altoparlanti ruggiscono un pezzo heavy metal e sullo schermo i contadini del *Quarto Stato* si trasformano in una schiera di zombi, vampiri, licantropi e freak vari, guidati da Dylan Dog, l'indagatore dell'incubo.

«Divertente, intenso di citazioni. Bravissima, davvero.»

«Ma quella non è la tua amica? Andiamo a salutarla» e indica la vetrata, oltre la quale Sandy si sta allontanando tirandosi dietro quell'Osgood.

Facendosi largo tra gli invitati pigiati nel ballo, a cui Minerva ha elargito solo dei magnifici *How are you?* senza attendere risposta, arrivano alla terrazza che si affaccia sulla laguna, con Venezia sullo sfondo.

Sotto di loro un motoscafo si stacca dal pontile. A bordo, ci sono Sandy e il suo accompagnatore.

«È proprio lei, non capisco. E quel tizio chi è?» si domanda a voce alta Manfredo.

«Non conosci Bertrand Havealook, il collezionista d'arte inglese? Con quegli occhiali... non è un soprannome! So che è molto stimato. Dicono sia un esperto infallibile, soprattutto di arte moderna.»

«Havealook: sì, ho letto qualcosa, ha una collezione importante. Però non l'ho mai incontrato. Ma dove vanno?»

«Non ti preoccupare, lui non ama le feste troppo rumorose.»

«Non vorrei fosse successo qualcosa a Sandy, poteva avvisarmi...» si lascia sfuggire Manfredo.

«Mmm... Non sarai geloso, eh?» Minerva lo guarda con ironia. Le tessere di lamé dorato dell'abito si riempiono di bagliori e spirali argentate e i suoi capelli si stagliano chiari nel buio del cielo. Gli occhi viola si stringono, come una Judith di Klimt, ma bionda e vestita.

«Ma figurati!» le dice con un'alzata di spalle.

«Fa freddo, rientriamo. O vuoi abbandonare la festa anche tu?»

«No no, rimango ancora un po'» risponde. È troppo deluso e confuso per sapere dove andare.

Controlla il telefono. Nessuna chiamata, nessun messaggio. Non si accorge che il suo cellulare non ha campo. In quello stesso momento, Sandy sul motoscafo digita un sms.

«Manfredo devo andare via subito. Scappa anche tu. Quel posto è PERICOLOSO!!!»

3
Dobbiamo andarcene

«È pericolossso! Fra tutte queste luci sento che si nasconde quell'ombra ostile, troppo scura per me... Sento un vuoto... troppo pieno, e siamo ancora all'aperto! Dobbiamo andarcene.»

«*Dling dling!* Hai ragione, in mezzo alla musica che arriva fin qua fuori si annida un silenzio inquietante... Ma non è un motivo per squagliarsela, anzi. Forse ci siamo: è qui che il nemico nasconde chi stiamo cercando.»

«Sssì, certo. È un'ipotesssi sssensssata. Ma anche molto, troppo rissschiosssa!»

«Lo sai che quando hai paura ti ritorna quel difetto di pronuncia? Non vorremmo che il nemico ci sentisse, fatti coraggio!» sussurrano preoccupati i tre campanelli.

«Ho una giusta paura! Del resto: come possiamo fare la nostra ricerca? Rischiamo di essere catturati anche noi!» risponde puntuta Femme Leoni.

«L'ombra ostile non ci ha visto, finora, e *quel* silenzio non ci ha sentito» la rassicurano i tre di La voce dell'aria.

«E va bene, restiamo e rischiamo! La ragazza farfalla che sa vederci se ne è andata, mentre l'altro non si è nemmeno accorto di noi... forse perché è con quella donna tutta cangiante. E Anfora dov'è finita? È un po' che non la vedo.»

«Eccomi. Ho una traccia!» Con magico tempismo, Anfora-frutto emerge dall'acqua della laguna sotto la terrazza dove i tre campanelli e Femme Leoni si sono nascosti dopo aver visto Giacca a righe e Giacca a quadri entrare alla festa.

«Come?» Femme Leoni è sorpresa.

«Dove?» chiedono i campanelli.

«C'è un magazzino vicino alla darsena. Prima di salire nell'atelier Giacca a quadri e Giacca a righe erano lì, ci deve essere un perché. Seguitemi subito!»

Anfora-frutto guizza nell'acqua che lambisce l'ex fornace. Gli altri la seguono, sempre invisibili, chi nell'aria e chi nei muri. A lato dell'edificio c'è la darsena, chiusa da un'inferriata che scende fino all'acqua. Anfora si tuffa per oltrepassarla. Femme scivola sui mattoni di una parete, i tre campanelli volano tra le maglie di ferro. Di là c'è un pontile, lo percorrono fino a una grande porta blindata che però sembra invalicabile.

«Io là dietro ho avvertito un lamento, un richiamo, una vibrazione... Se ti rilassi un po', e magari ti assottigli, scommetto che la senti anche tu! Lo sai fare meglio di me...» dice Anfora preoccupata. «Ascolta: è un richiamo lontano, ma preciso e potente.»

«Mmm... In effetti, lo percepisco anch'io...»

«E allora che cosa aspetti, Femme? Vai a vedere!»

«Guarda che puoi venire anche tu, Anfora. Non sei sottile come me, ma non sei neppure materica come la vera opera d'arte che hai lasciato alla Guggenheim!»

«Non è questione di materia. Tu scivoli nell'ombra e puoi insinuarti in qualsiasi fessura, la Voce dell'aria vibra e passa attraverso ogni barriera, ma io... A me piace guizzare fra le onde! In terraferma mi sento... come un pesce fuor d'acqua, immobile come un vaso di fiori.»

«Di fisica non sai proprio nulla, eh? Le onde sono dappertutto, non solo nel mare o in laguna. Non è vero, Voce dell'aria?»

«Ma certo. Il suono si propaga come un'onda, e anche la luce» rispondono i campanelli. «Tutta la materia può essere considerata come un insieme di onde, piuttosto che di particelle. E tu nelle onde ci sguazzi, o no?»

«Be'... sì!»

«E allora, coraggio: andiamo!» incita Femme Leoni mentre si avvicina al portone scivolando tra le pieghe del muro.

La pesante porta di metallo è spessa una quarantina di centimetri e provvista di ben tre serrature, protette da combinazioni segrete e allarmi sensibilissimi.

Ma loro, dopo un altro fitto confabulare, superano il portone blindato, come possono fare dei brillanti prodotti dell'immaginazione. Anzi, dell'arte di sognare.

4
Almeno un sms poteva scriverglielo

Sulle briccole più lontane, ora che le colonne di fumo colorato si sono spente, si vedono bene i segnali luminosi che brillano. Come lucciole sospese sull'acqua scura, si dice Manfredo.

Se non fosse lì con Minerva, sarebbe bello prendere un motoscafo e correre fra quelle luci. È così che avrà voluto fare Sandy? Improvvisamente gli viene in mente sua nonna, Lisetta l'aviatrice.

In famiglia raccontavano che da bambina cercava le lucciole nel buio intorno alla cascina per ballare a braccia aperte attraverso gli sciami più fitti e luminosi, immaginando che fossero costellazioni nel cielo. Si diceva che la passione della nonna per gli aeroplani fosse nata proprio in campagna: aspettando le lucciolate, osservando il volo dritto e veloce delle libellule sopra le spighe del riso, le ali azzurrate trasparenti nella luce del giorno.

Lui e Minerva sono saliti nell'elegante loft, lasciando i numerosi invitati. Lei ha detto che voleva mostrargli la ristrutturazione del piano di sopra, fare due chiacchiere e soprattutto scappare dalla festa. Lo fa sempre a un certo punto, gli ha confessato mentre si eclissavano quasi di nascosto.

Minerva sta salutando tutti con un messaggio registrato, proiettato sul grande schermo alla festa. Lui lo vede in video dal piano di sopra.

«Vorrei ringraziarvi uno per uno e darvi appuntamento qui, presto! Ora questo luogo è anche vostro, quando tornerete a visitarci sentitevi tra amici, tra mura antiche e idee nuove per far nascere il futuro. Se non ho potuto salutarvi di persona, scusatemi. Chi mi conosce sa che non sono una nottambula, ben prima di mezzanotte la mia palpebra cala irrimediabilmente! In questo momento mi trovo già nel mondo di Morfeo. Perché nel mio lavoro è importante sognare... ma anche svegliarsi di buonissima ora! Voi siete però più resistenti di me, quindi... continuate a divertirvi: buona festa a tutti! Godetevi questo luogo: vi abbraccio, vi voglio bene! Portate i sogni di questa notte con voi.»

Il messaggio si chiude con le sue labbra che si ingrandiscono scontornate alla Man Ray, sospese nel cielo della laguna: soffiano un bacio su due dita femminili lunghe e affusolate, coronate da piccole unghie dipinte di blu scuro da cui volano luminose pagliuzze d'oro verso lo spettatore. Poi il rosso delle labbra si fa di un viola sempre più intenso e metallico, prima che l'immagine svanisca in una dissolvenza notturna.

Minerva gli ha rivelato che la bugia della moderna Cenerentola ha un suo preciso perché: lei ama organizzare feste ed essere al centro dell'attenzione, ma dopo un po' ne vuole fuggire. Anche per mettersi a lavorare, scrivere email, perché ha sempre molto senso del dovere, e delle feste le piace l'inizio, poi si annoia. Il video è un buon escamotage per tagliare la corda senza offendere nessuno.

Ora lei, seduta sul divano, di fronte a lui, lo guarda negli occhi e chiede: «Scusa la domanda diretta, ma... Questa tua amica, Sandy, l'avrai notato che è un po' fuori di testa, no?»

Manfredo interrogativo fissa Minerva. Il vestito di lei luccica morbido nelle sue lamelle scomposte, il volto è quasi offuscato da quei riflessi, i capelli biondi sembrano sempre più chiari: una bellezza misteriosa del primo Novecento.

«Che cosa intendi dire?»

«So che va in giro raccontando teorie davvero strane, se non risibili. Il mio giudizio non ha molta importanza, per carità: a ognuno la sua tazza di tè! Eppure...» Una pausa, si alza. «Eppure mi dispiace, quando un amico viene coinvolto in cose che hanno conseguenze, diciamo, molto antipatiche. Manfredo, vuoi dello champagne?» Si è avvicinata a una vistosa consolle che sembra una cascata d'acqua vetrificata, dove in una mensola sono posati un telefono e un vassoio con glacette, bottiglie e bicchieri.

«No grazie, preferirei non bere. Scusa, Minerva, non ho capito. Non vi siete presentate solo ieri sera?» risponde guardandola.

Uno squillo del telefono sulla consolle, lei risponde e si allontana di qualche passo lungo la grande vetrata. Manfredo ripensa alla loro amicizia. Certo, un po' strana lo era anche da ragazza. Si sono conosciuti da bambini, i loro genitori passavano le vacanze nella stessa località marina e loro due erano davvero inseparabili. Lei inventava giochi bellissimi, a volte un po' troppo intrepidi, ma lui la seguiva rapito non solo perché era molto coraggiosa: era la sua intelligenza, il suo chiedersi sempre il perché di ogni cosa, che lo stupiva e affascinava. Poi da ragazzi, alla fine del liceo, c'era stato un legame intimo, più "sportivo" che sentimentale, una "amicizia sessuale", la definiva lei con distacco da ragazza spavalda e disinibita. Lui ne aveva riso ma c'era anche rimasto un po' male. Passato quel momento, erano rimasti amici senza mai frequentarsi veramente, e negli anni si erano persi di vista.

In realtà ora sanno poco uno dell'altra. Se quell'invito al piano di sopra ha un secondo fine, Manfredo dubita molto sia quello che Minerva allora definiva "sportivo". Adesso lei ha ben altro per la testa. Il successo, il lavoro: l'ambizione per cui non si è più fermata.

Minerva ha riattaccato il telefono e lo raggiunge portando due bicchieri colmi. Gliene porge uno, alza il suo e sorride.

«Eccomi, scusami. Dai, solo un brindisi per la mia nuova casa. È un ottimo champagne.» I calici si toccano, Manfredo si bagna appena le labbra, mentre lei continua: «Dove eravamo rimasti? Ah sì... Certo, non conoscevo la tua giovane e graziosa amica. Ma so di cosa lei ama parlare... e far parlare. Immagino ti avrà raccontato le sue teorie sugli spiritelli che animano la natura eccetera.»

«Be', qualcosa, in un certo suo simpatico modo. Ma non ci vedo nulla di male. Pensieri di artisti e sognatori, idee fantasiose.»

«Oh certo, idee che lei diffonde in modo molto intrigante, quasi... pericoloso» continua Minerva.

«Ma dai, non esagerare! Tu come la sai questa cosa?» Manfredo cerca di nascondere il suo disagio guardando fuori, verso la laguna. Le luci delle briccole non sembrano più lucciole, ma solo fanali lontani.

«Detesto fare pettegolezzi, ma è una faccenda seria. Un mio amico, un bravo stilista, mi ha parlato di lei. Poi a una festa me l'ha indicata. Più tardi quella sera si sono seduti alle mie spalle, c'era tanta gente, ma ho sentito quello che lei gli raccontava.»

«Hai ascoltato di nascosto?»

«Mio malgrado ho dovuto sorbirmi le cose che diceva nel suo bizzarro italiano. All'inizio mi divertiva, poi mi sono impensierita e ho teso le orecchie. Il mio amico pendeva dalle sue labbra, incantato con un sacco di stupidaggini da setta di fanatici new age, anzi *old age*. Lei voleva coinvolgerlo in inviti, progetti assurdi. E lui... non ti dico il nome per riservatezza, è noto per la sua ingenuità e anche per tutti i soldi che sperpera. Insomma, ieri sera l'ho vista con te... e oggi sento il dovere di chiederti che cosa ne pensi. La conosci da tanto?»

«Mmm... No» risponde sentendosi gelare.

Lei si alza di nuovo, i braccialetti tintinnano nella mente frastornata di Manfredo. Lui beve champagne senza più guardarla, mentre Minerva torna con la bottiglia sedendosi dalla sua parte.

«Scusa, capisco che sono fatti vostri e tu sei ingenuo come lui» gli dice. «Sai che io ho sempre avuto interesse per le cose più strane. Quello che lei andava raccontando però era davvero ridicolo: torniamo tutti nei boschi ad ascoltare gli spiriti della natura, figurati! Sciocchezze sull'energia positiva che permea tutta l'ecosfera con la quale dobbiamo interagire, ascoltando chissà quali entità nascoste. Banalità sul fatto che l'uomo ha alterato la forza della natura, e qui possiamo essere d'accordo, ma non certo perché abbiamo fatto arrabbiare folletti o genietti! Insomma, con quelle stupidaggini lei affascina, imbriglia, poi ti attira nella sua conventicola. Con quel mio amico c'è riuscita, e sta provocando danni.»

Manfredo beve lo champagne in un sorso, quasi senza accorgersi. La guarda: è tranquilla, composta ma lontana e fatale. Le risponde cercando di essere lieve: «A me Sandy ha solo parlato di arte. Anche della bellezza della natura, sì, ma in modo spiritoso e originale. Ha talento... Ho visto come lavora con l'acquarello. Non è facile, sai, è un banco di prova per tutti. Mi è sembrata seria e impegnata: certo è originale, ma fresca e spontanea. E poi, non tutte le filosofie new age hanno prodotto fesserie, oggi ci sono fior di scienziati che si avvicinano a certe loro idee.»

«Oh, allora ti ha proprio conquistato!» Negli occhi viola di Minerva brillano tante pagliuzze dorate che sembrano il riflesso delle tessere di vetro sul suo vestito. «Di certo la ragazza sa come esprimersi. Aveva convinto il mio amico stilista che il "bello" è frutto del legame fra la cultura dell'uomo e l'energia della natura. E fin qui ok, ma secondo lei questa energia *misteriosa* arriva a muovere le cose, gli eventi. E noi possiamo *metterci in contatto* con gli spiriti della natura. Ah, che grande potere!» conclude sorridendo maliziosa.

«Anche questa non è solo una sua opinione, ci sono pensatori, scrittori, artisti che ne hanno parlato in termini letterari o filosofici. La natura con la sua bellezza è da sempre una forza ispiratrice della creazione artistica!» replica Manfredo, mostrandosi rilassato.

«La natura: non facciamo come gli antichi che la divinizzavano! L'arte non è certo un *suo* prodotto, appartiene alla cultura degli uomini, anzi è un suo riflesso. La mente umana è il libero motore creativo. Spiriti della natura e folletti vivono solo nelle pagine delle fiabe. La verità è nei fatti, nella realtà. Tutte le divagazioni pseudospirituali sulla natura mi danno sui nervi. Io sono pronta a lottare per difendere i valori dell'intelletto, le utili invenzioni dell'uomo. E voglio mettere in guardia gli amici da folli manipolatori. L'umanità è maturata grazie alla conoscenza, perché abbiamo sempre cercato di scoprire qualcosa di più. O no?» conclude quasi perentoria.

«Certo! Ma adesso sei *tu* che sembri un guru scientista nel difendere le tue opinioni.» Manfredo sussurra questa frase sempre stupendosi di reggere quella conversazione che lo disturba sempre più. Ha le mani gelide mentre la testa è calda di domande. «Ricordi come eri affezionata al tuo nome? Minerva, la dea della saggezza. C'è un giusto mezzo, ognuno ha la sua fonte di energia... diciamo conoscitiva, o creativa nel caso di un artista, e la chiama come vuole. Non puoi lasciare alle loro favole il tuo amico stilista e una studentessa? In fondo sono a loro modo degli artisti.» Ha la gola secca, beve quasi controvoglia.

Guardando le bollicine pensa a quelle della sera prima al ristorante. Sandy ammalia chiunque incontri? Perché se n'è andata con un altro, portando con sé i segreti che lui le ha rivelato? Perché non gli ha detto nulla sui guanti? Si guarda intorno: quella consolle ora sembra una vera cascata ghiacciata, che nelle sue pieghe ingloba qualcosa di oscuro.

Si versa da solo un altro bicchiere.

Minerva scoppia a ridere, i suoi occhi brillano, il viola si fa più scuro e intenso. Le pagliuzze dorate sono scomparse anche dai riflessi sul suo vestito.

«Hai ragione. A volte sono spietata nelle mie critiche. Però quelle sciocchezze sono oggettivamente pericolose. Certa gente pensa di curarsi con superstizioni trite e ritrite, in un mortaio di erbe costose e noiose. Insomma, francamente sono preoccupata.»

«Lasciami sbagliare da solo. Comunque continuo a non capire in che modo possa essere pericolosa una ragazza ricca di fantasia, a cui piace sognare» risponde Manfredo. E avrebbe voluto aggiungere anche *e ci riesce con grande poesia*, ma meglio non scendere in un terreno minato.

Si volta, Minerva sorseggia il suo champagne in silenzio, da sopra il bicchiere dardeggia uno sguardo sfavillante, completamente viola. Lui distoglie il suo, turbato. Posa il bicchiere questa volta senza avere bevuto, sente un torpore che gli invade la testa. Se ne deve andare da lì, e al più presto.

5
C'è dell'altro sulla tua Sandy

«Ok, Manfredo.» Minerva parla seria: «Io ti voglio bene e credo nella tua intelligenza, quindi sento il dovere di raccontarti tutto. C'è dell'altro sulla tua Sandy.»

«E cioè?» sibila lui.

«Una cosa più imbarazzante che riguarda lei e il suo analista, un certo dottor Schein.»

«Il suo analista?» chiede cercando di non balbettare. La notizia è una bomba che esplode nella sua mente.

«Lo conosci?» chiede Minerva molto tranquilla.

«Ne ho sentito parlare. È uno bravo, no?» Manfredo prende tempo. Gli mancano le parole, vorrebbe chiedere di più, ma non riesce. Si alza e va di fronte alla finestra. Guarda il telefonino. *Dove sei, Sandy?*

Minerva prosegue, incurante del fatto che lui continui a darle le spalle.

«Pare che non sia così professionale. Dicono che nel weekend, in una grande villa in Svizzera, inviti diversi pazienti. Insomma, tiene raduni... Ricordi quegli utopisti del primo Novecento che danzavano nudi alla luce del sole e della luna? In questo posto, oltre agli immancabili orti biologici e quant'altro, tutte cose giuste e di gran moda per carità, pare che il buon dottore si trasformi in una specie di druido evocando gli spiriti della natura in giro per i boschi, insieme ai suoi adepti. Fra i quali Sandy dovrebbe avere un ruolo piuttosto importante... in ogni senso.»

Lui vorrebbe sedersi ma preferisce stare alla finestra, lontano da quello che dice Minerva, e da lei. Cerca nel buio della laguna le luci, ma ora quasi gli pungono gli occhi.

«Ma dai, mi sembrano assurdità» replica con la gola secca. Che Sandy sia una paziente del suo stesso analista è una coincidenza assurda. Ha appena scritto al dottore del suo incontro e a lei ha parlato di Schein, al ristorante. Certo, per il dottore vale il segreto professionale, ma perché Sandy non gli ha detto nulla? No, impossibile, sono solo pettegolezzi velenosi.

Manfredo si avvicina al divano e si siede davanti a Minerva, guardandola con un astio che lei sembra non cogliere: si accende una sigaretta, alza la testa ed esala una lunga boccata di fumo che sale verso l'alto. Ora la luce viola nei suoi occhi è più scura, si irraggia opaca a petali larghi di una clematide.

«Riunioni ridicole, vero?» continua Minerva. «Eppure ne emerge una dinamica di potere psicologico che non mi piace per niente. Quante storie così abbiamo sentito in questi anni! Tu lo sai come vanno a finire: dipendenza totale, plagio, sfruttamento economico eccetera. Credo che il mio amico ne sia completamente invischiato.»

Manfredo respira profondamente per schiarirsi le idee, annuisce serio, la guarda circospetto e ripensa a Schein. Perché ha questa fama? Non vuole certo confessare a Minerva che da quasi due mesi va nel suo studio un paio di volte alla settimana. Se il dottore usa lo stesso mix di cultura, sensibilità e ironia di cui fa sfoggio con lui, di seguaci ne avrà molti.

Ora ha caldo e freddo nello stesso tempo. Si guarda intorno. Sul tavolino il ghiaccio si sta sciogliendo nel contenitore trasparente dove galleggiano due bottiglie di champagne vuote, Minerva ha appena riposto l'ultima capovolta a testa in giù. Guarda verso la consolle. È ancora più invadente di prima, anzi sembra ingigantirsi. Tra poco una cascata di acqua ghiacciata riempirà la stanza? No, meglio non cedere a questi pensieri.

Minerva ha fumato in silenzio, spegne la sua sigaretta con calma.

Perché Sandy è sparita senza motivo e senza avvisarlo? Guarda il cellulare e finalmente si accorge che non ha campo. Deve trovare un posto dove prenda. Di chiederlo a Minerva non ne ha voglia, meglio alzarsi e andarsene. Ma lei torna a sedersi accanto a lui, non troppo vicino.

«Freddy, la nostra è pur sempre una bella amicizia, mi spiace se ci sei rimasto male. Io volevo solo avvisarti. Magari quella è una psicolabile, suo malgrado devota a una specie di santone. Oppure non puoi escludere che faccia proseliti per il suo dottore. E allora è tutt'altro che ingenua.»

Manfredo si riscuote.

«Aspetta, Minerva! Lei non mi ha parlato di questo Schein né dei raduni, nemmeno un accenno. Quindi non fa opera di proselitismo. Eppure l'occasione ci sarebbe stata: abbiamo dipinto, parlato di arte...»

«Quando sarai cotto al punto giusto, l'invito arriverà anche per te. Come è successo con il mio amico.»

«E dimmi, come è finita la storia con lui e la setta di cui parli?» Ha trovato il coraggio di fare questa domanda.

«Adesso ha una nuova ispirazione... Sì, anche questa te la devo proprio raccontare... Ti ho detto che lui disegna abiti, no? Per quelle riunioni vorrebbe rivestire le donne con veli, pepli, chitoni antichi e via dicendo, come le Ninfe e gli spiriti della natura che si vedono nei dipinti dei preraffaelliti o dei simbolisti. Sai, Isadora Duncan e tutte quelle che frequentavano il Monte Verità. Credo che spenderà del suo, per donne che fluttuano nel verde come in un quadro di quel Liberty vecchiotto, ragnateloso e anche pacchiano! Lui mi ha detto di averle sognate come delle Ninfe d'acqua. Dice che sono il simbolo di un nuovo rapporto fra l'uomo e la natura. Ma ti pare?»

Manfredo è scioccato.

«Insomma, le solite invenzioni di Sandy... e di quel suo dottore, immagino. Non escludo che prendano qualche strana erba...» Minerva guarda lontano.

«Mmm...» Manfredo vorrebbe fuggire ma il suo stomaco è un blocco di ghiaccio, e nelle gambe non sente la forza di muoversi.

«Scusami, ma ti ho voluto mettere in guardia. Questo mio amico sembra stregato, ho provato a stare al suo gioco e gli ho raccontato una controfiaba: un giorno la natura non si presenta più con il volto dolce delle Ninfe acquatiche ma come matrigna mostruosa, un'arpia o la Medusa del mito. E con lei si spargono le sue forze distruttrici e terribili: eruzioni vulcaniche, terremoti, alluvioni, epidemie... come quattro Cavalieri dell'Apocalisse che vogliono spazzare via l'uomo dal pianeta. Poi si alza un'onda di tsunami tipo quella di Hokusai, altissima e stupefacente. A quel punto l'uomo si ferma, rapito da bellezza e orrore, vuole parlare all'onda maestosa mentre sta per ricadere su di lui. Lascio a te di indovinare come finisce.»

«Una visione davvero senza speranza, per essere una fiaba!» sorride Manfredo a denti stretti.

«Il male è il male, anche se a volte si presenta sotto un aspetto mite e seducente.»

«Il male?» reagisce lui. «Adesso non esagerare, Sandy e il suo dottore che cosa farebbero di veramente malvagio?»

«Chi mente ha sempre dei secondi fini. Ecco, vorrei che tu credessi a una vecchia amica come me.» Posa il calice e lo fissa con gli occhi socchiusi. Due sottili spiragli di un viola ora più chiaro, calmi e morbidi come petali di iris. «Ti consiglio proprio di non mostrare la magnifica collezione d'arte della tua famiglia. A proposito, ci sono novità sull'apertura del misterioso fondo Majeri al Castello?»

«No, per ora non so niente» mente, un po' stupito per il cambio d'argomento. Ma dopotutto lei è un'addetta ai lavori. Ed era un collezionista di Majeri anche suo bisnonno, il marchese di Sanfruttuoso.

Nella sua testa Manfredo ora sente tanti spilli aguzzi che lo pungono a ogni pensiero. Stavolta non sa più dove rifugiarsi. Al diavolo anche Schein e Sandy, si dice soffrendo: al diavolo le Ninfe dell'acqua, le apparizioni e il Rock Drill, al diavolo tutti, me ne tornerò a Milano e troverò un'altra soluzione! Ce ne sono di bravi strizzacervelli in giro. Se sono finito da quello sbagliato, ebbene cambierò. Mi prenderò qualche pastiglia. C'è sempre una soluzione.

La gola è fredda ma arde. E la bocca è troppo secca. Lo stomaco brucia, ma la mente gli dà un attimo di tregua.

Si volta verso Minerva, il viola dei suoi occhi ora si è scomposto in tanti colori. Come fanno a essere così belli e cangianti? Il suo sguardo è ancora più morbido. Iris, lillà, spighe di lavanda. E sente il profumo di violette, come in quel cioccolatino di ieri sera.

Lei si passa le mani sui capelli, i braccialetti questa volta tintinnano armoniosi, il lamé brilla di toni ancora più caldi, illuminato dall'abatjour vicino, e segna sinuoso ogni curva del suo corpo.

18

Monna Lisa a Brera

Milano, 29 dicembre 1913

I
La Gioconda: domani torna a Parigi

All'ingresso di Brera era già in attesa una lunga fila di persone, tutte intabarrate nei cappotti per proteggersi dal freddo pungente. Nell'aria, curiosità e una certa eccitazione scaldavano i milanesi tra il crepitare di mille chiacchiere. Con tanto di carabinieri schierati.

«Svelta Léontine, corri! Anche tu, mamma, fai in fretta!» esclamò Lisetta.

«Vedrai Carla, questa volta Fedele non si è dimenticato del nostro appuntamento.»

«Come fai a esserne così certa, Léontine?» chiese Carla, che camminava un po' in affanno.

«Lo so, vedrai» rispose lei con sicurezza.

Lisetta, che si era fermata per aspettarle, fece segno di seguirla, incamminandosi veloce verso la piazzetta laterale.

«Ma dove andiamo?» disse Carla preoccupata, vedendo anche Léontine dirigersi sicura verso l'Orto botanico.

«Per di qua!» Lisetta le chiamava a bassa voce. «Svelte, svelte, passiamo dal giardino, i custodi mi conoscono bene. Ho detto che abbiamo un appuntamento con Fedele, lui ha preso la chiave della porta che collega i due corridoi.»

«Oh. Ma si può?» chiese Carla intimorita.

«Così saltiamo la coda, e avremo la visita solo per noi. Che colpo!» Lisetta era eccitata e soddisfatta.

«Quel Fedele! Ora esagera davvero! Cosa significa *saltiamo* la coda e *solo per noi?*»

«Senti mamma, altrimenti non potremmo vedere così bene la *Gioconda*: domani torna a Parigi, e hai visto che folla? Saremo quasi da soli, prima dell'apertura. Una vera occasione, da non perdere!»

«Saltare tutti quelli in coda là fuori, come fossimo dei privilegiati... assolutamente no! L'ho già vista a Parigi, vorrà dire che tornerò là! Fedele dev'essere proprio diventato matto.»

«Lui non c'entra, Carla. L'idea è nostra» spiegò Léontine.

«Si è limitato ad assentire ma sembrava contento, ed è già un grande risultato» borbottò Lisetta.

Il gruppo stava attraversando il giardino deserto. Carla si guardò intorno, sempre più contrariata.

«Avete visto: lui non c'è! Per fortuna si è dimenticato dei vostri sotterfugi...»

«Impossibile!» replicò ferma Léontine.

«Ma dai, mamma, non lo saprà nessuno, chi vuoi che protesti?» disse Lisetta allargando le braccia.

Le lunghe torri in mattoni rossi dell'Osservatorio svettavano davanti a loro tra i rami nodosi di un vecchio ciliegio spoglio. Sembravano fare la guardia alla Specola, la cupola da cui Giovanni Virginio Schiaparelli aveva visto per la prima volta i canali di Marte.

Lisetta ripensò a Fedele, così cambiato, troppo lontano da tutti. Sì, l'idea di suo padre era giusta: doveva andare al più presto dal dottor Schein, lo avrebbe aiutato a liberarsi da una maglia fitta di pensieri dolorosi che imprigionava la sua voglia di vivere. Così come aveva fatto con lei e con sua madre. Che bravo quel dottore!

Guardò verso l'Osservatorio, domandandosi se un giorno macchine volanti più pesanti dell'aria avrebbero attraversato il freddo cosmo per raggiungere altri pianeti: come nella fantasia degli scrittori, per esempio quell'Eriberto Giorgio Wells che aveva addirittura immaginato il mondo invaso da "astronavi" marziane. E proprio Marte, secondo Schiaparelli, era solcato da canali che esseri intelligenti avevano costruito per l'irrigazione, con un'organizzazione sociale modellata dalla gestione scientifica. Una specie di Lombardia cosmica, l'aveva definita suo padre Luigi, perplesso. Ma quella era un'ipotesi pubblicata su una rivista, non una fantasia ispirata al metodo "poco/molto Fedele".

Gli anni spensierati delle loro lezioni ora sembravano lontani quanto Marte e i suoi canali. Il tempo non scorre sempre allo stesso modo, Lisetta lo aveva capito volando in aeroplano: visti dall'alto e da lontano i minuti sembrano rallentare, mentre i chilometri si accorciano.

La *Gioconda* era a Milano per due giorni.

Aiutarle a entrare a Brera per vederla prima che tornasse al Louvre – da dove era stata rubata proprio da un italiano, un imbianchino un po' pazzo che l'aveva nascosta nella sua modesta casa per più di un anno – era stata un'eccezione. Fedele aveva acconsentito al piano delle ragazze solo perché lo avevano supplicato. Non era stato facile. Lisetta abbassò la testa e tirò dritto tra le aiuole camminando più decisa. Un capolavoro si deve vedere proprio così, concentrati e con la mente libera, come aveva insegnato Fedele. Si fermò ad aspettare la madre e poi la guardò dritto negli occhi. Lei ne approfittò per mostrarsi ancora più risoluta: «Non intendo entrare, e neanche voi dovete farlo! Faremo la coda come tutti gli altri. Non è civile né morale usare di questi imbrogli.»

«Per una volta, mamma, per una volta sola! Fedele lo diceva sempre: stare a tu per tu con grande opera d'arte è un momento magico, irripetibile! Godiamocelo adesso, più tardi ci sarà una gran calca. Inoltre, papà è tra i benefattori della pinacoteca, Fedele è un artista nonché uno stimatissimo professore, io e Léontine siamo nel gruppo delle visite culturali.»

«Peggio ancora! Non voglio favoritismi, non avendo alcun biglietto d'invito in proposito. Tuo padre fa quello che fa per senso civico. Non facciamo gli italiani che non rispettano le regole.»

Carla sembrava irremovibile. Delusa, Lisetta si girò verso una porticina, sfilando le mani dal cappotto.

«Vedi, Fedele le chiavi le ha date a me! E siamo già qui: non se ne accorgerà nessuno» disse implorante, mentre Léontine taceva guardandosi attorno.

«Dovrò proibirvi di vedere ancora Fedele. Mi spiace, ma ritengo sia arrivato il tempo che lui si curi. Il dolore può essere una marea devastante se non crei degli argini. Noi lo sappiamo... e infatti ci siamo fatte aiutare.»

Si girò un attimo verso il fondo del giardino irrigidito dal freddo invernale, per non lasciar trapelare la commozione. Si sentiva come quegli alberi spogli e l'attesa della gioia della di un'altra primavera le faceva quasi paura.

«Lottiamo sempre contro la tristezza, cercando di essere sereni, allegri. La vita va avanti. Sono affranta per lui, gli voglio bene come a un figlio, è un artista magnifico e vi ha insegnato moltissimo. Ma... è troppo cambiato. Deve... deve lasciarsi aiutare» concluse seria, cercando di essere più normale possibile.

In quel mentre la porticina si aprì e si affacciò Amélie, già senza mantello, il colbacco di pelliccia e i guanti in una mano, mentre con l'altra faceva segno di raggiungerla.

«Ragazze, Carla, cosa fate qui al gelo? Io e Fedele siamo su da un po', vi stavamo aspettando! *Vite, vite, dépêchez-vous*! *C'est formidable!* Devo dirlo, è più eccitante che vederla al Louvre, non so perché ma è così! Monna Lisa sembra più sorridente. Forse le piace viaggiare... In fondo dicono che Leonardo la portasse sempre con sé. *Allons, vite.*»

«Oh, no!» esclamò Carla scoraggiata. «Amélie, non mettertici anche tu! Non intendo passare davanti a tutti con delle chiavi prese senza permesso.»

«Fedele sta aspettando di sopra, abbiamo dieci minuti tutti per noi. Salite, questa volta non dobbiamo scontentare Fedele. Era un po' che non ne inventava una delle sue! Carla, non pensi anche tu che questo suo barlume di entusiasmo sia cosa rara, di questi tempi? *Ah, quelle surprise! Venez vite, dépêchez-vous*!»

«Dai, mamma, non possiamo deluderlo» disse Lisetta, finalmente allegra, prendendo per le mani sua madre, che alla fine si lasciò guidare nel piccolo ingresso.

«Ci aspetta. Sarà una grande emozione, la dobbiamo sentire insieme, anche per lui!» disse Léontine guardando Carla negli occhi, che si stavano riempiendo di lacrime.

In quel fine dicembre, furono in molti a Milano a sostare ammaliati davanti all'enigmatico sorriso della Monna Lisa. Fluì un vero fiume di persone, come raccontò il *Corriere della Sera*: in due giorni quarantamila milanesi fecero visita al capolavoro di Leonardo, che consideravano un po' loro concittadino.

2
Guardava solo lo sfondo di quel dipinto

Nella sala c'erano poche persone che parlottavano a voce bassa, probabilmente studiosi venuti da fuori città. In quel momento nessuno era davanti al dipinto. Era piccolo, Léontine lo immaginava più grande.

Fedele lasciò il gruppetto di professori e si fece subito incontro alle amiche, ma aveva quell'aria assente che purtroppo loro conoscevano bene. Per un attimo, per come lo vide turbato, Léontine pensò che avesse con sé ancora *quel* cilindro nero da cui non si separava mai, nei mesi dopo la tragedia. Allora tutti avevano pensato che contenesse fogli da disegno, eppure lei sapeva bene che Fedele non dipingeva più: i fogli e i cartoni che portava nello studio gli servivano solo a fare sfondi di colore, che poi tagliuzzava in quadratini. Un pomeriggio era passata a trovarlo senza preavviso e lo aveva sorpreso a fissare immobile il cilindro, e sul tavolo c'era una ciotola piena di pezzetti di carta. Solo quando si era accorto di lei aveva accennato un saluto, ma senza rispondere alla sua domanda: a che cosa mai servivano quel contenitore e quei coriandoli colorati? Glielo chiese di nuovo alcuni giorni dopo, cautamente. Lui non rispose neppure quella volta ma la guardò con occhi cupi, stanchi. Per fortuna il cilindro di pelle nera era scomparso da oltre un anno, dopo il viaggio di Fedele a Roma, e lui da allora era un po' migliorato.

Léontine però odiava quell'oggetto, l'aveva associato alla depressione più cupa di Fedele.

Eccolo arrivare verso di loro, Léontine si rassicurò, a tracolla sulla sua spalla non c'era nulla. Carla lo prese sottobraccio e tutti si avviarono verso la parete dove era esposta la *Gioconda*.

«Vedete, Monna Lisa è felice di passare da Milano perché Leonardo qui ha vissuto e lavorato tanto, amava le acque di Lombardia... Osservate come nel volto della Gioconda l'espressione sfumi, non sembra mai uguale anche se è sempre lì: come un riflesso sulla superficie dell'acqua, scorre in un'impercettibile corrente segreta che apre la mente...» Forse questo avrebbe detto Fedele alle ragazze, allora, e chissà cos'altro, considerò tra sé Léontine.

Ma allora era allora.

Adesso di quel dipinto il professor Majeri stava fissando solo lo sfondo: l'acqua, il fiume dietro le spalle dell'enigmatica dama. Prese di tasca una lente e si avvicinò molto alla *Gioconda*. I custodi sussultarono e si voltarono verso il direttore, che acconsentì con un cenno sussurrando: «Il professore vuole vedere la tecnica dello sfumato» e aggiunse a voce più alta: «Solo per un momento, caro Majeri, visto che siamo così pochi!» Poi sorrise alle signore per tenerle al loro posto. Carla fremeva imbarazzata dietro una trionfante Amélie. Subito dopo, però, vedendo che le ragazze avevano gli occhi scintillanti di un tempo, anche Carla si rasserenò e si gustò quel momento così speciale.

Nessuno, tranne il professore, si era accorto che l'acqua dipinta alle spalle di Monna Lisa mutava in continuazione le sue sfumature: diventava sempre più fredda, raggelava i ricordi e nella sua mente portava ombra scura. Il buio nella memoria si infittiva.

Prima di lasciare la sala, Carla mormorò con tenerezza a Fedele: «Grazie di averci portato qui oggi.» Lui annuì. Uscirono in silenzio.

Più tardi, davanti a una cioccolata calda che tutte e tre lo avevano costretto ad accettare, approfittando di un momento in cui erano soli, la signora Tirelli lo guardò con il suo sorriso franco e aperto. E gli parlò.

«Mio caro, è stato un momento importante. La malinconia non deve avere il sopravvento, questo mi ha raccontato Monna Lisa con il suo sorriso. Sorridi anche tu, Fedele, inganna il tempo del dolore. La vita creerà uno spazio libero per farti ritrovare la tua gioia di vivere.»

Lui accennò un sorriso, ma il suo sguardo vagava lontano.

19

Oltre la porta

Venezia, Murano. 18 novembre 2006

I

È... È davvero lui?

Oltre la porta blindata, buio e silenzio: così fitti e profondi che i colori e la musica della festa in svolgimento a pochi metri di distanza sembrano lontani anni luce.

Tacciono anche La voce dell'aria, Anfora-frutto e Femme Leoni.

Lo stanzone sembra vuoto ma sempre più buio.

Attenti e silenziosi, riconoscono le tracce di quella terribile ombra più nera dell'inchiostro: l'Ombra Ostile, così la chiamano. Per ora non è lì, nel deposito, ma *sanno* che vi è rimasta a lungo. *Sentono* che questo posto è un suo rifugio, che potrebbe tornare, e *capiscono* che forse qui troveranno chi stanno cercando.

Scrutano il buio, ascoltano il silenzio. Poi non vedono più nulla. Uno spazio oscuro le circonda. Vuoto in modo angosciante. Come se fosse privo di alto e basso, di sinistra e destra, di profondità e distanza. Hanno paura, sembra che qui sia passata una guerra, lasciando una mancanza assoluta e incolmabile. *Qui non vedono nemmeno l'invisibile!* Concentrandosi con grande volontà e fermezza, riescono a dissipare un poco quel vuoto buio che le opprime. E finalmente tornano a vedere.

Emerge un riflesso, poi la forma di uno strano corpo. Pende, come una grande marionetta rotta da una parete che prima sembrava non esserci. Si avvicinano. È un automa di metallo brunito.

«Ma... io lo conosco!» esclama Anfora-frutto.

«*Dling! Dling!* È come lo ha descritto l'Ultima Ondina: il suo cavaliere! Assomiglia a...»

«Sì, ma il Rock Drill di Epssstein è un bel po' diversssso da quesssto: la vera opera d'arte è solo un busto, senza gambe, senza la mano sssinissstra e tutto l'avambraccio dessstro. E poi lui nel torace non ha...»

«Non stare a sottilizzare, Femme Leoni! Questo automa è come noi» ribatte Anfora-frutto.

«In che sssenssso, ssscusssa?»

«Be', noi non siamo perfetti come quelli che un filosofo antico potrebbe definire i modelli di opere d'arte che scendono dal mondo delle idee, però... insomma, dicendolo più terra terra: non veniamo qui dal mondo dei sogni? Allo stesso modo dovrebbe essere anche *questo* Rock Drill, come ci ha spiegato l'Ultima Ondina.»

«No no, Anfora-frutto. Il punto non sssono le gambe e le altre differenze, perché quello che ora vediamo non è proprio come noi! A lui manca qualcosssa... Non è il sssogno di un'opera d'arte, sssembra sssolo un automa vecchio e rotto. Vuoto di invisssibile, insssomma.»

«Presto, bisogna farlo tornare in sé!» proclamano a bassa voce i tre campanelli. «È stata l'Ombra Ostile a ridurlo così, o quelle ombre sue complici.»

«E noi come possiamo rianimarlo?» chiede Anfora.

«Dobbiamo riuscirci, e portarlo via da qui» ribatte Femme, facendosi passare la paura di colpo.

«Coraggio! Qui ci dev'essere anche chi ci potrà aiutare, se lo liberiamo. Cerchiamo l'altro prigioniero di cui ci ha raccontato l'Ultima Ondina: il Genio della Montagna.»

Detto questo, le tre sfere di La voce dell'aria si alzano per un volo di perlustrazione. Ma riescono a muoversi solo di un paio di metri, arrivate a un certo punto rimbalzano indietro.

«Il buio è così denso... non ci permette di volare!»

«Cercherò di pensare a dei volumi armonici in uno spazio libero... per fare spazio, appunto» esclama Anfora.

«E io ssstarò di guardia. Proverò a captare tutte le vibrazioni negative» sussurra Femme che freme vigile in ascolto, girandosi su se stessa.

«E cerca di farti passare la paura, se no come fai?» dice Anfora. Si concentra e riesce a creare un po' di buio amico. Ma non è facile mantenerlo così, tutta da sola. Quanto sarà grande questa stanza? Quanto saranno potenti i nemici?

Dopo parecchi minuti sono tutte e due esauste.

«Ehi, non ce faccio più: tra un po' io mi fondo» bisbiglia Anfora.

«Dai, resisti» incita Femme.

«Zitte! Vediamo qualcosa là in fondo» dicono i campanelli.

Delle linee scomposte e lontane si illuminano di una tenue luce violacea.

«Guardate! Davanti a noi... quelle luminescenze, sembrano all'interno di un masso di ghiaccio trasparente!» avvisano i sonagli tentando di avvicinarsi. Poi gridano: «Femme, Anfora, unite le vostre forze! Non riusciamo più a volare: stiamo... stiamo diventando pesanti!»

Di nuovo, con grande fatica, Femme e Anfora si concentrano nella loro essenza più profonda e vibrando aprono una breccia in quel vuoto buio e nero. Hanno capito che la distanza, le dimensioni del deposito sono un'illusione, ma questo non le ferma. Finalmente riescono a correre in avanti, seguite dai tre campanelli. La speranza accende nei loro occhi una luce nuova, che aiuta a vedere di più.

Ma ciò che appare non è un bello spettacolo: un insieme disordinato di linee scomposte, vene rosate, azzurrognole, violacee. Spezzate in molti punti e inglobate in uno scoglio vitreo.

«Sarà il Genio della Montagna in una delle sue trasformazioni?»

«Oh! Poverino!»

«È... È davvero lui?»

«Sembra proprio di sì.»

Mentre si fanno domande senza risposta, sentono un profumo lontano di bosco, muschio e funghi, un concerto di pettirossi all'alba, una brezza di montagna. È la colonna sonora, olfattiva e sensoriale, del racconto che hanno ascoltato pochi giorni prima, fra le ombre protettive del Giardino Nasher.

E in quella visione, ecco apparire l'Ultima Ondina nell'acqua di un ruscello, in quel bosco nato nella loro immaginazione. Tutto dura solo un attimo, ma è abbastanza perché Femme Leoni, Anfora-frutto e i tre campanelli di La voce dell'aria riescano ad avere una certezza: hanno davanti a loro quello che rimane visibile del Genio della Montagna.

«Ora che abbiamo trovato il Genio e l'automa dobbiamo liberarli. Ma come?» Le tre sfere ronzano come falene intorno al blocco trasparente che racchiude la figura imprigionata. Le due sculture si concentrano.

Ma nessuna onda sonora, sensoriale, percettiva o ideale sembra penetrare quel vetro. È come pietra, sordo a ogni vibrazione.

«Inutile» esclama. «Non riusciremo mai a strapparlo da questo sortilegio.»

«Sssì sssì. È cosssì... credo.»

«Dobbiamo tentare. Ci sarà pure un varco per...»

Un soffio gelido interrompe le parole di Anfora. E con il freddo il buio diventa ancora più denso.

«NO! L'Ombra Ostile sta tornando... Andiamo via subito!»

Mentre i campanelli della Voce dell'aria squillano in allarme, una pressione fortissima avvolge Femme Leoni, stringendola da tutti i lati. Non riesce più a vibrare per sfuggire, mentre sente che il suo bronzo si corrode e arrugginisce in più punti.

Anfora-frutto guizza verso l'uscita, decisa a sfondare la porta perché la vera notte possa entrare e sconfiggere quel buio innaturale. Ma l'oscurità e quell'aria gelida aumentano la loro pressione.

Si ferma sospesa, poi non riesce più a muoversi.

2
Tutto si è svolto in un attimo

Femme Leoni sta per cedere, smangiata da una ruggine che la ricopre. Eppure, appena prima di perdere i sensi, in un contrappunto di coscienza, sogna... o forse ricorda, come se fosse la vera scultura.

È nello studio dell'autore, Alberto Giacometti, è appena stata forgiata. Sente gli occhi chiari dell'artista che la scrutano. Poi entra Peggy Guggenheim, la guarda: è la prima volta che la bella signora vede la sottilissima donna in piedi che verrà chiamata Femme Leoni, in onore del palazzo dove sta sorgendo il museo con la sua collezione d'arte. Opere che lei ha voluto acquistare quando nessuno credeva in quelle forme così nuove; che ha difeso nascondendole ai nazisti in un fienile francese; che ha portato negli Stati Uniti per metterle in mostra, aprendo loro la via del successo. Poi ha dato loro una casa. A Venezia. Peggy rivolge alla scultura appena nata un sorriso amico, entusiasta e riconoscente: ci sarà un magnifico futuro per lei, che la fa sentire libera e sicura. Tanti altri occhi la guarderanno, ma Femme Leoni porterà sempre con sé il riflesso di quel primo sguardo, di quel sorriso.

Ed è allora che nella stanza buia Femme apre gli occhi, riprende energia. Ha un fremito, poi un altro, si libera di parte di quella ruggine e si accorge che riesce di nuovo a vibrare. Anche se ora lei è solo una sottile linea ritórta, con un gran respiro preme e allenta la tensione che la stava consumando. E finalmente si libera dalla pressione infettante di quell'oscurità. Sente che adesso potrà tentare di passare nel sottilissimo spiraglio di luce che intravede a fianco della porta blindata. Vuole aprire un varco per la fuga dei suoi compagni, ma per farlo ha bisogno della sua amica.

Anfora è ferma a mezz'aria. La chiama, nessuna risposta. È persa in un sonno ipnotico, le sue morbide linee stanno sparendo nel buio sempre più denso. Femme Leoni esclama decisa: «Anfora-frutto!» poi le bisbiglia il nome del suo autore e quello di Peggy. La notte nera senza scampo che circondava Anfora inizia a dileguarsi. Lei vede la vera scultura di Jean Arp: la sua nascita, il suo arrivo a Venezia. Sente la voce del suo autore: «*Linee, superfici, forme, colori, cercano di accostarsi all'eterno, all'inesprimibile posto oltre l'uomo. L'arte è un frutto che cresce in noi, come un frutto su una pianta o un bambino nel ventre di sua madre.*» A queste parole anche lei si risveglia. E Femme Leoni la trascina con sé verso la porta.

I campanelli della Voce dell'aria volano sempre più lenti. Poi, colpiti dal torpore, non si accorgono di un muro che improvvisamente appare davanti a loro e li attrae verso di sé. Femme e Anfora, terrorizzate, vedono il disegno dei campanelli che sta sparendo nella parete.

Anfora si tuffa nel ricordo del vero dipinto dove le tre sfere volano libere nel loro cielo azzurro.

«Presto, fuori da quel muro!» sussurra Femme velocissima. «Abbiamo tutti bisogno di voi! Queste forze cupe e insensibili non possono superare la nostra fantasia: navigate ancora nei vostri sogni! C'è sempre un momento in cui può iniziare la poesia, come insegna il vostro autore. Ricordatevi che lui diceva: *la realtà non è mai come la si vede, la verità è soprattutto immaginazione!*»

Ed ecco che i campanelli di Magritte riacquistano forma e forza, escono dal muro e subito si precipitano alla porta blindata con Femme e Anfora. Ognuno a modo suo, riescono di nuovo a oltrepassarla.

«Eccoci fuori, e ora?» dice Femme guardando il proprio corpo, più esile che mai.

«Dobbiamo studiare un piano. Oppure scappiamo, e chiediamo rinforzi per liberare il Rock Drill e il Genio della Montagna» riflette Anfora. In pochi balzi, sorprendentemente agili, raggiunge l'acqua all'interno della darsena. Quando ne sente l'abbraccio ha una sferzata di energia e nuota veloce verso il cancello. Non appena sarà in laguna, niente e nessuno potrà fermarla.

Ma una rete di sottilissime linee scure si alza dal fondo della darsena e la imprigiona, poi la riporta nel buio di quella stanza dove nessuna opera d'arte può agire. Fa sempre più freddo. Anfora-frutto cade come congelata sul pavimento.

A terra accanto a lei c'è Femme Leoni, esilissima e contorta, anche lei priva di sensi.

Tutto si è svolto in pochi attimi.

Una porta si apre, entrano la luce e la musica della festa.

Insieme ad alcune grosse casse di legno su carrelli elettrici che avanzano trionfali. Manovrati da due uomini che guardano in una consolle con telecomandi, come in un gioco elettronico. Ridono, uno di loro è così divertito che le lacrime gli scendono sul viso grassoccio. Se le asciuga passandosi il braccio rivestito da una vistosa giacca a quadri grigi, poi chiede serio: «E quei campanelli dove sono finiti?»

20

Donne e motori

Milano, 28 giugno 1914

1
Quando fa così è insopportabile

«Ne sei certa, Léontine?» chiese Lisetta.

«Sì, sì, ti dico che era lui, al volante di un'automobile bellissima: rallenta, si gira, va avanti e indietro e... *vrooom, vroom...* oplà, passa il ponte del naviglio di via Montebello! Immaginati: sui gradini, proprio come nella fotografia stampata su *La Lettura* di questo mese, guarda lì, all'ultima pagina... Ti devo dire: un vero *coup de théâtre*!» Léontine parlò tutto di un fiato, con soddisfazione.

«Una bravata! Tipico suo. Quando fa così è insopportabile.» Lisetta scuoteva la testa, ma si capiva che voleva saperne di più.

Léontine, che stava attraversando il salone a grandi passi, si fermò di scatto davanti all'amica e la guardò. Teneva fra le mani una cappelliera colma di nastri coloratissimi, che sussultarono come animati da un subbuglio interno. Li schiacciò leggermente con una mano e proseguì.

«Oh, sempre a criticarlo... ora te la racconto bene. Stavo andando dal Bellotti, il tipo che mi ha indicato tua madre per quelle poltroncine, e davanti a un carretto di frutta ti trovo l'Ernestina con il cesto della spesa ancora vuoto. Mi sono fermata a chiederle se mi comprava delle pesche dal fruttivendolo, ne vado pazza, e lei ha scosso la testa disapprovando vivacemente, puoi immaginare... Eh, è presto, costano ancora care, ha fatto brutto, vengono da lontano eccetera... E allora io per convincerla: ti accompagno, poi le scegli tu, sai che a comprare la frutta sono negata. Anzi non lo faccio mai, se no poi lei si offende, è la vera amministratrice della cucina e non apre il borsellino volentieri. Be', per farla breve ero lì che cercavo di corromperla con l'idea di farle all'amaretto, quando sento delle voci più alte. Mi volto e vedo Uberto che studia i gradini del ponte tra un gruppo di persone ferme a guardarlo. Volevo andare a salutarlo perché non mi aveva vista, anche l'Ernestina mi fa: *che la vaga, che la vaga, ghe pensi mi ai perseghitt*, ma lui era già salito sull'automobile e con questa sul colmo del ponte. C'erano passanti che applaudivano, bambini che ridevano, cani che abbaiavano... ha fatto un figurone, ti dico.»

«Non m'importa proprio nulla delle sue prodezze, soprattutto quando si mette così in mostra! Cambiamo discorso, va'! Dai un'occhiata a queste altre riviste che ti manda mia madre.»

Lisetta aveva posato sul tavolo uno scatolone pieno. Estraendo alcuni numeri di *Emporium*, *Ars et Labor* e *La Lettura*, notò che in tutte le pagine dove vi erano fotografie di cantanti e attrici in abiti di alta sartoria o figurini di moda, sua madre aveva messo dei piccoli segnalibro: cartoncini verde chiaro con dei puntini ricamati in blu. Ecco perché ci teneva tanto che lei le portasse all'amica. Gliele aveva date dicendo solo: in un atelier c'è sempre da aspettare, meglio se la gente ha di che passare il tempo. Nascondendo, come spesso le capitava, il suo utile lavoro.

Lisetta si dispiacque di averle risposto sbuffando: «Ma dai, mamma! Finora da lei si va per appuntamento, non ci sarà da attendere. E poi è già abbonata a *La gazette du bon ton* e a *Vogue*!»

Carla era affezionata a Léontine fin da quando, appena arrivata da Parigi, frequentava il Collegio delle Fanciulle con Lisetta. Aveva risposto: «Be', magari le porterà fortuna. Adesso si può permettere solo una "piscinina", ma prima o poi la gente arriverà, e allora che cosa fanno? Si siedono su un bel sofà, aspettano e leggono qualcosa! Mandala dal Bellotti, ha in vendita un divano Biedermeier in ciliegio chiaro, rivestito di un velluto con un disegno per nulla banale, romantico ed essenziale. Lì seduti saranno contenti, poi di riviste ce n'è per tutti i gusti. E vedrai che spenderanno più volentieri.»

2

Era la Ford T o l'Isotta Fraschini Km?

«Oh guarda, mia madre ti ha messo dei segnapagina, e che carini...» Lisetta osservava un numero de *L'illustrazione italiana*, sulla pagina segnalata c'era un abito di Rosa Genoni indossato nel 1908 dall'attrice Lyda Borelli per il teatro, chiamato *Tanagra* perché si ispirava al panneggio di quelle statuette antiche.

Fedele citava sempre la grazia di queste sculture, pensò Léontine, e si avvicinò all'amica. Lisetta stava sfogliando un altro giornale che aveva trovato sul fondo della scatola. Era più grande e molto vecchio, poche pagine dalla copertina rosa. «Curioso, è rimasto anche questo di venticinque anni fa. Nessun segnalibro, forse era tra gli altri e mia madre non se ne è accorta. Non credo ci sia qualcosa d'interessante per gli abiti. Guarda come è cambiata la stampa, quasi non ci sono figure.»

Il titolo era *La donna e la famiglia*, la data: aprile 1890. Fra un articolo sull'educazione dei figli e un reportage sul paese di lunga vita, un'isola greca, Lisetta lesse tra sé la frase: «L'uomo non può comandare ai fatti, ma può salvare i princìpi nel suo cuore».

Fu solo allora che chiese con distacco: «Ma con quale *bellissima* auto avrebbe *scalato* il ponte, Uberto?»

«Ah bene, torniamo sull'argomento...» rispose Léontine mentre sfogliava un'altra rivista.

«Mi interessa solo l'auto: era la Ford T o l'Isotta Fraschini Km?»

«Ehi, Lisetta, io non me ne intendo. Mi piace farmici portare, i sedili capitonné sono comodi, se sono di un bel rosso fanno risaltare abiti, calze e scarpe. Comunque sì, era una macchina rossa!»

«Scusami, ma sei stata tu a provocarmi. Lui ha *due* macchine, e tutte e due rosse: una è milanese, e tu la conosci; l'altra è americana e ha scalato il vecchio Ben, una montagna scozzese di millesettecento metri! Anche i cerchioni e i raggi sono rossi, più sportiva: bellissima.» Lisetta parlava quasi con enfasi.

«Ah, queste macchine scalano ponticelli e montagne, come muli... che progresso!» rispose Léontine prendendo in giro l'amica. Poi chiuse la rivista e si avvicinò con un disegno, un abito chiaro da pomeriggio, corto, che copriva appena il ginocchio.

Lisetta esclamò con sincera ammirazione: «Mi piace molto!»

«Non devo andarci più, alla Maison della Vionnet. Se vedo i suoi disegni mi vien voglia di copiarli. Mi succede anche con la Chanel, altro vulcano d'idee. Chissà se un giorno sarò come loro!»

«Lascia libera la tua creatività, Léontine. Anche tu hai uno stile, e siamo a Milano! Vedrai che nascerà qualcosa di diverso, solo tuo, ma che arriva a tutti. Se il disegno esce dal tuo mondo interiore, volerà verso la bellezza» disse Lisetta. «È come ci ha insegnato Fedele. Ed è il messaggio di Giulia.»

Si guardarono negli occhi e si sentirono unite, come ogni volta che parlavano di lei. Restarono un po' in silenzio.

«Comunque io e Uberto abbiamo idee diverse, anche per i motori. Anzi, credo proprio che amiamo *persino* le macchine e gli aeroplani in modo differente. Per lui sono un'espressione di... come dire?... di potenza! Invece io li trovo affascinanti perché sono la libertà. La forza di un'auto per me è solo un mezzo, per lui un fine. La velocità, il vento nei capelli, il mondo visto dall'alto, le distanze che si accorciano... questa roba non è riservata ai soli uomini e ai loro proclami futuristi! Certo, loro vorrebbero che noi ci occupassimo soltanto di famiglia, casa, vestiti, beneficenza, proprio come vent'anni fa. Ecco, senti qua...» E lesse declamando dal vecchio giornale con la copertina rosa: «*Note di Galateo*: "Non si presenta un giovine a una giovinetta, se non in una festa da ballo, allorché questi si propone di invitarla a danzare; la giovinetta non deve dir nulla, soltanto fare un inchinino." Tu ti immagini oggi, zitte e... *inchinino*?»

Le due amiche risero di gusto.

Poi, Lisetta chiuse il giornale e indicò la cappelliera che strabordava di nastri colorati: «Questi dove li metterai? I colori sono bellissimi... E quando mi fai vedere altri disegni nuovi?»

«Non so, mi piacevano e li ho comprati. Per i disegni devi aspettare, non sono pronta. Ho solo in mente il colore: vorrei usare quello che Giulia amava negli ultimi tempi... Ricordi i suoi guanti? Verde Nilo!»

Lisetta a quelle parole fissò a lungo i nastri mentre Léontine arrotolava i rocchetti per metterli in ordine.

«Sì, li ho io. Guanti bellissimi, ma non oso metterli» rispose poi pensierosa.

Léontine decise di cambiare discorso: «Su, racconta: quali sono le macchine che ti fanno sognare, adesso?»

«Le Bugatti...»

«Ah, il creatore delle sedie liberty e dei mobili visionari si è messo a fabbricare automobili?»

«Dai, non scherzare. Un altro Bugatti, il figlio Ettore. Ma non posso certo lamentarmi della nostra Alfa 24 hp.» Prese un respiro per dire in un fiato: «Il telaio, che sarebbe la struttura, è stato assemblato allo stabilimento del Portello, il migliore che c'è. Poi la carrozzeria Castagna, in via della Chiusa, l'ha allestita in versione Torpedo: come dire sportiva, ma che va bene anche di sera. L'accostamento dei colori l'ho scelto io: livrea rosso fiamma, gli interni in pelle color tabacco. E il quattro è il suo numero perfetto: quattro cilindri, cambio a quattro marce, può raggiungere i 110 chilometri all'ora. Le ruote a raggi in legno montano pneumatici da...»

«Ah, ah! Fermati, ti prego!» la interruppe Léontine. «Non riesco più a seguirti.»

«Oh sì, scusa. Comunque la mia Alfa la conosci, era per dirti come è stata confezionata dalle migliori *sartorie automobilistiche* della città. Tagliata e cucita quasi su misura. I meccanici americani invece si mettono in fila accanto a un nastro trasportatore su cui scorrono le auto in costruzione e ognuno aggiunge un pezzo: sempre lo stesso, montato nello stesso posto e fissato nello stesso modo, auto dopo auto. In questo modo, gli operai di Mister Henry Ford costruiscono una macchina in poche ore. Mentre dal signor Castagna ci mettono dei giorni, il tempo che ci vuole.» Intanto continuava ad arrotolare nastri blu, che poi passava a Léontine perché li riponesse nell'ordine giusto di sfumatura. «Furono proprio i Castagna, più di cinquant'anni fa, a costruire la famosa "spider" di Alessandro Manzoni, in legno di limone filettato in rosso. Le moderne macchine un po' copiano quelle vecchie carrozze.»

«Lo posso immaginare, nulla si crea dal nulla.» Anche se sembrava burlarsene, Léontine seguiva le divagazioni storico-manifatturiere di Lisetta. Ma era decisa a riportare il discorso sulla strada che lei voleva.

«E tu le hai guidate, le automobili di Uberto?» chiese all'amica lasciandola da sola per scomparire dietro un paravento.

«L'Isotta sì, tempo fa. La Ford T non ancora, e chiedergli di farmela provare un po' mi secca.»

«Non vorresti provare questo splendore, invece?» Léontine aveva indossato un paio di larghi, morbidi pantaloni. «Voilà! Sai, a Deauville la Chanel veste così se stessa e le sue clienti.»

Lisetta la guardò camminare nella stanza. La sua altezza esaltava il modello, largo e morbido. Sembrava che ogni passo lasciasse un disegno nell'aria. Fierezza e carattere.

Quell'ondeggiare della stoffa, ecco il ricordo delle sciarpe di Giulia che la seguivano come scie. Si rabbuiò.

Pensò a Fedele, che un paio di mesi prima era partito da Venezia in barca a vela, da solo. Perché non aveva ancora dato notizia di sé? Solo un messaggio al porto della Giudecca: parto per una crociera, in barca a vela, non preoccupatevi se non avrete notizie per qualche tempo. Ho bisogno di silenzio. Scusatemi.

Sembrava passato un secolo dagli anni delle loro lezioni a Brera. Da quell'esercizio di concentrazione per scacciare i pensieri, per far volare i desideri in uno spazio tutto loro. Lisetta diceva che il suo era celeste. Quello di Giulia era bianco.

«È a Giulia che mi voglio ispirare, era già all'avanguardia» disse allora Léontine come se le avesse letto nel pensiero. «Aveva la grazia di certe opere d'arte. Fermava il momento, lo rendeva indimenticabile: quando si girava divertita verso di te, all'improvviso ma lentamente, come per controllare se eri con lei. O forse per vedere che cosa ci fosse di bello alle sue spalle, oltre alle sue sciarpe fluttuanti. Secondo me c'era *davvero* qualcosa che noi non potevamo vedere, ma lei sì. Giulia lo sapeva, per quello i suoi occhi scintillavano così ammiccanti. Hai in mente quel disegno di Leonardo, la *Fanciulla che indica*? Da qualche tempo non riesco a fare a meno di pensarci. A volte me la vedo davanti nell'aria, disegnata in una brezza leggera. E penso a Giulia, come se mi volesse dire qualcosa.»

«Già. Ti ricordi il nostro gioco davanti al dipinto di Piero della Francesca? Negli ultimi tempi, pensavo che tua sorella vivesse... ecco, sospesa tra cielo e terra. Ma come se conoscesse bene entrambi gli elementi: le davano forza, anche per il suo bellissimo lavoro.»

Lisetta non rispose. Pensò al cielo dopo il tramonto, quando sopra le sue sfumature si apre un chiarore quasi bianco. Abbassò lo sguardo sulle riviste, ne aprì una e iniziò a sfogliarla.

In *Ars et Labor*, fra le notizie d'arte e cultura, una pagina attirò la sua attenzione. Vi campeggiava la testata *Attraverso le arti sorelle*, disegnata da Leopoldo Metlicovitz. Le nove Muse danzavano proprio come delle sculturine greche, ma in un corteo stilizzato secondo la grafica Liberty del momento. Lesse i nomi scritti sotto, in elegante grafia: Clio, Euterpe, Talia, Melpomene, Tersicore, Erato, Polimnia, Urania, Calliope.

Si fermò a guardare meglio il disegnino: era un riflesso di luce sulle linee nere d'inchiostro, o davvero per un attimo aveva visto le nove Muse muoversi sul foglio? Una danza, morbida e armonica, dolcissima.

Urania era disegnata di schiena, ma in quel momento sembrò girarsi verso di lei. Improvvisa e lenta, come Giulia. Lisetta alzò gli occhi e li richiuse. Poi, riaprendoli, provò a mettere di nuovo a fuoco l'immagine. Il disegno era perfettamente immobile. In quel mentre, il campanello della porta suonò forte.

Léontine andò ad aprire e si trovò davanti sulla soglia Uberto con il viso teso e allarmato, gli occhi accesi da un'eccitazione che mai gli aveva visto.

«Scusate, sapevo di trovarvi qui! Devo darvi una notizia importante.»

Cercò Lisetta con lo sguardo, trovandola in piedi dietro a Léontine la fissò con occhi frementi: «Hanno sparato all'arciduca Francesco Ferdinando a Sarajevo, l'hanno ucciso... ne sono certo, sarà la guerra!»

Si guardarono tutti e tre, senza saper dire nulla.

Léontine spaventata pensò una cosa sola: e adesso, dove sarà Fedele?

21

La collera della Medusa

Venezia, 19 novembre 2006

1
Mi dispiace di questo impiccio

La luna è tramontata e il cielo sopra la laguna non mi è mai sembrato così buio. Mi sono appena svegliato intontito sul divano. Sono le sei del mattino. Minerva, seduta in accappatoio bianco davanti a me, guarda il Mac portatile appoggiato sulle sue ginocchia.

«Cos'è successo?» chiedo a mezza voce.

«Niente, hai dormito. Devi aver sognato» aggiunge con tono un po' malizioso mentre io, seduto con la camicia aperta, mi guardo intorno imbarazzato.

«Quella te l'ho slacciata io, per farti sentire più libero. A un certo punto parlavi nel sonno, ti agitavi. Ti ho chiesto più volte se volevi andare a dormire in un buon letto, ho un intero piano per gli ospiti. Mi hai risposto con frasi incomprensibili...» spiega con un velo di ironia.

«Troppo champagne. Mi spiace esserti crollato addormentato in salotto.»

«Ma figurati. Io dormo poco, mi basta qualche ora. È stato un piacere vegliare su di te.» Poi torna a scrutare lo schermo del suo Mac.

Davanti allo specchio del bagno la mia faccia mi sembra invecchiata di dieci anni. Mi butto sul viso dell'acqua gelata. E guardandomi negli occhi mi domando se con Minerva è successo *qualcosa*. Spero di no. È già la seconda notte consecutiva che mi sveglio catatonico, dopo averla passata vicino a una donna senza sapere che cosa ho combinato.

«Ora sto meglio» le dico tornando in salotto. «Mi spiace: spero di essermi comportato bene. E mi ha fatto piacere rivederti» concludo nella speranza che sia lei a dirmi di più.

Minerva solleva gli occhi dal Mac socchiudendo le palpebre, poi si alza, l'accappatoio si apre un po': sotto non ha nulla. Lo ricompone, si avvicina e sussurra: «Sei sempre un vecchio amico, Freddy» e rimbocca il collo a chiudere la scollatura. «A presto, mi raccomando, vedi davvero di comportarti bene» mi dice, salutandomi con un abbraccio un po' distaccato e lasciandomi in un mare d'incertezza.

A bordo del motoscafo che mi ha messo a disposizione per tornare in città non posso fare a meno di rimuginare su quello che mi ha raccontato. Avrei preferito fosse tutto finito nello stesso oblio che ha velato l'ultima parte della notte, ma purtroppo non è andata così. E mille domande iniziano ad assillarmi.

Manca poco all'alba quando mi faccio lasciare dal motoscafo alle Fondamenta Nuove e mi avvio verso casa. Anche il telefono è scarico. Altro che superenergia o supervista conoscitiva. Ogni giorno è sempre peggio. Questo è un superfiasco e io sono a pezzi.

Ripenso alle parole di Minerva. Chi esalta l'assurdo in nome di una fantasia divinizzata altera la percezione della realtà, offre consolazioni infantili allo scopo di manipolare degli squilibrati visionari. E comunque, che cosa c'entro io? Se anche avessi qualche "potere", non fa per me: che se ne torni da dove è venuto. Lo spazio trasparente sopra i colori del tramonto è un effetto ottico. Il bianco mi serve solo per scriverci sopra la parola FINE. Volto pagina, devo smettere di tormentarmi con questa faccenda. Non ne voglio più sapere di Sandy e di Schein, delle loro bugie e dei loro intrighi.

Oggi lascerò Venezia e mi metterò alle spalle questa folle storia.

2

Perché non tornano? Dovrebbero già essere qui

Alla Guggenheim, il Giardino delle sculture è avvolto in un preoccupato silenzio. A romperlo sono due vecchie voci metalliche, che provengono dai Tauromachia: «Perché non tornano? Dovrebbero già essere qui.»

«Ricordiamoci che non sono andati in giro a divertirsi» replica una figura umana in bronzo martellato come una corteccia d'albero, con il braccio destro alzato e la mano che fa da visiera agli occhi: *Uomo Foresta*, come i Tauromachia, è una creazione di Germaine Richier.

«Forse hanno scoperto qualcosa» risponde *Modello per Ovale con punte*, bronzo di Henry Moore, al museo per un prestito temporaneo. Una forma morbida e curva circonda il suo interno cavo dove due punte tendono a incontrarsi, come se il metallo ancora fluido volesse ricongiungersi nel vuoto, in un equilibrio sottile.

«E allora dovrebbero essere già tornati. Avevano l'incarico di raccogliere ogni informazione utile... ma senza azzardarsi a fare gli eroi!» tuonano i Tauromachia.

«Liberare il Genio è un compito che non tocca a noi. *Lei* lo ha detto chiaramente» precisa *Primo Scavo*, opera dello scultore Bryan Hunt: un bronzo liscio nella larga parte superiore e sfaccettato nei suoi contorni laterali.

A queste parole, tutti si voltano verso l'Ultima Ondina

che in un angolo del cortile guarda nel vuoto e sembra non prestare ascolto al chiacchiericcio fra le sculture.

«Uhm... Magari hanno trovato una pista interessante...» commenta l'Uomo Foresta.

«L'Ondina è stata molto chiara» prosegue Modello per Ovale. «I suoi nemici sono potenti... e pericolosi anche per noi. Qui siamo al sicuro, in un centro virtuoso, protetti dalla forza del nostro equilibrio. E siamo in tanti. Ma uscire allo scoperto, in pochi e in campo nemico, può essere controproducente.»

«È vero che l'Ombra Ostile non può entrare qui» riflettono i Tauromachia. «Però è forte, molto forte! Qualcosa farà.»

A queste parole, tutti tacciono. L'unica a parlare è un'insegna luminosa sul muro, il neon colorato di Mario Merz che accende la frase: *Se la forma scompare... Scompare... Scompare...* Lampeggia nervosamente, bloccandosi per qualche istante, poi illumina il giardino con una luce blu sempre più intensa. La seconda parte della frase, *la sua radice è eterna*, rimane inspiegabilmente spenta.

«Non c'è motivo di preoccuparsi prima del tempo. Il buon cacciatore coltiva l'arte dell'attesa. Torneranno Ssstt... Non sentite? C'è un suono nell'aria» sussurra l'Uomo Foresta e subito riprende a scrutare l'orizzonte con il braccio alzato.

Muovendo la testa come se volesse cogliere nell'aria qualcosa di lontano, l'Ultima Ondina si riscuote.

Le sculture del giardino si fanno ancora di più immobili, acuiscono i sensi per cogliere il flebile rumore.

«Sembra... Uno scampanellio!»

«Che c'è? Che succede? Chi è là?» chiedono i Tauromachia.

Dling... Dling... i campanelli di La voce dell'aria si sentono appena, mentre le sfere bianche scendono lentamente dal cielo come tre piccole astronavi.

Le opere si scambiano sguardi di sollievo.

«Finalmente!»

«Siete tornati!»

«Era ora!»

«Ma cosa vi era successo?»

«E dove sono Femme e Anfora?»

I tre campanelli oscillano nell'aria, non hanno la forza di rispondere alle domande. La loro immagine quasi si scompone, come in un video mal sintonizzato. Poi migliorano in definizione e nitidezza fino a librarsi in volo risuonando in modo sempre più alto e chiaro. *Dling... Dliiinng! dliiiiiinnng!!!*

E iniziano a raccontare quello che è accaduto nella stanza buia.

Sono tutti così attenti che nessuno fa più caso all'Ultima Ondina: lei nel suo angolo si siede per terra e avvicina le ginocchia unite al petto, vi posa sopra le braccia incrociate in avanti a protezione del viso. I lunghi capelli piano piano aderiscono al corpo, quasi fossero alghe che ricoprono uno scoglio. Poi si avviluppano, intrecciandosi come vecchie gomene sfilacciate e attorcigliate: stanno diventando grigi e ruvidi, scendono fino a terra dove rimangono immobili, sempre più incolori. Corde prive di vita.

Le opere d'arte ascoltano ammutolite.

«Prigioniere... del vuoto buio?» chiede l'Uomo Foresta.

«Dobbiamo correre a liberarle! Gli umani non sanno più quello che fanno, se le loro azioni si staccano dalla loro stessa umanità» esclama Primo Scavo. «In tutto il genere animale, solo l'uomo ha la libertà di scegliere che cosa fare. Ma se il suo cuore diventa di pietra – con tutto il rispetto per il genere roccioso di cui faccio parte e di cui conosco le formidabili potenzialità – tutto può cambiare. Se l'uomo non capisce che lo sguardo di un altro uomo dice innanzitutto "non uccidermi", in tutte le infinite sfaccettature di questo significato, intendo dire fino a "comprendimi se puoi", allora... allora luci e ombre non servono più a disegnare nulla.»

Le parole rimangono scolpite nell'aria.

«Se le cose stanno così, alcuni uomini stanno aiutando l'avanzare di un buio senza speranza di riflessione» tuonano sommessi i Tauromachia. «Uniti all'Ombra Ostile sono troppo forti per noi... La nostra lotta potrebbe essere un massacro.»

«Come ha detto la nostra Ondina, qui ci vuole un umano. Quindi bisogna agire con un'idea che sappia come far svanire quel buio, come creare uno spazio libero e difenderlo... un'idea umana, insomma» dice Modello per Ovale.

Armate di questa speranza le opere del Giardino Nasher si voltano verso l'angolo dove si è rifugiata l'Ultima Ondina, la sola che può dare delle risposte.

Chiusa in se stessa, la fronte poggiata sulle ginocchia che stringe fra le braccia, mentre la cortina dei lunghi capelli si è infittita: non sembra più un corpo di donna ma uno scoglio grigio, ricoperto da alghe simili a gomene consumate. Poi muove la testa, alza il viso e mostra gli occhi. Accesi da una rabbia terribile, di ghiaccio. Ma nello stesso momento nel giardino della Guggenheim un vento caldo soffia da sud.

E la laguna inizia a gonfiarsi.

22

La guerra di Uberto

Fronte del Piave, ottobre 1918

1

Era il quarto anno di guerra

Nuvole, nuvole, nuvole.

Quando le sorvolava, erano cucchiaiate di panna montata che coprivano parti della grande carta topografica in scala 1:1 stesa sotto di lui. Insieme all'altitudine e alla velocità, quei cirri immacolati nascondevano l'orrore di ciò che si svolgeva laggiù, nel mondo reale.

Conosceva bene le trincee, quel silenzio di paura rotto dai lamenti e dal sibilo di proiettili invisibili che scavavano nella carne e spezzavano le ossa. Conosceva il fragore sordo delle esplosioni che non smetteva di rimbombarti in testa, le cannonate che colpivano la terra e gli uomini, le zolle e le carni squarciate che volavano in aria per ricadere in un caos infernale, mentre l'odore dei cadaveri e della sofferenza saliva dai reticolati: li aveva visti e sentiti di persona, in prima linea, e li ritrovava negli sguardi vuoti di chi tornava da là. No, non gli bastava volare più in alto di quelle montagne dove gli uomini portavano la guerra, scalandole e bucandole come formiche giganti, per sentirsi fuori da quel massacro. L'altezza, il cielo e i cumuli di vapori candidi non erano sufficienti a nascondere il sangue che scorreva in quelle arterie scavate nella roccia, tra mozziconi di alberi illuminati dai lampi delle cannonate, in una scura massa di fango.

Era il quarto anno di guerra e Uberto aveva cambiato la sua opinione sull'argomento: doveva finire al più presto. Come era lontana l'esultanza del 24 maggio 1915, quando si scriveva che quella "parola formidabile: guerra!" finalmente tuonava da un capo all'altro dei nostri confini in nome della libertà e dell'indipendenza, e tutti insieme si cantavano le acque di un dolce fiume che mormorava "non passa lo straniero". Adesso austriaci e tedeschi avevano passato un altro fiume, turchese chiaro come un mare esotico, l'Isonzo che porta a Caporetto. Quanti giovani giunti da ogni paese d'Italia erano morti, quanti provenienti dalle nazioni d'Europa unite sotto la bandiera austro-ungarica? Di chi era quella terra, che la morte rendeva uguale per tutti? Il mondo l'aveva data in prestito all'umanità. A chi era nato lì o vi era arrivato mettendovi le sue radici, per renderla più bella e per difenderla. In pace. La terra era un prestito, per tutti.

In quella mattina di ottobre del 1918 il tenente pilota Uberto di Monfalco era appena decollato dalla pista presso i Casoni di Mussolente con il suo caccia – un Ansaldo Sva 5, lo stesso modello usato un paio di mesi prima dalla pattuglia del poeta Gabriele d'Annunzio per il raid su Vienna – per un volo di ricognizione sul fronte del Piave, anche se le missioni solitarie erano vivamente sconsigliate dal comando. Quasi subito aveva trovato un banco di nubi e vi si era tuffato dentro senza esitare. A lui piacevano le nuvole, perché lo isolavano dal presente.

Anche Lisetta le amava. Quando vi entrava con il suo biplano leggero, quei soffici batuffoli, all'esterno così scenografici, si trasformavano in banchi di fitta nebbia che correvano in folate spesse e grigie. Amava il senso di libertà che provava passandovi in mezzo, vedendole da sopra, sentendole come un ombrello protettivo quando correva sotto di loro. Sapeva riconoscere quelle pericolose, e se ne manteneva prudentemente lontana, ma era certa che alcune nuvole fossero sue amiche. Glielo aveva confessato un giorno, sulla pista di Vizzola Ticino, tre anni prima.

Prima della guerra.

Il fatidico 16 aprile 1912 le difese emotive di Uberto erano crollate. Era andato a trovarla in ospedale, quando lei aveva appena saputo da suo padre la tragica notizia del naufragio. Le era stato vicino in ogni modo. Quando le avevano detto che sua sorella non era tra i superstiti, Lisetta aveva guardato negli occhi il padre, la madre, Léontine e Amélie che erano tutti intorno a lei. Ma solo il giorno dopo aveva pianto, e con Uberto. Da allora erano diventati qualcosa di più che due ricchi giovani appassionati al gioco costoso dei motori. Avevano iniziato a frequentarsi, soprattutto dopo che lei aveva ripreso le lezioni di volo.

Durante una gita in battello sul lago di Como, Lisetta gli aveva confessato che con lui si sentiva come a bordo di un piccolissimo aereo immaginario, in grado di volare lento, basso e invisibile appena un poco sopra cose e persone, facendo degli spericolati *virage* tra le loro teste e captando qua e là i discorsi della gente, per scappare poi velocissimo se questi erano noiosi. Oppure le sembrava di essere all'interno di un'autovettura tra strade sconosciute, anche se erano quelle di sempre. Sì, stare con lui era come vedere il mondo da un punto di osservazione unico e speciale, che riusciva a distrarla.

Lisetta si era accorta che mentre parlava con lui ogni ricordo assumeva una dimensione ancora più preziosa e profonda, e il dolore diventava meno feroce. La perdita acquistava un peso diverso e l'ombra della malinconia scavava un vuoto meno oscuro: lui non aveva mai veramente conosciuto Giulia e vedeva tutto da una distanza che piano piano le faceva intuire l'essenza di sua sorella e, in un certo modo, la aiutava a sentirla più vicina.

Un giorno Uberto le aveva detto: «Un paesaggio visto da un aeroplano si trasforma completamente, ma il *tuo* paesaggio è quello che porti con te, non puoi dimenticarlo nemmeno da lontano. Lo costruisci tu con le cose più care. La felicità è un fine da raggiungere sempre da soli, con le proprie forze, grazie a un tuo paesaggio interiore.» Lei sorridendo gli aveva risposto che la pensava più o meno così anche una persona che sembrava la più distante da lui in quanto a temperamento, mamma Carla Tirelli. Quando Lisetta le portava in camera una camelia dai petali perfettamente concentrici, una rosa o un profumato e carnoso fiore di magnolia colto nel loro giardino, lei commentava: «Guarda che bello. La serenità che ti aiuta a vincere ogni battaglia va cercata anche nelle piccole cose. Dobbiamo imparare dai fiori.»

A volte Lisetta battibeccava con Uberto: lei diffidava delle idee di un certo "Futurismo", a lui non piaceva il suo "passatismo". La politica poi li vedeva in una specie di guerra non dichiarata, fatta d'imboscate e di fughe, di lunghe tregue oziose e di aspri scontri improvvisi, di trinceramenti puntigliosi e di assalti imprevedibili. Uberto all'inizio era un militarista convinto. Lisetta aveva qualche simpatia socialista, ma soprattutto aveva in odio i proclami di chi voleva trasformare automobili e aeroplani in strumenti di potere dell'uomo sull'uomo. I loro erano mondi diversi, e proprio queste differenze diventavano un aiuto a comprendere le proprie debolezze. E a superarle, se possibile.

Per Uberto l'entrata in guerra era stata la giusta evoluzione del sentimento nazionale: difendere le conquiste che i nostri nonni e i nostri padri avevano costruito nel Risorgimento, dopo secoli di oppressione e sfruttamento degli stranieri. Lisetta su questo era d'accordo: anche se fortemente neutralista, era pronta ad andare al fronte per aiutare i soccorsi. Se c'era del sangue innocente sparso in questa follia, lei doveva essere utile in qualche modo, magari trasportando medicinali con il suo aereo... Pensava di diventare una crocerossina volante. Ma il ministero della Guerra aveva escluso le aviatrici da ogni attività di volo per tutta la durata del conflitto. Quando fu emanato il divieto Lisetta reagì con rabbia, lanciando invettive poco adatte a una gentildonna. Uberto invece ringraziò il cielo, e i ministri del Regno, per aver lasciato a terra le due o tre donne pilota che c'erano allora in Italia.

Adesso, dopo tre anni di conflitto, lui aveva cambiato opinione sulla guerra. Viverla aveva messo in fuga l'entusiasmo interventista.

Uberto sorvolava con il suo aereo l'invisibile fronte del Grappa e vagava nei ricordi. Gli tornò alla mente ciò che aveva sentito dire in un campo militare da un semplice mulattiere. Veniva da qualche valle montana della Liguria o del Piemonte, a giudicare dal dialetto inframmezzato allo stentato italiano con cui tentava di comunicare con un commilitone della Sila. Raccontava che una sera, durante il primo autunno di guerra, mentre nell'aia della cascina ripulivano dalle foglie le pannocchie di granturco, alcuni contadini del suo paese avevano visto tre grandi fuochi accendersi misteriosamente sulla cima della montagna di pietra che dominava le loro case. Quello era stato considerato un segno: la guerra sarebbe durata tre anni. Be', i tre anni erano passati da qualche mese e fra gli ufficiali si diceva proprio che l'attacco finale era imminente: l'Impero stava per crollare, entro fine ottobre o i primi di novembre il Regio Esercito avrebbe sferrato l'ultima offensiva. La lezione di Caporetto era lontana.

Così il tenente Uberto di Monfalco pensava alla sua "neutralista" a casa, mentre volava lontano dal terribile presente che scorreva inesorabile tra le rocce e il fango gelido sotto di lui. In fondo aveva ragione lei, già da allora.

2
Il dannato non mollava

Uscì dalla nube e si guardò intorno per orizzontarsi fra i monti. Non aveva punti di riferimento, le cime erano basse e la valle piena di una nebbia lattea e densa, che nascondeva ogni cosa. Dov'erano il paese di Pederobba, il Piave e le trincee austriache che avrebbe dovuto osservare dall'alto e omaggiare con un paio di bombe da 25 chili di cui era equipaggiato, in risposta alle fucilate con cui sicuramente lo avrebbero accolto?

Le ampie chiazze biancastre che nascondevano la visuale del terreno improvvisamente si diradarono, mostrando case che si distendevano sulle rive di un fiume. Poi palazzi, un castello. Che città era quella?

Appena il tempo di capire che doveva trattarsi di Feltre, e dalla nebbia emerse la sagoma imponente di un dirigibile in sospensione.

Uberto ne aveva visti parecchi, eppure questo sembrava un irreale mostro preistorico, o un vascello di viaggiatori giunti da un altro pianeta. Notò tre caccia Fokker che rullavano sulla pista di decollo: sotto di lui c'era l'aeroporto nemico. Lanciò subito le sue due bombe e intanto virò dandosi alla fuga.

Possibile che avesse sbagliato rotta in quel modo? Tutta colpa delle nuvole e del suo vizio di perdercisi dentro!

Uberto si voltò. Era lontano dalla portata di tiro dei Fokker, ma i cacciatori si avvicinavano rapidamente. Si tuffò nella nube da cui era uscito poco prima. Il rumore del suo motore copriva e confondeva quelli dei tre inseguitori. Nella nuvola, non avevano riferimenti visivi. Non potevano trovarlo.

Decise di puntare verso est, dov'erano le trincee nemiche. Non era logico che fuggisse in quella direzione, i suoi inseguitori non sarebbero andati a cercarlo lì. Una decina di minuti, e poi sarebbe tornato a sud.

I caccia austriaci probabilmente si erano divisi, uno o due di loro potevano sbucare dietro di lui in qualunque momento. Oppure poteva trovarseli sul fianco sinistro. Si voltò cercando qualche ombra in movimento nel grigio che lo circondava da ogni lato, o qualche rumore d'aereo nel frastuono del suo motore.

Se i Fokker fossero arrivati da quella parte, voleva avere il tempo di virare e di inquadrarli nel mirino delle sue due mitragliatrici anteriori Vickers 7.7.

Come ogni volta in cui si sentiva in pericolo, gli tornò in mente una scultura intitolata *Rock Drill*.

Quattro o cinque anni prima, a Londra, era andato con amici a visitare lo studio di Jacob Epstein, un giovane scultore americano molto apprezzato da Filippo Tommaso Marinetti, e lì aveva visto quest'opera: un martello pneumatico a treppiede, cavalcato da una figura umana in gesso, realizzata in uno stile fra il primitivo africano e la marionetta meccanica. Un mostro, lo avevano definito, un automa costruito da pezzi di macchina, come Frankenstein. Durante gli anni di guerra, questo *Rock Drill* era diventato una presenza fissa nei suoi incubi notturni, almeno quanto Lisetta lo era nei suoi sogni migliori e in quelli a occhi aperti.

Improvvisamente Uberto sentì una nota stonata inserirsi nel frastuono di fondo del motore del suo aereo. Uno sguardo allo specchietto retrovisore che aveva fatto montare a lato dell'abitacolo, e vide la sagoma del Fokker sulla sua scia. Com'era possibile? Quel crucco era riuscito a rintracciarlo?

Senza pensarci troppo si gettò in basso, in modo da aumentare la velocità. Sentì subito una forte corrente d'aria sul lato sinistro. Ecco, era stato quel vento da sud a portare il suo rumore verso l'aereo austriaco.

Il ruggito delle mitragliatrici gli arrivò mentre stava virando ancora a sinistra. Un paio di proiettili centrarono in pieno il motore del suo Sva che iniziò a fumare sferragliando. Uberto si gettò quasi in picchiata.

L'aereo rispondeva ai comandi, ma il suo braccio destro no. Solo allora si accorse del bruciore alla spalla: anche lui era stato colpito, proprio in quel punto, e poteva manovrare la cloche solo con il braccio sinistro. Mantenne la picchiata attraverso refoli di nebbia grigia e veli rossastri di dolore che si alternavano sempre più rapidamente davanti ai suoi occhi.

Gli sembrò di vedere il viso di Lisetta che stava per baciarlo. Poi lei diventò la ragazzina capricciosa che batteva i piedi sulla ghiaietta del parco davanti a quella giostra, e proprio da lì l'aeroplano dell'allieva pilota Tirelli s'imbarcava in un mare di vento, il giorno del Titanic. Ed ecco il *Rock Drill* che si trascinava nel fango della trincea: di lui era rimasto solo un tronco mutilato, senza un braccio, ma di metallo lucente. Uberto chiuse gli occhi per un istante, per scacciare quelle visioni.

Improvvisamente davanti a lui c'era solo il terreno: nero, brullo, accidentato.

Raddrizzò la cloche riportando l'aereo in assetto orizzontale, la spalla bruciava come ci fosse dentro un carbone acceso. Non appena vide un tratto un po' più pianeggiante, si abbassò.

Toccò terra quasi senza accorgersene. Le ruote scivolavano abbastanza agevolmente sul suolo sconnesso. Riuscì a tirare il freno, rallentando quella corsa indiavolata fra schizzi di fango e di sassi.

Stava pensando di avercela quasi fatta, quando il suo Sva s'infilò di muso in un fosso profondo.

Un pesante sipario calò su Uberto. Rosso, come il dolore che sentiva alla gamba.

3
Dying is a very simple thing, my friend

Voci lontane, il rombo di un motore, rumore forse di spari. Qualcuno lo toccava, lo strattonava da una parte e dall'altra, come per spostarlo.

Poi si sentì tirare per il piede sinistro, e il sipario rosso si sollevò.

«*Dying is a very simple thing, my friend.*»

Chi gli diceva che morire è una cosa semplice?

«*I've looked at death and really I know. If I should have died it would have been very easy for me. Quite the easiest thing I ever did.*»

«Tu... Hai guardato in faccia... la morte?»

«*Do you understand my language?* Bravo! Ti faccio i miei complimenti, pilota... Io sono qui da quasi sei mesi ma il mio italiano a volte è davvero orribile!»

«*Your... language?*» chiese Uberto.

«Già. Continua a parlare, pilota! In inglese, in italiano, come preferisci. Meglio che non ti addormenti.»

Vedeva una bella faccia di un giovane sorridente, chino su di lui con occhi vivissimi. Erano su un'ambulanza, ed era realmente ferito. Il giovanotto indossava la divisa americana con le mostrine della Croce Rossa. Sopra di lui, le nuvole si muovevano troppo in fretta per essere spinte dal vento.

Nuvole, ancora nuvole.

«Ehi, amico! Dove stai andando? Resta qui, e ben sveglio.» Il giovane americano lo scosse in modo deciso e delicato al tempo stesso. «Lo so che non è facile... Sono stato ferito anch'io, all'inizio dell'estate.»

«La gamba sinistra...»

«Te la sei rotta atterrando. L'abbiamo messa in trazione alla bell'e meglio... vedrai, nulla di serio.» L'americano sembrava allegro per questa buona notizia.

«Il braccio... Non lo sento più.»

«Hai beccato una pallottola nella spalla destra, ma non sembra così grave. La mano riesci a muoverla?»

Il giovane volontario della Croce Rossa gli diede un colpo alla mano e Uberto reagì contraendola, pur senza sentire nessun dolore. Sì, il corpo rispondeva. Uberto si sentì tornare in sé.

«Amico mio, siamo nella stessa barca. Per dirti come la penso oggi, tra queste bellissime montagne dove vediamo solo dura pietra, fango, cadaveri, sangue e merda che gela nei calzoni, io sogno davvero il mare.» L'americano sorrideva beffardo, parlando nel suo bell'inglese.

Proseguì più serio.

«Sono stato colpito da un mortaio austriaco sul Piave, tre mesi fa. Mi sono beccato più di duecento schegge nelle gambe e poi ho avuto un ginocchio spappolato dalla mitraglia. Credevano che fossi morto perché ero coperto di sangue. Non era mio, ma di un soldato ferito che mi ero caricato in spalla. Eppure, a un certo punto ho desiderato la morte anch'io, quella notte. Avevo la mia pistola d'ordinanza e ho pensato di usarla per farla finita.»

Uberto guardò il giovane americano. Nei suoi occhi non c'era l'allegria di poco prima e neppure una richiesta di compassione. Solo un freddo, oggettivo realismo, durò un attimo e poi il suo sguardo tornò a brillare generoso e beffardo allo stesso tempo. Poteva avere sei o sette anni meno di lui. Ma in questa guerra non c'erano più ragazzi.

«*There are no heroes in this war. We all offer our bodies and only a few are chosen, but it shouldn't reflect any special credit on those that are chosen. They are just the lucky ones.*»

Anche Uberto fu tra quelli fortunati. Non sognò il mare ma la sua nuvola protettiva, bianca e vaporosa, morbida e dolce come un vassoio d'argento stracolmo di una montagna morbidissima di panna montata.

Le parole di quel volontario americano furono l'ultima cosa che sentì prima di perdere conoscenza. Riecheggiarono nella sua mente per tutti i mesi successivi. Mentre in tutta Italia si celebrava la vittoria e molti lo chiamavano eroe. No, in quella guerra non c'erano eroi, disse con amarezza a Lisetta. E i sopravvissuti non lo erano per qualche merito speciale. In effetti, ebbe la forza di dirlo solo a lei.

Cinque anni dopo, Uberto era a Parigi con Lisetta, divenuta sua moglie, quando sentì di nuovo la voce del giovane volontario americano: era diventato un bell'uomo imponente e se ne stava appoggiato al bancone della Closerie des Lilas in boulevard du Montparnasse. Spiegava al barman il modo corretto per preparare un Martini cocktail molto secco, come piaceva a lui, con lo stesso understatement che aveva usato per illustrare a un pilota gravemente ferito la semplicità della morte.

Uberto lo affiancò e ordinò altri due Martini preparati allo stesso modo. Dopo un'esitazione iniziale, anche l'ex volontario della Croce Rossa lo riconobbe.

«Fronte del Piave, ottobre 1918!» gli disse in italiano, guardandolo con occhi generosi e un po' beffardi.

Ci furono abbracci e presentazioni ufficiali. Cui fece seguito una bevuta colossale. Uberto il giorno dopo aveva dimenticato il nome dell'americano. Ma non Lisetta, che forse reggeva l'alcol un po' meglio di lui e di sicuro aveva bevuto di meno. E negli anni successivi avrebbe seguito la carriera di quel giovane scrittore. Ernest Hemingway, si chiamava.

Eppure, quello non fu il solo incontro sorprendente, almeno per Uberto.

Pochi anni dopo, su una rivista d'arte, trovò un articolo che lo riportò tra le nuvole del suo ultimo giorno di guerra. Parlava del *Rock Drill* di Epstein, ma l'immagine non mostrava la scultura come lui la conosceva: l'automa di gesso ritto sul martello pneumatico era diventato un torso in bronzo, mutilato delle gambe e privo di un braccio, proprio come quello che lui aveva visto trascinarsi in trincea nei suoi incubi di allora. Uberto si ripromise di tornare con Lisetta a Londra, alla Tate Gallery. Per osservare da vicino quello che considerava un commilitone e un reduce. Proprio come lui.

23

Colazione alla Guggenheim

Venezia 19 novembre 2006

I
Le loro verità e le loro bugie

Sulla laguna incombe aria scura di tempesta. Arrivato a casa mi metto a fare i miei pochi bagagli. Voglio tornare subito a Milano e dimenticare questa storia. Mi lascerò alle spalle Sandy, Schein e Minerva, con le loro verità e le loro bugie. C'è un treno a mezzogiorno, ho tutto il tempo.

Un trillo nel silenzio nel salotto, sul display compare il nome di Schein.

«Dottor Monfalco? Scusi l'ora, l'ho svegliata?» Il tono è preoccupato.

Dalla finestra vedo il Canal Grande livido e gonfio, il campo della Salute ancora deserto, ma la basilica si staglia sempre come una magnifica montagna scolpita e la sua fermezza sublime un po' mi rincuora.

«No no» dico serio.

«Sono appena sceso dal treno a Venezia. Vengo apposta per lei, dobbiamo parlarci. Le va bene se ci vediamo alle dieci alla caffetteria della Guggenheim?»

«Non posso, sto partendo.»

«Ho cose importanti da dirle, di persona. Non si spaventi, nulla di grave ma è molto importante che io le parli, e subito.»

«Non ha visto le mie chiamate, dottore? Ho provato a cercarla più volte... e le ho scritto.»

«Sono qui a Venezia anche per risponderle.» La sua voce è severa come non l'ho mai sentita.

«Di che cosa mi vuole parlare? Me lo dica *ora*: ho già preso degli appuntamenti a Milano, non posso partire più tardi.»

«Come le ho detto, meglio subito. Ci sono alcune cose sulla signorina Sandy che lei deve sapere. Riguardano lei e una persona cara alla sua famiglia, dottor Monfalco.» Una pausa. «Il pittore Majeri.»

«Accidenti!» esclamo sarcastico. «Quanti personaggi a me vicini, come mai tutti insieme e *adesso*?»

«C'è un tempo per ogni cosa. Le spiegherò tutto, mi creda. L'aspetto alle dieci alla caffetteria della Guggenheim» conclude perentorio.

Ha già riattaccato. Che tutti seguano il loro destino, io non voglio più stare a Venezia, tra visioni, menzogne ed enigmi. Basta! La valigia è pronta e giro per casa come un leone in gabbia, prigioniero di pensieri grigi. Meglio che esca subito, farò colazione al mio baretto preferito e poi partirò.

Fuori il giorno è una variante appena un po' più luminosa della scura alba di stamattina, e con questo vento, è probabile che torni l'acqua alta.

Oltrepasso il punto dove ho visto l'automa sparire nel muro, artigliato dalla macchia vischiosa. Ora però sono un turista qualsiasi che non deve perdere il treno. Vado avanti deciso, aiutato dal rotolio del mio trolley, un rumore banale e fastidioso che mi pare l'antidoto giusto per allontanare ogni strana visione.

La Guggenheim è aperta. Ci sono già alcuni visitatori, li vedo passando davanti al cancello di Claire Falkenstein.

Ah! Il cuore mi svuota la testa in un attimo cambiando le mie considerazioni. In fondo è un'occasione, se Schein è venuto fin qui qualche spiegazione da darmi ce l'avrà. Io gli potrò riferire quello che mi ha detto Minerva guardandolo in faccia. Che cosa ho da perdere? Se devo voltare pagina, meglio farlo subito. Via il dente via il dolore. Una volta a Milano cercherò un altro strizzacervelli, che mi curi con i farmaci e non con le chiacchiere.

La costruzione bianca e bassa della casa museo si staglia quasi brillante in questo grigiore mattutino.

Attraverso lentamente il Giardino Nasher. Ecco *Femme Leoni* da una parte, *Anfora-frutto* dall'altra. Le vere opere che avrebbero ispirato le visioni dei miei "amici invisibili", secondo Sandy. Queste due sculture mi sembrano un po' diverse, non so come dire... opache? Vedo Schein seduto a un tavolino, tranquillo. Ben vestito come sempre, rassicurante, credibile. Ah, se potessi fidarmi di lui! Gli occhialini sulla punta del naso, sta leggendo un libro con la copertina rosso mattone, lo chiude e lo mette capovolto sopra una busta appoggiata sul tavolo. Si alza e mi tende la mano, i suoi occhi di un azzurro limpido mi guardano quasi con commozione.

Mi siedo, pronto a sfornare la mia rabbia, e sento un delizioso profumo di croissant che arriva dalla cucina. Dolce, caldo, rassicurante. Normale.

Schein mi sorride e io annuisco serio, senza la mia consueta rispettosa cordialità. Arriva un cameriere e deposita sul tavolino il contenuto del vassoio: tè caldo con due tazze, una caraffa di spremuta, due bicchieri, biscotti inglesi, due uova alla coque, piccole brioscine e delicati tramezzini veneziani, anche questi più piccoli del solito. Schein con la mano mi fa un cenno di iniziare, cortese. Si è permesso di ordinare anche per me, mi dice, poi potremo parlarci con calma, conclude con un'occhiata un po' imbarazzata.

2
Solo ieri

«La storia che voglio raccontarle inizia quasi cento anni fa e arriva a ciò che le sta a cuore, oggi.»

Lo dice solo dopo che, in silenzio, tutti e due abbiamo finito il primo minicroissant e anche il secondo, scrutandoci di sottecchi in ogni espressione del volto e dei gesti, come in un duello western al tavolino. È lui il primo a muoversi: ma invece di "sparare" subito il suo racconto, prende il cucchiaino e tamburella con delicatezza l'uovo senza romperne il guscio, mi chiedo come ci riesca.

«Agli inizi del 1914, in una villa ai piedi delle montagne svizzere che portano alla Cima dell'Uomo, vicino a Bellinzona, svolgeva la sua attività il mio bisnonno paterno, Hermes Schein. Faceva più o meno il mio stesso lavoro: era un bravo psichiatra, ma seguiva una scelta terapeutica tutta sua, legata alla libera espressione della creatività, anticipando alcune tendenze di cura che si sarebbero consolidate anni dopo. Adesso non sto a spiegarle, comunque otteneva ottimi risultati, non si è mai parlato molto di lui perché detestava la notorietà. Fatto sta che in quei giorni, stando ai suoi appunti che da qualche tempo ho iniziato a rileggere, gli portarono un paziente di cui lei credo conosca piuttosto bene la storia...»

«Ma non mi dica.»

«Il bisnonno ha avuto in cura per alcune settimane un pittore.» Schein riprende il cucchiaino e dà un ultimo colpetto al guscio dove si propaga un bel reticolo di crepe, come accade quando si frantuma una sottile lastra di ghiaccio colpita nel punto giusto. «Solo ieri ho scoperto che si chiamava Fedele Majeri.»

«Proprio lui. E proprio ieri. Curiosa coincidenza» replico.

«Non è l'unica, in questa vicenda» continua Schein

mentre inizia a togliere i pezzettini di guscio con garbo signorile. «In questi diari mi avevano sempre incuriosito e affascinato alcune conversazioni un po' "filosofiche" con un paziente, definito "il signor F.".»

«Quindi Fedele era in cura dal suo avo. Vada avanti» lo incalzo in malo modo. Mia nonna Lisetta non parlava molto del passato, mio padre è sempre stato parco di racconti, e purtroppo anche lui non c'è più.

«In sintesi: il signor F., cioè Majeri, diceva che non voleva fidarsi più della propria fantasia. Purtroppo l'immaginazione lo aveva tradito, trasformandosi in una trappola ossessiva. Si arrovellava in domande su una "intelligenza attiva della natura". In alcune sedute sotto ipnosi, nominò l'apparizione di certe "Ondine" e le descrisse in termini molto vividi. Rileggendo gli appunti, ho notato la straordinaria somiglianza con ciò che è accaduto a lei. In realtà, fin dall'inizio della nostra terapia, ho pensato che i suoi racconti "visionari" combaciassero con alcuni appunti del bisnonno sul signor F. Soltanto ieri, con il ritrovamento di una lettera firmata, ho capito che il signor F. era Fedele Majeri. Ho raccolto le idee ed eccomi qui. Ma... non è questo l'unico motivo.»

Schein ha denudato la cima del suo uovo pizzicandolo delicatamente sul guscio solo due volte, senza intaccare la forma all'interno che spunta bianca. Inizia a mangiare con calma. Sulle spine, apro il mio con una serie disordinata di colpetti, pezzetti di guscio e di albume rovinano insieme nel piatto in piccolo caos.

«Quindi, quando io ho cominciato a raccontarle le mie visioni, per lei non era una cosa del tutto nuova...» commento risentito.

«Un analista deve esaminare il materiale che il paziente porta in seduta, in quel preciso momento. Anche noi abbiamo il nostro qui e ora. Rivelandole qualcosa avrei solo confuso le idee, ostacolando il suo processo. Le ripeto, la lettera è venuta nelle mie mani solo ieri, del tutto casualmente. Mi prenderà per matto ma io credo nelle coincidenze. Inoltre lei è pronto ora, e non prima. E io sono felice di essere qui. Per molti motivi. Stiamo vivendo insieme questa scoperta, direi che siamo quasi "nella stessa barca", una situazione molto delicata ma estremamente interessante»

Sono senza parole, abbasso lo sguardo mentre lui continua: «Ma c'è un'altra riflessione, un altro fatto che dobbiamo capire insieme. Una paziente mi ha portato una storia simile a ciò che mi descriveva lei, Manfredo. E anche alle conversazioni del bisnonno con il signor F., che io definisco filosofico-artistiche.»

«Una sua paziente?» E qui ti voglio, dottore!

«Una ragazza *speciale*. I suoi temi ricorrenti sono la forza dell'immaginazione e la natura di certe percezioni e visioni. Mi ha descritto un luogo dove i sogni acquisirebbero un potere speciale: uno "spazio bianco" che si apre nel cielo sopra lo spettro dei colori del tramonto, come pure all'alba. Io, *casualmente*, avevo appena riletto uno degli appunti di mio bisnonno in cui il signor F. esponeva in modo più sintetico una teoria uguale. E poi lei, dottor Monfalco, *casualmente* incontra questa ragazza e ne parlate. Lo vengo a sapere ieri, quando entrambi mi avete scritto una email della vostra conversazione davanti alla laguna, ai Giardini. Insomma tutti e tre, comprendendo Majeri, vi riferite allo stesso concetto.»

Mi guarda in silenzio con i suoi occhi chiari, poi senza lasciare il mio sguardo riprende: «L'amicizia tra lei e Sandy è un fatto interessante, sottolinea e va oltre a queste coincidenze, che pure vorrei capire dove portino e che significato abbiano.»

«Perché Sandy non mi ha detto di essere una sua paziente? Come è riuscita a far finta di niente, senza nemmeno un piccolo turbamento?» Una bella faccia tosta, dico tra me.

«Forse per non procurare turbamenti a lei, Manfredo. Per proteggerla in un cammino di comprensione. La signorina Lysandra ha un intuito fuori dal comune. Io sono certo che non ha cattive intenzioni, è una persona luminosa, positiva. Saggia a suo modo. Se ha un secondo fine, sarà molto interessante scoprirlo.»

Schein mi guarda fisso negli occhi.

«Ora devo però introdurre un altro argomento delicato. Non le parlo più come suo analista ma da amico, se me lo consente, altrimenti non potrei.» Una pausa, vede il mio cenno affermativo e prosegue: «Non mi era mai capitato un caso simile: le intuizioni della signorina Lysandra vanno al di là delle comuni percezioni. Ho constatato che a volte lei sa... come dire, sa vedere in anticipo. Ignoro perché abbia scelto proprio me come terapista. Dice che le piaceva il mio cognome, perché in tedesco significa luce o chiarore. Mentre il nome di battesimo della signorina è quello di una farfalla dalle ali blu o argento. E le farfalle amano la luce, mi ha detto Lysandra. Da lei avevo avuto risposte troppo evasive sul suo passato, allora mi sono messo in contatto con il collega che aveva redatto la sua diagnosi, negli Stati Uniti. Mi ha raccontato che la signorina Donatelli era stata trovata priva di sensi, in una spiaggia sulla riva dell'oceano: a Sandy Hook, vicino a New York. Era fradicia di acqua di mare e di sé non ricordava nulla, se non il nome e cognome con cui ora la chiamiamo. Doveva avere sui sedici anni, nessun documento ma aveva in tasca la carta di un conto bancario intestato a quel nome, con la sua firma. Risultò una piccola rendita che ogni tanto veniva aumentata da un ignoto donatore. Con quel conto le furono pagate le cure e poi gli studi, e credo abbia ancora di che vivere in modo sicuro. Poi il suo carattere positivo e la sua intelligenza l'hanno aiutata con premi e borse di studio. Lei mi ha raccontato che da ragazza ogni tanto aveva visioni un po' insolite. Ha vissuto per anni in un ottimo college per giovani che si occupano d'arte. Alcuni di questi, diciamo... diversamente intelligenti. Io penso che sia davvero così: Sandy ha una sensibilità e un'intelligenza *diversamente* sviluppate, insomma, doti mentali fuori dal comune. Per questo definirla *malata* mi trova molto riluttante. Lasciamo aperta questa porta verso ciò che ancora non possiamo classificare.»

«Lei mi vuol dire che in qualche modo Sandy è dotata di... "superpoteri"?» La domanda mi esce in un sussurro.

«Già, in un certo senso. Le sembrerà assurdo, ma io speravo che prima o poi vi conosceste.»

«Lei mi ha manipolato, dottore. Io sono venuto a Venezia dopo il suo consiglio... e lei mi ha addirittura suggerito di andare alla Giudecca, dove sapeva che potevo incontrare Sandy.»

«In realtà io le avevo consigliato di dipingere l'acqua. Venezia è stata un'idea sua, che ho approvato, ma anche un'altra località di mare, al lago o su un fiume per me sarebbe andata bene. E la signorina Sandy mi ha detto di essere venuta a Venezia solo nella email di ieri.»

«Insomma, il nostro incontro sarebbe un'altra coincidenza.»

«E neppure la più straordinaria, anche se la ritengo fondamentale per tutti noi.»

«Quindi secondo lei anche gli *altri* miei *incontri* qui a Venezia non sono casuali?»

«A volte la vita ci porta misteri che possiamo solo accettare. Se capirli risulta troppo difficile, accontentiamoci di stare a guardare: prima o poi arriveremo a una scoperta nuova. L'acqua arriva ovunque, Manfredo, ed è evidente quanto è importante per lei. La signorina Sandy mi sembra una persona che conosce il potere della meraviglia. Per Platone e per Aristotele questa è all'origine della filosofia, dell'amore della conoscenza. Tutto quello che *non* sappiamo è il sale della vita.»

Mi guarda sorridendo, poi continua: «Comunque, come le ho detto, ormai è chiaro che non posso più essere il suo terapeuta, Manfredo, e neppure di Sandy. Al limite potrei essere un amico, se me lo consentirà. Le chiedo perdono, se ho sbagliato qualcosa nei suoi confronti. E la ringrazio di avermi seguito fin qui. Io sono venuto portando le mie migliori intenzioni e attenzioni, se non il mio bene, verso lei e Sandy.»

«Ci rifletterò, dottore, ma... che cosa mi dice della sua villa in Svizzera e di quelli che si riuniscono lì durante il fine settimana? Il gruppo comprende anche Sandy, a quanto mi hanno detto. Vi descrivono come fanatici che seguono la moda spiritualista di cento anni fa... pare che facciate danze e riti pagani, vestiti di tuniche romane. E che Sandy sia sua reclutatrice di adepti e seguaci.»

«Ma chi le ha detto certe sciocchezze?» Mi guarda sorridendo, sembra sinceramente stupito. «La villa è quella del mio bisnonno. Ai tempi sperimentava anche tecniche artistiche e di danza-terapia, come quelle allora in voga. Io ogni tanto ci vado per riposare e studiare, quasi sempre da solo o con pochi amici scelti. E la signorina Lysandra ovviamente non ne fa parte, essendo una mia paziente.»

«Allora le cerimonie sono solo per pochi eletti, no? Adesso farà una bella risata e mi dirà che in certi salotti si fanno troppi pettegolezzi.» Mi è difficile pensare che Minerva si sia inventata tutto.

«Non insisterò a chiederle chi le ha raccontato queste fandonie, di cui nessuno mi ha mai parlato. Ne sono molto stupito. Mi sembra una frottola vagamente ispirata a quello che accadeva quasi un secolo fa, nei raduni che si tenevano sul Monte Verità, sempre in Svizzera, ma travisata e mal riportata. Ci andavano molti artisti, scrittori e poeti importanti. Lei conoscerà quell'interessante storia. Ma a questo punto le devo mostrare un'altra cosa che ho trovato ieri.»

Il dottore prende la busta da sotto il libro, la apre con calma e mi mostra una piccola vecchia fotografia, stampata in seppia sulla pesante carta color avorio frastagliata ai bordi che si usava un tempo. Scricchiola un po' nella parte lucida.

«È stata scattata proprio davanti alla villa del mio bisnonno, credo nei primi anni Venti. Hermes Schein è quello al centro, davanti all'ingresso con un gruppo di amici. Noti la ragazza alla sua destra...»

Guardo la foto. Un gruppetto di uomini e donne in abiti da montagna, Hermes assomiglia molto al nipote. Solo le ragazze più giovani indossano lunghi vestiti bianchi tipo pepli con linee raffinate, eleganti. Quella accanto al dottor Schein mi guarda dalla foto facendomi sobbalzare.

È Sandy!

«Sorprendente, no?» Schein mi guarda serio con i suoi occhi limpidi.

Poso lentamente la foto sul tavolino.

Tutte le mie obiezioni e le mie domande diventano screziature superficiali che mi increspano la mente e corrono via, senza intaccare l'inaspettata tranquillità che inizia a fluire nei miei pensieri. Come mi era accaduto quando ho toccato il R.D., sono improvvisamente rinfrancato dal mio stesso stupore. Dal desiderio di saperne di più.

Il dottore mi guarda negli occhi con una chiara intensità che sembra leggermi nel pensiero: «Vorrei darle un consiglio, Manfredo, se mi vuole ancora credere. Si lasci guidare dalla corrente che sente intorno a sé, non la contrasti cercando di dare una forma agli eventi prima del tempo. Del resto, l'acqua non ha forma.» Qui Schein abbassa gli occhi sorridendo, con un filo di ironia. «Lo dice Hegel, anche se forse non è il filosofo più adatto per spiegare questa vicenda. L'importante è trovare dei punti di contatto tra belle idee, no? Aiuta a capire» conclude. Poi il suo sguardo va lontano, come nelle nostre sedute.

«Di che cosa devo preoccuparmi, dottore?»

«Preoccuparsi non serve a nulla, lo sa. Si occupi di stare bene. Poi, se vorrà, potrà seguire ancora i messaggi portati dalle sue straordinarie visioni, e aiutarmi ad analizzare queste scoperte. Ma quasi da "colleghi", se non da amici.»

«Che cosa intende?»

«Majeri, il signor F., credeva nella fantasia e il suo metodo per avvicinare all'arte le sue giovani allieve, tra cui sua nonna, consisteva proprio nel creare personaggi immaginari. Lo so dagli appunti del mio bisnonno. Forse pensava che potessero camminare davvero accanto a lui, così come si fa da bambini. Sandy, che con la sua sensibilità speciale ci racconta proprio di "amici invisibili", può aiutarla a trovare dei collegamenti chiarificatori. Anche a proposito del suo misterioso automa. Sono coincidenze rilevanti che portano spiegazioni, intessendo un gioco di riflessioni speciali.»

«Se nella natura esistono davvero queste grandi forze, allora io *non vorrei più* vederle in azione» ribadisco.

«Lei oggi è solo confuso, anche per quelle falsità riferite su di me e Sandy, ma in realtà sta meglio. Ormai sa che le fantasie distruttive possono sparire abbastanza facilmente, se si ricorre a immagini positive: lo ha sperimentato in questi giorni. Pensi all'idea dello spazio bianco. La natura non può influire sulla nostra psiche senza il nostro permesso, siamo sempre noi i soli autori dei nostri pensieri. Se però qualcosa di nuovo si riflette nelle fantasie visionarie sue e di Sandy, o realtà metafisiche che dir si voglia, sarà molto interessante capirlo. C'è chi dice che nel mondo antico gli uomini potevano vedere di più... forse attivavano parti del cervello che ora sono atrofizzate.»

«Dottore, io penso che per me ora sia meglio tornare a casa. Sì, allontanarmi da tutto questo, acqua alta compresa. Se tutto è iniziato dall'acqua, con l'acqua finisce. Tra un'ora c'è un treno per Milano. Se sto meglio, inutile mettermi di nuovo nei guai. Vorrei distrarmi... Magari andrò ai Caraibi, a vedere l'acqua più limpida e rasserenante del mondo.»

«Agisca come crede meglio. Ma forse può prendere il treno dopo, no? Non le andrebbe di accompagnarmi a fare un giro alla Guggenheim?»

3
La linea che separa il mare dal cielo

Così mi ritrovo a visitare le sale insieme a Schein. In giro ci sono ancora pochi visitatori e il dottore non parla più, immerso completamente nelle opere. *La voce dell'aria* di Magritte è stato momentaneamente spostato per un piccolo restauro. Ogni tanto getto un'occhiata sul Canal Grande. Esco sul terrazzo, il picco di marea è previsto per mezzogiorno. Che cosa ci faccio ancora qui?

Mi fermo davanti a *La baignade*. Il quadro è dello stesso anno di *Guernica*, quando nei cieli d'Europa si addensavano nubi più minacciose di quelle che incombono oggi su Venezia. Eppure Picasso è immerso nell'azzurro del Mediterraneo, misterioso ma giocoso. Due bagnanti nude, grandi e formose, disegnate alla maniera cubista che le fa sembrare esseri di un altro pianeta, giocano teneramente con una barchetta sulla spiaggia. I loro gesti sono gentili, anche le loro figure geometriche e grottesche sembrano scolpite nella pietra pomice. Il cielo è grigio come quello di oggi. Invece l'orizzonte azzurro del mare dipinto è perfettamente terso sullo sfondo, immobile come in certe giornate senza tempo trascorse in spiaggia. Solo una testa, "marziana" come loro, appare sul fondo, e questa volta penso che non stia spiando le due bagnanti ma che guardi proprio me. È un'illusione, o la linea che separa il mare dal cielo inizia davvero a crescere incurvandosi? La vedo gonfiarsi e muovere inesorabile verso le due figure che continuano il loro innocente gioco immobile sulla spiaggia. Vorrei gridare: mettetevi in salvo, andate via, via da quell'azzurro che sta per sommergervi.

Mi volto verso Schein che guarda il dipinto con me, tranquillo.

«Io non vedo niente di anormale, Manfredo, ma posso immaginare che cosa stia pensando.»

«E cioè?»

«Credo che la sua paura dell'acqua *animi* il dipinto. Non è per causa sua, né di Picasso, né dell'acqua che, forse, ha qualcosa da dire. In realtà non vi è colpa nel *vedere di più*, anzi. Sono segni, simboli, una comunicazione privilegiata che esonda, per lei e per Sandy così come era stato per Fedele Majeri. Ma ha con sé un messaggio importante.»

Torno a guardare il quadro. La linea dell'orizzonte è di nuovo all'altezza giusta.

«Adesso è meglio che io vada. Rifletta su ciò che le ho detto. Ho parlato da amico e, se mi permette, anche da studioso della sua famiglia.»

«Quando ho accettato di venire qui mi sentivo tradito e ferito, ora sono confuso e turbato.»

«Ne potremo riparlare, Manfredo. Che cosa c'è di più dolce che avere qualcuno con cui parlare, così come si parla con se stessi?»

«È Cicerone, vero?»

«Già. *Sull'amicizia.* Ma non è ciò che è scritto nel biglietto dipinto dal Pontormo, che non ricordo mai. Grazie se riuscirà a considerarmi suo amico» e il dottore mi tende la mano. Ci salutiamo sorridendo.

Passando dal Giardino Nasher, vedo che alcuni operai stanno armeggiando con teli di qualche avveniristico tessuto intorno a *Femme Leoni* e *Anfora-frutto*, sotto lo sguardo vigile di due tecnici del museo. Mi avvicino e gentilmente chiedo il perché, rispondono che dopo l'ultima acqua alta alcune opere vanno coperte per proteggerle dall'umido. In effetti le due opere mi sembravano un po' opache. Sulle loro superfici ora si è formata una sottile patina grigia, una condensa di ossidazione mai vista prima.

Provo una fitta di sofferenza per loro, come se fossero veramente due amici colpiti da una malattia invisibile e misteriosa.

Parte terza

24

Blu Egeo

Dodecaneso Italiano, giugno 1927 –
Milano/Roma, ottobre 1912

1
La magia dei riflessi sull'acqua

I capelli scompigliati dall'aria, il professor Majeri si godeva l'ultimo tratto di quella breve navigazione.

La prua del caicco puntava la baia. Alle sue spalle il sole iniziava a scendere sul mare e lo rendeva una tavola dorata. Un fondo oro di un dipinto antico, pensò, ma appena increspato. Poi, allontanandosi dall'orizzonte diventava una scia e infine si frammentava in scintille: sparse stelline giottesche brillavano solitarie galleggiando in quel blu di lapislazzuli.

Sotto la costa, invece, il blu diventava più caldo, i riflessi cambiavano luce e colore. Disegnavano un intreccio fluido, una rete d'argento. I suoi fili erano lamelle e nastri lucidi come specchi, che si stendevano dolcemente sull'acqua: si allontanavano per attrarsi di nuovo, si toccavano appena e subito si staccavano cercando sempre l'istante, così naturale e magico, del prossimo incontro. Ondulati dal calmo respiro del mare.

In un disegno scomposto di pennellate dai colori metallici, la rete d'argento rispecchiava la costa e il suo paesaggio: scogliere chiare, una chiesetta bianca con il tetto a botte e la porta turchese, un paio di candidi mulini dalle ali fragili. Quella trama di riflessi, che nell'acqua univa il cielo con la terra, avrebbe brillato fino a spegnersi improvvisa con gli ultimi raggi di sole.

Fedele sentì un'invidia pungente, che ben conosceva, per quella indifferente tranquillità di fronte alla rapida metamorfosi dell'istante. La natura vive le trasformazioni del tempo senza soffrirne, è sempre in movimento, non si ferma nelle nostalgie del passato. La sua memoria sa cosa fare e non prova emozioni, pur regalandone infinite all'animo degli uomini.

Pensò al protagonista di una favola inventata anni prima, mentre navigava da un'isola all'altra. Questa fiaba lo aveva aiutato a stemperare il dolore della perdita di altri riflessi, che non sapeva più richiamare alla memoria.

2
Il Ciclope gentile e la sua rete

Solitario, dentro una caverna nascosta in una scogliera, viveva un giovane Ciclope, uno degli ultimi di quel mondo antico, così potente di immagini, popolato di fantasie sapienti che comunicavano con la natura.

Quel gigante dall'unico occhio aveva animo gentile e spirito curioso. Ma, come gli altri rudi figli di Titani, poteva diventare violento e feroce, soprattutto se deluso o rifiutato dagli uomini che lo temevano, perché così diverso da loro. Per questo li fuggiva, malgrado nel suo cuore palpitasse sempre un timido, gioioso stupore nello scoprire la varietà del mondo.

Durante il giorno si allontanava dalla caverna e con il suo gregge di caprette si arrampicava all'interno dell'isola, mentre nel tardo pomeriggio amava spingersi fino a un promontorio di una baia solitaria. Da lì poteva ammirare il sole al tramonto: il mare coperto d'oro all'orizzonte e da una trama di riflessi d'argento verso la terra, che si specchiava sull'acqua. Ed erano proprio i bagliori ondulati sotto costa a rapirlo di più. Avrebbe voluto che non si spegnessero mai.

Un giorno scoprì una grotta che si inoltrava nella scogliera in un susseguirsi di antri. Incuriosito, li percorse scendendo in un buio così fitto che anche il suo grande occhio abituato all'oscurità faticava a orizzontarsi. Stava per tornare indietro quando vide accendersi una luce. Si avvicinò. Risaliva da un pozzo non troppo profondo, dove ribolliva un liquido dai riflessi argentati, ramati, dorati e mercuriali. Pensò fossero metalli fusi. Quei bagliori ammalianti gli ricordavano i riflessi nella baia al tramonto.

Tornò nella grotta con una corda, legata a un secchio di legno. Lo calò nel pozzo e subito si riempì. Mentre lo tirava su, il Ciclope si accorse quanto fosse leggero, anche se così colmo che dai suoi bordi traboccavano filamenti luccicanti. Erano liquidi ma non si allargavano in terra, anzi rimanevano consistenti e si allungavano morbidi coprendo la roccia di rivoletti lucidi: nastri tersi, brillanti come specchi. La loro luce non si spegneva mai e rispecchiava le pareti di quella grotta buia.

Il gigante ebbe un'idea.

Con le sue grosse mani, lente e nodose, raccolse quei filamenti. Non fu difficile, i fili fluidi e animati sembravano assecondare la sua idea: li lavorò per una notte intera intrecciando una rete. Il giorno dopo, appena prima del tramonto, se la caricò in spalla avvolta in una soffice coperta di muschio verdissimo e poi raggiunse la baia e il promontorio. In pochi salti fu sullo scoglio più alto e con un largo gesto delle gigantesche braccia lanciò la sua rete sopra il mare. Questa si distese nell'aria e aderì alla trama di riflessi sull'acqua, che la accolse fraternamente su di sé lasciandosi coprire dai fili di quel nuovo liquido argenteo. Anch'essi si aprivano e si ricongiungevano ondulati dal mare, riflettevano luci e colori: rispecchiavano il cielo e la costa!

Il Ciclope guardava incantato e soddisfatto. Aveva fatto un buon lavoro, e la natura aveva assecondato le sue buone intenzioni. Prima che l'ultimo raggio di sole sparisse nel mare, raccolse la sua rete con calma, maglia dopo maglia, la riavvolse nella coperta di muschio e se la caricò in spalla, poi a grandi passi la portò nella sua caverna. Qui la aprì stendendola ai suoi piedi sulla roccia, e subito i riflessi che prima si specchiavano nel mare iniziarono a ondeggiare sulle pareti scure della caverna. La rete conservava e restituiva quello spettacolo, illuminando l'oscurità dell'antro e le ombre che a sera scendevano nel suo cuore. L'unico occhio si ampliava di meraviglia, i pensieri si addolcivano e vagavano lontani. Il Ciclope guardava lo spettacolo beato, finché non si addormentò felice.

Aveva fermato la metamorfosi dell'istante e una bellezza lontana si era riprodotta proprio davanti a lui, come in un sogno. Avrebbe potuto condividere tutto ciò con gli uomini, un giorno?

Immaginando questa favola, Fedele aveva pensato a un dipinto di Odilon Redon, il pittore che aveva disegnato un Polifemo timido di curiosità e di amore romantico mentre veglia il sonno della bella Galatea. Il terribile Ciclope si era trasformato in un mite scopritore di emozioni. Redon era autore di sogni misteriosi, un esploratore di figure e paure nascoste in noi. Le emozioni! Se non le temperi con sfumature possono travolgerti, diventando ossessioni. Passioni che accecano. Paure.

Fedele guardò a poppa, dall'altra parte della baia.

Striature blu cobalto si aprivano a ventaglio sulla superficie del mare calmissimo, increspandola appena. Alcune sembravano lunghe dita, l'ombra di una grande mano. Forse quella del Ciclope gentile che voleva accarezzare l'acqua senza osare toccarla? No, era solo il vento che soffiava le sue ultime raffiche.

Il caicco intanto era arrivato a un piccolo pontile di legno, e Fedele scese con un salto. Raggiunse la spiaggia e si sedette appoggiando la schiena allo zaino, le gambe incrociate all'indiana.

3
Il caleidoscopio

Sin dal suo arrivo in quelle lontane isole greche, la luce e il blu dell'Egeo avevano ammaliato Majeri.

Pensava che i raggi del sole del mattino avessero una dote speciale, proprio per merito di quel mare di lapislazzuli: rimbalzavano sulla superficie dell'acqua, ne prendevano forza e poi volavano nel vento in minuscoli puntini scintillanti di tutti i colori che arrivavano ovunque rendendo tutto più terso.

Ogni ora componeva un frastagliato caleidoscopio mosso da una mano favolosa, necessariamente ciclopica.

In Grecia erano nati i miti che narravano storie infinite. Anche quella di Oceano, figlio del Cielo e della Terra, fratello della Memoria e padre di tutte le acque, il fiume divino che circonda e nutre la terra. In Grecia erano nate le filosofie del divenire che scorre nel moto inesauribile del pensiero, erano state scolpite statue di immortale bellezza, innalzati templi e racconti che ancora nutrivano i nostri sogni. In Grecia Fedele aveva capito il vero significato della parola *kaleidoscopéo*, vedere il bello.

Fu proprio quella scoperta, semplice e al tempo stesso sublime, a salvarlo dagli effetti provocati da un ben diverso caleidoscopio. Un artificio diabolico che aveva ridotto la sua memoria in mille pezzi, frantumandogli la mente e il cuore.

Era accaduto dopo la tragedia, molti anni prima.

«Un viaggio in America sulla nave più moderna del secolo ti distrarrà dai tuoi timori e da ogni ombra futura! Sarà una pausa di riflessione, in un paese nuovo ed entusiasmante. È il mio augurio per i tuoi successi oltreoceano.» Queste erano le parole che lui aveva detto a Giulia per convincerla a partire.

Perché le hai comprato quel biglietto? Perché non sei andato con lei? Sei stato tu ad assecondarla, quando invece avresti dovuto trattenerla. L'oceano è stato il suo nemico, voi che credevate nell'amicizia dell'acqua! Ecco il risultato. Ora di lei non hai che i ricordi: solo con loro puoi dare un senso, un colore alla tua vita. Una voce nella sua mente sussurrava che avrebbe trovato conforto solo tentando di ricostruire ogni istante del suo amore con Giulia. Doveva salvare quei ricordi in un luogo sicuro. Come fare? Fabbricando finzioni: in questo lui era un maestro.

Così un giorno, poche settimane dopo la tragedia del Titanic, il professor Majeri nel suo studio a Milano aveva deciso di svuotare il vecchio cilindro di cartone ricoperto di pelle nera che usava per trasportare i fogli da disegno quando lui e Giulia dipingevano all'aperto. Poi aveva applicato un piccolo vetro a una delle due estremità e una lente sull'altra. Niente di più. Era solo un tubo di cartone vuoto, ma Fedele credeva che fosse un oggetto magico, un'invenzione speciale per guardare indietro nel tempo e avvicinare il passato.

Un cannocchiale per scrutare i ricordi. Voleva ingannare la realtà con un trucco, un imbroglio costruito per assecondare la sua mente ammalata di dolore. Soprattutto, gli serviva a far tacere quella voce: era stata colpa sua, non avrebbe proprio dovuto, ah se avesse voluto, allora sì che avrebbe potuto...

Non dovevi, non dovevi, non dovevi! E poi, basta! Il tuo stupido metodo da ragazzini! Guarda dove l'hai portata, con i giochi della tua fantasia! Ora devi usarla per rimediare: se il presente cancella le immagini del passato, per ritrovarle non ti resta altro da fare che ingegnarti.

Seduto in poltrona, un occhio premuto sulla lente, il cilindro nero puntato alla parete più bianca della sua stanza, iniziava il suo viaggio nei ricordi del loro amore. Metteva a fuoco un sorriso, una frase, uno sguardo, un gesto: le mani di Giulia, il suo viso, il disegno fluttuante delle sue vesti, la sua grazia incantevole. Lei che si volta e gli sorride luminosa, il suo passo leggero, la sua risata cristallina, le sue trovate spiritose, il suo modo di guardarlo negli occhi. Il suo corpo. La sua voglia di scoprire la vita, come in una favola magica. Il suo entusiasmo, prima che fosse offuscato dalla nostalgia delle Ondine. Fedele, con gli occhi della mente persi nella finzione, cercava di ricomporre ogni dettaglio: rivedeva le ore passate insieme, i loro discorsi, le loro passioni. La magica estate dell'Expo e delle libellule. I loro viaggi. Il loro amore.

Ma rivedere quei ricordi diventava sempre più difficile, a volte impossibile. La sua fantasia non aveva fabbricato l'artificio perfetto, e il passato che lui aveva richiamato alla mente non si mostrava come lui avrebbe voluto. Tutto naufragava nella terribile visione di una montagna di ghiaccio con gorghi spietati di gelo che inghiottivano Giulia.

Allora Fedele guardava nel vuoto. Il dolore lo stordiva, non sentiva né vedeva più nulla. Cadeva addormentato. Ma ci pensava *quella voce* a risvegliarlo: *Quel giorno avresti potuto, quella volta dovevi, se soltanto... Guarda bene indietro e capirai che è solo colpa tua: potevi cambiare le cose, invece... tu e la tua condiscendenza!* La voce non perdeva la sua forza, anzi gli diede un suggerimento.

Il cannocchiale ormai non bastava più al suo scopo, anche così i ricordi si allontanavano inesorabilmente. Avrebbe rivisto Giulia ricorrendo a uno stratagemma ancora più raffinato: doveva condensare un ricordo in un colore o in un segno che lo rappresentasse, una volta colorato o disegnato su una piccola superficie sarebbe servito a richiamare l'emozione provata allora con lei. E il ricordo sarebbe rimasto lì davanti a lui, come un vero dipinto. Così il professore iniziò a stendere colori diversi su piccoli quadratini di carta, davanti e dietro, poi li copriva di olio di lino per lucidarli e li spezzettava fino a ridurli quasi in coriandoli, mentre con il pensiero affidava loro qualche immagine. Erano miniature di ricordi, intensi e vivi o dolci e tenui come quei colori. Una speciale tavolozza cromatica.

Riponeva i pezzetti di carta colorata nello stesso cilindro di cartone in cui aveva inserito anche tre lunghi specchi a prisma, una lente e un vetro smerigliato nella parte finale.

Il cannocchiale era così diventato un caleidoscopio! I pezzetti di carta colorata componevano nuovi disegni, che per lui erano emozioni: ruotate, illuminate, riflesse e moltiplicate dagli specchi avrebbero ridisegnato o evocato scene del suo passato con Giulia. All'inizio credeva in quelle illusioni, l'occhio incollato al cilindro nero che girava sperando di vedere brandelli del suo passato, eppure ricordare era sempre più difficile.

Insoddisfatto, inserì nel cilindro nero pezzettini di cose senza valore, ma di un aspetto che per lui aveva un perché. Vetrini, pietruzze, angoli di stoffa ritagliati. Spesso li raccoglieva per strada, fermandosi a osservarli con attenzione. Incurante di essere d'ingombro ai passanti che lo scansavano, stupiti da quel bel signore immobile sul marciapiede, un po' scapigliato e originale ma ben vestito, i lunghi capelli scuri che mettevano in risalto il bel viso, lo sguardo intenso puntato sulle sue mani, come se contenessero qualcosa di importantissimo: forse un artista soprappensiero, in giro per Milano. Chi lo conosceva bene sapeva che la sua eccentricità portava sempre a qualche buon risultato.

Fedele aveva smesso di dipingere ma nessuno ne era al corrente. Insegnava con scrupolosa precisione ma con sempre maggiore distacco e meno fantasia. Agli amici che lo vedevano chiuso nel dolore, dava pacate rassicurazioni: per ora va così, non preoccupatevi, voglio solo cavarmela da solo. Anche voi avete il vostro dolore da affrontare: comprendete il mio, passerà. E intanto riempiva ossessivamente il caleidoscopio. Ma quello strumento mostrò ancora una volta la sua evanescenza.

Illusioni, illusioni, le hai dato solo finzioni... Anche tu non puoi vivere d'altro oramai... Sei diventato un cacciatore di fantasmi, com'era la tua amata Giulia: è il vostro destino! In questo sì che siete uniti per sempre! lo tormentava la voce difendendosi. *I tuoi ricordi sono solo schegge, frammenti. I cocci del tuo disastro. Frantumi della vostra vita. Non te la riporteranno indietro. Ma devi accontentarti della loro compagnia, perché di lei non ti rimane altro!* La voce era implacabile.

Il professore cercava pezzetti di vetro più brillanti e vernici metalliche che esaltassero i colori, ma le tessere variopinte erano ormai troppe, e cambiare senza tregua il contenuto del caleidoscopio non serviva: dalla sua mente appesantita, confusa in mille dettagli scomposti e ingovernabili, lui ormai non attingeva più nessuna suggestione. Eppure lui portava sempre con sé quel cilindro nero, nella speranza che improvvisamente tornasse a mostrargli *quel* passato che tanto cercava.

4
La visita alla villa dell'umanista Chigi

Poi venne quella notte, a Roma, in Trastevere. A metà ottobre del 1912.

Tutto era iniziato su una terrazza di un palazzo vicino a Villa Farnesina, alla Lungara.

Il professore aveva seguito con attenzione la conferenza di Aby Warburg, quella mattina. Ma di che cosa aveva parlato? La sera stessa non riusciva a ricordarlo. Migrazioni di immagini, trasformazioni delle forme, Ninfe antiche e rinascimentali, veli ondeggianti, ogni emozione lascia una traccia, così è nella memoria dell'arte: aveva annotato tutte queste parole su un foglio, ma se lo scordò chissà dove.

Dimenticò anche gli splendidi affreschi della villa. Aveva iniziato a confondersi proprio dopo essersi soffermato di fronte alla Galatea di Raffaello: il suo velo era così rosso, la Ninfa così fiera e sorridente... Dovette uscire tanto ne era rimasto scosso.

La notte fu senza pace.

Seduto su una vecchia poltrona di vimini sulla terrazza, cercava un appiglio per scacciare i suoi turbamenti, che con il buio diventavano inarrestabili. La solita voce si rinforzava in continue bordate: i suoi rimproveri lo inseguivano, i rimorsi e le ossessioni mordevano la sua mente. Era tutta colpa sua!

Insonne e in preda all'angoscia, quasi ansimava cercando un respiro di conforto. Il suo sguardo vagava nel vuoto, mentre le dita della mano destra giocavano nervosamente con la tracolla del cilindro di cartone: il suo caleidoscopio, posato su un tavolino accanto a lui. Anche se lì dentro da tempo non vedeva che buio, tanto lo aveva riempito, se lo teneva sempre vicino, sperando che prima o poi riprendesse a funzionare.

Fu allora che un soffio tiepido gli accarezzò la fronte. Lui lo cercò con la mano ed ebbe l'impressione che giocasse con le sue dita. Si alzò per seguirlo e capire da dove venisse, ma quel soffio volò via. Poi Fedele si fermò, stupito.

Oltre la strada una luce tenue e rosata, simile a quella dell'aurora, si spargeva appena intorno alla Villa Farnesina. Tranne quel soffuso chiarore, l'oscurità era ovunque.

Da quello spettacolo nasceva uno spaesamento irreale.

La villa e il suo giardino apparivano avvolti dal giorno e dalla notte allo stesso tempo. Il buio diventava affascinante, mentre la luce rosata induceva a una serenità quasi inverosimile. Doveva catturarne un raggio con il suo caleidoscopio! Era così magica che di sicuro avrebbe riacceso un'immagine, un ricordo. Afferrò il cilindro nero, lo puntò verso la villa e iniziò a ruotarlo lentamente, trattenendo il respiro.

Grigio, buio ovattato e indistinto, nessun colore o riflesso che facesse vibrare la memoria. Poi finalmente un po' di luce. Fu allora che il professore scoprì ciò che non aveva mai voluto vedere: il suo caleidoscopio conteneva solo pezzetti di carta vecchia e grigia, frammenti di cose rotte e polverose! Allontanò dal viso il cilindro con un gesto di rabbia, lo appoggiò su un tavolino e si mise le mani sugli occhi. Solo quando le tolse e alzò lo sguardo vide la nuvola. Ferma sopra il giardino della villa, sul confine tra il giorno e la notte. Aveva una curiosa forma spumeggiante, volute morbide e vaporose di un candore latteo, con una linea nitida di grigio argento che ne definiva la base, leggermente incurvata.

Ricordava un vassoio colmo di cirri di panna montata, o meglio di grandi meringhe di zucchero che qua e là si attorcigliavano a spirale. Il suo cuore fu invaso da un'onda tiepida di calma improvvisa. Da quanto tempo non gli accadeva più! Si sentì come un bambino. Stupito, colmo di felicità davanti a un enorme, bizzarro dolce che però sapeva di buono, di casa, di gioie semplici, innocenti, che potevano essere sue.

Allungò una mano verso la nube che iniziò a muoversi lentamente. Mentre la seguiva con gli occhi, sentì ancora quel soffio tiepido e delicato, profumato di fiori, che gli accarezzava la fronte.

Da dove veniva? Forse scendeva dal Gianicolo o dall'Orto botanico. Si voltò verso i giardini alle sue spalle, e senza accorgersi colpì il caleidoscopio che aveva appoggiato quasi sull'orlo di un tavolino. Non riuscì ad afferrarlo, il cilindro nero cadde sul pavimento del terrazzo, il coperchio di vetro smerigliato si aprì e buona parte del contenuto si sparse per terra. Subito dopo un'improvvisa folata di vento alzò quei pezzetti nell'aria. Volavano intorno a lui e si avvolgevano in piccoli gorghi.

Il professore cercava di afferrarli, ma i vortici evitavano le sue dita. Continuò ad agitare le mani e le braccia: non poteva perdere tutto! Quei quadratini di carta e ogni minuscola cosa che lui avesse raccolto sembravano prenderlo in giro, guizzavano via al tocco delle sue mani e tornavano a comporre altri mulinelli scuri, sempre più piccoli, che gli volavano intorno beffardi. Quando finalmente lui riusciva a toccarli, quelli che aveva immaginato essere i frammenti dei suoi ricordi più belli diventavano aguzzi e lo pungevano. Poi tutto si allontanò in un unico sciame cupo.

I tuoi ricordi volano via come vespe che hanno smarrito il nido. Niente batte più nel tuo cuore disgraziato. Hai rovinato anche questo! Che farai ora? Quali altre immagini puoi creare? Povero, misero e derelitto, finirai alla deriva contro gli scogli della vita! Hai distrutto tutto! La voce non aveva pietà di lui.

Del suo caleidoscopio fantastico, non rimaneva che il cilindro di cartone ricoperto di pelle nera.

Intanto la nube lampeggiava a occidente verso il mare, già lontana. Non sembrava più un vassoio di panna e meringhe, dolce e rassicurante, ma una nuvola foriera di temporale.

Si sedette, sconvolto. Fissava davanti a sé senza vedere nulla. Nemmeno il chiarore che persisteva intorno alla villa lo interessava più. Stanchissimo, si addormentò di colpo.

E sognò.

Sotto la sua terrazza, un curioso ruscelletto scendeva placidamente per via della Lungara.

Lento di un liquido denso, più scuro dell'argento di cui aveva il riflesso. Forse era mercurio? Avanzava spinto in avanti dal ricciolo di una piccola onda che non frangeva mai.

Incuriosito, il professore scese e lo seguì, camminando al suo fianco.

Il ruscello placido e trionfante continuava a procedere nelle strade deserte, solo a qualche crocicchio raccoglieva altri rivoletti guidati da un'onda più o meno arricciata.

Passarono il Tevere e arrivarono in piazza Navona. Era trasformata in un lago su cui galleggiavano immobili le tre grandi fontane, mentre intorno si muoveva una processione, un lento carosello di api, leoni, delfini, cavalli marini, Tritoni, soli raggianti, aquilotti, personificazioni di fiumi e divinità, maschere grottesche e altre sculture.

Ognuna di quelle figure fendeva a suo modo il liquido color del mercurio. Distanziate tra loro seguivano un ritmo perfetto, quasi una lenta danza, partecipando di un fluire immenso e incantato. Che cosa ci facevano lì tutte quelle sculture animate?

Ecco il Tritone del Bernini, si era lentamente portato in testa alla processione con i suoi delfini e la buccina sorretta a due mani. Lo seguivano Oceano della fontana di Trevi sul cocchio a conchiglia trainato da cavalli alati e poi un Nettuno, giovane e senza barba, non di pietra ma di bronzo, talmente coperto da alghe e incrostazioni che sembrava arrivare dalle profondità del tempo. E ora stava cambiando aspetto! Si girò verso Fedele. Gli occhi erano dipinti in bianco di zinco e smalto nero, una lunga tunica dritta copriva il suo corpo che assomigliava a una colonna. Lo riconobbe: l'Auriga di Delfi puntava intorno uno sguardo intenso, lontano giorni, anni, secoli, e sorrideva misterioso. Il professore si sentì trasportare in uno spazio fluttuante, senza tempo, ancora più sospeso del sogno. L'Auriga se ne andò solenne verso il centro del lago, fendendo il liquido mercuriale, e si unì alle altre sculture.

Poi Fedele si accorse di un uomo che stava osservando lo spettacolo con i piedi nudi a mollo in quel liquido, sul bordo del lago. Si avvicinò incuriosito, l'altro si voltò e il professore lo riconobbe: era il Guercio della Braida, proprio come lo aveva sempre immaginato! Nel sogno la sua gioia fu immensa, aveva ritrovato un carissimo amico. Fermo, una mano sulla barba, gli fece cenno con una mano di avvicinarsi: e solo allora notò che il suo occhio scoperto adesso era al centro della fronte, unico e ben aperto, come quello di un Ciclope.

Sorridendo, il Guercio gli indicò un punto nella piazza allagata dove una scultura maschile di pietra chiara navigava verso di loro, lasciando la processione. Era un uomo, grande e poderoso, che si copriva il volto con un drappo, seduto su uno scoglio di travertino che galleggiava come fosse di sughero.

«È il fiume Nilo, è uscito dalla sua fontana nel centro della piazza per darti il suo benvenuto» gli sussurrò il Guercio con voce calda. «Sa che anche tu sei come lui, alla scoperta di qualcosa che non conosci ma ti alimenta.» Poi tacque, scrutando i tuffi dei delfini dal corpo squamoso emersi al fianco della scultura e ogni altra cosa con il suo unico occhio che si ingigantiva nel voler contenere tutto quello spettacolo. Anche Fedele ne era ipnotizzato. In mezzo a quella folla di esseri fantastici sentiva tanta pace.

Ed ecco una piccola fatina che spuntò dal nulla nell'aria vicino a lui. Era la Vittoria Alata del Canova che frullava le sue ali da colibrì! Rivide il cielo azzurro incorniciato dalle colonne bianche del cortile di Brera. «Un due tre, un salto!» Il Guercio scandiva quelle parole: sicuramente era stato il suo vecchio amico a invitare tutte quelle opere d'arte, che avevano lasciato il loro posto per partecipare a una vera festa barocca. A un prodigio della meraviglia.

Il Guercio si voltò e iniziò a fissarlo con attenzione, come se anche Fedele fosse un'opera d'arte. Sorrise e parlò con voce fonda e scandita: «Professor Majeri, questo mercurio liquido porta i sogni del mutamento. È ora che tu ritorni nella realtà: il blu della lontananza ti potrà salvare. Segui i suoi riflessi, troverai le sfumature e poi la pienezza dei colori. Non importa se all'inizio ti sembreranno freddi, il tuo sguardo e il tuo cuore li scalderanno. Se la bellezza della natura ti ha dato occhi sapienti e un'intelligenza a essa affine, saprai osservare anche il tuo animo. Il mondo vive nel variopinto, che l'ombra fa risaltare. Vai, scopri altre avventure, fendi le onde del blu con una barca tutta tua!»

Quindi si mise le mani in tasca, ne estrasse dei nastri e dei lunghi fili lucidi che non finivano mai ed entrò nel lago portandoli con sé: galleggiavano e riflettevano tutto ciò che vedevano. Raggiunse l'Auriga, che si era posto alla guida di una conchiglia trainata da delfini nel mezzo della piazza allagata. Legò al suo fianco il capo di quei nastri e tese un braccio alla piccola Vittoria Alata che, planando ad ali aperte, vi si posò come un falco sul polso del suo falconiere. Fu solo allora che l'Auriga fece partire il cocchio galleggiante, seguendo la processione verso un chiarore trasparente che si era aperto nel fondo della piazza.

Fedele si risvegliò sulla terrazza a Trastevere e ogni cosa gli sembrò nuova, chiara e facile, come quando da piccoli si aprono gli occhi in una mattina di festa. Del sogno non ricordava nulla, ma in quel momento prese una decisione. *Devo partire, andare per mare, respirare il blu. Che sia il blu a portarmi lontano!*

Ci sarebbero volute ancora molte lotte con se stesso per non soffrire, prima che la decisione di quella notte diventasse realtà e che Fedele rivedesse il mondo con lo stupore di quella mattina, presto dimenticata. Ma nel profondo il sogno stava lavorando per lui.

5
Il sole del tramonto abbagliava

Erano ormai trascorsi quindici anni dalla tragedia del Titanic. Era dal 1914 che Fedele viveva nelle isole greche. Ora, seduto in una spiaggia di Patmos, lasciava cullare la mente al respiro del mare, nella consapevolezza di quello che aveva intorno. Il blu dell'Egeo, con la sua polvere luminosa d'arcobaleno che arrivava ovunque. E la rete dei riflessi sull'acqua, cara a lui e al suo amico Ciclope.

Aveva gli occhi socchiusi per la luce del sole. Così non vide subito la figura femminile che stava avanzando verso la riva, fendendo l'acqua e le ultime onde basse.

Si stagliava scura davanti all'orizzonte infuocato e camminava verso di lui.

25

Le pieghe del tempo

Venezia, 19 novembre 2006

1

Sandy, mi devi spiegare tante cose

La chiamata arriva mentre sono in piedi in salotto, solo con il mio trolley.

Dopo aver lasciato il dottor Schein alla Guggenheim, tornando a casa ho preferito passare dalle Zattere, per evitare il punto dove era sparito R.D. Nel Canale della Giudecca la marea sta salendo.

Adesso non so cosa fare, la mente pulsa, guardo dalla finestra il cielo grigio scuro, uniforme. Sono confuso, tutto mi sembra sfocato, persino la basilica con i suoi angeli imperturbabili. Così, quando squilla il cellulare rispondo senza nemmeno guardare il display.

«Manfredo?»

«Sandy, sei tu?» Malgrado tutto, la sua voce squilla come un inatteso raggio di sole. Alzo lo sguardo verso l'angelo più vicino, sotto la cupola: adesso lo vedo ben scolpito, sicuro nel suo passo. Capisco ciò che faticavo ad ammettere fino a un attimo fa: la versione di Schein mi ha tolto un peso dal cuore. Minerva mi ha detto un sacco di balle. Ma perché?

«Sì, sono io. Che bellissimo risentirti! Ancora di più se possibile per te di perdonarmi.» Una pausa, poi continua: «Non potevo di fare diverso. Dovevo andare via *subito* dall'atelier di Minerva. Ti dirò meglio tutto. Tu stai bene?»

«Abbastanza. È vero, Sandy, mi devi spiegare tante cose. Dove sei?» chiedo fissando le ali dell'angelo.

«Sono appena arrivata a Palazzo Fortuny, vuoi raggiungermi? Davvero è tutto ok? Cosa intendi con "abbastanza"?»

«A dire la verità, ho dormito malissimo. Ho appena visto Schein, mi ha fatto un lungo racconto... che riguarda anche noi due. Sto per tornare a Milano, ho già fatto la valigia. Però...» Indugio, poi mi decido: «Dobbiamo parlare. Partirò più tardi... c'è un treno a ogni ora.»

«Vieni, devo farti vedere una cosa, qui» insiste lei.

«Oddio, Sandy, i miei occhi sono così stanchi! Di cose ne ho viste troppe: quello che voglio ora è... solo capire. Con gli occhi della ragione, però, e questa volta spero sia possibile: chiedono verità! Anche se viene puntualmente frustrata, io ho bisogno di liberare la mente.»

«Manfredo, ascoltami: ho avuto un'idea per aiutarti! Qui, dove sono ora, c'è... c'è *qualcosa* che mi ha illuminata. Devo mostrartelo. Possibile di aiutare a parlare di tutto. *I promise you.*»

Mi ha convinto. Chissà che cosa vorrà dirmi di nuovo, mi domando mentre prendo il battello. Io mi arrovello sempre senza arrivare a nulla, mentre lei con la sua tranquillità mi rasserena in un attimo. E poi è così intuitiva: sarà perché è speciale, come dice Schein? Oppure è solo un'irresistibile bugiarda, anche se inconsapevole? Guardo l'acqua del Canal Grande: è come l'ho sempre vista in questa stagione, con questo tempo. Sorrido dei cambiamenti del mio stato d'animo, salgono e scendono come le maree.

2
Dune di sabbia e nautilus

Palazzo Fortuny mi accoglie con la sua penombra ovattata dagli splendidi tessuti alle pareti. Le famose lampade pendono leggere, sospese come stilizzate meduse o dischi volanti impalpabili ed esotici, rischiarano appena intorno. In una sala più illuminata è in corso una mostra di Edward Weston.

Anni fa, almeno una decina se non di più, ne ho vista una molto importante, proprio in questo palazzo. È un grande fotografo, la sua svolta astratta è avvenuta negli anni Venti o poco dopo, insomma nel *mio* periodo. Ma di questo adesso "francamente me ne infischio"!

Entro e la vedo. Di spalle, con il suo solito giaccone e la borsa a tracolla. Non ci sono altri visitatori. È ferma davanti a una delle mie fotografie preferite, intitolata *The Elegant Dune*. In un bianco e nero perfetto, inciso di contrasti e sfumature, la sabbia di un deserto declina in morbide plissettature. Si rincorrono come basse onde lievi, ma allo stesso tempo rimangono immobili, scolpite. In modo impeccabile, davvero elegante.

Sandy non mi ha sentito arrivare, mi avvicino e le poso una mano sulla spalla. Lei si gira, la fronte di bambina pensosa è simpaticamente assorta nel suo broncio, vedendomi si distende, le labbra si dischiudono in un bellissimo sorriso. Il suo sguardo limpido diventa quello di una donna, misteriosa e affascinante, che sa vedere di più, arriva fino in fondo al mio cuore.

«Ciao, grazie per essere qui. È bellissimo rivedersi» dice in un soffio.

«Ciao» le rispondo senza altre parole, intimidito. Ci scrutiamo per lunghi attimi senza parlare. Poi lei rompe il silenzio.

«Weston mi piace tanto. Ferma il movimento della natura in un continuum immobile. Il suo è come un *unfolding journey*. Ti prende per mano, ti porta in un viaggio che non finisce.»

Accarezza la mia mano e la stringe lievemente, la sua è calda e morbida. Sembra impossibile avere odiato questa donna con tutto me stesso. Ci sono cose molto importanti che mi dovrà davvero spiegare, ma sento che ne avremo il tempo. Ora tutto è fermo, come in queste foto, e io mi voglio godere questa sensazione.

Ci spostiamo verso un'altra fotografia. È l'interno di una conchiglia, un nautilus. Madreperla arrotolata in una spirale che si allarga in progressione. Già, una *spira mirabilis*, o logaritmica, che tanto piaceva in epoca barocca. Indosso il cappello di zio Wiki e non mi trattengo dal dirle, sussurrando e avvicinandomi al suo viso per sentire il suo profumo: «Ruotano secondo la divina proporzione, meravigliosamente armonica e simmetrica.» Una pausa in cui respiro il suo silenzio e la sua attenzione, poi concludo in un bisbiglio: «È un disegno presente in molti movimenti della natura: dell'acqua, delle nuvole, persino delle galassie.»

C'è qualcosa di immenso nell'essere con lei qui, davanti a queste immagini, sospesi in un lungo intervallo del tempo, felici come se nulla fosse accaduto per allontanarci.

«Che bellissimo! La sua conchiglia sa emergere dalle profondità. Lei ha, come si dice... una stanza per l'aria? Per muoversi su e giù nel mare.»

Sorrido senza chiederle che cosa voleva mostrarmi, quale sia l'idea che potrebbe aiutarmi, e continuiamo la visita soffermandoci davanti ad altre fotografie.

Una pianta grassa in controluce protende le foglie come una divinità dalle tante braccia; la foglia di una verza, tanto viva e palpitante che sembra nascondere sotto di sé una ballerina con il suo ampio tutù. Ecco altre dune che si susseguono, onde mosse e allo stesso tempo immobili.

«Guarda, Manfredo... si muove: qui, ora! La luce si piega e accende l'ombra.»

«È vero, eppure per chi dipinge vale il contrario, non ti pare?» le rispondo sempre sottovoce, fissando la fotografia. «L'ombra esalta la luce, è l'unica cosa che possiamo usare per far sorgere una forma, una luminosità in un foglio bianco.»

«Sì, certo, ma qui è possibile di vedere bene la mia nuova intuizione, quello che ti volevo raccontare» e la sua mano segue le dune. «La luce si flette, piega il tempo, lo ferma. Ecco, questo può aiutarti a capire. Certe luci fermano il tempo. Come fanno le emozioni.» Il suo è un sussurro morbido come le curve della sabbia nella fotografia. La guardo, lei sorride, i suoi occhi verdi sono così chiari, sereni. L'atmosfera del museo è tranquilla, soffusa. Sono discorsi senza capo né coda, ma che importa? Mi voglio solo godere questi stupori, in questa pace poetica che fluttua nel tempo. Seguo le sue labbra che si muovono, mi chiedo perché sia così bella quando è seria e imbronciata.

«Allo stesso modo ci sono onde luminose capaci di mettere in moto le cose profonde. Quelle dentro di noi, anche le ombre che vorrebbero arrivare alla luce, a volte sono così fragili, a volte potenti.» Si volta verso di me. «Manfredo, è come dici tu, l'ombra non ci deve fare paura: disegna nel bianco. Tu credi nello spazio bianco, quindi possibile per te di capire... le pieghe del tempo» afferma soddisfatta.

Una pausa, poi chiede: «Conosci le macchie d'inchiostro di Victor Hugo?»

«Sì» rispondo. «Le lasciava correre sul foglio, da queste nascevano forme che lui poi trasformava in piccoli dipinti. Sono molto belli, a volte inquietanti, surreali.»

«Oggi fanno pensare alle macchie usate nei test dagli *shrinks*... voi come li chiamate?»

«Strizzacervelli.»

«Come il *nostro* Schein, ma lui è diverso» mi dice sorridendo. Poi aggrotta la fronte: «Hai ragione, dobbiamo parlare. E non solo di questo. Se le nostre ombre vogliono luce, hanno bisogno di serenità! Che dici, potremmo continuare il discorso davanti al mare: al Lido, ti piacerebbe? Cammineremo sulla sabbia. Sarà più facile per me di spiegare di più. Lo prometto.»

Va bene, le rispondo. La porterò sulla spiaggia degli Alberoni. Soli, con un grande orizzonte davanti a noi, sarà più facile affrontare certi argomenti.

Ci avviamo verso l'uscita ed è lei a fermarsi davanti a uno dei più famosi nudi femminili di Weston. Ancora linee morbide, luci e pieghe seguono le forme e ne svelano altre. Sensuali, poetiche.

«Non l'abbiamo fatto, l'altra notte» mi dice di botto.

Rimango di sasso. «Come?»

«Non è stato possibile di fare l'amore che penso volevamo tutti e due, ci siamo spogliati un po' e subito siamo caduti addormentati nel letto, quasi drogati. La colpa è del sonnifero, era nei cioccolatini alla violetta di Minerva, quelli che ci ha offerto Max al ristorante. Lui non sapeva. Lei sì, perché lo ha fatto apposta.» Mi guarda e i suoi occhi si aprono come laghi verdi.

«E invece tu come lo sai?» le chiedo serio.

«Succede per me di capire cose senza spiegazione, lo so e basta. Intuizioni. Io penso che ognuno a volte trova dei nautilus, *inside*... aiutano a salire dal profondo tante cose buttate laggiù. A volte belle, a volte no. Quando io vedo, vedo come tu hai visto il R.D. Quando sento cose speciali, sento che è così. Te lo avrà spiegato il dottor Schein... So che lui ti ha detto di me, ho dato a lui la mia *permissione*.» E abbassa lo sguardo.

«Ma quando hai capito che i cioccolatini erano drogati?» Non è il tempo di approfondire nient'altro. Non adesso.

«Due ora fa. Ho telefonato alla fornace di Minerva per

possibile di sapere se eri ancora lì. Non rispondevi alle telefonate, ero preoccupata. Mi hanno passato lei, è stata gentile, ha detto che sei uscito prima dell'alba. Che ti eri addormentato sul divano. Mentre parlava ho visto del viola, un colore che mi svela sempre qualcosa. È anche il colore favorito di Minerva, brillava nella mia mente in un alone strano mentre lei parlava. Poi ho rivisto noi due e le carte dei cioccolatini al ristorante: volavano come farfalle impazzite. Non andavano via dalla mente. Io amo le farfalle, ho sentito che volevano di dirmi qualcosa, le ho guardate bene. Allora ho capito. E loro sono sparite. Hai visto: io ho dovuto di scappare da lei. Sentivo pericolo intorno a me. La tua amica Denessi non ti darà spiegazioni tanto facilmente.»

«Ah, vedremo...» le dico imbarazzato. «Ora andiamo. Parleremo meglio sul traghetto. Non fa ancora freddo, potremo fare due passi sulla spiaggia del Lido. Conosco un bel posto.»

3

Un altro caso di paesaggi che si intrecciano

Mentre vaghiamo tra le calli più interne, quasi perdendoci volontariamente prima di prendere il battello, Sandy mi racconta che da qualche tempo si sente come quel quadro di René Magritte, *La firma in bianco*. La cavallerizza è donna o bosco? È vera o è un riflesso che si compone e scompone sugli alberi?

«Magritte sosteneva che le cose visibili possono essere invisibili» mi dice.

«Lui era davvero un mago illusionista, spiritoso ma profondo» le rispondo. E per un attimo mi viene un flash di un suo quadro più famoso, *L'impero delle luci*, dove è suggerito un altro misterioso effetto di disorientamento: è al tempo stesso notte e giorno. L'immagine è subito spinta via da una domanda che non posso trattenere: «Sandy, perché a noi capita di vedere cose invisibili agli altri?»

«Non lo so, per questo vado da Schein. Immaginazione creativa? O le pieghe del tempo?» risponde fermandosi per guardarmi negli occhi. Non dico nulla, la prendo sottobraccio.

E lei inizia un racconto, gli occhi brillano più chiari. A volte le capita di sentirsi "all'interno" di ciò che la circonda: come quella cavallerizza che si scompone e diventa parte del paesaggio, degli alberi.

A volte *sente* storie che provengono da luoghi e da momenti lontani. Solo dopo qualche tempo ne intuisce il significato, almeno quasi sempre, conclude più pensierosa.

Finalmente trovo il coraggio di raccontarle ciò che mi ha detto Minerva. E del mio incontro con Schein. Ci fermiamo appena davanti all'imbarcadero e lei ascolta in silenzio. Lasciamo passare un paio di battelli.

«Io e te siamo entrambi suoi pazienti... o meglio eravamo. Ora lui ci chiede aiuto, per capire di più, da amico» concludo.

«Un altro caso di paesaggi che si intrecciano. Niente mai succede per caso, la vita è una continua scoperta. Te l'ho detto, camminiamo in un *unfolding journey*! Manfredo, quando tu l'altra sera al ristorante mi hai raccontato che Schein è il tuo dottore, è solo per non spaventarti che io non ti ho detto della mia terapia con lui.» Mi sorride e continua: «Mi ha telefonato ieri e mi ha detto anche che ti avrebbe parlato di me. Ho fiducia nel dottore, è sempre positivo, sereno. Crede ai miei sogni. Mi aiuta tanto. Senza di lui possibile di andare tutto avanti dolorosamente. O possibile di essere in cura con un armadio di psicofarmaci, in una clinica di quelle chiuse. Io non voglio di perdere le visioni e la fantasia! È la mia libertà più profonda. Come hai pensato tu, quando hai visto e sentito il Rock Drill!

Schein non mi fa sentire in colpa per quello che vedo. Forse insieme io, tu e lui, è possibile di uscire dal bosco che scompone noi, come nel dipinto. Però è anche possibile di conoscere quel paesaggio *inside*, non è bellissimo?»

«Mi sembra complicato, ma... cerchiamo di aiutarci. In fondo, come dici tu, camminiamo insieme nello stesso strano paesaggio comune. Cerchiamo di vedere oltre il disorientamento, direi illuminati da questo» concludo con un sorriso sincero.

«Magari sarà possibile di liberare il tuo Rock Drill, presto.» Dopo averlo detto, annuisce con la sua espressione di bambina decisa, che svela una verità con un piccolo broncio sulle belle labbra.

L'arrivo del battello non mi fa aggiungere altro, anche perché non saprei cosa dire, i pensieri sono troppi e davvero scomposti. Ora mi servirebbe proprio l'energia che mi ha dato l'automa. Vediamo che cosa ci porta a galla la nostra conchiglia, nella sua spirale meravigliosa.

Del resto non è anche così che si comprende un paesaggio nel quale si vuole andare "*inside*", come dice Sandy?

Saliamo a bordo e ci sediamo a poppa. Ben chiusi nelle nostre giacche per ripararci dall'aria, restiamo in silenzio a lungo. Arrivati al Lido prendiamo un taxi per Malamocco.

«Per quale motivo Minerva avrebbe voluto drogarci?» chiedo sottovoce per non farmi sentire dal tassista, che si è fermato per lasciare passare un gruppo di ragazzini in bicicletta e non bada a noi.

«Per prendere i tuoi guanti» risponde lei girandosi verso la laguna che ci sfila accanto. Una distesa calma, grigia, solo qua e là argentata da qualche raggio di sole che si affaccia per un attimo dalla coltre nuvolosa.

Mi viene in mente la finestra che ho trovato socchiusa, il mattino dopo. Forse l'aveva aperta qualcuno da fuori, abbastanza abile da non lasciare segni.

«In realtà erano i *tuoi* guanti!» esclamo. «Sei tu che li

hai lasciati su quelle riviste alla Bertarelli, no? Ma... tu hai visto animarsi le fotografie nelle pagine di cui ti ho parlato?»

«No no, niente per me di quelle tue visioni. Solo...» fissa gli occhi limpidissimi nei miei e mi sussurra: «Lì, in quell'archivio, vicino alle riviste, per un attimo la luce si è piegata in un'onda sfumata, e ho visto una donna bellissima... Era come se usciva da un sogno o da una fiaba. Credo che lei era Giulia, la sorella di tua nonna di cui mi hai raccontato. Quante corrispondenze significative tra noi!»

«Stai dicendo che hai visto il fantasma di Giulia Tirelli?»

«No no! Ti ho detto usciva da un sogno o da una fiaba, o da un paesaggio che stava diventando comune. Dimmi di più di lei.»

«Mia nonna non ne parlava quasi mai, e così i miei. Forse li rattristava troppo. Era bellissima, Fedele Majeri la amava molto. Dopo la tragedia, tutte le sue scenografie e i suoi disegni sono andati perduti, anche un po' misteriosamente» le rispondo sempre sottovoce. «Ma torniamo ai guanti. Hai visto qualcosa che si muoveva sulla punta delle dita, come è accaduto a me l'altra notte?»

«No, mai. Anche quelle sono visioni solo tue, come tuoi sono i guanti. Cioè quelli sono di tua nonna, ma prima forse erano di Giulia. Lei era così bella quella mattina, mi sono confusa e... alla fine, senza volere, ho fatto quello che forse lei voleva chiedermi: li ho dimenticati lì, sopra quelle riviste. E tu li hai trovati.»

«Ma a te come sono arrivati, quei guanti traformisti? E come lo sai, di chi sono?»

«Le storie e i personaggi appaiono nelle pieghe del tempo. Ma i guanti no, quelli li ho rubati.»

«Rubati a chi?»

«A Schein. Un giorno li ho visti in quel suo bel mobile con le ante di vetro che c'è in sala d'attesa. Non so perché, ho sentito che dovevo prenderli. Gliel'ho confessato subito, lui ha detto di tenerli… lì espone oggetti d'epoca, ricordi di famiglia. Mi sembrava divertito. La notte dei cioccolatini, a casa tua, li hanno rubati per davvero. Credo sono stati quei due tipi con le giacche strane. Ecco perché Minerva ci ha fatto cadere di sonno, li voleva. Loro lavorano per lei. E quei guanti sono speciali, tu lo hai visto.»

4
Ai Murazzi di Malamocco

Il campanile svetta nella piazzetta vuota. Attraversiamo un minuscolo porticciolo e saliamo sui Murazzi. Gli argini che formano il bastione a mare, grigi e chiari, sono blocchi di pietra d'Istria che la repubblica della Serenissima ha fatto costruire nel Settecento, per difendere la terra dalla forza dell'acqua. Il mare è gonfio ma piatto, plumbeo, le nubi più scure sembrano lontane. Anzi, ora la luce è molto bella. Sandy scende verso il mare, si ferma e osserva la spirale di una conchiglia fossile, in rilievo nella pietra d'Istria.

«Guarda! Una spirale come quella di un nautilus» e la indica. «Le pietre sono sagge. Loro hanno una memoria immensa. Sembrano opposte all'acqua ma sono così… complementari? Ricordi *Ovidio's Metamorphoses*? Oggi lo potremmo chiamare: il libro dei viaggi che continuano nel tempo! Una sua favola racconta gli unici sopravvissuti dopo il diluvio, un uomo e una donna. Loro si gettano alle spalle dei sassi e da questi rinascono gli uomini… ci sarà un motivo se si è inventato una cosa così! Io penso perché le rocce hanno molta memoria. Anche le nostre ossa sembrano pietre, e raccontano cose agli scienziati» conclude soddisfatta. Un attimo di silenzio, poi mi domanda: «Come si chiamavano quei due uomini?»

«Deucalione e Pirra» le dico sorridendo. Mi sento leggero, fuori dal tempo, ma in connessione con qualcosa ben più grande di me.

«Dopo l'acqua sterminatrice, le pietre, e poi l'uomo.» Si volta e cammina lentamente verso la spiaggia, dove terminano i Murazzi. Tra le nubi si apre un improvviso squarcio di luce: il sole illumina il mare e la spiaggia. Sandy è qualche passo avanti a me sulla sabbia. Seguo la sua ombra e il disegno si trasforma: non è più la sua silhouette un po' infagottata dal giaccone di pelle, ma una sagoma femminile vestita come nell'antica Grecia, il peplo mosso dal vento. Sandy è una delle mie Muse? Subito l'ombra torna normale.

Lei si gira, mi dice in un soffio: «Se guardi bene, capita che le cose cambiano.» E mi sorride.

26

Una lettera per Fedele

Dodecaneso Italiano, giugno 1927

1
Lo aveva avvistato dall'alto del promontorio

La figura femminile si fermò. Un lembo della sciarpa chiara che le copriva il capo si srotolò nell'aria, per qualche istante restò sospeso nel sole, disteso e attorcigliato solo in un ricciolo finale. Sembrava un cartiglio volante di un dipinto antico. Due piccole sacche da marinaio, scendevano una per spalla fino ai fianchi. Suggerivano il curioso effetto di ali rigonfie e scure, chiuse.

Un angelo che veniva dal mare?

Fedele si riparò gli occhi con una mano, il sole calante abbagliava.

Un soffio tiepido gli accarezzò il viso. Si allontanava e tornava, sembrava giocare, anzi scherzare con la mano che aveva portato alla fronte. Profumava di fiori. Da dove veniva, che cosa gli ricordava quel profumo?

«*Mon professeur!*» si sentì chiamare.

Riconobbe subito la voce. Si alzò di scatto e corse nell'acqua.

«Fedele» la sentì mormorare quando le fu vicino, incerta per l'emozione, poi con voce più dolce e sicura: «È qui che hai trovato il mondo in un granello di sabbia, o in una goccia... perfettamente imperfetta?»

«Léontine... Se tu sei vera, questo sì che è un istante perfetto» sussurrò lui stringendola a sé.

L'amica appoggiò il viso alla sua spalla, sfinita ma felice. Per la commozione sciolse l'abbraccio. «Diavolo di un Fedele! Certo che sono vera, come la felicità di averti ritrovato.»

Rimasero uno di fronte all'altra nell'acqua bassa, un po' ridendo e un po' in silenzio, le mani e gli sguardi che non riuscivano a staccarsi. Gli occhi del professore brillavano come un tempo.

Sì, l'aveva ritrovato, si disse Léontine.

Il soffio tiepido accarezzava ancora la fronte di Fedele con il suo profumo di fiori.

Tutto era così perfetto che lui non volle chiedersi il perché. E fu allora che dal mare calmo si alzò l'ala morbida di un'onda, di un azzurro trasparente e senza schiuma, bagnandoli fino sopra alle ginocchia. Per un lunghissimo istante rimase sospesa, come ferma. Poi raggiunse la spiaggia e si sparse in un ricamo di goccioline, con un allegro gorgoglio sommesso.

«Oh! Poveri i miei pantaloni!» esclamò Léontine ridendo per stemperare le emozioni.

Lui le prese le sacche dalle spalle, la strinse di nuovo a sé per un attimo, poi le diede il braccio. Arrivati al suo zaino, Fedele ne estrasse una piccola stuoia e la stese sulla sabbia posandovi a fianco il bagaglio dell'amica.

«Hai freddo, vuoi cambiarti? Là c'è un capanno di pescatori.»

«Oh no, no! Tra poco saranno asciutti, sono di un tessuto leggero, nuovissimo.»

«Fatti vedere, sei bellissima. Ma perché sei passata dal mare?»

Léontine fissava Fedele come un esploratore vede la meta, raggiunta dopo mille peripezie.

«Ti ho visto dall'alto del promontorio. Mi ero fatta portare da un carretto di un isolano, lui mi ha detto che potevo scendere per un sentiero solo alla piccola baia, qui a fianco. Lì c'era un moletto e vi avrei trovato dei pescatori che potevano portarmi qui. Ma quando sono arrivata le barche erano tutte fuori. Non volevo aspettare ancora, e men che meno perderti. Ho saputo in paese che al tramonto spesso vai per mare con un caicco da pesca fino a notte, e a volte sbarchi in un'altra isola. Così ho chiesto a un ragazzino se si poteva raggiungere questa spiaggia lungo la riva, c'era solo lui in quella baia e camminava nell'acqua che gli arrivava alla cintola. Pescava i polpi tirandosi dietro uno straccio bianco legato a una corda e appesantito da un sasso. Mi ha risposto che se lo seguivo per un po', dopo avrei potuto continuare da sola, nell'acqua bassa. Era così limpida che i piedi hanno iniziato ad andare da soli sui sassolini e poi sulla sabbia. Poco fa, quando quell'onda ci ha abbracciati, ho capito che incontrarci così è... un modo più nostro. Un gioco, dopo tanto tempo. E in un luogo meraviglioso.»

«Vederti qui è meraviglioso. Ed è vero, come quell'onda ci ha abbracciati!» disse commosso, poi cambiò subito tono: «Non sono tante le belle signore, e così eleganti, che arrivano alla spiaggia camminando nell'acqua, con tanta agile disinvoltura! Ma temo che adesso le tue belle scarpe si siano completamente rovinate.»

«Oh, non importa, le francesine bianche mi hanno stancata: sono troppo chiuse, per questa stagione e al mare. Le ho prese a Parigi, sono le più comode e belle che ho, per questo le ho messe oggi. Certo non immaginavo di camminare nell'acqua, ma sono state utili!» rispose di slancio. Poi lo guardò rabbuiandosi un po'. L'emozione la faceva dire stupidaggini.

«E mi hanno portato da te» concluse con un sorriso sincero indicando il crepuscolo sul mare.

«Ora godiamoci questi colori, hanno sfumature così vive!» Era felice, stanca e commossa. Allacciò le mani intorno alle ginocchia e guardò tranquilla l'orizzonte, come se essere lì in quel momento fosse una cosa consueta.

«Tra poco verrà il momento più bello, Léontine.»

«Allora non mi voglio perdere nulla di questo spettacolo.» Si tolse le scarpe per farle asciugare un po'.

Anche Fedele si comportava come se lei fosse lì con lei da tempo, e quel soffio tiepido che carezzava la fronte lo aiutava. Indicò il cielo del tramonto con la mano.

«Vedi lassù, sopra quelle ultime sfumature? Si sta aprendo un chiarore, è una striscia trasparente, uno spazio chiaro al confine tra il giorno e la notte. Sai, da qualche tempo io penso che là vadano i nostri sogni, ma... solo quando vogliamo che tornino da noi.» Si interruppe, temendo di averla turbata.

Lei fissava il tramonto, molto attenta. «Continua» gli disse seria.

«Se lo guardi intensamente, quello spazio si fa sempre più bianco, tanto che vi puoi disegnare un desiderio. Oppure lasciare lì un sogno. Appeso, come un quadro. Non è difficile, basta provarci un po' di volte, e crederci. Diventa un tuo spazio, da condividere con la natura.» Un attimo di silenzio, poi: «Scusami, è solo una delle mie idee bislacche, e tu sarai stanca» concluse in fretta, pentito.

«No, non lo sono. E qui, ora, si vede benissimo quello che dici! Immagino che sfumature di un crepuscolo così possano condurre in un luogo magico. I colori lo fanno. Credo che ognuno di noi possa trovare e riconoscere anche dentro di sé uno spazio così trasparente» rispose lei aggrottando la fronte in deliziose piegoline, in un modo quasi buffo, che lui non conosceva. Poi restò in silenzio per qualche minuto.

Quel momento era davvero magnifico. E loro parlavano come allora, nelle visite a Brera, quasi che il dolore che li aveva colpiti si fosse trasformato in un abbraccio di affetti, di intese profonde.

«Se una magia così esiste davvero» continuò lei a bassa voce, «sia ringraziato questo mondo variopinto, e gli dèi che lo abitano, anche perché uno dei miei sogni è appena tornato da me! Ben ritrovato, amico mio: mi sei mancato, tu non sai quanto!»

Lui le cinse le spalle con un braccio. Per qualche minuto rimasero tutti e due in silenzio. Ormai il viola copriva ogni altra sfumatura e il blu di una notte giovane stava scendendo sull'orizzonte. Il colore della lontananza, a Léontine mai era sembrato così limpido. Parlò calma, ma tutto d'un fiato. «Sai, ho dovuto lottare molto per venire qui da sola. Carla voleva accompagnarmi a tutti i costi, e zia Amélie non è partita con me solo per riuscire a trattenerla. Lisetta aspetta un bimbo, altrimenti sarebbe venuta davvero volando, con uno dei suoi trabiccoli alati. L'ingegner Luigi non sa niente di questo viaggio, se no mi avrebbe fatto precedere da una flotta di lettere... mettendoti in fuga, immagino! Ma tu non scapperai, vero?»

Ecco, in un attimo gli aveva portato lì tutta la famiglia. Insieme alla speranza di non perderlo più.

«Che gioia per Lisetta!» rispose Fedele sorridendo dolcemente. «Scappare? Come potrei di fronte alla mia grande amica che arriva fino a qui dal mare, a piedi, per giunta calzando preziose scarpe alla moda?»

«Le mie lettere... Non mi hai mai risposto. Le hai lette?»

«Certo che le ho lette.» Poi, cercando i suoi occhi: «Mi potrai mai perdonare?»

«Ci sei mancato, professore, e molto!» Léontine sostenne con forza lo sguardo di Fedele, e sulla sua fronte si formarono ancora quelle piccole pieghe leggere, che davano al volto un'espressione accigliata ma serena, quasi infantile.

«Scusami per tutto questo silenzio. Scusatemi tutti.»
«Tredici anni.»
«C'è stata una guerra.»
«C'è stata per tutti, ed è finita da quasi un decennio!» esclamò lei.
«Siamo nelle isole del vento, qui tutto vola! Siamo nelle isole degli antichi dèi di marmo, qui tutto è immobile. Sono le isole del pensiero e dell'arte, dei colori puri nel sole. Il tempo qui è diverso.»
Fedele la guardò. Lei continuava a vedere negli occhi dell'amico la luce di un tempo, e capì quanto fosse inutile rimproverarlo.
«Qui ho affidato al vento molti dei miei pensieri. Le giornate a Milano non avevano più senso per me, non sapevo che farmene. Mi muovevo pesante, volevo fermare il passato e il presente non passava mai, ma cancellava le tracce di ciò che volevo rivedere. Poi un caos aggrovigliato avvolse ogni mio ricordo. Finché mi venne un'idea, un desiderio di farmi portare dal blu. Questo progetto si rafforzò quando ne parlai con il dottor Schein, anche lui consigliò di partire per guarire. In Grecia ho trovato l'immobilità bianca dei marmi scolpiti, la loro forza mi ha aiutato, la luce del sole sul mare ha mosso in me tante cose: ora tutto è diverso. Qui gli occhi assaporano il valore, la potenza, della bellezza.»
«Avremmo potuto aiutarti anche noi, dovunque tu volessi.»
«Lo avete fatto, rispettando la mia richiesta di solitudine. Il vuoto ti fa conoscere l'infinito. E io ne avevo bisogno, di infinito. Mi dispiace tanto, sono stato molto egoista, ma non me ne accorgevo. I miei trucchi mi avevano giocato un brutto scherzo. Trucchi per conservare i ricordi, mi odiavo talmente tanto che li ho manipolati perfidamente e contro di me. Alla fine anche la mia memoria, già malata, è impazzita»

«Ma ora stai bene?» chiese lei con voce appena velata. Lui la guardò, incerto, poi decise che doveva essere sincero.

«Ti dirò tutto, Léontine, ma tu promettimi di non preoccuparti.» Lei chinò il capo in segno di consenso.

Lui proseguì: «Ora la memoria mi fa ancora soffrire, anche se ho imparato a sopportarlo con una certa... serenità? Rammento quasi tutto, ma... per quanto riguarda Giulia ho delle interruzioni, come delle amnesie. Rivedo solo i momenti in cui era ragazzina con te e Lisetta, mentre gli anni dopo il suo ritorno da Parigi, in quel 1906, sono perduti. Una parte fondamentale della mia vita, quella del mio amore, proprio non me la ricordo più. Come quando non riesci a ricostruire un sogno al risveglio perché se ne va in un luogo nascosto, irraggiungibile. Quegli ultimi anni, i nostri momenti... Tutto è immerso nel buio, come se ci fosse un canale nella mia mente in cui viene bloccato ogni fluire di immagini, di emozioni, di affetti, di amore. Una parte di quell'iceberg è dentro di me, mi ha privato della donna che amavo e dei suoi ricordi. Ho imparato a sopportarlo, adesso sono molto sereno, ma non ce l'ho ancora fatta a sciogliere quel blocco. È per questo che non voglio, non posso tornare a Milano.»

Una pausa in cui gli occhi di Fedele si persero nel mare, poi continuò: «Credo che Giulia stia navigando in qualche punto del cielo. La sento molto vicina quando sono di fronte alla bellezza della natura, che ti invade con la scoperta di qualcosa che si trova nel tuo intimo. Non te ne rendevi conto, finché non lo trovi davanti a te, racchiuso in un momento perfetto: in un tramonto o in un'alba, nei riflessi del mare, nel volo di un gabbiano... Allora, senza pensare più a tutto quello che non riesco a ricordare, il mio cuore s'illumina di gioia, si scalda... ma senza sciogliere quel ghiaccio.»

Un lungo silenzio, che Léontine non volle infrangere.

Poi Fedele riprese. «C'è una cosa che ti voglio chiedere:

i trucchi che vi ho insegnato quando eravate bambine, sai, il mio metodo, credere così tanto all'immaginazione... spero che non sia stato pericoloso! Almeno non per voi, per te e per Lisetta.»

«Non dire così, Fedele! Quelli che tu chiami "trucchi" ci hanno insegnato a confidare nelle cose che amiamo, e a cercarle nella realtà. Con te ho imparato a saper *vedere*. Te ne sono grata, professor Majeri, non sai quanto mi sia stato utile il tuo metodo, e quanto sia ancora vitale. So che è così anche per Lisetta, a suo modo. E sono assolutamente certa che lo fosse per Giulia. Con il tuo amore le hai regalato anni meravigliosi, Fedele. Non possiamo cambiare il destino, soprattutto quello degli altri.»

Tacque un attimo, pensierosa. Poi riprese. «Forse lei è lassù, in quello spazio bianco... e aspetta che tu vi disegni un nuovo sogno per lei. Di una cosa sono sicura: lei *vuole* la tua felicità» concluse Léontine.

Guardarono in silenzio il cielo, finché il blu del mare diventò solo un po' più scuro di quello del cielo, oramai pieno di stelle. Iniziò a rinfrescare. Fedele non sentiva più quel soffio tiepido sulla fronte: se ne era andato con il dileguarsi delle sfumature del crepuscolo.

2
Gli anni in Grecia

«Come ci sei arrivata fino qui, a Patmos?» le chiese il giorno seguente, all'ombra fresca di una veranda davanti alla spiaggia, sorseggiando un caffè.

«Mi è bastato seguire il percorso dei tuoi quadri, risalendo la corrente fino a Rodi. Ci ho messo poco a farmi dire dov'eri. Ti conoscono tutti: l'italiano che ama il mare, dipinge e lavora per l'archeologia.»

«Solo tu potevi riuscirci.»

«E tu? Potrei farti la stessa domanda, Fedele... come ci sei arrivato fino qui, a Patmos?»

Dopo una breve pausa, lui iniziò a raccontare.

«Comprai un bragozzo alla Giudecca: la Druga, mi dissero che in veneziano significa "solitaria". L'attrezzai con una cuccetta e dipinsi sulla vela quadrata un sole, con larghi raggi viola, su un verde scuro. Il mare mi aiutò a sopportare il dolore. Andavo sempre avanti portato dal vento, senza voltare più indietro la prua del bragozzo. Vivevo per quel che serviva a far procedere la barca, smemorato di me e degli altri. Giorno dopo giorno, osservando il mare capii che potevo tornare ad amare la luce e i suoi colori.»

Léontine, lo ascoltava in silenzio, non voleva interromperlo.

«Arrivato alle isole Ionie considerai che la Druga non era adatta ad affrontare acque più vaste. A Corfù trovò agevolmente un nuovo e buon padrone, un inglese che viveva lì, amante delle vecchie imbarcazioni. Io mi lasciai trasportare con imbarchi di ogni tipo, vagando senza meta da un porto all'altro, su navi e pescherecci, caicchi e barchette, fermandomi di volta in volta per visitare i siti archeologici. Come il vento aveva soffiato trasportando me e la Druga lontano dal dolore, così i colori nitidi delle isole greche, i templi candidi, le sculture altere, la serenità semplice e antica che pervadeva ogni cosa, la generosità sorridente di quel popolo, ancora tanto sensibile alla bellezza della natura, mi aiutarono a riprendere la forza, e quindi ad amare la vita. C'era anche dell'altro a spingermi nei siti archeologici: in ogni dea o Ninfa, in ogni fluttuare di pepli o di nastri, rivedevo una grazia conosciuta. Le sculture antiche mi confortavano e mi facevano compagnia. Riconoscevo il bello che avevo intorno. Senza essere ossessionato da folli ricerche. *Kaleidoscopéo,* senza finzioni.»

«E la guerra?» gli chiese lei.

«La Grecia si era divisa fra neutralisti e interventisti,

fra costantinisti e venizelisti. Ma a me non interessava, fuggivo da tutto, anche dalla guerra. Inoltre ufficialmente ero un disperso. Vagavo in cerca di me, fra le rovine della Grecia classica, rese candide e luminose dal sole, e le solitudini marine spazzate dai venti. Alla ricerca dei colori puri e dell'azzurro. Anzi del blu, il colore della lontananza. Poi arrivai nell'Egeo: il mare di lapislazzuli, unico nel Mediterraneo, così dicevano i marinai. Con loro gettavo le reti e lasciavo liberi i pesci: nelle acque più pescose della Grecia ero diventato vegetariano. Mi piacevano le isole più piccole, perse e lontane, con la loro vita semplicissima e tranquilla. Trovai una casetta a Leros, che ha la forma di una lisca di pesce allargata: con golfi e insenature sui due versanti, mi permetteva di osservare il mare da diversi punti di vista. Stavo sempre meglio. Nel 1919 mi stabilii a Rodi. E diedi a Ettorino il mio indirizzo, ma solo per scrivermi, questo lo sai. Per un po' ho lavorato come volontario all'allestimento del museo archeologico, davo una mano nei disegni che corredavano la sua catalogazione dei reperti. Conobbi Amedeo Maiuri solo al mio ritorno dal viaggio ad Atene, e diventammo amici. So che ora sta facendo scoperte e scavi importanti a Pompei.»

Fedele sorrise per un attimo. «Poi Ettorino mi convinse con diverse lettere che aveva assolutamente bisogno del mio aiuto. Desiderava un'opera d'arte greca. Un qualche pezzo importante, molto antico, da inserire nel museo privato che stava allestendo nel suo castello di famiglia, sull'Appennino. Ci incontrammo nella primavera del 1920, per pochi giorni, ad Atene. Fu emozionante, ci comportammo come se ci fossimo lasciati da poco. Trascorremmo giorni divertenti. In un mercato di anticaglie trovammo una scultura molto bella, un vero colpo di fortuna. Lui tornò a casa con l'opera d'arte antica che tanto desiderava, e che poi si rivelò di grande valore. Per me quel viaggio fu importante: presi il battello per Rodi con tele, pennelli e colori comperati in città e poco dopo, come sai, ripresi a lavorare. Dapprincipio un poco esitante, poi con rabbia, quindi con passione, infine con tranquillità. Più dipingevo, più mi rasserenavo. Spedii a Ettorino qualche lavoro, erano molto diversi dagli ultimi milanesi. Il resto lo conosci. È da un po' che sono qui, a Patmos, e ora dipingo solo ogni tanto.»

«I tuoi nuovi quadri sono molto belli, e hanno avuto successo. Ettorino mi ha detto che loro quotazioni sono in crescita.»

Léontine si voltò verso l'amico e gli disse ciò che non aveva ancora osato rivelare.

«Ho portato una lettera per te, Fedele. Scritta da Giulia.»

3
Caro, carissimo Fedele

Porse all'amico una busta chiusa di carta azzurra su cui erano stampate in blu le iniziali di Giulia.

Vi era scritto *Per Fedele*. Lui la prese con delicatezza. «Era dentro una sua borsa da viaggio, che mi aveva regalato Carla. Due mesi fa, non so perché, mi è venuta voglia di studiare bene la stoffa, disegnata con belle farfalle verdi, blu, viola. La lettera era caduta nel fondo di una tasca.»

Fedele continuava a rigirarsi la busta fra le mani, senza aprirla.

Poi guardò l'amica e le disse: «Io ho perso anni della mia vita cercando di raggiungere il mio passato. Poi altri per fare pace con me stesso. Ora voglio seguire quello che il destino mi porta. Il riflesso delle nostre azioni non andrà perduto, Léontine, entrerà nei sogni, o non so dove, e lascerà una traccia.»

«Così mi piaci, *mon professeur*... ma aspetta, aspetta ad aprirla, preferisco che tu sia solo!»

In un attimo si era sfilata le scarpe. «È l'ora migliore per una nuotata. Ne parleremo dopo.»

S'infilò nel casotto dei pescatori lì accanto e uscì con un costume da bagno color verde acqua. «Vedi: la nuova moda del Lido di Venezia! È il mio colore preferito» disse ridendo. Poi raccolse i lunghi capelli, folti, mossi, di un bel rosso dorato, e si allontanò.

Fedele alzò il lembo della busta, che non era sigillata. C'era un solo foglio di carta azzurra, lo dispiegò accuratamente. Guardò le prime righe nell'insieme. Poi le lesse più volte. Riconosceva la scrittura di Giulia, già così composta e matura da quando era ragazza, ma nessuna immagine di lei si aprì nella sua memoria. Non gl'importava, quelle parole facevano vivere il suo cuore.

Caro, carissimo Fedele,
mio amore. Quando leggerai questa lettera, probabilmente io sarò ancora in cerca di quel tesoro che entrambi abbiamo perduto. Forse lontana, forse accanto a te. Ma dovunque io sia, noi saremo sempre uniti, perché i nostri cuori parlano tra loro. Come i riflessi sull'acqua rispecchiano e avvicinano anche ciò che è lontano. E io, quasi fossi in una fiaba, continuo a cercare a mio modo.
È più forte di me, non posso farne a meno. Eppure sono sicura che sarai tu a trovare ciò che potrà aiutare le Ondine. Perché trovare è il tuo dono.
Tu crei sogni e sai scoprire il linguaggio della natura in ogni cosa, perché ami i colori. Tu trovi la bellezza, dovunque sia, come sapevano fare gli antichi. La loro fantasia poetica aveva una forza che gli uomini non si riconoscono più, perché sprofonda e si nasconde nel loro animo. Nessun cannocchiale, nessun microscopio, nessuna macchina che vola può ritrovarla, senza le emozioni del cuore. Non so se il compito che ti affido si realizzerà davvero, e temo che comunque non accadrà senza fatica. Spero di essere al tuo fianco in quel momen-

to ma, se il mio cammino sarà un altro, qualsiasi cosa accada, Fedele, guardati dal rabbrividire sotto il soffio della paura, o da essere avvolto dal buio del dolore e del rimpianto. Ricordati che tu sai trovare, non farti rapire dal dolore della perdita. Il nostro pensiero agisce. Tra una luce chiara e una luce nera, continua a cercare i colori che possano animare i sogni. La fantasia poetica più profonda ci connette alla natura e ci insegna ad amarla e rispettarla.

Stai pronto, Fedele. Quando arriverà il momento di agire, te ne accorgerai anche da fatti minuti, che ti sembreranno piccole coincidenze. O dalla meravigliosa sorpresa che nasce da una favola antica. Allora toccherà a te concludere il mio, il nostro sogno, lo sento. Non sarai solo: loro, i riflessi sull'acqua, ti indicheranno la strada. Troveranno il modo, perché tu sai ascoltarli. Seguili e poi agisci con gioia. Come se fosse un gioco, un rito antico, portalo con te nella tua fantasia più pura.

La vita è una continua trasformazione. E tutti siamo destinati a un futuro che si srotola imprevedibile, ma avvolge in sé ogni scia del passato. Lascia la tua traccia gentile, Fedele, come hai sempre fatto. Si srotolerà ancora davanti a te. Sento che tu potrai capire meglio di me i messaggi delle Ondine, aiutarle, aiutare tutti noi. Accompagna le onde, fatti portare da loro. Segui le tue intuizioni, ama le tue scoperte. Non avere paura del cambiamento.

Tutto è iniziato dall'acqua che ha fatto nascere il mondo. Ascoltarla ci aiuterà ad agire per il bene di tutti.

Ti sono vicina per sempre, qualsiasi cosa accada non ci allontanerà mai.

Grazie, mio dolcissimo e sapiente compagno, io ti devo molto e ti chiedo perdono se ti ho fatto soffrire.

Ti amo, mi rifletto in te.

A presto,

Tua Giulia

Quando Léontine tornò, Fedele aveva già riposto la lettera nella busta, e guardava il mare. Quelle parole lo avevano molto commosso. Contenevano messaggi per il futuro ma non aprivano la sua mente a quella parte di passato che non riusciva a ricordare. Chi erano le Ondine? Non importava. Sentiva la forza di un riflesso importante dentro di sé, prima o poi la trama di ricordi sarebbe ritornata a brillare nella sua mente.

Léontine si era avvolta con un telo per asciugarsi, e indugiava in ogni gesto per lasciargli tempo.

Fu lui a parlare per primo.

«Tu l'hai letta?» chiese.

«Sì, è bellissima» rispose lei, senza aggiungere altro.

«Lo è.» Una lunga pausa, poi continuò: «Non vi è una data. Ma è arrivata al momento giusto. La capirò meglio con il tempo.» Si voltò, i suoi occhi scuri accesi fissavano lei e, nello stesso tempo, guardavano lontano.

«Torniamo a casa, a Milano. Il mio esilio è finito» disse con voce ferma.

«Agli ordini, mio professore» rispose Léontine. Si voltò verso il mare: «Sia ringraziato il nostro mondo così variopinto, e in tutti i suoi riflessi!» sussurrò tra sé.

Il telo ora le drappeggiava il corpo, la sua figura sprigionava una forza eroica e compassata. Sembrava una Nike o uno di quegli angeli che ornano le vette delle chiese veneziane, fieri come vittorie alate.

Fedele pensò a Venezia, ai suoi canali, a quella montagna di roccia scolpita che aveva lasciato alle sue spalle partendo dalla laguna: la basilica della Salute innalzata al cielo e al mare per tutti, in memoria di un pericolo passato.

27

"Have a look" a Malamocco

Venezia, 19 novembre 2006

1

A Murano. Minerva e il collezionista

«La ringrazio di aver accettato il mio invito, carissimo Havealook. Da tempo volevo conoscerla e parlarle.»

Una pausa irraggiata dallo sguardo viola di Minerva che valuta con attenzione l'uomo dagli occhiali spessi, seduto su una poltrona davanti a lei.

«Desidero avere un consiglio e qualche informazione per approfondire un progetto che, ne sono certa, le piacerà. Ci tengo ad avere il suo parere di studioso e di raffinato collezionista.»

Lo fissa cercandone lo sguardo attraverso le lenti caliginose. Vi trova solo una serie di cerchi concentrici opachi, come quelli che si formano nell'acqua di uno stagno in cui è caduto un sasso, però questi sono immobili.

Mister Havealook sorride imperturbabile agli occhi magnetici di Minerva.

«Oh, per me è un piacere essere di nuovo in questo magnifico atelier, signora Denessi. Se potrò esserle utile, sarà solo un onore. Quanto al mio collezionismo, non mi metta in imbarazzo, faccio il possibile. È un vizio di famiglia, forse una virtù, o una passione. Mio nonno aveva iniziato con gli impressionisti. Io e mio padre non abbiamo potuto tirarci indietro, anche se abbiamo dovuto diversificare, un po' per gusto personale e un po' per quello dei tempi. Seguendo le quotazioni possibili, va da sé.»

Una pausa, poi continua guardando la finestra: «Da qui si gode una vista sulla laguna notevole e rilassante allo stesso tempo. Mi congratulo per la scelta di questo luogo.»

«A proposito di passione, posso chiederle qual è la sua più recente?» domanda lei con pacata sicurezza.

«Sono stato chiamato alla Guggenheim come esperto del Vorticismo inglese, una corrente di cui posseggo alcuni disegni. Per ora è solo un'idea ma potrebbero fare una mostra, sarebbe la prima in Italia. Se il progetto andrà in porto, darò qualche mia opera. E spero che non ne manchino altre più importanti, come il *Rock Drill* di Epstein, scultura fondamentale... Un robot che cerca di proteggere la sua progenie dal rischio di estinzione, così lo definiva l'artista. Infatti questo automa dalle fattezze maschili porta nel suo torace meccanico una sculturina che simboleggia un feto... Straordinaria idea, e anche simbolo di pace, visto che la realizzò durante la Prima guerra mondiale!»

«Ricordo di averlo visto a Londra» dice calma Minerva.

«Di Epstein posseggo alcuni schizzi a matita, proprio dell'automa completo. Me ne ero interessato da giovane.» Si gira un attimo verso di lei, che invece fissa la laguna, poi torna anche lui a guardare da quella parte.

«Ma, signora Denessi, per essere sincero, io seguo solo delle tracce che mi colpiscono. Si procede lenti, ostinati. Bisogna studiare, meditare sugli indizi. Questo aiuta a contenere l'aspetto vizioso del collezionismo, se non a corroborare l'altro, quello diciamo virtuoso. Amo la ricerca, lo studio che mette a contatto con le idee degli artisti e, soprattutto, con lo spirito dei loro tempi. Così nasce una specie di fratellanza ideale. Mi affascina l'energia di quegli uomini che avevano una vita sicuramente più difficile della nostra, ma tutta per l'arte. Una "comunicazione emotiva" fra le epoche: seguo questo impulso nel formare la mia collezione, cerco emozioni che vivano nel tempo. Monet ha iniziato la sua attività come caricaturista per le strade di Le Havre e l'ha conclusa quasi cieco, ma fino all'ultimo ha regalato al mondo delle emozioni eterne, come le sue Ninfee. Lo cito perché siamo circondati dall'acqua, lui ha saputo catturarne molti riflessi, anche con i difetti di vista della sua ultima stagione.» Abbassa la voce e quasi sussurra: «Che io ben comprendo.»

«Mi congratulo, è bello farsi trasportare da un sogno. Sono lieta che lei scelga i suoi acquisti seguendo questo valore, e non quelli del mercato» dice Minerva guardando lontano.

Havealook arrossisce fino alla punta delle orecchie, si sistema gli occhiali ben aderenti al viso, poi parla con voce timida. «Un sogno, certo. Posso permettermi di chiederle qual è il suo, Miss Denessi, in fatto di collezionismo? So che anche la sua famiglia è affetta da questa virtù, o vizio.» Il sorriso dell'omino si apre in qualche millimetro di soddisfazione.

«Al momento seguo proprio i sogni della mia famiglia. Come forse saprà, mio bisnonno Titta di Sanfruttuoso, tra le sue molteplici attività diventò anche mercante d'arte, stimato e apprezzato. Negli ultimi anni si era concentrato sul suo contemporaneo, il primo Novecento. Possedeva opere di vari stili e correnti, del resto quelli sono stati forse i decenni più ricchi di rivoluzioni nella storia dell'arte moderna.»

Havealook si volta finalmente verso di lei, ma Minerva non riesce a captare nulla in fondo allo stagno di quei vetri così spessi.

«L'altra sera alla festa era presente un quasi parente del pittore Fedele Majeri: il mio caro amico Manfredo di Monfalco, con una sua giovane amica.»

«Oh sì, la signorina Sandy, una ragazza molto intelligente.» Il sorriso di Havealook torna ad allargarsi per un attimo, poi continua più serio: «Il dottor Monfalco non ho avuto occasione di conoscerlo durante la sua meravigliosa festa, signorina Minerva. Le luci erano molto ben studiate per mettere in evidenza i video e perciò, necessariamente, l'ombra avvolgeva gli ospiti. Così la signorina Sandy mi ha un po' scortato, e con lei ho avuto modo di parlare.»

Minerva si accarezza appena i capelli, i braccialetti tintinnano ai polsi, tanto che Havealook si gira sorpreso. Poi riprende la sua posizione con le mani posate sulle gambe come uno scolaretto.

«Lei possiede qualche opera di Fedele Majeri? Mi intessano perché Manfredo mi è molto caro, vorrei fargli una sorpresa e proporgli una mostra di Majeri qui a Murano, nel mio nuovo spazio espositivo alla fornace. Come lei sa, trovare opere di questo pittore è assai difficile, e lui sulle cose di famiglia è, come dire, un po' trattenuto, di questa storia non ne parla mai. Così vorrei aiutarlo a sciogliere un nodo e, nello stesso tempo, rivalutare per il pubblico un bravo pittore dimenticato. Sarebbe di sicuro una cosa importante, Manfredo potrebbe esserne il curatore perfetto. Per farlo rinunciare alle sue remore vorrei ingolosirlo con qualche... novità.»

Appoggia il braccio sul divano con un altro tintinnio metallico, che questa volta vibra a lungo.

«Che idea pregevole! Le mostre sono sempre un'opportunità per approfondire la conoscenza. Certo, Majeri è un bel mistero: di un pittore così di qualità sono rimasti davvero pochi dipinti. Eppure avevano molto mercato. Pare che siano stati acquistati tutti da alcuni collezionisti anonimi. Ed è anche impossibile trovare i bozzetti per il teatro della sua fidanzata, quella Giulia Tirelli che poi sarebbe la prozia del suo amico Monfalco: tutti spariti, deteriorati o perduti nei traslochi degli archivi dei teatri. La sfortunata signorina firmava con uno pseudonimo, G.F. Arnolfini. Se lei possedesse qualche dipinto di Majeri sarebbe un'iniziativa davvero interessante. Io purtroppo non ho avuto questa fortuna. Temo però che non sarà per niente facile trovarne altri.» Havealook sembra improvvisamente a disagio, si muove sulla poltrona come per mettersi più comodo.

«Sì, anche io conosco la storia, ma c'è una novità recentissima. Lo scorso ottobre è stato aperto il fondo Majeri all'archivio di stampe del Castello di Milano, forse studiandolo potremmo avere tracce delle tele chiamate *Le Ondine perdute*. Esporle qui sarebbe molto emozionante, non trova? Visto il titolo, mi piacerebbe affiancarle a quadri di preraffaelliti e simbolisti, o Gauguin e Delvaux, Mi piacerebbe acquistare anche dipinti di Majeri, qualora ne riapparissero altri. Si amplierebbe la collezione di mio bisnonno, il suo sogno, e io potrei far rivivere questa fornace come un crogiolo d'arte.»

«Ci vuole pazienza, perché la virtù della ricerca non prevalga su quella dell'attesa» risponde Havealook.

«Capisco, ma se le giungesse qualche notizia, avrebbe la gentilezza di farmelo sapere? Non vorrei mai trovarmi nell'imbarazzo di una competizione tra amici per un acquisto.»

La guarda e Minerva cerca invano i suoi occhi dietro le lenti. Poi tutti e due si voltano verso la laguna.

«Dubito che ci siano altri quadri, qualcosa mi dice che sono più leggendari che veri... Ma se ci fosse qualche ritrovamento, la informerò senz'altro!»

«La ringrazio, professor Havealook, lei è davvero gentile. Un'ultima raccomandazione: per favore non ne parli con la signorina Sandy. Vorrei essere io a comunicare personalmente la mia idea a Manfredo.»

Lui rimane sospeso nel suo sorriso un po' intimidito, poi annuisce. «Senz'altro.»

«Bene. Mi dica: intende fermarsi un po' a Murano? Potremmo fare colazione insieme... e continuare a parlare d'arte. Magari mi racconterà qualcosa del suo amato Vorticismo, m'interessa molto.»

«Mi piacerebbe davvero e la ringrazio, faremo un'altra volta, e con più tempo. Adesso mi scusi, ma vorrei fare un giro nel Duomo, è così delicatamente potente. Quell'abside, quei mosaici! Merita sempre una visita.»

«La prego però di rientrare con il nostro motoscafo, è a sua completa disposizione per accompagnarla ovunque e quando vuole. È prevista acqua alta nel pomeriggio. Molto alta.»

«Oh, non si disturbi... prenderò il battello. Mi diverte andare piano, soprattutto in laguna. Allora arrivederci» risponde lui con un sorriso alzandosi.

Lei lo precede lungo una bella scalinata di legno chiaro, fino al piano terreno. Il leggero suono dei bracciali li accompagna e lui ha l'impressione che cambi tonalità a ogni gradino.

Gli occhi viola di Minerva sfavillano accesi di pagliuzze dorate, lui si sofferma a fissarli, poi si china per fare un elegante e leggero baciamano di saluto.

2
Come le conchiglie che ricoprono questa spiaggia

«Saremmo chiusi, ma... Visto che è lei, dottor Monfalco, faremo un'eccezione. Se vi accontentate di un piatto di spaghetti in salsa. Poi vi porto qualche carciofino sottolio. Sa, dei nostri, quelli piccolini. Non dovrei, sono gli ultimi barattoli... le va di lusso oggi: due eccezioni!» dice bonario il proprietario dell'agriturismo sotto i Murazzi.

Manfredo guarda il bel cespuglio di carciofi, spuntano fieri ed elegantissimi, degni di una foto di Weston.

Da quando è arrivato a Venezia tutto accade in una sequenza velocissima, tutto si intreccia e nulla si risolve. Eppure con Sandy si sente più sicuro, più intero e forte. Di una forza speciale: sì, come quando ha toccato il Rock Drill. L'improvvisa energia e la pacificante tranquillità che ha sentito in questi giorni le deve a un automa che ha visto solo lui e a una ragazza che alcuni giudicano un po' matta, conclude tra sé.

Quanto è eccezionale la sua vita negli ultimi giorni! Dovrebbe rinunciare a tutto ciò, tornare a Milano e cercare la quiete soporifera in un farmaco? Magari non un intero armadio, come teme Sandy, ma...

La guarda. Si sta sistemando i riccioli nel cappello di lana, peccato, sono così belli. Sta per dirle di non farlo – stai bene così, un po' scapigliata! – e che vorrebbe restare ancora seduto con lei in quella veranda, nel verde, a parlare per un po'. Ma Sandy propone altri due passi sulla spiaggia, con un sorriso seguito da un'occhiata così limpida che lui non può resistere.

Escono dal giardino e dagli orti dell'agriturismo, risalgono i pochi gradini che portano alla bianca, bassa diga foranea, ed ecco che il mare si apre davanti a loro. Grigio, quasi metallico, ma risplende della sua quieta grandezza. Arrivano dove le ultime pietre frangiflutti dei Murazzi digradano sulla spiaggia. L'acqua è molto bassa, qua e là emergono isolotti di sabbia. Niente sole ma non fa freddo, e non c'è un alito di vento. Lo scirocco previsto non è ancora arrivato, e nemmeno la marea montante, almeno per adesso. In giro non si vede nessuno.

«E adesso che cosa potremo fare delle nostre visioni?» le chiede mentre camminano fianco a fianco su un fitto tappeto di piccoli gusci di conchiglie. Ricoprono la sabbia vicina all'acqua, scricchiolano sotto i loro piedi.

«Andremo a cercare il tuo Rock Drill! Se ti è apparso e ti ha lasciato un messaggio vuol dire che hai un compito molto importante.» Le parole di Sandy volano come ali morbide di un gabbiano sulle basse onde del mare. Manfredo le segue: vorrebbe fuggire con loro, con lei, lontano da tutto. Poi guarda in silenzio quel viso, quegli occhi, le deliziose piegoline della fronte.

«Cercare l'automa? Come e dove? Ammesso che me la senta di rimanere ancora qui...»

«Io penso che arriveranno dei segnali» risponde Sandy convinta.

«Speriamo non sia qualcosa di sconcertante» le sussurra lui a voce bassa.

«Oh no, ora non serve sconcerto... armonia di concerto invece sì!» Poi continua aggrottando il suo broncio da ragazzina di un cartone giapponese: «Volevo dire che è possibile di trovare le coincidenze che si intrecciano in una trama.»

Manfredo pensa al suo tabellone della memoria, e per qualche istante segue un ricciolo dei capelli di Sandy che si srotola nel vento. Poi la stringe a sé con una mano intorno alla vita: «Non è così facile. Ora siamo come in una fiaba, eppure... Appena penso alla realtà, tutto diventa caos! Le mie belle visioni si spargono come le conchiglie che ricoprono questa spiaggia. Non possiamo non calpestarle, frantumando le più fragili: così accade se cerco una spiegazione razionale. Schein dice che preoccuparsi non serve, ma... temo che la paura, l'inquietudine, la fragilità escano dal loro nascondiglio non come ombre che cercano la luce, ma come un buio che la vuole negare.»

«Ha ragione il dottore, è inutile di preoccuparsi!» dice Sandy con decisione. Ed ecco che un altro ricciolo scende di lato al suo viso da bambina fantasiosa ma saggia, che sa navigare sulle onde dell'immaginazione e arrivare a una meta. Con la mano mostra le onde.

«*Look*: *loro* qualcosa portano sempre. Oggi sono calme come ali di gabbiano aperte nel cielo. Possibile che domani, o solo tra poco, correranno tempestose e travolgenti. In natura è normale, c'è sconcerto e c'è concerto. Sorprendente no? Che bellissimo! Meglio di lasciare il nostro spazio trasparente anche nella mente! Un foglio bianco su cui annotare. Quella notte il Rock Drill ti ha parlato. Possibile per te di ricordare, proprio preciso, quello che lui ti ha detto?» chiede fermandosi a guardarlo seria negli occhi.

Manfredo non vorrebbe pensare che a quelle labbra, a quegli occhi verdi, a quei riccioli e alle piegoline della fronte, ma si scuote dall'incanto.

«L'ho trascritto in un appunto, lo porto sempre con me.»

Distoglie gli occhi da quelli di Sandy, e a malincuore stacca la mano dalla sua vita per cercare il portafoglio.

«Eccolo, le prime parole sono *Libera il genio*. Be', ti devo confessare che ultimamente non c'è stato il tempo per rifletterci troppo, ma questa frase è davvero misteriosa... Io il mio ingegno l'ho liberato, ma per salvare chi? Quella medusa sparita nel nulla?»

Le passa il foglietto, che lei legge con attenzione.

«Vedi, in queste parole c'è tanto che possiamo già di capire.» Si ferma e le brillano gli occhi, ripete: «*Fidati dei tuoi sogni, nutrili. Troverai un aiuto.*» Sorride e continua: «Ce la farai, Manfredo, ce la faremo. Seguiamo le sfumature, abbiamo tanti amici invisibili e alleati davvero speciali e insoliti.»

Gli prende la mano, Manfredo sente la sua calda e morbida, la stessa sensazione arriva subito alla testa che diventa più leggera, poi al cuore che si riscalda di un tepore dolce. Sandy lascia la mano, si avvicina al mare.

«Vieni!» gli dice. Voltandosi con grazia verso di lui in una nuvola di riccioli ramati. Manfredo non fa in tempo a raggiungerla che lei si è già tolta gli stivali, arrotola i pantaloni e cammina nell'acqua bassa fermandosi ogni tanto a guardare la sabbia, nella trasparenza.

«Guarda, *have a look*! I granchietti, quando si rincorrono... danzano.» Si gira di nuovo: è una Ninfa, è la Fanciulla che indica è la Scapigliata... ma con giaccone di pelle e in jeans.

Lo chiama ancora mentre alza piccoli spruzzi con i piedi, lancia le gocce verso di lui. Anche Manfredo si toglie scarpe e calze ed entra nell'acqua con i pantaloni rimboccati. La raggiunge, lei lo prende per mano e lo porta dove si vedono tre piccoli granchi che si rincorrono sulla punta delle chele, leggeri come ballerini di danza classica. Non lasciano segni sulla sabbia, ogni tanto si coprono velocissimi con una chela, salgono uno sull'altro e lasciano sporgere solo i loro piccoli occhi.

Manfredo camminando nell'acqua si sente forte e invincibile. Si ferma, stringe a sé Sandy, la bacia. Alla fine, imbarazzato, non trova niente di meglio da dire che: «Vieni, torniamo a riva. È tardi.»

Lontano, verso gli Alberoni, si intravede un uomo che fa jogging, dall'altra parte due persone camminano con un cane piccolo che corre avanti e indietro, gli lanciano un legnetto, lo insegue e ci gioca un po', poi lo riporta. Immagini comuni su questa spiaggia a novembre.

«Quale piega di luce ci ha fatto incontrare?» le chiede tenendola per mano.

«Un paesaggio comune, un poco da fiaba. Manfredo, promettimi: non lasciare che i personaggi della tua favola volano via! Oggi tutto è eccezionale, ma forse possibile che non torna più. Bello di accettare chi siamo, la ricchezza della nostra vita, in ogni momento. Così i suoi cambiamenti. È bellissimo, qui e ora.»

Lui le accarezza un ricciolo che le scende sul viso, poi la bacia di nuovo. E non le domanda quello che voleva ancora chiederle: che cosa ci aspetta, Sandy?

28

Il grande gelo

Venezia, 16 febbraio 1929 – Milano, sera del 4 marzo 1929

1
La laguna ghiacciata

Pieter Bruegel il Giovane. In quel freddo mattino di febbraio, Fedele pensava a un paesaggio invernale di quel pittore: in un villaggio attraversato da un fiume gelato, divenuto una strada tra gli alberi, c'era chi camminava, chi conversava, chi danzava e chi si rincorreva giocando o pattinando.

Anche se per giorni Venezia era stata avvolta dal gelo e dai disagi, al sole di quel mattino la neve e la laguna ghiacciata regalavano uno spettacolo unico. Circondata dal bianco la città appariva più che mai un'isola uscita da una fiaba nordica.

Vide arrivare un ragazzino con un paio di pattini appesi sulle spalle dai lacci. Scese i gradini della banchina e svelto li mise ai piedi, poi si mosse su quell'insolita pista, goffo ma caparbio, in una sequenza di scivoloni, capitomboli e ripartenze, accompagnate dalle risate di altri ragazzini che un po' lo canzonavano e un po' lo incitavano. Alla fine scesero anche loro a camminare sulla laguna ghiacciata, in mezzo a barche e gondole bloccate tra le *bricole*, e alcuni passanti li seguirono. Tutti cercavano di imitare il ragazzo anche se indosso avevano le scarpe. Scivolando e divertendosi dimenticavano le difficoltà dei giorni passati.

Già dal 4 dicembre la città e tutto il Triveneto erano stretti nella morsa del gelo.

Neve e valanghe avevano interrotto le comunicazioni nel Tirolo. Ora, dopo più di due mesi, le temperature non accennavano a salire: avevano raggiunto i meno quattordici gradi, con punte di meno venticinque nelle Dolomiti, e l'Adige era completamente gelato. Lo spettacolo della galaverna, ricami brillanti di neve cristallizzata, aveva ceduto la scena a un tremendo gelicidio che uccideva gli alberi. Rami spezzati dal peso dell'acqua gelata, tronchi squassati, questo offriva il panorama apocalittico di boschi e campagne. Alcuni pessimisti parlavano di nuova glaciazione. L'eccezionale nevicata era stata seguita da forti raffiche di bora. Quel mattino, però, poiché l'ondata di freddo pareva aver concesso una tregua e il cielo era quasi limpido, in molti erano usciti dalle case per ammirare l'acqua della laguna trasformata in una compatta distesa bianca. Circondava le Fondamenta Nuove e lambiva la Riva degli Schiavoni. Così c'era chi si avventurava sul ghiaccio, cauto e divertito. Proprio come in quel dipinto di Bruegel.

Sì, un paesaggio prestato da una favola!

Per la verità, Fedele ricordava alcune vedute del Settecento che descrivevano Venezia in un altro inverno di freddo fuori dal comune: la laguna era ritratta come una pista di pattinaggio dove uomini e maschere si rincorrevano, i mantelli gonfi di vento. Ma i giorni presenti non sarebbero stati tramandati solo dai dipinti: il professore aveva notato alcune macchine fotografiche su cavalletti, e addirittura una cinepresa. Tecniche che catturano l'istante e riprendono il fluire del tempo. Vide il ragazzino cadere sul ghiaccio tra le risate. Sì, doveva stare nella realtà, nella luce della gioia. Gustare il momento.

Appena tornato dalla Grecia, si era lasciato circondare dal calore degli affetti ritrovati, e ne aveva provato una grande felicità. Eppure non riusciva ancora ad avere ricordo dei momenti che aveva vissuto con Giulia fra l'estate del 1906 e quel maledetto aprile 1912. Nemmeno grazie ai racconti degli amici o davanti all'evidenza delle fotografie che loro gli proponevano con discrezione, per rispetto verso le sue "amnesie parziali". I medici, consultati dai Tirelli, le attribuivano al trauma del lutto. Il dottor Schein nel frattempo era partito per gli Stati Uniti senza lasciare indirizzo.

Fedele aveva fatto ritorno a Milano ormai da più di un anno e mezzo. Conduceva un'esistenza tranquilla. Spesso andava dai Monfalco a giocare con il piccolo Giulio, il bambino di Lisetta e Uberto. Conversava con Luigi ed Ettorino dei fatti del giorno, parlando prevalentemente di arte. Aveva smesso d'insegnare all'Accademia di Brera, dava lezioni private ma dipingeva poco.

Quando qualcuno parlava di Giulia, Fedele di solito diceva: «Amarla è il dono più bello che io abbia avuto dalla vita» e poi cambiava discorso. Non poteva confessare che non ricordava la sua promessa sposa.

Chi erano le Ondine di cui Giulia aveva scritto nella lettera?

Quelle frasi erano ancora avvolte nella nebbia fitta.

Pensò al suo amico immaginario, il Ciclope gentile, e alla rete di riflessi luminosi che distendeva nella sua caverna oscura. Se l'immaginazione umana ha un potere, è quello di dare libertà ai sogni. Doveva guardare davanti a sé con speranza.

S'incamminò verso la Ca' d'Oro. Prima di prendere il treno per Milano voleva visitare la ricca collezione privata di quel bel palazzo, da poco donata alla città: aveva letto che vi era esposto il piccolo bozzetto in terracotta della personificazione del fiume Nilo, uno studio del Bernini per la fontana romana dei Fiumi in piazza Navona. Non sapeva perché, ma desiderava vederlo.

2
A Milano, una cena a Palazzo Monfalco

«... È colpa di Umberto Nobile. Tutti i discorsi sulla sua disastrosa e inutile impresa hanno portato il freddo del Polo Nord fin quaggiù da noi!»

A parlare era stato un impettito commensale seduto di fianco a Fedele. Un avvocato, legato al Partito. Uno che presumeva di essere spiritoso.

«Oh, basta parlare del grande freddo! Non vorrei ne risentisse il risotto, che è alla temperatura giusta» rispose a tono Lisetta, la padrona di casa. Sedeva di fronte a Fedele e lo guardava spesso: era la prima volta che l'amico accettava un invito con così tante persone.

Alla tavola di casa Monfalco, un bel palazzo ottocentesco in via Fatebenefratelli a Milano, la discussione continuava intorno all'argomento del giorno: la sentenza della commissione Cagni che aveva condannato il comandante Nobile per la fallimentare missione del dirigibile Italia, caduto sui ghiacci del pack.

«È giusto così. Il capitano deve essere l'ultimo ad abbandonare la nave in caso di naufragio, no? Invece lui ha fatto l'esatto contrario.» Il tipo, finito rapidamente il risotto, tornava ai suoi toni di poco prima.

«Già. La legge del mare dovrebbe valere anche sui vascelli che navigano nel vasto cielo» disse un altro commensale.

«E il comandante ha fatto un torto al suo nome, comportandosi così» riprese il tipo, aggiungendo poi: «Sapete che ha chiesto udienza al Duce per giustificare il suo operato?

Pare che Mussolini lo abbia accolto con un gelo paragonabile a quello che circondava la Tenda Rossa, su al Polo!»

Lisetta non riuscì più a trattenersi: «Signori, il vostro sarcasmo mi sembra esagerato. Vi state accanendo contro chi è partito con grande coraggio per compiere un'impresa molto difficile. Nobile ha fallito, è vero. Ma non dimenticate che stava combattendo contro un avversario fatto di ghiacci sconosciuti, inabitabili e inesplorati. Chi si è imbarcato sapeva che quella era una missione scientifica ad alto rischio, il comandante ha lasciato la tenda per primo perché soltanto così avrebbe potuto coordinare i soccorsi in un mondo avverso e sconosciuto, gli aerei hanno dovuto operare in condizioni proibitive. E le trasmissioni radio al Polo non sono come quelle nel salotto di casa. Insomma, il paragone con una nave è davvero semplicistico.»

Ci fu un attimo di silenzio imbarazzato. Uberto intervenne: «E comunque, i naufraghi del dirigibile Italia sono stati soccorsi grazie a un trasmettitore radio progettato e costruito in Italia, battezzato Ondina 33.» Fedele, che ascoltava distrattamente quei discorsi, ebbe un fremito d'interesse. Anche Giulia nella sua lettera aveva citato le misteriose Ondine...

Un altro ospite commentò bonario, rivolgendosi verso Lisetta: «Siete troppo generosa, contessa Monfalco. Forse la vostra onorevole passione per il volo vi porta a considerare ogni navigatore dell'aria come un confratello. Eppure, mi sembra che un valoroso pilota come il generale Balbo non si faccia i vostri stessi scrupoli... Dobbiamo anche ricordare che Nobile non era un vero militare, ma solo un civile prestato alla Patria.»

«Proprio per questo difendo il suo impegno e il suo coraggio. E non parlatemi di Balbo. Ha preso il brevetto meno di due anni fa!» Lisetta incominciava a fremere.

«Con pieno merito, però» disse Uberto, che sapeva come temperare l'impeto della consorte. «Fra le persone sedute a questa tavola, mia moglie è quella che meglio può apprezzare le doti di pilota del nostro sottosegretario di stato all'Aviazione. Quello che credo non le piaccia, essendo una donna di cuore, sono i conflitti fra due uomini che ugualmente ammira, perché entrambi credono nell'importanza del volo.»

Uberto lanciò uno sguardo fermo, caldo e consapevole verso la moglie, che rispose con un lampo di ghiaccio.

Subito un altro commensale, autorevole membro del consiglio cittadino, occupò quel vuoto con un annuncio che sicuramente attendeva di fare fin dall'inizio della serata.

«Signori, se non vi dispiace abbandonare il Polo Nord per venire a qualcosa di più vicino a noi, posso rivelarvi che proprio oggi, 4 marzo 1929, è stata presa un'importante decisione: a partire dal mese prossimo» e qui il consigliere si prese una brevissima pausa strategica, «inizierà la copertura della Cerchia dei Navigli. Finalmente quella fossa in cui ristagna il luridume nel decorso lento di acque inutili non minaccerà più la nostra salute. Il decoro e il progresso civico saranno rispettati con nuove strade asfaltate. Occorreva la volontà dell'attuale regime per realizzare quest'opera di grande valore pubblico» concluse soddisfatto.

Dal silenzio si levò un mormorio di approvazione.

«Mmm... Questa è una buona notizia, consigliere» commentò uno degli invitati carezzandosi il pizzetto scolpito con cura.

«Finalmente!» esclamò un'elegante signora.

«È consolante sapere che a Palazzo Marino non vi limitate a scaldare le seggiole!» chiosò l'avvocato legato al Partito.

«La decisione è stata presa oggi: tra poco, inizierà l'interramento di via Senato con sabbia e sassi, e poi si proseguirà per creare altre nuove strade asfaltate!»

«Bene. Non se ne può più di questi vecchi fossati maleodoranti» riprese l'invitato col pizzetto.

«Da lì passeranno le auto, il progresso non si ferma.

Che ne dicono i signori e le signore automobiliste?» L'avvocato indirizzò un sorriso verso Lisetta.

Uberto vide con preoccupazione che lei cercava calma e fiato per rispondere. Ma a prendere la parola fu il più anziano dei commensali, che fino a quel momento aveva ascoltato in silenzio. «Io non sono un automobilista, ma forse può interessarvi anche l'opinione di un architetto che ha studiato a lungo la storia della città» disse il senatore Luca Beltrami.

Tutti si voltarono verso l'austero gentiluomo dai capelli bianchi, nel cui bel viso si notavano subito gli occhi vivi e penetranti. Fedele, che non lo vedeva da più di quindici anni, l'aveva riconosciuto subito ma non aveva ancora avuto l'occasione di parlargli.

«Grazie, senatore! La prego, ci dica» approvò Uberto.

«Da tempo rifletto sul complesso problema che oggi si conviene di definire *urbanesimo*. Una delle preoccupazioni che ne deriva è salvaguardare ciò che caratterizza l'aspetto dei diversi centri abitati. Oggi la vita pubblica è invasa da una crescente monotonia che porta uniformità nelle fogge degli abiti, negli artifici delle réclame e nella progressiva banalità dei mezzi di trasporto, ridotti a serbatoi ambulanti di uomini.» L'architetto, che aveva iniziato con voce sommessa, prese un tono calmo e intenso come lo sguardo che rivolgeva a un commensale per volta. «A Londra come a Madrid, a Parigi come a Roma o al Cairo. Spesso i valori estetici e storici vengono travolti da trasformazioni radicali, non sempre decise e attuate colla necessaria ponderazione.» Si fermò guardando davanti a sé con occhi accigliati ma fermi. «Ritengo che la deliberata soppressione della maggior parte del canale interno, detto Naviglio, come lo definiva il nostro Alessandro Manzoni, a favore dei nuovi trasporti, sia una sostanziale e patente manomissione del patrimonio estetico urbano» concluse in tono contenuto ma incisivo.

«Ma il canale è sporco e alquanto insalubre» intervenne un medico, in tono severo.

«E offre uno spettacolo a dir poco indecente! Qualcosa si deve pur fare» continuò una signora indignata e ingioiellata.

L'anziano architetto riprese la parola.

«Vi sono città italiane e straniere per le quali essere solcate da canali rappresenta un elemento non privo di utilità sia per la navigabilità che per l'igiene. I canali determinano nel loro percorso piccole oasi di verde. E non dimenticate che i canali *raddoppiano, rispecchiandola, la misurata luminosità del cielo...* anche nelle angustie dell'abitato. Una provvida amministrazione può e deve mantenerli come elementi funzionanti, puliti e, allora sì, moderni. Da secoli la Cerchia dei Navigli abbraccia la fisionomia della città. È l'acqua dei monti e delle risorgive, che scorre sempre viva sotto la nostra terra. Un bene prezioso.» Si fermò lanciando un'occhiata a Fedele, che annuì sorridendo.

Il consigliere comunale si sentì chiamato in causa e riprese subito la parola. «Certo, certo. Infatti fra non molto inizieranno anche i lavori per dotare la nostra città di un adeguato, moderno sistema fognario. Devo ricordare, se il senatore mi permette, che la chiusura dei navigli risponde a una precisa richiesta della città.»

«Direi piuttosto che l'opera, destinata a modificare il tradizionale aspetto estetico e storico di una larga zona, si sta compiendo in una indifferenza allarmante: un sintomo di depressione dello spirito di questa città. Continuando così, gradatamente sarà ridotta la visione della natura, del verde, tra strade ed edifici. Gli alberi, invece di esaltare le costruzioni che li cingono come in un grande e continuo "hortus conclusus", saranno ben poca cosa. Eppure Milano ha giardini segreti e cortili a porticati, quale poté descriverla con ammirazione per la sua bellezza un illustre milanese d'adozione come Stendhal. Acqua, verde, storia monumentale e natura sono un bene per tutti.»

«Stendhal. Lui ha detto una frase che tutti dovremmo ricordare ogni giorno: *la bellezza è una promessa di felicità*!» Lisetta era intervenuta con voce bassa, ma così sicura e inattesa che colpì tutti.

I commensali si girarono verso di lei. Guardò Luca Beltrami, poi Fedele che sembrava turbato: lei sapeva che quella frase forse muoveva qualcosa di importante nel suo cuore.

«È vero, signora, ma nelle campagne che circondano Milano ci sono alberi in abbondanza» esordì un giovane pittore che si professava futurista. «Basta fare una gita fuori porta per vederli correre ai fianchi delle nostre automobili. Direi che quasi ci assediano! Siamo ancora fin troppo immersi nella natura, caro architetto!» proseguì rivolgendosi al Beltrami.

«Già, le automobili. Ricordo l'interesse col quale i milanesi, non ancora assillati dalle cornette e campanelle, potevano seguire le manovre dei barconi che transitavano sul Naviglio. I gesti antichi, le manovre dei barcaioli erano non privi di una semplice naturale bellezza, ben più istruttiva di quella che mette in moto un camion, anche perché convogliava l'allegra curiosità dei ragazzini e li induceva a fermarsi, osservare e interrogarsi su qualche cognizione di idraulica. Di quelle che avevano colpito la geniale mente di un grande, e mi riferisco a Leonardo da Vinci.»

«Sarà, ma proprio noi italiani non possiamo arrestare il progresso! Lo avrebbe detto anche il da Vinci, tra l'altro famoso per molte opere incompiute e sogni irrealizzabili. Le nuove generazioni preferiscono il rombare dei motori e lo scintillare delle carrozzerie al noioso silenzio di tramonti e chiari di luna. Non è così?» Il futurista cercò l'approvazione della padrona di casa, che sapeva esperta d'arte, ma trovò il gelo.

«Non per me. Io ho amato il progresso e i motori sin da ragazzina e, nello stesso tempo, sono affezionata al nostro Naviglio che, come diceva il senatore, porta il riflesso del cielo nel cuore della città. E così la bellezza di un riflesso sull'acqua entra nel nostro cuore, se pensate al fascino di Venezia, Bruges, e di altre città con i canali. Concordo in pieno con le sue parole, architetto Beltrami: modernità e navigli possono e devono stare insieme. Senza questo tipo di cultura non vedo alcun miglioramento civile e morale. Come non accorgersi della bellezza di una città riflessa sull'acqua? Una moderna soluzione igienica va solo trovata, come hanno fatto altre città del Nord» rispose ferma e determinata Lisetta. Il senatore la ringraziò chinando il capo e sorridendo, poi guardò Fedele con simpatia.

«Io sono sempre stato favorevole alla chiusura» intervenne Uberto. «Ma l'opposizione di mia moglie mi ha insinuato più di un dubbio. Il progresso di questa città e di questa nazione ci impone di fare posto al futuro, ma non solo per il ruggito delle automobili. La Milano di domani che io sogno è più simile alle metropoli verticali progettate dal mio compianto amico Sant'Elia che non al borgo porticato così caro a poeti e scrittori passatisti. Eppure... rivedere le proprie opinioni a volte è importante. Forse sarà un effetto della mia meravigliosa condizione di padre, che vivo da quasi due anni con felicità e con immensa gratitudine... Insomma, non cambio idea del tutto, ma ho il dubbio che chiudendo *completamente* i navigli stiamo commettendo un errore. Si potrebbe pensare a un buon compromesso: strade per auto in alcuni tratti, ma senza coprire tutte le nostre acque. Il laghetto in San Marco, per esempio, o parti di canali in quelle larghe vie dove ancora si rispecchiano bellissimi palazzi antichi, potrebbero essere salvati. Non cancelliamo del tutto le tracce di una storia, e proteggiamo in modo moderno i suoi riflessi. Per il futuro.»

Poi proseguì guardando Lisetta: «Un bambino deve crescere in un futuro migliore, sì, ma anche sognando. Magari grazie a una magia semplice e quotidiana: quella dei riflessi che regala un corso d'acqua al variare delle luci del giorno. E perché no, anche al chiaro di luna!» Mentre il profumo di una calda torta al cioccolato si spandeva sulla tavola, Uberto concluse sorridendo: «Cari ospiti, è il momento del dolce, poi nel salotto ci attendono un caffè o un sigaro.»

3
Una farfalla blu

«La bellezza è una promessa di felicità!»

Diavolo di un Fedele, pensò Lisetta osservandolo uscire dopo che lui le aveva sussurrato all'orecchio quella frase così importante per loro.

Majeri infilò lo scalone quasi di corsa, il pesante tabarro di lana verde scuro si apriva nell'aria tanto andava di fretta. Nelle sue orecchie il brusio delle chiacchiere si era trasformato in musica, nelle note del *Volo del calabrone*, che proprio la sera prima aveva ascoltato alla Scala.

Decise di camminare lungo l'acqua fino a San Marco. Doveva stare vicino al suo naviglio, rivederlo ancora, prima che il cemento e le pietre lo confinassero nel buio sotterraneo della città.

Quella quieta corrente a volte torbida, ma sempre luminosa quando era limpida, era stata un rifugio per i suoi occhi e i suoi pensieri sin da bambino. Ma da quando la sua memoria si era bloccata non era più riuscito a guardarla come un tempo, e l'idea che fra pochi giorni l'avrebbe persa per sempre gli dava una tristezza pungente. Perché i canali della sua memoria non portavano più certi ricordi? Dov'era la libertà del suo pensiero? Ricordava solo quanto da ragazzina Giulia amasse l'acqua, e subito si rasserenò.

Una farfalla volava nell'aria appena sopra quell'acqua scura, come se stesse cercando un fiore in quel freddissimo inverno. Affascinato dall'insolita apparizione, la seguì lungo la sponda.

La farfalla attraversò con i suoi arabeschi il cono di luce di un lampione e lui si accorse che le ali erano di un bellissimo blu. Poi si spostò nell'aria, sopra una massa di alghe grigie che affioravano. Fedele notò che si stavano muovendo, e non certo per la corrente. L'acqua era immobile, ma le alghe si distendevano sulla superficie in modo ordinato, incorniciando qualcosa. Era un viso femminile! Le alghe erano i suoi lunghissimi capelli, ora color azzurro cenere. Emergevano solo la fronte chiara e gli occhi, chiusi. All'improvviso si aprirono: un po' allungati come quelli di certe sculture arcaiche, dello stesso blu della farfalla, quegli occhi lo guardavano. Fedele li fissava ipnotizzato. Quando aveva visto qualcosa di simile? Con il cuore in tumulto, non seppe rispondersi.

Ed ecco che arrivò un ricordo: figure femminili, drappeggiate come Ninfe che subito svanivano tuffandosi nell'acqua grigia del naviglio proprio in quel punto. Immagini un po' sfocate di meravigliose creature dell'acqua: i loro capelli erano nastri trasparenti in cui tutti i colori dell'arcobaleno si riflettevano in una infinità gioiosa di sfumature. Ma certo, ora ricordava. Ecco chi erano le Ondine!

Chiuse e aprì gli occhi. Ora lei era in piedi, al centro di un barcone, ma era diversa. Le braccia lungo i fianchi, dritta come una colonna, vestita di alghe filamentose e di grigie corde sfibrate. Il suo sguardo cambiò, si accese di una luce fredda.

Fedele sentì nella sua mente una voce lontana.

Non speravo di riuscire a parlarti ancora una volta. Forse non capirai subito quello che sto per dirti. Dovrai portarlo con te e non lo dimenticherai mai. Io sono un'Ondina. Ti sono amica, ma temo di non poter governare la mia ira e la mia delusione. Non posso mantenere da sola gli eventi in equili-

brio, è necessario l'intervento degli uomini. Ho bisogno del tuo aiuto, Fedele, e anche delle azioni di chi ti è vicino pur senza saperlo. E questo è possibile grazie a una rete di fili invisibili che non possono essere spezzati. Perché sono morbidi riflessi, luci che galleggiano nelle pieghe del tempo. Comprendimi e perdonami. Sto comunicando con te e mi era stato proibito. Ora non posso frenare le conseguenze della mia disubbidienza, e quelle del mio dolore e della mia rabbia. È pericoloso alterare l'equilibrio fra uomo e natura. Tu lo vedrai presto, caro amico, e qualcun altro lo sperimenterà in un tempo lontano, ma vicinissimo. C'è una rete di riflessi che ci unisce. E l'acqua può farla nascere ogni giorno. Non dimenticherai mai ciò che sto per dirti, è un compito per il tuo futuro.

La città sembrava addormentata, Fedele ebbe l'impressione che il tempo e lo spazio dove vedeva l'Ondina si aprissero solo per lui, per loro due. Lei gli sorrise, come se avesse voluto dirgli: è vero, perché solo noi due possiamo capirci. Poi nella sua mente risuonarono parole che non avrebbe più dimenticato:

L'onda immobile ti aiuterà a cercare la pietra della memoria.

Nella villa del principe del mare troverai la danza del passato e la chiave della porta verso il futuro.

Attraversa le pendici di cenere di fuoco e la città dei morti fino ai colori del tempo perduto.

Raccogli le lacrime di metallo e di ghiaccio nel contenitore degli avi.

Si dischiuderanno i riflessi e le onde nella montagna antica.

Fai pace con la tua memoria e qualcuno vicino ai tuoi sogni ti potrà aiutare.

Troverete insieme la forza della roccia e la leggerezza di una farfalla.

E tu avrai di nuovo quello che hai sempre cercato.

Il mondo è un movimento a vortice e io, più di voi, non posso sottrarmi.

Perché io sono solo acqua.

L'Ondina sgranò gli occhi ora color della luna, il suo viso si stava trasfigurando: tratti duri, scolpiti nella pietra, quasi maschili. Aprì la bocca e non per un sorriso: la spalancò per urlare, ma anche questa volta il professore non udì nulla.

Quel volto immobile era la personificazione di una tempesta che usciva dal marmo. Per un attimo Fedele non vide più l'Ondina ma una scultura, *L'Orage* di Rodin. Poi quei lineamenti esasperati furono risucchiati nella pietra, come se tornassero indietro. Rimase solo uno scoglio grigio, che l'acqua coprì in un attimo.

Perché il naviglio si stava gonfiando. Cresceva come Fedele non l'aveva mai visto.

La nebbia era scomparsa, aveva iniziato a piovere molto fitto. Il professore si calò la tesa del cappello sugli occhi, chiudendo il tabarro si allontanò senza guardare indietro.

Qualcun altro aveva seguito tutta la scena, dal ponte della chiesa di San Marco. Una figura scura avvolta in un mantello viola, il volto coperto da una visiera di metallo in cui gli occhi elettrici e gialli erano feritoie lampeggianti nel buio. L'automa si ritrasse nell'ombra, sapeva che non gli era consentito seguire la sua Ondina in un'altra città d'acqua, in un altro tempo. Non subito. Prima aveva qualcosa d'importante da compiere.

Fedele stava percorrendo via Brera quando scorse la sagoma di un uomo che avanzava in senso contrario al suo, tenendosi vicino ai muri per la pioggia, in un attimo già divenuta una tempesta d'acqua. Lo sconosciuto camminava stretto nel suo impermeabile chiaro. Combatteva la sua stessa battaglia contro gli scrosci e il vento.

E *Il volo del calabrone* era diventato un motivo assordante.

29

Via San Marco, Milano

Milano, 4 novembre 2006 – 5 marzo 1929

1
Il dopo Scala di Manfredo

Vento gelido, con pioggia.

L'aria frusta Manfredo con scrosci freddi, il suo impermeabile leggero serve a poco, i pantaloni in un attimo s'inzuppano e gli si appiccicano alle gambe. Fatica a tenere gli occhi aperti per le grosse gocce che gli tempestano il viso. Fitte, sempre più fitte. E mentre cammina rasente ai muri lo insegue il ronzio del *Volo del calabrone* di Korsakov, forte e fastidioso.

Ben diverso da quello ascoltato poco prima alla Scala, seduto in un ottimo posto in platea, dove vedeva da vicino il primo violino che guidava e nello stesso tempo seguiva le note che uscivano dal suo Stradivari. Un'esecuzione perfetta. Allegra, elettrizzante, entusiasmante. Gran successo e alla fine il bis, tutti in piedi ad applaudire. Quella sera il teatro era gremito, "c'era tutta Milano" come si dice in certi salotti, per commemorare il 4 novembre e raccogliere fondi per il restauro delle sculture e delle lapidi dedicate ai caduti della Prima guerra mondiale al Cimitero Monumentale. Un museo Liberty a cielo aperto.

Il ronzio nella sua mente si fonde con il rumore della pioggia che non smette di cadere fortissima, mentre il vento fa volare via ogni cosa. Quando raggiunge l'ultimo tratto di via Brera, gli scrosci aumentano ancora. Da ogni parte si volti l'acqua lo tempesta di traverso.

Scorge in lontananza alcuni giovani che corrono e saltano tra le larghe pozzanghere con urletti di sconforto, paura, sorpresa, qualche risata sbruffona. Ragazzi della movida con gli abiti zuppi, divertiti dai capricci della natura, come se fosse normale. Perché non dovrebbe esserlo?

Riparandosi gli occhi con una mano li vede sparire attraverso mulinelli di pioggia scuri che volano a mezz'aria spinti dal vento. Risale lentamente la via, sempre rasente ai muri. Non c'è più nessuno in giro.

No, ecco un uomo dall'altra parte della strada. Ha un look d'altri tempi: un grande tabarro verde scuro e un cappello a larghe tese, che gli copre completamente il viso. Lo intravede allontanarsi nella tempesta in senso inverso al suo.

Ed ecco che con la pioggia arrivano anche folate di grandine sottile, come lunghi spilli di neve ghiacciata. L'acqua corre sull'asfalto, tracima sopra il marciapiede come un torrente. Manfredo cerca un riparo rannicchiandosi sotto la volta di un ingresso, ma gli scrosci lo raggiungono anche qui. Guarda il telefonino, non c'è campo.

2

Non pensavo ci fosse ancora tanta acqua sotto la città

Non ho mai visto una cosa simile a Milano.

Cammino a fatica. Ormai manca poco a casa, ma sembra impossibile arrivarci, la strada è un fiume in piena. Dove sono tutti? Che cosa è successo: è un'alluvione con l'esondazione della falda sotterranea? Non pensavo ci fosse ancora tanta acqua sotto la città.

Ho paura. Rivedo immagini di fiumi che invadono strade in pochi minuti, in altre terre, in altri paesi. Non è possibile, sono nel centro di Milano! Non c'è alcun pericolo, mi dico, eppure ora l'acqua mi sta terrorizzando. Ha invaso tutta la strada, e sta crescendo a una velocità assurda. Devo provare ad attraversare prima che sia troppo alta. Scendo dal marciapiede e un gorgo mi si arrotola intorno alle gambe, quasi mi stacca i piedi da terra. Arranco tossendo e sputando la pioggia. Arriverà qualcuno, prima o poi. Qualche portone sarà aperto, ci sarà gente in allarme! A questo punto meglio suonare al primo citofono che capita. Ma ora non riesco quasi più a muovermi, il flusso dell'acqua aumenta ancora... È inarrestabile, continua a crescere di livello. Uno tsunami in città. In giro non c'è anima viva, nessuna luce alle finestre chiuse.

L'acqua continua a salire, gelida e torbida, mi corre intorno velocissima, mi avvolge. Ormai mi arriva ai fianchi, e cresce ancora come un fiume in piena, cerca di piegarmi le gambe e di trascinarmi via, di sollevare i miei piedi da terra. Maledetta acqua! Devo resistere. Perché non sento le sirene dei pompieri, delle autoambulanze? Dov'è la protezione civile con gli elicotteri? Penserei di essere dentro una delle mie visioni, se non fossi così gelato e ansimante.

Gli scrosci arrivano a intermittenza, ma non accennano a perdere forza. Cerco un pensiero positivo: i soccorsi arriveranno!

Mi aggrappo con le mani a un palo segnaletico, la corrente mi corre tra le gambe. È gelido, fatico a stringerlo. L'acqua sale in un attimo e corre impetuosa. Ora mi arriva al petto, alle spalle! Non riesco a tenere i piedi in terra: non tocco più! Le dita sono paralizzate nella stretta. Galleggio come fossi un ammasso di alghe impigliato, ma non comando più le mani. Mollano la presa. Tento di nuotare, ma non riesco a vincere la corrente gelida: è veloce, troppo veloce. E lo spavento e i vestiti zuppi mi bloccano. Ho troppo freddo, non so stare a galla. Sia quel che sia, tanto non può essere vero, è solo un incubo. Affondo. Un gorgo mi trascina sott'acqua. Addio!

Riemergo di lato alla chiesa, cercando di stare a galla. Che tragica, assurda ironia, morire affogati a pochi passi da casa, in uno dei luoghi più vivi della città. Dove scorreva l'acqua che ho amato in tanti dipinti. Solo la potenza di un disastro fa capire che la natura esiste ancora.

3
Il groppo

Portato dalla corrente, Manfredo vede le cappelle laterali della chiesa di San Marco. C'è la luce accesa in una delle finestre, ed ecco nell'aria muoversi qualcosa: una grossa fune che all'estremità termina con un nodo voluminoso. Oscilla quasi sul pelo dell'acqua, sempre più vicino a lui.

«*Ehi tì, fioeu! Tàches, tàches al gropp!*»

Le sue mani l'afferrano, si aggrappa. Appesantito dagli abiti, dall'impermeabile e dalle scarpe zuppe, stretto alla fune, alza lo sguardo verso la debole luce che viene da una finestra ovale della prima cappella. Una sagoma scura e incappucciata gli fa cenno con le braccia, indica la fune e urla: «*Tègnes al gropp, fioeu!*»

Manfredo si mette a cavalcioni del grosso nodo tenendosi alla corda con le mani. La corrente dell'acqua rinforza e trascina verso la chiesa, ma il groppo è issato in alto, dove fuori dalla finestra è proteso un legno su cui è montato un vecchio argano.

Alza il viso, scorge le braccia e il busto di un uomo. Riconosce le maniche larghe di un saio: un frate grande e grosso sta tirando la fune grazie all'argano, cigolante ma efficace.

Manfredo resta aggrappato con le gambe e le braccia al groppo e alla sua corda. L'acqua si allontana mulinando sotto di lui. Il braccio dell'argano rientra nella chiesa e due grosse mani lo afferrano per le spalle, lo stringono sotto le ascelle. Viene adagiato con la schiena contro le assi di un trabattello di legno.

«*Te stee ben?*» Il frate lo interroga in tono preoccupato stagliandosi come una macchia scura in una penombra tenue e silenziosa. Si avvicina, lo guarda negli occhi e gli assesta due energici schiaffi in faccia. Dritto e rovescio, sberle brucianti senza nessuna cattiveria, che riattivano la circolazione.

«*Ueh, malnàtt! L'è minga la manéra de andà a fà el ganassa, con quèll temp chì!*»

Manfredo si sente apostrofare come un monello salvato dopo una bravata. Sgrana gli occhi sulla faccia protesa sopra la sua: un naso imponente la domina, due occhi azzurri brillanti la illuminano. Il frate, non più giovane, ha la fronte corrucciata in pieghe che lentamente si distendono, seguendo il moto delle folte sopracciglia contratte che si rilassano quasi comandate dallo sguardo chiaro, sempre più bonario.

L'uomo, ben dritto nelle spalle larghe, indossa la tonaca di lana nera dei frati agostiniani, con il lungo cappuccio triangolare e la cintura di pelle.

«Sto... sto benissimo, grazie. Lei, lei mi ha salvato la vita!» gli dice in un soffio.

«*Minga mì, l'è stada lee!*» E indica una statua della Vergine che regge con la mano destra una lunga fascia: è la Madonna detta della cintura. Il frate poi agita una delle sue robuste mani verso Manfredo come per sgridarlo. «*Te see vegnuu foeura* grazie a LEI! *Ueh, ricòrdes, desmentega minga!*»

Una musica d'organo: Manfredo la riconosce, quella melodia scende nel profondo della sua carne intirizzita, delle sue ossa, del suo spirito. E porta lontano la paura. Qualcuno canta: «*Blute nur, du liebes Herz!*» Sanguina pure, mio cuore amato. È la *Passione secondo Matteo*, di Bach. Il pezzo più dolce: candido, liquido e rigenerante. Manfredo guarda ancora il frate, ma lo vede sparire lentamente nel buio riscaldato dalle note dell'organo. Si lascia cadere del tutto su quelle assi di legno e perde i sensi.

Quando si risveglia la chiesa è ancora immersa nella penombra. Lui è avvolto in una coperta e i vestiti sgocciolano stesi su due sedie di legno. Lo hanno calato dall'impalcatura. Accanto a lui sono posate una tazza di latte caldo e un pezzo di pane. Si tira su e beve a piccoli sorsi. Divora il pane: proprio quello di una volta. Buonissimo.

Il frate corpulento sta tornando verso Manfredo, ha lasciato cadere il grande cappuccio sulle spalle, si vede la testa rasata con la tonsura, un'aureola di cortissimi capelli bianchi.

«*Allora, t'hee finii de fà el gandolin sù e giò per el navili?*»

Manfredo si solleva con un'energia inaspettata, davanti ai rimproveri di quel frate burbero dagli occhi felici si sente davvero un ragazzo.

«Non so che cosa mi sia successo, stavo andando a casa ed è scoppiata una strana tempesta, vento e pioggia da ogni direzione. E poi la piena. Un torrente che rombava in strada, chiuso e stretto tra le gole dei palazzi.»

«Ma va là, quanta fantasia! Addirittura un fiume! Per due gocce un po' più fitte. *Fa frècc, pioeuf... l'è el dì de San Foca, l'è semper inscì.*»

«Poi l'acqua ha iniziato a crescere... Si deve essere rotta qualche tubatura, o forse è venuta su qualche falda sotterranea. Un'esondazione incredibile!»

«Oh, che paroloni difficili. *L'è el navili! E numm ghe sèmm abituaa... Ma tì*, ma tu ci hai fatto prendere un gran spavento, *te n'hee fa ciapà un gran stremissi... Tì te see de Milan, vestii inscì?! Parariss minga...*»

Un giovane frate si avvicina guardandolo con occhi verdi e affusolati, un po' obliqui. Chiede a Manfredo se casa sua è lontana. La sua voce è soave, musicale.

«Sì, sì. Abito qui vicino. Era lei a cantare, prima?»

«*Eh sì, te l'hee conossù*, bravo! *Sì sì, el canta ben*, una voce antica, noi glielo diciamo sempre. *Te see che quèst òrghen chì l'à sonaa el Mozart?* E te lo ricordi che qui Verdi ha diretto la sua orchestra, per il *pòer Lisander*?»

«Già, più di secolo fa, per il primo anniversario della morte del Manzoni» dice Manfredo.

Ma subito la risposta del frate lo blocca.

«Be', non proprio... È stato due anni fa. *A mì me par che tì te seet ancamò on poo stonaa.*»

I due frati si scambiano uno sguardo preoccupato. Il ragazzo con gli occhi obliqui non smette mai di sorridere, misterioso.

Manfredo rabbrividisce, come se fosse di nuovo sotto la pioggia. Forse non si è ancora svegliato e sogna di essere nel... 1876?

«Insomma, non so cosa hai visto stasera*: l'era domà el navili.* Soltanto il naviglio. Forse un po' più scuro...»

Manfredo si guarda intorno e nota la fune arrotolata per terra, sembra una gomena da nave.

«Quella grossa corda... con il groppo, buon per me che ce l'avevate a portata di mano!» dice per uscire dallo sconcerto.

«*Te see, numm ghe l'emm semper pronta.* C'è sempre qualche poveretto che vuol farla finita.»

«Cosa?»

«Voglio dire che capita spesso, purtroppo, che qualcuno si butti nel naviglio perché si sente infelice, e noi con la corda proviamo a vedere se vuole salvarsi da solo. Se no ci tocca tuffarci.»

«Tuffarvi... nel naviglio?» chiede Manfredo.

«E dove se no? Qua davanti, oppure giù nel *Tombon*. E

non è una bella nuotata, *t'hee provaa* l'acqua del naviglio, no? *Ma va là*, dormici su che domattina vedrai tutto in un'altra prospettiva! *Te me fee ciapà on stremizzi!* Mi hai fatto prendere un bello spavento, ma non ci si abitua mai abbastanza a 'ste cose...» Poi prende i suoi vestiti e dice: «Questi li porto via, vediamo se asciugano davanti al camino.»

Si gira e se ne va verso la sacrestia, seguito dall'altro frate dal sorriso enigmatico. Manfredo vorrebbe trattenerli, ma lo stupore e la confusione tolgono fiato alle sue parole.

«Ehi, un momento!... Non andate via...» cerca di gridare, ma flebilmente.

I due continuano ad allontanarsi e si sente echeggiare la voce poderosa di quello anziano: «Che stia tranquillo, riposi! E si ricordi, ora ha capito: non è solo!»

Manfredo si accoccola nella pesante coperta di lana pungente. Come quelle che la nonna gli dava quando da bambino dormiva nella cascina in campagna. È così stanco che si addormenta subito.

4

C'è sempre un messaggio in ogni cosa. Certo, non è mica così facile capire

Apro gli occhi. La luce del giorno penetra dalle finestre delle cappelle e dalla lanterna sopra la cupola.

Mi giro verso il centro della chiesa. Sono tutto rotto, ma pensavo peggio dopo una notte così.

Intorno non c'è nessuno, i miei vestiti sono su una seggiola di legno. Mi tolgo la coperta e li infilo rapidamente, sono tiepidi e asciutti. Sanno di legna, di camino. Trovo il portafogli e le carte di credito, il cellulare è scarico e si è bagnato.

«C'è nessuno?» domando a voce alta.

Silenzio. Poi finalmente la porta della sagrestia si apre,

il frate che mi ha salvato viene verso di me con i suoi occhi azzurri che sorridono e mi abbraccia. Profuma anche lui di legna e caminetto.

«Come sta oggi? Scusi se ieri notte sono stato un po' brusco... faccio sempre così con chi trovo a mollo nel naviglio. Ma questa è la casa del Signore, e io sono un suo umile servo, amico e fratello di ogni uomo, qualsiasi problema egli abbia.»

Poi prosegue dandomi di nuovo del tu. «Se avrai bisogno di me, sai dove trovarmi. Se io non ci sarò, ci sarà qualcun altro. E *Lui* c'è sempre, gli puoi parlare anche direttamente. Se non hai più tanta confidenza, basta poco. Devi solo provare» e indica il grande crocifisso in fondo alla chiesa, sopra l'altare.

«Puoi chiedergli quello che vuoi, in un modo o nell'altro ti risponderà. È la vita. E il suo bello è anche capire quello che ti porta. C'è sempre un messaggio in ogni cosa, bella o brutta. Certo, *l'è minga insci facil*! Ma non è questione di giudizio, per capire ci vuole anche questo.» E si mette la mano aperta sul cuore.

Lo abbraccio in silenzio e mormoro che sto bene, lo ringrazio, anch'io dal cuore.

Non me la sento di dirgli che io non sono caduto nel naviglio, perché quell'acqua in piazza San Marco non esiste più da quasi un secolo. Che i frati agostiniani non dovrebbero essere più in questa chiesa dal tempo delle soppressioni napoleoniche. Che Alessandro Manzoni e Giuseppe Verdi sono morti da... non importa. Gli sono grato, ma voglio solo andarmene subito.

Ci guardiamo negli occhi. I suoi così profondi mi raggiungono come quell'emozione intensa, più grande di me, che ho provato ieri notte sentendo Bach, mangiando quel buon pane, sorseggiando quel latte caldo. Mi hanno fatto dimenticare lo shock della piena e del mio salvataggio. Assurdo, ma benedetto.

Mi abbraccia ancora per un attimo, forte. «Qui la porta è sempre aperta, sia per uscire che per entrare. O rientrare. Bussa, se vedi chiuso la notte. Ormai lo sai che abbiamo il sonno vigile.»

«Grazie» gli sussurro in un orecchio. Come un bambino.

Lui si stacca da me e mi sorride, mi fa cenno con la mano: va'!

Solo allora penso che non so come troverò la città lì fuori, dopo l'esondazione di stanotte.

5
Chiude e riapre gli occhi

Quella che vede Manfredo appena fuori dalla chiesa non è Milano devastata dall'acqua, ma una città di un'altra epoca: e davanti a lui, sotto un piccolo ponte, corre il naviglio, limpido e tranquillo.

Nell'aria c'è un sentore di legna bruciata e carbone, un piccolo orto scende sulla sponda del canale. Fa un freddo pungente e asciutto. Ma nessuna traccia del nubifragio né dell'alluvione, anzi, ci sono mucchietti di neve agli angoli delle strade. Sembra un quadro dell'Ottocento, ne ha scelti alcuni così per la sua mostra.

Gli viene un brivido: e ora che cosa succede di nuovo?

Chiude e riapre gli occhi. Il luogo è lo stesso ma il tempo è cambiato.

La gente cammina e chiacchiera come se niente fosse. Gli abiti fanno pensare agli anni Venti o Trenta del Novecento, gli ricordano immagini che ha visto in molte fotografie.

Ma questa non è in bianco e nero.

6
Non è mia abitudine parlare così a uno sconosciuto

Ci risiamo. Sto viaggiando in un'allucinazione di dipinti o di foto che si animano. Chiudo l'impermeabile troppo leggero per quest'aria fredda e mi domando in che anno siamo.

Devo andare avanti. Ci sarà il mio ritorno al futuro, prima o poi.

Un signore sta davanti a me con il *Corriere della Sera* aperto, mi fermo a leggere i titoli, lui se ne accorge e mi porge il giornale: «Prego, guardi pure.» Lo ringrazio. Lui si volta verso l'ambulante che vende collane di castagne secche. «Quest'anno fa ancora così freddo che le mangiamo ancora volentieri. Ne prenderò due fila, le mie bambine ne vanno pazze.»

I miei occhi corrono alla data: martedì 5 marzo 1929.

La prima pagina è dedicata ai risultati della commissione d'inchiesta sul disastro del dirigibile Italia. Poi sfoglio qua e là: le notizie sull'insediamento del presidente americano Herbert Hoover, un titolone sulle ultime attività del Duce.

Che cosa ci faccio qui? Sono stato di nuovo catapultato negli anni che sto studiando per la mia mostra? Come in via Senato, un mese fa. Oppure sono morto annegato... e da morti si vive nei propri sogni.

Forse mi è successo come nell'ultimo romanzo di Umberto Eco, la storia di un libraio antiquario che dopo un ictus rivive i suoi ricordi come fossero reali e presenti: lui crede di essere un diciassettenne che vive la prima grande avventura della sua vita, invece è un settantenne in coma irreversibile.

E se avessi avuto un ictus anch'io? La madre di una mia amica si è messa a parlare latino dopo un'ischemia cerebrale. Forse non me ne rendo conto ma la mia coscienza sta vagando in un mondo costruito con informazioni immagazzinate nella mente. Ho fabbricato un sogno realistico da cui non mi sveglierò mai più.

Restituisco il giornale e cammino fino al laghetto, come privo di coscienza. L'acqua è limpida, vederla dal vero mi emoziona. Ma non dicevano che era una fognatura a ciel sereno? Poi osservo i passanti, qualcuno mi sorride, per cortesia o forse perché li fisso troppo.

Nel naviglio un uomo manovra il timone di un barcone, carico di enormi bobine di carta. Chiudo e apro gli occhi. Mi giro, alcune signore chiacchierano sul ponte. Adesso siamo nell'Ottocento, a giudicare dai loro abiti, si riparano dal sole con ombrellini. Tre palloncini volano nell'aria: proprio come nel quadro di Segantini! Che però svanisce subito, riportandomi al naviglio degli anni Venti del Novecento.

Questo non sembra un viaggio nel tempo: mi sto addentrando nella mia memoria, perso nella città delle mie ricerche. Ho avuto un ictus da cui non mi sveglierò più, e le immagini che amo mi fanno compagnia. La cosa non mi spaventa quanto dovrebbe. Dormire, sognare... È questa la morte?

Cerco nell'acqua le Ninfe, mancano solo loro.

«Sa che inizieranno a interrare i navigli, fra un paio di settimane?»

Una voce quieta, calda e avvolgente: un signore che è appena arrivato si ferma accanto a me, per osservare il naviglio. Indossa un grande tabarro verde scuro, al collo un fazzoletto con arabeschi verde chiaro e viola aggiunge un tocco di stravaganza. È senza cappello eppure... ma sì, è lo stesso passante che ho intravisto ieri notte nella tempesta! Si volta, mi guarda e ho un brivido. Davanti a me c'è Fedele Majeri, proprio come lo ricordo nelle foto dell'album di mia nonna Lisetta. È solo un po' più maturo e brizzolato di come mi è apparso un mese fa, quando ho avuto la visione di lui con Giulia e tutta la mia famiglia nel palco alla Scala.

«Chiuderanno... i navigli?» quasi balbetto.

Mi scruta con i suoi occhi scuri, vivaci e penetranti. «Già. Ne ho avuto la conferma da un pezzo grosso della politica cittadina, ieri sera a cena. Ma non mi aspettavo nulla di diverso, di questi tempi.» Ammicca con tristezza, subito vinta dalla vitalità del suo sguardo: «Scusi, non volevo essere invadente né importunarla. Non è mia abitudine parlare così a uno sconosciuto, mi creda. Ma lei, caro signore, è d'accordo con la chiusura?»

Un profondo respiro. Vorrei dirgli un sacco di cose e chiedergliene ancora di più: della sua arte, di certi suoi quadri perduti che servirebbero per la mia mostra, del mistero che avvolge gran parte della sua vita. Della mia famiglia. Ma no, non posso farlo. E così rispondo come posso alla sua domanda.

«Forse nel futuro diremo che interrarli è stato un delitto. Una città con l'acqua è più bella e vitale, i canali riflettono il cielo. E il cielo dà sempre profondità al pensiero. Il suo riflesso nei canali lo nutre, è un sogno amico che corre con te mentre cammini. Certo, si dovrebbe tenerlo pulito questo nostro naviglio, e magari le automobili spingerle verso altre vie. Non è facile ma nemmeno impossibile, la città storica è così piccola. E il traffico, in futuro, sarà così... così invadente.»

«Le sue argomentazioni sono davvero interessanti. Anch'io la penso come lei, caro signore. Questa è un'acqua antica, che arriva da profondità lontane... Sarà un grande dolore per la città, ma anche per quelle montagne. Il loro cuore piangerà, ne sono certo. È una decisione terribile per Milano.» Mi guarda con occhi accesi ma parla calmo. «La città però non reagisce. Si tratta di salvare il valore della nostra memoria storica, ma anche energia per il futuro. Non tutto può divenire solo ricordo. Poi, come dice anche lei, l'acqua porta in città tanti riflessi. Una bellezza preziosa.» Una luce di speranza ora brilla negli occhi di Fedele Majeri, e continua guardando lontano: «I milanesi sembrano addormentati, e hanno un sogno, rivolto solo a un tipo di futuro. Ma non esiste *un solo* futuro. E comunque si può scegliere la strada per arrivarci. Con equilibrio, con armonia, come facevano gli antichi. Il passato è stato più attento di noi al valore del bello. Non vorrei sembrare un banale nostalgico, io amo il domani. È per questo che difendo il presente, e ciò che rimane di certi valori antichi, naturali... eterni. Mi scusi lo sfogo. Non so proprio perché la sto annoiando con tutte queste stupidaggini. Ho avuto una serata difficile, ieri.»

La sua franchezza mi colpisce, così gli rispondo: «Anch'io ho passato una notte strana. Ho... ho sognato un'esondazione... di tutte le acque del milanese, data l'intensità della piena.»

Mi squadra più serio.

«Una tempesta terribile, l'acqua usciva dalla falda, cioè dal naviglio, proprio qui, a San Marco. So che sembra una follia, in terra non c'è più nemmeno una pozzanghera. Ma io... l'ho vissuto come se fosse successo per davvero! Capita in certi sogni... o negli incubi» gli dico sinceramente.

Majeri adesso socchiude gli occhi scuri, sorride guardandomi con attenzione. «Non è stato un incubo, ma qualcosa di più. Anch'io ho visto quella che lei chiama "esondazione", so com'è iniziata e forse so anche perché. L'acqua sembrava rabbiosa. È un'incredibile coincidenza che ci unisce in modo surreale.» Mi mette una mano sulla spalla e parla a voce bassa, come quando si confida a un bambino qualcosa d'irreale ma importante: «Ma è meglio che noi questa cosa non la diciamo a nessuno, caro signore. E non solo perché nessuno ci crederebbe. Dobbiamo conservare quella che è l'unica nostra vera forza: capire i sogni. E nutrirli. Ci daranno delle spiegazioni.»

Mi sorride ancora, gli occhi dritti nei miei. «A volte poi accade di incontrarsi proprio nei sogni comuni, come abbiamo fatto noi ora. Forse è successo per "simpatia", così certi filosofi del Rinascimento definivano l'energia vitale che unisce. È come quando si legge una bella pagina di un romanzo, o ci si ferma a osservare un bel dipinto: si partecipa a un sogno altrui. Se poi un nostro sogno fa paura, io credo sia un avvertimento: qualcosa in noi si deve liberare. La paura si può allontanare con la fantasia positiva, e la nostra fragilità insegna sempre qualcosa.»

Prima che possa rispondergli, sento un clacson e vedo accostarsi una bella auto, per me d'epoca ma per questi tempi nuova fiammante come il suo colore rosso acceso. Al volante scorgo una giovane donna che indossa un cappello alla moda, dal finestrino esce una voce allegra che mi sembra di riconoscere.

«Fedele, che bello ritrovarti qui! Ti va se facciamo un giro?» gli dice senza scendere.

«Con piacere! Saluto questo gentile signore e sono da te, Lisetta!»

Lisetta? Scruto nell'ombra dentro l'auto ma non riesco a riconoscere i lineamenti della giovane signora che un giorno sarà mia nonna. Noto solo le mani sul volante, coperte da guanti di un bel verde Nilo.

«Vede, il futuro mi rapisce! Rammenti le mie parole, si può scegliere *quale* futuro, anche grazie ai sogni. Del resto un sogno non è un incrocio tra l'infinito della natura e quello dell'uomo?»

Fedele mi prende la mano in una stretta forte e vera, che non potrò mai dimenticare.

«Devo andare. Mi scusi ancora per il mio sfogo, e grazie per avermi ascoltato. Mi permetto un ultimo consiglio: abbia fede nelle sue visioni. Nutra la sua immaginazione. Le sarà utile nella vita. Buon proseguimento, buona visita della città. Ah, dimenticavo, io mi chiamo Majeri, Fedele Majeri.»

«E io... Manfredo.» Non aggiungo altro.

Lui sale sull'auto e mentre si allontana mi grida: «Che bel nome... arrivederci Manfredo!»

Perché non li ho fermati, abbracciati, coperti di domande? E magari anche di consigli, dal momento che io so quello che accadrà nel loro domani? Ma no, il destino ha un suo perché, non si può raccontare il futuro. E chi sono io per volerlo cambiare? Per loro non sono ancora nato.

In un lampo mi tornano in mente l'acqua, la sua forza, l'impressione di affogare...

Vertigine, nausea. Ho la sensazione di cadere nel nulla.

Per fortuna c'è una panchina. Mi siedo, chiudo gli occhi.

Quando li riapro, vedo una corrente continua di automobili passare davanti alla chiesa di San Marco.

Rumori dissonanti, l'odore fastidioso dei gas di scarico.

Mi rialzo nella Milano del 2006, quella che ben conosco, e ora mi sembra di essere in un incubo.

30

Ora ti ho raccontato tutto

Venezia, 20 novembre 2006

I
La trapunta, li copre quasi fino alle spalle

«Ti ringrazio, solo con te ho avuto la forza di ricordare quella notte nei dettagli. Non c'ero mai più riuscito, dopo averlo raccontato a Schein. Adesso sai tutto delle mie... come definirle?... visioni, illusioni inquietanti, avventure surreali... viaggi nel tempo?»

Manfredo guarda Sandy, distesa sotto le coperte accanto a lui nella camera dell'agriturismo di Malamocco. I riccioli sparsi sul cuscino disegnano arabeschi ramati che incorniciano il suo viso, assorto ma sereno, lo sguardo rivolto verso la finestra. Ha sulla fronte le simpatiche piegoline di quando è pensierosa, piacciono tanto a Manfredo perché la fanno sembrare una bambina riflessiva e sognatrice. Lui è certo che lei abbia "visto" il suo lungo racconto.

«Per me è stato uno shock. Dopo quella notte ho iniziato ad avere terrore dell'acqua, insieme a certi inspiegabili black-out di memoria. Adesso invece è riemerso tutto in modo così vivido: un'altra cosa di cui ti devo ringraziare. Mentre te lo raccontavo, non ho più avuto paura.»

Con la punta delle dita segue un ricciolo sul cuscino, non si stancherebbe mai di giocarci. Vorrebbe togliere la trapunta, li copre quasi fino alle spalle, e guardare il suo corpo. Ancora, ancora. Ma non osa. La stanza non è riscaldata, quell'intimità è troppo segreta. Durante la notte non si sono accorti del freddo ma adesso stanno bene così, i loro corpi nudi presto saranno protetti anche dalla luce impertinente del giorno.

Si limita a sussurrarle: «Stammi vicina. Aiutami a capire.»

«Tu mi hai detto che il 4 novembre è un po' il vostro Remembrance Day, celebra la fine della Grande Guerra e ricorda i suoi morti. Anche il Rock Drill ti ha fatto pensare a loro. Forse il tuo cuore e la terra piangevano, ha senso no? La tristezza è bella, quando fa sgorgare lacrime importanti. L'acqua correva singhiozzosa, arrabbiata. Sopra ogni limite. Logico per te di spaventarti. Però voleva dirti qualcosa: troppa era la forza di tutto quello che ha fatto. Tu hai viaggiato in una piega del tempo e di luce! Se sono sogni *non tuoi*, qualcuno li ha mandati lì per te. Ora capisco, possibile loro sono passati dal tuo spazio bianco.»

Manfredo segue le sue labbra e quelle parole: i sogni di Fedele di quasi cento anni fa stanno tornando per lui?

«Fare pace con l'acqua è come fare pace con tua libertà. Le tempeste, lo sappiamo, possono portare in luoghi incantati di nuove conoscenze... noi *siamo fatti della stessa materia dei nostri sogni*» sussurra Sandy. E a Manfredo la citazione sembra più vera che mai. Con le dita le sfiora la fronte: continua a non sapere nulla di questa donna accanto a lui, anche se vorrebbe conoscerne ogni cosa. La nostra breve vita scorre nello spazio di un sogno. È vera la notte appena trascorsa con lei?

Poi, all'improvviso si chiede: e se fossi davvero morto a Milano, in quell'alluvione?

Lei con un piedino cerca i suoi, le loro gambe si intrecciano sotto la trapunta. La sua pelle è calda e morbida.

«Ti ringrazio per quello che hai detto. Ma tu... tu non sei solo un sogno, vero?» Lo dice in un soffio, vicinissimo al suo viso. Lei ride e fa cenno di no con la testa. «Che bellissimo sarebbe! Ma... io non lo sono.» E sorridendo: «I tuoi amici fantastici... forse loro sì.»

«È vero: sono fantastici, anzi favolosi. Vieni più vicina, che ci scaldiamo un po'.» Le mani corrono sul corpo di lei, in un attimo sono di nuovo allacciati.

E intorno il mondo vola leggero e infinito.

2
Gli amanti senza fissa dimora

Il cielo è coperto da alcune nubi scure, quando c'incamminiamo fuori dall'agriturismo.

«*Non avere mai paura, fidati dei tuoi sogni, nutrili. Troverai un aiuto.*»

Le parole del Rock Drill risuonano nella mia mente. Qual è il mio sogno da mandare nello spazio bianco? E quale sarà il sogno di Sandy? Mi sembra di essere entrato in certe pagine di letteratura sudamericana, dove la magia è realtà.

«Guarda che belli, *have a look*!» Sandy mi indica un albero di cachi sulla strada che costeggia la laguna. Frutti arancione decorano i rami spogli e raccontano questa stagione. L'albero è in mezzo a un bel prato nel giardino di una graziosa villetta in stile Liberty, vicino c'è un tavolo basso di pietra ricoperto di piccole zucche dalle forme davvero curiose e da limoni, anche questi bizzarri: uno si apre come una mano stregata di bitorzoli. Infine un cesto di meline verdi. Dalla penombra spunta una donna avvolta in un lungo cappotto di lana chiara. Il volto è in parte coperto dalle corolle di gigli e dai rami di foglie verdi che tiene appoggiati su un braccio. Si ferma e si volta, con grazia gentile e antica. Una Flora di un dipinto romano.

Ci vede, sorride misteriosa e bellissima: ora è una Primavera del Botticelli. Presto i cespugli del giardino la nascondono.

Quando siamo sul traghetto dico a Sandy: «Vorrei accompagnarti al tuo hotel. Non mi hai ancora detto dov'è.»

«Ho una camera in una pensione alle fondamenta dell'Abbazia. È abbastanza economica e accogliente.»

«Ah, è vicino all'Abbazia della Misericordia: un posto magico, dobbiamo andarci insieme. Se ne parla in uno dei miei libri preferiti: *L'amante senza fissa dimora* di Fruttero e Lucentini, fra i più bei romanzi ambientati a Venezia.»

Porto le sue mani vicino alle mie labbra e recito a memoria una frase del libro, punteggiando le sue dita con piccoli baci. Concludo con l'ultimo bacio sulla sua fronte. Lei ride.

Sono felice di noi, della perfezione di questo momento, di essere amanti senza una meta, ma con un paesaggio comune. Scendiamo dal battello e mentre camminiamo lentamente le riassumo il libro, spiegando che, proprio in campo dell'Abbazia, «l'artificio umano raggiunge una naturalezza perfetta, come il mare, una foresta, il deserto»: così racconta il protagonista del romanzo, un personaggio misterioso che viaggia nel tempo.

«E tu chi sei?» le chiedo.

Lei risponde con un sorriso di bambina: «Una farfalla, no?»

Dopo un po', mentre percorriamo Ruga Giuffa, continua: «Forse anch'io vengo dallo spazio bianco, i miei genitori mi hanno sognata lì. Questo spiegherebbe perché mi sento sempre avvolta in una scia di belle emozioni... a volte nemmeno mie!»

In un attimo risento le parole del dottor Schein: *Lysandra Coridon, è il nome di una farfalla, la signorina ha una personalità fuori dal comune ma i suoi pensieri sono così affascinanti, così intessuti di una filosofia magica e poetica che non li possiamo giudicare, solo ascoltare.*

Sandy mi tira per una mano, cammina più veloce. E io capisco dove vuole portarmi.

Davanti a noi c'è Santa Maria dei Miracoli, un gioiello rinascimentale. Entriamo.

«Guarda i marmi alle pareti.» Li indica con la mano. «Una musica. Sembra possibile per loro di amplificare una vibrazione... che parte dal centro.» In ogni lastra le venature della pietra si aprono e disegnano onde liquide ma immobili e specchiate, simmetriche.

Su dei bassorilievi scolpiti, sfilano creature marine fantastiche, degne di un tempio che sorge dall'acqua.

«Guarda, le Sirene hanno ali e piedini a forma di foglia di quercia, poi code di serpente o di drago. Una abbraccia un Tritone, non forte e barbuto come li fanno di solito. È un uomo bellissimo, gentile, ha le pinne e anche le ali!»

«Invece le ali di quella Sirena sono delicate, come di una farfalla o di una fata... e lassù ecco i quattro Evangelisti, con tanti libri intorno. Qui spiritualità, immaginazione e cultura si incontrano» le sussurro indicando l'angolo di un pilastro.

«Siamo in un concerto dolcissimo! Vedi: qui niente sconcerto, gli antichi sapevano di far camminare la meraviglia in terra, non è vero?» sorride soddisfatta.

«Sì, *questo è un meraviglioso spazio di prodigi in città*» mormoro io.

Non so perché questa frase vibrava nella mia mente. Per un istante si amplifica muta, come le onde dei marmi alle pareti, ed ecco che Sirene, Tritoni e angioletti sembrano sorridermi. La meraviglia che proviamo di fronte alla bellezza: da dove viene, dove va?

Usciamo, si è fatto tardi. Lei mi bacia e sussurra: «Devo scappare, a dopo. E ricorda: qui a Venezia hai degli amici invisibili che possono diventare tuoi alleati. Se credi in loro.»

La seguo con gli occhi avviarsi veloce verso rio dei Biri. È una via così stretta che i muri sembrano allargarsi al passaggio di Sandy. Come in una vibrazione.

3
Nel cortile delle sculture

Il museo della Guggenheim ha chiuso qualche ora, per completare le riparazioni e per posizionare quanto necessario in previsione dell'acqua alta, annunciata per le prossime ore.

«Ma l'Ultima Ondina dov'è?» chiede Uomo Foresta con apprensione. «È dall'altra notte che non la vediamo. Era così infuriata, sembrava uno scoglio di pietra che urlava. Sì, come la scultura di Rodin.»

«Speriamo che sia riuscita a nascondersi, con tutta questa gente in giro a misurare l'umidità, spostare cose, chiudere porte, tirare su paratie!» tuonano sommessi i Tauromachia.

«Non vi preoccupate, sappiamo che è forte. Poi l'acqua è il suo elemento. Quindi una soluzione l'avrà trovata, siamo a Venezia!» risponde Modello per Ovale con punte.

L'opera di Mario Merz approva illuminandosi.

«Già, però è sparita senza dirci niente. Anfora e Femme sono prigioniere, La voce dell'aria è in restauro: che cosa dobbiamo fare?» chiede Uomo Foresta preoccupato e vigile, il braccio alzato in attesa che qualcuno di loro riappaia.

Un ronzio di campanelli, ed ecco le tre vedette che arrivano in volo.

«La voce dell'aria! Oh, ma cosa vi è successo?» chiedono i Tauromachia vedendo le sfere sfrecciare in piccoli giri velocissimi, poi si fermano per rispondere, sono ricoperte qua e là da piccoli cerotti di carta sottile.

«Non lo sappiamo! I responsabili della sala si sono accorti che il nostro disegno si era un po' inumidito. Potrebbe essere accaduto là a Murano, in quel luogo orribile da cui siamo riusciti a scappare. L'aria densa ci bloccava, abbiamo lottato con quella forza che si opponeva a noi. Poi eravamo tanto, troppo stanchi, ma è arrivata una musica... elettrizzante. Ecco, sentite.» E riprendono un volo velocissimo, allegro, con uno scampanellio forte, diverso dal solito.

«Un brano celebre» borbottano il torero senza testa e il toro senza corpo, in ascolto.

Le tre sfere fanno un altro breve giro, in tondo.

«Ma sì» esclama Uomo Foresta. «È *Il volo del calabrone*, lo avete adattato per campanelli. Bravi, un'interpretazione davvero riuscita. Ci voleva in un momento così, dà energia: non possiamo starcene qui senza fare nulla!»

«Hai ragione: anche l'equilibrio porta a un'azione, prima o poi» replica Modello per Ovale.

La paura che gravava nel cortile delle sculture si sta attenuando.

«Non sappiamo come ci è venuta in mente questa musica» dicono i campanelli fermandosi. «È da ieri notte che ci vola intorno: ci ha svegliati, ci ha dato forza, ci ha portati fuori dal deposito dove eravamo finiti per il restauro. Dopo la fuga eravamo sfiniti, adesso ci sentiamo di nuovo pronti ad agire. Dobbiamo scoprire come liberare Anfora e Femme! Forse la nostra Ondina potrebbe darci delle spiegazioni. Intanto noi andiamo a fare una perlustrazione. Non preoccupatevi, d'ora in poi saremo silenziosi!» E si allontanano.

«Giusto» approva Uomo Foresta. «Propongo di starcene tutti ben zitti.»

Dopo qualche minuto da un buio angolo del giardino si alza una luce viola, poi blu.

Ecco l'Ondina rannicchiata con il capo sulle ginocchia. Si rialza e le opere nel Giardino Nasher notano subito quanto è cambiata. Il viso, prima indurito come pietra grigia e trasfigurato in un urlo, riprende il suo chiarore e i suoi tratti gentili. I capelli non sono più come lunghissime alghe morte o gomene sfilacciate, ma nastri iridescenti, carichi di pietruzze colorate, che ricoprono lei e il terreno intorno.

«Contrasti e contraddizioni, sfumature e trasformazioni: è lo svolgersi della natura umana. Se questo essere non appartiene al mondo degli uomini, sembra però avere viaggiato nelle pieghe luminose del loro spazio e tempo» sussurra Modello per Ovale guardandola.

«Zitti tutti, silenzio!» I Tauromachia richiamano all'ordine.

«Ma dove sei stata?» chiede pianissimo Uomo Foresta.

Lei non risponde. Diventa sempre più bella, sempre più vibrante di mistero.

4
Come un Mercurio volante

«Dottore?»

«Manfredo, sono felice di sentirla. Come sta?»

«Bene, anzi benissimo. Sono rimasto a Venezia. Ci possiamo incontrare? Due chiacchiere da amici, come mi ha detto... Ho cose da raccontarle. E lei come sta?»

«Oh, per me va tutto a meraviglia. Vediamoci sempre alla caffetteria della Guggenheim. Anche tra mezz'ora, se le va bene. Potremmo prendere un toast insieme, che ne dice?» risponde Schein con voce calma ma gioviale.

«Perfetto, allora a tra poco» e chiudo la comunicazione. Intanto sono quasi arrivato alla Ca' d'Oro, tutti i veneziani intorno parlano del picco anomalo di marea previsto nel pomeriggio.

Cammino veloce, mi sento un ragazzino con le ali ai piedi. Un giovane Mercurio del Giambologna, penso e sorrido, adesso cosa c'entra? Eppure mi è appena balzata nella mente la copia che c'è a Roma a Villa Medici. Forse perché dovrebbe essercene una anche nella collezione che sto per visitare. Ma sì, sono tornato zio Wiki con le mie divagazioni. Nella mia mostra vorrei aggiungere qualche immagine di fontane dedicate ai fiumi: un'idea che mi è venuta da poco, ho fatto pace con l'acqua e le devo qualcosa. Perciò vorrei citare Roma, la Regina Aquarum, con i suoi acquedotti antichi e le sue famose fontane barocche. Rivedrò i due bozzetti del Bernini per la celebre fontana dei Fiumi, in piazza Navona. Sono modellini in terracotta: il rio della Plata, personificato come un giovane su una roccia, e il Nilo, un uomo dal volto coperto perché le sue sorgenti allora erano sconosciute. Quest'ultimo bozzetto mi affascina, potrei chiedere al museo la piccola scultura in prestito per la mostra.

Mentre ci penso, già entusiasta, mi accorgo che sono quasi davanti a Palazzo Fortuny. Ho tempo di prendere il catalogo della mostra di Weston che ho visto ieri con Sandy.

Entro, salgo le scale, strano, non ci sono più le locandine né le insegne e trovo allestita un'altra esposizione: "I terrestri", dipinti di Ida Barbarigo, una brava pittrice veneziana. Chiedo informazioni all'ingresso.

«Abbiamo inaugurato a settembre. Dovevamo chiudere ieri ma poi è stata prorogata... L'ultima esposizione di Edward Weston, dice? Mi pare sia stata parecchi anni fa, io non c'ero. Dovrei controllare.»

«Ma ne è sicura?» domando esterrefatto.

«Sicurissima! Ecco, guardi anche lei a video se le interessa: era il 1990» e gira lo schermo del computer perché io veda la locandina.

È proprio la stessa che abbiamo visitato io e Sandy, ma... ieri!

Solo adesso mi accorgo che le mie due parole compongono un cognome: Majeri!

31
L'arrivo in valle

Aprile 1929, Milano – Venezia – Nell'Appennino settentrionale

1
Sicut Venetia e Sicut Mediolanum

«Majeri, ti prego, vai pure senza di me! Sono troppo occupato nelle mie terre in pianura per accompagnarti, scusami, è tempo di preparare la semina del riso. Sarà per me una grande gioia saperti a casa, nella nostra valle: basta che tu mi avvisi un giorno prima della tua partenza, dirò al vecchio Drin di predisporre i suoi muli, che sono sempre i più veloci dell'Appennino.»

Così Ettorino di Valdipietra esortava Fedele a recarsi nella "sua" valle, dove la famiglia aveva un castello che risaliva all'epoca dei più antichi feudi imperiali, durante una colazione nel palazzo di famiglia a Milano, mentre venivano servite un paio di piccole, trionfali cotolette. Davanti a questo piatto Ettorino si perse in una divagazione che il professore conosceva bene, ma ogni volta lo divertiva perché l'amico vi aggiungeva qualche nuovo dettaglio. Il tema era l'origine della famosa ricetta della cotoletta alla milanese, o alla viennese, di cui il marchese di Valdipietra aveva una sua versione, storica e quasi paneuropea.

«Il burro proviene dalle mucche che si nutrono dei nostri bei prati, irrigati grazie all'ingegno dei monaci benedettini prima, e degli Sforza poi; la maestria della besciamella è dovuta all'influsso dei francesi; invece la farcitura con una fettina di prosciutto è un'eredità di Maria Teresa, anche per questo vengono definite "alla viennese"! Quanto all'impanatura, ritengo risenta di varie influenze antiche e recenti, non dimenticando le golosità del vicino ducato di Maria Luigia. Queste cotolette nascono da un insieme di contatti culturali e storici, che combaciano in armonia: tutti in un piatto!»

Dopo il caffè e una fettina di torta di cioccolato, alla viennese anche quella, tenendo l'amico sottobraccio disse: «Ora vieni, ti voglio mostrare il mio ultimo acquisto: l'ho corteggiato a lungo e sono riuscito ad averlo a un prezzo più che ragionevole.»

Lo condusse a un tavolinetto dove spiccava un oggetto coperto da uno spesso telo bianco, davanti al quale Ettorino si fermò con lo sguardo fiammeggiante di soddisfazione. Allungò una mano e sollevò la stoffa con delicata lentezza, pizzicandola al centro come fa il prestigiatore quando alza il fazzoletto per svelare un coniglio bianco. Apparve invece una coppa in cristallo di rocca, incisa con grande maestria. Il professore si avvicinò per osservarla da vicino.

«Guarda con calma, troverai citazioni e corrispondenze, anche questo è un amalgama ben curioso» gli disse.

La scena mitologica, interpretata da un artista probabilmente settecentesco, riprendeva il tema della fontana del Tritone di Bernini. Ma in modo inconsueto. Rappresentava sì il figlio del dio del mare che stringe in mano una conchiglia cava e ritorta per richiamare le acque del diluvio universale, così come Ovidio raccontava nelle *Metamorfosi*. Però in questa figura non avrebbe potuto soffiarvi, perché il suo volto era coperto da un panno e pur tendendolo con l'altra mano il Tritone sembrava incapace di toglierlo. Fedele pensò alla scultura del fiume Nilo nella fontana di piazza Navona: ne aveva rivisto il bozzetto alla Ca' d'Oro di Venezia poche settimane prima, a febbraio. Vi si era recato, malgrado il grande gelo, perché da qualche tempo tornava sempre nella sua mente, e non ne capiva il motivo. Ma una volta arrivato davanti alla terracotta dell'uomo-fiume dal volto coperto, non era riuscito a trovare una ragione di quella sua fissazione.

Il suo viaggio a Venezia era stato però importante per altri motivi: aveva rivisto la città da cui era partito per dimenticare il suo dolore e aveva fatto un importante acquisto, presso un antiquario vicino all'Arsenale. Vi era arrivato per caso seguendo tre maschere mattiniere – un Arlecchino, una Colombina e un bianco Pierrot dagli occhi cerchiati di malinconia – fino alla chiesa di San Martino. Al di là del campo Fedele aveva notato una botteguccia antiquaria. Nella vetrina affacciata sulla fondamenta del Pintor era esposta un'incisione antica, ne rimase subito colpito.

Raffigurava una Milano di fantasia, tanti, tanti canali che avevano preso il posto delle strade, collegandosi alla Cerchia dei Navigli. Proprio adesso che si parlava di chiuderli! Quattro fontane barocche erano poste agli angoli del foglio. *Sicut Venetia*, "Come Venezia", il titolo era scritto in corsivo.

Il professore aveva deciso di comperarla. L'antiquario era un gentile anziano signore e portava occhiali dalle lenti così spesse che non si potevano distinguere gli occhi. Gli aveva detto, con forte inflessione inglese, di avere un pendant ancora più visionario: lo voleva vedere? Aveva aperto una cassaforte estraendone una cartella ricoperta di una bella carta marmorizzata a ondulazioni bianche, argento e azzurre. Conteneva una seconda incisione, dello stesso formato.

«Vede? Si intitola *Sicut Mediolanum* e rappresenta un'insolita, drammatica Venezia. Completamente senz'acqua, i canali sono divenuti strade. Come si dice che presto accadrà a Milano. Solo che qui l'acqua sembra essersi prosciugata del tutto. Escono solo piccoli rivoletti da alcune fontane con decori barocchi di volute a spirale, anche qui poste ai quattro angoli del foglio. E in certi punti... *have a look*!» concluse in inglese distendendo le due carte sul bancone, vicino a una lente d'ingrandimento.

«I rivoletti si arrotolano su se stessi, fermandosi senza riempire le vasche: che so, come il cirro di un rampicante, un viticcio dell'uva o di una zucchina trombetta che non trova appigli e rimane lì, arrotolato nell'aria. E ancora, osservi bene: le volute a spirale delle vasche si ripetono in entrambe le incisioni. A me sembrano riccioli di onde leonardesche. Guardi, se sovrappone le due carte in controluce, nella trasparenza i riccioli delle spirali combaciano perfettamente, benché i disegni complessivi siano così diversi. Straordinari punti di contatto, no? Ah, le invenzioni, i capricci del Barocco!»

Fedele aveva acquistato subito anche il secondo disegno.

Dopo l'incontro con quel Manfredo, ma soprattutto dopo la notte in cui gli aveva parlato l'Ondina, il professore aveva preso una decisione, improvvisa ma salda: regalare *Sicut Venetia* alla città del futuro, che stava rinunciando per sempre all'acqua, interrando i suoi canali.

Così aveva lasciato l'incisione, insieme a molte riviste d'arte e attualità e a qualche altro disegno della sua collezione, alla Civica Raccolta di Stampe da poco inaugurata al Castello Sforzesco. Fedele però aveva voluto mettere una clausola: l'apertura del suo piccolo lascito sarebbe dovuta avvenire solo nel lontano 2006. Un secolo dopo il ritorno di Giulia da Parigi: nel 1906, il primo degli anni avvolti nel suo doloroso oblio.

L'altra incisione comprata presso l'eccentrico antiquario invece l'avrebbe portata con sé. Lo stesso impulso che gli aveva consigliato di lasciare *Sicut Venetia* alla sua città gli imponeva di tenersi vicino quell'assurda Venezia senz'acqua, *Sicut Mediolanum*.

Anche nel cristallo di rocca della coppa di Ettorino brillavano onde immobili barocche.

Sorseggiando un liquore d'erbe discussero amareggiati della chiusura dei navigli. Prima di andarsene Fedele confermò che sarebbe andato in valle. L'amico ne fu felice. Ettorino aveva ricordato i bei tempi delle loro passeggiate, e il professore pensò a un ciottolo trovato proprio là, lungo il torrente, tanti anni prima.

Su quella pietra era incisa una serie di piccoli rilievi digradanti, come l'espandersi concentrico di un'onda sulla superficie dell'acqua, così belli e precisi che sembravano scolpiti. Un fossile particolare, quasi una piccola scultura. L'aveva tenuta con sé per anni, poi un giorno non l'aveva più trovata.

Ora la ricordava così bene che legò l'immagine alle parole dell'Ondina.

L'onda immobile ti aiuterà a cercare la pietra della memoria.

2
Il canyon, il torrente, il castello e la Ripa

Nella bella stagione, se non aveva piovuto molto, era possibile arrivare in valle percorrendo a dorso di mulo il largo greto del torrente. In gran parte asciutto, si insinuava in una gola fiancheggiata da alte pareti rocciose dove l'acqua scorreva bassa, con poca pendenza. Nei mesi piovosi, invece, o in caso di fortunali improvvisi, la gola si poteva trasformare in un orrido tumultuoso. Ma la primavera aveva portato ben poche piogge, anzi si parlava di un'anomala siccità dopo quell'inverno, uno dei più rigidi che la storia recente ricordasse.

Fedele scelse proprio la via dei muli, più diretta, preferendola alla strada carrozzabile che girava intorno alla montagna. La bella giornata, il paesaggio del canyon e l'incedere calmo del mulo, indussero il professore a godersi il panorama.

Conosceva bene il Drin, il vecchio mulattiere che era venuto a prenderlo. In genere era assai taciturno, invece quel giorno aveva grandi novità da raccontare.

«Sai Fedele, costruiranno le *straade*! Parlano di venire con le micce, e di *scavaare* di fronte alla Ripa. Carrozzabili, dicono, anche per le auto e gli autocarri, i *camiòn*!» cantilenava con la sua parlata, segnata dall'accento ligure dominante in quelle terre.

Erano chiamate "Ripa" le rocciose pendici del canyon che la piccola carovana stava fiancheggiando. Si trattava di un particolare tipo di roccia bitorzoluta, composta di ciottoli tondi che spuntavano uno vicino all'altro in una terra dura, simile al cemento. In termini scientifici era detta conglomerato o puddinga, da *pudding stone*, per la forma stondata a budino. Il professore si era sempre divertito a pensare che somigliasse al dorso di un enorme animale preistorico addormentato in un sonno di pietra, accucciato a guardia del torrente. La testa, grazie al lungo collo, restava nascosta sotto il corpo, irsuto di ciottoli e di bassi cespugli alla base della parete rocciosa.

Arrivato alla fine del canyon, Fedele trovò un calesse con un servitore di Ettorino ad attenderlo. Il Drin riprese il racconto mentre lo aiutava a scaricare il bagaglio.

«Tu hai conosciuto mio nonno, il Camillo, che lavorava per i genovesi, sui muli trasportava sale, castagne e acciughe secche. D'estate ci portava anche i villeggianti e i loro bagagli. Lavorava tutto l'anno, lui sì che era bravo, niente lo fermava! Se caso mai pioveva e c'era troppa acqua nel torrente, il guado lo *faceeva* lo stesso, ma sui *gampi*, i trampoli, con la gerla piena zeppa in spalla. E *caapitava* che portava anche le persone, su, in groppa a cavalcioni. Ora non *pioove* quasi più, di acqua ce n'è sempre più *pooca*. Al sale e a tutto il resto gli fanno fare l'altro giro, intorno alla valle con i *camiòn*. Mah... dicono che poi verranno anche per di qua con le automobili: avanti fino al mare! Sai com'è, fai una strada dritta dritta e poi non sai dove finisci. Buchi le montagne e *ciaff*, magari ti trovi a bagno tra le acciughe. Chi lascia la via vecchia per la via nuova...!»

Fedele si guardò indietro: nel greto l'acqua colpita dalla luce radente del pomeriggio luccicava argentea, piatta come una larga lama di spada che correva ancora liquida nella forgia. Conosceva quell'effetto ottico ma adesso la spada era più evidente che mai.

Quella che Ettorino definiva "casa", tutt'al più "di campagna", era in realtà un vero castello con una storia antica, di cui il proprietario andava molto fiero.

Il Valdipietra negli anni lo aveva trasformato in una piacevole dimora, perfetta per il tempo libero. E vi aveva creato un vero e proprio museo privato. All'esterno manteneva il suo aspetto di fortilizio solitario, che vigilava sulle vallate d'intorno fin dai tempi più remoti. Da lassù si godeva una vista superba: i lontani profili delle montagne appenniniche fino alle Alpi, le colline che scendevano morbide verso il fondovalle dove grappoli di case circondavano campanili su cui svettavano cupole rosse e tonde come cipolle, ai margini di boschi, di campi coltivati. Quando le foschie o le nebbie riempivano la valle, le cime delle montagne emergevano come isole in un mare bianco e azzurro.

Sul lato verso valle, il castello era circondato da un grande prato che si arrestava al margine di un dirupo, cintato da un muretto basso con due posti di guardia ai lati.

Nelle loro esplorazioni giovanili, durante gli anni dell'Accademia, Fedele ed Ettorino parlavano d'arte e di vita, della filosofia necessaria a capirle entrambe. Ma anche della gente dei piccoli paesi della valle, di quella della città, degli eventi milanesi, nazionali e internazionali. E allo stesso tempo cercavano funghi, e anche farfalle e animali selvatici da osservare da vicino, fiori, frutti, foglie e rami, piccole rocce particolari, persino qualche fossile nascosto all'interno delle pietre trovate nel greto del torrente.

Ettorino aveva insegnato a Fedele una tecnica efficace: scelto un ciottolo per una certa sua conformazione, doveva scagliarlo con forza sul terreno. Se si spaccava in due di netto, capitava che mostrasse all'interno una forma leggera, che i due amici osservavano con ammirazione. Proprio in quel modo da ragazzo Fedele aveva trovato la pietra con il disegno dell'onda che si allargava concentrica.

Per Ettorino quelle giornate all'aperto erano qualcosa d'insostituibile, e lo furono finché gli impegni della vita adulta lo consentirono. Terminata l'Accademia, infatti, i doveri delle terre, gli affari e tanti altri interessi avevano distolto il marchese di Valdipietra dalla pittura, verso la quale però cominciò a nutrire un grande, sano amore collezionistico, corroborato dal suo buon gusto e da studi sempre aggiornati. Tutto ciò aveva facilitato la raccolta della sua cospicua collezione d'arte, ora suo orgoglio.

Inoltre, con la prima maturità, Ettorino aveva incluso tra i suoi impegni anche i piaceri del salotto e della poltrona, con un bel libro o in altra dolce compagnia.

«Il tempo cambia la costanza nelle nostre attitudini, e l'età trova il posto a nuove passioni o pigrizie» commentava il signore di Valdipietra, autocritico e sincero.

3
Il Cavaliere Gampin

Nel castello tutto era immancabilmente perfetto.

Per Fedele starsene qualche giorno a passeggiare, viziato dai domestici semplici e affettuosi di casa Valdipietra, sembrava un sogno d'altri tempi.

La sua non era però solo una visita di piacere. Da dove iniziare la sua ricerca? Era proprio quello il luogo giusto per scoprire qualcosa? Aveva continuato a chiederselo per il resto della giornata, scrutando dal prato del castello gli orizzonti disegnati dal susseguirsi delle montagne lontane, e poi la sera nella sua camera, infilandosi nel bel letto di legno biondo decorato a piccoli fiori colorati, non troppi e non troppo precisi, che veniva addirittura dall'ampezzano. Su una parete una Madonna della scuola dei Bellini, al centro della stanza una delle opere più importanti: l'antica scultura greca comprata ad Atene quando lui aveva raggiunto Ettorino, rivedendolo per la prima volta dopo tanti anni.

L'avevano trovata al mercato di cose vecchie di Psiri nascosta sotto un telo consunto, tra cassette colme di oggetti di ceramica e di ottone. Il mercante era un vecchio turco con una benda su un occhio, le mani grosse e pelose da cui le nocche sporgevano come grosse noci. Era vestito con una logora tunica di lana blu che sembrava aver attraversato deserti grandi come oceani e secoli sabbiosi ma si muoveva con agile scioltezza. Avevano condotto la trattativa tra ampi cenni del viso e delle mani e i suoi brontolii profondi, e concluso l'affare bevendo una tazza di tè nero con anice stellato.

La scultura si era rivelata molto antica, forse del periodo attico. Era un giovane scolpito nel marmo di cui rimanevano la magnifica testa e il busto, ma non le braccia. Sorridente, i riccioli dei capelli ritorti in chioccioline, gli occhi obliqui, le labbra sollevate agli angoli ammiccavano nel famoso "sorriso arcaico" della più antica statuaria greca. Lieve, dolce ed enigmatico. Sapiente e misterioso.

Fedele era tornato in Italia già da qualche tempo, quando Ettorino gli aveva chiesto di accompagnarlo a Parigi per mostrargli una scultura simile, esposta al Louvre. Rara e di straordinaria bellezza, veniva attribuita a un ignoto Maestro Rampin, dal nome del proprietario che l'aveva donata al museo.

Quella di Ettorino era più semplice, per questo poteva essere addirittura più antica. Quando la scultura era arrivata in valle, a dorso di mulo lungo il torrente, Ettorino non aveva voluto darle subito un nome come era sua usanza per ogni opera senza un titolo. L'aveva battezzata solo al loro ritorno da Parigi.

«La testa del Louvre è più elegante, *ça va sans dire*, con tutte quelle treccine nei capelli: è da parata, invece il nostro ha i suoi riccioli a lumachelle, consumati dal tempo, ma ancora compatti come un elmetto, un torace forte come la corazza di un guerriero, e quell'espressione del viso: lui ne sa di cose! Se la scultura del Louvre si chiama Rampin, la nostra la chiamerò Cavaliere Gampin: in onore dei nostri trampolieri che attraversano il torrente con i loro *gampi*» aveva detto all'amico. Per semplicità in seguito fu chiamata semplicemente "il Cavaliere".

Solo per quei giorni aveva voluto che fosse nella camera di Fedele. E ora il suo sorriso enigmatico ma rassicurante compariva e scompariva tra i bagliori di una candela e le sue ombre lunghe, fluttuanti.

4
Vicina a lui, molto vicina, leggera come una tiepida brezza estiva

Seduto sul suo letto di fronte alla scultura, Fedele ricordò la visita al Louvre.

Quel giorno si era soffermato in modo particolare davanti alla *Vergine delle rocce,* ma solo per osservare lo sfumato del corso d'acqua nello sfondo. Adesso la luce della luna era così chiara che entrando dalla finestra inazzurrava ogni cosa nella sua camera. Pensò al fiume Adda, al paesaggio che aveva ispirato Leonardo in quel dipinto. E una trasparenza evanescente riempì la sua mente.

Fu così che, per la prima volta, rivide Giulia.
L'immagine emerse con chiarezza: lei tendeva la mano verso una di quelle straordinarie creature nate dai riflessi sull'acqua del fiume, le Ondine.
Sentì il suo cuore aprirsi a un flusso d'emozioni dimenticate. I ricordi di quel giorno sul fiume arrivavano uno dopo l'altro. Dolcemente, come se non li avesse mai perduti e nello stesso tempo fossero più vivi e vicini, come onde di pace: era un piacere profondo, intenso, la sua mente ne era pervasa. Lontano da tutto, ma come se il mondo gli appartenesse, era meravigliosamente felice.
Cercò il viso di Giulia, come era bella! Ora ricordava che in quel lontano giorno era stata felice anche lei, vicina a lui, molto vicina, leggera come una tiepida brezza estiva. Eccola! Si voltava, sorrideva sicura. Non era una fotografia, un ritratto, un racconto fatto da altri per lui privo riflessi nella sua mente.
Era la sua Giulia, e con lei c'erano le Ondine.
Il blocco di ghiaccio che ostruiva un canale della sua memoria aveva iniziato a sciogliersi.
Il Cavaliere sorrideva come sempre. Pensò fosse il volto di un misterioso antenato che lo fissava protettivo.
«Stasera è accaduto ciò che aspettavo da tempo. Sono così felice che voglio condividere con te un segreto. Giulia e l'Ondina mi hanno dato un compito. Tu, che hai l'aria di sapere tante cose, dimmi dove cercare in questa valle "la pietra della memoria" e "l'onda immobile" che mi condurrà a trovarla.» Così il professore parlò al Cavaliere, prima di addormentarsi pieno di speranze.
Quella notte sognò il Camillo, il bravo trampoliere, che correva nel greto del torrente con i suoi gampi. Portava a cavalcioni sulle spalle Ettorino, che a sua volta teneva sulle spalle uno zaino con la scultura greca, il giovane Cavaliere Gampin. Uno sull'altro sembravano un totem indiano, sui

loro visi splendeva lo stesso dolce sorriso, immobile come scolpito.

D'un tratto, appena dietro di loro, i più grossi sassi del greto iniziarono a gonfiarsi come fossero di terra molle che lievitava. Da questi uscirono delle protuberanze: gambe, piedi, braccia, formavano corpi informi di fango grigio. Non avevano testa, ma in mezzo al petto di ciascuno c'erano la bocca enorme, i buchi delle narici e degli occhi. Appena in piedi si mettevano in moto inseguendo il Camillo, minacciosi come blemmi terribili usciti da una leggenda! Si muovevano sul greto tozzi ma veloci, inseguendo il trampoliere.

Camillo correva avanti agile, Ettorino e il Cavaliere caracollavano paurosamente, ma sui loro visi c'era sempre quel sorriso enigmatico e sereno. I mostri continuavano a nascere dalle pietre, aumentavano di numero e di dimensioni, mettendosi subito in marcia.

Camillo distese i trampoli e iniziò a camminare nell'aria a grandi passi, come il Gatto con gli stivali, dirigendosi verso la Ripa. Quando la raggiunse continuò a scalare il pendio scosceso, puntando i gampi tra i ciottoli incastonati nelle rocce. I mostri ormai formavano una gonfia marea di fango che trascinava alberi, cespugli e ogni cosa. Era la più orribile piena che il torrente avesse mai visto!

Ma il Camillo era già molto lontano, risaliva la Ripa agile sui suoi trampoli, anche lui aveva lo stesso sorriso. Si fermò in una valletta tra le rocce dove erano due pozze: una chiara, quasi candida, e l'altra dal riverbero scuro, quasi nero. Tra loro serpeggiava la scia argentata di un ruscello. Il trampoliere si avvicinò alla pozza chiara, limpidissima e solo leggermente increspata in superficie. Intorno, all'asciutto, il terreno era coperto da sassi, chiari e piatti anch'essi. Unì i trampoli di scatto e, *pluf*, in un tuffo verticale sparì nell'acqua con tutto il suo carico. La superficie della pozza si era richiusa su di loro. Nella trasparenza, un misterioso fondo lontano si aprì nei colori dell'arcobaleno, divenne più chiaro, poi bianco.

5
La Torretta del Capitano

Fedele si svegliò presto, incredibilmente sereno malgrado quel sogno.

Quella notte aveva rivisto Giulia, il ricordo del suo viso che sorrideva a lui e alle Ondine lo rendeva invincibile.

Si vestì tenendo d'occhio la statua greca e le parlò ancora a voce alta, come a un amico: «Ovunque tu sia andato stanotte, mio Cavaliere, so che oggi sorriderai con me. Io tornerò sulla Ripa, dove conosco delle pozze simili a quelle del sogno.»

Dopo averlo salutato con un inchino, uscì verso la nuova giornata.

Fuori splendeva il sole. Lasciò il castello guidando il calesse. Voleva raggiungere la zona in cui nasce il torrente, a est, dove la sponda scoscesa della Ripa era più accessibile. Era là che da ragazzo aveva trovato il sasso con inciso il disegno dell'espandersi di un'onda immobile. Gli sembrava un buon punto da cui salire sulla Ripa per cercare una pozza che assomigliasse a quella chiara del sogno.

Legato il cavallo si mise in cammino sul greto del torrente, saltando e guadando le acque basse. Procedeva lento e sicuro. Quante volte con Ettorino si era aggirato su quelle ghiaie alla ricerca di fossili. Si chinò, prese un sasso e lo scagliò con forza per terra. Il ciottolo si aprì rompendosi di netto. Raccolse le due metà e ne osservò le facce interne. Niente.

Continuò così per un po' senza trovare nulla, fin quando arrivò a un pendio da cui partivano due sentieri, ricordava che ognuno portava a una pozza. Ne risalì uno e in pochi minuti arrivò a una piccola costruzione merlata, in mattoni, con le finestre a sesto acuto, che appariva lugubre e abbandonata da anni.

Era chiamata la Torretta del Capitano, perché era appartenuta a un ex ufficiale di marina genovese scomparso da decenni. Fedele decise di entrarvi. L'accesso era possibile solo da un ponticello malfermo in legno. Un passaggio non facile, mancavano delle assi, dall'ultima pericolante riuscì a spiccare un salto ed entrò.

La stanza era vuota, solo un tavolone sfondato era appoggiato contro una finestra sbarrata. Decise di andare al piano di sopra, salendo una scala a pioli.

Là era ancora più freddo e buio. Con un fiammifero illuminò debolmente intorno. C'erano un letto di legno senza rete e un vecchio materasso addossato al muro. Sentiva della sabbia bagnata sotto gli scarponi. D'un tratto arrivò un soffio freddo che spense il fiammifero. Ne accese un altro e vide del fango sgocciolare dal soffitto e cadere senza alcun rumore nella sabbia: sembrava gonfiarsi a ogni goccia. Anche questo fiammifero si spense di colpo, come se qualcuno vi avesse soffiato sopra. Scese alla svelta e uscì all'aperto. Abbassò lo sguardo sugli scarponi, nessuna traccia di sabbia bagnata.

Riprese il sentiero, ricordava che lo avrebbe portato a una pozza. Più si avvicinava più l'atmosfera intorno era strana, c'erano solo arbusti secchi. Poi vide del fango stillare da alcune rocce completamente asciutte, sembrava che piangessero. Sentì di nuovo freddo, nonostante il sole. Iniziò ad avere paura pensando al sogno, ai mostri di fango. Decise di non andare oltre in quel sentiero che non prometteva nulla di buono, ma di raggiungere un'altra pozza, più distante dalla Torretta.

Tornò indietro quasi di corsa e dal greto del torrente prese l'altro sentiero che saliva nella Ripa.

Attraversò una piccola gola dove il silenzio diventava

compatto. Qui la vegetazione era rigogliosa. Guardò la roccia da vicino e accarezzò la parete con delicatezza, quasi fosse la pelle di un animale. I sassi erano freschi e lisci, mentre la terra dura che li inglobava sembrava tiepida.

Finalmente arrivò alla pozza. Davvero molto simile a quella del sogno, colma di acqua limpida. Vi gettò un sasso e lo seguì con lo sguardo posarsi sul fondo, dovevano essere circa due metri. Si sedette a osservare gli anelli concentrici che il sasso aveva lasciato sulla superficie dell'acqua. Stupito si accorse che erano ancora lì fermi, immobili, anche se oramai aveva gettato il sasso da un po'. Non cambiavano ampiezza, non si scioglievano. Erano come un inspiegabile bassorilievo morbido, scolpito sulla superficie dell'acqua.

Contò gli anelli: uno due tre quattro cinque sei. Sette. Gli venne un'idea.

Si alzò e piano piano iniziò a indietreggiare. Uno, due, tre, quattro, cinque, al sesto passo si fermò. E fece cauto l'ultimo passo. Non avrebbe comunque potuto andare più indietro, alle sue spalle aveva la roccia. Chinò la testa e si accorse di una piccola pietra ovale, di un grigio più chiaro delle altre. La raccolse, l'accarezzò e poi, con un movimento deciso, la gettò a terra: la vide spaccarsi, le due metà rimbalzando arrivarono fino quasi al bordo dell'acqua.

All'interno contenevano entrambe un piccolo graffito, troppo in rilievo per essere un fossile comune. Eppure solo il tempo poteva aver fermato per sempre sulla pietra il disegno dell'espandersi concentrico dell'acqua.

Era un'onda immobile! Ricordava la pietra trovata da ragazzo, ma più bella.

Mise in tasca la metà che stringeva nella mano sinistra, si avvicinò alla pozza e vi lanciò l'altra metà.

Le onde concentriche, ancora ferme sulla superficie, si dispersero e lasciarono il posto a nuovi anelli. Ma qualcosa cambiò: in ogni cerchio si rifletteva una diversa tonalità dello spettro luminoso, nella sequenza dell'arcobaleno. Nel tondo centrale l'ultimo colore sfumava trasparente, e lì vide la mezza pietra che aveva appena lanciato: galleggiava ancora sospesa a metà fra il fondo e la superficie.

Poi, piano piano, sulla superficie della pozza scomparvero prima i colori, poi i cerchi e le onde. Fu solo allora che la pietra iniziò a cadere lentamente. Quando raggiunse il fondo, il professore fu spettatore di un altro fatto straordinario: i ciottoli si aprirono per accoglierla e poi si richiusero, con la stessa morbidezza dell'acqua.

Ed ecco che Fedele ebbe un'altra visione. Né ricordo, né sogno. Vide, riflessa sull'acqua, Giulia che camminava su una spiaggia del Lido di Venezia. Riconobbe il campanile di Malamocco, le dune di sabbia, la barriera dei Murazzi. Lei era avvolta in una lunga veste di lana chiara, di una foggia mai vista, teneva un mazzo di gigli fra le braccia. La vide girarsi verso di lui, sorridere dolcemente. Si accorse che il suo volto era più maturo. Un attimo, e lei subito si allontanò lasciando cadere alle sue spalle un fiore dopo l'altro, sulla sabbia coperta da piccoli gusci di conchiglia.

Poi la scena svanì e l'acqua della pozza iniziò a segnarsi di lievi increspature. Sentì sul viso un alito tiepido. Lo stesso tepore di quella sera sull'isola, quando Léontine era arrivata dal mare. Il soffio accarezzava la sua fronte, giocava con i capelli, si intrufolava nel collo, gli sfiorava le labbra. Cercò nella tasca l'altra metà della pietra, la strinse commosso nella mano. Il canale della sua memoria indurito dal gelo si stava trasformando sempre di più in una morbida propagazione di onde. Sentiva il suo cuore colmo di riconoscenza.

Non sarai solo: loro, i riflessi sull'acqua, ti indicheranno la strada. Troveranno il modo, perché tu sai ascoltarli. Seguili e poi agisci con gioia. Come se fosse un gioco, un rito antico, portalo con te nella tua fantasia più pura.

32

Proprio come in una fiaba

Venezia, 20 novembre 2006

1

A grandi poteri, grandi responsabilità

Manfredo guarda Schein intimidito.

Il dottore finora lo ha ascoltato con un'espressione serena, si è accigliato solo un poco quando gli ha detto che è stata Minerva Denessi a raccontare quelle dicerie su di lui. Manfredo non gliene aveva voluto parlare nel precedente incontro, ancora non si fidava.

«Sandy è cosciente della bellezza del mondo, del suo valore... anche immaginifico. Ma... Ecco, lei pensa che quello che sta accadendo potrebbe...» Si ferma guardando Schein con preoccupazione. «... potrebbe farci del male? A volte nelle relazioni ancora all'inizio sembra tutto limpido, ma poi? Insieme siamo una forza... cioè, siamo davvero speciali, ma... non vorrei sbagliare. E danneggiare tutti e due, unendo i nostri mondi visionari. Insomma i nostri problemi, le nostre vulnerabilità.»

«Come le ho detto l'ultima volta, il nostro lavoro si è interrotto. Da amico, se posso iniziare a ritenermi tale, mi pare di capire che per ora vi stiate facendo del bene. O no?»

Manfredo annuisce senza aggiungere altro.

Schein beve un sorso del suo caffè lungo all'americana, poi continua serio: «Se tra di voi sta accadendo qualcosa che ha un valore profondo, allora... che cosa c'è di più puro? Certo, i rapporti migliori sono quelli in cui ci sono intrecci che creano un tessuto fluido. Questo è però un bellissimo *affar vostro*. Infine, da medico, posso ripetere che per me la diagnosi data dai colleghi sulla signorina Sandy è forse anche esagerata o inappropriata. Io ritengo che, a suo modo, la signorina sia più sana di tutti noi. La sua sensibilità è così potente, misteriosa, la sua ingenua filosofia è così magica e poetica, che io non voglio giudicare o catalogare troppo. Quelle doti sono un dono del cielo. Miss Donatelli ha un qualcosa in più, speciale, che non si può classificare, come le ho detto. Le confesso: talvolta penso che il mondo possa sembrare un sogno, se lo si guarda in un modo appunto diverso, speciale. Ciò che vi sta accadendo ha delle forti risonanze simboliche, e per ora mi sembrano tutte luminose. Sono immagini potenti, che muovono una *speciale* metamorfosi interiore. Diciamo, un aiuto metafisico. Sogno, realtà... Non sempre è facile distinguerli, a certi livelli profondi. Ma io credo che voi due possiate aiutarvi l'un l'altra.»

«La ringrazio, dottore. C'è un'altra cosa che devo dirle subito. Ieri è accaduto un fatto davvero inspiegabile, e ne sono molto turbato. Forse è più che... speciale.»

«Prego.»

«Sandy e io ieri abbiamo visitato una mostra fotografica di Weston a Palazzo Fortuny. Oggi sono tornato lì e ce n'era un'altra, in corso da giorni. Mi hanno detto che la mostra di Weston si è svolta molti anni fa, e infatti io ricordavo di averla visitata anche allora! Ma ieri io e Sandy eravamo lì, l'abbiamo vista sala per sala, può chiederlo anche a lei. Voleva mostrarmela per parlarmi... delle pieghe del tempo.»

Manfredo cerca gli occhi del dottore che non smette di

sorseggiare tranquillamente il suo caffè. Appoggia la grande tazza e inizia a mangiare una metà del piccolo toast che hanno appena portato. Finito lentamente l'ultimo boccone, Schein gli risponde: «Oh, vede: questo è *davvero* un fatto speciale! Io non sono nessuno per dirlo, ma... le pieghe, o onde, del tempo possono portarci dei regali inaspettati. Come le ho detto, sogni e ricordi sono molto affini tra loro, talvolta combaciano. Lo ha visto a Milano, la notte del 4 novembre. A proposito, sono contento che abbia recuperato quel ricordo, non più doloroso ma significativo. È un tema di cui avere cura. In questa storia si stanno aprendo spazi che le donano dei...» lo guarda più serio, con gli occhi che luccicano azzurri, «... dei poteri sorprendenti. Lei e Sandy sapete viverli bene, con la stessa gratitudine verso il mondo che si prova da ragazzi quando s'incontra un compagno di giochi.»

«Poteri? Che cosa intende?» chiede ansioso Manfredo.

«Ricorda quando ha toccato il suo automa?» E lo fissa con un'intensità che lui non gli ha mai visto. «Subito dopo mi ha scritto di avere acquisito una "supermemoria" e una vista straordinariamente potenziata. Bisogna considerare se quello che le sta accadendo può permetterle di attingere a forze che lei non sa di possedere. Un po' come accade ai "supereroi" della fantasia e dei fumetti che lei ben conosce. Lì si parla di uomini comuni che acquistano forze straordinarie, o extra-ordinarie, per aiutare l'umanità o per dominarla. Penso che in questo momento lei abbia a sua disposizione qualcosa del genere. E credo che queste forze possano essere usate *solo* per il motivo per cui si sono aperte a lei: cioè per raggiungere qualcosa di utile alla difesa della loro stessa origine. Questi poteri servono a una causa di cui sono l'effetto, se mi permette il gioco di parole. Ma è quello che mi viene in mente ora, sempre per fare delle correlazioni con le immagini che lei conosce. Le prenda solo come mie impressioni, riflessioni. In questo momento lei è dotato di un potere visionario unico, come pure Sandy. È importante assecondarlo. Glielo dico da amico.»

A grandi poteri, grandi responsabilità, pensa Manfredo citando l'Uomo Ragno.

«Scusi ma io... che cosa dovrei fare?»

«Lei sta facendo dei progressi personali enormi, se mi permette un giudizio. Ricorda il messaggio del Rock Drill? Tutti i protagonisti delle sue "visioni" sono personaggi che recitano un ruolo nel suo subconscio. Fluttuano nel tempo, appaiono come riflessi sull'acqua e come onde luminose, vibrazioni di colori, effetti di preziosa saggezza. Si intrecciano in un tessuto di ricordi, immagini potenti per lei. Sono riflessi che le danno possibilità percettive prima sconosciute, illuminano canali inesplorati nella sua mente. Il messaggio dell'automa sembra avere un significato che non appartiene solamente alla sua storia individuale, Manfredo, né solo al suo inconscio. Del resto lei lo aveva pensato subito. A volte le vicende della nostra famiglia, o del passato, si riflettono nel nostro presente. E noi possiamo cambiare qualcosa, muovendo fili sottili, che galleggiano altrove.»

Schein s'interrompe guardandosi intorno, dopo un piccolo sorso appoggia la tazza e riprende: «Forse dovrei ordinare un altro caffè, e forte. Sto dicendo cose che un terapeuta non dovrebbe dire. Vede, non è facile neanche per me dare questi consigli. Non voglio condizionarla.» Cerca con gli occhi il cameriere, mostrando una certa fretta.

«Già, il Rock Drill mi ha chiesto di "liberare il genio", e io allora ho pensato che si trattasse di trovare una spiegazione in modo *ingegnoso*, se non razionale e quindi geniale» considera Manfredo.

«E lo ha fatto» esclama il dottore. «Ha costruito un utile tabellone della memoria. A questo proposito, vorrei rammentarle la discussione che ha sentito... ehm... uscire dalla fotografia del Vesuvio. Anche quello era un superpotere. Già allora lei si era chiesto se quelle voci appartenessero a spiriti della natura. Le consiglierei di continuare a vederla così... Proprio come in una fiaba antica. Ma lei non voleva ordinare qualcosa? Il toast qui è ottimo.» E Schein inizia a mangiare l'altra metà del suo, questa volta più velocemente.

«No grazie, mi è passata la fame. Insomma, cosa devo fare?» domanda sempre più incerto.

«Segua l'intuito, la sua capacità di meravigliarsi. Trovi qualcosa che va oltre. Oltre i grovigli del suo disorientamento. Oltre se stesso. Segua i fili che si allungano fluidi. Non importa se non combaciano le cose, quello che le accade lo consideri come un riflesso sull'acqua. La genialità della ragione è indispensabile, ma nel nostro caso temo che non basti. Ci vuole un altro tipo di *genio.* Oggi direi con la maiuscola, un Genio più simile a quelli delle fiabe antiche. Non per nulla le favole raccontano *le cose che sono*, trasformate in apparenze meravigliose. E ci aiutano a crescere.»

«Un Genio, come in una fiaba.» Manfredo s'illumina. «Come ho potuto non pensarci prima? Sì, ricordo bene la discussione che sembrava uscire dal vulcano... Allora ebbi l'impressione di ghigni glaciali nel buio e battiti di piume bianche e nere. Certo, potevano appartenere proprio a spiriti della natura, usciti da una favola. Era in corso una disputa aspra e violenta nelle profondità della terra. *Lui* difendeva gli uomini, diceva che grazie ai loro sensi e all'immaginazione riproducono le armonie e i contrasti degli elementi. E qualcosa di eterno, l'emozione invisibile dell'arte. Le sue parole sembravano musica. Ma *loro* non lo ascoltavano più. Rigidi, minacciosi.»

«Vede? Quante correlazioni! È un filo importante che va seguito, riallacciato alla trama della storia» esclama il dottore. Poi guarda l'orologio. «Mi scuso, credo che per me sia ora di andare, mi dispiace.»

«Aspetti solo un poco. C'è un altro fatto che devo dirle subito. Poco fa sono andato alla Cà d'Oro per rivedere due bozzetti del Bernini per la fontana di piazza Navona. Improvvisamente, ho notato una cosa nella sculturina di terracotta che rappresenta la personificazione del fiume Nilo: il drappo che copre la testa diventava di un bel verde acqua e come vetrificato, di ceramica. Di quella tonalità di moda all'epoca del Liberty chiamata, guarda caso, verde Nilo.»

«Ci sono fenomeni che sembrano non avere spiegazione, ma hanno grande significato. E allora io sto solo a guardare. Lo faccia anche lei: rimanga spettatore, capirà il da farsi. Magari all'improvviso, ormai ha affinato i suoi poteri. E ricordi: lei ha una missione, e avrà degli amici che l'aiuteranno» conclude scrutando furtivo intorno.

«Adesso però devo proprio scappare... Se permette, anche se l'invito è suo, vorrei pagare io. Lei non ha preso nulla e io ho parlato troppo.» Si alza, tende la mano guardando Manfredo negli occhi. Lui gliela stringe a lungo ed è talmente pensieroso che non si accorge di aver dimenticato la parte finale delle sue visioni alla Ca' d'Oro. Segue il dottore con lo sguardo mentre si ferma alla cassa, scende nel giardino e passa tra le sculture della collezione Nasher. *Femme Leoni* di Giacometti e *Anfora-frutto* di Jean Arp sono state protette da fasce di cellophane trasparente, a causa dell'ultima acqua alta.

Schein si ferma a osservarle, malgrado siano così coperte. Poi girandosi verso di lui lo saluta ancora, alzando un braccio, e siccome lo fa proprio mentre è davanti a *Uomo Foresta* di Germaine Richier, per un attimo a Manfredo sembra che la scultura sia l'ombra di Schein proiettata nell'aria. Sorride, questa volta piacevolmente sorpreso. Proprio vero che il dottore non finisce mai di meravigliarlo.

Esce sul terrazzo e guarda l'acqua del canale, è sempre scura e alta. Poi prende il telefono e manda un messaggio a Sandy. «Ho bisogno di vederti!»

2
Sul Giardino Nasher cala un silenzio vibrante

«Che cosa ci fanno là fuori sulla porta quei due tipi massicci vestiti a righe e a scacchi? Non mi piacciono per niente» sussurra Uomo Foresta.

«Già, e ora l'Ultima Ondina si è di nuovo nascosta» si preoccupa Primo Scavo.

«Il nostro Manfredo sta andando dalla parte giusta» precisa Modello per Ovale. «L'ho sentito parlare su al bar con il dottor Schein. Bel nome, in tedesco vuol dire sia *chiarore* che *apparenza*, insomma: luccichio luminoso.»

«Quel dottore ha fatto riflettere l'umano confuso. Ma perché l'Ondina non gli parla, visto che lui è qui?»

«Be', sai che non può farlo, altrimenti non avrebbe chiesto aiuto a noi.»

«Ma che aiuto possiamo dare noi? Femme Leoni e Anfora-frutto non sono tornate, e i campanelli sono in giro... se uno di noi andasse a Murano?»

«No, restare qui è la cosa migliore. Facciamo campo magnetico, magari dopo la chiusura chiediamo all'Ondina che cosa fare. Dev'essere qui intorno, ma occorre silenzio per sentirla.»

«Non ho mai atteso l'orario di chiusura con tanta ansia!» replica Primo Scavo.

«Silenzio, ora dobbiamo fare spazio» tuonano i Tauromachia. «Manfredo è il nostro uomo. Da qui però non riusciamo a metterci in contatto con lui e francamente non capiamo perché... non era quello il compito che ci ha dato l'Ondina?»

«Silenzio!» avvisa Uomo Foresta. «Guardate! I vetri colorati nel cancello d'ingresso brillano, forse temono qualcosa.»

«Che succede là?» si allarmano i Tauromachia.

«I due ceffi con le giacche strane se ne sono andati, ma

tenevano quel dottor Schein un po' troppo sotto braccio. Quei due tipastri non promettono niente di buono» risponde Uomo Foresta preoccupato.

E sul Giardino Nasher cala un silenzio vibrante di spazi, seguito però da un'improvvisa folata di vento gelido.

L'Ultima Ondina alza la testa, i suoi occhi brillano di un blu sempre più intenso. Si sta trasfigurando di nuovo. Il tradimento degli spiriti fratelli continua, come cent'anni prima.

In quello stesso momento, in tutta la laguna, il livello dell'acqua inizia a salire.

Il triplice suono delle sirene spezza il silenzio.

33

Il palazzo del Principe

Genova, aprile 1929

1

Nella villa che fu di Andrea Doria

Il verde del prato era punteggiato da anemoni rossi, viola, blu, bianchi.

Qualche petalo volava già via, sparso nell'aria del cortile d'ingresso di Villa Doria Pamphilj.

Ettorino Valdipietra aveva annunciato la visita del professor Majeri al proprietario: il principe Filippo era un caro amico di famiglia, amante dell'arte e filantropo. Discendente dell'ammiraglio Andrea Doria, il gran condottiero e stratega dell'antica Repubblica di Genova, chiamato "principe del mare" per le sue vittorie nelle battaglie navali più famose del primo Cinquecento e autore dell'alleanza con Carlo V d'Asburgo, l'imperatore spagnolo sul cui regno "non tramontava mai il sole". L'ammiraglio volle costruire un palazzo che onorasse il mare, fonte della sua fortuna. Ricco di affreschi, dipinti e arazzi all'interno, con portici, giardini e terrazzi affacciati sull'acqua come un'antica villa romana: fu questa l'idea cui si ispirarono eccellenti architetti e artisti del Rinascimento al suo servizio. Nei secoli successivi la famiglia vi portò importanti opere d'arte.

Il principe aveva accolto con entusiasmo la richiesta di Ettorino e, da Roma, aveva affidato l'incarico di ricevere il professor Majeri al suo segretario, un delle Mànie di ramo genovese, accompagnato da un lontano cugino, il marchese di Sanfruttuoso.

Fedele li aspettava passeggiando nei vialetti del giardino all'italiana, godendosi il concerto di luci e profumi da cui era attorniato. Limoni, mandarini, aranci e melograni crescevano con curata chioma tondeggiante nei grandi vasi di cotto; viole, margherite, iris, narcisi e garofanini ornavano le bordure e le aiuole. Passò davanti alla fontana centrale dominata da un grande Nettuno su una biga di tre cavalli, circondato da aquile, emblema dei Doria. Poi attraversò i giardini più bassi, risalì alle terrazze affacciate sulle banchine del porto e sul mare, che scintillava d'azzurro dall'orizzonte fino all'ingresso del porto dove biancheggiavano alcune vele. Antichi brigantini alzavano i loro alberi in un bosco di sottili pennoni tra i moli protesi a raggera. Qui avevano fumato molte ciminiere, e ancora lo avrebbero fatto, per trasportare migliaia di emigranti verso le Americhe. Appena di fronte, oltre la strada, coprendo parte dell'antica visuale della villa, si affacciava la nuova Stazione Marittima di pietra bianca in stile neorinascimentale, con i suoi lavori in corso di ultimazione. Genova cresceva, case e strade cambiavano l'antico e struggente paesaggio di quella bellissima città e della sua costa dove le montagne digradano ripide, quasi a picco nel mare, con scogliere alberate.

Senza accorgersi disse a voce alta: «Il *continuum* tra la villa, il giardino e l'acqua doveva risuonare quasi perfetto.»

«Concordo con lei. Immagino che il maestro Giuseppe Verdi, nel suo soggiorno qui, abbia percepito parte di tale armonia» commentò una bella voce alle spalle di Fedele. «Appena prima che le nuove vie e costruzioni del porto ci circondassero, allontanando la completa visione del mare.

Ma non possiamo lamentarci del progresso, speriamo solo che conservi le meraviglie del passato nel modo più equilibrato possibile.»

Fedele non aveva sentito arrivare quell'elegante signore dai capelli biondo scuri, mossi, che mettevano in risalto un viso allungato dai tratti sottili e uno sguardo intelligente. Ricordava il Van Dyck dell'*Autoritratto con girasole*, senza baffoni e pizzetto. Dietro di lui, salendo gli ultimi gradini, sbuffava trafelato un uomo più anziano ma vivace, basso e massiccio, con la bocca sottile, lo sguardo attento, la pelle abbronzata e maculata dal sole.

«Benvenuto a Palazzo Doria, maestro Majeri. Sono Rinaldo delle Mànie, il principe Filippo si scusa di non poterla accompagnare in questa visita» si presentò il bel Van Dyck.

L'altro prendeva ancora fiato e scrutava il porto. Aveva l'aria di un affaccendato commerciante, più che di un aristocratico cresciuto nella disciplina marinara genovese come il delle Mànie, che fece un passo indietro sentendolo prendere la parola per presentarsi.

«Marchese Titta di Sanfruttuoso, onoratissimo. Scusi se l'abbiamo fatta aspettare. Colpa mia, sono stato catturato dalle carte. Tutto è urgente: dare il via a una nave in partenza per Suez, controllare quelle in arrivo da Gibilterra... Si sa, le scartoffie oggidì non finiscono mai! E siamo tutti in attesa dell'inaugurazione della nuova Stazione Marittima.»

Era opera del marchese l'incrementare gli affari del porto, della famiglia e non solo. Impegnato anche nell'amministrazione cittadina, svolgeva ruoli da protagonista nello sviluppo urbanistico. E che sviluppo: cantieri, grandi trasformazioni!

Majeri tese la mano senza intercettare quella del marchese, troppo intenta a gesticolare.

«Professore, è un onore per noi averla qui» disse il delle Mànie. Fedele sapeva da Ettorino che il segretario era un attento conoscitore d'arte, apprezzato dagli studiosi.

«Già, già» si fece strada Sanfruttuoso. «Mi hanno parlato dei suoi successi. Mi congratulo, mi congratulo.»

«La prego, non esageriamo! Io sono solo un normale sognatore, un'arte che tutti possediamo. Il piacere di conoscervi è tutto mio, e in un luogo così bello» rispose Fedele con gentilezza.

«Oh oh, non sia così modesto... Sappiamo che lei porta linfa vitale al cuore della nostra epoca, così aperta al futuro... E mi si dice che le sue opere siano ben quotate sul mercato. Sa, qui da noi le cose della vita vengono sempre messe sul piatto di una bilancia. Il peso di una moneta di qui, e il peso di una merce di là. Credo che se ponessimo da una parte un suo quadro, pur piccolo, leggero... insomma, l'altro piatto dovrà essere ben riempito! Ah, il valore dell'arte oggidì! Ma è giusto, no? Mi scuso, noi genovesi in fondo siamo mercanti che trasportano beni sulle onde e, per quanto sia possibile valutare con attenzione, non si sa mai come vada a finire il viaggio: il mare ci fa sempre spendere qualcosa in più, con i suoi imprevisti. L'acqua di fronte e le montagne alle spalle ci hanno abituato alla parsimonia, siamo cauti per natura e per abitudini. Nello spendere ci vuole prudenza.» Il marchese si guardò intorno e concluse soddisfatto: «Prudenza ed esperienza.»

Sembrava una caricatura di Hogarth.

Nella villa del principe del mare troverai la danza del passato e la chiave della porta verso il futuro.

Era la frase dell'Ondina che lo aveva mosso a visitare quel palazzo. Se qui troverò qualcosa, immagino che non lo scoprirò da questo signore, si disse. Sperò che qualche indizio gli venisse incontro e confidò nella guida di Rinaldo delle Mànie, che ora sembrava leggermente imbarazzato dalle parole del cugino.

Poi, sorridendo fra sé, considerò che il marchese portava

il nome, oltre che di un quartiere sulle alture di Genova, anche di una magnifica piccola insenatura, nascosta tra le rocce, appena prima del golfo di Portofino. Dai tempi più antichi vi si era insediato un borgo di pescatori, a fianco di una abbazia millenaria e di una torre voluta proprio da Andrea Doria per avvistare i pirati del corsaro Dragut. Fedele conosceva quel luogo magico attraverso i dipinti di Rubaldo Merello, bravissimo artista, chiamato il Van Gogh del monte di Portofino. Lui sapeva ritrarre con filiformi pennellate le rocce a picco sul mare, l'acqua che appare tra la vegetazione e i vividi colori della magica rete di riflessi deposta sull'acqua dal sole al tramonto. Chissà se Merello aveva mai incontrato il suo gigante gentile, il magico Ciclope curioso.

«Guardi che spettacolo! E migliorerà con l'arrivo del nuovo porto commerciale: finalmente si costruirà la strada necessaria! Faremo tutto perbenino, ma inevitabilmente qualcosa verrà sacrificato, per il progresso non si deve perdere tempo e neppure occasioni. Ne varrà la pena... vedrà che strade, che cambiamenti, che comodità! Chissà, forse un giorno le automobili sfrecceranno di fianco al mare, o addirittura lo scavalcheranno in vie ancora più sopraelevate, tra case di molti piani: un inno al futuro!»

«Credo, caro cugino, che sia tempo per il nostro ospite di entrare nella villa» intervenne il segretario del principe. Passarono per la famosa Loggia degli Eroi dove i personaggi della dinastia Doria, in vesti di antichi romani, splendevano di colori chiari sulle pareti e sulla volta, affrescate da Perin del Vaga, maestro manierista cresciuto nella bottega di Raffaello. Entrarono e proseguirono fino alla grandiosa Sala dei Giganti.

«Qui soggiornava Carlo V quando veniva a palazzo» ricordò garbatamente il delle Mànie. Suo cugino annuì silenzioso, poi disse che doveva allontanarsi per una comunicazione di lavoro al telefono della segreteria. Li avrebbe raggiunti a breve.

Il professore e il suo ospite attraversarono altre sale affrescate dove proseguiva il racconto delle gesta della famiglia e il loro amore per il collezionismo. Fedele ascoltava tutto, lo sguardo concentrato come un cacciatore in attesa di una traccia, di un'ombra, di un fruscio da seguire.

I suoi pensieri si spostavano tra storie, miti del passato, personaggi effigiati per raccontare il loro presente e per vivere nel futuro. In questi ricordi artistico-letterari, però, non trovava qualcosa che spiegasse l'enigmatica frase che lo aveva spinto lì. Vagava sospesa nella sua mente.

Rinaldo raccontò che a Roma il principe aveva un ritratto di Andrea Doria raffigurato come Nettuno. «Lo sta studiando Bernard Berenson, ipotizza sia una versione molto vicina a quella del Bronzino che avete voi a Brera. Più che a una copia pensa che sia di sua mano. Un dipinto che lei conoscerà bene, immagino» disse entrando in una sala dalle ampie finestre.

Brera! A quell'affermazione, Fedele ricordò quando il Berenson, tanti anni prima, gli parlava dell'armonia e dell'imperturbabilità nei personaggi di Piero della Francesca.

Ed ecco che improvvisamente si rivide con Giulia davanti alla *Sacra Conversazione*, nella Pinacoteca. E ancora, loro due, soli e vicini, al centro del cortile di Brera. Il cielo era così azzurro, quel giorno!

Si fermò davanti a una finestra che dava sul giardino, respirò profondamente e chiuse per un attimo gli occhi. Il ricordo si dettagliò: si vide innamorato e turbato davanti alla giovane amica appena tornata da Parigi. L'immagine di lei ancora era sfocata, lontana. Invece vide bene il Napoleone, ricordò che gli sembrava un giovane dio del mare, mentre la piccola Vittoria Alata aveva un velo che volteggiava nel cortile... rosso come quello della Galatea di Raffaello! Poi tutto si dissolse. Conservò quel ricordo senza chiedersi altro. Un alito tiepido gli mosse i capelli e accarezzò la sua fronte. Eccolo, lo riconobbe. Era *quel soffio*. Ma in un attimo se ne era già andato.

Riaprì gli occhi, si guardò intorno.

Rinaldo delle Mànie si avvicinò, era rimasto distante in rispettosa attesa. Fedele si voltò verso di lui e il segretario disse: «Forse quel ritratto di Andrea Doria come Nettuno starebbe bene qui, non a Roma. In fondo, questo è il palazzo del principe del mare.»

Fedele gli mise una mano sulla spalla, riconoscente.

«Penso sia una bella idea. Deve venire a trovarci a Milano, mi farà piacere accompagnarla nella Pinacoteca. Certo non abbiamo queste luci, questi colori, ma è comunque *un luogo di prodigi in città*.» Era felice di avere concluso con quella frase.

In quel momento li raggiunse il marchese. «Lei sarà sempre benvenuto, Majeri. E, nel caso la prossima volta volesse portarci qualche suo piccolo schizzo, caro maestro, sarà un privilegio.» Sottolineò l'ultima parola, e sussurrando aggiunse: «Potrei essere interessato a un acquisto. Magari concluso così, *en amitié*. E senza piatti della bilancia perché, si sa: l'artista deve incoraggiare il cliente.»

Sorrisero tutti e tre, ognuno per un motivo diverso.

2
La Luna in un bassorilievo

Dopo aver salutato e ringraziato, Fedele stava avviandosi verso l'uscita, quando lo sguardo cadde su un antico sarcofago romano, ricoperto ai lati da bassorilievi. Era in ombra, non ci aveva fatto caso entrando.

Rappresentava una processione fitta di personaggi. Al centro vi era una giovane, un velo si alzava dai fianchi sopra la testa e si gonfiava nell'aria, le vesti segnavano la sua danza.

Era Aura, dea dell'aria. Nel bassorilievo si svolgevano sullo stesso piano scene e tempi diversi del racconto, e si rincorrevano l'un l'altro simultaneamente. C'era Imeneo, protettore degli sposi, e una scena bucolica. Poi Endimione, profondamente addormentato a occhi aperti in un'eterna giovinezza, grazie al succo di papavero che versa sul suo capo Ipno, il giovane dio del sonno.

Si spostò verso il lato più corto del bassorilievo dove era scolpita Diana, dea della Luna. Saliva nel cielo sul suo carro trainato da cavalli. Ed ecco che la figura iniziò a muoversi nella pietra, quasi stesse per staccarsene e volare davvero via nell'aria davanti a Fedele. Un capogiro forte, violento. Poi un sollievo alle tempie: *quel soffio* gli accarezzò il viso. Appoggiò la mano sinistra sul bassorilievo, la pietra era tiepida.

Una nuova serenità, che lui aveva iniziato a riconoscere, emergeva dal cuore, fluttuava al di sopra di ogni pensiero e della sua paura di ricordare. La mente si svuotò. Si sentì parte di un grande gioco, ancora più fantastico di quanto avrebbe potuto immaginare. Era il *loro* gioco. Uno spazio segreto, infinito.

Un due tre, un salto!

Si rivide a Brera con Giulia ragazzina, Léontine e Lisetta bambine, davanti all'angolo del cortile da cui lui raccontava uscissero amici invisibili. Ma ecco subito arrivare un'altra immagine di lei: il suo sorriso, la sua gioia, il suo passo leggero proprio davanti alle tre colonne in quel mattino del 1906! Il ricordo, che lui riconobbe vivissimo, volò via insieme alla Luna sul suo carro, ma si aprì nella sua mente, come il velo di Aura. Fedele era emozionatissimo, non osava più muoversi.

Dopo pochi minuti, che gli sembrarono lunghissimi, si accorse che la pietra del bassorilievo su cui teneva una mano era ridiventata fredda. Quel marmo con la scena di un mito antico lo aveva aiutato.

Uscì nel cortile. Il sole stava tramontando e intorno non c'era nessuno. Nel prato gli anemoni colorati aspettavano l'ombra, esausti di quella giornata così calda. Fiori delicati, avevano quasi finito la loro brevissima stagione, pensò con dolcezza.

Giulia era la Luna che correva con il suo carro. E si manifestava in quel soffio tiepido che lo aiutava, infondendogli coraggio, pace e serenità. Doveva amare la bellezza che aveva intorno. Anche nella gioia del ragazzino che pattinava sulla laguna ghiacciata c'era parte di lei. Così nel sorriso di Carla, nello sguardo di Léontine, nei riflessi del sole sull'acqua. Nell'amicizia di Luigi ed Ettorino. Nella felicità di Lisetta, Uberto e del loro piccolo Giulio. In quei petali che volavano via, negli spruzzi iridescenti della fontana di Nettuno.

Un'emozione bella rimane per sempre, vaga nella mente cercando dove posarsi, come una farfalla cerca i colori dei fiori. Dobbiamo solo riconoscerla, e non lasciarla scappare al buio, accecati dal dolore, si disse arrivando in un cortiletto. Qui vide un'altra piccola fontana, con un Tritone al centro.

Si sedette su una panchina lì di fronte.

Tutto quel giorno sembrava raccontargli qualcosa, anche la stanchezza di quei fragili anemoni. Nessuna colpa o rimorso doveva invadere la sua mente. Il destino si svolgeva in una concatenazione di felicità e di dolore. Il dolore aveva un'ombra fredda, ma come ombra poteva far risaltare la luce, non doveva permettere che gelasse il cuore e i ricordi.

Chiuse gli occhi. E rivide ancora Giulia. Non solo, la mente questa volta si riempì d'immagini che correvano terse e chiare, una dopo l'altra, con la velocità dei sogni e dell'acqua che scorre. Riconosceva che erano le memorie di giorni e mesi e anni. Non sapeva ancora fermarle, ma sapeva che erano sue.

Si fermò commosso. Ora poteva ricordare tutto, ritrovando coscienza di una parte di sé che non lo aveva mai lasciato. Riaprì gli occhi e respirò profondamente, sempre seduto davanti alla fontana.

Il sole tramontava. Presto nel cielo sarebbero salite le fasce dei colori dell'arcobaleno, stese una sull'altra, in sfumature accese. Poi, sopra quella scala di colori, si sarebbe aperto uno spazio trasparente, di sola luce. Lì nel cortile poteva solo immaginarlo: volle però tuffarsi nel suo incantesimo, come fosse un lago tiepido in cui nuotare, un cielo dove volare insieme a Giulia, all'Ondina e alle altre Ninfe dell'acqua in cerca di tutto quello che amavano. Felici.

Uno spruzzo, alcune piccole gocce fresche gli colpirono il viso e le mani. Riemerse dall'incanto. Gli zampilli provenivano dalla piccola fontana, a qualche passo da lui. Il Tritone rideva a cavalcioni del suo delfino. Si avviò verso l'uscita della villa.

La danza del passato gli aveva fornito la chiave per aprire la porta del futuro, così come aveva detto l'Ondina: sì, era proprio la villa del principe del mare!

3
Paura nei caruggi

La mattina dopo camminava gustando l'intrico dei caruggi, i vicoli che scendevano al porto.

A tracolla portava un cilindro di cartone rivestito di pelle nera, identico a quel contenitore che era diventato il suo cannocchiale immaginario, e poi il suo folle caleidoscopio. Lo aveva preso uguale proprio per voltare pagina: doveva contenere ciò che avrebbe trovato nel suo viaggio: ogni cosa che gli rappresentasse qualche frase del messaggio dell'Ondina.

Si inoltrò nel mercato. Odori di spezie, d'aglio, e di pietra bagnata. I caruggi erano bui e umidi, ma come sempre pieni di vita. L'umidità bassa e improvvisa, quasi nebbiosa, non sembrava ancora sciogliersi nella tanto attesa pioggia. Solo rade gocce avevano iniziato a cadere sul mare immobile come uno specchio, lo punteggiavano distanti lasciando nell'acqua plumbea lente onde concentriche.

Quell'aria umida che intensificava gli odori e annebbiava le viuzze non era una foschia che veniva dal mare e dalle montagne, ma qualcosa di anomalo, strano in quelle giornate così secche. Fedele si tuffò nel brulichio di persone e idiomi.

Marinai di varie parti del mondo, inglesi e francesi dall'aria scanzonata, africani avvolti in tuniche chiare o in coperte di cotone, contadini scesi dalle campagne con ceste di frutta e ortaggi, pescivendoli e venditori di spezie si mischiavano nel fitto viavai dei genovesi più o meno chiassosi che andavano su e giù quasi uno attaccato all'altro. In mezzo a quella folla lui si sentiva bene, il caruggio dove era diretto non era troppo lontano. Doveva fare attenzione a non urtare nessuno, a evitare certe donne armate di cesti per la spesa che non si sarebbero mosse di uno spillo, troppo coinvolte nei loro discorsi a voce alta o dalle loro contrattazioni.

Dopo aver zigzagato un po', Fedele lasciò il mercato, svoltò in un vicolo e lì e tutto tacque. Voleva arrivare a vico della Pece, dove un tempo stavano i calafati. Gli avevano detto che lì c'era ancora un artigiano che usava il catrame per impermeabilizzare bauli, casse e piccoli oggetti. Faceva proprio al caso suo, il professore avrebbe potuto proteggere il suo cilindro.

Si fermò davanti alle vetrine di una piccola bottega, una delle più vecchie drogherie di Genova. Da fuori sembrava un luogo fuori dal tempo. La porta a vetri si aprì facendo suonare una campanellina. Fedele si ritrovò in un profumatissimo piccolo locale dagli alti scaffali, dove era ordinatamente stipato ogni genere di polveri, semi, bacche e grani colorati di provenienza esotica, racchiusi in bei vasi di vetro. Poi c'erano scatole e contenitori di metallo con etichette scritte a mano, in una bella grafia corsiva inglese, sempre uguale.

Un vecchio dai capelli bianchi pesava su una piccola bilancia della polvere arancione, che poi lasciava scivolare in un sacchetto. Fedele lo vedeva intento nelle sue misurazioni: sulla fronte aveva una benda che gli copriva un occhio.

Una giovane dai capelli ramati stava chiudendo dei grandi vasi di vetro trasparente, più o meno colmi di petali di diverse tonalità. Chiuso e riposto l'ultimo vaso, la giovane sollevò il viso e con un bel sorriso gli domandò che cosa desiderava. Le spiegò quello che aveva in mente. Lei gli sorrise ancora e sparì nel retrobottega, per tornare poco dopo con un pacchetto. Il professore lo ripose nella larga tasca interna della sua giacca da campagna.

Scendendo su via di San Bernardo passò in vicoli sempre più stretti, tra muri così alti che sembravano incurvati. Lì l'umidità era più intensa. Notò un portone sormontato da un bassorilievo che raffigurava la lotta fra san Giorgio e il drago, scolpita in modo rozzo nell'ombra luminosa dell'ardesia. Per un lungo attimo vide la coda del drago nel bassorilievo alzarsi e abbassarsi. Sentì un movimento alle sue spalle, si voltò appena in tempo per scorgere una forma scura, indefinita, che si muoveva nel buio di un vicolo. E nella parete accanto a sé notò una strana macchia. Si avvicinò. L'intonaco si gonfiava all'interno di quella macchia grigia, che si ingrossava veloce, sempre più ampia e scura.

Poi vide che intorno a lui, da alcune fessure in vecchie pietre nel terreno, uscivano escrescenze calcinate e grumose di polvere, che si contorcevano come tanti vermi. Spaventato ripensò ai mostri del sogno avuto nella valle del torrente. Stava per allontanarsi, ma i suoi piedi erano pesanti e freddi, non riusciva a muoverli. Ed ecco quell'alito tiepido, il soffio profumato di fiori, che gli accarezzava la fronte. Alzò lo sguardo ed ebbe una visione, anzi un prolungamento di quel sogno.

Vide il Camillo sui tetti del vicolo, camminava agilmente con i suoi gampi, lunghi, molto lunghi. Si fermò proprio sopra di lui, con un trampolo da una parte e uno dall'altra dello stretto caruggio, come un grande compasso aperto. Ettorino, a cavalcioni sulle spalle, calava una lunga gomena da marinaio giù nel vicolo davanti a lui, mentre il Cavaliere sporgendosi dallo zaino lo incoraggiava con il suo sorriso misterioso ad arrampicarsi sulla fune e scappare. La gomena oscillava lenta, come un pendolo. Fedele, partecipando a quella sua visione, afferrò la corda con le mani e si lasciò portare via. In volo, ma nella sua mente.

La visione sparì. Guardò nel muro. Le macchie fangose si erano fermate, così i vermi di polvere. Rientravano nelle screpolature dell'intonaco, del terreno. Nel caruggio tutto era tornato normale.

Lui non aveva più freddo, riusciva a muovere i piedi come se nulla fosse accaduto. Si allontanò, si fermò nel vano di un portone, aprì il cilindro e vi armeggiò di spalle. Poi riprese il cammino, rinfrancato.

Trovò finalmente il vicolo e la bottega dell'impeciatore che stava cercando. Ma non vi entrò subito. Dalla vetrina vide all'interno un uomo basso e massiccio, ma svelto: il marchese Titta di Sanfruttuoso! Riconoscendolo si nascose dietro l'angolo del piccolo vicolo, e da lì lo spiò uscire. Portava sottobraccio un pacco catramato, legato con uno spago, e si guardava intorno con aria sospettosa, torvo. Non si accorse di Fedele, si allontanò risalendo nell'ombra verso piazza Embriaci, il suo involucro stretto al petto.

Sanfruttuoso non gli era piaciuto il giorno prima e adesso gli piaceva ancora meno. Lasciò che si allontanasse e si avviò dalla parte opposta. Dopo qualche passo sentì una spinta sulle spalle, uno strattone. Si voltò e vide un tipo correre per il vicolo... con il suo cilindro appeso a tracolla! Subito lo inseguì nella via stretta fra muri altissimi, vico delle Pietre Preziose. Raggiunse il ceffo e lo afferrò per la giacca a scacchi, vistosamente colorata.

Il ladro si girò di scatto stringendo a sé il gomito sinistro per tenere al sicuro il cilindro, con il destro allontanò Fedele, che intanto fu spinto a terra da un altro furfante con giacca a righe in tinte vistose, sbucato alle sue spalle.

I due fuggirono con il suo contenitore cilindrico, ben presto le loro giacche appariscenti scomparvero nel vicolo. Poco male. I ladri lo avrebbero trovato vuoto: quando poco prima si era fermato in quel portone ne aveva tolto il contenuto e se l'era infilato sotto il panciotto. Seguire l'intuito era stata la cosa giusta.

Sicut Mediolanum era salva. Si sarebbe procurato però un altro cilindro uguale e aveva con sé il pacchetto comprato nella drogheria, gli sarebbe servito al posto della pece.

Girò in via delle Grazie, che in pochi passi si apriva verso il porto. L'aria si era fatta improvvisamente asciutta, l'umidità e la nebbia dissolte. Oltre la strada s'intuiva il bagliore del mare inondato di sole. Rientrò nel suo alloggio e si preparò a risalire verso i quartieri alti.

Aveva avuto un invito che non voleva perdere.

4
Il Gotha dell'esplorazione e dell'avventura

Il castello D'Albertis svettava sull'altura di Montegalletto, una collina di Genova che domina l'Ospedale dei Poveri e la stazione ferroviaria di piazza Principe. Inglobava parte dell'antica cinta muraria cinquecentesca, salvata dalla scomparsa, ed era stato ampliato secondo lo stile di neogotico di moda, seguendo anche i gusti eclettici se non eccentrici del suo ideatore e proprietario, il capitano Enrico D'Albertis. Un gentiluomo che aveva lasciato la marina militare e poi quella commerciale in giovane età, spinto dal desiderio di scoprire il mondo dal mare in avventurose e memorabili imprese, su piccoli yacht a vela, con equipaggi ridotti e ben pochi accompagnatori.

Ora l'età avanzata e qualche dolore alle ossa lo trattenevano al castello, ma non era certo inattivo. Insieme alla costruzione di meridiane, sua ultima grande passione, si stava dedicando a ordinare e mettere in mostra i cimeli dei suoi viaggi: fotografie, scritti, opere d'arte e della natura, feticci magici e religiosi portati da lontanissime parti del mondo – Oceania, Africa, India, Arabia – e una biblioteca specialistica.

Altri navigatori e viaggiatori erano ospiti al castello, quella sera. Nella biblioteca della torre, che dalle ampie vetrate guardava il mare oltre la Lanterna, era riunito un manipolo di scopritori dell'ignoto, il Gotha dell'esplorazione e dell'avventura. Fedele provava verso di loro la stessa intensa, reverenziale soggezione che a volte gli capitava di sentire per i capolavori d'arte, quando veniva avvolto dalla loro aura. Rigorosi o strani, bislacchi o compunti, quei grandiosi capolavori umani erano come un insolito museo vivente. Ma il professore capì subito che era più difficile mettersi in comunicazione con loro che con mute opere d'arte.

C'erano anche personaggi loquaci, come il famoso Augusto Vittorio Vecchi, detto Jack la Bolina: gran marinaio, discendente da una famiglia di uomini di cultura, storici, scrittori e combattenti per l'Unità d'Italia, prima carbonari e poi garibaldini. Scrittore anche lui e ora anziano, nel 1879 insieme al padrone di casa era stato tra i fondatori del Regio Yacht Club Italiano, il più antico circolo velico del Mediterraneo nonché eccellente ritrovo per diportisti liberi. Più tardi, nel 1894, aveva costituito la Lega Navale Italiana.

Tutti i presenti amavano l'ignoto e le scoperte avventurose, il mare e la vela, sicché la conversazione filava lieta e con il vento in poppa tra vari: *Mmm, già già... Mumble, mumble... Ah ah, caro amico!... Oh oh, ma cosa mi racconti mai...* e intense pipate o nervosi sbuffi di sigaro, mani nel panciotto e fluenti capelli bianchi, barbe brizzolate corte o lunghe e arruffate. Occhi limpidi, impavidi e scrutatori. Chi era abituato al silenzio si gustava in pace il fumo e le pagine dei libri che sfogliava. Il padrone di casa ancora non si vedeva.

Finalmente, quando il tocco era già passato da un bel po', ecco il castellano marinaio.

«Amici, colleghi, nuovi ospiti, buongiorno! Scusate il ritardo. Spero che in mia assenza non vi siate annoiati» disse il D'Albertis appoggiato a un bel bastone di legno dal pomolo d'avorio.

«Caro capitano, anche se fino a prova contraria le case non si muovono, questa compagnia raccolta in una ricca biblioteca ha sconfinato per mare e per terra, trovando facilmente molti interessanti punti di vista e altrettanti buoni approdi» rispose Jack la Bolina.

La colazione corse via ricca di conversazioni e racconti di viaggi. Per Fedele fu come aver fatto un giro del mondo senza alzarsi da tavola. Poi D'Albertis lo chiamò in disparte. «Mi piacerebbe portasse con sé un ricordo della mia collezione. È bello donare qualcosa ai nuovi amici» gli disse conducendolo verso una sala le cui pareti erano coperte da espositori in vetro. «Non so perché, ma le consiglierei di scegliere tra alcuni di questi frammenti di roccia. Sono piccoli e facilmente trasportabili, e in realtà hanno tutti una storia.» Gli mostrò la teca dove era conservata una grande varietà di sassetti e pietre, ognuno con un cartellino su cui erano scritti in bella grafia la provenienza e la composizione.

Fedele li guardò, indeciso. Per scegliere si affidò al colore: c'erano pietre rosse, grigie, verdi, nere o gialle in varie gradazioni e tonalità. Incerto fra una malachite azzurra e un granito bianco, fu attratto dal riflesso viola di una pietruzza, uno scisto cristallino.

Lo prese in mano con un gesto cauto e l'osservò. Nel cartellino non vi erano scritti il luogo d'origine e neppure il nome scientifico, ma solo: "Milano, Expo 1906."

«Ecco, questo mi è stato regalato da un amico della sua città. Si figuri che è stato raccolto tra le ceneri del padiglione del Duomo, bruciato nell'agosto di quell'anno. Ricorda? Lo guardi bene, è un cristallo molto interessante, limpido come una goccia d'acqua ma dai riflessi viola. Una particolare specie di quarzo, un'ametista molto rara, quasi inclassificabile. Ottima scelta» concluse soddisfatto il capitano.

Fedele la osservò. Non poteva essere la pietra della memoria. L'onda immobile gliene aveva già fatta trovare una, nella valle. Ma questa proveniva dall'Expo, che aveva tanta importanza nella sua vita. Il viola mi potrà aiutare, si disse.

«Conosce la teoria dei colori di Goethe, immagino» proseguì D'Albertis. «È importante che luce e tenebra s'incontrino, sono elementi fratelli e in continua trasformazione: è dalla loro lanterna magica che affiorano le vibrazioni dei colori. So che lei ha navigato, quindi quello che dico lo avrà visto di persona: sulle onde blu, nei cieli azzurri, nelle notti buie e nel grigio delle tempeste, il viola apre e chiude le sfumature dei crepuscoli più spettacolari. Insomma, prelude alla notte e anche all'arrivo del giorno. Porta a una bellezza che non muore mai, come quella dei sogni. Ma lei dipinge, queste cose le sa meglio di me! Ne riparleremo un'altra volta, ora devo tornare dai miei ospiti.» Lo abbracciò sussurrando: «Buon vento!»

Mentre Fedele scendeva a piedi dal castello, con il quarzo viola in tasca e con l'inspiegabile sensazione di avere ritrovato un amico, all'improvviso una voce risuonò nella sua mente.

A noi non sarà più permesso di incontrarvi, cari amici, perché quella forza che ci insegnò a giocare con i vostri occhi ora è imprigionata. Il Genio della Montagna, amico delle Onde e delle Acque amate dall'uomo, ha bisogno di aiuto. Noi dobbiamo abbandonare la forma che voi umani ci avete regalato con la vostra immaginazione. Altri temono gli uomini. Gli elementi fratelli sono diventati nemici.

Lui e Giulia avevano portato questa frase nel cuore e nella mente durante tutti i loro viaggi, gli anni di studi e di ricerche per svelare il significato di quel messaggio. Poi lui lo aveva dimenticato, come tutte le loro peregrinazioni. Finalmente capì: a lasciare quel messaggio era stata l'Ondina che gli era apparsa pochi mesi prima sul naviglio di San Marco, così drammaticamente trasformata. Era quella stessa a cui Giulia tendeva la mano sul fiume Adda, nel ricordo che aveva ritrovato al palazzo del principe del mare.

Il compito che l'Ondina e Giulia gli avevano affidato era difficile e misterioso, ma non ne aveva paura. Adesso sapeva come ricollegarsi con il suo passato perduto. Aveva nel cuore un tesoro a cui attingere, quando sentiva bisogno di energia. O di un sorriso.

E di nuovo, dopo tanti anni, si domandò: chi è il Genio della Montagna?

34

Una storia dell'Ombra

Venezia – Murano, 20 novembre 2006

1

Rifugiamoci all'Accademia!

Ma quando arriva?

Al mio messaggio ha risposto subito: «Vediamoci davanti al posto dei tramezzini in mezza un'ora.»

Mezz'ora è già passata da un pezzo e Sandy non si vede. Provo a telefonarle, ma è irraggiungibile. In giro non c'è quasi nessuno, ombre frettolose in una giornata dove si attende l'acqua alta. Anche le bancarelle intorno alla Salute poco fa erano coperte da teli. Non sembra la vigilia di una festa così importante per Venezia.

Il cielo scuro promette pioggia, la laguna è gonfia. Questo potrebbe tenere lontano i turisti, non certo i veneziani. Ma dove sono finiti tutti?

Ecco laggiù una figura che arriva di corsa. «Sandy, finalmente! Cominciavo a preoccuparmi.»

Il mio sollievo dura poco, è chiaramente spaventata. È la prima volta che la vedo così.

«Che cosa ti è successo?»

Si guarda intorno inquieta, non risponde. È bianca in viso.

«Sandy, che c'è? Non puoi parlare?»

L'abbraccio, poi le sollevo dolcemente il mento con la mano. Si volta da una parte, poi dall'altra come a indicarmi qualcosa intorno. «Dimmi qualcosa, ti prego!»

Guarda in basso.

Ed ecco che un soffio gelido risale dal terreno come un morso alle caviglie. Mi sposto di scatto. Dall'intonaco sbrecciato del muro spuntano escrescenze di terra molle e grigia che subito si rapprende in vermi di fango, sempre più grossi. Un'ombra scura li segue, liquida e densa. Ma... è simile a quella che ha inghiottito l'automa! Anche dalle fessure del lastricato, sulla calle, esce del fango, si spinge verso di noi.

Faccio un passo, mi metto davanti a Sandy per proteggerla. La cingo con un braccio e dico: «Rifugiamoci all'Accademia!» Corriamo là, ma la porta è chiusa, un cartello dice che è prevista un'anomala acqua alta.

Mi avvio con passo svelto verso le Gallerie di Palazzo Cini, tenendo per mano Sandy. So che lì saremo al sicuro. Devo fidarmi del mio intuito, dei miei amici invisibili, di questi strani poteri visionari. Sembrano avere un perché, come in ogni fiaba che si rispetti.

Per fortuna sono ancora aperte, entriamo.

2
Un elegante taxi veneziano di legno lucido come un violino

«Ce l'abbiamo fatta, Sandy... ho pensato, anzi ho *sentito* che solo in un luogo dove si custodiscono opere d'arte potevamo tenere lontano quel fango assurdo! Ma tu stai bene? Perché non parli?»

«Prima per me era impossibile... scusami! Avevo visto il muro della calle che stillava fango... ma non quello naturale, ricco di *vera* terra. Dietro seguiva un'ombra... troppo cupa. Tu l'avevi già vista, io mai!» Scuote la testa, i riccioli si muovono lentamente. «Che terribile! In me si spegnevano le parole. Sentivo qui intorno qualcosa di molto pericoloso!»

La stringo a me con dolcezza.

«Quel fango voleva raggiungerci. Ora comincio a capire qualcosa, Schein mi ha illuminato. Noi abbiamo un compito, Sandy: liberare un *vero* Genio. Proprio come mi ha detto il R.D. E dobbiamo trovare anche lui, al più presto! Intorno a me si muovono forze della natura, dell'arte, ma anche della mia immaginazione, delle fiabe, dei sogni. E forse di sogni non solo miei. La ragione e la genialità non bastano: la voce di chi difendeva gli uomini da altri spiriti rabbiosi, in quella disputa nelle viscere del vulcano, apparteneva a uno spirito della natura: come quelli delle favole!»

«*Loro*, i suoi fratelli, vogliono fermarci» risponde lei guardandomi.

Si avvicina il custode, dice che purtroppo devono chiudere subito, vista la previsione di un'eccezionale acqua alta. Invento delle scuse per aspettare solo un poco.

«Potete restare, intanto che facciamo le pulizie» replica il custode titubante. «Tu che ne dici?» si rivolge interrogativo al responsabile della sicurezza appena arrivato per verificare le paratie alle porte. Quello annuisce. Sugli stivaloni che indossa non vi è traccia di fango, lui non sembra aver notato nulla di anomalo là fuori.

«Questa minaccia assurda riguarda solo noi. E solo noi abbiamo visto una "piega del tempo" a Palazzo Fortuny» sussurro a Sandy. Lei mi sorride complice, poi dal telefono giunge il suono di un messaggio. Lo guarda.

«Se arriva una barca a prenderci sul piccolo rio laterale, possibile di uscire da lì?» chiede al custode.

«La porta sul canale ha già le paratie, non si può più. Ma perché, scusi?»

«Un mio amico è qui vicino, potrebbe venirci a prendere in motoscafo.» La guardo, lei spiega: «Ho scritto un text a Havealook, sapevo l'intenzione per lui di andare alla Salute. Ora sta venendo qui.»

«L'acqua continua a salire... sarà difficile passare sotto il ponticello. È molto più semplice uscire nella calle e andare fino all'imbarcadero sul Canal Grande. Forse vi bagnerete i piedi, ma è più sicuro» consiglia il responsabile.

«La prego, lui dovrebbe essere già là fuori... Abbiamo un importante appuntamento: non possibile di tardare!» lo esorta Sandy con un bellissimo sorriso implorante.

«Non potrei, ma vediamo. Seguitemi.» Ci guida in una stanza con finestra che dà sul canale. Ci affacciamo e vediamo arrivare Havealook su un elegante taxi veneziano di legno lucido come un violino, con le sponde ricoperte di parabordi. Il collezionista sta in piedi, giacca blu e bottoni d'oro, un sorriso raggiante spunta sotto l'ombra del suo cappello da capitano. Il tassista, un giovane dall'aria sicura ed esperta, accostando alla finestra esorta: «Fate presto, signori, meglio togliersi in fretta di qui.»

Il responsabile controlla che sia tutto a posto, poi con un sorriso aiuta Sandy che scavalca il basso davanzale e scende agile. Io la seguo.

«Finalmente ci conosciamo, dottor Monfalco» dice Havealook sull'attenti, portando la mano al berretto da capitano.

«Il piacere è tutto mio» gli rispondo. E non è una frase fatta.

Sandy sedendosi in cabina accenna un sorriso, soddisfatta.

«E ora dove andiamo?» chiede il collezionista, felice come se fossimo in partenza per un'eccitante gita in laguna.

«A uno squero» rispondo. «A uno squero!»

3
I Sanfruttuoso e le loro scoperte

Dalla vetrata del suo atelier Minerva osserva preoccupata l'acqua che sta salendo.

Ora può solo attendere. Si trova a ripercorrere la storia di un altro tipo di marea: quella che l'ha portata fin qui, da ben prima che lei nascesse.

Il suo trisavolo Gildo, marchese di Sanfruttuoso, nella seconda metà dell'Ottocento aveva compiuto studi approfonditi sulle proprietà fisiche dell'ombra.

In polemica con Newton, ma anche con la Teoria dei Colori di Goethe, Gildo sosteneva che l'ombra non è una semplice negazione di luce o un agente nel processo di formazione dei colori, ma una forma di energia autonoma e molto potente. La prova della sua ipotesi gli era arrivata da un'altra scoperta. Alpinista e speleologo, durante una discesa in una profondissima grotta nelle Alpi svizzere, aveva trovato un particolare cristallo: non grande, trasparente come il ghiaccio, a forma di mano aperta con le dita tozze e il palmo un po' squadrato.

La composizione del cristallo risultò sconosciuta alle sue analisi. Lo sottopose allora a esperimenti di ottica, ottenendo un risultato sorprendente. Se colpito dai raggi di luce del sole non li scomponeva nei colori dell'arcobaleno, come la sua trasparenza diamantina avrebbe presupposto. Anzi, sembrava ingoiare la luce.

Una notte decise di esporre la mano di cristallo ai raggi della luna piena, e accadde una cosa stupefacente: la luminosità lunare si frangeva nelle dita e nel palmo provocando un bagliore scuro, una sorta di "luce nera".

E dalla mano di cristallo usciva un'ombra opaca e densa, consistente e vischiosa, che galleggiava informe sospesa nell'aria, ma spariva se lui copriva il cristallo con un panno.

Gildo ne fu entusiasta e riprovò a ogni plenilunio. E

così sperimentò di persona che quell'ombra densa era dotata di proprietà straordinarie.

Standole vicino, guardandola senza toccarla – perché si ritraeva, se lui provava – ne riceveva un'incredibile carica di energia: la sua memoria e le sue capacità intellettive venivano potenziate in modo eccezionale. Se poi continuava a esporsi alla luce scura e all'ombra che generava, poteva fare calcoli, leggere, studiare con una velocità sorprendente. Addirittura gli capitava di ricordare situazioni del suo passato in un modo così intenso che gli sembrava di viverle nuovamente.

Una notte di luna piena, immergendosi con il pensiero nella Luce Nera, così la chiamava, ne rimase come ipnotizzato. La mente cadde nel buio per un tempo che gli parve infinito. E lì ebbe delle visioni. Sprofondò nel cuore stesso della Terra, ne vedeva la composizione più intima e, in virtù della sua intelligenza potenziata, comprendeva tutti i passaggi delle epoche geologiche. Vide i liquidi e i sali minerali aggregarsi in pietre, cristalli, rocce. Tutto incolore, come fosse un disegno in bianco e nero, ma di una perfezione fantastica.

Dopo quell'esperienza riprovò a far nascere la Luce Nera dal cristallo, avvicinandosi con grande cautela all'ombra densa che galleggiava nell'aria.

Ma in una notte di fine estate, mentre aveva un'altra straordinaria visione, sentì salire dal terreno un soffio gelido che in breve gli paralizzò i piedi e le gambe, tenendolo attanagliato a terra come una morsa di ghiaccio. L'ombra densa che usciva dalla Luce Nera, dopo aver fluttuato nell'aria, si depositò sul pavimento come petrolio fangoso. Lì si frammentò in tanti serpentelli che si contorcevano: non erano animali, anche se ne ricordavano la forma, ma l'ombra stessa scomposta, ancor più densa e viva. Non potendo muoversi, Gildo non riuscì a coprire il cristallo e quelle orribili visioni durarono fino all'alba, quando la luce le dissolse. Atterrito, dopo questa esperienza decise di interrompere gli esperimenti.

Smise per sempre di accostarsi ai poteri di quel cristallo.

Annotò le sue considerazioni e visioni su un diario, in una strana scrittura crittografata di sua invenzione. Sentiva ogni tanto un soffio gelido che vagava intorno, senza però mai toccarlo. Sembrava che la memoria scritta lo aiutasse a staccarsi dagli effetti della Luce Nera e della sua Ombra Densa. Quando abbandonò la crittografia scrivendo i suoi ricordi normalmente, non sentì più il soffio gelido.

Il trisavolo era sicuro che fossero cose da tenere segrete, e nelle ultime pagine di quel diario mise ben in evidenza quanto potesse essere pericolosa la pratica della formidabile energia scaturita dal cristallo.

Dopo la sua morte il figlio Titta, bisnonno di Minerva, in una calda estate in cui era costretto immobile per una brutta caduta, lesse le pagine di quel diario con avidità, ma saltando quelle dalla scrittura incomprensibile e senza arrivare alle ultime, in cui Gildo raccontava nitidamente le sue paure. Titta riprese i primi esperimenti del padre: voleva la mente potenziata non per studiare le ere geologiche, ma per ciò che gli interessava di più, i suoi affari. Per lui il cristallo a forma di mano, la luce scura e l'ombra vischiosa con i suoi poteri erano una proprietà di famiglia: riteneva che investendovi del tempo si potesse ricavarne un grande vantaggio.

Fin dalla prima esposizione alla luna piena, la sferzata di energia che emanava il cristallo, quasi seguendo la sua indole, lo rese preveggente sulle questioni di denaro. Titta, uomo molto concreto, non temeva i poteri che gli donava la Mano, così lui la chiamava, anche perché la sua perspicacia negli affari si acuiva sempre di più.

Una sera di fine luglio 1906, nella villa-castello di famiglia vicino a Genova, provò il forte desiderio di immergersi con la mente nell'oscurità cupa dell'Ombra, la macchia densa e scura che galleggiava nell'aria. Aprì il contenitore che custodiva il cristallo, lo portò alla luce della luna e, seguendo il fluttuare oscuro dell'ombra che ne era scaturita, ebbe una visione: l'Arena di Milano e i padiglioni dell'Expo allora in corso, bianchi come di ghiaccio. Titta, comandato da un'imposizione più forte di lui, seppe quello che doveva fare: chiamò due corpulenti tuttofare, uomini fidati, e li espose ai riflessi della Mano. Le loro menti semplici ne furono subito soggiogate, ubbidienti al cristallo che sapeva alimentare un temibile soffio gelido.

Il giorno dopo, di buon'ora il marchese di Sanfruttuoso partì per Milano portando con sé i due aiutanti. La sera del 2 agosto i suoi uomini, seguendo ciò che comunicava loro l'Ombra, si appostarono all'esterno del padiglione della Veneranda Fabbrica del Duomo. Lo videro prendere fuoco e poi, sempre comandati da un'oscura volontà più forte di loro, vi entrarono per prelevare un altro cristallo. Era un grosso blocco levigato come vetro e all'interno aveva scomposte venature rossastre. Fu così che Titta di Sanfruttuoso venne in possesso di un oggetto misterioso, e prezioso. Se il cristallo a forma di mano aperta aguzzava il suo ingegno negli affari, quello che gli avevano appena portato, assai più grande, prometteva molto di più. Il nuovo blocco cristallino diventò quasi un tesoro per lui.

Su incarico dell'Ombra, il marchese Titta aveva poi compiuto altre operazioni di cui ignorava il significato. Ma non gli importava, vedeva l'immediato beneficio economico delle altre idee che nascevano stando vicino alla Mano, alla sua Luce Nera e all'Ombra Densa. Pensò che quelle richieste, perché di questo si trattava, fossero dei favori da rendere al cristallo e alla sua ombra. Come quando, attraverso un prestanome, tentò di comperare tre quadri di Fedele Majeri, un pittore milanese fuggito in Grecia. Dopo il netto rifiuto dell'amico dell'artista che li aveva in custodia, ne commissionò il furto.

Poi, sempre spinto dall'Ombra misteriosa, cercò di acquisire in modo lecito e illecito i disegni e le scenografie per il teatro realizzati dalla promessa sposa di quel Majeri, che firmava con lo pseudonimo G.F. Arnolfini. Ma in questa operazione non riuscì: molti lavori erano scomparsi dagli archivi dove erano conservati e altri, quando riusciva ad averne notizia, misteriosamente si deterioravano in modo irrimediabile.

Anni dopo, nella primavera del 1929, conobbe Fedele Majeri nella villa del principe del mare a Genova. E il giorno dopo il loro incontro, su ordine dell'Ombra, inviò i suoi uomini a rubare un contenitore di fogli da disegno che Majeri portava con sé, rivelatosi vuoto. Non conosceva il perché di queste operazioni ma ubbidiva, non poteva fare diversamente. Dal blocco vitreo rubato all'Expo non sentiva uscire mai nulla. Sapeva di doverlo tenere coperto da un panno scuro, sempre per un comando più forte di lui.

Dopo l'estate del 1929 qualcosa cambiò. La Mano improvvisamente perse ogni potere. Non appariva più la Luce Nera e neppure nasceva l'Ombra Densa, il cristallo diventò via via sempre più scuro. Titta non si fece molte domande su questi fenomeni e sospese ogni frequentazione dell'oggetto.

La crisi economica quell'anno colpì pesantemente le sue finanze, ma Titta non ne fu sconvolto come ci si sarebbe aspettato da lui. Si ritirò a una vita tranquilla. Scrisse delle note sulla Mano e i suoi poteri, da lasciare insieme a quelle di Gildo. Una sera di luna piena, oramai molto anziano e in cattiva salute, fu trovato morto su una sedia, come addormentato. In mano aveva un biglietto: "Se leggerete le mie memorie e quelle di mio padre, fatelo con intelligenza. E poi agite con prudenza. Le ho chiuse in una cassaforte."

La sua unica figlia Carlotta, attratta dall'astrologia, a una prima lettura si incuriosì. Poi studiò gli appunti del nonno e iniziò a esporre alla luce della luna il cristallo a forma di mano, ormai scuro. Ma non accadde nulla. Solo con il passare del tempo capì che mettendosi molto vicino al grande blocco di cristallo, quello da tenere sempre coperto, i suoi studi procedevano più facilmente. Divenne un'astrologa famosa: con lo pseudonimo di Madame Violette firmava una seguitissima rubrica di "consigli delle stelle" su un mensile femminile illustrato.

Dopo il suo matrimonio quei cristalli di famiglia, corredati ora anche da un suo testo di appunti molto sintetici, furono occultati in una cantina nel palazzo milanese del marito, Achille Denessi: un ricco imprenditore che odiava gli hobby della consorte. Preferiva le letture dei testi dell'antichità classica, di cui era un cultore appassionato. Il loro unico figlio Ulisse, padre di Minerva, guardò gli scritti di quella "setta domestica" con ironico distacco. Si dedicò agli studi di ingegneria, ignorando i segreti di famiglia e i cristalli strambi che lui riteneva fossero l'artificio di qualche maestro vetraio dell'Ottocento.

Poi era arrivata lei, che non aveva saputo resistere alla curiosità: Minerva non aveva paura di niente.

Lesse con una buona dose di scetticismo gli scritti di Gildo e Titta, ma scoprì subito che il cristallo scuro a forma di mano aperta conteneva *realmente* una grande forza, misteriosa e incontrollabile. Studiò gli appunti del bisnonno con attenzione analitica e riuscì a decifrare quelli crittografati del trisavolo.

Poi iniziò con gli esperimenti. Espose alla luce della luna il cristallo scuro a forma di mano: l'Ombra ne usciva come un liquido denso e la sua mente diventava più lucida. Forse beneficiava degli stessi effetti avuti inizialmente dal bisnonno Titta, perché gli affari le andavano sempre meglio e le sue intuizioni sembravano più azzeccate che mai.

A lei però accadde anche qualcosa di diverso: entrò in contatto con i ricordi e con le straordinarie esperienze di persone sconosciute, di cui percepiva nitidamente il riflesso. In mezzo ai frammenti di storie che vedeva scorrere nella sua mente, individuò il passato di due persone che conosceva, dai pur vaghi racconti del suo amico Manfredo: Giulia Tirelli, sua prozia scomparsa con il Titanic, e il suo compagno Fedele Majeri.

Poi Minerva ricostruì una vicenda ancora più misteriosa: il dissidio tra spiriti fratelli che risiedevano nella profondità delle montagne. Vide e capì perché, subito dopo l'incendio dell'agosto del 1906, l'Ombra aveva ordinato di sottrarre il grosso blocco di cristallo dalle screziature violacee. Quasi uno scoglio vitreo, bellissimo e misterioso, enigmatico ma privo di riflessi. Però ora lei sapeva ciò che racchiudeva, e i suoi poteri.

I due cristalli erano rimasti nel palazzo milanese dei Denessi fino a due mesi prima, quando lei aveva deciso di trasportarli in gran segreto nella sua nuova casa nella ex fornace. Sull'isola di Murano.

4
La posta in gioco è altissima

Minerva si porta una mano al viso: si sente strana, stanca.

Ma ora deve prepararsi ad accogliere il suo ospite. Se solo non ci fossero quelle ingenue ma potenti fantasie infantili di Manfredo a insinuarle dubbi e paure. Mentre lo pensa, per un attimo i suoi occhi viola sfumano schiarendosi. Poi guarda davanti a sé: il motoscafo arriva planando sull'acqua. La linea di mare oltre le isole è sempre più curva, gonfia. La posta in gioco è altissima.

I suoi occhi sono tornati più viola che mai.

35

Sotto i vulcani

Sicilia, isole Eolie e Pompei, giugno 1929

1

Un viaggio tra le forze della terra profonda circondate dal mare

«Vorrei che tu mi accompagnassi a vedere i nostri vulcani. Il mare da cui sorgono. Sono paesaggi unici nel Mediterraneo. Là il blu è speciale, caldo. Saliremo il Vesuvio, come fece De Nittis, per trovare quei colori. Attenzione però, è un itinerario artistico ma anche un viaggio in posti impervi, difficili da raggiungere.»

«De Nittis! Sarei felice di venire con te!» gli aveva risposto lei guardando lontano, già elettrizzata. «Un pittore che mia madre adorava. Lo sai, mi hanno chiamata Léontine perché era il nome della moglie, la sua modella. Io da bambina sognavo davanti alle mussole, ai veli, alle nuvole di stoffa che vedevo nei ritratti che lui le faceva.»

Il loro viaggio tra i vulcani era iniziato in Sicilia.

L'Etna offriva panorami primordiali, forme mai viste altrove. Una tavolozza di colori di una bellezza aspra, impensabile in qualsiasi altro paesaggio: viola, argento polveroso, verde metallico, varie gradazioni di grigio e ancora viola. Camminando su quelle pendici il professore stringeva in una mano il piccolo quarzo regalato dal capitano esploratore dei mari. Gli dava coraggio.

Poi avevano raggiunto Milazzo e da qui si erano imbarcati per le isole di Vulcano e poi Stromboli, si erano fermati un paio di giorni a Ginostra, villaggio a picco sul mare.

Una guida del posto li aveva avvisati: salire al cratere era impresa non facile. Bisognava sapere dove fermarsi, in cima era molto pericoloso.

Dopo due ore di ascesa erano arrivati al limite del sentiero. L'iniziale paesaggio verde di canneti e lecci, con cespugli di ginestre, capperi e fichi d'India, aveva lasciato il posto a desolati costoni rocciosi in rapidissima pendenza, coperti da strati di cenere grigio scuro, poi sempre più nera. Da lassù lo splendido blu luccicante del mare che incorniciava le isole all'orizzonte contrastava lo scenario così sinistro di precipizi avvolti nella nebbia e nei fumi scuri in cui si stavano addentrando.

Salivano lentamente verso la cima con fazzoletti sul viso a coprire naso e bocca. Il professore avanti, Léontine appena dietro di lui senza dare mai segno di stanchezza né di timore. Il cratere, sparso in diverse bocche e immerso nell'aria densa e grigia, si distingueva poco. Però lo sentivano bene: piccoli boati sordi erano seguiti da alti sbuffi bianchi e da fumate nere. Esplosioni probabilmente cariche di quelle che venivano chiamate "bombe vulcaniche", pietre di lava grigia di cui il terreno intorno era costellato. Alcune, toccandole, erano ancora calde.

Fedele notò qualcosa che lo indusse a spingersi ancora più in là, da solo. Raggiunse ciò che aveva visto, lo raccolse. E improvvisamente un intero costone di cenere crollò sotto ai suoi piedi, sbriciolandosi in polvere. La frana lo trascinò diversi metri più in basso, dove ogni sua mossa provocava altri smottamenti. Doveva stare immobile, quel terreno poteva cedere da un istante all'altro. Tossiva per la polvere, gli occhi gli bruciavano.

Agile e attenta, Léontine si avvicinò quanto poteva tra grossi massi e strati di cenere. Si avvolse la corda di sicurezza intorno alla vita lasciandosi sprofondare fin sopra i fianchi nella vecchia cenere grigia. Quando si sentì sicura di non rovesciarsi, lanciò l'altro capo verso di lui che l'afferrò a due mani e lentamente, passo dopo passo, riuscì risalire fino a lei, in salvo.

«Ti devo la vita» le disse abbracciandola appena furono al sicuro.

«Ringrazia la nostra fortuna e la corda!» rispose lei asciutta, senza nemmeno guardarlo. «Mi spiegherai dopo perché ti sei spinto in una zona così *evidentemente* pericolosa...»

Iniziarono a ridiscendere in silenzio fra pendii brulli di frammenti magmatici rappresi, alla fine quasi correndo quando il sentiero lo permetteva.

Solo alla sera, sulla terrazza della casetta bianca del pescatore che li ospitava, davanti a un cielo ricamato di stelle che sembravano vicinissime, lui le aveva raccontato che si era spinto così avanti per raccogliere due pietre smussate e tondeggianti: un frammento di ossidiana, nero e lucidissimo, e una pomice di un bianco candido, opaco.

Léontine, fino ad allora aggrottata e cupa, si sciolse in una risata.

«Quindi hai rischiato la vita per due sassi? Ah, sono pazzi questi artisti! Almeno li hai presi?»

«Eccoli, sono davvero bellissimi. Quando li ho visti in mezzo alla cenere grigia, così uguali e così opposti, ho pensato che... li volevo con me.»

Tra una luce chiara e una luce nera, continua a cercare i colori che possano animare i sogni: era stata quella frase della lettera di Giulia che aveva spinto Fedele a raccoglierli.

Il giorno dopo, a bordo di una piccola imbarcazione di

pescatori, avevano costeggiato Lipari senza sbarcare. L'isola da alcuni anni era destinata al confino per i detenuti politici, sempre più numerosi. Le elezioni di pochi mesi prima avevano ripristinato un'antica parola latina, "plebiscito", ma avevano fatto dimenticare una parola greca ancora più antica: "democrazia". E i numerosi confinati, provenienti da tutt'Italia, costretti su quell'isola dopo aver abbandonato le loro case e famiglie, la vita e il lavoro, gli studi e l'impegno a causa della loro libertà del pensiero, ne erano la prova.

Arrivati a Napoli, il giorno seguente erano saliti sulle pendici del Vesuvio in cerca dei paesaggi di De Nittis. Giornate colme di ocra, di giallo zolfo, viola e grigi che si stagliavano contro il turchese del cielo.

Fedele aveva letto il *Taccuino* di quel pittore che nel 1872 era salito sul vulcano in sei ore di viaggio a cavallo, poi si era fatto portare più in là possibile sulle spalle di una guida. De Nittis aveva visto anche un'eruzione, ritratta nel suo dipinto *Pioggia di cenere*. I colori erano forti, contrastanti, grandiosi. Di nuovo il viola, qui a volte luminoso come l'ametista, altre volte brunito come il viola minerale. Il colore che faceva nascere la luce in un dipinto, che accompagna i crepuscoli del tramonto e dell'aurora. La trasformazione della luce.

Poi il professore portò Léontine all'Osservatorio Vesuviano.

In una rivista della sua collezione aveva letto un articolo su Malladra e Mercalli: quest'ultimo era fotografato sul bordo del cratere mentre cercava di captare "la voce del vulcano" con uno strano strumento chiamato "ascoltatore endogeno". Un aiutante lo teneva per la giacca perché non cadesse nel cratere, tanto si stava sporgendo. Quell'articolo lo aveva molto colpito.

2
Una polis fossile, viva per sempre

Attraversa le pendici di cenere di fuoco e la città dei morti fino ai colori del tempo perduto.

Aveva in mente queste parole sin dal loro arrivo a Pompei, e adesso risuonavano nitide nel loro mistero.

Stavano percorrendo Via dell'Abbondanza, dove si vedevano i resti di antichi negozi e si poteva immaginare la vita che l'aveva animata fino alla notte dell'eruzione.

Tutto aveva una voce silenziosa e restituiva mille gesti: la città dei morti svelava la vita di un tempo lontano, eppure così vicino nei colori e nelle forme di una quotidianità – nelle vie delle botteghe come nei teatri e nelle case ricche di affreschi colorati – fermata per sempre dalla cenere e dal fuoco del vulcano.

«Non credi che sia ora di tornare alla città dei vivi?» disse all'improvviso Léontine, seria.

Il professore aveva già notato che l'entusiasmo dell'amica, manifestato per tutta la giornata, si era affievolito da quando erano usciti dall'Antiquarium. Era molto pensierosa.

«Sediamoci un attimo, godiamoci il fresco e riposiamo un po'» propose.

«Sì, fa più caldo di prima, e sono un po' stanca.» Lei si sedette in una parte in ombra dell'alto marciapiede, al bordo di quella larga strada lastricata, e iniziò a farsi aria con il suo bel ventaglio, lo sguardo sempre più serio, assente. Fedele si sistemò poco distante, per lasciarla riposare qualche momento.

Non l'aveva vista tanto turbata neppure in situazioni ben più difficili, come la scalata dello Stromboli. E invece ora, sotto un vulcano spento da anni e ben tenuto sotto osservazione, era così triste, così strana.

La fissò per un attimo e le chiese dolcemente: «Allora, che cosa c'è che non va?»

«Non è nulla, solo il caldo. Abbiamo avuto l'inverno più rigido del secolo, ma oggi le temperature sono esagerate. Non vorrei sciogliermi all'improvviso... *Puf*, e di Léontine Dupuis non rimarrà nessuna traccia: voilà, eccomi scomparsa!» E disegnò davanti a sé qualcosa nell'aria con il ventaglio chiuso, sorridendo. Cercava di ritrovare il buonumore di sempre, ma era difficile. «Fedele, scusami, vorrei tornare a Napoli. Un bel caffè freddo al Gambrinus mi darebbe un po' di verve. Così incontrare eleganti signore o qualche interessante letterato con cui fare quattro chiacchiere, insomma tutte le cose di una città viva!»

Lui annuì sorridendo. Léontine riaprì il ventaglio di carta giapponese dal disegno chiaro, perfettamente intonato al color sabbia del cappello e dei pantaloni ampi e morbidi, nello stile dell'adorata Coco Chanel.

Lei sapeva che a rallentarle il passo, in quell'ultima ora, non era stato il troppo camminare tra le rovine sotto il sole, tutto era così affascinante, ma la visione di quei calchi all'Antiquarium. Come in abbozzi di statue, il gesso degli archeologi aveva riempito il vuoto lasciato dai corpi di uomini e donne di ogni età, di bambini e animali, consegnandoli al futuro. Esistenze che si presentavano concrete, plastiche, vicine: così come la loro fine. Corpi intrappolati nei loro ultimissimi gesti di vita: sorpresa, paura, fuga, riparo, agonia.

Léontine aveva guardato quelle figure in gesso con gli occhi bassi, senza soffermarsi troppo. Provava pena e rispetto per agonie così realisticamente vive e presenti. Nessuna di quelle persone aveva avuto il tempo di scappare: alcuni accasciati con le mani protese in avanti, o contorti nel dolore; altri giacevano tranquilli, con espressioni serene, forse morti nel sonno senza accorgersi di nulla. Si sarebbe sentita meno a disagio davanti ai loro scheletri. Le nude ossa non rimandano l'immagine di una persona, del suo corpo e della sua sofferenza. Quei calchi invece...

Ma non voleva rovinare la giornata all'amico. Da quando erano in viaggio nelle terre dei vulcani Fedele aveva recuperato la sua ironica leggerezza, era però sempre attento, come stesse cercando qualcosa. Sapeva che Fedele aveva una missione, un obiettivo che gli dava energia e alimentava il suo spirito nel ricordo ritrovato di Giulia, ma non intendeva chiedergli niente di più.

Quella giornata a Pompei era stata una magnifica lezione d'arte antica, anche perché agli inizi li aveva guidati proprio il soprintendente Maiuri, vecchio amico di Fedele dai tempi di Rodi.

Adesso però desiderava tornare a Napoli. Chinò il capo e si fissò a lungo la punta dei piedi, calzati in comode scarpette di tela e corda, color polvere.

Lui si accigliò, l'amica non abbassava mai lo sguardo senza un perché, sembrava quasi piangesse. Guardò quella strada millenaria, attraversata da una fila di alti blocchi rettangolari di pietra che permettevano agli antichi romani di attraversarla senza bagnarsi nelle piene dei temporali.

«Quando pioveva assai, signo', le vie di Pompei si trasformavano in torrenti che correvano come cavalli pazzi!» Lo aveva spiegato, con un'espressione nel viso che passava disinvoltamente dal drammatico al comico, lo scugnizzo che si era affiancato a loro proponendosi come cicerone. Per quasi un'ora quel bel ragazzino li aveva divertiti con aneddoti e frasi di dubbia storicità, recitate a memoria e infarcite da suoi commenti, sicuramente inventati, ma davvero divertenti. Poi improvvisamente era fuggito via senza salutare e senza prendere la mancia. Ma di certo lo avrebbero ritrovato all'ingresso.

A Fedele venne un'idea. Si alzò, raggiunse il centro della via lastricata, salì su uno dei pietroni piatti lì in mezzo e si mise a saltare da blocco a blocco, avanti e indietro. Poi si fermò, guardò l'amica come da un podio, mettendosi una mano sul cuore e cavandosi il cappello con l'altra in un buffo inchino, e iniziò a recitare:

Qui comincia la sventura
di due che aman la natura
e aggirandosi a Pompei
dalle nove alle ore sei
non si accorgono che il tempo
fatto ha già gran cambiamento:
lei che un bel vestito sfoggia
non si avvede della pioggia,
lui che l'arte ha sempre in testa
non fa caso alla tempesta!
E dal monte impennacchiato
già proviene un gran boato.
Ma non brontola il Vesuvio:
chi borbotta è Giove Pluvio!
Piomba in men che non si dica
l'acqua sulla città antica
e le pietre fanno sponda
al precipitar dell'onda.
Ma gli eventi non previsti
trovan pronti i due turisti
che fronteggiano con lena
l'avanzare della piena
e nell'acqua del torrente
stanno a galla allegramente!

Léontine rise di gusto: «Ah diavolo d'un Fedele! Professore: un po' di rispetto per questa città! Non siamo nelle pagine del *Corriere dei Piccoli* insieme al signor Bonaventura.»

«Toh, guarda! Lassù vedo un po' scuro... si avvicina un temporale!» rincalzò Fedele, accigliatissimo.

Invece, il cielo era terso, senza una nube.

«Non mi pare... ma è meglio che mi incammini davvero» disse Léontine alzandosi.

Poi, togliendo con schiaffetti precisi i segni di polvere e terra dai pantaloni chiari, continuò: «Scusami, Pompei è un magnifico, inquietante paradosso. Una città sepolta dove il passato vive in un eterno presente. Ogni cosa sembra di pietra, eppure in questa strada si sente fluire la morbidezza della vita. Una *polis* fossile, viva per sempre e... quei corpi di gesso mi hanno molto turbata. Ti aspetterò al chiosco dell'ingresso. So che vorrai fare una delle tue perlustrazioni... Ma stai attento dove metti i piedi! Non farmi pentire di averti portato via dalla tua lontana isoletta greca. Con te, si passa da un'apocalisse all'altra!»

3

Un fiore un poco stropicciato, con grandi petali blu

Lasciata Via dell'Abbondanza, mentre si stava incamminando verso la parte più occidentale di Pompei, Fedele considerò che quel suo viaggio nelle terre e nelle isole dei vulcani era ormai giunto alla fine.

Attraversa le pendici di cenere di fuoco e la città dei morti fino ai colori del tempo perduto.

Si spinse in una zona in cui basse rovine sbucavano tra cumuli di terra e rocce, coperti da vegetazione.

Il direttore Maiuri, ritrovato dopo i loro anni in Grecia, lo aveva messo al corrente di quanto fosse impegnativo, difficile e dispendioso continuare gli scavi e tenere in sicurezza ogni zona scoperta. Crolli, dissesti e altre costose manutenzioni erano all'ordine del giorno. Anche se molto era già stato fatto, molto altro era ancora da fare: buona parte della città era ancora sepolta. Un patrimonio culturale per l'umanità da curare giorno dopo giorno, anno dopo anno.

Vagando senza meta precisa, fu colpito da un cespuglio di fiori tra bassi muretti: le foglie erano di un bellissimo verde punteggiato di sfumature dorate e i larghi petali blu si muovevano come ali di farfalle, mentre gli steli si piegavano avanti e indietro, anche se l'aria era immobile.

Il verde era quello prediletto da Léontine. Decise di coglierne un fiore per lei. Scavalcò un cancelletto di legno con la scritta VIETATO ENTRARE, chiedendo scusa tra sé all'amico Maiuri, e si inoltrò solo per qualche passo tra muri bassi. Gli steli dei fiori inclinandosi lasciavano intravedere una scala di pietra che scendeva in un'apertura del terreno, da lì veniva il venticello che li faceva ondeggiare. Si avvicinò, era pulita e percorribile. Scese incuriosito alcuni gradini, di certo molto antichi e quasi lucidi. Poi scivolò, cadde urtando qualcosa e il buio lo avvolse.

Riaprì gli occhi senza capire dov'era. Ed ecco che sentì di nuovo il *suo* soffio tiepido che gli accarezzava la fronte. Si rialzò e fece qualche passo verso una lama di luce che fendeva l'oscurità, animandola di un pulviscolo dorato. Proveniva da una fessura in una larga tavola di legno squadrato. Una porta? Premette il legno con i palmi delle mani e questa cedette aprendosi tra fruscii e scricchiolii, come se avesse dei rami o delle radici che la tenevano chiusa.

Si trovò in una stanza in cui filtravano raggi di luce come in un sottobosco, sentiva anche il fruscio di fronde mosse dal vento e un profumo di rose, di corbezzoli, di pini! Sulle pareti erano affrescate proprio quelle piante, un giardino dipinto per qualcuno che lì aveva una splendida casa, prima della tragica eruzione.

Un usignolo cantava, si girò e lo vide posato su una canna a cui era legata una rosa, poi avvicinandosi si accorse che era un affresco. Su un'altra parete erano dipinte delle colombe bianche, una tortora, una ghiandaia, un passero sul ramo di un corbezzolo, un piccolo airone sotto una palmetta. In una luce rosata, quasi fosse in un'alba d'estate. Sentiva *realmente* i trilli di tutti quegli uccellini dipinti tra i fiori, percepiva *perfettamente* i loro profumi! L'armonia era meravigliosa. Un gorgoglio lo attrasse. Seguì quel suono, proveniva da una fontana al centro di un'altra stanza. Si avvicinò e toccò l'acqua, era fresca.

Poi vide una parete affrescata con le nove Muse e una decima figura che chiudeva il corteo. Il suo viso aveva un'espressione realistica, quasi un ritratto. Una donna sorridente ma dalla fronte pensosa, i capelli a riccioli di un rosso dorato, gli occhi verde chiaro, non marroni come nelle altre figure. Era forse Mnemosine, dea della memoria e madre delle Muse? In mano teneva una piccola ampolla di vetro, un lacrimatoio antico, viola metallico. L'acqua dalla fontana gorgogliava altrettanto serena. Chiuse gli occhi.

Quando li riaprì si trovò seduto in Via dell'Abbondanza, appoggiato al muretto dov'era prima con Léontine.

Si girò intorno spaventato. Quand'era tornato? Guardò l'orologio: era passata più o meno un'ora da quando aveva salutato l'amica.

Si alzò, intorno non c'era nessuno. Aveva gli abiti sporchi di terra, una caviglia gli doleva. Sì, doveva essere caduto. E poi era entrato in quella stanza... No, quello era un sogno, ne aveva un ricordo vaghissimo. Doveva essersi addormentato, proprio lì dove Léontine lo aveva lasciato. L'assopimento improvviso, la stanchezza, gli stavano confondendo la mente. Solo allora si accorse di stringere nella mano destra la pietra viola che portava sempre con sé. La infilò nella tasca interna della giacca e sentì che c'era qualcosa di voluminoso e freddo al tatto. Estrasse con attenzione una piccola ampolla, un antico lacrimatoio di solido vetro. Viola, screziato di venature opalescenti. Com'era finito lì?

Intanto un vento fresco e umido si era sostituito all'aria ferma, calda di quel pomeriggio. Il cielo si stava oscurando davvero. Si incamminò velocemente. Aveva la terribile impressione che le grosse pietre al centro della via stessero diventando gonfie, come di fango.

Raccogli le lacrime di metallo e di ghiaccio nel contenitore degli avi. Era quello il contenitore? E quali lacrime potevano essere?

Raggiunse l'amica mentre stava scoppiando il temporale. Era seduta al tavolino con lo scugnizzo di prima, che stava mangiando felice un'enorme frittella dolce.

«Hai fatto appena in tempo, *mon professeur*! Questa volta non so se sarei venuta a salvarti» gli disse subito Léontine allegra. «Comunque mi sono divertita a chiacchierare con il nostro piccolo amico, e a nutrirlo di dolci e gelati. Non è stato certo lui a invocare la pioggia che, "signo', corre come cavalli pazzi". L'ho tenuto d'occhio!»

Il ragazzino sorrise, stranamente taciturno. Léontine si alzò e sentenziò: «Andiamo, professore, il Gambrinus ci aspetta.»

«Ce lo siamo meritati» rispose Fedele.

Poi, mettendosi una mano in tasca per assicurarsi di non aver sognato il lacrimatoio, sentì accanto al vetro qualcosa di fresco e setoso. Era un fiore un poco stropicciato, con grandi petali blu che sembravano ali di farfalla. Lo donò a Léontine.

Il ragazzino sgranò gli occhi scuri e brucianti sul fiore. Subito fece un inchino, e scappò via.

36

Le ragioni di Minerva

Venezia – Murano, 20 novembre 2006

1
Vada per San Giorgio!

«Andare a uno squero, perché?» chiede Sandy a Manfredo.

Il tassista prosegue nel rio verso il Canal Grande gridando loro di abbassarsi per passare sotto il piccolo ponte. Tutti e tre entrano nella cabina e siedono sul divanetto, mentre il motoscafo passa quasi sfiorando il ponticello.

«Alla Cà d'Oro ho avuto un altro episodio visionario. In una piccola terracotta del Bernini c'è una raffigurazione del Nilo, un uomo con il volto coperto da un drappo. A un tratto il drappo ha cambiato colore e materia. Non era più di terracotta ma di ceramica lucida... verde chiaro. Sembrava coperta da un velo d'acqua.»

«Effetto molto decorativo, dottor Monfalco... Quella sculturina sarebbe piaciuta ai tempi della Belle Epoque. Il velo era per caso color verde Nilo?» chiede Havealook.

«Sì.» Manfredo è turbato da questa osservazione del nuovo amico. «Proprio in quel momento, sul ripiano di legno della panca lì di fronte ho visto scriversi in maiuscole una parola composta da goccioline d'acqua luminose, di quello stesso colore... SQUERO.»

Il tassista si volta verso di loro mentre il motoscafo passa davanti alla basilica della Salute e grida: «Signori, ditemi dove dobbiamo andare di preciso, il tempo sta peggiorando! Se il vento aumenta meglio tornare tutti a casa. Vi ho sentiti parlare di uno squero. Il più vicino è quello dell'isola di San Giorgio.»

«Vada per San Giorgio!» approva Manfredo mentre prende il cellulare.

Il giovane vira veloce, diretto a quell'isola.

2

Privilegiare la molteplicità degli sguardi, più che temere la natura e i suoi diversi spiriti

«Sono felice di conoscerla, dottor Schein, e la ringrazio di essere venuto fin qui. Arrivare a Murano in motoscafo non presenta difficoltà, per ora. Anche se... guardi quella curva laggiù sull'orizzonte.» Minerva indica con la mano, al polso tintinnano i suoi lucidi bracciali di metallo.

«Un curioso effetto ottico» commenta il dottore.

«Inspiegabile! Ma non perdiamoci in impressioni. È più che mai tempo di vedere le cose alla luce della loro anomala evoluzione.» Minerva inspessisce il tono della voce.

«Speriamo che torni il vento giusto, utile a mitigare questa perturbazione.» Schein fissa la laguna. Un attimo di silenzio, poi continua: «Il suo invito è giunto particolarmente gradito, signora Denessi, anch'io volevo conoscerla. Abbiamo amici in comune. Inoltre ho capito che aveva molta urgenza di parlarmi... data l'insistenza dei suoi collaboratori.»

«Oh, mi deve scusare! I gemelli sono sempre un po' maldestri, a volte ruvidi. Eppure mi ero raccomandata.

Sono fatti così, io sono affezionata a loro. Non troverebbero lavoro altrove, con il loro carattere.»

«Intendevo dire che non era necessario prelevarmi quasi di peso, li ho seguiti volentieri. Sarò più franco di quanto potrei: Manfredo di Monfalco mi ha parlato di lei, e dei vostri discorsi la notte della sua festa.» Un attimo di silenzio poi continua pacato: «Non so quali informazioni lei abbia avuto sulla mia vita professionale e da chi provengano, ma credo siano davvero da riconsiderare.»

«Mi devo scusare, e molto. Volevo vederla anche per questo. Ammetto di essermi presa delle odiose libertà. Era la situazione a richiederlo, avevo bisogno di scuotere Manfredo. Le domando davvero perdono: *era necessario per lui*, mi creda. A volte è il fine che giustifica i mezzi, no?» Minerva saetta uno sguardo viola verso il dottore, poi conclude: «E visto che ha iniziato lei a parlare sinceramente, posso giocare a carte scoperte?»

«Certo. Scuse accettate. La ascolto.»

«Sono molto preoccupata: quello che sta succedendo non è solo anomalo. È grave.» Lei si volta verso la laguna. «L'acqua è straordinariamente alta a quest'ora. Poi c'è quella curva che gonfia l'orizzonte... non è un effetto ottico, e non credo siano in molti a notarla. Purtroppo o per fortuna *noi* che la vediamo così siamo dei privilegiati. E di certo oggi non è soltanto l'attrazione della luna piena a provocare l'acqua alta, né il vento. *Comunque*, dottor Schein, deve convenire che questo non è il solo fatto inconsueto e *inspiegabile* di cui lei sia venuto a conoscenza negli ultimi giorni.» Stringe gli occhi, il viola si incupisce mentre fissa il dottore, che tace, poi continua: «Mi riferisco alle straordinarie visioni veneziane di cui le ha parlato il mio amico Manfredo. Allucinazioni, direi. Ne sono al corrente perché me le ha raccontate lui, l'altra sera. La nostra è una lunga amicizia.»

«Lei sa che quello che mi dicono i miei pazienti è coperto dal segreto professionale.»

«Certo, dottore. Sappia, però, che io sono anche al corrente di quadri che si animano con visioni di fanciulle danzanti fra i riflessi delle acque di un naviglio scomparso... di viaggi nel tempo... e ne sono molto preoccupata!» Le mani si muovono con garbo, i braccialetti tintinnano sottolineando le sue parole.

Schein ora la fissa con uno sguardo che sembra oltrepassarla, come se lei non esistesse. Forse è così che osserva i suoi pazienti quando gli raccontano i loro deliri, pensa Minerva. Se lui sapesse che è stata l'Ombra a mostrarle le visioni di Manfredo, forse non sarebbe così tranquillo. Che cosa sa veramente Schein?

«Immagino che lei consideri queste visioni parte del repertorio di fantasie, incubi e ossessioni irrazionali che le sarà capitato di sentirsi raccontare altre volte nel suo lavoro, dottore. Eppure, in questo caso, hanno una potenza nuova, sconosciuta. E soprattutto reale. Pericolosa. Stanno influenzando e modificando il nostro essere qui, ora. Potrebbero travolgere il nostro futuro.»

«Non capisco di che cosa stia parlando. Forse sono *sue* paure, signora Denessi? Metafore inerenti alla *sua* vita psichica? Se Manfredo le ha parlato di riflessi, è anche il tema della prossima mostra che lui curerà. Vorrei solo ricordarle che nella nostra mente la *riflessione* induce all'introspezione, ma anche all'apertura verso il dialogo. Alla comunicazione, alla creazione fantastica: un dono che portiamo con noi dall'infanzia e ci può aiutare a scoprire il nostro inconscio, a capire la realtà.»

«Dottore, sa benissimo a cosa mi riferisco. Quei riflessi sono uno specchio distorto, un'immagine poetica ma ingenua ed erronea. Una favola che illude. La realtà in questi giorni sta trasformandosi in modo abnorme, e non solo per opera dell'uomo. Se n'è reso conto? Inutile tergiversare: sono preoccupata non solo per Manfredo, ma per tutti noi, per questa meravigliosa città: per il mondo intero! Si stanno muovendo forze inarrestabili, incredibilmente distruttrici.»

«Nel futuro la nostra Terra vivrà momenti difficili. Li sta già vivendo. Ne parlano gli scienziati, che non *riflettono* su erronee distorsioni della fantasia» commenta Schein.

«Nella natura stanno agendo forze di cui l'uomo non ha conoscenza, neppure attraverso il pensiero scientifico. Forze mai apparse così, luci e ombre misteriose e potenti. Possono esplodere già da stanotte.» Parla senza eccitazione. Asciutta, dura, sicura di sé ma estremamente seria. «La prego di non farmi ripetere sempre la stessa cosa. Io *so* che lei *sa*. Non abbiamo più tempo.»

Schein ora la guarda con un sorriso gentile. I suoi occhi azzurri si fissano su di lei, imperturbabili, penetranti. «Le cose che *non* sappiamo sono ben più numerose di quelle che conosciamo. Ombre e luci, forze inarrestabili, lei dice. In contrapposizione tra loro?» Ora il dottore torna a fissare la laguna. «Non bisogna sottovalutare il profondo significato dell'ombra. La forza dell'inconscio può generare sogni, incubi. Paure. Ma non solo, anche luminose soluzioni ai nostri timori. A volte sono aneliti fragili che bramano la luce. Un filosofo e teologo, amico del mio bisnonno, ricordava che una pianta può crescere verso la luce solo se le sue radici sono nascoste nell'oscurità sotterranea. Questa è la direzione simbolica della vita, che può salire dall'ombra al chiarore della coscienza. Certo, anche la luminosità abbaglia e spaventa. Esistono però le sfumature, a volte determinanti per far emergere le diverse forme della realtà. Credo si debba privilegiare la molteplicità degli sguardi, più che temere la natura e i suoi diversi spiriti. In tal modo possiamo capire le origini di luci e ombre, la loro forza. Anche nei fatti più inconsueti, inspiegabili e anomali. Rispettandone l'origine, il mistero e le differenze, che sono una ricchezza. Lei sa bene che se cerchiamo di conoscere il mondo, conosciamo anche noi stessi. È un dono dell'uomo capire, anche nei momenti difficili. La verità del reale è anche un magma insondabile che a volte solo l'arte e l'immaginazione sanno rappresentare. Il suo caro amico Manfredo sta lavorando in questo senso. Cerca una luce creativa. Mi permetto di esortarla a fare lo stesso.»

Ora Schein cerca di captare gli occhi di Minerva che li tiene abbassati.

«Io forse di coraggio ne ho avuto troppo, dottore. Le parlo solo perché *so* che lei *sa* come trattare le ombre. E non solo quelle della psiche o dell'animo umano. Lei sta sottovalutando il pericolo a cui andiamo incontro seguendo le idee di Manfredo, le illusioni visionarie della fantasia manipolata da forze sconosciute.» Poi alza lo sguardo, i suoi occhi improvvisamente brillano di luce scura e chiede in tono secco: «Anche il suo bisnonno faceva la sua stessa professione, vero?»

«Sì, erano tempi di grandi sperimentazioni, a volte artistiche e immaginifiche, però importanti ancora oggi» risponde tranquillo il dottore.

«La fantasia, l'arte! Le forze di cui parlo non nascono dalla creatività, dottore. Sono reali, sebbene misteriose e segrete!» Minerva ha alzato il tono della voce, indica il cielo ora terreo e la laguna che ne rispecchia il colore. «Vede la curva all'orizzonte? Sembra che salga dagli abissi profondi della terra, ben al di sotto dell'acqua. Io intendo una forza nascosta che può produrre effetti disastrosi, ma conoscitivi e straordinari se contenuta.»

«Io so solo che il pensiero dell'uomo può fare molto, se usato a fin di bene senza perdere la sua naturale, migliore umanità. E il contatto con la natura, la parte più antica del mondo che ci circonda.» Schein non stacca gli occhi dall'acqua.

«Ah, ne sono convinta! Dobbiamo entrare in maggior contatto con la natura. Nei suoi *diversi spiriti*» dice Minerva. «Dottor Schein, veniamo al punto. Immagini che uno spirito della natura, perché ormai è di questo che dobbiamo parlare, sia animato di una vita propria. Sì, come il Genio di una favola! Appare luminoso, bello e gentile, ma è colmo di energia incontenibile, come oggi quest'acqua. È dotato però di una potenza che può essere distruttiva, ed è giunto al limite di non poter trattenere la propria forza. Allora si è fermato, congelandosi e perdendo ogni potere. Per fortuna del mondo e dell'umanità.» Minerva si volta verso Schein. «Poi altri spiriti della natura, affini a lui ma molto meno potenti, brigano per liberarlo, coinvolgendo uomini pieni di buone intenzioni pur se del tutto impreparati a comprendere i reali effetti che può sprigionare una forza di tale specie. Ora, se *questo* spirito sarà liberato... esploderà!»

«Adesso è lei che mi racconta una favola: pensavo che odiasse certe trappole infantili, signora Denessi.»

«Ma no! Io la penso diversamente riguardo ai poteri dell'arte e della fantasia. L'artista nel suo egocentrismo infantile crede di entrare in contatto con lo spirito invisibile delle cose. Ma se potesse farlo veramente, se toccasse, per così dire, con mano il vero potere di cui le parlo, non potrebbe fare altro che inchinarsi e, purtroppo, ubbidire. E allora, addio libertà! Lei è molto smaliziato, dottore, ma ha davvero colto nel segno, pur non dicendomi ancora nulla di quello che sa. Le propongo di capire di più, insieme, e salvare il salvabile. Se *quella* luce sconfina dai suoi limiti può provocare effetti terribili. Rischieremo di... *bum!*... di saltare tutti in aria, e poi di venire sommersi dall'acqua, Venezia compresa. Uniamo i nostri saperi, caro dottore, per dominare questa forza!»

Si gira verso di lui con gli occhi che sfavillano viola, metallici.

37
Hora italica

Firenze, 27 giugno 1929

1
Una mattinata fiorentina molto piacevole

Seduto nella navata centrale di Santa Croce, il professor Majeri aspettava le sue amiche.

Aveva un appuntamento con loro per ascoltare la *Messa da Requiem* di Mozart. Lisetta aveva insistito, per lei quello era un appuntamento da non perdere, visto che erano a Firenze per un défilé di abiti di Léontine.

Fedele era arrivato alla basilica di buon mattino. In quel luogo sacro, ampio e allo stesso tempo raccolto, voleva mettere in luce pensieri che fluivano nella sua mente da parecchi giorni, insieme ai tanti ricordi ritrovati.

Una scena di Giotto, nel ciclo della cappella Peruzzi, lo aveva colpito: un'isola raffigurata come un piccolo scoglio frastagliato ma piatto, lambito tutt'intorno da piccole onde dorate nel mare verde chiaro. La occupava per intero un uomo seduto, coperto da una tunica di un rosso freddo, quasi tizianesco. Il volto appoggiato a una mano, gli occhi chiusi: dormiva, anzi sognava. Era san Giovanni l'Evangelista, a Patmos. Dormiva pacificamente, eppure stava sognando un'Apocalisse visionaria e tragica.

Fedele ripensò alla luce dell'Egeo, lontana e vicinissima. Riassaporò la serenità dei giorni passati in quelle isole immerse nel blu di lapislazzuli. Ricordò la sera in cui era arrivata Léontine, portando la lettera di Giulia. Erano passati due anni da allora: lui aveva lasciato che quelle parole agissero nel profondo, senza farsi troppe domande. Ciò che aveva trovato era avvolto ancora nel mistero: le pietre, il lacrimatoio. Portava tutto sempre con sé nel cilindro di pelle scura, con una delle incisioni comprate a Venezia. Era ciò che gli aveva indicato nel suo messaggio l'Ondina? Raccogliendo ognuno di questi oggetti si era lasciato guidare da eventi fantastici, da piccole misteriose coincidenze, confidando nel suo intuito, come Giulia aveva scritto nella sua lettera. Ma il loro scopo rimaneva sconosciuto.

Doveva pensare al presente, e al vicino futuro. Ogni momento di bellezza vissuto nel passato era già in lui. Così come era naturalmente possibile.

Per la visita a quella basilica aveva scelto di portare con sé le *Mattinate fiorentine* di John Ruskin. Anche da un frammento, da una piccola pietra scolpita, è possibile ricostruire una visione completa dell'opera, quando ne trapela la bellezza più intima, suggeriva l'autore.

Pochi minuti e arrivò Lisetta. Un po' affannata, aveva corso per fare in tempo. Sedettero fianco a fianco e lei a bassa voce gli disse che Léontine li avrebbe raggiunti al ristorante. Doveva sistemare la sala per la sfilata, i primi abiti firmati con il marchio LD, le due lettere graziosamente sovrapposte.

Lisetta notò che l'amico aveva negli occhi un'intensità particolare, diversa. Le sorrideva in un modo che le scaldava il cuore.

Il professore, sentendo l'attenzione affettuosa ma scrutatrice dell'amica, si avvicinò per mormorarle in un orecchio: «È bellissimo essere qui, con te.» Poi, indicando il cilindro scuro che aveva appoggiato di fianco a sé concluse: «Sto bene, puoi stare tranquilla. Questo contiene solo appunti di viaggio.»

Il nuovo cilindro custodiva la pace fatta con i suoi ricordi, la speranza per affrontare il futuro. Per preservarlo da ogni intemperie e perché nessuno lo aprisse, lo avrebbe ricoperto con la cera speciale comprata in quella bottega di spezie nei caruggi di Genova.

«Un Requiem non si addice al mattino ma... quello di Mozart non è mai triste. Ci darà energia per il resto della giornata, poi dicono siano tutti bravissimi» sussurrò Lisetta.

E infatti, fu una mattinata fiorentina molto piacevole.

Léontine li raggiunse più tardi, nella trattoria in via dei Malcontenti: sorridente, i capelli lunghi raccolti in una grande coda che le scendeva ondulata da un lato. L'abito, cosa insolita per lei ormai sempre in larghi pantaloni eleganti, era di un arancio vivo, in un tessuto leggero. A Fedele ricordò il *Flaming June* di Leighton.

Dopo pranzo il professore, rimasto di nuovo solo, passeggiò fino al Lungarno e da lì arrivò in piazza della Signoria. Le chiare facciate di marmo ricamato di Santa Maria del Fiore e il Battistero si scorgevano in fondo alla via. Decise di fare un giro nella cattedrale per trovare ancora silenzio e tranquillità.

Quando fu all'angolo della piazza, si fermò. Il contrappunto tra il campanile di Giotto, la cupola di Brunelleschi, il battistero era un prodigio architettonico che lo lasciava sempre senza fiato.

Si diresse all'ingresso della cattedrale, voltandosi indietro a controllare che nessuno lo seguisse. Durante la sua lunga passeggiata, più volte gli era sembrato di scorgere con la coda dell'occhio dei grossi figuri, con lunghi soprabiti grigi, nascondersi fra la folla appena lui si girava.

2
A Santa Maria del Fiore

Terminato il rosario, la cattedrale si era svuotata e adesso i custodi passavano per riordinare le sedie.

Il grande orologio sulla facciata interna sopra al portale d'ingresso segnava la ventesima ora. Sorrise confrontandolo con la propria cipolla, che indicava le cinque e un quarto del pomeriggio.

L'orologio di Paolo Uccello, realizzato nella prima metà del Quindicesimo secolo, seguiva l'Hora Italica: la giornata inizia al tramonto, quando suona la campana del vespro. Le grandi lancette a forma di raggi solari giravano in senso antiorario, come si muovono le ombre proiettate sul quadrante delle meridiane esposte a sud sui muri di tante abitazioni antiche. Tutto seguiva quella logica, eppure Fedele provò un senso di spaesamento, una momentanea vertigine. Come se avesse sentito che il tempo iniziava a scorrere all'indietro.

Camminò fin sotto alla cupola, dove il grandioso *Giudizio Universale* correva in cerchi concentrici. Il vortice verticale di angeli e diavoli si chiudeva con un tempietto da cui si affacciavano saggi dell'Apocalisse.

Di colpo sentì un respiro affannoso, accompagnato da un rumore metallico.

Si girò di scatto: nell'ombra dietro una colonna si mosse un bagliore scuro, e dal buio uscì una figura imponente. Il professore trasalì: era un automa di metallo intabarrato in un mantello viola scuro che arrivava fino a terra. Le gambe snodate e affusolate fendevano la cappa in un incidere maestoso e solenne. Da sotto il cappuccio il volto spuntava come una visiera bronzea, vi brillavano due fessure orizzontali: i suoi occhi, di un caldo giallo elettrico.

Fedele per lo stupore lasciò cadere il libro che aveva in mano. L'automa si avvicinò, si chinò a raccoglierlo con l'unica mano e con un gesto cortese glielo restituì. L'altro braccio, monco, sporgeva appena dal mantello. Il professore prese il libro e il suo sguardo incontrò quello del robot. Si sentì scrutare nell'animo da occhi gialli e accesi, alieni, ma penetranti e curiosi come quelli di un animale selvatico.

Poi l'automa si voltò verso l'ingresso facendo ruotare l'ampio mantello. Due custodi parlavano a voce alta con un gruppo di uomini massicci, vestiti di lunghi soprabiti grigi. Dicevano di uscire, che stavano chiudendo, ma quelli non si muovevano di lì.

L'automa intabarrato si allontanò a grandi passi silenziosi verso la cupola. Si fermò davanti a una porta, l'aprì piano e si girò verso Fedele, sembrava aspettarlo. Il professore esitò un attimo, poi sentì un rumore sordo dal fondo della chiesa: i due custodi erano caduti per terra, spinti con forza dagli uomini vestiti di grigio. Dovevano essere almeno una dozzina. Raggiunse in fretta l'automa e si chiuse alle spalle la porta.

Si ritrovò in un lungo stanzone semibuio, forse una sacrestia. L'incappucciato spostò un armadio alto, largo e pesante, con cui bloccò la porta. Appena in tempo: la maniglia fu girata dall'esterno con forza più volte, e una serie di violenti colpi fecero vibrare il legno spesso.

Fu allora che Fedele sentì un soffio d'aria gelida e umida che veniva dal pavimento di marmo, seguito da un sinistro scricchiolio. Si girò verso la porta e vide una crepa sottile che solcava quel pavimento secolare. Procedeva veloce verso i suoi piedi, in un crepitio di ghiaccio che si rompe.

Spaventato si voltò verso l'automa: stava salendo i primi gradini di una scala, oltre una porta in fondo alla stanza. Andò da quella parte più velocemente che poteva e poi seguì le volute del mantello viola lungo la spirale di una scala a chiocciola, senza pensare dove portasse. Era una vera fuga, non un sogno divenuto un incubo: il fiato gli mancava, il suo cuore andava all'impazzata, quei gradini non finivano mai. Per fortuna nessun soffio gelido lo inseguiva più e non sentiva più nessuno scricchiolio.

La salita terminò all'improvviso, c'era molta luce e dovette chiudere gli occhi. Quando riuscì a guardarsi intorno, realizzò di essere sotto il grande affresco della cupola. Guardò giù dallo stretto ballatoio. Gli uomini grigi li stavano indicando. Svelto l'automa gli si avvicinò, lo avvolse con il suo mantello, lo sollevò come in un sacco imbragato e se lo caricò in spalla.

Fedele aprì uno spiraglio nel velluto viola intorno a lui e vide che stavano salendo una scala stretta fra i muri. Ben presto l'automa si fermò. Erano arrivati all'aria aperta, sulla balaustra che circonda la lanterna posta alla sommità della cupola del Brunelleschi! Sotto di loro, un precipizio ripidissimo.

Gli mancò il respiro, allora guardò il cielo. Si stava tingendo dei colori dell'ultima fase del tramonto, le tegole e i coppi diventavano sempre più rossi. Una nube si era fermata appena sopra la lanterna. Allungata, grigia alla base liscia e ovale, verso l'alto si sviluppava in un trionfo di cirri, bianchi e spumeggianti. Un vassoio argentato colmo di panna montata. Stava lì immobile, mentre le altre nubi correvano via veloci. Gli ricordò per un attimo la magia di un sogno, in una lontana notte, a Trastevere, tanti anni prima. Ma non ebbe il tempo di pensare ad altro: alla base della nuvola si stava aprendo una specie di botola. Ne uscì un'ancora di vapore candido, che subito calò dritta e rapida sul tetto della cattedrale, legata a una lunga fune bianca, e si agganciò a una tegola. La nube si era ormeggiata sul tetto del Duomo di Firenze.

Dalla botola uscì ancora qualcosa: da quei vapori si allungava un ramo, come un canale, che iniziò a girare intorno alla cupola. Scendeva come un nastro vaporoso, la percorse tutta, fermandosi una volta arrivato al tetto della navata centrale della cattedrale. Sembrava proprio... uno scivolo? Era un bianco e soffice toboga!

L'automa si mosse trasportandolo dentro al suo mantello. Il professore si sentiva come un neonato stretto in un panno portato da una cicogna, non in volo ma in spalla da un essere meccanico. Dopo qualche passo il sacco si aprì di colpo e Fedele rotolò dentro a quel toboga di vapori, morbido e compatto ma freddo. Scivolava verso il basso e l'automa dietro a lui, sdraiati sulla schiena come bambini sulla neve si lasciavano cadere su quel ramo di nube che girava intorno alla cupola più ripida del Rinascimento. Arrivati sul tetto, l'automa saltò fuori dallo scivolo e si fermò bene in equilibrio sulle tegole. Il professore lo seguì, più goffo, stringendo il cilindro a sé. Poi la nube piano piano ritirò il suo ramo arrotolato intorno alla cupola, salpò l'ancora candida e iniziò ad allontanarsi nel cielo, come un dirigibile che ha lasciato gli ormeggi.

L'automa si girò, si piegò verso Fedele, si tolse il mantello e gli legò un lembo di stoffa intorno alla vita, usando la sua unica mano. Procedevano come fossero in cordata su un crinale di un ghiacciaio, ma erano sul colmo del tetto del Duomo. Ora una vaga e bassa nebbia grigia saliva dal basso e copriva la piazza, sbucavano solo il campanile di Giotto e la sagoma di qualche torre. Gli venne in mente che pochi metri sotto i suoi piedi, all'interno della cattedrale, l'orologio di Paolo Uccello continuava il suo corso antiorario.

3
Dies irae, dies illa

All'orizzonte, oltre la città e le colline, salivano i colori del crepuscolo, liberi da quella nebbia che premeva sulla città.

Fedele guardò verso il ballatoio che corona la facciata: da oltre il bordo di marmo chiaro spuntavano delle dita giganti nere, affusolate, tonde sulle punte. Subito seguite da enormi zampe, poi dal muso e dal corpo di un rettile gigantesco con una lunga coda crestata che si era issato e ora era fermo di fronte a loro, sul piano inclinato delle tegole. Sembrava un... un tritone delle fonti! Fedele ricordò il pomeriggio della gita alle risaie, l'ultima volta che lui e Giulia insieme avevano visto le Ondine felici. L'animaletto acquatico che nuotava nella risorgiva somigliava a questo, che era un migliaio di volte più grande. La sua pelle nera e lucida appariva bagnata, era appena uscito dall'acqua?

Ora li guardava con i suoi occhi tondi e gialli e iniziava ad avanzare verso di loro. Con studiata lentezza, proprio come fanno i gechi prima del rapidissimo scatto definitivo sulla preda.

Confuso tra lo spavento e la sorpresa, Fedele perse la presa del mantello, cadde su un fianco e rotolò su quelle tegole inclinate senza trovare un appiglio. Arrivato alla fine del tetto con un gesto disperato si aggrappò con le mani alla grondaia, rimanendo sospeso nel vuoto. Terrorizzato sbirciò giù: la copertura della navata laterale era troppo lontana e inclinata per lasciarsi cadere.

E ora? Le dita avrebbero potuto reggere il peso del suo corpo ancora per poco, i piedi non trovavano appigli. Il cilindro pendeva da una spalla e ondeggiava nell'aria al suo fianco. Tanti anni prima, quando lottava tra le onde e il vento sulla sua Druga, si era convinto che avrebbe raggiunto la sua Giulia nel mare in tempesta. Sullo Stromboli, aveva creduto di finire inghiottito e soffocato dalla terra e dai fumi del fuoco. Ora pensò che si sarebbe unito a lei in un attimo, volando nell'aria e sfracellandosi al suolo.

Un tonfo secco, seguito dallo stridere di gambe metalliche sulle tegole. Capì che l'automa era sopra di lui, si avvicinava al bordo del tetto, sicuro come il Camillo sui suoi trampoli. Vide il mantello, arrotolato stretto come una corda, oltrepassare la grondaia e pendergli di fianco. L'afferrò con la poca forza rimasta, prima una mano e poi l'altra. E l'automa lo tirò su, piano piano. Il professore scavalcò la grondaia e lentamente, quasi strisciando sulle tegole, si portò in una posizione sicura. Seduto respirò a lungo, poi alzò lo sguardo per ringraziare l'automa. Quello chinò appena la maschera a visiera e poi si voltò per risalire il tetto.

Di nuovo in cordata, si avvicinarono al grande tritone che abbassò la testa mansueto. I suoi occhi gialli brillarono di una luce soffusa, calda e profonda. L'automa gli montò sulla schiena e si mise a cavalcioni, poi fece segno a Fedele di seguirlo. E lui gli ubbidì: la pelle del tritone era scivolosa ma morbida, compatta e sorprendentemente tiepida. L'animale aspettò che anche lui fosse ben in sella sulla sua schiena, aggrappato all'automa, e si mosse. Arrivato alla fine del tetto, risalì il ballatoio e si calò sulla facciata. Una zampa, poi l'altra, iniziò a scendere in verticale sicuro, rasente i marmi bianchi e neri di Santa Maria del Fiore.

La piazza si avvicinava, la nebbia grigia si stava diradando velocemente. Ora vedeva i passanti che si voltavano a guardare in su e si chiamavano l'un l'altro, indicandoli. Ma quella non era gente comune, sorpresa per il prodigio incredibile che si stava manifestando. Più si avvicinavano, più Fedele capiva che gli spettatori erano tutti uomini grigi, simili ai suoi misteriosi inseguitori. Una schiera che si muoveva compatta, un esercito che sembrava privo di volontà propria. Gli abiti, persino i volti, erano tutti uguali. Uomini, donne e bambini cupi e tristi. Vivi ma senza vita. Dov'era il calore che animava il loro cuore? Chi erano veramente, che cosa era loro accaduto?

Quando il tritone balzò sul selciato, tutti fuggirono appiccicati gli uni agli altri come macchie indistinte. Da loro si alzava un brusio terrorizzato: «Salamandra, Salamandra!», quasi conoscessero gli antichi miti e leggende sull'animale che porta in sé il fuoco. E infatti poco dopo il terreno si trasformò in una superficie scintillante, coperta da onde di un liquido argenteo da cui si alzavano lingue calde, riccioli di vero fuoco.

Il tritone iniziò a muoversi lasciando lontano quella folla. Le onde di fuoco continuavano a srotolarsi sempre più grandi al suo passaggio, si alzavano sul terreno dove posava le zampe e accendevano fiamme crepitanti che poi tornavano liquide, dense e argentate, si irraggiavano ovunque.

Dies irae, dies illa, solvet saeclum in favilla...

Fedele risentì nelle orecchie la musica e le parole ascoltate quella mattina. Lo accompagnavano, mentre il tritone portava lui e l'automa lontano da lì, tra fiamme e onde d'argento.

4
Quello spazio dove si incontrano il mondo dell'invisibile e l'immaginazione visibile

Arrivati in riva all'Arno il tritone chinò la testa, l'automa smontò con un balzo e il professore lo seguì.

Dalle pieghe del mantello l'automa estrasse il lacrimatoio, tenendolo delicatamente con l'unica mano metallica. Quando l'aveva preso?

Lacrimosa dies illa, qua resurget ex favilla, judicandus homo reus...

All'uscita di Santa Croce, commentando il Requiem, Lisetta aveva raccontato che per Mozart la morte non era un'immagine spaventosa, ma quasi calma e amica, perché vive con noi ogni giorno. Fedele sentì un nodo di commozione salirgli dal cuore alla gola e poi agli occhi, mentre il suo volto si rigava di lacrime.

Si voltò verso l'automa, anche lui piangeva: gocce di liquido denso, argenteo e scintillante uscivano anche dalle feritoie della sua maschera, in cui brillava la luce calda del suo sguardo, sempre più simile a quella del tritone.

L'automa gli diede l'ampolla. Fedele la tenne stretta in mano per qualche istante. Guardava il viola del vetro e quello del mantello e pensò all'ultima striscia dello stesso colore che sfumava nel cielo al crepuscolo.

«Il viola ci può aiutare.» Quando aveva pronunciato quelle parole nel cortile di Brera era così confuso e intimidito, per lui non avevano nessun senso. Adesso sì.

Aprì il lacrimatoio, lo avvicinò alla maschera dell'automa e vi raccolse alcune gocce di quel liquido mercuriale: scendevano lente dalle feritoie dei suoi occhi, dove ora brillava un riflesso azzurro cielo.

Fedele si rivide insieme a Giulia in quella mattina del 1906, quando tutto doveva ancora iniziare e lui sentiva il suo amore scivolare via racchiuso in una lacrima che correva veloce sulla seta di quell'abito dipinto, azzurro come l'acqua di un lago. Con delicatezza appoggiò al suo viso l'ampolla e vi fece scivolare anche le sue lacrime liberatorie, dopo tanti anni il ghiaccio si era sciolto. Poi chiuse l'ampolla e la ripose, ben avvolta in un fazzoletto, nel suo cilindro di pelle nera.

Fu allora che l'automa parlò con una profonda voce metallica.

«Hai rischiato la vita, e hai riposto le lacrime della tua e della mia memoria nel contenitore degli avi. Tutto si trasforma, anche il dolore. Adesso hai quello che ti serve per liberare il Genio. Il tuo cuore è aperto. Torna al tempo dei giochi, della tua infanzia. Torna nella valle dei torrenti, dove l'acqua scorre purissima e si ferma per donarti le sue onde.»

«Allora... Sai dirmi chi è il Genio? E *tu*, tu chi sei?» chiese il professore scacciando la commozione.

«Troverai chi stai cercando. Quanto a me, sono parte di un sogno e parte di un incubo, ma la tua immaginazione, così umana, mi ha fatto diventare reale. Così ha fatto chi ti è vicino nei sogni. Io vengo da quello spazio dove si incontrano il mondo dell'invisibile e l'immaginazione visibile.»

Tacque un attimo, il suo respiro si fece intenso come un mantice. «Leggi il libro» disse, e indicò il volumetto di Ruskin che Fedele aveva ancora in tasca. Poi la cappa, scura come la notte, si afflosciò a terra.

L'automa era scomparso, smaterializzato. Il tritone gigante, rimasto fermo a osservare la scena con i suoi occhi calmi e selvatici, si voltò lento e si tuffò nel fiume. Nuotò sotto il pelo dell'acqua per qualche metro, poi si inabissò.

Il professore si risvegliò in una grotta. Pareti coperte da stalattiti, stalagmiti e incrostazioni marine. Poi riconobbe la statua di un Prigione, la sua forza usciva dalla pietra e allo stesso tempo sembrava non volersi staccare dalla roccia: era nella grotta del Buontalenti, al Giardino di Boboli! Ancora una volta aveva sognato, o si era addormentato dopo una visione? Un'avventura e un incubo allo stesso tempo.

Dalla tasca prese in mano il libro di Ruskin e l'aprì. Sembrava stampato in un carattere tipografico differente. Nel frontespizio si trovò davanti un titolo: *Il racconto dell'Ondina*.

38
Il racconto dell'Ondina

Firenze, giugno 1929 – Venezia, novembre 2006

I
Il Monte Leone

C'era una volta una montagna felice.

La più grande e la più alta tra quelle che ancora oggi coronano un bel lago azzurro, con isolette, giardini e ville da sogno. Non era tanto diversa dalle altre, quanto all'incanto, ma un'avventura dalle grandi e inaspettate conseguenze ha avuto origine nelle sue profondità.

Come si chiamava questa montagna? Non è importante dare un nome a tutto, per noi esseri della natura che vediamo subito l'essenza. Lo è invece per gli uomini: lo imparano fin da piccoli per riconoscersi, per comunicare e per sentirsi fratelli. E chi ti sta raccontando questa storia vuole bene agli umani, anche se è diverso da loro.

Per due volte, nel breve intervallo di tempo chiamato secolo, le pendici della montagna felice, che dagli uomini fu chiamata Monte Leone, furono scalate e poi scavate. Venne un manipolo di studiosi, con cannocchiali e rotoli di fogli da disegno, seguiti altri con vanghe e picconi. Fecero molti scoppi per aprire una via fra boschi e strapiombi, e gli esseri dei boschi guardavano curiosi la nuova strada, sinuosa come un fiume asciutto solcato da cavalli e carrozze.

La strada la volle un soldato che era diventato re e infine addirittura imperatore: un certo Napoleone. Lui amava molto questo genere di opere, in cui riusciva con successo. Costruiva strade, ponti, canali, palazzi e apprezzava le arti illuminate dal genio umano. Molte cose però distruggeva con le sue guerre.

Fra gli uomini la vita può diventare tragica contrapposizione, quando dimenticano di essere più o meno tutti uguali e di chiamare le cose più o meno con gli stessi nomi, pur in diverse lingue. Allora scatenano invasioni e provocano la morte di tanti altri esseri umani. Perché le loro azioni non sono più guidate dalla ricerca di armonia e dalla costruzione di un equilibrio fra le gioie e i dolori che li accomunano.

Eppure questa specie, unica tra i viventi, è dotata di pensiero creativo e di libera scelta: l'uomo, con uno sguardo, può chiedere a un altro uomo di non ucciderlo. Ma troppo spesso questa libertà li porta ad agire contro la loro natura e origine. E gli uomini si uccidono tra loro.

Chi ti racconta, caro Fedele, non vive fra gli uomini, pur amandoli. Noi esseri della natura esistiamo nelle pieghe del tempo e della luce, nei loro riflessi che possono apparire nella bellezza del mondo. Per questo le mie parole verranno ascoltate, in un luogo e in un momento lontano, da chi potrà essere tuo alleato, perché le vede come te.

Tornando a quel Napoleone, lui aveva pensato di usare la strada che valicava la montagna felice per muovere da una parte all'altra le sue macchine da guerra, i cannoni. Ma ciò non accadde, per fortuna o perché non era destino, e l'imperatore portò altrove le sue guerre. Così la via costruita per gli eserciti fu percorsa soltanto da esseri umani che amavano la bellezza pura di quei panorami, raffigurandoli in dipinti. Era l'epoca in cui alcuni viaggiatori e artisti scoprivano il "paesaggio" e lo ammiravano come meritano le meraviglie del mondo, alimentando quello sguardo che mette in comunicazione un cuore con un altro cuore. Esclamavano: sublime, spettacolare, terrificante, magnifico!

Nel secolo che seguì la costruzione della strada venne l'età delle cosiddette "macchine". Con questi rumorosi artifici gli uomini decisero di aprire una nuova via proprio attraverso la montagna felice. Non correva più fra boschi e dirupi, ma penetrava con un traforo nella sua roccia, su una pista tracciata con linee d'acciaio sul quale passava un marchingegno spinto dall'energia che il fuoco del carbone strappava all'acqua nel chiuso di una fucina viaggiante. Era il tempo in cui le strade univano le nazioni, in virtù di quel nuovo mito che gli uomini chiamavano progresso.

Nella profondità di quella montagna felice dal profilo di leone, che proprio da questo derivava il suo nome, viveva un Genio saggio e sensibile.

Anche se, nel corso dei secoli, i lavori degli umani gli avevano comportato numerose seccature, li guardava sempre più con grande benevolenza. Il giorno dell'inaugurazione del traforo della sua montagna, sorrise compiaciuto all'allegro festone di fumo del "treno". Sentiva un po' sua la gioia degli uomini che vedevano avverarsi il loro sogno di progresso. Secondo il loro modo di contare il tempo, era l'anno 1906. Il Genio sapeva bene dove andavano quelle macchine sbuffanti dopo aver attraversato la sua montagna. Decise allora di scendere a valle per godersi la festa.

2
I viaggi in pianura del Genio della Montagna

I suoi viaggi in pianura erano cominciati poco tempo prima, secondo il suo modo di misurarlo.

Verso la fine del secolo chiamato Quattordicesimo, il Genio aveva deciso di scoprire perché gli uomini si fossero messi a staccare così tanti pezzi da una bella montagna sua vicina e amica, sotto le rocce chiamate Denti del Nibbio, non lontano dal bel lago azzurro.

Come solo quelli della sua specie potevano fare, si era nascosto dentro una lastra di roccia. Era un marmo dalle venature rossastre tendenti al violetto: lì dentro si sentiva al sicuro, e si lasciò portare via dagli uomini. Dapprima viaggiò su un grande carro che scendeva nella valle, poi attraversò il lago a bordo di un barcone e quindi proseguì lungo il canale che penetrava fra i campi, rendendoli verdi e fertili. Finalmente raggiunse un luogo in pianura dove gli uomini vivevano gli uni accanto agli altri in ambienti costruiti con pietra, legno e vari tipi di terra cotta con il fuoco: le loro "case", circondate da "mura" e separate da "vie" e "piazze", formavano una grande "città", che si chiamava Milano.

Qui il Genio constatò con meraviglia che il marmo serviva a costruire una "cattedrale", un'architettura simile a una montagna, ma scolpita con figure, guglie e pinnacoli fiammeggianti verso l'alto che il tramonto accendeva di colori rosati, talvolta violetti. Per qualche giorno restò incantato al suo interno, nascosto nelle venature di quei marmi amici che gli umani avevano lavorato così bene, ad "arte". Quando conobbe meglio questa parola, e ciò che ne risuonava, se ne innamorò perdutamente. Nel Duomo, così si chiamava la cattedrale eretta con il suo amico marmo, risplendevano meravigliose vetrate di tutti i colori: sembravano piccoli laghi verticali percorsi dai colori dell'arcobaleno, che disegnavano infinite storie.

E fu proprio in quel luogo che un altro sapere umano lo conquistò: la musica, un'arte che gli uomini donavano a se stessi ma anche all'aria, diffondendola come un profumo. L'armonia divenne subito sua amica, ascoltò con diletto i canti degli uomini e i toni musicali degli strumenti da loro inventati.

Di fronte a tanta maestria il Genio della Montagna provava anche una certa timidezza. Ma fu un altro motivo ad allontanarlo dalla cattedrale: nelle vie che conducevano alla città spesso vedeva correre uomini per lui inspiegabilmente violenti, brandendo quelle che chiamavano "armi". Il sapore del sangue umano sparso sulla terra copriva quello delle rose nei loro giardini. Non volle scendere più tra gli uomini per circa un secolo, poco tempo per lui, fino a quando il desiderio della musica ebbe il sopravvento. Allora tornò fra i marmi della cattedrale, che era un cantiere sempre aperto. Subito gli andarono incontro il canto degli uomini e il suono dei loro strumenti. Strumenti di vita e non di morte, che amplificavano, arricchivano, esaltavano le armonie della natura a lui così care: le vibrazioni più profonde, le più alte e le più sottili della terra, dell'aria, dell'acqua e del fuoco, le voci degli uccelli, delle foglie, dei ruscelli e del vento. In quel luogo raccolto e pieno di invocazioni profonde, lui poteva ascoltare una musica nuova, bellissima.

Il Genio imparò a leggere magnifici libroni musicali scritti da Franchino Gaffurio, il maestro del coro.

Un giorno, sotto le vetrate e tra i ricami di marmo, sentì eseguire una composizione che lo conquistò: l'*Ave Maria* di Josquin Desprez. Quella musica sarebbe sempre stata sua amica, la preghiera degli uomini lo allontanava dalla delusione e dal dolore provocato dalle loro lotte.

Di nuovo lasciò correre anni e anni, guerre e guerre, scendendo sempre meno in città. Solo nei rari periodi di pace si decideva a tornare, viaggiando in un modo più agevole: non più nascosto nelle vene delle rocce, ma assumendo in tutto per tutto l'aspetto di un essere umano.

Però doveva avere sempre con sé un quarzo: un piccolo cristallo di rocca violetto che gli dava la forza di resistere lontano dalla sua montagna. Così iniziò a mescolarsi tra gli abitanti di un bel lago in pianura, assumendo sembianze sempre diverse, spesso quelle degli studiosi o dei pittori che guardavano rocce e panorami della sua montagna.

In questi primi nuovi viaggi non parlava molto con gli umani, lui che era tra i pochi spiriti della natura a cui fosse permesso di farlo. Ma ascoltava, cercando l'armonia e la bellezza dei loro gesti.

Prese a frequentare quel lago, chiamato Verbano. Ascoltava le donne che cantavano mentre lavavano i panni nelle acque limpide, i suoni che si alzavano dalle feste, soprattutto era deliziato dai concerti che si tenevano in uno splendido palazzo sull'Isola Bella, nome che approvava senza riserve. Per seguirli se ne stava in disparte su una piccola barca. Ah, le note vibrate dalla fantasia e dall'armonia degli uomini! Dopo qualche esibizione, un famoso violoncellista si accorse di quell'elegante gentiluomo in barca, così attento e rapito. Lo invitò a sedersi tra gli ospiti, da vicino avrebbe apprezzato meglio le sue note.

Da allora il Genio della Montagna non si perse un solo spettacolo. La sua presenza incuriosì i proprietari del palazzo, che lo vollero conoscere. S'inventò una professione, mercante di marmi e legnami, e iniziò a essere sempre più disinvolto anche nelle conversazioni. Riusciva a parlare di musica con sicurezza, pur se con misura e in un modo tutto suo. Stupiva le dame valutando a colpo d'occhio, ma con distaccata signorilità, i toni più delicati dei bagliori emessi dai loro gioielli di pietre preziose.

Poi vennero gli anni in cui gli uomini gli sembravano più tranquilli, felici del loro nuovo secolo appena iniziato, chiamato Novecento. Scese più spesso a Milano, per andare al teatro chiamato "alla Scala". Ideò per le sue visite l'aspetto di un gentiluomo grassottello dalle lunghe gambe sottili, vestito in abito da sera: sembianze che ricordavano l'eleganza leggera di un uccellino chiamato dagli uomini

Pica Pica o "gazza ladra", che era anche il titolo di un'opera musicale che lui amava. Quando gli fu necessario darsi un nome e cognome, come si usava tra loro, decise per Léon della Rocca.

Caro Fedele, tu sai bene come divenne tuo amico.

Il Genio si sentiva a suo agio con la tua sensibilità un po' speciale. E da te si lasciò condurre alla scoperta di un mondo nuovo: quello della pittura, del disegno, della scultura e architettura, lo appassionavano, ed erano più facili da scoprire se condivisi con te.

Poi c'era una giovane donna, tua amica e allieva, che aveva l'eleganza di una ninfea e la grazia di un petalo di rosa in volo nell'aria, ma negli occhi esprimeva la forza d'animo di una magnifica tempesta, trattenuta e immobile come una montagna. Solo una volta i loro sguardi si erano incrociati, ma tanto gli era bastato per capire la sua speciale sensibilità.

3
Vai a qualche concerto?

Nella primavera di quel 1906, desideroso di partecipare alla festa che gli umani preparavano per il traforo della sua montagna, salì su una di quelle macchine a vapore che l'attraversavano e si mise in viaggio per raggiungere la grande città di pianura dove erano in corso le celebrazioni.

Si era vestito con il suo abito da sera nero a coda, cilindro di seta, e per l'occasione un bastone da passeggio con preziose incastonature. L'abbonamento al teatro spuntava dal taschino dell'immacolato panciotto e, sul fondo della tasca, sentiva il tepore del suo inseparabile quarzo cristallino.

Giunto alla stazione a valle, prese una carrozza a cavalli fino a un porto sul lago, dove s'imbarcò su un battello.

Trovò sistemazione su di un sedile in prua, il legno della barca frangeva la corrente provocando baffi di schiuma e piccole onde. Una di queste gli chiese: «Che ci fai qui? Vai a qualche concerto?»

«Scendo in città, alla festa per il traforo della mia montagna!»

«Ah... Tu sei sempre troppo entusiasta degli esseri umani! Non ti fidar di loro, non ti fidar di loro, non ti fidar» dicevano in coro le piccole onde che si aprivano come ali al passaggio del battello.

Spiriti dell'acqua, le Ondine erano sue grandi amiche. Un sodalizio antico e leale, nato nella profondità della sua montagna e nelle corse dei torrenti nei suoi boschi.

«Come sono bravi gli umani quando si impegnano!» diceva il Genio alle piccole onde mentre ammirava le ville che sorgevano dall'acqua di quel lago. «Creano nuovi riflessi, con le forme e i colori delle loro idee.»

Dove il lago s'immette nel fiume, il Genio dovette scendere da quel battello per arrivare fino all'imbocco di un canale chiamato Naviglio Grande e prendere un'altra lenta imbarcazione, carica di sabbia. L'attesa lo rendeva frizzante. Chissà che cosa avrebbero inventato questa volta gli umani!

Mentre i cavalli tiravano con lunghe funi il barcone lungo gli argini lui canticchiava un'aria da *L'Europa riconosciuta*, l'opera con cui il Teatro alla Scala era stato inaugurato più di un secolo prima. «*O Temide immortale, o intelligenza eterna, dalla magion superna, ove in tua luce splendi, le nostre menti a rischiarar discendi.*»

Da te, caro Fedele, aveva saputo che quella dea, Temide, nata in una terra di bellissime rocce a picco sul mare sparso di isole, era la personificazione dell'idea di giustizia tra gli dèi e gli uomini. Sorella di Mnemosine, la divinità della memoria: entrambe figlie di Gea, la terra, e di Urano, il cielo. Erano tutte figure di una storia che Léon non conosceva, ma lo affascinò subito: favole per riflettere, inventate dalla fantasia conoscitiva di un popolo antico. Iniziava a pensare che potesse nascere un nuovo rapporto fra gli uomini e gli spiriti della natura.

Ma le cose non andarono come lui aveva in mente.

Gli altri spiriti della montagna, suoi fratelli, disapprovandolo, avevano stretto un diverso genere di alleanza con altri umani. Spaventati da chi penetrava nelle rocce con le macchine deviando corsi d'acqua e tagliando alberi, avevano deciso che non era possibile nessuna comunicazione costruttiva o comprensiva: si poteva stabilire una qualche forma di contatto solo con chi fosse assoggettabile. Chi credevano di essere quegli uomini, con la loro invadente e cieca ambizione di progresso?

Il Genio aveva esposto le sue ragioni in difesa del genere umano: bisognava distinguere e comprendere, riflettere bene prima di classificare, non solo sorvegliare e punire come avevano in mente i suoi fratelli.

«Gli uomini sono frutto di un'affinata evoluzione, sanno parlare tra loro, con i loro cuori e con l'Invisibile. Hanno inventato l'arte e la musica!» disse tentando di convincere i suoi fratelli.

Ma *Loro* si irrigidirono più della pietra stessa di cui erano fatti, quasi ignorassero che anche questa era un'unione di forze e materie assai diverse fra loro. Non ricordavano gli adattamenti, lenti ma progressivi, che avevano fatto sorgere le montagne dal cuore della terra, e dimenticavano anche di essere custodi della sua memoria, insieme all'acqua che scorre.

La lite tra Léon e i suoi fratelli, scoppiata proprio nei giorni dell'inaugurazione dell'Expo, era divampata con toni tanto accesi da provocare uno spostamento di placche rocciose e di magma infuocato, che si era propagato fino a risvegliare il vulcano che gli uomini chiamavano Vesuvio.

E così il Genio comprese con tristezza che non vi era

più possibilità di comunicazione. *Loro* si stavano allontanando da lui, non volevano più ascoltarlo.

Una sera, dopo un bel concerto, si ritrovò accerchiato da un'orda di automi inviati proprio dai suoi fratelli. Capì di essere in trappola. Non bastò a salvarlo neppure l'aiuto delle sue amiche Ondine.

Si rifugiò nel padiglione che simulava un interno del suo amato Duomo, ricostruito in legno e cartapesta, ma qui venne trovato e circondato. Lui aveva gli strumenti per difendersi, ma così facendo rischiava di scatenare le forze primordiali che si annidavano nel profondo del suo essere. I suoi avversari, i Geni che voleva chiamare ancora fratelli, lo avevano posto di fronte a una scelta drammatica: usare la sua forza per difendersi. Fu così che, per non distruggere quella città che aveva imparato ad amare e per non nuocere a molti dei suoi abitanti, compresse tutta la sua potenza, trasformandosi in una vena colorata dentro una colata di vetro cristallino e trasparente.

Il Genio della Montagna, il tuo amico León, è ancora imprigionato, per non nuocere all'umanità. Solo un uomo potrà liberarlo. Ma per compiere questa impresa avrà bisogno dell'aiuto di un altro uomo, lontano negli anni ma vicino nei sogni e nelle pieghe del tempo.

4
Quando Fedele finì di leggere, quelle parole svaporarono

Fedele era arrivato alla fine del racconto, ma prima che ricominciassero le pagine del libro di Ruskin c'erano altre parole, scritte a mano in bella calligrafia. Una lettera.

Il viaggio che hai compiuto ti ha portato nella tua memoria, ma anche in quella del tempo dei miti, del potere dell'im-

maginazione e delle favole. Come chi sa camminare sulla via della bellezza e della meraviglia.
Porta sempre con te ciò che questo viaggio ti ha donato. L'onda immobile può collegare epoche e spazi lontani, le pieghe del tempo ci riuniranno ancora, grazie alla pietra della memoria. La danza del passato possiede la chiave che porta al futuro, mentre il colore del tempo perduto ti aiuterà a far sciogliere le lacrime che tu saprai raccogliere e la montagna dove scorreva il sale dischiuderà di nuovo la sua onda. Una cascata di luce bianca e nera rigenererà l'arcobaleno dei colori. Hai fatto pace con la tua memoria, troverai la forza della roccia e la leggerezza di una farfalla. Così scoprirai il tuo gesto per il futuro.
Chi sono io per sapere e svelarti tutto questo? Una medusa, un serpente, un riflesso di luce sull'acqua. Un'Ultima Ondina, un'amica che ama chi ti vuol bene, nella scia di un sentire perenne. Ricorda però: il mondo ha un movimento a vortice e io che sono acqua non posso sottrarmene.

Quando Fedele finì di leggere, quelle parole svaporarono. Come pure il racconto dell'Ondina. Ma il contenuto del messaggio era chiaro.
Doveva liberare il Genio, il suo amico Léon!

39

La Torretta del Capitano

Luglio 1929, sull'Appennino settentrionale

I
Per questo era di nuovo lì, nella valle di Ettorino

Tutto era pronto, niente era chiaro. Fedele però aveva un piano.

Anche se gli sembrava solo un intreccio di idee assurde, illuminate da balenanti speranze, dopo aver letto *Il racconto dell'Ondina* un'energia nuova aveva dato sicurezza alle sue decisioni. Per questo era di nuovo lì, nella valle di Ettorino. Inutile alimentare le incertezze: una rete di connessioni tra ricordi, intuizioni, casualità e visioni da sogno sempre più reali si era ormai intessuta quasi da sola.

Adesso toccava a lui: doveva liberare il Genio... il suo amico Léon. Non poteva attendere oltre, considerato ciò che aveva visto alla Torretta del Capitano.

La mattina vi era tornato e aveva trovato una situazione molto cambiata dall'ultima volta: adesso erano in corso dei lavori, come dimostravano i sacchi di cemento e un bel mucchio di sabbia con un paio di badili piantati al centro. Il ponticello era stato riparato e la porta d'ingresso era chiusa da un grosso lucchetto nuovo fiammante, con tanto di chiave infilata.

Stava per entrare quando sentì delle voci. Si nascose e vide arrivare dal sentiero due tizi. Grandi e grossi, indossavano abiti di buona fattura, con motivi a righe e a scacchi: riconobbe subito i due energumeni dei vicoli di Genova.

Una brezza tiepida accarezzò la sua fronte. Era *quel* soffio! Ed ecco che vide i due camminare sempre più lenti. Dopo aver confabulato a bassa voce, si afflosciarono a terra, sotto la tettoia del piccolo cantiere. Il soffio lo stava aiutando, li sentiva russare. Uscì dal suo nascondiglio e, sempre accompagnato da quel tiepido alleato, si avvicinò alla torretta. Oltrepassato il ponticello, aprì il lucchetto con la chiave ed entrò. Lasciando la porta socchiusa.

La stanza era immersa in un buio denso, non poteva essere causato dal semplice oscuramento delle finestre. Lì dentro sembrava che l'ombra *mangiasse* ogni luminosità, dallo spiraglio della porta non entrava nessuna luce. Facendosi coraggio accese una candela che aveva portato con sé, illuminava ben poco ma si inoltrò nella stanza. Il pavimento sembrava asciutto, senza il fango freddo che lo aveva turbato la volta precedente. Dopo qualche passo, individuò un piccolo bagliore rosato. Un panno scuro ricopriva qualcosa, il chiarore traspariva dalla stoffa.

Lo fece scivolare a terra e vide un grosso blocco di cristallo trasparente che emanava una tenue luminosità. Appoggiò la mano, era tiepido come la pelle di una creatura vivente e la sua luce aumentò. Vetro, cristallo di rocca o quarzo che fosse, al suo interno vide un insieme di linee rosate, azzurrognole, violacee. Sembravano le venature del marmo, ma ricordavano altro: il sistema venoso di un essere umano, spezzato, scomposto e imprigionato in quel blocco di cristallo.

Accarezzando il cristallo con la punta delle dita, il professore si accorse che in certi punti era più fresco. Fu allora che sentì un profumo lontano di bosco, muschio e funghi, un concerto di pettirossi all'alba, una brezza d'aria pura. In quel blocco di vetro c'era il suo amico Léon della Rocca... o quello in cui lui si era trasformato: doveva liberarlo!

Decise di togliere dal suo cilindro lo spesso strato di cera con cui lo aveva ricoperto per aprirlo, ma un morso d'aria gelida gli artigliò la schiena. La candela si spense. Il buio iniziò a farsi ancora più denso, più pesante e vischioso. Il silenzio era talmente cupo che rimbombava nelle orecchie.

Rabbrividì per il freddo, sentendosi quasi svenire. Provò a posare di nuovo le mani sul blocco di cristallo. Il tepore gli diede abbastanza energia per voltarsi verso l'uscita, vicina eppure lontanissima. Fece quei pochi passi a fatica: i suoi piedi affondavano nel pavimento che adesso era diventato fango, gli avvolgeva le scarpe.

Poi la porta si aprì un poco spinta da un venticello tiepido che entrò nella stanza. Subito si riscosse dal freddo e dal torpore, si liberò dal fango e svelto corse fuori. Si nascose tra gli alberi.

I due tizi sotto la tettoia iniziavano a svegliarsi. Li vide rialzarsi ingrugnati e poi entrare nella torretta. Raggiunse di corsa il cavallo lasciato nascosto nel bosco e tornò al galoppo al castello di Ettorino.

2

Le casse dovevano contenere qualcosa di fragile o prezioso

Era ormai il crepuscolo.

Fedele, in piedi vicino al basso muro di guardia del castello, valutava il precipizio.

Nei secoli passati quel dirupo era stata la migliore difesa dagli attacchi nemici. Rialzò lo sguardo sulle colline e sulle rocce della Ripa, poi scrutò giù, nella valle. Salivano le prime ombre, attraversate dai raggi del tramonto che, più di ogni altra volta, gli parvero spade di luce puntiforme.

Intorno aveva un paesaggio che ben conosceva, quello della sua gioventù. Tutto gli appariva amico. In pace, senza presagi di strane apparizioni. Si voltò per cercare la luna. Eccola, piena, bianca nel cielo ancora chiaro. Non poteva indugiare oltre.

Tornò verso la veranda e vide Ettorino nel salone, affaccendato fra i tavoli sui quali spessi teli coprivano qualcosa di voluminoso. Grosse casse di legno con i coperchi aperti erano sul pavimento, certo i suoi ultimi acquisti. L'amico era arrivato senza preavviso quella mattina, mentre lui era alla Torretta del Capitano.

Entrò, lo raggiunse mostrandosi il più tranquillo possibile.

«Oh-oh, eccoti qui!» Il marchese di Valdipietra si voltò verso di lui, raggiante di soddisfazione. Era di fronte a un tavolo fratino, su cui un lungo telo ricopriva delle forme. La stoffa era così spessa che il professore non riuscì a immaginare che cosa celasse.

Ettorino gli scoccò un'occhiata sorniona: «Giusto in tempo per mostrarti... una sorpresa!»

Si chinò verso una cassa a terra e sollevò, liberando dai trucioli che la ricoprivano, una piccola lancia a forma di tridente marino, incrostata di conchiglie. Doveva essere stata trovata in fondo al mare, solo le punte verde rame chiaro erano lucidissime. L'appoggiò con cautela alla parete.

«Hai pulito tu le punte?» domandò il professore.

«No no, erano già così quando l'ho comprata. Ma aspetta!» Tornò al tavolo.

«Voilà!» sollevò il telo con il gesto del prestigiatore.

Il professore sobbalzò. Parti di un'armatura antica, appoggiate in bell'ordine, rilucevano argentate e dorate nei ceselli, negli sbalzi, e nelle incisioni che le istoriavano.

L'elmo era una borgognotta con visiera, quasi una scultura a tutto tondo, ma vuota all'interno. La figura di un delfino si proiettava in avanti, il cavo degli occhi era evidenziato da pieghe. Dalla bocca aperta, lunga e minacciosa, sporgevano denti aguzzi. Sembrava un essere marino minaccioso ma bellissimo.

«Ettorino, già solo questo elmo è stupendo. Ma è una copia di qualcosa di antico, vero?» chiese Fedele osservando il resto dei pezzi dell'armatura che l'amico stava scoprendo dalle coperture.

«No, no! O meglio, è un originale barocco che si rifà con fantasia a un'armatura da parata rinascimentale. Infatti, come vedi, il disegno è ricco di bizzarre meraviglie. Alcune incutono paura, vero? Eh, eh... non mi sono fatto mancare nulla!» Lo guardò sornione, in attesa di un altro commento.

Il professore stava passando in rassegna quel bottino da museo. «Hai svuotato qualche collezione storica, ma soprattutto le tue tasche... Se non sono false, queste armi valgono una fortuna!»

«L'hai detto, ho fatto un buon investimento. Ma per ora non chiedermi la provenienza, è un piccolo segreto. Le ho salvate dall'andare alla malora, ma ciò non vuol dire che non si siano fatte pagare. Comunque non ho svuotato nessun museo, tu sai che amo salvare tesori da mani che li disperdono, e appena possibile vorrei aprire questa mia collezione al pubblico. Io non gioco in borsa, anche se adesso tutti dicono che è il momento giusto per farlo: sembra che questo '29 sia l'anno più buono di sempre! Sai che a me gli investimenti azionari non piacciono troppo, accanto alla ricchezza ci vuole anche della reale bellezza. E che sia per tutti. Ora che il presente corre così veloce, dobbiamo rispettare di più il nostro passato. La bellezza è un dovere, nel piccolo e nel grande. Inoltre è un bene che non perderà mai valore, come tu m'insegni.»

Ettorino si avvicinò al tavolo successivo, anche questo

coperto da un telo pesante e rigonfio. «Vieni a vedere questo scudo.»

«Ma... sembra la rotella con il *Trionfo di Galatea*! L'originale è a Parigi, al Musée de l'Armée. Ettorino, che cosa hai combinato?» domandò Fedele stupefatto.

«È una copia più ricca di disegni, però antica, anche questa barocca. Guarda che abbondanza di riccioli ritorti per disegnare le onde e i flutti del mare. Capricci creativi dell'epoca. Favolosa, eh? Un giorno varrà un bel mucchio di quattrini. Come vedi mancano i Tritoni, in compenso il velo della Ninfa, se inclini lo scudo a una certa luce, prende un riverbero rosso. Magie del Barocco!»

«Davvero non ti sei fatto mancare nulla» mormorò Fedele, turbato non solo dalla bellezza di quell'armatura: era la Galatea a catturare i suoi occhi. Guardava quel velo seguendone le volute d'argento e d'oro, dai riflessi di bel un rosso caldo. Gli sembrò che l'armatura custodisse il sonno di un eroe addormentato, vegliato da tutti quegli esseri del mare scolpiti.

Ettorino gli mise una mano sulla spalla mentre con l'altra indicava la parte inferiore dello scudo: proprio sotto ai delfini era incisa una scritta. «È tradotta dal latino, una citazione dai *Dialoghi marini* di Luciano.»

Fedele lesse, con calma a voce alta. NON STUPIRTI, NETTUNO, SE FACCIAMO DEL BENE AGLI UOMINI, POICHÉ ANCHE NOI ERAVAMO UOMINI, PRIMA DI ESSERE PESCI.

Alzò gli occhi verso l'amico, l'abbracciò. Valeva più di qualsiasi complimento.

Consumarono una cena veloce, stranamente silenziosi, poi Ettorino, affaticato dal viaggio, disse che sarebbe andato subito a dormire.

Fedele si sedette al tavolo e prese carta e penna. Doveva fare in fretta. Aveva già lasciato una brevissima lettera per Ettorino. Quella che ora stava scrivendo era ben più dettagliata, dato il destinatario.

3
Perché io, caro dottore, ho finalmente riacquistato tutti i miei ricordi

Caro Schein,
grazie di avermi fatto avere il suo nuovo indirizzo, è lontano ma spero che questa mia le arrivi, prima o poi.
Sono tornato in valle dopo la mia visita dello scorso aprile, la prima dopo anni. Ritrovare questo paesaggio mi ha particolarmente emozionato. Mi sono sentito di nuovo giovane e in qualche modo a casa. Giunto al castello, ho potuto riconsiderare con calma ciò che avevo letto in alcune pagine che mi erano arrivate in modo misterioso, ma mi hanno aiutato a sciogliere molti enigmi. Voglio capire, dare un senso a ciò che mi sta accadendo.
Perché io, caro dottore, ho finalmente riacquistato tutti i miei ricordi.
Le racconterò poi tutto, se riusciremo a scriverci o meglio a vederci. Le avventure che ho vissuto nel mio recente viaggio in Italia sono state una realtà fantastica e un sogno realistico insieme. Ho capito che adesso ho un compito verso gli amici del mondo della natura, come Giulia lo ha avuto prima di me. E ciò che ho visto proprio stamattina conferma la mia idea.
Oggi credo di avere trovato il mio amico Léon, che avevo perduto più di vent'anni fa. Può sembrare assurdo, ma ora so che lui è un Genio della Montagna, amico delle Ondine, le creature che avevo tanto cercato insieme alla mia amata Giulia. Lei l'avrà capito prima di me, caro Schein: ci sono trame di mondi sconosciuti che si riflettono nella mia vita. Ho visto e riconosciuto Léon, imprigionato dentro un blocco di vetro. Stanotte andrò a liberarlo. Non so come, ma ci riuscirò, mi sento pronto anche se nulla di ciò che potrò fare mi è chiaro.
Penso che userò il cilindro di pelle nera che ho accanto a

me. Non tema, non è quello di una volta. Ora contiene veri oggetti, legati a dei momenti importanti per me, per il mio passato, credo anche per il futuro di questa realtà meravigliosa.
La saluto e spero di poterla venire a trovare di persona, per raccontarle tutte le mie straordinarie vicissitudini.
Suo,
Fedele Majeri

4
Tutto era pronto, anche se niente era chiaro

Finito di scrivere si guardò intorno. La sala era quasi buia.

Si alzò, uscì nel prato e andò al muro di guardia. La valle era illuminata dalla luna piena, solo alcune nubi in movimento la offuscavano a intermittenza.

A dispetto dell'ottimismo che aveva manifestato scrivendo, le sue preoccupazioni non erano poche. Se era stato costretto a fuggire dalla torretta con la luce del giorno, come poteva tornare là nel cuore della notte e combattere da solo contro quella terribile ombra? Non sapeva affatto come usare le pietre, il lacrimatoio e la mappa che custodiva nel cilindro, ma confidava di scoprirlo al momento giusto. Per intuizione, come ultimamente gli accadeva sempre, o lasciandosi portare dagli intrecci del destino e di una forza nascosta che ogni tanto veniva in suo aiuto.

Tutto era pronto, anche se niente era chiaro. Doveva partire subito, al galoppo fino alla Torretta del Capitano. Stava per rientrare, quando un movimento nell'ombra attirò la sua attenzione. Guardò verso il precipizio.

E quello che vide risalire dal dirupo lo paralizzò.

40

Allo squero e al castello

Venezia, isola di San Giorgio, 20 *novembre* 2006 –
Appennino settentrionale, luglio 1929

I

Il vento è cambiato: ora è scirocco, e soffia già forte

Il motoscafo accosta a fatica.

Il pontile mobile si alza e si abbassa, quasi fosse in balia di una tempesta in alto mare e non nella darsena dell'isola di San Giorgio. Gli alberi delle barche a vela si inclinano in modo disordinato, a volte quasi si toccano, grossi motoscafi vengono sollevati come fossero piccole boe. Le cime d'ormeggio stridono e gemono con forti singulti, tra lo sferragliare di sartie e catene.

Il vento è cambiato: ora è scirocco, e soffia già forte. In laguna il consueto respiro tra gli elementi che nutre millenari equilibri tra mare e terra è in grande affanno. La banchina in pietra e il campo davanti alla chiesa sembrano una spiaggia lambita da onde lunghe, basse. Verdi come bronzo ossidato. Rami, bottiglie e altri rifiuti, aggrovigliati con sacchetti di plastica spinti dall'acqua e dal vento, formano un isolotto sotto l'approdo del traghetto.

«Di più non riesco ad accostare» urla il tassista. Stacca

una mano dal timone per indicare da dove scendere. «Saltate quando ve lo dico io, fate attenzione!»

Al suo segnale Manfredo si butta, Sandy lo segue subito dopo. Si voltano per aiutare Havealook, la barca si è dovuta allontanare per un'onda più grossa, quando riaccosta al pontile anche lui si lancia sicuro, stupendoli per la sua agilità. Malgrado quello scenario sorride sotto il suo bel cappello da capitano, raggiante per l'avventura.

Dal motoscafo Manfredo ha telefonato al bibliotecario della Fondazione Cini, conosciuto tempo prima per alcune ricerche, chiedendo di fare una rapida visita. Eccolo che corre loro incontro, ben chiuso in una cerata che arriva fino agli stivali, tende una mano a tutti per le presentazioni, mentre con l'altra si tiene in testa il cappuccio che il vento continua a rovesciargli.

«Ben arrivato, dottor Monfalco! Piacere, signorina. Mister Havealook, sono un suo ammiratore! Mi dispiace che ci conosciamo in questi frangenti.»

In fila uno dietro l'altro, stringendosi nelle giacche per ripararsi dal vento, si incamminano lungo la banchina a fianco dell'antico monastero.

«Una perturbazione così intensa non era stata preannunciata dal meteo, speriamo passi presto» dice il bibliotecario tenendo d'occhio la bassa onda verde rame, orlata di schiuma più chiara, che copre la pietra bianca della pavimentazione. Per evitare di bagnarsi i piedi il giovane passa rasente al muro. E nell'intonaco, dove un istante prima c'erano solo alcune vecchie sbrecciature calcinate nel rosso, Manfredo vede emergere preoccupanti chiazze di umidità. Muffe che spuntano e fioriscono allargandosi improvvise precedono i loro passi, dense e grumose.

Le macchie più vicine si muovono, si compattano.

Interroga con lo sguardo Sandy, lei sussurra: «Le vedo anch'io! Sono sempre *Loro*! Non abbiamo tempo di avere paura.» Eppure ora Manfredo non riesce a non pensare alla terribile massa informe che ha risucchiato R.D. balzando fuori da un muro di mattoni e pietre.

«Non è utile ricordare quello» bisbiglia Sandy come se avesse letto nei suoi pensieri. «Prova di immaginare qualcosa che non fa paura.»

Manfredo le sorride pensando alla loro passeggiata sulla spiaggia del Lido, si ripete che deve mantenere la calma, non permettere a quelle visioni di allearsi con i suoi timori.

Havealook e il bibliotecario camminano davanti, vorrebbe avvisarli di stare distanti dal muro ma Sandy intuisce ancora quello che lui pensa. «Nessun pericolo per loro, non vedono come noi» mormora piano. «Spaventarli è di peggiorare, non capirebbero.»

Proseguono con i piedi nell'acqua color verde rame, come bronzo ossidato, quasi il metallo liquido volesse corrodere la pietra. Mentre le macchie nel muro ora si muovono, dense. E diventano sempre più scure.

2

Calmo, doveva restare calmo, si ripeteva Fedele

Spaventosi esseri di fango nascevano dalle pietre più grosse del dirupo e subito iniziavano la scalata verso il muro di cinta del castello. I corpi erano gonfi e tozzi, non avevano la testa, le bocche larghe si aprivano in uno squarcio in mezzo ai busti tarchiati, sotto i grandi buchi grigi dei loro occhi. Corte le braccia e le gambe, eppure quegli esseri di fango si arrampicavano sicuri, scavalcando ogni ostacolo. Lo sperone di rocce, coperto da terra friabile, stava generando un incubo assurdo, ma reale.

Calmo, doveva restare calmo, si ripeteva Fedele.

Guardò giù. Tre di loro erano già vicini: ben illuminati dalla luna, i denti aguzzi risaltavano negli squarci delle bocche. Erano molto simili ai mostri del suo sogno di mesi prima. Che cosa poteva fare? Fuggire era inutile, non voleva e non poteva abbandonare Ettorino.

Lasciò il muro di cinta e corse verso la veranda. Chiuse bene la pesante porta di vetro. Poi vide un bagliore, un movimento nell'ombra seguito da un rumore metallico, lì nel salone. Coperto dal mantello viola, l'automa era uscito dal buio e si stava avvicinando a lui. Non era solo: il Cavaliere galleggiava sospeso nell'aria sulla sua sella e, a differenza della vera scultura, aveva braccia e mani tese in avanti come a governare le redini di un cavallo invisibile. Nel volto di marmo si schiudeva il sorriso enigmatico che Fedele ben conosceva.

Li guardò stupefatto ma felice: aveva trovato degli alleati.

L'automa indicò con l'unica mano l'armatura appoggiata sul tavolo e nelle fessure dei suoi occhi si accese una luce calda. Il professore intuì che cosa doveva fare. Si avvicinò e afferrò l'elmo a forma di testa di delfino. Le fauci spalancate si abbassarono da sole appena lo indossò. Poi prese lo scudo con una mano e con l'altra impugnò la lancia a forma di tridente marino, dalle punte lucide e acuminate.

Mosse i primi passi un po' impacciati attraverso la sala. L'automa lo seguiva alla sua destra, alla sua sinistra il Cavaliere fluttuava sospeso a mezz'aria. Subito l'elmo, lo scudo e il tridente divennero leggeri.

I mostri erano già nel prato, ma camminavano lenti. Sull'erba dietro di loro avanzava liquida una lingua bassa, nera e luccicante quasi fosse catrame, che arrivò a circondare i piedi dei mostri come l'orlo di una marea densa. Precedeva e guidava i loro passi.

Fedele uscì all'aperto puntando il tridente davanti a sé. Lo roteò e con sorpresa vide che le punte lasciavano nell'aria delle sottili scie di goccioline verdi e brillanti, quasi fossero trasparenti gemme preziose.

I mostri si fermarono, alcuni arretrarono. Sulla superficie esterna dello scudo, i disegni incisi nel metallo si erano animati: i delfini saltavano in un mare di argento liquido, sollevando onde che si arricciavano in spirali dai colori dell'arcobaleno. Fedele non poteva accorgersene, tenendolo davanti a sé. Quando invece dallo scudo si srotolò un velo rosso corallo che si apriva sempre più nell'aria, lui lo vide bene: era il manto della Ninfa Galatea!

Nel suo cuore adesso vibrava un coraggio sconosciuto, di cui percepiva una familiarità lontana.

Iniziò a roteare sempre di più il tridente. Ed ecco un'altra meravigliosa sorpresa: le scie di goccioline disegnavano una grande rete luminosa che si stese sul prato. I mostri appena la videro si fermarono spalancando le bocche minacciose. La scura marea di catrame scintillava anch'essa immobile attorno alle loro tozze gambe di fango.

3

Da dove viene quel refolo, così strano e piacevole?

Il gruppo è arrivato alla porta che conduce allo squero.

Le barche nella darsena sono sempre più imbizzarrite, il vento forte, freddo e umido incalza le onde. Eppure Manfredo in quella tempesta sente un soffio d'aria tiepida e asciutta che gli accarezza la fronte. Guarda il cielo: da dove viene quel refolo così strano e piacevole?

Si volta, le macchie nel muro stanno sbiadendo e in un attimo sono scomparse.

Il bibliotecario apre la porta. «Entrate, l'ultimo tiri il battente che la serratura si chiude da sola.»

Manfredo si volta verso lo scivolo per barche dello squero, coperto dalle onde che frangono contro il grande portone di legno. L'acqua è sempre più scura, il cielo violaceo. Ma a nord sul mare c'è una striscia di luce calda sopra l'orizzonte, gonfio e curvo come mai gli è capitato di vedere.

Chiude la porta alle sue spalle e segue gli altri in un lungo corridoio.

4
Fedele mosse il tridente

Il mantello della Ninfa Galatea sferzava l'aria, rosso infuocato pur in una notte di luna piena.

Fedele mosse il tridente, dalle punte sgorgarono altre goccioline che questa volta corsero via in un'unica scia arricciata, una piccola onda luminosa che si alzò nell'aria verso i mostri. Li avrebbe fatti scappare, pensò il professore. Invece quelli si coprirono gli occhi con fango preso dai loro stessi corpi e iniziarono a muoversi di nuovo, incuranti anche della rete di goccioline stesa a terra: da quando i mostri non la vedevano più, la marea di catrame riusciva a coprirla.

All'improvviso, dalla Ripa scese un vento forte, caldo e asciutto. La rete di goccioline ancora rimasta sul prato evaporò in un attimo, così l'onda luminosa. Fedele continuava a brandire il tridente che ormai non produceva più scie. Il manto di Galatea s'impennò verso il cielo, diventò sempre più piccolo e si riavvolse su se stesso in una spirale. In un attimo sparì nello scudo, dove le onde e i delfini erano tornati a essere soltanto un disegno inciso nel metallo. Poi, il vento caldo cessò di colpo. La marea scura e catramosa aveva spinto i mostri a compattarsi in una schiera. Senza fermarsi, iniziarono a liberarsi i grandi occhi dal fango che li copriva.

L'automa fece qualche passo in avanti avvolto nella cappa viola. Il Cavaliere sorrideva, anche se i mostri con le orribili bocche aperte erano sempre più vicini e minacciosi.

E il vento caldo riprese a soffiare.

5
Sì, la musica ci può aiutare

Il grande spazio del cantiere in disarmo è quasi vuoto. A parte certe lunghe travi ammassate a una parete, vecchio legname per la costruzione delle gondole.

Il bibliotecario è preoccupato, un'acqua così alta l'ha vista solo nelle foto dell'alluvione del 1966, la tragica Acqua Granda. Onde smisurate si erano abbattute sui Murazzi e avevano smosso gli enormi massi foranei di pietra d'Istria, provocando disastrose inondazioni.

Indica un calorifero acceso dove possono appoggiare le giacche bagnate, poi con un ampio gesto mostra lo squero: «Metteranno un vetro al posto del gran portone di legno sullo scivolo a mare, diventerà un auditorium. L'acustica del locale è molto buona. Ieri abbiamo portato un pianoforte e suonato un pezzo di Debussy, per l'occasione abbiamo voluto togliere ogni traccia di umido.»

«Oh, che fantastica idea! E che cosa è stato eseguito?» chiede Havealook con la sua calma olimpica.

«Un preludio, La *cattedrale sommersa*. Tema adatto a questa giornata.» Il giovane dà un'occhiata all'esterno e continua serio: «Vi consiglio di fare in fretta, temo che i battelli abbiano problemi di attracco. Quest'acqua alta è così insolita.»

Havealook lo interrompe.

«*In un lontano giorno, a causa della cattiveria degli uomini, un'enorme quantità di acqua inondò e sommerse un piccolo paese. Ma le campane della chiesa talvolta risuonano ancora dalle profondità.* Così racconta la leggenda bretone che ha ispirato Debussy. Dev'essere stato di grande effetto ascoltare quella musica qui, di fronte alla laguna» conclude il collezionista.

Il bibliotecario annuisce sorridendo. Manfredo intercetta lo sguardo di Sandy che gli indica il soffitto preoccupata. Ancora macchie scure! Alcune si muovono lente, altre guizzano rapide e si allargano corpose sul muro, poi scappano a nascondersi tra le vecchie assi di legno accatastate.

Il viso di lei s'illumina, sussurra: «Sì, la musica ci può aiutare...»

Va al centro dello squero, si ferma guardando la parete e le macchie che si muovono ingrandendosi. Poi inizia a cantare: *Ave Maria, gratia plena, Dominus tecum, virgo serena.*

La sua voce è limpida e soave. Havealook le si avvicina e, dopo essersi tolto il berretto da capitano, intona quelle stesse parole in un perfetto contrappunto, con voce bassa e piena. Il suo viso è rivolto in alto, quasi estasiato e apparentemente ignaro di ciò che accade nei muri. Le loro voci salgono, una si riflette nell'altra.

Ave, cujus conceptio, solemni plena gaudio, coelestia, terrestria, nova replet laetitia.

Il bibliotecario ascolta, prima sorpreso e poi ammirato. Manfredo vede che le macchie guizzano su se stesse come impazzite, o colpite da qualcosa. Altre escono dal loro nascondiglio dietro i legni, simili a piccole serpi. Sono in fuga, rimpicciolendosi strisciano fino a sparire nelle fessure tra i mattoni, nelle ombre tra i legni.

Finché l'ultima parola di quel canto ne cancella ogni traccia.

Ave, cujus conceptio, solemni plena gaudio, coelestia, terrestria, nova replet laetitia.

6

Ma di chi erano quelle voci, da dove venivano?

Forse portato da quel vento caldo, un canto arrivava da lontano.

Due voci sconosciute, una femminile molto dolce, seguita da una maschile più profonda. Il professore riconobbe la melodia e le parole: le stesse che Léon della Rocca intonava sommessamente quando visitavano il Duomo, un'*Ave Maria* di Josquin Desprez. Ma di chi erano quelle voci, da dove venivano? Più la melodia riempiva l'aria, più la marea di catrame che copriva il prato si prosciugava in grumi scuri.

Il Cavaliere sembrava seguire il canto e il vento, guardandosi intorno con il suo sorriso antico, il metallo dell'automa brillava alla luce della luna. I due erano fermi nel prato davanti alla schiera di mostri, ora immobile come un piccolo esercito di terracotta.

Dopo qualche istante i mostri iniziarono a sgretolarsi, quasi fossero di sabbia. Mentre ciò che rimaneva della marea rappresa in grumi neri penetrava nel terreno. Presto nel prato non ne rimase più nessuna traccia.

Il canto si allontanò affievolendosi nell'aria. Fedele lo ringraziò in cuor suo per aver sconfitto il nemico. Forse anche quel misterioso vento caldo era dalla sua parte?

Rientrò nel salone, si tolse l'elmo, posò il tridente e lo scudo. Prese il suo cilindro di pelle scura e se lo mise a tracolla. Fuori l'automa scrutava la valle. Il suo mantello si gonfiava nella luce lunare, alzato dal vento che soffiava ancora più caldo. Il Cavaliere era al suo fianco, ben saldo sulla sua sella sospesa nel nulla, le braccia tese al comando delle redini invisibili.

Avevano vinto quella battaglia. Ma adesso era il momento di tornare alla torretta e liberare il Genio.

Tutto era pronto anche se niente era chiaro.

Un brontolio profondo rimbombò nella valle. In un istante lunghissimo si amplificò, diventò un boato.

La terra tremò. Il vento soffiava caldo, sempre più caldo. Poi un altro boato.

7
A volte accade qualcosa di più grande della nostra consapevolezza

«È stato bellissimo e ci ha salvato!»

Manfredo lo sussurra abbracciando Sandy, che ha appena finito di cantare.

Havealook rimettendosi il cappello da capitano precisa soddisfatto: «È un bel mottetto di Desprez, un piccolo capolavoro di polifonia. Possiamo ipotizzare fosse una delle musiche che ascoltava Leonardo da Vinci, quando veniva cantato dal coro del Duomo di Milano. Allora il maestro era Franchino Gaffurio.»

Il bibliotecario si volta verso il grande portone di legno colpito da onde sempre più forti. «Vi ringrazio entrambi: un'emozione speciale, bravi!» Guarda l'orologio. «Ora però devo proprio lasciarvi. Mi raccomando, cercate di trattenervi il meno possibile. Se non trovate battelli, chiamatemi. Ho un amico alla Giudecca, credo che possa venirvi a prendere con il motoscafo. Vi mando il suo numero. Per uscire passate dalla basilica... Grazie ancora di questa visita, speriamo di rivederci con più calma.»

Stringe la mano a tutti e si allontana.

«Non so come ho pensato a quel canto, io volevo una preghiera, ed è arrivato improvviso... Non sapevo che lo conosceva anche Havealook» dice Sandy a bassa voce.

«Sembra che ci sia sempre una ragione, nelle nostre visioni e intuizioni di questi giorni, così speciali. A volte accade qualcosa di più grande della nostra consapevolezza, e viene da lontano. La realtà è solo una traccia che corre. E domani è la festa della Madonna della Salute» sorride Manfredo.

«Sento che ci sono connessioni di cui non sappiamo. Possibile che i nostri gesti creino scie, onde nel tempo, fili che si intrecciano... adesso impossibili di vedere» conclude lei con le piccole pieghe da bambina saggia che le si aggrottano nella fronte.

Havealook rimane serafico, come se nulla lo preoccupasse. Ora il suo sorriso ricorda a Manfredo quello di certe arcaiche sculture greche.

Intanto fuori il vento infuria ancora più forte.

8
Fedele guardò verso la Ripa

Il boato si trasformò in un verso profondo. Un muggito o un bramito fortissimo, mai udito prima.

Sembrava provenire proprio dalla mole rocciosa che chiudeva la vallata. Fedele guardò verso la Ripa e sgranò gli occhi. Una parte del crinale si stava incurvando. Poi un muso enorme si stagliò nel cielo, con immense fauci aperte davanti alla luna: a emettere quell'urlo assurdo era una gigantesca bestia, il vento caldo era il suo fiato. L'agglomerato roccioso era diventato uno smisurato animale fantastico, appena risvegliato dal suo sonno preistorico.

Il drago di pietra si alzò nel cielo lasciando il vuoto in una parte della Ripa. Lento e possente, le grandi ali composte da rami frondosi provocavano un intenso stormire di foglie che si udiva da lontano. Presto fu sopra al castello. Sul suo corpo roccioso spuntavano cespugli inargentati dalla luce della luna. In un attimo la coprì quasi del tutto, gettando la sua ombra sulla valle e sul castello.

Fedele strinse a sé il cilindro. Paralizzato seguiva il volo di quell'essere magnifico e inquietante: appena apriva la bocca, il suo fiato caldo colpiva il dirupo. Era stato anche quello ad asciugare, a sgretolare i mostri di fango e la marea catramosa!

Sorrise. Ancora una volta la meraviglia e la fantasia venivano a soccorrerlo: lo aveva riconosciuto, il drago era il

Custode della Valle, quella parte della Ripa che fin da ragazzo lui aveva immaginato come un immenso e gibboso animale accucciato in un sonno di pietra, accanto al torrente. Si era risvegliato per aiutarlo.

L'automa si avvicinò a Fedele, gli occhi accesi della loro luce calda, elettrica e selvatica, rassicurante. Poi il professore fu completamente avvolto nel suo mantello, come a Firenze. Non vide più nulla ma sentì due tonfi sordi, capì che il drago di pietra era atterrato lì vicino. L'automa si mosse con Fedele in spalla, chiuso dentro quella stoffa pesante. Un balzo, un sommesso sibilo caldo. Rumore di rami e foglie. Il Custode della Valle di Pietra si levò in volo portandoli con sé.

9
L'acqua porta sempre qualcosa

«C'è una figura nell'*I Ching*, la montagna: dice di aspettare e cercare un'energia profonda. Il Genio che devi liberare ama le montagne. Non so perché, ma lo sento proprio adesso. Le tue visioni ti hanno condotto qui, aspettiamo ancora un poco. L'acqua porta sempre qualcosa» sussurra Sandy corrugando la fronte.

Manfredo la guarda, da quando sono sbarcati sull'isola di San Giorgio è più misteriosa che mai.

«Ho sentito che la signorina Sandy citava il *Libro dei Mutamenti*» interviene Havealook. «Una lettura molto interessante che nei secoli non ha perso il suo fascino, anzi: un attento esame del moto della natura paragonato agli eventi emotivi dell'uomo è sempre utile. Meglio equilibrare gli impulsi, alcuni sono da seguire, altri no. La natura sa come fare, noi siamo meno dotati in questo tipo di conoscenza, diciamo, intuitiva.»

Manfredo lo guarda ammirato: i pericoli scivolano via

da lui come se non esistessero, chi è questo strano personaggio così saggio e sorridente in ogni occasione?

10
Alla Torretta del Capitano

Ancora due tonfi, si posarono a terra. Fedele si liberò del mantello e si guardò intorno.

Proprio come aveva sperato: quella viva montagna volante li aveva portati alla Torretta del Capitano. L'automa saltò giù dal drago, lui si calò piano, appeso a quella tiepida pelle di roccia.

Un bramito profondo fece vibrare il terreno. Il drago agitò il muso muovendo il lungo collo, distese le ali e si sollevò in un volo possente di fruscii. Ben presto solcò il cielo oscurando la luna, l'ombra del suo corpo si proiettava nel greto del torrente. Il professore seguì il suo volo fino a quando non lo vide più.

Il Custode della Valle tornava a dormire il suo sonno di pietra.

Era tempo di agire con tutte le forze, e con coraggio.

Si voltò cercando l'automa: lo seguiva poco distante, il suo busto metallico splendeva più possente che mai. Una vera scultura di bronzo.

Arrivarono di fronte alla porta della torretta, chiusa con il lucchetto ma senza chiave. L'automa si fece avanti e lo ruppe con un colpo dell'unica mano. Entrarono.

Fedele abituò gli occhi al buio, e così vide l'alone di luce rosata provenire dal blocco di cristallo che ora brillava trasparente a qualche passo da lui. Si avvicinò, le linee prima violacee e scomposte adesso erano riunite e distese. Appoggiò le mani sul cristallo. Subito le venature si illuminarono di rosso, che poi diventò viola e infine color dell'argento. Si muovevano, flettevano e galleggiavano come se l'interno fosse morbido, liquido: si allacciavano in certi punti, poi si allargavano in sottili lamelle lucide come specchi, rapide come pennellate, quasi fossero riflesse sull'acqua. Per un istante vi rivide immagini del suo amico Léon della Rocca, il loro ultimo incontro all'Expo. Poi il ricordo sparì e nel blocco di cristallo tornò l'intrico di linee spezzate.

Si girò verso l'automa: le feritoie sottili dei suoi occhi erano illuminate di luce gialla, calda.

Tolse il contenitore cilindrico dalla spalla, era il momento di aprirlo. Estrasse un piccolo coltello e mentre scalfiva la cera, sentì un soffio gelido: non saliva dal terreno ma era sospeso nell'aria, s'insinuava tra le sue dita. In pochi istanti la cera diventò dura come il ghiaccio: il cilindro scottava dal freddo. L'automa al suo fianco era immobile come una macchina spenta.

No, non poteva essere! Anche la luce del blocco di cristallo si stava spegnendo. Tutto intorno il buio tornò compatto e denso. Il gelo correva nelle sue mani quasi paralizzandole. Scosse freddissime gli morsero la schiena, poi si ramificarono in tutto il corpo. L'aria intorno stava diventando spessa e dura, come una nebbia che si raggruma gelando. Non avrebbe potuto resistere a lungo.

Faceva freddo, troppo freddo. Doveva uscire dalla stanza. Ma i suoi piedi erano bloccati nella terra che stava diventando una melma ghiacciata. Stava perdendo le forze. Non poteva finire tutto così.

Invocò il canto a due voci che aveva messo in fuga i mostri di fango, desiderò che tornasse il Guardiano della Valle di Pietra con il suo fiato caldo. Cercò i suoi ricordi più belli con Léon, le lezioni con le ragazze.

Pensò a Giulia.

Ma non riuscì a richiamare nessun ricordo, nessuna invenzione della fantasia, nessuna creatura fantastica che lo aiutasse. Il freddo gelava il corpo e la mente.

11
Toc... Toc... Toc!

Toc... Toc... Toc! Qualcosa sbatte contro il portone dello squero, al ritmo delle onde.

Sandy e Havealook vedono infilarsi da sotto il legno lingue d'acqua basse e piatte. *Toc! Toc. Toc...*

Tutti e tre si voltano verso quel suono basso e ripetitivo.

«Che cos'è?» chiede preoccupato Havealook.

«Andiamo a vedere.» Manfredo si avvicina al portone, c'è una finestrella coperta da un'anta di legno. La apre, si sporge fuori nel vento e cerca tra le onde quell'oggetto che continua a sbattere sempre nello stesso punto. Si fa guidare dal rumore sordo e insistente.

«Presto, passatemi un bastone per arrivare fino all'acqua.»

Toc... Toc! Toc...

12
Tlac!

Tlac!

La porta della torretta si spalancò e la luce della luna entrò nella stanza gelida.

Una figura apparve lasciando entrare insieme alla luce un basso scintillio liquido che coprì il pavimento. Una distesa di bagliori argentati passò intorno ai piedi di Fedele e li avvolse, lui sentì un gran tepore salire veloce lungo il suo corpo gelato. Poi quel baluginare di riflessi formò una rete di fili che si allargavano in lamelle argentate, coprirono morbidamente il pavimento. Un piccolo strappo, lui e l'automa si trovarono in ginocchio, poi trascinati verso l'esterno con dolcezza, pescati nelle maglie di quella rete scintillante e tiepida.

Sulla porta il Ciclope Gentile li fissava timido con il suo unico, grande occhio. Il suo volto e il suo corpo erano proprio come li aveva immaginati allora, in quella fiaba inventata in Grecia davanti ai riflessi del tramonto sul mare.

Presi nelle morbide maglie argentate della sua rete amica, il professore e l'automa vennero issati sulle spalle del Ciclope che si mosse a larghi passi. Fedele era di nuovo dentro un sacco. Il gigante si stava allontanando veloce, ma lui riuscì a vedere che cosa stava accadendo fuori dalla torretta. Due uomini trasportavano una grossa cassa dalle cui fessure uscivano raggi di luce rosata. Era il blocco cristallino che racchiudeva il suo amico Léon!

Il Ciclope a larghi passi si lasciò alle spalle il greto del torrente, risalì la Ripa. Fedele si sentì in salvo, ma disperato. Aveva fallito nel compito affidatogli dall'Ondina. E da Giulia.

Il gigante si fermò, con delicatezza si tolse la rete dalla spalla e l'aprì, depositando sul terreno Fedele e l'automa. Erano arrivati alla pozza dove mesi prima aveva trovato la pietra dell'Onda Immobile.

Il Ciclope sfilò rapido la rete da sotto i loro piedi in un balenio di riflessi argentati, quindi la raccolse con gesti calmi e metodici da pescatore e se la gettò su una spalla. Fece un inchino e se ne andò a grandi passi, inerpicandosi su per la Ripa. Presto non lo vide più.

Fedele e l'automa si avvicinarono alla pozza che risplendeva alla luce della luna. L'acqua era ferma ma, al loro arrivo, sulla sua superficie si ondularono anelli morbidi e concentrici dei colori dell'arcobaleno, ognuno delineava un cerchio di una sfumatura diversa. Incorniciavano uno spazio al centro, trasparente e tondo, in cui l'acqua era sempre più limpida, illuminata dal bagliore della luna. Gli anelli si sciolsero e i cerchi colorati svanirono. Fedele vide qualcosa sul fondale. Laggiù, sui sassolini, era appoggiata una piccola nube.

La riconobbe subito: era proprio quella che aveva visto nel cielo di Roma, una notte di tanti anni prima. La stessa nube amica comparsa a Firenze.

13
Immobile come un dirigibile che abbia buttato l'ancora

Dalla finestrella nella porta, Manfredo vede una nuvola viola. Ferma nel cielo, i suoi cirri salgono da una linea più scura della base. Non si muove nemmeno quando il vento fa correre tutte le altre nuvolaglie scure. Immobile come un dirigibile che abbia buttato l'ancora.

Toc, toc, toc... Manfredo abbassa lo sguardo sull'acqua, ma non riesce ancora a vedere che cos'hanno portato le onde.

La nube galleggia in cielo, indifferente al vento.

14
Stava appoggiata sul fondale di sassolini

La nuvola spumeggiante, rimpicciolita come un giocattolo, stava appoggiata sul fondale di sassolini.

Tra le rocce intorno alla pozza, ombre nere si allungavano veloci e strisciavano sul terreno verso di lui.

Di nuovo i mostri di fango! Guardò il torrente a valle: nascevano dai grandi massi lungo il greto e subito si arrampicavano agilli fra le rocce.

Si sentì di nuovo perduto. Guardò l'automa e lui annuì chinando la testa. Allora si tolse il cilindro dalla spalla e con un lancio sicuro lo gettò proprio nel centro della pozza.

Il contenitore scese dolcemente, disegnando un paio di volute. Alla fine si raddrizzò quasi in verticale, ed entrò nella nube posata sul fondo. Subito la nuvola si frammentò in tanti riverberi: un banco di piccolissimi pesciolini che corsero via in sottili file d'argento per poi inabissarsi tra i sassi del fondale.

Della nuvola e del contenitore non vi era più traccia.

Per un attimo Fedele vide Giulia. Di spalle, camminava lungo una spiaggia. Un campanile, dune di sabbia: il Lido di Venezia. Lei si voltava, gli sorrideva e poi scappava via correndo.

Irraggiungibile, come nei sogni.

15
Attraverso la finestrella

«Prova con questa.» Sandy gli passa un'asse di legno con un grosso chiodo in cima. Manfredo la sporge fuori dalla finestra e tenendola con le due mani la muove piano nell'acqua.

Toc, toc. Un paio di colpi ancora, allunga l'asse verso il punto dove sente sbattere e finalmente incontra una resistenza.

«Ho arpionato qualcosa!» esclama e solleva l'asse badando a non perdere quello che ha agganciato, la fa passare con cautela attraverso la finestrella.

Dal chiodo pende una tracolla di pelle che sorregge un oggetto di forma cilindrica, lungo e stretto. Chiaro e luccicante, una miriade di goccioline si spargono sulla cera che lo ricopre.

16
Ora toccava agire solo a lui

Tutta la superficie della pozza era coperta dai riflessi della luna.

Fedele pensò al chiarore nel cielo dopo il tramonto, sopra i colori dell'ultimo crepuscolo. Ed era bianco, come una pagina dove iniziare a scrivere una nuova storia. Si alzò e si allontanò di qualche passo.

Cercò l'automa con gli occhi ma non lo vide. Chiamò. Nessuna risposta. Se non appariva, era proprio perché ora toccava agire solo a lui.

Le ombre lo stavano circondando, mentre i mostri di fango risalivano veloci per il sentiero lungo la Ripa in una schiera minacciosa. Era certo dell'attacco finale. Un incubo che inghiottiva ogni speranza.

No, non poteva finire così. Alcune frasi dei messaggi di Giulia e dell'Ondina lo aiutarono a prendere una decisione.

Loro, i riflessi sull'acqua, ti indicheranno la strada. Troveranno il modo, perché tu sai ascoltarli. Seguili e poi agisci con gioia. Come se fosse un gioco, un rito antico. Portalo con te nella tua fantasia più pura.

Salì sulla roccia più vicina, non ancora raggiunta dalle ombre, e sussurrò: «Un due e tre... un salto.»

Si dischiuderanno i riflessi e le onde nella montagna antica.

Fece un grande passo e si lasciò cadere nell'acqua.

Del professore in pochi istanti non si vide più nulla.

I mostri di fango si fermarono di colpo. Presto diventarono polvere, che il vento disperse nell'aria. Le ombre sul terreno indietreggiarono, fino a sparire nelle sue pieghe.

Poco dopo, riapparve l'automa. Si guardò intorno, poi osservò il proprio riflesso sulla superficie della pozza, ancora per poco illuminata dalla luna. Anche lui si tuffò, sprofondando lentamente come se l'acqua fosse densa. Fu inghiottito dai sassolini del fondale, che si richiusero come se nulla fosse accaduto.

17
Andò subito in camera dell'amico e trovò un biglietto

Quella mattina Ettorino si svegliò molto presto. Nella notte era stato rapito da uno strano sogno.

La Ripa era diventata una montagna alta, bianca, coperta di neve: aveva il profilo di un leone.

Andò subito in camera dell'amico e trovò un biglietto.

Carissimo, sono partito alla ricerca di qualcosa per me troppo importante. Prima o poi te lo racconterò, non stare in pena.

Ti prego, dillo a tutti i miei cari: non cercatemi, non soffrite per me, perché io vi voglio bene. E tu, caro amico, sorridi sempre, come il nostro Cavaliere. Ci sono incontri nella vita che non possono sciogliersi, a volte percepiamo solo i riflessi di alcune corrispondenze, mentre qualcosa più grande di noi ci unisce al di là della nostra consapevolezza.

Non smettere mai di cercare: non me, ma la tua gioia, la nostra luce comune. E ricordati che ti voglio bene.

Tuo Fedele

Commosso, Ettorino appoggiò la fronte sulle spalle della scultura, il Cavaliere. E pianse.

Poi scese per avere notizie.

Lo cercarono a lungo, sempre più lontano dal castello, senza esito.

Lisetta, quando ne fu informata, soffrì in silenzio. Fece tutto ciò che poteva per contribuire alle ricerche, e insieme a Uberto effettuò diverse ricognizioni aeree a bassa quota sulla valle. Dovunque fosse Fedele, pensò che cercasse la sua Giulia, o forse quelle misteriose visioni di cui tanto tempo prima lei le aveva parlato. La sua anima in fuga dal mondo reale aveva trovato un paesaggio dove sognare e camminare sereno. Si rivide un anno prima, insieme a lui e a Uberto, mentre sorvolavano in aeroplano la campagna vicino a Milano fino alle prime colline: erano talmente uniti che li immaginò librarsi sui campi come tre grosse sfere, anzi campanelli bianchi percorsi dal vento, volando sempre vicini. Lo spazio apparteneva a loro e l'orizzonte era così azzurro che le sembrava di vedere il mare appena dietro le colline. Nell'aria, quando è senza confini, e nelle nostre emozioni, quando sono così aperte, ci sono distanze che uniscono gli sguardi più lontani. Mentre ricordava quel momento, suo figlio Giulio le sorrideva e la fissava con occhi intensi che parevano chiedere: quante cose devo ancora scoprire, mi puoi aiutare? E allora il suo dolore si sciolse in una speranza: quando si teme di sentirsi in un assurdo spaesamento, si può sempre sentire una consonanza lontana che tutto unisce.

Léontine all'inizio si ripeteva solo che Fedele era in viaggio, ma perché non l'aveva avvisata? Lei avrebbe saputo mantenere un nuovo segreto, se di quello si trattava. Questo si chiedeva guardando quello spazio trasparente che appare dopo il tramonto. Partecipò alle ricerche avventurandosi in lunghe passeggiate solitarie sulla Ripa e un giorno fu colpita da qualcosa, lassù tra quelle rocce, ma non lo disse a nessuno. Da allora prestò attenzione a tutti i presentimenti interiori e alle più strane intuizioni portate dal destino. Smise di disegnare abiti, si appassionò alla scultura. Cercava un'essenza, un metallo martellato cui fosse tolto ogni dettaglio superfluo: una sottile figura femminile che vibra in ascolto, come un'ombra della sera.

La signora Carla pensò che questa volta Fedele si era perduto davvero dentro il suo grande sogno, ma era incerta se lui avesse smarrito la strada o invece trovato qualcosa, invisibile ai più. I dolori della vita, vissuti con saggezza, le avevano dato la capacità di attenuare ogni colpo, ogni spigolo del destino. Lei cercava le cose buone e belle: le custodiva con serenità e le riponeva in un'anfora immaginaria, un vaso di fiori dalle forme tonde e piene come un frutto. Le sue lacrime erano sempre meno, e per questo le riteneva preziose. Quelle che aveva sparso per Giulia pensava si fossero concentrate in un'essenza, un profumo riposto in una piccola ampolla, simile a un antico lacrimatoio.

Luigi Tirelli, dopo aver finanziato tante ricerche con Ettorino, si gettò nello studio della geologia. Consolava sempre la sua famiglia: la mente deve cercare l'ingegno del passato e quello del presente. Ogni cosa nella natura lascia un perché. E va studiata.

Amélie aiutava Carla nel conservare la novità di ogni gioia, così come confortava l'introspezione della nipote Léontine. La vita è un viaggio di ricerca e quello che troviamo lascia tracce, anche invisibili, che durano nel tempo. Le nostre esistenze diventano scie, se luminose aiuteranno l'essenza dell'ombra. Luce e ombra si susseguono, disegnano la vita: così diceva, perché quel librone cinese la stava aiutando a capire molte cose.

Provarono a ricontattare quel dottor Schein. Ma anche lui sembrava sparito nel nulla.

41

Acqua alta

Isola di San Giorgio-Murano, 20 novembre 2006

1

E all'interno sento qualcosa...

«Potrebbe essere un vecchio contenitore per fogli da disegno. Roba da pittori, da architetti. Però non ho mai visto una cera così» dice Manfredo inclinandolo. «E all'interno sento qualcosa...»

«Cera raffinata, striata da venature madreperlacee» lo interrompe Havealook. «Guardate quante goccioline d'acqua imperlano ancora la superficie. Si muovono... ma non cadono!»

Manfredo inclina di nuovo il cilindro. Ecco che le gocce rotolano tutte insieme, sempre aderenti alla cera, e si riuniscono in un tondo iridescente.

«Come un banco di pesci piccoli che si difendono da un predatore» dice Sandy, e corruga un poco la fronte.

Havealook porta il viso vicino al cilindro e le goccioline scattano via in due file lunghe e sottili, argentate. Tocca leggermente la cera con un dito e si aprono a ventaglio, poi si radunano di nuovo in un tondo così perfetto che sembra tridimensionale.

Anche Sandy sfiora appena la cera con le dita e di nuovo scappano via come pesciolini. Il suo viso si illumina, sussurra: «Avevamo un appuntamento con *questo oggetto*. Possibile che arrivi da lontano per noi, e le goccioline ci vogliono dire qualcosa.»

Manfredo si guarda intorno circospetto, soppesa il cilindro in silenzio. Non osa ancora scalfire la cera per aprirlo e vedere che cosa contiene. Le gocce continuano a guizzare, poi si fermano senza mai cadere.

Le onde si frangono rumorosamente contro il portone, la loro schiuma penetra nella sala da sotto il legno. «Adesso però dobbiamo andarcene di qui, il tempo fuori sta peggiorando. A questo oggetto misterioso penseremo dopo, muoviamoci!»

Sandy annuisce. Invece il collezionista sembra non aver sentito: lo vedono aggirarsi nel centro dello squero a piccoli passi, guardando in alto da una parte e dall'altra, come se cercasse qualcosa nell'aria.

Ben presto una vibrazione sonora riempie lo stanzone.

Dlinnn... dlinnn... dlinnn...

«Sentite? È un susseguirsi di tre suoni uguali, eppure distinti. Potenti e soffusi.» Havealook alza il viso verso il soffitto. «Proverò a chiudere gli occhi, talvolta aiuta a sentire di più. Per quanto mi riguarda, è davvero utilissimo.»

Si gira lentamente su se stesso, naso in aria.

«Nella mia mente emergono due, tre campanelli. Bianchi e molto grandi... volano come navicelle spaziali. Scrutano colline verdi, il mare in lontananza, quasi fosse un mondo sconosciuto per loro. Ma certo, sono quelli del dipinto di Magritte. Si stanno avvicinando, li sento bene... oh, sono qui! Ma non li vedo!» Apre gli occhi e si muove per qualche passo.

Dlinnn, dlinnn, dlinnn...

Manfredo invece guarda i campanelli-astronave in formazione compatta come la flottiglia spaziale del dipinto, e di sicuro li segue anche Sandy, perché gli sorride e sussurra: «I tuoi amici invisibili!»

Poi lui torna a osservare il contenitore: le goccioline sono scomparse. Lo mostra a Sandy che sussurra: «Forse volevano dirci di stare tutti vicini, nel momento difficile.»

I tre campanelli sfrecciano fuori dalla porta che il bibliotecario ha lasciato aperta. Havealook corre da quella parte. «Non li vedo ma li sento bene, seguiamoli!»

Manfredo prende per mano Sandy. Fuori è già scesa la lunga sera invernale e lo scirocco non cede. Nel cielo nuvole basse corrono piene di lampi, minacciosamente vicine, ma non piove più.

Tutti e tre inseguono i campanelli magrittiani che galleggiano a mezz'aria in quello spazio aperto.

Attraversano un grande prato rischiarato da alcuni lampioni ed entrano nel cortile porticato del magnifico chiostro rinascimentale. Al centro quattro cipressi belli e maestosi come alte sentinelle, le cui cime si piegano al vento. Manfredo si guarda intorno: quel luogo è un incanto di pace, bene illuminato e riparato, sembra proteggerli dalla tempesta sulla laguna. Perché non fermarsi lì?

Dlinnn, dlinnn, dlinnn: il suono lo richiama.

Le tre sfere galleggiano davanti a una loggetta di marmo con una porta. Havealook la apre. Percorrono una lunga sala e due corridoi fino alla sacrestia. Le tre sfere-astronavi li guidano all'interno della maestosa chiesa palladiana di San Giorgio Maggiore, immersa nella penombra. Havealook corre seguendo il suono dei campanelli che volano nella navata centrale verso l'uscita.

Manfredo improvvisamente si ferma, sobbalza: passando a fianco di una cappella laterale ha notato un movimento nel disegno del marmo di una colonna. Si avvicina per vedere meglio: ogni venatura nella pietra si incurva e flettendosi muove quella successiva. Poi tutte ritornano leggermente indietro e ancora in avanti, lente ma continue, dolcemente, come se il marmo si lasciasse sospingere morbido, liquido. Manfredo guarda il contenitore, la cera è sempre più chiara. Alza gli occhi alle altre colonne della cappella, l'ondulazione si è amplificata, il marmo sembra vivo. Quel movimento gli dona un attimo di immensa serenità. Si sente solo in ascolto, in attesa, libero e connesso con il mondo.

Dlinnn... Dlinnn... Dlinnn...

Il suono dei tre campanelli lo richiama. Esce da quella cappella e corre verso all'uscita tenendo il cilindro per la tracolla.

Fuori il campo è invaso dall'acqua, un'onda più alta e più scura copre i primi gradini della scalinata. Al pontile, ancora attorniato da quell'isola di spazzatura, un vecchio motoscafo beccheggia vistosamente, con le luci di navigazione accese. Forse li aspetta e l'ha mandato il bibliotecario. Dietro il vetro della cabina si legge la scritta TAXI, maldestramente tracciata a mano con vernice rossa su una tavoletta. Anche le sfere bianche di Magritte sono ferme nel vento sopra la barca. *Dlinn, dlinn, dlinn...*

Camminando con l'acqua quasi alle ginocchia tutti e tre arrivano al pontile.

L'uomo al timone del motoscafo accosta il più possibile, fa cenno di salire con una mano grande, nodosa e abbronzata. Una mantella cerata scura con un largo cappuccio nasconde il suo corpo e il suo volto.

Sandy e Havealook saltano a bordo svelti, Manfredo li segue. Il marinaio non parla, subito accelera per staccarsi dal pontile.

Ora le tre sfere bianche volano davanti alla prua, il loro suono non si perde fra il vento che sibila e il rumore del vecchio motoscafo. Le onde sono sempre più alte, i lampi si allontano verso nord, sopra Murano. *Dlinn, dlinn, dlinn...*

Havealook si piazza di fianco al marinaio e gli chiede gentilmente: «Scusi, potrei indicarle io la rotta?»

Quello non gli risponde ma segue la mano tesa in avanti del collezionista, a sua volta guidato dal suono dei campanelli-astronavi. La prua fende l'acqua torbida e spumeggiante della laguna, le onde assecondano il motoscafo facendolo planare. E la barca si infila tra le *bricole* evitando grossi tronchi semisommersi e vaganti, cavalca sicura le onde più pericolose.

2

Troverai quello che cerchi

«Da quella parte!» grida ogni tanto Havealook. È molto soddisfatto del ruolo di comandante, così adatto alla sua giacca blu dai bottoni dorati e al berretto che tiene sulla testa con una mano perché non voli via.

«Magnifica navigazione! Mi complimento. Lei che va per mare potrà capire quanto, a volte, la natura e la vita ci lascino stupiti... come lo sono io in questo momento!» Quello non risponde e conduce la barca sulle onde, seguendo il braccio di Havealook come l'ago di una bussola nel cuore di una notte senza stelle. Il collezionista si schiaccia il cappello fin sulla fronte con l'altra mano, poi la infila in tasca ed estrae un coltellino a serramanico di madreperla. Si volta verso la cabina dove Manfredo e Sandy si sono riparati e grida: «Dottor Monfalco, guardi se questo può esserle utile per aprire la cera» e lo getta verso di loro.

«D'accordo, facciamolo adesso!» Mentre Sandy annuisce con gli occhi che brillano, Manfredo inizia a scalfire con delicatezza il rivestimento in alto. La cera si sbriciola e lui svita un coperchio di pelle nera. Ne esce un soffio tiepido, un profumo di fiori dolcissimo e persistente.

«Lo senti anche tu? Sembrano ginestre, gelsomini, fiori d'arancio» sussurra a Sandy, lei sorride e i suoi occhi splendono ancora di più.

Guarda all'interno del cilindro, c'è un grande foglio arrotolato di carta ingiallita e spessa. Antica, pensa mentre la tocca. Al centro, qualcosa avvolto in una reticella che sembra fatta di anellini d'argento, ma è morbida al tatto. Seduto sul divanetto della cabina, la estrae con cautela fra i sobbalzi del motoscafo che sale e scende sulle onde. Poi tenendola tra le due mani l'appoggia su un cuscino.

Distende la reticella e la srotola lentamente. Trova una piccola ampolla di spesso vetro viola, opaco e corroso dal tempo. «Sembra un lacrimatoio romano.»

«Ha ancora il tappo» osserva Sandy. Lo apre subito, per un istante sentono di nuovo quel dolce profumo di fiori mediterranei.

Ma l'ampolla è vuota. Manfredo la mette al sicuro. Poi si accorgono che la reticella contiene ancora qualcosa: due pietre ovali, una pomice bianca, anzi bianchissima, e un'ossidiana nera, nerissima. Non solo, tra i fili della rete c'è un altro sasso grigio con un'ondulazione scolpita su un lato.

«Un fossile strano, il disegno è in rilievo» dice Manfredo porgendo le tre pietre a Sandy, attento che non cadano per i salti del motoscafo. Infine sfila con attenzione il foglio di carta avorio che era nel cilindro e lo srotola sul cuscino.

«Un'incisione antica... la carta è ancora in buono stato» mormora osservandola con attenzione. «È una pianta di Venezia, si riconosce la sua forma a pesce. Ecco piazza San Marco, la Punta della Dogana, altre chiese e palazzi, ma... non c'è acqua! Al posto dei canali sono disegnate strade con carretti e carrozze. La laguna è scomparsa, restano solo dune di sabbia e sassi! Potrebbe essere un capriccio barocco, un po' inquietante.»

«Guarda in basso» dice Sandy. «C'è una piccola scritta.»

Manfredo legge: «*Sicut Mediolanum.*» Scruta di nuovo l'incisione e ne solleva cautamente i bordi: ha già visto qualcosa di uguale e opposto a questo disegno. L'appoggia sui cuscini e continua: «Sembra un pendant di quella donata da Majeri alla Bertarelli, anche il titolo la riprende: *Sicut Venetia* era una Milano percorsa da molti canali. Quella delle fontane disegnate ai quattro angoli del foglio è l'unica acqua che si vede in *questa* Venezia!»

«*Weird and eerie!*» esclama da fuori Havealook. «Ci è appena passata accanto un'onda spaventosa, impennata in una montagna di schiuma come quella di Hokusai... senza nemmeno sollevarci un po'. Inspiegabile, entusiasmante!» Ora è lui che tiene il timone, a fianco del marinaio dal viso nascosto.

La barca ha un sobbalzo più forte degli altri, Sandy chiude le pietre tra le mani, Manfredo afferra il lacrimatoio, ma così facendo lascia l'incisione, che si solleva e vola verso l'esterno della cabina.

In quel momento si affaccia Havealook che ha passato di nuovo il timone al marinaio: «Stiamo arrivando a... Oh!» Non conclude la frase perché il foglio vola aperto sulla sua giacca blu dai bottoni d'oro. Lui lo prende delicatamente, scende i gradini, per un attimo vacilla sulle gambe, avanza nella cabina e appoggia con cura l'incisione sul divanetto fermandola con un cuscino. Si rialza senza guardarla, invece osserva con le sue lenti spesse il coperchio del cilindro di cartone.

«Guardate, si leggono delle cifre, "F.M.": le iniziali del proprietario, probabilmente.»

«Fedele Majeri! Non poteva che essere così» esclama Manfredo. «Ma se davvero è suo, come ha potuto arrivare fin qui?»

«*Troverai quello che cerchi*» sussurra Sandy dolcemente. Poi posa lo sguardo sulla rete d'argento e nota un puntino più luminoso, violetto. «C'è ancora qualcosa.»

Manfredo alza la reticella ed estrae un sassolino. «Sembra un quarzo viola.»

«Mettiamo via tutto, è più sicuro» consiglia lei, e con

attenzione inizia a riporre tutto di nuovo nel contenitore cilindrico.

Poi escono dalla cabina. Sono arrivati a Murano.

3
Su, datevi una mossa! Accostate e scendete

I due grossi figuri dalle vistose giacche a righe e a quadri li aspettano sulla banchina.

Quando il silenzioso marinaio riesce ad avvicinare la sponda, quei due fanno cenno con la mano di scendere a terra. Nell'altra impugnano le pistole.

Havealook se ne sta con un'espressione attonita. Sandy gli sussurra, prendendolo sottobraccio: «Non è questo il momento che la paura può di aiutare.»

«Su, datevi una mossa! Accostate e scendete» intima uno dei due.

In quell'istante un'onda altissima si abbatte sul molo, travolgendo i due energumeni con la sua implacabile zampata di schiuma. Poi si ritira, trascinandoli entrambi sott'acqua.

Come se nulla fosse successo, il marinaio accosta e ormeggia in un attimo, sporgendosi dalla barca che beccheggia violentemente. Poi fa un cenno con la grossa mano abbronzata e nodosa. Sandy e Manfredo scendono, mentre Havealook gli dice: «È stata una bella corsa, complimenti! La ringrazio, lei è un valente capitano. Il migliore a Venezia, suppongo. Mi scusi, quanto le è dovuto?»

Quello non si degna di rispondere, con un cenno del capo indica al collezionista che è il momento favorevole per saltare. Havealook capisce al volo e si butta atterrando come un sacco, poi si rialza, si volta sull'attenti verso il marinaio e gli manda un saluto portandosi la mano alla fronte.

Lui veloce scioglie l'ormeggio, allontana la barca, vira e prende il largo sempre cavalcando le onde.

Sulla banchina, uscita dal buio, c'è Minerva avvolta in una mantella impermeabile viola che la luce del lampione accende di un riflesso non meno intenso dei lampi nei suoi occhi.

«Immagino che quei due fossero al tuo servizio» le dice Manfredo con rabbia. «E adesso, ti senti disarmata senza di loro? Chi stai proteggendo, Minerva? E perché mi hai mentito?»

«Non potevo fare in nessun altro modo, per capire di più. Se volevo proteggere qualcuno, tu sei tra questi. Io mi schiero a fianco di un'idea, spero che sia la migliore per tutti o la più ragionevole. Come hai potuto vedere ora, i *tuoi* alleati dispongono di armi ben più potenti di un paio di pistole... che tra l'altro i ragazzi non avrebbero mai usato.»

Dal mare scuro spuntano le teste dei due, che annaspando nuotano contro la corrente. Minerva li guarda con indifferenza e poi dice: «Se la caveranno, sono sopravvissuti a ben altro. Ora c'è qualcosa di più importante di cui occuparci.»

Sandy le si avvicina lanciandole uno sguardo di sfida. Minerva risponde lampeggiando un'occhiata gelida, il suo volto è diafano, teso e scavato. Le due donne si fronteggiano per un lungo istante senza parlare, la mantella impermeabile di una sbatte rumorosamente nel vento, i riccioli dorati dell'altra si srotolano silenziosi nell'aria. Fulmini di un viola rossastro lacerano il cielo e le nubi, i tuoni si avvicinano sempre più. La luce del lampione disegna grosse gocce grigie della pioggia che inizia a cadere. Poi Sandy torna da Havealook.

«Mi hai raccontato solo falsità, Minerva, non vedo perché dovrei crederti. Sei tu che nascondi chi stiamo cercando?» chiede Manfredo.

«Freddy, noi due dobbiamo intenderci subito, senza perderci in altre sciocchezze. Questo non è più un gioco da ragazzini, se ti ho mentito è per una causa giusta.»

E su quella banchina di Murano, sotto una lenta pioggia che riga i loro volti come grosse lacrime, Minerva gli racconta in modo sintetico e freddo, con calma ma non pacatamente, quello di cui ha parlato con Schein.

«Ciò che sta accadendo dimostra che non abbiamo più tempo: il potere dell'acqua non è meno maligno di quello dell'ombra che, tu lo sai, fa parte della natura quanto la luce. È in corso un'esondazione ancora più grave delle terribili alluvioni che gli uomini conoscono. Tu sai bene a cosa può portare la furia dell'acqua, vero?» Minerva lo scruta profondamente negli occhi per pochi, intensi secondi. «Manfredo, devo essere chiara: se tu e i tuoi amici libererete il Genio, sprigionerete la grande energia che lui stesso ha voluto bloccare un secolo fa. Qui e ora, a lui si contrapporranno altre forze, che io non posso fermare. È possibile che tu provochi un disastro ben più grave di quello che lui ha voluto evitare. Sconvolgerebbe una città unica al mondo, dove l'acqua è ovunque. Ora i conflitti sono incontenibili. Da te dipendono responsabilità epocali.»

Lui si gira verso Sandy che lo fissa da lontano, ma non si muove. Dietro di lei ci sono Havealook e i tre campanelli sospesi nell'aria, fermi come fossero dipinti poco sopra la sua testa.

«Conseguenze terribili seguiranno le onde portate da questa marea, se tu non prendi una decisione. Ascoltami e vieni dalla mia parte» dice Minerva.

Lui fa cenno di no con il capo. «Non ti capisco. E non voglio crederti.» Poi cerca in quegli occhi un appiglio, qualcosa che conosce e ricorda in lei, ma non lo trova. Sono gelidi come il ghiaccio.

«Va bene. Come vuoi tu. Oramai sei qui, Freddy, e non intendo fermarti. Lo avevo già ipotizzato, contro ogni ragione: ti mostrerò dove *loro* tengono il Genio. E non solo lui» dice Minerva sempre più glaciale.

«Perché mi aiuti, se pensi che porterà a conseguenze così terribili? È un'altra delle tue trappole?» Manfredo quasi grida, il volto e i capelli fradici di pioggia.

Anche lei ha il volto rigato dall'acqua, i suoi capelli bagnati sembrano d'argento. Parla lentamente, gli occhi viola sgranati più che mai: «Freddy, io non sono più sicura di nulla. Dopo aver parlato con Schein è la sola cosa che so. A questo punto dubito anche del perché mi sia stato possibile agire in un *certo* modo. Mi assumo le mie responsabilità per quello che ho fatto finora. Ma adesso tocca a te. Rifletti bene prima di agire. Guarda la laguna: Venezia sta per essere sommersa da quell'acqua che consideri tua amica e alleata. Immagina che cosa accadrà, se libererai altre forze dello stesso genere. Credo che neanche il Genio lo vorrebbe, tu lo stai cercando senza conoscerlo. Senza seguire le luci e le ombre della ragione. Ma ora la libera scelta tocca a te.»

Grigie e impetuose, le onde ormai sorpassano la sponda di quella banchina, mentre i fulmini saettano orizzontali nel cielo che si illumina di luce livida, violacea.

«Non so perché tu sia coinvolta in questa storia. Portaci da lui.»

«Andiamo alla fornace.» Minerva si volta e s'incammina.

I quattro giungono a un ingresso sul retro, dove inizia la darsena. A fianco di una porta blindata Minerva indica un piccolo pannello elettronico, incassato nella parete. «Devi solo schiacciare dove si accende una luce, e poi la porta si aprirà.» Si allontana dai comandi computerizzati. «Niente saluti, rimandiamoli a più tardi. Vi verrò a prendere dopo, se saremo ancora vivi. Andate, e che i vostri gesti siano degni di essere ricordati nel futuro.»

Manfredo vorrebbe dire ancora qualcosa ma lei si è già incamminata. L'impermeabile si staglia completamente viola contro il cielo rossastro di lampi dove i tre campanelli sono fermi nell'aria. Ora sembrano piatti e inanimati.

42
Nella stanza buia

Murano, 20 novembre 2006

1
Non è un bel silenzio

Entriamo. La porta si chiude alle nostre spalle con un rumore pesante, da cassaforte. Davanti a noi un buio spesso. Silenzio. La tempesta di vento, la pioggia e i fulmini, la laguna che sale con le sue onde che frangono: tutto è rimasto fuori. Ma non è un bel silenzio. Spero di aver fatto bene a fidarmi di Minerva.

L'aria è umida e polverosa, densa, e ha un odore acre come di plastica sciolta e di metallo, forse ferro. I primi respiri diventano faticosi.

Sandy è di fianco a me. Guardiamo i nostri cellulari, entrambi sono spenti e non riusciamo a riaccenderli. La sua mano stringe subito la mia.

«Havealook?» dico sottovoce. Qualcosa illumina il pavimento, è di terra battuta come quello di una vecchia cantina. Intravedo muoversi una figura dietro un sottile fascio di luce, è il collezionista con una minitorcia tascabile.

«La porto sempre con me, per esaminare la stesura del colore e gli strati dei restauri nei dipinti. Non è granché, ma meglio di niente. Permettete che vada avanti? In questo tipo di oscurità forse io potrei cavarmela con più sicurezza. Ci sono abituato» bisbiglia mentre illumina davanti a sé come può.

Lo seguiamo, i confini della stanza rimangono nell'ombra. La densità polverosa e il buio aumentano a ogni passo. Il collezionista si ferma e illumina un riverbero proveniente da un vetro grigio, bombato: lo schermo di un grosso, vecchissimo televisore.

«Impossibile andare avanti, guardate!» esclama. Il suo braccio teso si muove a raggiera e la torcetta poco per volta fa emergere dal buio i contorni di quello che abbiamo davanti: una catasta di macchine da scrivere, aspirapolveri, ruote e manubri di motorini incastrati uno sull'altro in grande disordine. Ci avviciniamo, li tocco, cerco di spostarli e mi accorgo che sono bene incastrati: è una specie di lunga e consistente barricata. Havealook avanza per diversi passi seguendola, presto non lo vediamo più. Dopo qualche lunghissimo minuto nel buio riappare il piccolo fascio di luce, si avvicina lentamente, come il faro ovattato di un subacqueo in un mare torbido e profondo.

«Nessun varco, continua sempre così: oscurità totale e macchinari ed elettrodomestici accatastati uno sull'altro come in una discarica. Sembrano cose di parecchi decenni fa. Devo dire, anche se non è possibile verificarlo, che il luogo dove ci troviamo mi è sembrato... illimitato! Là in fondo ho avvertito una corrente d'aria gelida, così pesante e polverosa che... faticavo a respirare.»

«Può farmi luce? Voglio capire se possiamo oltrepassare questa barriera» gli chiedo.

Mi aggrappo a un intreccio fra manubri di motorini e vecchi aspirapolvere. Sostengono il mio peso, mi tiro su, cerco un appoggio sopra una lavatrice e sono già in cima. Dico agli altri di seguirmi, non è troppo difficile scalare questo strano intrico. Sandy illumina e aiuta Havealook, badando di non restare impigliati scendiamo dall'altra parte, uno alla volta. Facciamo pochi passi ma gli ostacoli non sono finiti: piedi nudi e sottili gambe di donna spuntano dal buio, immobili e terrei alla luce della nostra piccola torcia.

«Che cosa...?» domando a voce bassa mentre illumino teste con visi inespressivi, busti muscolosi di uomini e seni nudi di donne, poi ancora braccia e gambe, pezzi di corpi scomposti, ammassati uno sull'altro a formare di nuovo una barriera.

«Manichini!» sussurra Havealook. «Parti di manichini da vetrina, uno sull'altro. È un altro sbarramento. Sembra la discarica di un grande magazzino, ma inquietante... come una macabra fossa comune!»

Scavalchiamo anche questa barriera, tutto è bene incastrato e regge il nostro peso senza franare. Una volta scesi dall'altra parte, procediamo nel buio alla tenue luce della torcetta. L'aria è sempre densa e l'odore non è cambiato: plastica vaporizzata mista a sottili polveri metalliche.

«Come va il respiro?» chiedo. Domanda inutile, sento che tutti e due sono in affanno. Soprattutto Havealook. Sandy non dice nulla e lascia la mia mano. In quale guaio ci siamo cacciati?

Mi avvicino al collezionista. Anche se cerca di non farlo notare, sento che ansima: la giacca da marinaio e la camicia bianca sono slacciate. Si è tolto anche il cappello. Lo illumino. Il volto è segnato, cerca di sorridere ma non riesce a nascondere la fatica. I suoi occhi sono come sempre nascosti dalle lenti spesse e opache degli occhiali.

«Havealook, mi fa luce qui?» Gli passo la torcetta e indico il contenitore cilindrico che ho appena sfilato dalla spalla. Lo apro con attenzione e all'interno vedo brillare qualcosa. È la piccola pietra di quarzo viola che avevo riposto in alto, sopra la reticella. La prendo. La sua tenue luminosità aumenta, diffondendo intorno un chiarore leggermente rosato. Ora abbiamo una luce in più. Richiudo il contenitore e appoggio il piccolo quarzo sul palmo, poi distendo il braccio. «Aspettatemi, vado avanti da solo.»

Dopo qualche passo scorgo qualcosa: radici scure e attorcigliate che escono dalla parete, a mezza altezza. Raccolgo un lungo ferro arrugginito da terra per toccarle, dure e compatte. Poco più avanti incatenano al muro due forme metalliche, una tonda e l'altra molto sottile: assomigliano a *Anfora-frutto* e a *Femme Leoni*! Ma diverse dalle sculture originali e anche dalle visioni animate un po' oniriche in cui mi sono apparse sul traghetto per Murano. Gli "amici invisibili" di Sandy? Ora sembrano solo pezzi di bronzo. Altri due passi e vedo una visiera allungata, ripiegata come la testa di una marionetta abbandonata, poi il busto e le lunghe gambe da automa: è il mio Rock Drill legato alla parete, anche lui inanimato.

Tossisco, il mio respiro diventa un ansimo per l'aria polverosa nelle mie narici e nei miei polmoni.

Indietreggio di qualche passo, mi volto per cercare Sandy, la pietra sul mio palmo sembra assecondare i miei pensieri e la sua luce si spinge nel buio fino a lei. È vicina a Havealook, lo ha fatto sedere per terra, appoggiato a un vecchio apparecchio televisivo degli anni Cinquanta.

Sento un fruscio dietro di me, un soffio freddo. La luce rosata del quarzo rivela che le radici si stanno muovendo, gonfiandosi stringono le tre opere ancora di più al muro che diventa molle, fangoso, come se volesse inghiottirle. Poi il soffio gelido si esaurisce, i rami e le radici si fermano, rigidi.

Raggiungo Havealook e Sandy. L'aria è ancora più pesante, i nostri respiri affannosi rompono il silenzio di questa stanza colma di un vuoto denso.

Minerva mi ha teso ancora una volta una trappola, e io che mi sono fidato della nostra amicizia, della sua intelligenza di un tempo! Sento il fiato corto di Havealook, illumino il suo viso e mi spavento ancora di più nel vederlo bianco, sofferente.

«Non si preoccupi per me... dottor Monfalco! Ci sono ancora tante cose... da scoprire... vada avanti.» Parla a stento. Abbozza il suo solito sorriso e continua: «Me la cavo da solo. La fatica non mi ha mai spaventato... Per saperne di più... dobbiamo... soffrire un poco! Ci sono abituato.»

«Portiamolo fuori» dico allarmato a Sandy.

«Non se ne parla proprio!» dice lui cercando un tono più sicuro. «Non voglio perdermi un istante... di questa avventura... E poi, sono in buona compagnia... questo vecchio televisore... è come quello... che avevo da piccolo!» Tenta di dare forza alla sua voce, serio come mai l'ho sentito. «Piuttosto, dottor Monfalco... si faccia venire qualche idea. Quel cilindro, se ci è venuto incontro allo squero... avrà più di un perché. Insomma, ci sarà ancora... qualcosa di utile.»

Poso il quarzo luminoso in terra e sto per aprire di nuovo il coperchio del cilindro.

«Aspetta!» Sandy mi frena con una mano. «Verrà il momento più giusto. Adesso Havealook ha bisogno di noi. Ora meglio di usare quello che *noi* sappiamo e abbiamo di diverso da *loro*, per fare spazio. Possibile di ribaltare tutto» sussurra serissima e corrucciata. Vedo che stringe qualcosa di molto piccolo tra due dita della mano. La illumino, è soltanto una monetina da 20 centesimi. Che ci vuole fare con quella, la mia sorprendente Sandy?

Vi soffia sopra, come una bambina che vuole dare forza alla biglia prima di gettarla lontano. Poi la lancia sul pavimento, recitando: «*La sfera... l'ellissi che turbina, il cono rovesciato... la spirale, e tutte le forme dinamiche... che la potenza infinita del genio dell'artista saprà scoprire!* Vai!»

Riconosco la citazione di Umberto Boccioni, l'autore della scultura riprodotta sulla monetina. Che rimbalza più volte, tintinna, corre sul pavimento in una scia di una luce dorata, si ferma girando su se stessa come una trottola, rapidissima. Ed ecco che da questo piccolo vortice sorge e si concretizza davanti a noi la scultura *Forme uniche della continuità nello spazio*, nelle sue vere dimensioni, animata e sospesa come un ologramma in 3D. Corre veloce e le sue sfaccettature lasciano nell'aria scura scie luminose che disegnano figure geometriche: le sfere, le ellissi, i coni rovesciati e le spirali turbinanti evocati dalla frase del suo autore. Le scie raccolgono le polveri metalliche di quell'aria irrespirabile e le addensano in forme uniche e continue nello spazio: nuovi piccoli solidi sfaccettati, come in una composizione futurista o cubista, galleggiano sospesi in quelle tracce luminose.

Subito l'aria si fa più leggera, più respirabile: quei "solidi" l'hanno ripulita condensandola, riconquistando una nuova purezza.

«*E tutte le forme dinamiche che la potenza infinita del genio dell'artista saprà scoprire!*» ripeto felice.

Poi mi avvicino a Havealook, lui mi sorride: respira tranquillo, non solo di sollievo.

Sussurro un "grazie" all'immagine animata della scultura, mentre mi passa vicino, velocissima. E finalmente, nella penombra libera dalle polveri, la stanza si definisce nei suoi confini. Ma le pareti non si incontrano nei giusti angoli, la prospettiva è come sfasata.

Corro di nuovo alla parete: le radici sono secche, come di terracotta. Si spezzano e cadono, liberando prima queste versioni surreali di *Femme Leoni* e *Anfora-frutto* e poi il mio R.D. Tutti e tre mi seguono mentre torno da Sandy, che mi sorride felice. Capisco che ho trovato gli amici, gli insoliti alleati di cui lei mi parlava, di sicuro invisibili ai più. Un tintinnio di campanelli, ecco anche le sfere di Magritte che vibrano velocissime suonando qualcosa che sa di festa, e in pochi istanti l'aria si fa ancora più leggera.

Forme uniche della continuità nello spazio mi passa vicino, poi rallenta la corsa.

«Non posso trattenermi di più, devo tornare nella mia moneta.» La sua voce è giovane e bassa. «Ricordate, *moneta* non vuol dire solo "denaro". Il verbo latino ammoniva, avvertiva. E lo stesso faccio io: la qualità di ogni vostra azione è il suo valore, il suo peso reale. È così che aiutiamo la terra. Ricordatevelo, quando sarete là fuori.» E, in una sequenza di scatti istantanei, come dei fotogrammi di Muybridge, va rimpicciolendosi a ogni passo, fino a diventare solo una piccola sfaccettatura che corre nell'aria. Infine si tuffa dentro i 20 centesimi, come un genio che torna nella lampada. I solidi creati nella scia della sua corsa galleggiano ancora per qualche attimo nello spazio, poi svaporano nel nulla.

«Credo che quella monetina abbia fatto un buon lavoro, davvero molto superiore al suo valore corrente!» bisbiglia Havealook.

«Se la sente di restare?» chiedo.

«Sì, sì. Le forze mi stanno tornando. Però... ho la strana impressione che ci sia qualcun altro... qui vicino.» Il collezionista si guarda intorno, ma non dice nulla. I miei amici sono di fianco a me, ma sembra che lui non li veda!

R.D. si avvicina a me, nelle feritoie del suo volto metallico si accende una luce gialla, calda. Gli sorrido felice di averlo ritrovato. Mi accorgo che Sandy osserva l'automa curiosa, le piegoline sulla sua fronte mi fanno capire che lei sta bene.

L'abbraccio, la sua fantastica idea ci ha salvati tutti.

2
Mister Havealook, lei sa meditare?

Dopo almeno una ventina di passi vedo una debole luminosità nell'ombra. Mi avvicino. Proviene da un blocco un po' squadrato trasparente, sembra un grande cristallo. All'interno c'è qualcosa che non riesco a distinguere.

L'aria intorno si fa di nuovo pesante. Inizio a deglutire polvere aspra e appiccicosa. Sandy mi raggiunge e sussurra: «Possiamo cavarcela, ora sappiamo come difenderci.»

Torniamo quasi correndo verso Havealook che, rimasto solo, ha riacceso la sua torcetta. Vedo subito che sta bene, l'aria densa non è ancora arrivata, ma purtroppo tra poco sarà anche qui.

«Manfredo, rallentiamo il respiro!» bisbiglia Sandy. Poi, alzando un poco la voce: «Mister Havealook, lei sa meditare?»

«Ho imparato a farlo, per curarmi la vista» risponde serio il collezionista mettendo in tasca la torcia.

«Allora chiudiamo gli occhi insieme! Svuotiamo la mente dalla paura, anche solo per poco. Possibile di tenere lontana l'aria polverosa con il nostro pensiero, e il mondo dell'immaginazione invisibile può creare ancora qualcosa per aiutarci» incita lei.

Io però non riesco a chiudere gli occhi. Sandy mi mette una mano sulla spalla, il suo tepore mi tranquillizza. Provo a respirare lentamente e chiudo gli occhi. Lei mi prende una mano, è calda. Stringo il piccolo quarzo nell'altra mano. La mente si svuota.

Sento la voce dei tre campanelli, musicale e profonda: «State vicini, guardate oltre i vostri occhi. Anche alla Guggenheim le altre opere si stanno concentrando per aiutarci. Abbiate fiducia.»

Ripeto le parole di Sandy: *Il pensiero invisibile è quello che conta, tutto il resto è solo passeggero.*

Lei sussurra: «Ricordati il tuo spazio bianco.»

Respiro ancora più lentamente e subito le sfumature di un crepuscolo si stendono terse nel mio cielo immaginario. Mi soffermo sulle ultime gradazioni, le più alte. Un tono di giallo, poi di verde. Prima di sfumare nel blu, si apre un chiarore trasparente. Ecco, l'ho trovato! Non vedo che trasparenza di bianco. Vi cerco un sogno, un desiderio. Nulla.

Poi, all'improvviso, mi appare il giardino delle sculture alla Guggenheim. La porta del museo è aperta.

Sento il respiro tranquillo di Havealook, anche la sua calma mi aiuta. Sempre a occhi chiusi, ma con quelli della mente ben aperti, vedo in lontananza qualcosa che si avvicina.

Nel Giardino Nasher si disegna una figura: un giocoliere, o un mago, che indossa un cappello con il disegno dell'infinito. Davanti a lui appoggiati su un tavolino – che è a forma di gufo, di pesce, di libellula e di chissà quale altra figura – sono apparecchiati i simboli dell'intelligenza, della creatività e dell'ingegno. Ma certo, è *Il surrealista* di Brauner! Lui forgia il suo futuro con la maestria leggera di un giocoliere che ha il tocco magico dell'arte. In quel momento Sandy sussurra: «Vedo *Uomo Foresta* vicino a *Primo Scavo,* poi *Modello per ovale con punte* con *Tauromachia*, ed ecco illuminarsi *Se la forma scompare la radice è eterna*. E poi dipinti che escono nel Giardino da una porta che tu hai aperto... Sono tutti al nostro fianco, anche se lontani.» Immagino Sandy con gli occhi chiusi, come una bambina che non vuole perdere il suo sogno.

Provo a calarmi nel buio che ora ha invaso la mia mente, ed è come se scendessi in un mare profondo, in un'oscurità che non mi fa paura. Poi galleggio senza peso in attesa di nuovi incontri nel mio mare scuro e silenzioso. Ed ecco che ritrovo i colori dell'arcobaleno, questa volta in piccole pennellate: il rosso, il giallo, il blu, il verde, l'azzurro, il violetto disegnano curve, piegano i piani in ventagli geometrici aperti che si rincorrono come onde, travalicano i bordi della cornice di un quadro, colorano il buio della mia mente. Si muovono. È il dipinto *Mare = Ballerina* di Gino Severini, lambisce i miei pensieri e sento che pervade la stanza.

Sorrido, l'aria nelle mie narici è tornata pulita, più leggera. Aveva ragione Sandy: ancora una volta l'immaginazione ci ha aiutato. Respiro, e riuscire a farlo è bellissimo.

Apro gli occhi e guardo felice Sandy e Havealook che si abbracciano ridendo.

Ci avviciniamo al blocco trasparente, noto un disegno all'interno. E, improvvisamente, il piccolo quarzo nella mia mano aperta illumina di più questa incredibile stanza buia.

«Attento!» Sandy si avvicina spaventata e mi indica qualcosa.

A terra le radici spezzate e secche si gonfiano, si allungano, strisciano come bisce scure e lucide. Havealook è serio come non l'ho mai visto. «Temo che le forze del pensiero invisibile non siano più sufficienti con *loro*» afferma indicandole.

Capisco che non è ancora finita. Le radici-serpente si avvicinano ad Anfora e Femme, poi all'automa. Salgono su una parete vicina, si protendono verso i tre campanelli che scappano più in alto. Le sculture indietreggiano, le tre sfere pure. Solo R.D. rimane al suo posto.

Intanto spuntano nuove radici dalla parete, altre emergono improvvise dal terreno del pavimento. È un vero attacco. Faccio qualche passo indietro fino alla barriera di manichini. Potremmo scavalcarla, andare verso l'uscita, ma non vorrei che ne approfittassero per prenderci alle spalle. Perché è noi che adesso loro vogliono catturare.

«E ora? Che sssi fa? Sono le sstessse che ci hanno legato alle pareti» dice Femme Leoni con voce tremolante.

«Niente paura!» esorta Anfora-Frutto in tono da contralto.

I tre campanelli indietreggiano. R.D. invece avanza silenzioso verso il pericolo. Come un antico cavaliere inizia a squarciare le radici con la sua unica mano. Ma tutti i pezzi si rianimano poco dopo, ogni ramo si moltiplica come l'Hydra di Lerna.

Havealook si avvicina, mi prende per un braccio e bisbiglia veloce all'orecchio: «Dottor Monfalco, capisco che siamo ancora in pericolo. Ma ho avuto un'idea. Consiglierei di trovare un'altra arma speciale e che sia più forte di *altre* radici, e usarla subito. Qualcosa che *loro* non sanno... un'arma viva, ma *radicata* nel tempo come la nostra memoria, quindi inoppugnabile.» Si guarda intorno, poi sussurra: «Ancora una volta dobbiamo distinguerci per contrappunto. Mettiamo le nostre carte sul tavolo: l'intelligenza, la creatività, l'ingegno. Usi quello che sa, amico mio: la memoria dello studioso unita all'abilità del giocoliere e del mago illusionista! Se loro comandano questo incubo, anteponiamo la realtà da cui provengono i nostri sogni: le nostre radici rispondano a queste radici!»

Lo guardo, anche lui ha avuto la mia stessa visione dell'uomo giocoliere nel dipinto di Brauner? Che cosa vede, che cosa sa quest'uomo dagli occhi coperti da lenti imperscrutabili, trascinato in un'avventura senza confini?

E se facessi zio Wiki? Vedo Sandy che subito si illumina, ancora una volta mi ha letto nel pensiero.

Cerco di essere più sereno possibile mentre la schiera avanza strisciando verso di noi, e inizio a parlare. A voce alta e poi bassa, seria e poi allegra. Sussurro, grido, esclamo, recito tutti i nomi degli autori, le date e le tecniche di realizzazione delle opere d'arte che sono apparse qui. Le radici, i *dati inoppugnabili* della storia di ogni opera d'arte scorrono con fluidità inarrestabile. Poi snocciolo una precisa sequenza di ciò che so sulle altre opere d'arte amiche. Osservazioni critiche, materiali compositivi... non mi faccio mancare nulla! Anche notizie della vicenda umana e artistica di ogni autore escono dalle mie labbra come un magico, rapidissimo mantra acceso dalla memoria. Cito così la storia delle sculture del Giardino Nasher e di altre opere della Guggenheim. Uso le radici che le hanno nutrite per combattere le radici che vogliono imprigionarle.

Havealook si avvicina. Con un gesto della mano gli cedo la parola, e lui subito si inserisce con voce a volte ferma, a volte suadente, fa altre correlazioni. Senza interrompersi se non quando, inclinando la testa, mi passa il turno. Ci capiamo all'istante, se no che gioco è?

Il mio nuovo amico ricorda note dotte, citazioni fulminee su date e opere ma anche sugli autori, informazioni colte che danzano davanti a noi. Si sofferma sull'entusiasmo di Peggy Guggenheim, sul suo intuito speciale di scopritrice della grande arte del Novecento, tanto che sembra averla conosciuta di persona. Ci passiamo la parola alternandoci, creando una ininterrotta catena di notizie, riflessioni, citazioni. Storia, cultura, studi corrono in un fiume di notizie inarrestabile, ma placido e infallibile come un database informatico. Nessuno dei due perde mai il filo, come in una staffetta, in un gioco di squadra.

La stanza ostile, dalle dimensioni indefinite e dalle pareti minacciose, diventa una galleria d'arte moderna, una biblioteca, una sala studio, una lezione di storia dell'arte che si riempie di memorie e di racconti.

Le radici-serpente si bloccano, si contorcono e diventano dure, inanimate. Ha funzionato!

Le abbiamo confuse con la nostra memoria di gesti studiati, ispirati, sofferti da uomini che hanno usato linguaggi diversi, ma significativi per ciascuno di noi? L'arte, la sua bellezza e la sua storia hanno stupito, meravigliato, abbagliato il nemico? Le abbiamo stordite con una valanga di nozioni ed emozioni? Oppure abbiamo solo creato una barriera immaginaria con l'ingenuità del gioco, con il paradosso di uno scherzo?

3
Un ponte di comunicazione tra gli opposti

La luce rosata del blocco di cristallo è sempre più tenue. Io e Sandy ci avviciniamo, lei prende dalla mia mano il piccolo quarzo luminoso, si china e lo appoggia a terra. Apro il contenitore cilindrico. La prima cosa che vedo è il fossile grigio.

«Non quello» sussurra. «Ora meglio le altre due pietre.»

Allora porgo a Sandy la pomice bianca e l'ossidiana nera. Lei le chiude nel pugno, una per mano, si china davanti al blocco di cristallo e le lascia a terra, distanti fra loro forse un paio di metri. Torna vicino a me e mi rassicura con un bel sorriso sussurrando: «Non so perché ho fatto così. Stiamo solo a guardare.»

Ed ecco che la pomice e l'ossidiana si illuminano: non ho mai visto un bagliore bianco così profondo, e neppure potevo immaginare una luce nera così splendente!

Il bianco e il nero si scompongono in goccioline luminose che dalle pietre si sollevano nell'aria e corrono in due colonnine, come canali uguali e paralleli, brillano di luce opposta. L'effetto è bellissimo e mi ricorda qualcosa. I due canali luminosi s'incurvano uno verso l'altro, fino a unirsi in un unico arco.

È un piccolo ponte di goccioline che corrono luccicanti: una metà emana luce bianca che sfonda in avanti, l'altra è così nera che attrae indietro. Come se futuro e passato fossero accesi nella loro potenza.

Brillano, le guardiamo in silenzio. Poi le luminosità contrapposte sfumano una nell'altra in una sola luce, neutra ed evanescente. Le goccioline che percorrono l'arco diventano trasparenti: è acqua lenta e luminosa che sale nell'aria da una pietra e scende nell'altra, in perfetta e continua comunicazione, senza mai esaurirsi.

«Sembra un'opera di Bill Viola!» commenta Havealook che ci ha raggiunto.

Gli sorrido, felice di sentirlo vicino e che anche lui veda questo spettacolo.

«Adesso più che mai è il tuo tempo, Manfredo» esclamano insieme Femme e Anfora.

«Chiudete gli occhi ancora una volta: ogni pensiero deve diventare trasparente. Concentriamoci insieme, fidatevi di noi» esortano i campanelli.

Poi una musica misteriosa, lontana e vicina allo stesso tempo, vibra nella stanza.

«Campane di cristallo di rocca!» mormora Havealook.

Non posso che chiudere gli occhi, aiutato da questo suono ancora una volta mi calo nelle acque della mia visione più profonda. Buio. Dopo un tempo che non saprei stabilire, un riflesso dorato lento e morbido prende il posto dell'oscurità: sto nuotando nella mia mente come in un mare calmissimo.

Un tramonto sul mare, una baia, la superficie dell'acqua è coperta da una rete di baluginii d'argento, oro e rame in cui intravedo rispecchiarsi il disegno scomposto di una roccia scoscesa, una casetta bianca, le ali leggere di un mulino a vento. Penso alla costa di un'isola greca. All'orizzonte solo blu, il colore della lontananza. E poi il sole sfavilla su un mare di lapislazzuli.

Il suono delle campane di cristallo si allontana.

Silenzio.

4
E una luce accecante invade la stanza

Riapro gli occhi. Per terra l'ossidiana nera e la pomice bianca si sono spente. L'arco di goccioline che le univa è scomparso. La luce del piccolo quarzo viola è diventata più forte, calda, e così quella nel blocco di cristallo. Improvvisamente al suo interno le venature rosate vibrano, fluttuano, si uniscono. Il cristallo svanisce e delle venature non rimane che pulviscolo, sabbia colorata e brillante che galleggia nell'aria. Poi si riunisce in un lento vortice silenzioso e rotea davanti a noi come una minuscola galassia.

Una spirale che gira sempre più veloce, fino a diventare purpurea, poi incandescente.

Una luce accecante e un caldo improvviso invadono la stanza.

D'istinto copriamo gli occhi. Aveva ragione Minerva, liberando il Genio ho provocato un disastro! Questa è l'esplosione che inghiottirà Venezia e tutti noi.

Attendo con terrore il fuoco che brucerà tutto.

43

Il Genio e l'Ombra

Murano, 21 novembre 2006

I

Non è la fantasia che illude, è la sua mancanza che rende ciechi

Mi risveglio accovacciato sul pavimento.

Anche Sandy e Havealook si stanno riprendendo, sdraiati accanto a me. La stanza è rischiarata dalla luce del piccolo quarzo che è in terra. Nell'aria c'è il profumo dei fiori di una dolce primavera mediterranea, con un verde sentore di abeti. Nessuna esplosione di fuoco, quel grande calore sembra non aver lasciato segni. Le sfasature negli angoli della stanza sono tornate normali: pareti e pavimento coincidono. Poi inizio a scorgere una figura.

Dove prima c'era il cristallo, un distinto signore sta in piedi davanti a noi.

Non alto di statura, la pancetta tonda quasi sospesa sulle gambe così sottili che potrebbero terminare nel nulla se non fosse per le scarpe di vernice scura. I suoi occhi scintillano enigmatici, il sorriso mite è pacificante. Indossa un abito da sera da gentiluomo d'altri tempi, la giacca della marsina è nera, lucida come seta e termina in una lunga coda compatta e tesa, dai riflessi ancora più scuri. Mi ricorda la livrea di una grande gazza ladra, ma con tanto di cilindro e bastone da sera, sul cui pomolo luccicano pietre preziose.

Il panciotto di raso bianco risalta nella luce che proviene dal mio quarzo viola, ora più chiara e forte di prima. È lui il Genio, l'essere fantastico che stavamo cercando?

«L'abbiamo liberato» sussurra Sandy.

Lui ci guarda senza parlare, poi si gira verso una porta di metallo. L'unico battente si apre senza rumore ed entrano i due tipi, le giacche a quadri e a righe ancora zuppe. Lampade al neon si accendono improvvisamente ronzando e restituiscono ancora più realtà alla grande stanza dove ci troviamo.

I muri sono puliti, solo alcuni resti di radici sparsi per terra, e grosse casse da trasporto allineate davanti a una parete, alle nostre spalle le barricate di vecchi oggetti che abbiamo scavalcato per arrivare fin qui.

Dietro ai due ceffi entra anche Minerva. Nelle mani tiene un piatto di metallo su cui è appoggiato uno strano oggetto. Un cristallo scuro a forma di mano, aperta verso l'alto. Lo posa sul pavimento e alcuni frammenti delle radici vengono scossi da un sussulto prolungato, ma solo per un attimo.

Lei avanza verso di me, così pallida che il volto non si distinguerebbe dai capelli chiarissimi se non fosse per la fascia viola che li trattiene. È seria, i suoi occhi bruciano ma la voce è sicura.

«Te lo chiedo per l'ultima volta, Manfredo: vieni dalla mia parte, abbandona queste illusioni! Se uniamo le nostre forze sapremo finalmente più di quanto tu pensi sia possibile. I vostri trucchi da ragazzini non dureranno: sono solo sogni, frutti tardivi di un'ingenua debolezza. L'infanzia del mondo è finita. Ora più che mai dobbiamo costruire la nostra consapevole maturità. Io e te, insieme, avremo grande potere e conoscenza!»

Il suo sguardo fiammeggia nel mio. Le rispondo deciso.

«Mi hai mentito ancora una volta. Dicevi che l'energia del Genio avrebbe provocato un disastro travolgendo noi e la città, e invece... Smetti di essere nostra nemica, Minerva: ascolta quella parte di te che ci è venuta incontro.»

«Non vi ho aiutato per generosità, mio romantico amico. Ho ragionato, e ho capito che il Genio non avrebbe distrutto Venezia, esattamente come non ha distrutto Milano un secolo fa.» Guarda il gentiluomo d'altri tempi che sta tranquillo con una mano appoggiata al pomolo del suo bastone. «Lo volevo liberare da tempo, da sola non ci sarei riuscita. Per questo ti ho mentito. Uniti possiamo scoprire nuovi poteri. Ora lascia al passato le tue fantasie, sono giochi inutili.»

Cercando di trattenere la mia ira le rispondo: «Non so ancora il perché di tutto questo, Minerva. Ma ciò che ho passato per arrivare fin qui... E ci sono stati momenti in cui ho pensato di impazzire... mi ha fatto credere ancora di più nella forza di certe meravigliose risonanze, che non sapevo di avere dentro di me. Ti ricordi i nostri giochi da ragazzini? Scoprivamo il mondo reale proprio grazie ai nostri sogni. Allora eri tu a trascinarmi. Ritrova quello spirito, quella capacità di sognare: renderà migliori la tua maturità e la tua intelligenza, il tuo futuro. Questo è il vero potere, ed è in noi. Tu conosci la forza della bellezza e della bontà: a che serve intralciare il loro cammino? I sogni non si perdono, se sai nutrirli.»

«I nostri sogni?» risponde lei guardandomi con occhi sempre più intensi. «Noi proiettiamo più ombre che luci. Anche se creiamo qualcosa di bello con i nostri gesti, sono momenti perduti. I tuoi amici invisibili, che oggi ti hanno protetto, potrebbero rivoltarsi contro di te in un attimo. La follia è spesso connessa alla vocazione artistica, all'immaginazione esasperata. Quanto ai sogni a occhi aperti, lasciali ai bambini. Io volevo solo capire il potere di alcune ombre, profonde e antiche quanto il nostro inconscio. Ho scoperto anche i loro limiti. Tu e io, da soli, due intelligenze diverse ma comunicanti con queste potenze nascoste, e un ultimo Genio della natura ancora fra noi. Se scopriremo qualcosa, sarà così nuovo che rimarrà nel tempo. E forse non è uno svantaggio per l'umanità. Tu credi troppo alla fantasia, alla poesia dei riflessi. Sono malinconici inganni, ambigue attrazioni. Solo la nostra genialità, il suo crudo realismo ci potranno aiutare di fronte a potenze sconosciute. Allora sì che i nostri gesti non saranno solo momenti perduti.»

Poi si rivolge al gentiluomo: «Monsieur Léon della Rocca. È così che posso chiamarla, vero?»

Lui annuisce sorridendo. Sandy e Havealook ascoltano in silenzio. Dietro di loro ci sono R.D., Femme Leoni e Anfora-frutto, Le voci dell'aria sono sospese sopra di loro.

Minerva mi guarda e poi si volta ancora verso il Genio: «E lei che cosa intende fare ora?»

Lui tace e osserva il suo bastone da sera. Quando parla, la sua voce è calma e profonda: «Pensate, mentre fuggivo nel parco, quella notte lontana, credevo di averlo perso per sempre. Invece eccolo qua.» Sorride sornione verso Minerva. «La perdita, e la paura che ne consegue, sono prerogative umane, molto umane. E forse un po' umano lo stavo diventando anch'io, gentile Minerva dallo sguardo così acuto. Quindi capisco le sue inquietudini, la delusione e i dubbi. Ma prima di decidere il da farsi, mi lasci ringraziare chi mi ha liberato.»

Si porta una mano sul cuore e inchina il capo verso di noi. Quando lo rialza i suoi occhi chiari luccicano.

«Negli ultimi cento anni, per me quasi un lento sospiro, ho avuto la fortuna di dormire un po'. Sonnecchiando sono stato gratificato da un'altra mirabile esperienza umana: ho sognato! Così ho potuto riflettere in modo *diverso* dal mio solito. È stato illuminante. Adesso però avrei bisogno di uno dei *vostri* sogni, in apparenza tanto disprezzati dalla signora che ha gli occhi di un viola così mirabile.»

Minerva tace seria.

Il Genio mi tende la mano: «Caro Manfredo, potrebbe gentilmente darmi l'ampolla antica riposta in quel contenitore?»

Apro il cilindro, sfilo il lacrimatoio con delicatezza e l'appoggio nella sua mano aperta. Lui si piega verso terra, toglie il piccolo tappo, inclina l'ampolla e ne esce un liquido argenteo, denso, come mercurio fluido. Sgorga senza interruzione. Sul pavimento della stanza si forma un'ampia pozza tonda, lucida come uno specchio. Léon si rialza e mette l'ampolla in una tasca della marsina.

«Adesso vorrei anche la piccola rete» mi chiede con un sorriso. Estraggo la reticella ripiegata e gliela porgo. «La ringrazio. Fedele l'ha intessuta come in una fiaba antica, un sogno a occhi aperti. Infatti era sempre con lui, anche se lui non lo sapeva. Ora la vedete in dimensioni ridotte, ma...» Minerva lo osserva seria, il volto sempre più teso. Lui lascia il bastone in terra, si avvicina allo specchio liquido, srotola la reticella e, con un gesto rapido, la stende sulla sua superficie.

I fili argentati si aprono, si allargano fino a coprire tutta la pozza.

E subito sprigionano luccichii, bagliori, colori e sfumature cangianti, in cui appaiono le meravigliose figure femminili che ben conosco. Ritrovo i lunghi capelli, gli occhi magici, i sorrisi dolci e misteriosi delle mie visioni milanesi: sono loro, le Ondine!

Dopo un lungo istante di autentica magia, le Ninfe svaniscono pian piano nella piccola pozza come se scendessero nelle profondità del mare. La rete stesa sulla superficie le segue in una scia, avvitandosi fa un piccolo gorgo. Poi la pozza ridiventa uno specchio, color del mercurio.

Il Genio sorride. «Bene. Dovrebbe essere rimasta un'ultima pietra.»

Prendo dal contenitore il fossile con il bassorilievo delle onde che si espandono concentriche.

Della Rocca tende il braccio e fa cadere la pietra al centro dello specchio liquido.

Le onde scolpite sul fossile si amplificano sul liquido intorno, che si incurva in una serie di cerchi concentrici: la pozza sembra diventata quella pietra, ma molto più grande e lucida.

«L'amico Majeri l'ha definita *la pietra della memoria* e così voglio chiamarla anch'io» ci dice sorridendo. Poi, con una mossa agile del suo bastone, la estrae dal centro della pozza, l'afferra al volo e la fa sparire nella tasca della giacca. Fa un passo indietro e con un gesto elegante ci invita ad avvicinarci.

Sulla pozza le onde concentriche si attenuano, le loro curve sono solo accenni, infine la superficie è di nuovo piatta. Specchiante. Le nostre figure vi si riflettono, perfette in ogni dettaglio.

Senza parlare, come fossimo tutti in accordo, formiamo un cerchio intorno a quello specchio liquido, e ciascuno guarda la sua immagine riflessa. Io da una parte, Sandy e Havealook al mio fianco, dall'altra parte Minerva si avvicina e così i suoi due guardaspalle. Solo l'automa e i miei insoliti alleati rimangono distanti.

Subito mi sento galleggiare al di sopra di ogni cosa, sospeso fuori dal tempo, proiettato nel futuro più distante e in un passato immemorabile, che sento vicinissimi. Sono leggero e sempre più sereno, se non quasi felice.

2
Guarda chi c'è, Freddy!

Manfredo è rapito dalla sua immagine, e dalla profondità di quello che vede. Ma non è il solo, ognuno di loro si immerge in se stesso con una chiarezza mai provata prima, che sconfina in un grandioso senso di pace.

Il Genio lo sa bene: scrutando il proprio volto, ciascuno si guarda negli occhi in modo nuovo, come se si vedesse per la prima volta e nello stesso tempo fosse consapevole del mondo intero, dal cielo alle profondità marine. È un dono che lui ha voluto fare a tutti loro: assaporare per un attimo l'infinito nascosto nel proprio animo.

Dopo parecchi minuti, solo Minerva riesce a distogliere lo sguardo. Silenziosa si allontana. La sua immagine riflessa, invece, rimane perfettamente ferma in quel liquido mercuriale, come se lei fosse ancora lì. Nemmeno i due energumeni si accorgono che se n'è andata, imperturbabili continuano a fissare le righe e i quadri delle loro giacche che appaiono sempre più colorate.

Minerva si ferma davanti a una vecchia porta di legno in fondo a una parete, la apre.

Il dottor Schein entra nella stanza, saluta lei con un cenno, sorride a Léon che in disparte osserva ogni cosa, poi si avvia verso il gruppo, seguito da un altro uomo.

«Guarda chi c'è, Freddy!» La voce di Minerva rompe il silenzio.

Manfredo si stacca dalla malia della sua immagine riflessa, alza gli occhi e osserva l'uomo che accompagna il dottore: sembrerebbe il suo gemello, ma è di corporatura un poco più minuta e indossa abiti d'altri tempi, adatti a una passeggiata in montagna.

I due Schein si avvicinano allo specchio liquido sul pavimento. E Manfredo vi vede riflessa solo l'immagine del dottore, come se l'altro non esistesse. «Anche lei qui. Invitato da Minerva, che rappresenta la certezza del dubbio se non del doppio gioco. E chi è mai questo suo sosia?»

«Qui ci sono io, soltanto io» risponde tranquillo il dottore. «Con la signora Denessi ho voluto ragionare: i problemi non si superano se non si riesce a creare un ponte fra sponde contrapposte. Credo di avere iniziato a gettare con lei alcune basi tra le differenze e le analogie che ci circondano, tra corrispondenze e contrasti. Spero creativi di equilibri.» Minerva si avvicina a lui, tenendosi lontana dalla pozza specchiante.

«Manfredo, svegliati e apri gli occhi!» esclama lei livida in volto. «Tu ora vivi immerso nei sogni, ma fai attenzione: potrebbero non essere i tuoi! Voi tutti v'illudete, perché il *vostro* Genio ora ha le vesti di un uomo pacifico. Ma questo specchio liquido è la prova che lui crea solo illusioni! La vita non è sogno, né un palcoscenico fantastico. Solo i poeti lo credono. Per anni ho ubbidito all'Ombra, sperando di *sapere*. Ma dove c'è conoscenza, poi arriva qualcuno a negarti la nuova libertà che questa ti porta. C'è sempre chi non vuole condividere il suo sapere e ti sfrutta per averne di più, o lo vende a chi se ne approfitta. L'infinita e instabile possibilità di scelta è la nostra trama vitale, esile ma potente. Alcuni la chiamano destino. Io però al destino non ci credo. La nostra unica forza è il dubbio... Anche se l'errore e il rimorso sono sempre davanti a noi.»

I suoi occhi ora più chiari, color ametista, sembrano riempirsi di lacrime. Per un attimo Manfredo rivede la ragazzina di un tempo, disperata di fronte a un giocattolo rotto, a un'invenzione della sua fantasia che non la affascina più. Poi gli occhi di Minerva tornano viola scuro, gelidi, il ricordo di quella bambina sfuma e Manfredo teme di averlo perso per sempre.

«Quale sarà la prossima mossa del vostro amato Genio?» continua lei con tono sempre più appassionato. «Sono secoli che ci precede, sapendone più di noi: dov'è la libertà dell'intelligenza umana? I vostri giochetti di poco fa hanno liberato lo spirito di una montagna, il più potente fra i geni suoi fratelli. Ma solo perché lui lo ha voluto. Certo, è stato scaltro: ha coordinato le vostre debolezze in un'affascinante regia, vi ha ammaliato come bambini, ha mosso fili di marionette. Ti ripeto che sei un illuso, Manfredo, se credi a questi riflessi senza vederne l'ambiguità e il pericolo. Colui che volevi liberare è anche una tua fantasia, per quanto potente. Prima o poi ti stancherà. E allora sarà la *tua* nostalgia a ferirti! In questo specchio c'è solo un'apparenza di te stesso. Non sei tu che puoi crearla o distruggerla: una volta tanto il Genio ha mostrato qualcosa di reale, senza veli. Loro, i suoi fratelli, si tengono nell'ombra, perché lì noi non abbiamo occhi per vedere. Manfredo, amico mio, te lo dico ancora una volta: uniamo le nostre forze, anche nel dubbio, per capire quanto più è possibile dal Genio e dall'Ombra. Senza dipendere da loro, liberi!»

Schein si volta verso di lei, accorato e deciso: «Minerva, è vero: riflettere significa capire, non seguire malie fugaci e nostalgiche. Ma la prego, non disprezzi la forza creatrice del sogno, di una fiaba. Ritrovi il potere del gioco: lo spazio di libertà che si crea tra un bambino e un giocattolo di fantasia è una *tecnica*, che io le chiedo di riscoprire. Proporziona, modula quasi perfettamente le energie che occorrono per stare in una relazione creativa. Questo lei lo può ancora fare. Adesso. Le indicazioni che provengono dalla nostra psiche in sogno non sono forse disegnate in modo fantastico? Stia in un'aspettativa gioiosa, come una bambina nella scoperta di un nuovo gioco. Quella magia, quella tecnica non è perduta, quella felicità non è tradita. Sono i nostri gesti più antichi, per conoscere il mondo e noi stessi. Dia quindi fiducia a questo potere: non è perduto, è in lei!» Così dicendo Schein tende amichevolmente le mani verso Minerva, che invece lo guarda senza avvicinarsi.

Manfredo osserva meglio il sosia del dottore: sta un passo dietro di lui e si sistema con indifferenza il fazzoletto nel taschino. Dove ha già visto un abito così? Ma certo, nella vecchia foto che gli ha mostrato alla Guggenheim: il bisnonno di Schein era in posa con altri, nella sua villa tra i monti. Ecco perché il riflesso dell'altro dottore non è mai apparso. Quell'uomo non esiste più, è solo un'immagine del passato.

Si gira verso Sandy: era lei, la giovane che tanto le somigliava in quella fotografia? Per fortuna il suo riflesso è ancora nella pozza mercuriale, e tanto gli basta.

Intanto il Genio ha iniziato a parlare con la sua bella voce profonda.

«Cara Minerva, i gesti, i sogni degli uomini non vanno perduti: lasciano sulla superficie della terra grandi tracce, che scivolano e risuonano anche nel suo centro. È una componente molto speciale della "legge di gravità"! L'esistenza stessa degli spiriti della natura forse sarebbe molto diversa, senza questa vostra *specialità*. I miei fratelli non lo vogliono ammettere, credono di essere ancora autosufficienti, una specie superiore. Eppure i tempi chiedono sempre più riflessione e comparazione. Quanto alla potenza creatrice di luci e ombre, sono certo che voi ne sappiate più di me: per questo sono rimasto affascinato dalla sensibilità umana. Può creare parole, disegni, suoni, carichi di valori invisibili che scavalcano i tempi. Voi umani potete scegliere il bene e il bello, come pure i loro opposti. Avete consapevolezza e responsabilità. Anche per questo siete diversi dal resto della natura. Ma ora verrà più che mai il tempo di trovare il giusto valore dei vostri gesti, l'equilibrio, la pace che nasce dalla responsabilità di ogni azione.»

S'interrompe guardando Minerva con dolcezza. Lei, sempre bianca in volto, lo sfida: «Un Genio della Montagna che ama troppo gli uomini e si perde in un blocco di vetro, i suoi fratelli che creano ombre e poteri per dominare la nostra mente, Ondine che si mostrano come nei miti antichi o nelle fiabe romantiche... Sarebbe questa la via del progresso? Ora più che mai, non è tempo di queste cose! Che cosa faranno i suoi fratelli, caro Léon? Loro sono più realistici, ci avevano messo in guardia: non è il caso di far dialogare mondi troppo diversi. La pace è un'altra faccia della guerra e non dura mai a lungo: i compromessi non risolvono nulla, prima o poi svelano gli interessi che nascondevano. Che ne sarà di noi? È vero: l'uomo sta prevaricando se non distruggendo la natura. Ma quale futuro si prospetta se *voi* avete ancora tanto potere?»

Minerva parlando si è avvicinata al cristallo a forma di mano che entrando aveva appoggiato in terra. Improvvisamente le schegge delle radici-serpente, colpite da un baluginio di luce scura, si muovono a scatti sul pavimento verso di lei. Minerva arretra avvicinandosi a Schein e le radici tornano immobili.

Il Genio le sorride, poi si avvicina allo specchio liquido. Nel momento in cui compare la sua figura riflessa sulla superficie della pozza, tutte le altre sfumano fino a dileguarsi, rimangono solo le giacche colorate dei due energumeni, galleggiano come posate sull'acqua senza i loro corpi.

Léon immerge il suo bastone, muove appena la superficie e anche questi ultimi riflessi si sciolgono nel liquido color del mercurio che torna a essere una rete argentata. Si fa piccola, sempre più piccola. Léon la raccoglie, la infila in una tasca e guarda Manfredo. Sandy sorride, Havealook si riscuote. Le opere della Guggenheim e l'automa avanzano dal fondo della stanza dove erano rimaste in silenzio.

Il Genio fa qualche passo, si china e raccoglie il piccolo quarzo viola rimasto in terra, spento. Tra le sue mani si accende di nuovo. Poi lo mette nella tasca del panciotto e si volta verso gli altri con gli occhi che brillano.

«Ogni elemento contiene un germe del tutto, anche la più piccola pietra.»

3
Il tempo dell'apprendere è sempre un po' una... clausura aperta!

«Il mio desiderio è che tra me e i miei fratelli scorra di nuovo la più fluida e aperta comunicazione. *Noi* pensiamo in modo diverso da voi: ogni certezza è solo una linea riflessa, ogni incertezza un puntino vagante, ma... sanno come incontrarsi. Il mio amico Fedele ha *pescato* nella sua fantasia un artificio, delicato ma efficace, quasi un gioiello: una rete che connette molte immagini simili e, soprattutto, diverse. Già, le connessioni, i punti d'incontro fra riflessi che portano lontano... Voi sottovalutate quanto sia grande il loro potere. Se i vostri gesti migliori si avvicinano a noi è perché si riverberano negli elementi naturali più profondi. Concordo con il dottore: il pensiero ben modulato fa stare in una relazione costruttiva. Non fanno così i bambini con i loro giochi, con i loro amici? O le pietre che tengono in piedi una montagna, come pure un palazzo? L'incontro è l'equilibrio dell'universo, della sua bellezza. Grazie a questa meravigliosa sapienza voi avete potuto liberarmi. Dalla vostra fantasia e dalla vostra immaginazione è nato un ponte di comunicazione tra due opposti. I miei fratelli non hanno "armi" così.» Le sue parole sfumano in un sorriso sereno. «Mi avete insegnato tanto, anche mentre ero rinchiuso in quel cristallo. Il tempo dell'apprendere è sempre un po' una... clausura aperta! Ciò che ho imparato da voi mi ha confortato. È stato un percorso misterioso anche per me. Persino il fascino della *vostra* musica, che io tanto amo, sta nel suo mistero. Ma adesso scusatemi. Devo parlare con i miei fratelli.»

Si volta verso Minerva. «Mi può accompagnare, se lo desidera. Visto che lei li conosce.» Minerva lo guarda senza rispondere, lui sorride e continua: «Non importa. Penso che il dottor Schein troverà le parole per riflettere ancora con lei su quello che ora le sta a cuore. Pensi al bel nome che porta: la dea delle giuste battaglie, dell'operosità e... della saggezza. È una conquista per l'uomo, soprattutto dopo molte battaglie interiori.»

Minerva va verso il cristallo a forma di mano appoggiato in terra, lo copre completamente con la fascia che tratteneva i suoi capelli, lo prende e lo consegna al Genio.

Lui la ringrazia con un inchino e lo ripone in un'altra grande tasca interna della marsina. Si allontana verso la porta metallica. Passa accanto ai resti delle radici-serpente. Senza badarvi, con assoluta tranquillità, dà un colpetto sul pavimento con il bastone e immediatamente queste si sbriciolano in polvere.

Mentre la porta dal battente di metallo inizia a riempiersi di puntini di luce scura.

4
Lo sapete: l'armonia si trova anche accostando i colori più contrastanti

Ed ecco che nella stanza soffia un vento profumato di boschi e di anfratti rocciosi profondi, tanto intenso da stordire. Nella porta si vedono oscurità cangianti e luminosità fisse, gelo e calore, gemme di ghiaccio e di lava bollente. Si scorgono rocce alte e crepacci improvvisi, poi una roccia cava, coperta di cristalli scuri.

Il Genio si avvicina, toglie dalla tasca il cristallo a forma di mano aperta e lo appoggia all'interno delle luci nella porta, che lo ingloba tra queste. Indietreggia di qualche passo, si ferma e con la punta del bastone traccia un cerchio in terra intorno ai suoi piedi. Poi inizia a ruotare velocissimo su se stesso, e il suo corpo diventa sempre più piccolo. Si ferma, è solo un uccellino, un'elegante gazza bianca e nera.

Ed è allora che si sente la sua voce parlare in una lingua incomprensibile, fatta di tanti suoni diversi. Gorgheggia, gesticola, danza, luccica, s'ingrigisce e brilla. Tuona, rotola, si sparge intorno come sabbia bagnata. Poi tace.

Per un attimo la porta svanisce nel buio, ma torna presto a risplendere. Viola, un geode di cristalli ametista. La gazza apre e chiude le ali e riprende la forma del compassato gentiluomo, seppure ancora piccolo come un folletto, e senza il suo bastone. Si volta, avanza lentamente verso Manfredo e la sua statura cresce passo dopo passo.

Tornato alla sua altezza normale, si ferma di fronte a lui. «È stata una lunga contrattazione. Ancora non ho finito con i miei fratelli» gli dice. «Lo sapete: l'armonia si trova anche accostando i colori più contrastanti. Noi spiriti della natura conosciamo il messaggio dei mutamenti nelle loro sfumature. Però qualcosa ho già ottenuto: le basi di un intreccio su cui riflettere. È una nuova rete, questa volta davvero invisibile. *Loro* guarderanno senza ostilità i vostri gesti, me lo hanno promesso. Il tempo farà il resto, ora io devo dare l'esempio. E adesso ti devo chiedere ancora un piacere importante, caro amico Manfredo.»

Si allontana prendendolo sottobraccio e inizia a parlargli a bassa voce.

Quando tornano, Minerva affianca Manfredo e sussurra guardando lontano: «Forse in questo ha ragione. Per riportare le cose in equilibrio è necessario comporre le diversità. Anch'io ci ho provato, a mio modo. Non ci sono riuscita, ho le mie debolezze.» Per un attimo abbassa lo sguardo, sempre più bianca in volto. Poi si avvicina a Sandy e le consegna una pietra, del tutto simile al fossile con l'onda immobile.

«Anche questa era di Fedele. Lui pensava di averla smarrita da ragazzo, quando le perdite dovrebbero pesare di meno. Ma *Loro* trovano tutto. Non ha più poteri, è solo molto bella» conclude guardando Sandy senza alcuna ostilità, ma con gli occhi velati di tristezza. Lei le risponde con uno sguardo caldo, amichevole, più espressivo di qualsiasi parola.

Poi Minerva si rivolge al Genio: «Cercherò anch'io di convincerli, per quel che potrò. Se mi ascolteranno ancora.» Si volta e s'incammina verso l'uscita, chiusa nella sua mantella viola scuro.

Anche il dottore si allontana, ma non c'è l'immagine del suo doppio a seguirlo. Manfredo se ne accorge solo ora: l'altro Schein è scomparso.

44

Un nuovo giorno

Murano, 21 novembre 2006

1

Il cielo è limpido, si vedono ancora le ultime stelle

Abbiamo seguito il Genio e siamo usciti da quella porta metallica. Varcandola mi è sembrato di tornare da un'altra dimensione. Il cielo è limpido, si vedono ancora le ultime stelle, in giro non c'è nessuno. Il mare non preme più gonfio sull'orizzonte, la laguna è immobile. La tempesta sembra solo un brutto ricordo.

Cammino di fianco a Léon. Dietro di noi un piccolo corteo: Sandy e Havealook davanti a tutti, poi le tre opere della Guggenheim, i miei alleati fantastici, che si muovono a loro modo, seguiti da R.D.

Léon si ferma sul limite della banchina.

Guardo il costante andare e tornare dell'acqua, ora calma e bassa: è lento e innocuo, lo ascolto come un regalo. Sarebbe quasi normale, se non avessi accanto a me un Genio della Montagna che mi sorride serafico.

«Arrivederci, Manfredo. Avrei voluto conoscerti di più, hai molto in comune con il mio grande amico Fedele. Temo che per noi non ci sarà altra occasione, almeno sotto questa forma, ma ricordati: anche se tutto scorre, possiamo sempre fermare l'attimo, regalando bellezza e bontà a questo mondo. Ci sono ancora tante cose belle e buone da scoprire, e su cui riflettere. Quando la loro essenza ci raggiunge, diventa un'emozione: invisibile, come il bene e l'amore, ma dura nel tempo e soprattutto... crea comprensioni e infinite connessioni!»

Mi guarda, e il suo viso è così intenso che per un attimo mi pare sia un tutt'uno con la luce dell'alba.

«Grazie di tutto, è stato bello incontrarci» mi dice ancora sorridendo. «Non temere per me, sarà un viaggio meraviglioso!»

E subito inizia a girare su se stesso. Diventa piccolo, ancora più piccolo. Alla fine rimane solo un frullare bianco e nero di ali, che si scompone in scie colorate. Per un attimo un arcobaleno galleggia nell'aria davanti a me, poi roteando veloce si avvolge in una spirale, infine si condensa in una piccolissima cosa che si posa per terra, sulla banchina poco distante da me. Un sassolino?

R.D. si avvicina, lo raccoglie con la sua unica mano metallica e me lo porge.

È una piccola murrina tonda. Bianca e nera. La guardo e so che cosa devo fare. La stringo nel palmo della mano, raccogliendo le forze, e la lancio più lontano che posso nell'acqua della laguna.

Lui ha voluto iniziare il suo nuovo viaggio da lì, dall'acqua. È questo che mi detto sottovoce poco fa. Dall'origine proviene la salvezza. Ed ecco che sulla superficie dell'acqua dove è caduta la murrina si formano increspature appena accennate nei colori dell'arcobaleno.

Poi compaiono loro, le Ondine dai lunghi veli, le mie amiche che vivono nei riflessi. Questa volta vedo benissimo i loro visi, i loro sorrisi.

Pochi attimi e l'immagine svanisce. Vivrà per sempre nel mio cuore.

2
Ha scelto di ricominciare dall'acqua

La notte ha lasciato il posto alle sfumature dell'aurora. L'acqua calma lambisce la parte più bassa della banchina. Sono riuscito a salvare l'Ondina, così come mi aveva chiesto il mio R.D. E a placare la sua ira.

Il Genio è tornato a essere una parte del divenire, piccolissima e importante. Ha scelto di ricominciare dall'acqua. Che cosa diventerà: un pesciolino, un'alga? Non credo che aspetterà ere geologiche per tornare a dialogare con i suoi fratelli e con il mondo: uomini e natura hanno bisogno di capirsi sempre di più, ora.

Sono tornato da Sandy, l'ho abbracciata a lungo, poi ci siamo seduti su questa panchina, appena fuori dalla fornace.

Anfora, Femme e La voce dell'aria si avvicinano, vogliono rivelarci quello che ha raccontato loro l'Ultima Ondina, quella notte nel Giardino Nasher.

Mentre parlano, interrompendosi per passarsi il filo del lungo racconto dell'Ultima Ondina, ecco che nel cielo appare un altro grande alleato, magico ma reale, seppure evanescente: il mio spazio bianco si distende sopra l'ultima sfumatura colorata dell'aurora. Così la storia meravigliosa scorre ancora più viva davanti ai nostri occhi. I miei amici raccontano anche dell'amore tra Giulia e Fedele, delle loro ricerche appassionate, della tragedia del Titanic, del dolore e della follia, dei viaggi di Fedele e del contenitore cilindrico, arrivato nell'acqua della laguna. Come, non lo saprò mai: forse è stato portato da un'onda, in una piega del tempo?

Seguo il loro racconto come se avessi davanti agli occhi dei dipinti, le scenografie di uno spettacolo, i momenti di un film dove i personaggi di questa storia si muovono rendendo tutto reale. Tutto fluisce nella magia di una fiaba, di un sogno che torna in quello spazio bianco da dove è sceso per noi.

3
La nostra strana processione

Spunta il sole, è solo un puntino di un rosso acceso ma freddo sull'orizzonte.

«Perché siamo stati scelti proprio noi?»

Anfora-frutto risponde per prima. «Tu e Sandy avete saputo giocare con il potere dell'immaginazione. E conoscete la forza della bellezza e della bontà, che riflettono e nutrono l'invisibile. Una forza e un potere che animavano anche Giulia e Fedele. Jean Arp, l'autore della vera opera di cui io sono una forma immaginaria, diceva che l'arte è come un frutto, può rendere morbide e leggere le forme del mondo, con regali sorprendenti. E tu hai colto a tuo modo questo frutto per te maturo. Gli artisti lasciano nelle forme delle luci nascoste, dei riverberi: se li trovi puoi scoprire un mondo, poi un altro e un altro ancora, seguendo quella curiosa corrente che è la vita. La tua fantasia è una ginnastica poetica.»

«Noi in te siamo diventati altro da come ci hanno creato: siamo visioni della tua fantasia» mormora Femme Leoni.

«Anche Giulia e Fedele cercavano l'essenza, a loro modo. Era un'età ancora pervasa da favole» trillano all'unisono i tre campanelli, sospesi davanti a me. «Sapevano essere maturi e al tempo stesso bambini di un'infanzia del mondo, in parte perduta. Loro sentivano ancora la sua misteriosa risonanza, come gli uomini antichi. Non avevano paura di vivere nello spaesamento. Sapevano leggere nei riflessi di antiche sere.»

«Ma io non sono così *sensibile*, e questa è un'epoca in cui si cercano certezze concrete. Perché io?» chiedo loro.

È Sandy che mi risponde. «Tu hai *un metodo*, sai scegliere ancora una fiaba da accostare alla realtà, così possibile di capirla meglio. Come Fedele Majeri.»

Nel frattempo R.D. e Havealook si avviano vero una calle. Li seguiamo.

Il sole ora illumina le incrostazioni verde rame che ricoprono l'incavo vuoto nel petto dell'automa.

Femme Leoni si avvicina sussurrando: «Sai, Giacometti diceva che non si sa mai esattamente ciò che si vede: l'arte *cerca* di vedere, ma la realtà supera sempre ogni cosa. Appare dietro a una tenda che voi strappate, ma poi ce n'è un'altra e un'altra ancora... ogni giorno tutto è diverso.» Poi la figura sottile sparisce in una screpolatura della parete. La seguo con gli occhi, ora non temo più questi vecchi muri.

L'automa si mette al mio fianco. «Dove stiamo andando?» gli chiedo. Lui non risponde.

Guardo Sandy che cammina leggera come una ragazzina. I nostri amici la seguono nell'aria, nell'acqua, tra le ombre dei muri. Si volta, i suoi occhi verdi mi fissano intensi.

Posando la mano metallica sulla mia spalla, R.D. mi incita ad andare avanti.

I campanelli precedono Sandy, non in pattuglia come sempre, ma distanti tra loro. Le si avvicinano e subito volano via, s'incrociano veloci. La nostra strana processione sbuca di fronte al Duomo di Murano.

4
La porta non è chiusa, nonostante l'ora

Il ricamo dell'abside ondeggia rispecchiandosi sull'acqua del canale.

Colonnine bianche e mattoni rosati, archi, nicchie, loggette ritmano la sua forte, delicata bellezza.

Oggi è il giorno in cui a Venezia si festeggia la Madonna della Salute. Sandy mi legge nel pensiero e sussurra: «Sì, Manfredo, là dove tutto è iniziato.» Poi a voce più alta: «Qui c'è un'altra icona, è bellissima! Lo sai, nel cielo d'oro, le sue mani sono aperte verso di noi. Sembra solo una ragazza, vestita di blu mare trapunto di stelline, il volto bianco come la luna. Farà bene a tutti noi quello sguardo protettivo, così giovane. In questo luogo raccolto sarà utile di riprendere un poco di energie, e di ringraziare. Dire una preghiera chi vuole, ognuno a suo modo. Che ne dite?»

La porta non è chiusa, nonostante l'ora. Entriamo.

Questa avventura meravigliosa mi ha fatto capire l'importanza di un profondo senso di connessione: qualsiasi cosa stiamo facendo nella vita, non è tutto lì quello che sta succedendo davvero. È il riflesso di qualcosa di più grande e più importante che accade appena al di là della nostra consapevolezza. Siamo tutti profondamente connessi tra noi, e anche per questo non dobbiamo farci del male, e capirci. Con impressioni e idee diverse camminiamo tutti sulla stessa terra. E abbiamo una grande responsabilità, iniziare dalla cura dei gesti, nella nostra più semplice vita comune. Ora sta a noi. Il Genio ci ha mostrato un ponte di sfumature tra due rive opposte, tra una luce bianca e una nera, una corrispondenza tra i contrasti.

Ognuno di noi può tornare alla sua origine, e pensarlo può dare forza, così come lui è tornato all'acqua. Questo mi ha spiegato Léon prima di salutarmi. Un messaggio che mi unisce a lui, ovunque nel tempo.

L'automa è seduto davanti a me. Sandy è al mio fianco, gli occhi persi nell'abside dorata di questo magnifico Duomo. Havealook si aggira nelle navate a testa bassa, osserva i mosaici sul pavimento. Poi si avvicina. «La ringrazio di avermi coinvolto in questa avventura, Manfredo. Avrò di che studiare per un bel po'.» Un attimo in silenzio e, improvvisamente emozionato, quasi commosso, mormora: «Il passato è sempre un grande conforto.»

Io lo guardo con affetto, lui si riprende, continua deciso: «Caro amico, mi permetta un'ultima annotazione. Questa basilica è un vero capolavoro. Ogni volta è una gioia rivederla così mi è venuta in mente una domanda, accesa anche dagli ultimi eventi.» Lo guardo con simpatia annuendo per incoraggiarlo, così lui continua. «Evidentemente in noi c'è qualcosa, che può riflettere... la bellezza, l'armonia del creato. Altrimenti non ci emozionerebbe. Mi chiedo, e le chiedo: *noi* possiamo fare ancora qualcosa per *non* perdere questa opportunità, o questo potere di... *rispecchiare* qualcosa di universale? Era una capacità molto forte presso gli antichi. E oggi? Mi pare sia stato Goethe ad affermare che "ogni cosa ben fatta può diventare il simbolo di tutte le cose ben fatte".» Tace e sorride, serafico come sempre.

«Certo che possiamo, caro amico, anche ora. Lei stanotte ce lo ha confermato.» E lo abbraccio.

Poi tutti stiamo in silenzio, seduti vicini, raccolti nei nostri pensieri o le più varie preghiere. Passati parecchi minuti, vedo R.D. che si avvia verso l'uscita. Ci alziamo per seguirlo.

Le tre opere d'arte, o meglio le mie versioni oniriche di loro, non sono lì fuori ad attenderci. Le cerco nell'acqua, nell'aria, in qualche screpolatura nell'intonaco, ma so che non riappariranno. Certo, le rivedrò alla Guggenheim, e ricorderò sempre che per me si sono trasformate in fantastici amici, insoliti alleati, fidati e invisibili agli altri.

Sandy mi prende la mano, sorride. Poi mi avverte: «Guarda, Havealook è corso via... ha svoltato in una piccola calle!»

45

La carta marmorizzata

Murano, 21 novembre 2006 – Milano, tre mesi dopo

1

Il gondoliere che sembra un pastore

Abbiamo cercato il collezionista senza trovarlo. Poi eccolo arrivare da un ponte, e non da solo.

«Ho incontrato questo signore vicino all'imbarcadero, ci potrà traghettare a Venezia in gondola.»

Il gondoliere è vestito come il pastore di un presepe antico: una blusa di tela grezza su pantaloni larghi e sandali di pelle, il viso abbronzato segnato da rughe profonde e incorniciato da folti capelli bianchi, una grossa pezza di cuoio gli copre un occhio, per bastone ha un grande ramo nodoso. Con l'altra mano ci fa cenno di seguirlo. Poco più in là è ormeggiata una gondola. L'automa sale per primo, io e Sandy lo seguiamo, poi Havealook.

La gondola si muove calma e veloce, spinta con capaci colpi di remo dell'insolito marinaio che sembra un pastore. Guarda avanti con il suo unico occhio, senza parlare. Oltrepassiamo il museo del vetro, i negozi e i ristorantini. Non c'è anima viva. Dopo qualche minuto, superato il ponte più grande di Murano, accosta e ci fa cenno di scendere. Stupito guardo l'automa, che fa un segno di assenso chinando la testa a visiera. Non domando altro.

A terra R.D. riprende a farci strada, come se sapesse dove andare. Costeggia il canale e si ferma davanti alla vetrina di un negozietto che vende carte stampate e quaderni rilegati.

L'automa entra e lo seguiamo. Le pareti sono tappezzate da fogli di carta marmorizzata. Venature di marmi, alabastri, onde, arabeschi colorati. Sfumature e contrasti si rincorrono e i disegni si amplificano come riverberi fluidi. Si ha la sensazione, forte e leggera al tempo stesso, che non abbiano confini. Una grande, armonica conciliazione di dissonanze.

In fondo alla bottega intravedo una donna e un uomo, dietro una tenda di stoffa sottile color avorio.

Ma al di qua c'è anche una ragazza, vicina a un altro tavolo, il suo vestito sembra la tunica di una scultura greca. I capelli sono folti e belli, di un biondo molto chiaro, quasi d'argento, raccolti in un voluminoso intreccio. Tutti e tre tengono la testa chinata su bacinelle basse, larghe e rettangolari. Non fanno caso al nostro ingresso, né interrompono il loro lavoro.

«Credo che stiano preparando l'acqua per fare una stampa Ebru» dice a bassa voce Havealook. «È una tecnica per ottenere la carta marmorizzata. Grazie al principio di incompatibilità tra due sostanze i colori oleosi galleggiano senza mai amalgamarsi, ma si possono striare con dei bastoncini, come se si dipingesse sull'acqua. Quindi si appoggia leggermente il foglio nella bacinella e i colori che non riuscivano a incontrarsi, finalmente si uniscono sulla carta. Il significato della parola Ebru penso sia "come una nuvola", in turco.»

R.D. si avvicina alla giovane dai capelli d'argento. E i disegni sui fogli alle pareti iniziano a vibrare.

Lei si volta, lascia il suo tavolo e mentre cammina verso

l'automa la sua veste si trasforma in spuma bianca, è l'acqua di un ruscello che corre. Il viso è bellissimo, gentile e solenne, la pelle diventa sempre più chiara. L'Ultima Ondina?

Inizia a danzare con R.D., muovendosi in un giro di valzer. Le braccia di lei, trasparenti quasi fossero fatte di cielo, si contrappongono alle spalle bronzee dell'automa.

«Così diversi ma così vicini, mai saranno divisi. Sono uniti dai loro sogni» sussurra Sandy.

I colori e i disegni delle carte abbandonano le pareti e riempiono di volute l'aria intorno a loro, in un lento ondeggiare. Sono la musica silenziosa di quella danza.

L'Ondina con la bella mano si scioglie i capelli: è una cascata di gocce d'arcobaleno e d'argento. Li fissiamo rapiti, quasi non ci accorgiamo che le gocce si frammentano in puntini, li avvolgono in un abbraccio che sale e li copre, seguendo i loro passi di danza. Puntino dopo puntino, come un dipinto che si scompone e torna indietro dal disegno alla tela bianca, diventa un leggero vortice colorato che li avvolge e svanisce nell'aria, portando con sé l'automa e l'Ondina.

Se ne sono andati insieme, e in una danza.

«I colori creano note vibranti, attrazioni, allacciamenti... nuove idee» esclama Havealook.

Poi il nostro amico collezionista si gira verso di noi togliendosi gli occhiali, e per la prima volta vediamo i suoi occhi: uno è straordinariamente grande, l'iride sembra un continuum di puntini bianchi e neri che girano in tondo, mentre l'altro è coperto da un monocolo: un disco di opale bianco ben fermo sotto il sopracciglio.

«Ecco, cari amici, ora posso confidarmi. Indosso queste lenti di mia invenzione, perché con l'occhio scoperto io vedo come un uomo anziano affetto dai problemi visivi dell'età avanzata... diciamo che ho il privilegio di percepire i colori infiammati e più forti, ma diversi dal reale. Per esempio, il verde per me diventa viola.» Una pausa e si rimette gli occhiali. «Mentre con l'altro occhio... be', questo è davvero un grande regalo della vita: vedo in modo così dettagliato e perfetto che devo tenerlo *ben* coperto. Eppure, se ve lo mostrassi vi sembrerebbe solo una cicatrice. A dispetto di ogni logica della natura, attraverso questa "ferita" a volte la realtà diventa più comprensibile. Se voglio posso notare mille sfaccettature. Ma la luce scomposta, il pulviscolo della materia, le onde portanti come quelle che hanno appena danzato davanti a noi: no, quelli non li avevo mai visti così!»

2
Non sorpassi questa tenda

Alle sue parole risponde l'uomo al di là della tenda, continuando a mescolare i colori nella bacinella.

«In un certo senso lei ha ragione! I nostri due amici, l'automa e l'Ultima Ondina, sono stati portati qui a Venezia da un vortice di goccioline, puntini luminosi e colorati. E allo stesso modo se ne sono andati. Si ritroveranno là dove sarà necessario che siano. Ma prima credo che si prenderanno qualche giorno di vacanza. Lo spero proprio, se lo meritano!» La sua voce è chiara, con un'inflessione quasi allegra. Ho l'impressione di averla già sentita, ma quando?

Il nostro amico collezionista gli risponde subito.

«Signore, lei mi sembra esperto in materia... O meglio, mi scusi il banale gioco di parole, in scomposizione della stessa. Posso presentarmi? Bertrand Havealook. Con chi ho il piacere di parlare?» E fa per avvicinarsi.

«La ringrazio della fiducia, ma non sorpassi questa tenda o la nostra conversazione cesserà inevitabilmente. Tra me e voi deve restare un velo, anche se sottile. Non posso rischiare, sono qui per un motivo ben preciso, molto importante.» Si volta verso di noi sorridendo: «Ah, dimenticavo: sono Fedele Majeri, lieto di conoscervi.»

Ma certo, è lui! Ha la stessa voce di quel mattino sul naviglio, dopo la terribile esondazione. Vedo il suo viso attraverso la trama della tenda: lo sguardo vivace, scuro e bruciante come quello di un ragazzino, mi arriva subito al cuore. Quante cose vorrei chiedergli, ma anche questa volta non riesco a dire nulla.

«Carissimo Manfredo, noi ci siamo già incontrati, e spero succederà ancora. Ma adesso vi ho riuniti qui per una ragione importante... E non solo per me, credetemi.»

Tace e si gira verso la donna dietro di lui, che rimane ferma nell'ombra, un po' di spalle, sempre al lavoro con le bacchette nella bacinella.

«Lei è la mia amata Giulia. Solo ora, da pochissimo tempo ho potuto raggiungerla, ma... c'è un altro velo che ci separa. Voi non lo vedete, noi sì. Non ci permette di avvicinarci più di così. Potete immaginare quanto vorrei abbracciarla, quanto noi due desideriamo andarcene a fare una passeggiata lungo i canali veneziani.»

«Voi due... come è possibile che siate qui, ora?» chiedo con un filo di voce.

«Oh, riesci ancora a fare domande! Questo è davvero bello» mi risponde Fedele sorridendo, e i suoi occhi brillano di luce scura. «Io ormai ho smesso, lascio solo che le cose accadano.» Si avvicina ancora di un passo, la stoffa della tenda trama la sua figura come una rete sottile.

«Appena hai liberato il mio caro amico Léon, lui ha restituito alle Ondine tutti i loro poteri. E così, finalmente, ho ritrovato Giulia. Avevo aspettato a lungo, pazientemente, tra le pieghe del tempo e nelle sfumature dei colori. Quello che tu chiami "lo spazio bianco", unito al movimento delle onde colorate nate dalla pietra, mi ha permesso uno sconfinamento straordinario. Sono entrato in un sogno che non apparteneva solo a me e mi sono trovato dentro una strana nube. Sapete come sono le nuvole, hanno una proprietà magica: ognuno vi vede ciò che vuole.»

Ci guarda sereno, poi riprende.

«Per Giulia è stato tutto più difficile. La notte in cui la nave incontrò la terribile montagna di ghiaccio, chiamò in aiuto le Ondine. Loro si manifestarono di nuovo, ma in silenzio. Non potevano comunicare con gli umani, né tantomeno soccorrerli, ma sapevano ascoltarla. E volevano aiutarla in quel momento tragico. Allora lei chiese di accoglierla fra loro e offrì di rinunciare ai suoi affetti, in cambio della salvezza per altri viaggiatori. E così fu: le alte onde oceaniche si convinsero della richiesta e la presero con loro, trasformandola in un'Ondina. Da quel momento le correnti furono benigne, le barche di salvataggio arrivarono appena possibile per i passeggeri. Le Ondine non potevano fare di più. Giulia non riuscì ad avvicinarsi a me in nessuna forma, se non quella di un tiepido soffio, a volte profumato di fiori. Se allora non avessi creduto nei colori del mondo e nelle loro diverse sfumature, non mi sarei salvato dal dolore e dalla follia. Così ho iniziato il viaggio verso la salvezza della mia memoria e per la libertà del Genio, che poi voi avete portato a termine. Léon, il mio caro amico di un tempo e, ormai posso dirlo, dei tempi futuri. Grazie per quello che avete fatto, sarà importante per tutti. Ora però, malgrado io sappia comunicare con gli esseri dell'acqua, non posso ancora avvicinare la mia amata. Ci serve solo un piccolo dettaglio, affinché si dissolva l'ultimo velo che ci tiene lontani e i nostri sogni possano di nuovo combaciare.»

Mi guarda con i suoi occhi intensi. «Manfredo, ti chiedo perdono per quello che hai passato e ancora ti ringrazio. Ti vorrò bene per sempre. Ora mi basta un tuo gesto semplice, per aprire un ultimo passaggio.» Annuisco in silenzio, con un sorriso.

«Allora procediamo. Ti prego, appoggia per terra davanti a me il contenitore che hai sulla spalla. C'è ancora qualcosa lì dentro, vero?»

Senza rispondere sfilo il cilindro dal braccio e, avanzando di un passo, lo poso di fronte a lui e alla tenda.

«Basta un colpetto e il cilindro rotolerà da solo in terra, quella bella cera lo aiuterà.»

Mi chino, tocco appena il cilindro e subito si muove veloce, l'orlo sottile della tenda non lo trattiene, e in un attimo... è dall'altra parte. Fedele lo raccoglie guardandolo con soddisfazione, lo apre ed estrae l'ultima cosa che contiene: la mappa *Sicut Mediolanum*.

Sandy si avvicina, prende dalla borsa una carta ripiegata, la apre distendendola bene e l'appoggia per terra al di qua del velo. «Professor Majeri, l'ho ricopiata, quando sono stata alla Bertarelli. Spero di aver fatto un buon lavoro. Qualcosa mi diceva che sarebbe stata utile.»

«Ottimo, Miss Donatelli, sembra l'originale. A parte la carta ovviamente, ma è il disegno quello che conta. Spero abbia mantenuto anche le giuste misure delle volute di pietra nelle fontane potrebbero essere importanti.»

«*Sicut Venetia*: millimetro per millimetro, fontana per fontana, spirale per spirale, ricciolo per ricciolo!» risponde seria Sandy.

«Perfetto. Così Giulia potrà oltrepassare l'ultimo velo che ci separa. L'Ondina che ci ha accompagnato qui qualche trucchetto me lo ha insegnato. Lei tra le sue compagne ha fama di essere sapiente... anche se a volte ha un carattere un po' collerico! Questione di energia, di temperamento.» Gli occhi scuri sorridono.

Distende *Sicut Mediolanum* nell'acqua della bacinella con il disegno rivolto verso l'alto. Quindi la spinge sul fondo usando due bastoncini di madreperla.

«Lasciamo pure che si bagni un poco.»

Si volta e prende due ampolle, una colma di un inchiostro verde e l'altra viola.

«I miei colori preferiti» dice lasciando cadere qualche goccia nell'acqua e quindi mescolandole con le bacchette. Poi ripete l'operazione con poche gocce di bianco e di nero. «Gli opposti che creano e annullano, ma sono captatori di onde» aggiunge sempre sorridendo soddisfatto.

«Tra poco appoggerò la copia di *Sicut Venetia* che mi ha dato la signorina Sandy sopra a *Sicut Mediolanum*. Un disegno di faccia all'altro, l'acqua e il colore penetreranno tra loro, ma prima i disegni si incontreranno, speculari. Nelle due incisioni le volute nelle fontane formano spirali identiche, sovrapponendole dovrebbero combaciare tra loro.» Con le bacchette disegna calmo nell'acqua, poi le ripone e prende la carta di Sandy.

«Ecco, ora devo fare bene attenzione.» E con gesto delicato ma sicuro affonda l'altro disegno a faccia in giù nella bacinella.

«Si amplieranno le spirali già disegnate, i contrasti e le incompatibilità si accorderanno in nuove coincidenze. Magia della carta marmorizzata, delle nuvole e dei riflessi sull'acqua» dice Fedele.

Quando solleva dall'acqua le mappe delle due città e le distende su tavolo, i colori le hanno coperte quasi interamente con spirali, arabeschi, vortici.

«Tra poco si muoveranno come galassie. E finalmente anche Giulia potrà viaggiare tra le volute del tempo. Così ho fatto io, così hanno fatto l'automa e l'Ondina, attraversando i punti in cui le storie coincidevano, o, se preferite, i nostri paesaggi comuni combaciavano, attraendosi in una spirale meravigliosa. Benissimo, su ogni incisione è comparso un nuovo disegno marmorizzato. E ora...»

«... E ora, la bellezza è una promessa di felicità!» sussurra una voce femminile.

Fedele si volta, Giulia si sta avvicinando a lui. Nessun velo li separa, adesso. E anche quello tra noi e Majeri si è dissolto. Lui la guarda, i suoi occhi neri brillano, le tende la mano. Quella di Giulia è bianca, come fosse di nuvola. Poi piano piano prende colore.

3
La sua sciarpa si distende nell'aria, come trasportata da una corrente

Ora camminano abbracciati lungo le fondamenta che portano a Santa Maria degli Angeli.

Li abbiamo lasciati andare avanti di qualche passo, dopo che siamo usciti dalla bottega delle carte marmorizzate. Havealook ci ha salutati dicendo che voleva proseguire la visita al Duomo, ci saremmo ritrovati dopo.

Ogni tanto Giulia si volta verso di noi: una Primavera o una Flora sorridente. Ne sono certo, era lei la donna misteriosa che ho intravisto a Malamocco.

Fedele, nel suo abito d'altri tempi e con un bel paio di scarponi da montagna, sembra uscito da un racconto di Verne: anzi, ha l'aria di chi ha viaggiato tra le galassie.

Un bel prato copre il piccolo campo quadrato davanti alla chiesa, circondato da mura chiare. Da lì la vista si apre verso Venezia, il cortile è molto intimo. Giulia e Fedele passano oltre la vera da pozzo, si fermano all'angolo tra la chiesa e il muro.

Lei gli sorride. La sua sciarpa si distende nell'aria, come trasportata da una corrente.

«Vieni, Fedele. C'è un modo per arrivare subito alla spiaggia di Malamocco, dove Arnolfini ci sta aspettando. Te lo ricordi il nostro gioco?» la sentiamo chiedere, con una voce sicura, giovane e soave.

«Come potrei averlo dimenticato, Giulia?» risponde dolcemente Majeri.

«E allora guarda: anche qui c'è un angolo, può essere magico come quello del nostro cortile.»

Fedele la prende per mano e recitano insieme: «Un, due, tre... un salto!»

Improvvisamente ricordo il racconto di mia nonna Lisetta, e per un attimo li vedo nel cortile di Brera.

In quel momento, il loro gioco si avvera davanti ai miei occhi: tre passi, l'ultimo più lungo, e gli amati Giulia e Fedele si tuffano nel loro mondo fantastico, diventando invisibili. Prima che scompaiano, per un attimo vedo un cagnolino che li segue scodinzolante.

«Si sono immersi in una piega del tempo, in un'onda della stessa materia dei loro sogni... o forse in un loro spazio bianco?» mi chiede sorridendo Sandy. E la sua fronte si increspa in piegoline.

4
Io volevo solo capire

Minerva fissa la laguna, in piedi di fronte alla vetrata nel salone del suo atelier.

«Ce l'abbiamo fatta» dice senza distogliere gli occhi dall'acqua. «Non è stato facile ma neppure così difficile.»

«Sono d'accordo. E lei ha avuto un ruolo importante, Minerva.» Schein tace per un attimo e si volta cercando i suoi occhi, lei risponde con uno sguardo dai bagliori viola chiaro, color ametista. Il dottore continua: «Per avere questo risultato, ha agito molto su se stessa. Imbrogli sciolti in abbracci, catene mutate in morbidi intrecci. Contrapposizioni che sono diventate riflessioni.»

«Io volevo solo capire. E ho ancora troppe domande. Esistono realtà multiple e coincidenti, unite da impossibili scale senza fine come in un disegno di Escher? La mia frequentazione con l'Ombra mi ha resa molto potente, ma poi mi ha avvilita, prosciugata. Hanno approfittato di me. E io sono stanca di questi legami privi di libertà.» Minerva si volta seria verso il dottore, ma poi sorride e continua: «Sto dicendo solo stupidaggini. Dottore, lei pensa che i superpoteri di cui sono dotati Fedele, Giulia, Manfredo, Sandy e persino mister Havealook, possano un giorno passare anche a noi? In fondo ho rinunciato ai miei per aiutarvi. E io, come le ho detto, volevo solo capire.»

«Non lo so, ma le sono grato di ciò che ha fatto!»

«Mi sorprende, Schein. Pensavo che lei avesse una risposta per tutto.»

«Sono solo un uomo, fatto di materia e di qualcosa d'invisibile, quindi non posso sapere tutto. "Nulla si sa, tutto si immagina": lo diceva Fellini, un uomo che sapeva giocare con la realtà e il sogno, nel mondo immenso della notte.» Schein si alza e passeggia nella stanza.

«Allora le posso rendere questi, dottore.» Minerva estrae dalla tasca della sua lunga giacca un paio di guanti verde chiaro e li porge a Schein. «Li ho fatti rubare l'altra notte dalla stanza di Manfredo.»

«Se le fa piacere li può tenere. Erano di Giulia, e furono regalati a mio bisnonno da Lisetta Monfalco.»

«Non li voglio, grazie. Solo pochi giorni fa pensavo che avessero dei poteri anche per me. Ora credo che nulla sia apparso grazie a questi guanti, ma solo per merito di Manfredo. Insomma, è stato un episodio suo, del tutto personale. O forse dobbiamo credere alle proprietà che gli dèi hanno dato... alle Muse?» E sorride con gli occhi che brillano viola.

«Per gli antichi le Muse, "coloro che creano con la fantasia", aiutavano gli uomini a costruire la bellezza del mondo e la sua conoscenza. Gli antichi dèi ci hanno mandato le Muse proprio per aiutarci a ricordare, infatti Mnemosine è la loro madre. Dimenticare è prerogativa dell'uomo.»

«E conoscere è ricordare» gli sorride Minerva.

«Forse le domande che ci fanno andare avanti sono anche quelle che rimangono aperte.» Schein fissa una nuvola che sta ferma nel cielo da un po' davanti alla vetrata dell'atelier. È grande, malgrado la giornata limpida, e ha la forma di un vassoio piatto alla base e colmo di cirri vaporosi e bianchi, come di panna montata.

«Quei cirri non sono panna come pensa lei, dottore, ma... meringhe. Non bianche, ma viola.» Negli occhi ametista di Minerva si accende un bagliore divertito, dorato, che sfuma in un magnifico verde.

Verde bosco, verde argento. Verde Nilo.

«Già. Le idee possono cambiare... come i suoi occhi» annuisce il dottore, guardando il sole che si specchia nella laguna.

5
Fino a sembrare un gigante che cammina lungo il canale

Lasciata Santa Maria degli Angeli, Manfredo e Sandy vedono in lontananza il gondoliere vestito da pastore che si allontana a piedi con un bastone. A ogni passo il suo corpo diventa più grande, fino a sembrare un gigante che cammina lungo il canale. La sua testa sopravanza le case, si volta: l'occhio senza benda è l'unico, enorme, quello di un Ciclope. Poi si gira e si allontana fino a diventare un puntino sempre più piccolo.

Poco dopo, torna il solito via vai mattutino a Murano, di questa stagione e a quest'ora. Fra la gente riappare Havealook, li accompagna al battello già un po' affollato di gente che va al lavoro in città o sulla terraferma. Manfredo e Sandy prendono il biglietto, lui dice che vuole tornare a studiare ancora un po' quel bel mosaico nel Duomo. Abbracciandosi si danno appuntamento a Venezia.

Dopo averli visti partire, si calca il cappello da marinaio e presto ripassa davanti al negozietto di carta marmorizzata. Entra. «C'è nessuno?» chiede.

Le due incisioni che Majeri aveva marmorizzato sono ancora lì, ma di ciò che vi era sotto, le due città con le fontane, non si vede più quasi nulla.

Ecco scostarsi la tenda, ne esce un uomo sorridente: viso abbronzato, barba e capelli brizzolati, elegantemente vestito all'indiana con bianchi abiti larghi, come se fosse appena sbarcato da un traghetto che costeggia un fiume o un mare d'Oriente.

«Posso esserle utile?»

«Volevo sapere solo se queste due carte sono in vendita.»

«Purtroppo no, devo ancora trattarle un po'. Non so se conosce il procedimento Ebru.»

«Un po', è affascinante.» Havealook si guarda intorno e nota un voluminoso manoscritto aperto, con penna e calamaio a fianco. Le righe sono fitte, le parole si susseguono in una calligrafia ordinata. «Lei è scrittore?» domanda.

«Mi diletto in attesa che le carte si asciughino.»

«Che cosa sta scrivendo, se non sono impertinente?»

«Per nulla, mi fa piacere condividere. Si tratta di una fiaba, oggi direbbero un romanzo fantastico. O una storia che viaggia nel tempo. Del resto, seguendo il disegno di queste carte a volte mi pare che si aprano riflessioni coincidenti. Le confesso: quando sono immerso in questo lavoro mi sento sotto un'ala protettiva che mi porta lontano. I romanzi non sono forse un confronto tra immagini riflesse e realtà? Un sogno da poter mettere in tasca?»

L'uomo non è giovane, ma mentre dice queste parole il suo sguardo chiaro brilla come quello di un ragazzo. Gli occhi azzurri risaltano nella carnagione abbronzata, il sorriso evidenzia le pieghe che il tempo e il sole hanno lasciato sulla sua pelle.

«Posso capirla quando parla di quel tipo di spazio, insomma l'ala protettiva» commenta serio Havealook.

«Anche lei scrive?»

«Oh, solo qualche piccolo saggio di storia dell'arte. A volte di iconologia, faccio paragoni fra le immagini» risponde po' in imbarazzo.

«Interessante, per uno come lei l'interpretazione dev'essere un problema molto serio. Le immagini sono essenziali alla comunicazione, ma in questi tempi se ne usano fin troppe. L'immaginazione è una virtù introspettiva, difficile da coltivare nella sua purezza. È potente, può portare fino all'intuizione dell'invisibile. I bambini lo sanno bene.» Fissa il collezionista con negli occhi una luce profonda, questa volta leggermente adombrata, poi continua: «Prego, dia pure un'occhiata.» E gli porge il manoscritto.

«Una bella signora mi ha consegnato degli appunti da trascrivere e sistemare. Mi ha detto che poi verrà a leggerli con me. La storia è complessa, ma notevole. Ci sto lavorando. Sa, a volte, quando scrivo, mi nascondo dietro quella tenda» e indica il punto dove stavano prima Fedele e Giulia. «E la sento diventare rarefatta, è un velo ma mi separa dalla realtà. Sogno. Medito. Ma soprattutto scrivo. E le immagini arrivano chissà da dove, completano le storie...»

6
Tre mesi dopo

Tre mesi dopo, Manfredo riceve una telefonata da Vannina Saraceni.

«Ciao Manfredo, tutto bene? Volevo dirti che una mia amica si sta occupando dell'inventario di molti quadri di un'antica famiglia genovese, i marchesi di Sanfruttuoso. Metteranno tutto all'asta, vogliono vendere e forse donare qualcosa a un archivio pubblico. Tieniti forte: lì hanno trovato i tre dipinti di Fedele Majeri che tu cercavi, *Le Ondine perdute*!»

«Io... Non so che dire, Vannina. Raccontami tutto.»

«L'erede si chiama Minerva Denessi, è architetto, designer e ora si occupa di video: è famosa, credo tu la conosca. Lei però non vuole ancora renderle pubbliche, per ora, anche se sono davvero belle opere. Sono state esaminate da una restauratrice. E qui è successa una cosa... strana, ecco! Dietro una di queste tele, in una specie di fodera mai aperta prima, ha trovato una lettera dell'epoca dei dipinti o poco posteriore. Ma il fatto davvero inspiegabile è che è indirizzata... a te, Manfredo di Monfalco! Sarà un tuo antenato, no?»

«Ma... C'è scritto il mittente?» tergiversa Manfredo molto stupito.

«Aspetta che guardo. La lettera ce l'ho qui davanti, in un'altra busta. Un attimo... Allora: sull'aletta c'è un elegante monogramma, una L e una D che si allacciano, poi il nome scritto in una bella calligrafia: Léontine Dupuis. L'amica di tua nonna, la stilista, immagino.»

Léontine! Manfredo sa che scomparve nel 1932, nella stessa valle dove era stato visto Fedele per l'ultima volta tre anni prima. Stava facendo una passeggiata solitaria tra gli speroni rocciosi, il corpo non fu mai trovato. Una lettera di Léontine e *Le Ondine perdute*! Probabilmente i dipinti rubati dal bisnonno di Minerva, pensa Manfredo eccitato.

«Sei ancora lì?»

«Scusa, Vannina, mi ero distratto. È solo una busta o c'è dentro qualcosa?»

«Mi pare contenga un foglio, ma... non volevo aprire la lettera senza di te.»

«Tra mezz'ora sarò lì» conclude molto eccitato.

Finalmente potrà vedere quei quadri, anche se è tardi per inserirli nella sua mostra, ormai l'apertura è vicina. Forse nemmeno vorrebbe renderli pubblici, per rispetto a Fedele.

Prima di uscire chiama Schein.

A Sandy telefonerà più tardi, è ancora negli Stati Uniti per la sua tesi, deve aspettare che là sia mattino. Lui conta i giorni del suo rientro in Italia, per l'inaugurazione della mostra.

Il dottore risponde subito e ascolta tranquillo Manfredo.

«Ne dobbiamo parlare appena possibile, ma ora mi scusi, sono in studio e davanti a me c'è una persona, un caro amico che non vedo da tempo. Ripartirà tra poche ore per un viaggio in Oriente, devo dedicarmi a lui. Manfredo, dobbiamo parlarne al più presto, quando avrà la lettera. E se vorrà, s'intende. La saluto.»

«Va bene, la terrò informata. Ora scappo anch'io!» Manfredo riattacca.

Schein alza gli occhi su quelli dell'uomo davanti a lui, un signore abbronzato, i capelli e la barba brizzolati, È vestito con chiari abiti larghi, all'indiana, e sorride al dottore con uno sguardo vivo, sereno ma enigmatico. Poi appoggia sulla scrivania un grosso manoscritto, sulla copertina di pelle reca incise alcune parole: "*Le Ondine perdute* di G.F. Arnolfini."

"Si dovrebbe iniziare dall'acqua" è il sottotitolo.

Il dottore lo prende fra le mani, ne accarezza la copertina. E sul viso compare un sorriso enigmatico, antico, mentre sussurra: «Questo è un primo passo, ma la fiaba non è ancora finita.»

Epilogo

Milano, 22 marzo 2007

Tacchi altissimi. Sottili come spilloni o larghi come cubotti. Di vernice scura o plastica coloratissima. A pois, a righe, a minuscoli fiori. Ticchettano sicuri o traballanti nel varcare le soglie dei vecchi, sobri, eleganti palazzi milanesi dove, racchiusi in esclusivi cortili o in più sontuosi e avveniristici saloni, si tengono gli eventi della sempre più innovativa e coinvolgente "settimana della moda".

L'acciottolato chiaro del cortile di Palazzo Morando è bellissimo, ma particolarmente insidioso per le signore in tacchi a spillo, che infatti si tengono fra loro o al braccio dei loro accompagnatori.

Ragazzi scanzonati o seriamente compiti, dandy, signori vari, alcuni in varie gradazioni della passata gioventù, con giacche nuovissime e appariscenti o classicamente *démodé*, si muovono tra eleganti signore e giovani donne. Un pubblico scelto per l'ennesimo "imperdibile" evento multimediale della giornata. In via Sant'Andrea, nel cuore del più centrale fashion district milanese. Il titolo è: "Cravatte!".

Minerva ha detto che lei non ci sarà, come d'abitudine, ma la creazione del video interattivo è in gran parte sua.

Una proiezione cangiante in movimento, incalzata dalla

musica, si svolge sulla lunga parete di una stanza in penombra. Piccoli fasci di luce colorati illuminano ogni tanto i volti e le figure di chi vi passa davanti, ma non solo. Due sensori captano il loro movimento e lo proiettano sullo schermo così da spezzare, muovere, ondulare la trama dei disegni del filmato. Sono piccoli motivi geometrici e grafici ideati da un artista su temi che interpretano i disegni classici delle cravatte di una raffinata casa di moda francese, modulati nei colori scelti quest'anno per la nuova linea uomo.

Niente male, devo dire, davvero un bell'effetto. Psichedelico ed elegante, colorato e simmetrico, ma curioso e mai uguale nel suo movimento. Interattivo a suo modo con i visitatori. Minerva ci sa fare, bisogna ammetterlo. Tutto si scompone e ricompone, quando anch'io vi passo davanti quasi rintraccio l'ombra della mia figura che si muove luminosa tra i piccoli disegni della texture.

Sorrido, mi fa piacere essere qui, tra tanta gente. Presto lascerò la città per immergermi nella natura, per una breve vacanza. Mi aiuterà a comprendere quello che ho vissuto, o a metterlo da parte in una scatola speciale della mia mente. Mare e alberi: una dimensione che sarà adatta al mio stato d'animo. Devo elaborare e semplificare. Lasciare correre. Poi tornerò in città, spero più saggio.

Tutti dovremmo occuparci di più della natura, non solo perché ultimamente ci minaccia con temporali sempre più tempestosi e con estati infuocate. Il clima sta cambiando, e io conosco la furia dell'acqua, come la sua naturale bontà.

Ha ragione Schein, dobbiamo trovare una tecnica che rispecchi valore morale, che colleghi di più le scelte dell'uomo alla *sua* natura più profonda, e a quello che ci circonda. Anche Léon mi ha detto che il cammino umano può essere una sintesi armonica per il bene della Terra.

La mia mostra è pronta, ho cambiato solo un poco il titolo: da "riflessi" a "Riflessioni sull'acqua". Sandy è negli Stati Uniti. I suoi viaggi sono diventati frequenti, e mi manca. Ma questa volta non posso lamentarmi: ha voluto accompagnare Havealook. Stanno studiando insieme qualcosa di cui mi parleranno solo al rientro, vogliono farmi una sorpresa. Ma da quello che ho capito si tratta di una iniziativa artistica per fare scoprire ai ragazzi l'importanza dell'acqua nel nostro pianeta. Sarà senz'altro una bomba ecologica, pensando alle loro forze unite! Sandy sta iniziando a preoccuparsi seriamente per la salute dell'acqua che ci nutre e ci circonda. Dice che dovremo occuparcene di più e da subito, per il futuro.

I dipinti di Fedele, *Le Ondine perdute,* sono stati donati alla pinacoteca del Castello Sforzesco, il fondo Majeri si accresce di opere molto belle grazie alla donazione di Minerva. Era lei la proprietaria, anche se per un vecchio furto ai danni di Fedele Majeri. Non racconteremo a nessuno questa parte della storia... a meno che non abbia una certa "luccicanza" negli occhi, direbbe uno dei miei scrittori preferiti.

Ora Minerva è in ritiro di meditazione con Schein, in un ashram in Toscana. Lui non voleva andare, ma lei lo ha convinto, forse "ricattandolo" un po'... Vuole saperne di più sui segreti della mente, e soprattutto su certe cose che lui conosce. Ogni tanto Minerva minaccia di tornare a dedicarsi ai misteri di famiglia, Schein la tiene d'occhio, e lei si fida di lui, anzi dei loro doppi giochi sottili. In questo modo continuano a scambiarsi delle idee, non sempre concordi. Credo, comunque, che ognuno osservi con attenzione e rispetto il parere dell'altro, pur diverso. Metamorfosi conoscitiva, direbbe Havealook. Un ponte di comunicazione, un arcobaleno su rive opposte, in una definizione che sarebbe piaciuta a Léon.

Penso a lui con affetto, mi ha insegnato che siamo parti di un tutto e ogni cosa si rispecchia in una rete di connessioni. Già, come quella che amava il Ciclope gentile, l'amico di Fedele Majeri.

La lettera di Léontine mi ha commosso, sconvolto e turbato, senza darlo a vedere lei conosceva tante cose. E così io ho potuto saperne molto del mio amico Fedele. Eccomi così di fronte a nuovo un mistero. Reale, fantastico: scenderà anche Léontine la scala di sfumature sopra il tramonto portando qualche personaggio da sogno?

Non ho più visto i miei amici fantastici, sono tornato a Venezia più volte, alla Guggenheim mi sono fermato a lungo davanti alle vere opere d'arte, ricordando con sorprendente tranquillità le mie visioni surreali. I miei grandi e simpatici alleati.

Ma ora mi voglio godere la vitalità di questa serata.

Nell'elegante cortile porticato passano veloci camerieri giovanissimi e sorridenti, per molti di loro è il primo lavoro, ti porgono con gentilezza piatti minimalisti di microtartine raffinate e cocktail o bibite analcoliche. Gialle, verdi, arancioni, blu. Bevo un julep con menta e frutta di stagione innaffiato di rum. Poi decido di salire al piano superiore della bella dimora storica, ora un museo dedicato ai dipinti della vecchia Milano.

Vorrei rivedere il quadro dove le Ondine si sono mosse nell'acqua dipinta, all'inizio di tutto.

Lo scalone che porta al piano nobile, con i suoi bassi gradini di pietra chiara, mi allontana dal soffuso brusio. Fu nel 1943 che la contessa Lydia Morando Attendolo Bolognini Caprara di Montalba lasciò questo palazzo alla città per farne una sede di cultura. In queste bellissime sale c'è il Museo di Milano con la sua importante collezione d'arte che illustra la storia della città: vedute, vie, piazze, numerosi ritratti di personaggi storici, e i nostri canali, i navigli. Conosco bene questi dipinti: mi fermo sempre davanti alla festa in piazza del Duomo nel Seicento; alle barricate risorgimentali di Porta Tosa del 1848; alla posa della prima pietra della Galleria nel 1867. Momenti perduti e ritrovati nella vita di questa città. Storia, ma oggi sembra quasi una fantasia. Sto indugiando nelle mie didascalie da zio Wiki, per arrivare con calma a quello che mi attende nelle prossime sale: le vedute dei navigli. Non ci sono più tornato, da allora.

Eccomi davanti a quel quadro. L'acqua del naviglio è perfettamente immobile, come dev'essere. Sorrido sereno. La forza ricevuta da questa avventura vive con me.

È tempo di tornare al piano di sotto, ora posso godermi il video.

Nella sala il pubblico si è allineato davanti alla proiezione delle texture, accompagnata da una colonna sonora mixata benissimo. Non c'è che dire, Minerva è sempre più brava.

Dietro di me sento un bisbiglio preoccupato. I tecnici trafficano con proiettore e computer, uno di loro sussurra agitato: «Non capisco, saranno i sensori che funzionano male. Dovrebbero attivarsi, e invece... perché non funzionano?»

Noto che chi passa davanti al grande schermo non influisce più sul disegno. La gente sta ferma, è affascinata lo stesso. Il video è molto bello, righe diagonali blu e azzurre della nuovissima trama per stoffe e sete di cravatte.

Ed ecco che le linee proiettate iniziano a flettersi morbidamente e oscillano sempre di più, ritmiche e sinuose, come dovrebbe accadere quando la gente cammina di fronte ai sensori. Ma nessuno lo fa, nessuno si muove.

«Qualcosa non va, i disegni fluttuano scomponendosi da soli.» I tecnici armeggiano stupiti sulla consolle e sui portatili. Uno di loro la mette sul ridere: «Forse sta passando l'uomo invisibile?»

Guardo il moto delle linee, ora blu e azzurre, senza pensare a nulla. E le vedo.

Sono loro, le mie amiche: ondeggiano in disegni armoniosi, sento che seguono il ritmo delle mie emozioni.

Una calda dolcezza si accende nel mio cuore. Le Ondine sono venute a salutarmi. Stasera forse potranno vederle tutti, se sapranno guardare. Ma in molti penseranno a un bell'effetto speciale, è sicuro.

Oppure, la mia è solo una romantica illusione: che cosa ha combinato questa volta Minerva?

Stampato da
Grafica Veneta S.p.A., Trebaseleghe (PD)
per conto di Marsilio Editori® in Venezia

EDIZIONE ANNO

10 9 8 7 6 5 4 3 2 1 2023 2024 2025 2026 2027